U0901000

# 滚水湾

第三卷

杜焕常 著

青岛出版社

# 目录

# 包干到户

日头有升有落，月亮有圆有缺，转眼间十年过去了。潘忠地已经是八岁孩子的父亲，家庭生活算得上美满。工作也很顺畅，两年前担任了党支部书记，有潘士金他们几个在后面支持，没有遇到什么难处。

眼下却遇上了让他头疼的事儿。

自担任大队书记以来，不，自回村这些年来，还从未经历过这样的大事、难事。前天，县里召开了有线广播大会，全体大队干部和生产队长都集合到公社集中收听。上午传达中央“一号文件”和地区会议精神，用了接近三个小时，下午县委书记讲话，又是两个多小时。听一些老同志议论，这样开法的会议还是头一次。昨天公社又接着开了一天会，先是几个大队发言，然后是党委书记讲贯彻意见。发言的单位没有汶水滩。回来路上有个队长问潘忠地，怎么没叫咱发言呢？那五六个大队原来都不先进呀，让他们介绍的什么经验？潘忠地说，不能抱着老黄历不放了，你没认真听听会议内容？重点是研究深化农村改革，推行各种责任制，这方面咱搞得怎么样？你没数呀！

其实潘忠地一听到宣布发言名单，心里就不是滋味。自从农校下马回村，时间不长就参与大队的工作，从那时到“文化大革命”开始，汶水滩一直是上面抓的典型，别说公社了，在县里也算是小有名气。“文化大革命”期间更是红火了一阵子，特别是落实“五·七指示”那阶段，汶水滩上了省报头版头条，全省各地都来参观，有几个省的军区首长还来过。当然，实践证明那些做法是错的，没多长时间就进行纠正，虽然对汶水滩没点名进行批判，可积极推行那些做法的上头一些人物，大都受了牵连，有的还垮台了。就打那起，汶水滩再也没来过工作组。前些年魏书记还常来看看，他调到县里工作后，新书记和其他公社领导很少来了。这两年上级一再要求要落实农业生产责任制，对这项工作抓是抓了，像小段包工、定额计酬、农活承包到组，等等，由于队干部们嫌麻烦，都是做了做样子，一阵风过后依然还是实行老办法，出工记工分，干活大呼隆。那几个大队的发言他都认真听了，人家有的实行了联产计酬，有的实行了包产到组，还有个大队的两个生产队直接实行了包产到户。尽管这几个大队原先工作基础都不算好，但实行责任制以后，效果十分明显，尤其体现在粮、油生产上，增产幅度都很大。不承认落后是不行了。公社党委林书记讲话时强调：“不要以为原先是先进单位就不用搞承包了，有个别大队不认真落实责任制，仍然是老样子，再这样下去是绝对不允许的。难道对中央的指示也抵触吗？这些单位的领导要警醒了！不论什么样的大队，都必须推行联产承包责任制，最好是实行包产到户。要集中春节前后这段时间，抓紧进行落实，不能拖到春季生产大忙以后。”潘忠地听了这段话，觉得林书记批评的就是自己，简直如坐针毡，头顶突然像压了块石头，打不起精神了。下一步如果再抓不好，那可真就成后进单位了。

公社会议结束时，刘家庙大队的书记刘安鲁叫住他，说：“老同学，你怎么打算？真的按会议要求办啊？”

潘忠地说：“不办行吗？县里和公社领导都讲得那么严肃，落实慢了也得挨批评。”

刘安鲁说：“能不能等等看看？我老觉着这个弄法有问题，还让包产到户，那不是倒退吗？‘文化大革命’期间教训还少啊，今天让这样搞，明天又说错了，接着进行纠正，整天翻烧饼。如果咱两家商量好，还是坚持原来的做法，就算暂时挨批，说不定几年后又成了正确的。”

潘忠地说：“那可不行，中央有指示，全国农村都搞改革，再按老一套办肯定要犯错误。你们要不搞就试试吧，我觉得不办是顶不住了。”

刘安鲁说：“我想找你搭搭伙来，要是我自己可不敢硬着头皮对抗。你想回去实行哪种办法？是包产到组还是包产到户？”

潘忠地说：“林书记讲了，要尊重群众意愿，让大伙讨论讨论再说吧。”

话是这么说，怎么听取群众意见？群众也有个引导问题，要是党支部没个明确态度，直接交给群众讨论，七嘴八舌说什么的都有，那不乱套了？但是，这两天干部们没少议论了，认识很不一致，大队党支部几个人统一思想也没那么容易。况且对实行哪种办法好，自己心里也没个数。潘忠地忧心忡忡，回到家里也是吃不香睡不稳，反复琢磨，拿不定主意。

还是先找找士金叔吧，让他帮着出出点子。

前年，潘士金接连几次找公社领导，提出个人因年龄原因，不能再担任党支部书记了，并极力推荐让潘忠地接替他。公社党委研究后，对汶水滩的领导班子作了较大调整：潘忠地任书记，张发树任副书记兼大队长，潘士金保留支部委员兼贫协主任，展明尧保留支部委员兼治安主任，李长贵支部委员兼民兵连长、团支部书记，潘秀菊、李向河原职务不变。李光恩已经六十多岁了，身体又不太好，免去一切职务。张义昌的治安主任也免除了，回生产队当社员。潘忠地清楚，潘士金虽然不当书记了，工作上还得依靠他，遇到什么大事还是把他当成主心骨。

来到潘士金家里，和往常一样，没什么客套话，潘忠地开门见山地说：“这两天听大、小队干部们议论，对落实联产计酬的政策阻力不小。可按照会议精神，再实行原来的管理方式是不行了，怎么办好呢？”

潘士金说：“看县里和公社这阵势，这次的动作小不了，谁也不能不执行。听中央文件和县里领导讲话的意思，联产计酬也不是一种方式，可以包产到组，也可以包产到户。我考虑，包产到组就等于化小生产队，一个小队分成两个组或三个组，由小组直接组织生产和分配，只是规模小了点，和现在以生产队为基本核算单位差不多。要想彻底解决问题，不如干脆包产到户。”

“公社林书记讲话也是倾向于包产到户，真要那样不就成分田单干了？大队、生产队的这些大型农机具和大牲畜还怎么发挥作用？还有那些五保户、困难户，他们承包了土地怎么种？”

“我也觉得这是个问题。可从中央到公社，都要求联产承包，所有农村都得贯彻执行。”

“昨天散会后刘家庙的安鲁找我，说让咱和他们搭伙，坚持别搞承包。并且说也许几年后就成了正确的。”

“那才胡闹哩，这还是‘文化大革命’时期呀？你没看党中央召开十一届三中全会以来，对以前的错误做法都是逐步解决，虽然有些事咱一时看不透，结果证明都是正确的。得相信中央的决策，顶着不办可不行。你答应他了？”

“没有，我当时就说他愿意怎么做就怎么做，咱回来得按会议要求落实。他也说要是他自己就不敢顶着不办了。”

潘士金卷了支烟点着吸了几口，说：“这样吧，先召开个全体党员和大、小队干部会，让大家讨论讨论，思想统一差不多了，再让各生产队开社员会。林书记不是强调要充分尊重群众的意愿吗？多数人同意怎么办就怎么办。具体落实起来还是要稳妥些，千万不能出乱子。”

潘忠地说：“那行，我这就去给发树哥说说，下午咱就开会。”

会议一下午没开完。开始潘忠地简单讲了讲会议要解决的问题，然后说，咱重点讨论实行哪种承包方式好，每个人都要发发言，有些人没参加公社的会议，去参加会议的可以先说。怎么想的就怎么说，一定要把话说透，不受时间限制。潘忠地话音刚落，张发树就抢先发言，他说："我听领导讲话的意思，是让搞包产到户。那样好呀，把土地分给各家各户，谁愿意种什么就种什么，管理孬好也不用咱操心了，干部们多省心呀！"

展明尧接着表示反对："那不是退到刚土改的时候了？这些年从互助组、合作社，到人民公社，一步步是往集体发展，怎么能再搞单干呢？辛辛苦苦几十年，还能一下子再退到解放前吗？社会主义的优越性还要不要？"

他这么一说，张发树一时想不出与他争辩的理由，其他人也都不吭声了。过了一会儿，潘忠地说："继续发言，咱是讨论事儿，不要有顾虑，不论什么想法都讲出来，有不同意见也不要紧。"

李光恩朝鞋底上磕了磕烟锅，说："我没去公社参加会，可前天县里的大会各家的小广播都能听到，我是从头至尾都听了。我听着中央是让搞联产，还得承包，怎么个包法我没听明白，反正不能再按现在的办法弄了。"

李长贵说："前几天我西南乡的个战友来信说，他们那里去年冬天就实行了包产到户，一年下来证明这种办法很好，社员的积极性高了，各项作物都大增产。"

有个队长问："怎么包的？是让户家单干吗？"

李长贵说："人家不说单干，叫大包干，说是'大包干，大包干，直来直去不拐弯'。方法简便易行，把土地全部承包给社员，收完庄稼各家算各家的账，完成国家的，留足集体的，剩下全是自己的。"

有个队长说："这个办法好，不用记工分搞分配了，也不用催耕催种了，咱只是种好自己那一亩三分地就行了。"

接着有人反对："你说得轻巧，缺劳力的户怎么办？要是出现种不好地、吃不上饭的，还不照样找干部？"

潘忠良说："不是可以承包到组吗？咱再明确一下生产小组，把地分到各组里种，一样符合上级政策。"

有的说："那样大牲畜、大车、小车的怎么办？也都分到组？那就等于分生产队了，不仅要增加干部，还得增加饲养员。”

又有的说：“还有抽水机、拖拉机、电机呢？除了大队那五部抽水机，两台拖拉机，每个生产队还都有电机、扬场机，有的队还有抽水机，怎么分？”

就这么你一言我一语，争论来争论去，一下午也没讨论出个子丑寅卯来。到吃晚饭的时候了，潘忠地说：“还有部分同志没发言，晚上咱接着开。除了支部的同志先留一留，其他同志都回去吃饭吧。”

只剩下大队干部了，潘忠地说：“这么讨论下去很难有个结果，咱是不是得先统一一下思想？”

张发树说：“反正联产承包这个大方向定下了，问题就是实行包产到户还是包产到组。”

潘士金一下午没发言，他一直听别人说，自己认真思考着，觉得该是表明自己态度的时候了，就说：“发树说得对，大方向是联产承包。如果再搞承包到组，实际就是分生产队，本质上和现在没什么两样。我看一不做二不休，不如直接包产到户。当然，很多具体事还得好好研究，土地怎么分法？大牲畜、大型农机具怎么办？今后对缺劳力的户怎么照顾？都得有个明确的办法。”

李向河说：“包产到户好是好，可是，像秀菊姑这样的家庭怎么办？”

潘秀菊婆婆前年去世了，儿子志国到县城中学读书，平时家里就她一个人，李向河认为要让她种两三亩地，肯定有困难。潘秀菊也考虑到自己的情况，所以她下午也没发言。但是，有一条她心里明白，就是必须维护党支部集体的决定，特别是潘忠地的意见。潘忠地虽然还没说出他的具体想法，可潘士金刚才讲了，潘忠地一定和潘士金的意见是一致的，于是说：“不用拿我的情况说事儿，只要多数人同意包产到户，我也支持。就俺娘两个的地，我蛮能种好了。”

李长贵说：“我看不用再让大伙讨论了，听下午的发言，不少人同意包产到户。咱就定下实行包产到户，先把土地分下去再说。像秀菊姑奶奶家这种情况不用担心，到时候我们发动青年、民兵帮帮工，问题就解决了。”

潘忠地看着展明尧，说：“大叔，你觉得怎么样？”

展明尧说：“只要大家同意这种办法，我没意见。”

潘忠地说：“那好吧，咱几个把口径统一起来，就搞包产到户。晚上支部的同志都先讲讲，引导引导大家。至于搞起来会遇到什么问题，先不讨论解决办法，到时候再研究，人家能办的咱也一定能够办好。”

就这样，晚上的会议潘忠地先讲了讲党支部商量的意见，让大家直接讨论包产到户的事了。党支部每个人都接着说了说，意见很一致，都同意搞包产到户。有个别队长思想上不同意，一看党支部这态度，也没再强争。有的说，只要决定了这么办，明天我们就开始分地。也有的说，不行咱就连牲畜、农具一块分了，分彻底利索。最后潘忠地说：“行动是要快一点，但也不能太急，必须把工作做细。各生产队回去先召开全体社员会，让群众充分酝酿酝酿，有不同意见要好好做思想工作，千万不能简单化。眼下已经进腊月了，年前这一段先把土地承包下去，其他问题年后再说。我们也先搞个试点，明顺叔，你和向清处理事情细些，恁五队就先行一步，等五队把地分下去别的队再行动。”

展明顺说：“刚才我还考虑，要分地不能太零星了，一户不能超过两三块，那样便于耕种。可是，南坡、西坡的土质不一样，还有离村庄远近的问题，得划分土地级差。”

有个队长说：“那还不好办？据说当年土改时土地就划分过级差。光恩大老爷参加过土改，让他说说当时怎么弄的？”

李光恩说：“那是多少年前的事了？那时候西坡、北坡都是沙地，南坡里也有能浇上水的、浇不上水的，现在情况都变了。”

潘忠地说：“具体问题今天先不议了，让社员们讨论后咱再商量。散会吧。”

散会后又把大队干部留下，潘忠地说：“长贵，你那个战友家离这里有多远？咱去参观一下行吗？”

李长贵说：“我也没去过。和咱不是一个地区，大概一百多里路，得到县城坐汽车。去参观没问题，他比我早两年当兵，后来他当班长我当副班长，和我一块复员回来的，现在担任大队会计。在部队里俺两个最合得来，回来后没断通信。”

潘忠地说：“这样吧，明天和恁向河叔咱三个去一趟，学学人家的做法，回来就好办了。咱支部的都要按分工参加生产队的会，这可不是件小事，不能掉以轻心。”

他三个天不明就早吃早饭起身了。李长贵知道他战友那里不产花生，把家里仅有的十来斤花生米全带上了。赶到县城，先到魏书记家里放自行车。魏书记五年前调到了县里，先是担任副县长，去年又调整为县委副书记，分管农业和农村工作。潘忠地到他家来过几趟，对他家里很熟悉。魏书记一家人正在吃早饭，潘忠地说明情况，魏书记说：“去参观参观好，他们那个地区落实联产承包责任制在全省是最好的，前段省里召开农村工作会议，不仅让他们地委介绍了经验，还让他们选了一个县和一个公社发了言，那套材料在我办公室里，恁回来时带回去看看。那里农业局有我的个同学，我给恁写封信，去了找找他。”

潘忠地说：“不用了，长贵的战友当大队会计，俺直接去那个大队，重点了解了解人家怎么包产到户的。”

魏书记说：“那样更好，可以直接了解到生产队的一些具体做法。”

潘忠地他们坐也没坐就急着去了汽车站，正好赶上了第一班车。

李长贵的战友叫杨兴录，家住南范公社杨李庄村，长途汽车正好路过南范。他们在南范下了车，找路边一个老人问问去杨李庄的路怎么走，老人说，从前面那个路口往正西，不拐弯，也不隔庄，多说有三里路。

问清了路，潘忠地说：“咱走到也快到中午饭时了，得买点礼品带着。”

李长贵说：“有我拿的这些花生米就行了。”

潘忠地说：“可不行，贸然去打扰人家，俺两个和人家又不认识，去了还得留咱吃饭，不多拿点礼物不好。到供销社买两瓶酒，再买两斤点心，他家里得有小孩，买上两斤水果糖。”

李向河说：“恁两个在这里歇一会儿，我去买。”

潘忠地说：“歇什么，坐车坐累了，想活动活动，打听一下供销社在哪里，一块去买了接着走。”

走到村头，李长贵说：“也不知道他家在什么地方，我先去问一下？”

潘忠地说：“对，别拿着些东西进村乱打听，你问清楚再来喊俺两个。”

李长贵在大队办公室找到杨兴录，两个多年没见面的战友乍见了格外亲热，杨兴录上前先给了李长贵一拳头，又拉着他的手说：“你个家伙怎么突然就来了？也不提前给我来个信儿。”

李长贵说：“俺是来学习恁包产到户的，昨天晚上才定下，今天一早到县城坐的汽车。我想给你要个电话来，要到恁公社总机，说恁村里没有电话。俺大队的书记和会计一块来了，他们还在村头等着哩。”

杨兴录说：“走，快去喊他们家里喝水。”回头又对大队书记说：“这是我的老战友，他们大队的书记也来了，你得去给我陪陪客。”书记答应说过会儿去。

潘忠地看到他两个来了，就迎上去，和杨兴录握着手说：“来给你添麻烦了。”

杨兴录说：“欢迎恁来，我跟长贵从部队回来也没再见过面。”这时李向河抱着大包小包的过来了，李长贵边介绍边接过了两样，杨兴录又说，“怎么还拿这么多东西？这不见外了吗！”

潘忠地说：“长贵也是头一次来，一点小意思。”

来到家里，杨兴录一边泡茶，一边撵着老婆去买菜，并且嘱咐别忘了称二斤肉。李长贵说："别让嫂子赶集去了，家里有什么吃点就行，都担事儿。"

杨兴录说："不用赶集。现在都知道想法赚钱了，有些人家做起了小买卖，杀猪卖肉的，卖豆腐、豆腐皮的，还有卖青菜的，只要不是南范集，都在村西头卖。"

这时有个男孩站在了门口，杨兴录说："快过来叫伯伯、叔叔。"又对他几个说，"恁看这孩子，都五岁多了，还认生。"

李长贵说："你挺积极呀，孩子都这么大了，我那个姑娘还不到两岁哩。"说着打开水果糖包，抓了一把递给孩子，孩子怯生生地接了过去。杨兴录说："吃着糖去喊恁兴方大爷，就说来客了，叫他来喝水。"

李长贵问："你叫孩子去喊谁呀？天冷呵呵的。"

杨兴录说："不远，隔墙就是，我叔伯大哥。恁不是来了解大包干的情况吗？他是队长，叫他来一块吃着饭说说就行了。"

潘忠地问："你们这里都实行包产到户了吗？"

杨兴录说："全公社都实行了，去年冬天分的地。据说全地区没实行的大队不到百分之三十了，估计今年冬天就差不多都把地分到户了。"

李长贵说："恁这项工作开展得早，俺那里最近才部署。虽然领导讲联产计酬有多种形式，可县里和公社都强调搞包产到户。"

杨兴录说："包产到户好，现在群众都叫大包干。以前全靠干部们催耕催种，今天开个现场会，明天又搞检查评比，一年到头不知道要开多少会，生产还是上不去。恁是不了解，俺大队原来从没完成过征购任务，年年都要吃统销粮。去年冬天把地分到了户家，各家各户都有了积极性，干部轻快了，粮食倒增产了。今年麦季、秋季都完成了征购任务，这可是大姑娘坐轿——头一回。"

正说着，大队书记和队长一前一后来了。杨兴录分别作了介绍后，说："他们几位是来了解一下咱大包干的情况，各生产队差不多，兴方哥，你把咱队的做法给他们拉拉，别掖着藏着的。"

杨兴方说：“没什么拉头，就是按公社和大队的要求，把地分到户家种呗。还是叫书记说吧。”

书记说：“俺这里算是落后单位，适合大包干。去年公社统一要求，冬天都把土地承包到户了。我们才搞了一年，有些工作还得完善。”

这时杨兴录老婆在厨屋喊：“炒熟两个菜了，别凉了，恁先喝着酒吧。”

杨兴录说：“咱边吃边谈。”说着到厨屋端菜去了。

吃着拉着，潘忠地提了些问题，书记和队长都详细作了回答，一顿饭的工夫，基本上把想要了解的情况都弄清楚了。书记还总结了实行大包干后村里出现的三大变化：以前社员和干部吵架的多，不是为了记工的事就是因为分配，现在都忙自己的事，也用不着和干部争吵了；以前缺粮户多，现在户家完成上级任务，交够集体提留，除极个别困难户，大部分口粮都满足了；以前社员整天在生产队劳动，有赚钱的门路也不敢去办，怕被说成是搞资本主义挨整，现在只要有点本事的都做起了小买卖，有的还搞起了长途贩运，不少户也有钱花了。

吃完饭杨兴录又要泡茶，潘忠地说：“不喝水了，俺得抓紧回去。来时打听，三点多还有趟车去俺县里，现在到南范还能赶上。”

书记说：“现在黑天早，恁不到县城就落日头了，不如住下明天再走。”

杨兴录也留他们。潘忠地说：“这就打搅你们了，不住了。俺的自行车在县城放着，赶回家没问题。”

李长贵也说：“回去吧，俺那里正组织群众讨论包产到户的事儿，回去后好早点把恁的经验介绍给大家。”

杨兴录到里间屋捆了几斤粉皮，提出来说：“没什么好东西，现成的这点粉皮恁拿着。”

潘忠地说：“没给你拿多少东西来，怎么还能再带回东西去？”

杨兴方说：“咳，不是什么好东西，俺村里就是地瓜多，现在有好几家做粉皮的，拿回去炖大白菜吃。”

李长贵说：“老班长有这个心意咱得接受，拿着吧。”说着接了过来。

杨兴录老婆和孩子也过来了，一块把他们送到了大门外。

回来路上，潘忠地心里踏实了许多，对大包干具体怎么搞法，基本上有了谱。李向河说：“看来分地还得抓阄，不然，社员们会打吵吵。”

李长贵说：“分地好办，只要大伙同意，抓阄不抓阄都可以。关键是大牲畜和大型农机具是不是一块分？他们刚开始也是只分地，今年夏天才把牲畜和大车、小车等分了。”

潘忠地说：“不能照搬他们的做法，得根据咱的实际情况，研究咱具体怎么办。大牲畜、犁、耙、绳索，还有小车、排子车，一次性分下去可以。大车，还有电机、抽水机、扬场机等机械，还是得集体管理，并且得管好用好，充分发挥作用。他们原来的确太落后了，全大队就一部抽水机，再没有别的机电设备，听那意思，抽水机虽然还是大队管着，可闲起来没再用，那不是浪费吗？咱可不能那样办。另外，还有个问题他们没考虑到，这次是按现有人口分地，可过上一两年，生老病死，婚丧嫁娶，个别户人口肯定有变化，这个问题得事先考虑个解决办法。”

李长贵说：“这个问题好办，把减少人口的地调出来，直接给增加人口的户就行了。”

李向河说：“哪有那么合适？正常情况是人口增的多减的少，我当大队会计这十三四年，全大队人口增减相抵，净增加了一百多。再说，现在是以生产队为单位分地，人口变动可不一定摊在一个生产队。”

潘忠地说：“说到这里还有另外一个问题，前年咱调整各生产队征购任务时就发现了，生产队之间人均占有耕地面积不一样，多数队差不多，可个别最多的比最少的人均多接近一分地。那时我问过士金叔，他说成立人民公社分生产队时，全大队的地是按当时的人头平均分的，时间长了，生产队之间的人口变化不一样，才出现了差别。生产队集体种着不大明显，要是分到户家，六七口人就差了半亩地，都是一个村的，恐怕会有人提意见。”

李向河说：“有意见也好解释，人口增加多的队是计划生育工作没做好，谁叫他们生得多来？”

潘忠地说：“也不完全是这种情况，像六队，这几年当兵的，考上大学的，姑娘出嫁的，比任何一个生产队都多，死亡的人数也不算少，所以总人口就比别的队减得多。还可能遇到意想不到的问题，到时候再研究吧。”

到县城下了汽车，天已经昏黑了。来到魏书记家，魏书记刚吃完晚饭，家属在厨房里洗刷碗筷。他们一进门，魏书记就问：“怎么回来这么快呀？我还以为你们得明天才能回来，还没吃晚饭吧？”

潘忠地说：“我们去了很顺利，走到后一说，长贵的战友就把大队书记和队长叫到了他家里，喝着水吃着饭就把情况给介绍了，饭后俺接着赶了回来。俺走吧，回到家吃饭也不算晚。”看了看桌子上的座钟，又说，“现在白天短，这还不到六点半。”

魏书记说：“吃了再走，恁还得给我说说他们的做法，这方面我心里也没大数。恁先喝着水，我去叫家属给恁下锅炝锅面条，炒几个鸡蛋，快当。”

他们只好答应了。魏书记一出门，李长贵说：“咱也没给魏书记买点东西，是不是把这粉皮留下？”

潘忠地说：“魏书记不在乎这个，还是你拿回去吃吧。”

李长贵说：“拿回去也不能我都要了，还是别拿了，东西孬好算是咱的点心意，留下吧。”

李向河也说：“我看留下行。咱也不用说，临走别拿就是了。”

魏书记进来了，说：“忠地你怎么没泡茶啊？先喝壶茶。”说着拿茶叶盒。潘忠地赶紧接过去，李长贵站起来拿暖水瓶。

喝着水潘忠地把参观了解的情况说了说，还又谈了谈自己的一些想法。魏书记说：“你们这一趟收获不小，实行包产到户的路子基本清楚了。恁那些打算也很好，有些问题最好考虑在前面，给大伙讲下去，这样能打消群众的一些顾虑。我把省农村工作会议上的文件找了几份，你带回去参考参考。”

面条端上来了，有盘葱花炒鸡蛋，还有盘咸菜，魏书记让他们趁热抓紧吃，又到里间屋拿出了几个煎饼，说：“面条不够再吃煎饼。”

他们吃着，魏书记说：“忠地，你们回去后要研究个方案，最好形成文字材料。先在一个生产队搞搞试点的办法好，发现问题便于解决，有了经验再在全大队推开。时间上要抓紧，争取春节前搞出眉目，不要影响了春季生产。过几天我带着农办的同志去一趟，如果你们搞得顺利，就在全县推广一下你们的做法。明天我也给公社的林书记要个电话，让他去恁大队看看，有什么问题好帮着恁一块研究研究。”

潘忠地说：“领导去太好了，我们一定认真抓。”

吃完饭了，他们起身要走，魏书记说：“恁三个搭伙，晚点也不要紧，路上一定慢着点。”

他三个答应着出门推自行车。魏书记看到门旁边放的粉皮，说：“恁的粉皮还没拿上哩。”

潘忠地说：“那是长贵战友给的，专门给您留下了。”

魏书记说：“我家里平时就两个人吃饭，哪里能吃这么多？恁还是带回去吧。”

潘忠地说：“这个放得住，明年一春天坏不了。俺家里都有，留着慢慢吃吧。”

魏书记也没再强给他们。

# 试点

潘忠地回到家里，母亲和儿子都睡觉了。妻子石玉英没睡，还在灯下给儿子做鞋，听到外面自行车的动静，赶紧从屋里出来了。潘忠地放下车子，回头闩上大门，石玉英说：“怎么这么晚才回来？”潘忠地说：“这还晚啊，又不是近路，光坐汽车来回就是半天。”石玉英说：“吃饭了吗？要没吃我去给你做。”潘忠地说：“吃了，在城里魏书记家吃的。”

潘忠地现在全家七口人，母亲，妻子、儿子，弟弟、弟媳妇，还有个四岁多的侄女。弟媳妇叫薛春华，侄女出生时不到六斤重，起名叫点点。父亲前几年去世了，妹妹石榴三年前出嫁了。虽然没有分家，全家人却没住在一处。潘忠民订婚以后，要了块宅基地，盖了三间新房，在村西头。大队这条规定多年来一直没变，谁家要娶媳妇了，如果原来的房子住不开，可以提出申请，按大队的统一规划，划给宅基地。当时父亲还在，新房子盖好后，潘忠民和哥哥商量，想让两个老人去住。跟父亲一说，父亲就说我不去。又跟娘说，娘是坚决不去。潘忠民又让哥哥、嫂子去住，潘忠地说还是你去吧，离家又不远，光去睡睡觉，回来吃饭，你们结婚住新房子，春华来了也高兴。就这样，老人仍然住堂屋，潘忠地三口还是住西屋。后来父亲去世了，当时儿子小锋已经五岁，就让他到堂屋东间跟着奶奶睡觉。从去年，点点闹着要在老家里奶奶床上睡，小锋就到堂屋西间独自睡了。

回到屋里，石玉英把针线笸放到一边，开始铺床。潘忠地把魏书记给他的材料放到桌子上，拉过凳子，看了起来。石玉英说："跑一老天了不累呀，还不睡觉。"

"你先睡，我看看这几份材料。"

"那行，我先给你暖暖被窝，别太晚了。"石玉英说着脱衣裳躺下了，并且很快进入了梦乡。

两口子习惯了，平常晚上潘忠地回来，先到堂屋给老人打声招呼，就到西屋来坐下看书。石玉英做针线，虽然四十五度的灯泡不是很亮，可比煤油灯强多了，两个人在一个电灯下，谁也不影响谁。石玉英担任生产队妇女队长，既要下地劳动，又要参加队里的会议，还得忙家务，是够累的，所以往往比潘忠地睡得早。

潘忠地认真看着，认为是重点的，就用笔画上波浪线。个别地方，他还抄到了笔记本上。就这样，四五份材料看完，鸡都叫了，他这才钻进被窝。石玉英翻了翻身，没吭声。

一早石玉英起床后，喊起小锋去上学，然后帮着婆婆做早饭。婆婆问："他昨天晚上回来了？"

"回来了，进家又接着看文件，睡的时候不早了，我起来没喊他，让他多睡一会儿。"

"不用喊他，这孩子心里只要有事，就睡不了懒觉。"

还是当娘的了解儿子，没过大会儿，潘忠地就起来出去了。他先到潘士金家，简单说了说情况，又去找张发树。到张发树家里，张发树老婆说他起来就走了，可能去大队办公室了。来到办公室，李向河正在给张发树介绍去参观的事儿，潘忠地进来他就停了。潘忠地说："继续说吧，让发树哥心里先有个数。"

张发树说："别说了，开会的时候一块说就行，反正人家已经搞了一年了，创出了经验，按人家的路子走就省事了。”

潘忠地说：“也不能完全按他们的路子走，魏书记叫咱搞个具体实施方案，还得根据咱的实际情况好好商量商量。”

张发树说：“放着现成的馍馍不吃，还再另烙饼啊！那不是脱了裤子放屁，找麻烦吗？”

潘忠地笑了笑，说：“他们全大队原来就只有一部抽水机，别的什么机械都没有，包产到户后，这一部抽水机也闲起来了。就这一条，咱跟着他们学行吗？”

张发树挠了挠头皮，说：“那可不行，别管怎么承包，所有机械都得继续使用好才对头。”

潘忠地说：“是啊，所以咱得研究咱的具体办法。”正说着李长贵进来了，潘忠地又说，“这样吧，分头下下通知，早饭后就开个支部会。咱不是定了在五队搞试点吗？让明顺叔和向清也一块参加听听。长贵，你路过他们家门口，告诉他两个。”

回家吃早饭的时候，潘忠民突然问：“听说土地要包产到户，窑场怎么办啊？”

潘忠地一愣神，说：“这事还真没考虑哩，得过去这阵子再专门研究。”

薛春华说：“瞎折腾，好好的分什么地呀？恁兄弟俩都在大队，嫂子还当妇女队长，咱分了地谁种？”

潘忠民还在窑场当会计。窑场和原来的不一样了，前几年拆掉两座土窑，建起了二十四门的大转窑，还买了两台切砖机。劳力没增加，产量却翻了一番还多。利润更是可观，每年都能赚一两万块钱。何师傅早就回去了，展春方、潘忠新都学成手成了窑匠。潘忠地这几天只是考虑土地怎么承包了，根本没想到窑场的事。忠民这么一问他意识到，这还的确是个问题哩。土地承包到户以后，工分是没用处了，在窑场干活的怎么办？还有试验队、铁工组，都是大队直接管理的，现在所有人员都记大队工，今后他们的报酬怎么算法？下一步必须研究个解决的办法。去参观时也忘了问他们集体副业是怎么处理的，其实问了也白搭，听那意思他们好像没什么副业项目。走一步说一步吧，车到山前必有路，眼下得先集中解决土地承包和相关的问题。春华的话也让他想起另一件事，那就是干部们的家属，有些表现很好，平常和普通社员一样下地，可有的不行，老想沾男人的光，不仅出工少，干点活也是拣轻省的，这种人很可能对包产到户有抵触情绪，弄不好会影响干部们的思想。但是，他不好对弟媳妇解释什么。这时潘忠民说："分了地还能让你自己种呀，嫂子现在也是整天出工，我和哥哥一早一晚伸伸手，有几亩地荒不了。在窑场人们议论起这事，都说分了好。要是所有的地都种得和自留地一样，那就增产大了。"

薛春华没再吱声。

支部会上，潘忠地先把参观的情况详细作了介绍，又根据魏书记讲的和昨天晚上所看材料的精神，结合着谈了自己的一些想法。最后说："过几天魏书记要带着县农办的同志来，他还让林书记来帮助咱们，咱既要把工作做细，又得加快进度。工作可以压茬进行，五队先行一步，只要五队开始分地，另外七个队就要接着行动。明顺叔，恁开社员会了吗？"

展明顺说："昨天晚上倒是开了，只是说了说要搞包产到户的事儿，具体怎么弄法没商量，一瞬儿就散会了，想等恁三个回来再说。"

潘忠地说："那行，恁就下午再开个社员会，支部的同志都去参加。争取今天把分地的具体方案定下来，明天就丈量土地。"

张发树说："让那几个生产队的队长、会计也去参加听听吧？"

潘士金说："这个办法好，看了五队的做法，各队就可以立即行动了。"

展明顺说："忠地，刚才你说除了机械和大车，所有农具和大牲畜都分了，下午也一块商量吗？"

潘忠地说："先等一等，分两步走，第一步把土地分下去，回过头来再分那些东西。”

展明尧突然提出:“窑场怎么办呢?分了地以后,在窑场干活的那些人就稳不住了,还不都想着回家去种自己的地呀!”从建窑到现在,展明尧一直分管窑场的事儿,特别是免去副书记职务以后,他基本上整天靠在那里。

潘秀菊说:“昨天我参加八队的会,除了个别缺劳力的户不赞成分地外,大部分人都同意分。不过,有人提出,试验田当初是抽的各生产队的地,这一次是不是退给各队?”

张发树说:“不能退给他们,这些年咱没调生产队的粮食,就指望的试验田。今后大队的用项还少不了,要是把试验田也分了,又得上他们手里去讨香火,那就麻烦了。”

潘忠地说:“是不能分,还有窑场、铁工组,我考虑大队管的这几摊都得保留。问题是以后怎么个管法,等生产队把土地承包完了,咱再专门研究。昨天回来路上我还说,生产队之间人均占有土地不一样,是不是需要调整?晚上学了学魏书记给的几份材料,心里清楚了。公社化以后是三级所有,队为基础,以生产队为基本核算单位,由生产队对社员进行分配。实行包产到户后,土地仍然归集体所有,社员只有使用权,没有所有权,只是由二次分配变成了一次分配。土地是组建生产队时明确的,这次一般不能再作调整。这个问题虽然没人提出来,万一有人提了,我们可以作些解释。另外,有的社员有不同意见,这很正常,要好好做他们的思想工作。告诉大家,包产到户后集体仍然要管事,对个别无劳力耕种的可以组织帮工。再就是要让干部做好家属的工作,不能叫他们扯后腿。”

张发树说:“家属们能当什么家?只要内轴子转了,还怕外轮儿不动啊!”

展明尧说:“生产队现有的土地可不能动,要是调整那就成全大队统一按人头分,工作量也太大了。”

张发树跟他开玩笑说:“你当然不同意调整了,你家是六队,六队人均土地最多，不调整你有光沾啊！”

展明尧也知道他是闹着玩，就说：“你要想沾光好办，我回去给大伙说说，把你过继到六队去。”

张发树说：“我才不办那种事哩，你以为别人和你一样私心那么重啊？我可不是想占便宜的那种人。”

展明尧说：“会说的不如会听的，到什么时候砍的也不如镟的圆。谁想沾光了？忠地把原则讲清楚了，你有想法也白搭，干瞪眼吧！”

李长贵说：“这不是沾光不沾光的问题，忠地叔讲的是大政策，咱得按政策办。”

潘秀菊说：“你不用听他两个胡咧咧，他俩打破头也用不着咱拉架。”

潘忠地说：“行了，就到这里吧。明顺叔，恁回去下好通知，最好所有劳力都参加，起码每户能有个当家的。到时候你先讲，然后让大家讨论。反正俺几个都去参加，有什么问题一块商量。”

正要散会，林书记和党委秘书刘西贵进了院子，他们都迎了出去。临进屋张发树说：“长贵，你去提瓶开水来，给林书记、刘秘书泡壶茶喝，省得再点炉子。”

李长贵说：“还得拿壶茶叶来吧？”

李向河说：“不用，橱子里还有。”

展明顺问：“我和向清先回去吧？”

潘忠地说：“行，回去抓紧下通知。”

都坐下后，林书记说：“恁在开会呀？”

潘忠地说：“刚开完。我们商量土地承包的事儿，想全大队统一实行承包到户的办法。让五队当个试点，下午他们开社员会，全体大队干部和各生产队的队长、会计都参加。等五队开始分地以后其他队再行动。”

林书记说：“昨天晚上县里魏书记给我要电话，把你们出去参观的情况和打算简单讲了讲，我本来想吃过早饭就来，有几个事又需要处理，完了才叫着刘秘书来的。昨天下午党委开会时还有人提出到外地参观学习一下，学了人家的经验回来再全面铺开。这下好了，你们想到了头里，只要你们搞好了，全公社可以直接推广你们的做法。”

潘忠地说：“参观的那里和咱的情况不完全一样，我们也没把握，所以让五队先行一步。”

林书记说：“这样好，这项工作我们都没经验，既要大胆去做，又要摸着石头过河，稳妥一点，避免出大的问题。”

张发树说：“林书记你放心，我们一定创出经验，给你争光。”

林书记笑了笑，说：“出经验是对的，可不能光为了给谁争光，目的还是落实中央指示精神，促进农村的工作。”

李长贵提着两热水瓶开水进来了，张发树说了个“那是”，起来忙着泡茶。

林书记问：“恁下午几点开会？”

潘忠地说：“农村里不按点，说是吃完午饭就开，这时候吃饭晚，怎么着也得两点半以后。”

林书记说：“那好吧，我和刘秘书回去吃完午饭就赶回来，一块听听。”

潘忠地说：“您回去再回来太紧张了，干脆别走了，中午到我家里吃饭，饭后咱一块去五队。”

张发树说：“别上你家里去了，让书记跟着我吃去。”

潘士金说：“别争了，上我家里去。林书记说过好几次了，要到我家看看，至今还没去过哩。”

林书记说：“老书记这是批评我了，这样就不能走了，得去认认门。恁几个都知道，士金同志可是主动让贤，要不是他多次要求，党委还真想让他再干几年书记。不担任书记以后还继续维护支持年轻同志的工作，不仅扶上马，还能送一程，这思想境界很高啊，值得我们学习。”

潘士金说：“我年龄大了，感谢党委对我的照顾。我和明尧毕竟多干了几年，现在还都留在支部里，就是当个普通社员，也不能不支持他们，起码还得发挥个党员的作用。有句话叫保持什么‘节’来？”

张发树说：“保持晚节，恁两个保持得可好了！”

潘士金接着说：“这样吧，秀菊你先去帮恁嫂子做饭，明尧，你和发树、忠地都去，一起陪陪林书记和刘秘书。”

张发树说：“我也先去吧，看看缺菜不，好再买点。”

张发树、潘秀菊走了，他们喝着水，林书记让潘忠地再详细谈谈关于包产到户总体工作的想法。临去吃饭，林书记对刘秘书说：“你给王社长要个电话，叫他下午早一点过来，也参加会。”

刘秘书接着摇起了电话机子。王社长就是原来的农技站站长王士友，现在是副社长，分管农业方面的工作。

寒冬腊月，虽然天晴日朗，没风没雪，依然是冷飕飕的，人们出门就把两手伸进棉袄袖筒里，走路也没有慢条斯理的了，仿佛停下就会被冻住两脚，迈不动步子了。自从昨天生产队都组织社员讨论分田到户的事，各队基本上没再安排什么农活，所以街上冷冷清清，几乎没人出门。只有五队，各家各户上午都接到通知，吃过午饭就到生产队办公室开会，人们陆续来到了会场。

五队的办公室是两间屋，没有炉子。李向清老早就来把门打开了，没过多大会儿，来的人差不多就把屋里占满了。今天人到得格外多，李向清一看，还有两三户人没到，再加上那七个队的队长、会计都来了，大队的干部和林书记他们不来，屋里也挤不下。于是说：“来得晚的只能在门外听了。”

展明顺说：“那样可不行，这日头高高的还暖和些，过会儿下去日头地儿，在外边可待不住，不是干着活。”

正说着张发树来了。他们几个在潘士金家里吃饭，因为要接着开会，没喝多少酒，很快就吃完了。张发树撂下饭碗，说让他们先喝水等着，他先到会场看看，人快到齐了的时候再来喊他们。来到一看，就说：“恁这办公室太小了，林书记他几个来了还往哪坐？这样吧，上大队办公室开去。”

展明顺说：“这里离学校近，给宫老师说说，用他们口教室，让孩子们先放学，反正就半天的事儿。”

张发树说：“不能耽误孩子们上课，那里也没炉子。还是去大队办公室吧，也就是多走几步路，累不着。”

这时李向河进来了，张发树说：“向河，你前头去开门，把炉子生着，屋里好热乎点，别冻着明顺叔。我去喊林书记他们，人来齐了都带着自己的小凳子一块过去。”

展明顺说：“我可没你那么娇贵，你是看着这里没炉子怕挨冻才想挪窝，让大伙都沾沾你的光去暖和暖和吧。”

张发树朝他龇龇牙，回去告诉林书记他们。

王社长本来不知道开会的地点，直接去了大队办公室，进屋时李向河刚点着炉子把烧水壶放上去。李向河说：“社长来得早啊，您先坐一会儿，水开了我就泡茶。林书记他们在士金叔家里，马上就过来。”

随后，林书记他们都来了。张发树进屋就捅炉子，边捅边说：“向清，你忒懒了，虽然咱不是天天点，这烟筒也该打打了。”

李向清说：“你别瞎捅达，刚上来火。这种炉子不喜勤快人，越捅越不旺。反正这不能打了，明天你来帮我打。”

刘秘书说：“打烟筒挺麻烦。有个简单法，弄瓶子柴油来，倒进点去，‘轰’的一下就把烟子全冲出去了。”

有几个人笑了，张发树说：“可别提了，我试过，那次往里一倒柴油，火头立时冒出来了，差点把我的眉毛都烧净。”

王社长说：“你是没掌握好要领，得麻利点，倒进柴油赶紧盖上炉盖。另外还有个办法，放进个炮仗或卫生球也行，那也得快一点盖炉盖。”

这时其他生产队的队长、会计和五队的人都来了。幸亏到大队办公室来开，这些人一进来，三间屋都坐得满满的了。展明顺说：“俺的人都到了，开会吧？”

潘忠地说：“林书记，人到齐了，你先给大家讲讲？”

林书记说：“我们三个今天是来学习的，没什么讲头，恁原先怎么定的就怎么开。”

潘忠地说：“明顺叔，林书记不讲你就讲吧。”

展明顺说：“守着领导我还真张不开嘴哩，不如你给大伙说说算了。”

潘忠地说：“还是你先说，就按咱商量的那些事，你说完了再让大家讨论。”

展明顺没法了，觉得又不能和平时自己开社员会那样，“嗷嗷”咋呼一阵子，讲得孬好没人驳文，现在有公社的领导在，说话得谨慎点，于是慢声细语地讲起来。他说：“上级叫咱们把土地分到各家各户种，这是好事。以前是少数几个干部操心，今后人人都操心，人多力量大，那还愁种不好啊？忠地他们去参观回来说，人家分了一年了，当年就大增产，完成国家的任务，交上集体的提留，各家各户的口粮还都比往年多。所以咱得听领导的，包产到户。地怎么分呢？按人头，男女老少平均分。队委会商量，把地分成两大类，干渠东和南坡的地是一类，从西南坡到西北坡为一类，这样每家分两块地，便于耕种。分地的顺序是按平常分粮、分柴的顺序，从南到北挨户分呢，还是采取抓阄的办法？听听大伙的意见，多数同意怎么办就怎么办。我就说这些，谁有什么不明白的提出来，大队的人都在，还有公社的领导，他们再给大家讲。”

潘忠地说：“先让大伙发言，有什么想法都可以说，说错了也不要紧。这项工作都没有经验，大队决定让你们五队先搞，就是为了蹚蹚路子，你们把问题商量透解决好了，别的队再搞就顺畅了。”

老大一会儿，没一个吱声的。张发树说：“别闷缸呀，明天就分地，现在有意见不说，别到时候觉得吃亏了又乱嚷嚷。”

有个社员说："明顺，咱那地按两类分不行，干渠东和南坡可以算一类，西南坡和西坡那两块算成一类也行，就是西北坡那二十多亩得算另一类，那块地土质差不说，离村也太远，三里多路，谁摊上都不乐意，不如家家都分点。"

接着有几个社员附和。又有个社员说："按原来分粮食的顺序分地不合理，俺那几户分什么都是在最后，粮食、柴草的前头分后头分没什么差别，分地了不能再当老末，谁也不愿意种地边，还是抓阄公平。"

还有个说："抓阄倒是行，可摊到地边的怎么办？靠路边的地有树遮阴，靠井边的庄稼也长不好，谁摊上谁吃亏。"

没有再提别的意见的了。待了一会儿，潘忠地说："还有谁想说？没有就让大队和其他生产队的同志说说。"

潘士金说："刚才大家讲得都很有道理，我看可以把地分成三类，一户三块地也不算太零星。另外，地块顺路的地方和靠井边的，可以刨一定的荒，地头靠路各户都能摊着，就不一定刨了。"

展明尧接着说："分地顺序抓阄好，别管抓个先后都是自己赶上的，怨不着别人。"

其他人都不再发言了。展明顺说："就按士金和明尧的意见办，晚上让向清按现有耕地面积，分三类算到户头，明天上午就抓阄，接着分地。"

这时李光斗突然说话了："按表上的现有耕地面积不行，咱现在填报表都是根据那年调整土地的地亩数，这都十多年了，又是修路又是打井修渠，占了些地，那个数字不准了。如果分到最后地不够了，那就麻烦了。"

林书记小声问潘忠地："这人是谁？"

潘忠地说："三队的会计，叫李光斗。全大队所有会计中他是资格最老的，年龄也最大，快七十了。"

林书记点了点头。

潘士金说："光斗叔说得对，不能急着分，得先丈量土地。"

展明顺说："行，明天俺就先量地。"

散会了，林书记起身要走，潘忠地说："魏书记让俺搞个实施方案，还要形成文字，过几天他要来，能不能让刘秘书住下，帮俺弄弄？"

林书记说："刘秘书回去还有事。这样吧，让王社长住下，也帮恁好好总结一下，过两天我们在这里开个现场会，让各大队的干部都来学学。"

王社长说："我今天也先不住了，明天一早回来。"

沉睡了一夜的村庄醒来了。家庭主妇起床后先打开鸡窝门，然后洗洗手准备做早饭。大公鸡钻出鸡窝，昂起头，伸开脖子，"喔喔"叫了几声。那些母鸡，展了展翅膀，然后扑棱棱在院子里东抓西挠找食吃。一群群麻雀，叽叽喳喳从这棵树上飞到那棵树上，絮叫个不停。东方日头刚刚升起，放射出一道道金色的光，辉耀着天空和大地。路边的枯草和大片的麦苗上，结了一层白霜，仔细看看，像开了无数银色的花。人们呼吸喘出的都是一股股白气。又是一个大冷的天。

展明顺叫着几个队委会的人，拿着绳子、尺子，李向清抱着算盘和本子，开始丈量土地了。这活儿不算累，可挺麻烦，忙活了一早晨，才量完了干渠东和南坡的几块地。展明顺说："回去吃饭都快当点，上午量完后接着算出来，中午抓阄，下午就分地，今天分不完明天再分。"

李向清说："只要量出总数来，账好算，三部分分别被总人口除开就是。每户应摊多少，随分随算就行。阄怎么弄法？"

贫协组长说："那还不好办？买张大纸，裁成大小一样的小块，有多少户裁多少块，上面只写上数字，团成蛋儿，放到个盆里，到时候让大伙随意抓。不行就让社员先抓，咱几家最后。"

展明顺说："量完地回来向清就负责算账，咱几个弄阄，就写个一二三四的，都能行。"

开始分地了，社员几乎都跟了来，有些老头、老太太也来了。展明顺安

排几个青年，到饲养棚砍了两筐木橛子，量出一户的来就砸上一个。有的社员接着找块砖头或石头，挨着的两家都现场看着，埋到地里作为界石。有个老头说:“这不和当年土改时一样啊！”

有个青年立即反驳:“可不一样，那是分的地主家的地，这是分的咱自己的地，和兄弟们分家差不多。”

另一个说:“不一样的事儿多了，分了地也不算自己的，咱只管种，队里说收就可以收回去。”

又一个说:“没听说呀？还得按地亩交国家的征购任务，队里还得要提留。”

那个老头又说:“国家任务还能不交啊？皇粮国税，什么时候也少不了。”

不管人们议论什么，展明顺他们几个都没搭腔，一直认真地丈量着土地。

潘忠地叫着王社长来了，一会儿张发树也来了，他们看了一会儿，看到社员们热情很高，分得也很顺利，潘忠地就叫着王社长回大队办公室商量材料去。张发树说:“恁两个去吧，我在这里看看。”老头、老太太们也都陆续回去了。

日头快要落山了，第一拨地也快分完了，展明顺说:“歇会儿吸袋烟，看来今天分完南坡的，明天上午就能全部结束了。”

李向清朝没分的那部分地走了走，回来说:“还不行哩，剩下的还有五户，那点地也就够三户的。”

展明顺说:“怎么会呢？你不是都算好了吗？”

李向清又拨拉了阵子算盘，说:“算得没错，问题出在哪里呢？”

展明顺扔掉烟头，说:“抓紧量量看看，你光凭眼打量不行，还是尺子准。”

李向清还真没看走眼，丈量完三户的，剩下不到四分地了。没分上的两户加起来，还得二亩一分地。如果靠边的再去除半分多地的荒，得差一亩半多。张发树说："向清你怎么捣鼓的？当这么多年的会计了，这点账都算不明白。"

李向清说："我是按丈量的实际面积算的，刨荒的部分没扣除。另外，两户之间又留了半拃的余数，这些都应该提前在总数里减去，那样人均少上几厘就够了。"

张发树说："这算练练兵，明天重分。"

展明顺问剩下的那两户的人："恁两家分西坡的地行不？"

其中一个说："那可不行，谁都知道咱南坡和干渠东这几块地最好，不能让俺两家吃亏。"

另一个也说："是呀，要是差个一分二分的用西坡的地顶可以，全部分到那边去怎么能行？这边的地不光土质好，离机井还近，浇水多方便呀。"

展明顺说："那算了吧，今天分的都不算数了，推倒重来，明天另分。"

社员们都散了。张发树说："走，恁两个跟着我去大队办公室，给王社长和忠地说说情况。"

展明顺和李向清随着他去了。到大队办公室说了说，潘忠地说："不要紧，也就是赚点麻烦，向清晚上另算一遍，明天重分就是了。"

# 先进

大伙都没想到，第三生产队分地比五队还快。五队第二天上午还没分完南坡的地时，三队就全部结束了。

党支部全体成员和王社长正在大队办公室商量如何加快这几天的工作，为公社的现场会议作好准备时，潘忠良和李光斗来了，潘忠地问："恁两个怎么来了？有事吗？"

潘忠良说："没什么大事，就是来给您报个喜，俺把地全分下去了。"

张发树说："别瞎吹，能这么快啊？五队今天下午还不知道能不能分完哩。"

潘忠良说："你别门缝里瞧人，以为不让俺当试点就得落到后边啊，我们和其他工作一样，照常当先进。当然，这得归功于大老爷。有大老爷这个'铁头'脑袋，俺就落不了后。全队所有地块的地亩数，都在他脑袋里装着哩，没用再丈量，昨天开了个社员会，抓了抓阄就开始分，一次就成功了。我听说五队不仅把地全部量了一遍，昨天分的还不行，今天又返工从头来，那不就慢了。"

潘士金说："忠良你真没个老少，恁大老爷都这么大年纪了，还跟他瞎胡闹。"

原来就说过，李光斗这个外号已经存在多年了，可他辈分高年纪大，又不喜欢跟别人开玩笑，所以极少有人这么说他。也就潘忠良，全村不论男女，也不讲辈分，他没有不胡闹的人。

要说三队分地之所以这么顺利，还真多亏了这个老会计心中有数。前天晚上，他们队委会商量分地的事，潘忠良说："下午参加五队的社员会，听明顺叔那意思，明天就开始丈量土地，完了接着分。咱动作也得快一点，玉英当着妇女队长，忠地是书记，士金叔家也在咱队，什么工作咱也不能给他俩丢人。"李光斗说："慢不了，咱的地不用量，昨天开会社员们也都同意分了，明天再开个会让各家把阄抓了，接着分就行。"潘忠良说："下午在大队办公室你不是说得重新丈量吗？"李光斗说："我没说重新丈量，我是说不能按原来那个地亩数算账。整天在地里转悠，哪块地占了多少还能不知道？一寻思就清楚了。另外，分地和分粮食一样，如果总数是多少就按多少分，给每户过秤都是高高的，分到最后就不够了。分地也是，把一块地分成几十份，户与户之间也得留出几寸埋界石的来，所以得多留点余数。"潘忠良说："那就按你说的办，需要留多少你当家，俺就不管了。向海，你去代销点买张白纸，叫大老爷拨拉他的算盘，咱把阄弄出来。"石玉英说："别再叫向海跑腿了，俺家里糊窗户时忠民买了几张白纸，有剩的两张，我回去拿一张来。"李向海说："咱两个还分你我呀，好得和穿一条裤子差不多，谁跑腿都一样。"石玉英边起身边说："再胡说八道我撕烂你的嘴！"就这样，当天晚上李光斗把土地算到了户头，他们几个也把三十四个阄团好放到筐里，第二天早晨开了个社员会，把阄抓下去，早饭后就开始分地，今天上午老早就分完了。

潘忠地问："每户按几块地分的？分到最后正好吗？"

潘忠良说："和五队一样，每户三块地。大老爷这些年的会计没白当，算得可准了，分到最后就剩了三亩多地。想再开社员会的时候给大家说说，谁愿意种就包给谁，按今年的产量算账，百分之四十归个人，百分之六十交队里。"

展明尧说："要按忠地刚才那说法，剩的还少点，要剩个十亩八亩的就好了。"

潘忠良说："这就是按人平均分的，还剩那么多地干吗？"

潘忠地说："这是考虑到今后人口变动，增减相抵总的是要增加，留出十来亩地作为机动，每隔两三年算次人口账，人口少了的调出来，人口增了的分给他，到时候就好办了。"

当时这么考虑无疑是正确的。但是，几年以后中央规定农民承包的土地三十年不变，那是后话，不必说了。

李光斗听潘忠地这么一说，觉得有道理，就说："俺还真没想到这一层哩。这真是个细活，有一户只有一口人，分到他了才想到，要是也分三块，每块只有一小溜儿，没法种，我们就分给他了一块，在西坡，既不吃亏也不沾光，大伙和他本人都没意见。"

王社长说："这也是一条经验，一口人两口人的都应该分成一块地。刚才商量留地的事，就叫机动田，别管留多少，承包给部分户种，按三队的办法，收成的大头交集体。"

潘忠良说："俺队没有两口人的户。"

潘士金说："最好抓紧开个队长会，给大家讲一讲。"

潘忠地说："向河、长贵，恁两个分头去下通知，叫队长、会计都来，包括五队，先别分了，开完会再分。"

他两个下通知去了。潘忠地又问："剩下的这几亩地在哪坡？"

李光斗说："在西坡。俺是先分的干渠东和南坡，分完剩下了半亩多，就给了最后一户，顶他西坡的数。然后分的西北坡、西南坡，西坡的地最后找平，所以就剩在西坡了。"

张发树说："姜还是老的辣，这些事也就大老爷能考虑在前头，那些队谁也不行。"

潘忠良说："是啊，从前年他就说不干了，恁说我能放他的马吗？对了，俺剩的作机动的地太少了，还用重新分吗？”

潘忠地说：“别重分了，以后再说。”

李光斗说：“忠良，别光说那过五关斩六将的事儿，咱不是来请示问题的吗？趁着开会的没来，还不赶紧说说。”

潘忠地问：“什么事啊？”

潘忠良说：“俺想把牲口和小农具接着分了，能行不？”

潘忠地说：“行啊，怎么个分法？”

潘忠良说：“总共八头牲口，有两头壮点的，其余六头差不多，小车、排子车和犁耙绳索的搭配成八份，社员也分成八个组，全队三十四户人家，每组四户，有两个组五户，把牲畜排好顺序，每组选一个人抓阄。五户的组为一伙，弄两个阄，分那两头壮点的，农具也稍微多点。其余的为一伙，弄六个阄。至于分了后各组怎么处理，让他们商量着办去。”

张发树问：“小组怎么个分法？”

潘忠良说：“牲口、农具都排好顺序再分组，自由结合，不行也采取抓阄的办法。”

潘忠地问王社长：“王社长，你说这么办行吗？”潘忠地是公开场合叫他王社长，没外人时就叫大哥。

王社长说：“我看可以，叫他们先试试。”

潘忠地说：“就按恁商量的办吧，到分的时候说一声，我们去看看。”

潘忠良说：“要是行今天做好准备，明天上午就分组、抓阄。”

这时候队长、会计们陆续来了。会上潘忠地讲了讲，其他人没再说什么。临散会时李向清说：“干渠东和南坡的地俺刚分完，要留机动地又得重分一遍啊？”展明顺说：“你没听忠地讲呀，可以留在西坡，下午你再算算账，那边的每户少分点就行了。”

潘忠地说：“就是，分下去的不用动了。”

三队的饲养院里热闹起来了。八头牲口笼头上都贴了号，所有小农具也分成八堆排好了顺序。社员们都到齐了，三个一堆五个一伙，有的拉起了家常，有的嘻嘻哈哈打闹。只有潘士宝一个人蹲在饲养棚门口，低着头“吧嗒吧嗒”吸闷烟，和谁也不说话。石玉英凑上去，说：“大叔，你也别和个事儿似的，这是上级政策让办的，不光咱，都得分。”潘士宝磕了磕烟锅，站起来说：“侄媳妇你也知道，我和这些牲畜打交道快二十年了，昨天恁一说要分，心里就像有了块病，不好受啊！所以开始我不同意，后来也想通了。可晚上一闭眼它们就在我跟前晃，弄得我一夜没睡好觉。”石玉英说：“别说是牲口，就是个小猫小狗喂长了也有感情。你年纪这么大了，正好也该歇歇了。”潘士宝说：“是啊，去年我就给忠良说，得换人了，我不能再当这个饲养员了。他说我身体还好，先喂着。我也琢磨，这身子骨再喂个三两年的还行。这下好了，可以卸下这个担子了。”石玉英说：“等会儿分组的时候咱一伙，别管分到哪一头，还是让你喂。”潘士宝说：“那行，我负责喂，大伙公着使。”

王社长和潘忠地、张发树来了。进来张发树就问：“还没开始分啊？”

潘忠良说：“各户的人都到了，恁来了就开始。”接着他大声咋呼，“都别说话了，咱开会。”

还有几个人打哈哈，李向海喊着他们的名字，让他们别再闹腾了，都往前靠靠。院子里静了下来，潘忠良说：“昨天咱把地分完了，今天分牲口和农具。农具除了那辆大车，连场间用的杈耙扫帚都一块分了。”

这时有个青年突然冒了一句：“怎么不把大车也分了？”

潘忠良听到了，装作生气的样子，大声说：“把恁娘也分了，问问恁爹愿意不？”不少人笑了起来。

李光斗叱呵他一句：“你那嘴别没有把门的，王社长还在这里。”

潘忠良龇着牙看了一眼王社长，也有些不好意思了，接着说：“好了，王社长来参加咱的会，咱都得一本正经的。”随后把牲口、农具怎么搭配成八份，各户分成八组，详细说了说，然后问大家："这么办有不同意的吗？再看看农具搭配成这八堆行不行？有意见就提出来。"

等了老大一会儿，没一个吱声的。潘忠良说："都同意是吧？那就这么办了。下面开始分组，自由结合，只能有两个组是五户，其余的都是四户。"

满院子乱起来了。平时比较合得来的户很快结合到了一起，有些户就不好凑合了。有的想参加这个组，这个组已经够了，又找另外的组，那个组还不乐意接受。过了顿把饭时，五户的两个组结合好了，四户的六个组只有四个组凑合成了，另两个组一组凑了三户，一组凑了两户。这样还有三户没到组，这三户不是人家不愿意要，就是他们不想参加。潘忠地说再做做工作，把这三户分到那两个组去。潘忠良过去咋呼一阵子，做通了一户，加入了那个两户的组。没办法了，潘忠良说："向海，弄两个阄，让他们抓阄。"李向海说："怎么个抓法？"潘忠良说："好办，先说好，这两个三户的组站到两边，东边的为一组，西边的为二组，你再写一、二两个阄，叫那两家抓，抓到哪组算哪组。组里不能不要，抓阄的也不能不过去，谁让恁没凑合好来！这么办还有意见吗？"这八户觉得也只能这样了，都说没意见。就这么折腾了一番，总算把组分好了。

潘忠良又说："下面各组都选出个人来，开始抓阄。"

这个程序很顺利，没大会儿就完了，各组都急着看自己分到的牲口和农具。这时突然有人说："光分了牲口了，牛槽怎么办？"

潘忠良一听，觉得这还真是个事哩。他问李光斗："大老爷，怎么弄？八头牲口总共六个槽，没法分啊？"

李光斗想了想，说："反正不能再买两个槽去，要不这样，我那个组不要了，先找个筐箩将就喂着。"

潘忠良说："那行，俺那个组也不要了，其余六个组一组一个。不用抓阄了，六个槽差不多，散会后都抬回去。"

这时猪圈里有两头猪叫了起来，有个社员说："咱这五六头猪怎么办？

还不一块分了！”

潘忠良说：“不能分，那两头肥猪过几天就杀了，过年分肉吃。三头母猪有一头快下崽了，让士宝叔先喂着。别胡嚷嚷了，各组都把农具弄回去，牲口也牵回去，中午就各人喂各人的了。过会儿都来端筛子饲草，先喂一顿，下午再把草料分下去。”

人们牵牲口的牵牲口，扛农具的扛农具，还有一伙青年进饲养棚抬牛槽，快到吃中午饭的时候院子里才利索了。社员们都走了，只剩下队委会成员、潘士宝和王社长他们几个。王社长说：“不错，这样办没什么后遗症。忠地，材料中这一部分按三队的做法写就行了。”

潘忠地说：“行，下午我就集中写这一块。走，回家吃饭去。”

王社长昨天一早来时带了几把挂面，他没打算住下，只有中午一顿饭在这里吃，在大队办公室炉子上煮煮就将就了。潘忠地怎么能让他这么办呢？他既是领导又是亲戚，无论如何也得让他到家里吃顿饭。自从娶了石玉英以后，潘忠地每年春节都领着她到王士友家里看望老人。按当地风俗，石玉英是填房，原来死了的媳妇娘家还得走动，去了对老人也得叫爹叫娘。李春莲娘家是本村，两个人抽空就去坐坐，王士霜家里也就是一年一趟。但是，潘忠地只要到公社开会，都要到王士友办公室说句话儿。昨天吃早饭时潘忠地就说上午大哥要来，中午叫他家来吃饭，让石玉英早点回家做饭。队长、会计会散了以后，潘忠地说：“王社长，你跟着我回家吃饭去，都准备好了。”王士友当时还不愿意去，其他几个人都劝说才去了，因为没准备礼物，临时掏出钱让李长贵到代销点买了两瓶酒。王士友觉得今天不能再去了，毕竟不是有妹妹士霜在，这样的亲戚不担事儿，于是说：“不去麻烦了，我到办公室煮把挂面吃就行了。”

石玉英说：“大哥你怎么见外啊？还是回家吃吧。”

潘忠良说：“算了，上我家里吃去。玉英，你去帮恁嫂子做饭去。发树，你和忠地都去陪陪社长。咱今天是大功告成，恁也给俺祝贺祝贺。”

张发树说："那好，我去买瓶酒。"

潘忠地说："不用买了，昨天的两瓶酒喝了还没半瓶，叫玉英拿过去就行了。"

潘忠良说："我家里还有多半瓶哩。"

李向海说："我去斟斟酒吧？"

潘忠良说："你个熊孩子就是馋嘴头子，去吧。还有大老爷，庆祥叔，士宝叔，都一块去。"

他们都说不去了。

大宝、二宝和套子端上菜来，李向海到厨屋又端来一样，共四个菜，一盆白菜猪肉炖粉皮，一盆白菜炖豆腐，一盘白菜条炒豆腐皮，一盘肉丝炒芹菜。张发树问："还有菜吗？"

李向海说："没了，就这四个。"

张发树走到门口，朝着厨屋喊："王桂兰你过来！"

王桂兰过来了，边进屋边说："你真没大没小的，还提名道姓的，连个嫂子都不喊。什么事啊？"

张发树说："你不认识王社长啊？这可是咱公社的大官，轻易能到恁家里来吃顿饭吗？你看看，弄的些什么菜？不像碟子不像碗，不咸不淡的，除了白菜还是白菜，真是墙上挂狗皮，太不像话（画）了！"

王桂兰说："谁叫恁临上轿才扎耳朵眼来，为什么不早说一声？这还亏了前天过腊八买了二斤肉包扁食，我留下了一块。叫套子去茂泉家买豆腐，晚一步就没了。要不是玉英拿来把子芹菜和斤多豆腐皮，我只能给恁炖俩菜。王社长也不是外人，不会笑话。"

王社长说："你别听发树的，他就好胡闹。这些菜已经不少了，你忙去吧。"

王桂兰说："我才不跟他一般见识哩，他整天放屁拉骚的，没点正形。"

边说边笑着回厨屋去了。

这时潘忠地和李向海已经倒好了酒，潘忠良说："发树你就多嘴，叫恁嫂子骂你两句心里痛快了？快喝酒吧。"

张发树说："打是亲骂是爱，不打不骂不自在。俺俩一个勾命鬼，一个替死鬼，就愿意凑到一块斗两句。"

喝起酒来王社长问："那七个队什么时候能把牲畜、农具分下去？"

潘忠地说："今天都能把地分完，我想晚上再开个队长会，把三队今天的做法介绍介绍，让大家心里有个数，让他们两天以内也都分下去。"

王社长说："要这样我今天下午就回去，给林书记汇报一下你们的进度。他说要在这里开个现场会，能行就后天来开。"

张发树说："后天各队还分不完，你看三队今天这场合，乱七八糟的，叫人家看了多不好！"

王社长说："现场会现场会，来了既要听你们介绍又要看现场，正分着才有看头。再说了，到春节不到二十天了，年前也就开这么个会了，不能再拖了。"

潘忠地说："后天开会倒是可以，就是会场是个问题。眼下这天冷呵呵的，就算每个大队来一个人，也没这么大的屋，不能在院子里开吧？"

王社长说："这还真是个事哩。我回去给林书记商量商量，不行就在公社礼堂开，恁去作个大会发言，介绍下经验。"

张发树说："就是，这种现场看不看的没大意思，叫忠地到会上好好说说怎么做的就行了。"

潘忠地说："介绍也只能是这两步的做法，还有不少事儿还没商量。今后机械怎么管理使用？烈、军属，五保户，个别缺劳力的困难户，都按人头分了地，怎么帮他们耕种？还有副业项目、试验田，下步怎么办？"

王社长说："能把这两步的工作介绍清楚就很好。现在面上急需要解决的是土地如何承包下去。至于牲畜、农具，开始我也没想到你们能分得这么快。其他问题慢慢来吧，农村这一步改革步子太大了，还会遇到一些意想不到的问题，只能走一步说一步了。”

张发树说：“没事，逢山开路，遇水搭桥，没有过不去的火焰山，到时候就有法子了。”

李向海说：“发树哥真厉害，要成孙猴子了。”

张发树说：“我要是孙猴子你就是花果山上的小猴子。不是我厉害，是恁忠地哥厉害，你想想过来这些年，包括‘文化大革命’期间，遇上什么难题不是他一眨眼就想出点子来了！”

潘忠地说：“胡咧咧，叫你这么一说我快成神仙了。一条龙再强势也管不了几条江河，什么事都得依靠大家伙。”

张发树说：“你没听人家讲呀，村看村，户看户，社员看的党支部；火车跑得快，全靠车头带。咱的工作再好，主要成绩也得归功于你。王社长，我说得没错吧？”

王社长笑了笑，说：“你这个大队长功劳也不小啊！”

正说着李向河来了，潘忠良说：“向河你怎么才来呀？这都快喝完了，你先坐下补上两盅。”

李向河说：“补什么呀，我刚吃完饭，恁继续喝吧，我是有个事来给王社长和忠地说一声。刚才我一到办公室，电话就响了，是刘秘书打来的，他说明天县里的魏书记要来，叫我马上告诉恁，有些事好准备准备。”

王社长说：“我那更得回去了，跟林书记商量商量，看明天能不能把魏书记留下住一晚上，请他参加一下公社后天的大会。不能再喝了，吃饭吧。”

潘忠良说：“向海，你去叫恁嫂子下面条。来，咱喝了这一盅，再倒上个门前盅，端上面条来就吃饭。”

王社长说：“别再门前盅了，这就是最后一盅。”

张发树说：“王社长不喝就算了，他还得回公社。”

潘忠良说："那咱俩再追加两盅。"

张发树说："那行，我还喝不过你呀，十盅八盅的没问题！"

潘忠地说："都别喝了，魏书记要来，下午咱也得开会商量商量。"

王社长说："还得和队长们打打招呼，工作照常进行就可以，但要尽量组织好一点。忠地你得好好准备一下，魏书记来了既要看看生产队的工作，也得听听大队的全面情况。"

潘忠地说："我正在想这个事，他交代要搞个具体方案，咱那个材料写出来就是个工作汇报，不像方案。"

王社长说："按理说方案应该形成在工作开始以前，这项工作是新事，很多事情事前想不到，不好搞方案。你就把这段的工作详细汇报汇报，魏书记一听就明白了。"

潘忠地说："也只能这样了。"

潘忠地让张发树、李向河去下通知，下午先开个支部会，晚上再开队长会，他直接去了学校。三个老师都在办公室，他一进门都站了起来，宫老师给他让座，他说："不坐了，就几句话的事儿。明天县里的魏书记要来，需要准备个汇报材料，还没写完，下午党支部开完会我接着写。估计他得把材料带走，晚上还得开队长会，向河那字又拿不出门去，长路，你去帮我誊誊。"李长路说："没问题，下午我就一节课，下了课我就去大队办公室。"宫老师说："你这就去吧，这节课我替你上。"潘忠地说："不用这么急，我回去还得先开个支部会。"

支部会很快就结束了，其他成员都去了生产队，查看分地的情况，潘忠地一个人在办公室开始写材料。他先把写完的部分重新改了改，刚改完李长路就来了。他说："你先誊这几页，我接着写，快完了。"李长路拿过去看了看，说："还不少呀。"潘忠地说："这是八页半，还得再写四五页。是琐碎些，这几项工作挺复杂，写太少了说不清楚。"

两个人分别动起了笔。潘忠地一气写完时，屋里已经暗了。他起身伸了伸懒腰，拉着灯，两手使劲握起来，让指关节“喀吧、喀吧”响了几下。李长路问：“写完了？我拿着晚上回学校誊去吧，这里还得开会。”潘忠地说：“我还得看一遍，咱晚吃会儿饭，改完你直接带着。”

晚上散了队长会，潘忠地就去了学校，走到时李长路还没誊完，便坐下和宫老师、展春才聊起了天。说了一阵子土地承包的事儿，展春才说：“土地都分到户家去了，像我和长路这样的今后怎么办？”

宫老师说：“恁不是也照常分到地了吗？抽空去干点活就是了。”

展春才说：“我不是这意思。俺俩家中都还有劳力，不用俺伸手那几亩地也能种好了。我是说工分怎么办，现在和大队干部一样记大队工，下到生产队参加分配，以后生产队不实行工分制了，还能就光领公社那几块钱的补助？”

潘忠地说：“这事还没研究，上级也没讲。不过，民办教师各大队都有，绝不会像你说的只那么点报酬，一定还得有说法。不只民办教师，还有大队干部、生产队干部，以及副业上的人员，不能都白尽义务。实行联产承包责任制以后，必须想法解决这些人的报酬问题，上级肯定会出台这方面的有关规定。”

宫老师说：“其实民办老师和公办老师一样教学，有的民办老师比公办的教得还好，按道理国家应该一样发工资。”

潘忠地说：“这不可能，那样得先解决这部分人的身份问题。民办教师数量这么大，一下子增加这么多拿工资的，各级财政恐怕负担不起，如果适当提高点待遇还有可能。这是大政策，咱没法说。”

展春才说：“我也就是有一搭无一搭地随口说说，不光一个人，不用咱担心，天塌了有个头大的顶着哩。”

这时李长路把誊写的材料全看了一遍，用曲别针夹好，递给潘忠地，说：“你再仔细看看，别有誊错了的地方。”

潘忠地接过来，边起身边说："不要紧，我回去还得看一遍，明天好汇报。"

回到家里，石玉英还没睡觉，有些不高兴的样子。潘忠地没管她，坐下看材料，石玉英继续做针线活儿。潘忠地看完材料，说："睡觉吧，天不早了。"石玉英坐在床沿上没动，放下手中的活，说："有个事儿我得给你说一声。"

"什么事啊？"

"你得考虑考虑咱这个家怎么分，再提前给咱娘说说，别到时候惹她老人家生气。"

"日子过得好好的，分什么家呀！"

"我也没想过分，可春华有这个意思。如果长期不分，她两口子会有意见。这两天我也想了，分家不是什么丢人的事，你看看村里，只要弟兄们多的，大都是结婚后就分开另过，就算是分得晚的，有了孩子也就分开了。"

"春华什么时候说的？小民什么意思？"

"那天分地的时候，我让她抓的阄。分完地回来路上，她说，'嫂子，生产队都把地分开种了，咱这家是不是也得分开？反正咱的地现在是一块，分了家也挨着，咱还是伙着种，俺大哥在大队忙，叫忠民多干点。'我当时说要分家得先给咱娘说一声，看看她老人家什么态度。春华说，'嗨，咱娘什么事都听大哥的，只要你和大哥同意就行。'我没再吱声。后来我想，她可能觉得咱两个在大队、生产队的事多，分了地得靠她两个干活，时间长了吃亏呀！"

潘忠地沉了一会儿，说："按理说有咱娘在，这家不能分。如果他两口子都坚持要分，也不是不行，真要分了就让咱娘跟着咱过，绝不能叫她老人家另起伙。"因为村里这种情况有，孩子们分家了，老人单独另过，平时都不照顾，影响很不好。后街上有弟兄俩，得了"大乖""二乖"的外号，就是人们根据山东梆子《墙头记》中那两个不孝顺的儿子给起的。

石玉英说：“到时候老人愿意跟着谁就跟着谁，如果让她老人家自己做饭吃，外人也会笑话。”

潘忠地说：“眼下工作这么多，过了年再说吧。抽空我也问问小民，看他是怎么想的。睡觉吧，天不早了。”

# 千头万绪

魏书记和县农办的秦主任来了，还有县委办公室秘书小房，公社林书记、周社长陪着。魏书记是坐吉普车到的公社，林书记一说和周社长一块去汶水滩，魏书记就说再找三辆自行车，都骑车子去。就这样，五个人骑着车子一大溜儿。

按昨天晚上商量好的，吃过早饭，其他党支部成员分别到各生产队帮着分牲口和农具，潘忠地和张发树到村头等着。老远看到魏书记他们，他两个迎上去，张发树过去接过了魏书记的车子，潘忠地接过了秦主任的。潘忠地边走边说："咱到大队办公室喝水吧。"

魏书记说："在公社刚喝了，不渴。听士友同志说，今天各生产队分大牲畜，先看几个队。"

张发树说："不光分牲口，连犁耙绳索的都分了。除了三队，那七个队今天全动手分。都在饲养院里，人多，乱乱腾腾的，还看啊？"

魏书记说："看。三队怎么不分？还是潘忠良的队长吧，他们的工作一直不错呀？"

张发树说："有些大队是'拔了棉花材，干部就下台'，几乎是一年换一茬，俺不是那样，这几年生产队干部稳定，都没换。您知道，三队是忠地的家庭队，忠地媳妇还是妇女队长，能吃上小灶，他们前天就全部分完了。”

魏书记清楚他这是跟潘忠地开玩笑，装作一本正经地说：“吃小灶有什么不好？今天我和林书记不是来给你们大队吃小灶了吗？”

潘忠地说：“别听发树哥的，他是守着谁都瞎胡闹。三队分地的时候我们都不知道，王社长在这里，当时我们定的先在五队作为试点，结果他们比五队行动还快，分完了才到大队说，并且提出想接着把牲口和农具分了。我们同意了，昨天分的时候，我和王社长还有发树哥，参加了他们的全过程。昨天各生产队才分完地，昨天晚上我们又开了个队长、会计会，把三队的做法给大家讲了讲，要求今天都着手分。”

林书记说：“其实这个情况王社长都简单地向魏书记汇报了。”

魏书记说：“这么多年了，这帮人谁的脾气性格我还能不了解？不仅发树，我印象中那个潘忠良也是好说玩笑话。”

张发树说：“咳，他是我的老师。”

周社长说：“大概弄不清恁两个谁是师父谁是徒弟，反正我知道你那调皮话是张口就来。”

都笑了。

说笑着到了一队饲养院门口，潘忠地说：“这是一队，咱进去看看？”

魏书记说：“看看。”

他们把自行车放到门外，进了院子。几乎满院子是人，队长正给大家讲怎么分组，看到他们进来就不讲了。潘士金在这里，迎上去和他们说话。魏书记问：“进行到哪一步了？”

队长也过来了。潘士金说：“牲口和农具都搭配好了，分完组就抓阄。魏书记，您还给大伙讲讲不？”

魏书记说：“都不讲，就是来看一下，恁按原来定的继续。”

队长回到原来的位置又讲了几句，然后让大伙自己凑合小组，院子里乱了起来。潘忠地说：“咱再到别的队看看去吧？”

魏书记说："行。士金同志，过会儿你也去办公室，咱一块座谈座谈。"

潘忠地说："这就跟着去吧，让他们自己弄就行。"

潘士金过去给队长交代了几句，随他们一块走了。

又看了两个生产队，四队和一队进度差不多，五队快一些，已经抓完阄各自开始牵牲口扛家具了。魏书记说："行了，不再看了。怎么没见明尧同志啊？叫他也去大队。"

潘忠地说："他在八队。"

张发树把自行车给潘士金，说："大叔你给魏书记推着，我去喊明尧叔。"

到了大队办公室，潘忠地刚倒上水，潘秀菊来了，她进门和领导们打了声招呼，就把潘忠地叫到院子里，说："七队搞得不行，他们一分组队委会的几个就凑成了一个组，社员们一看不干了，并且有的提出，农具拾掇出来的也不全，怀疑他们留下自己用了。"

潘忠地说："那怎么行？当干部的凑成一组，没私也有弊，大伙能没意见吗？如果再留出部分农具不分，不论什么想法社员都不会同意。还继续分着吗？"

潘秀菊说："我让他们停下了，人还都没散，等着哩。"

潘忠地说："让社员们先散了，等魏书记走了以后咱商量商量，帮助他们解决。"

回到屋里，潘忠地说："魏书记，从您那里回来第二天，林书记、王社长就来帮我们开了个会，接着就行动了。王社长还在这里待了两天。你叫我们先搞个文字方案，我们也没搞，只是把这几天的工作简单总结了一下，形成了个材料。"

魏书记说："那是我当时的想法，想让你们事前考虑细一点，避免走弯路。根据实际情况看不用搞什么方案，你们的工作进展很快、很好，出乎我的预料。你写的材料呢？拿来我看看。"

潘忠地到里间屋橱子里拿出来，交给魏书记。林书记说：“让忠地汇报汇报吧？”

魏书记说：“别叫忠地汇报了，下午不是在公社召开几个大队书记的座谈会吗，让忠地去参加，会上再说。我想听听士金同志、明尧同志对当前这几项工作什么看法。”

他两个分别说了说对土地承包到户的认识，并谈了些社员的反映，都是正面的。魏书记说：“干部、群众没有不同意见吗？目前看工作还存在什么问题？”

潘士金说：“就是个别缺劳力的户，担心分了地种不好。忠地说过，下一步要研究对这些户如何帮工。”

展明尧说：“还有个问题，窑场怎么办？那里干活的三十多个劳力，今后怎么记工？再说，他们家里也分了地，以后都只顾着种自己的地了，肯定会影响那里的活儿。”

魏书记说：“大队、生产队现有的集体副业，都得有个解决办法。这方面只能加强，不能削弱，更不能一分了之。从方向上看也要逐步搞承包，干活的劳力就得发工资了。”

潘忠地说：“还有试验田，几乎各大队都有，也是个问题。”

魏书记说：“老秦，把这几个问题记上，县委开会的时候好好讨论一下。还有别的问题吗？”

其实秦主任和小房一直认真记录着。其他人都说没什么事了，林书记看看手表，说：“快十一点半了，咱回公社吧，下午还得开会。”

魏书记说：“忠地一块去，到公社吃了饭好接着参加会。”

潘忠地说：“七队出了点岔子，中午俺得商量商量解决了，我下午赶过去。”

林书记说：“那行，恁抓紧商量，下午早点儿去。”

原来魏书记在公社里问了问汶水滩的情况，就说，上午到汶水滩看看，下午找几个大队党支部书记，让他们围绕联产承包责任制的问题，谈谈想法和做法。林书记让王社长和刘秘书在家里排五六个大队，下好通知。

送走魏书记他们，潘忠地说：“刚才秀菊姑来说，七队出了点问题。他们分组的时候，几个队委会成员先凑成了一组，社员们有意见了，还说他们留下了部分农具没拿出来分。”

张发树说：“那不是灶君爷跳大神，胡闹锅台吗？这个李庆峰就是私心重，平时社员们对他就意见不小。”

潘士金说：“现在是个什么情况？”

潘忠地说：“秀菊姑当时就叫他们停了，我让她回去把社员都解散了，咱商量商量再说。”

展明尧说：“这个事好办，把庆峰叫来熊他一顿，让他们和别的队一样，所有农具都拿出来一次分了，干部们也不能凑在一个组。”

潘忠地说：“别光叫队长来，我去让秀菊姑把会计、贫协组长也叫来，让他们先说说。也可能是个别社员一时起哄，就吆喝他们有留起来的农具，这事不知道真假。”

张发树说：“你别去了，我去喊秀菊姑，连他们几个一块叫来。”

张发树先到潘秀菊家，一看大门锁着，就直接去了七队办公室。潘秀菊正在做队委会成员的工作，张发树进去听了听就火了，粗声大嗓地批评了他们几句。队长李庆峰平时就有些看不起张发树，立时顶撞他：“党支部也没规定当干部的不能凑成一组！留几件农具不分怎么了？那是准备集体机动用的，今后哪组急需用了就借给哪组，又不是我们藏起来不让大家使。”张发树说：“恁还有理了？走，队长、会计、贫协组长，恁几个到大队说说去。”潘秀菊说：“副队长和妇女队长不去了？”张发树说：“忠地没说让他们去。”就这样，张发树和李庆峰都带着气，一块来了。

进屋后张发树就气呼呼地说：“还给我争竞，恁做的对啊？犁、耙、木杈、扫帚，都留下放到仓库里，还说以后借给各组用，还不是为了当干部的用着方便？社员的眼睛是雪亮的，别老想着占便宜！”

李庆峰剜了他两眼，没说什么就坐下了。

潘忠地说：“昨天晚上开会我们讲了，这次不只要分牲口，除了大车和机械，农具也都一起分了。您留下了几件不分，不论打算今后怎么使用，都应该事前给社员讲清楚，如果大伙同意就留下，不同意就统一搭配开，彻底分了，不要留尾巴。另外，我们要求分组要自由结合，如果有个别结合不到组里去的户再抓阄。但是，干部们最好能插花到各组去，那样也能帮着各组组织组织生产。”

潘士金说：“是啊，要是恁队委会的为一个组，那就跟当年成立互助组时有些中农户凑到一块一样，贫下中农都说那是‘好汉组’，现在可不能再搞那一套。”

李庆峰说：“不用说了，秀菊已经给俺提出来了，俺正商量下午重分。农具都分了，俺几个也不在一个组，都凑到各组里去。都是春兴这熊孩子出的点子，就不该听他的。”

张发树说：“别喝醉了酒埋怨提壶的，春兴是个副队长，你这个队长干么吃的？他能当了你的家？”

李庆峰站了起来，说：“你也别老鸹趴到猪腚上，光看见人家黑了，你办的那些事都对啊？就是我决定的你能怎么着？把我的队长撤了呀！”

张发树还想说什么，潘忠地说：“别吵吵了，恁回去吧，就按庆峰叔说的，下午再开社员会，把话讲透。士洋叔、友平，恁两个还有事吗？”

他两个都说没事，三个人一块走了。潘秀菊没走，他们出了大门后她说：“下午再去个人吧，有个别社员还可能胡咋呼，我自己别掌握不住乱了套。忠地，最好你去一趟？”

潘忠地说：“再去个人可以，我不行，吃了饭我就得赶紧去公社参加座谈会。谁去好呀？”

展明尧说："让发树去呗。"

张发树说："我才不去给他们生那闲气哩！要不是忠地截住，我还得给他掰扯掰扯。"

潘士金说："掰扯什么？话说个差不离就行了。这样吧，下午我过去，秀菊你也照常去。你这回去再找找庆峰，给他好好拉拉，让他下午不能带着情绪，那样会把社员们的火再激起来。"

吃过午饭，李庆峰叫展春兴喊了几个青年，到仓库里把那几件农具都扛到了饲养院，接着搭配到了各堆上。社员到齐了，李庆峰让潘士金给大家讲讲，潘士金说还是你讲，没事。李庆峰就大声讲了，说："上午咱那个分法有些问题，下午重来。根据大伙的意见，所有农具全分了。都看到了，这可是一件不剩，全摆出来了。其实原来我们研究留那几件，也不是为了干部们用，是想集体管理着，到时候各组调剂着使。分组还是自由结合，队委会的人凑合到哪组算哪组。"

这时下面有几个青年嘟囔："说得好听，还调剂使，不就是为了恁使着方便！要不是我们揭发出来，能朝外拿啊？"

潘士金怕再吵嚷起来，就说："别再议论这事了，队委原来研究的意见党支部都知道了，他们也是出于好意，大家愿意都分了就都分了，这不已经全部扛出来了吗？开始分组吧，按庆峰说的，干部们也不凑成一组，社员们可以先凑，哪组结合不够干部再补进去。"

这么一来倒是很顺利了，没用抓阄就把组分好了。日头还老高，各组就牵走了牲口、扛走了农具。回家路上，潘秀菊说："上午回来我先问问士洋哥，这事就是庆峰的主意。昨天晚上商量的时候是他提出来的，春兴只说了一句，'要是咱凑成一组，留出几件农具以后咱使，别让大伙看出来了。'他当时还叱了春兴一句，说'只要你不对外讲谁能看出来了？'"潘士金说："不用了解也知道是他的主意。上午发树给他敲打明了，忠地那样说是给他留面子，让他有个台阶下。农村工作就这样，糊弄着事儿过去就行了。如果太较真顶起牛来，那又得多费不少口舌。”

潘忠地回到家里，急慌忙速吃了两个煎饼，就搬出自行车往刘集赶。到公社大门口，正巧遇上刘安鲁也来了，两个人下了车子，潘忠地说：“你也来参加座谈会呀？”

刘安鲁说：“上午接到的通知，说是让来谈谈联产承包的事儿。谈什么？俺连续开了几个会，还没定下采取哪种办法哩。听说你那里厉害呀，土地、农具都分下去了，有的还说恁把抽水机、电机、扬场机都拆吧拆吧把零件分了，真的吗？”

潘忠地笑了笑，说：“没有的事儿。土地、小农具、大牲畜是分了，大队、生产队的机器都没分，要是拆吧了那还怎么用？大车也没分。另外，副业项目、试验田都没动。”

刘安鲁说：“真是三里路没真信儿！我说呢，要真那样不就成破坏生产力了吗！”

两个人说着到了党委办公室门口。放下自行车进去一看，魏书记坐在案子东头，秦主任和公社的几个领导都坐在北面，小房、刘秘书坐在西头，支部书记已经来了四个，都坐在南面。刘秘书起来给他两个每人倒了杯水，让他两个也坐到了南面。魏书记说：“都来了吧？”王社长说：“还差一个，他路程远点，估计快到了。”

魏书记说：“别等了，先开着，就是个座谈会，个别的晚到一会儿不要紧。老林，你给大家先说说意思，再让他们谈。”

林书记说：“魏书记提议把大家召集来，就是想听听你们这段工作的情况。县里和公社的大会以后，各大队都抓得挺紧，你们落实的情况怎么样？干部有些什么想法，群众有些什么反映，都一并说说。明天上午我们要召开全体大队干部和生产队长会议，到时候魏书记还要讲话。”

魏书记插话：“你个老林，我只是答应参加你们的会，哪里说要讲话来？”

林书记笑着说：“你是刘集的老书记了，到会上还能不讲几句？下面开始发言吧。忠地你先说，可以说简单点，明天上午大会上还有你的发言。”

潘忠地就把这几天的工作简要介绍了一下，最后说，这一段的实践证明，干部、群众基本上都拥护包产到户，这项工作虽然不是很复杂，但牵扯到每个社员个人的利益，所以必须把工作做细。其他几个大队书记都说了说，包括来得晚的那个。但是，都说是开了几个会，发动干部群众进行讨论，准备推行包产到户，没一个像汶水滩那么快，土地都还没开始分，别说牲畜、农具了。

魏书记说：“干部、群众中有些什么不同意见？包括你们几位，有什么想法甚至顾虑，都可以谈谈。如果都实行包产到户，会带来哪些不利的方面？”

沉默了一会儿，王社长说：“开始对包产到户我就有些想法。老觉得集体生产搞了这么多年，有教训，也有经验，可以说路子是顺畅了。如果把土地再分到户家去种，那不等于退到解放初期了吗？土地分了，牲畜、农具的那些集体资产怎么办？前几天我听忠地说了说出去参观的情况，特别是这几天他们的具体做法，着实教育了我。他们的工作那么顺利那么快，实在是我没预料到的。”

刘安鲁想说几句，刚想开口又犹豫了，就装作咳嗽一声低下了头。他的动作被魏书记发现了，魏书记说：“安鲁，你是个好动脑子的人，说两句呗。”

刘安鲁说：“这些天我翻阅了不少材料，不明白就学习呗。当年搞互助组、合作社，那也是难度很大的，有不少人思想不通，但各级领导决心大，方向明确，就是走集体化道路，并且搞起来以后确实丰收了，群众生活提高了。现在说分又要分了，几年以后怎么办？还要不要再合起来？难道应了《三国演义》上说的‘分久必合，合久必分’？‘成事难如登天，败事易如燎毛’，要分很简单，因为这迎合了群众的落后心理。尽管经过这么多年的教育，农民的私心依然很重，要不自留地为什么普遍种得比大田好？另外，土地、农具都分了，生产队还要不要存在？大型农具、机械还怎么发挥作用？不过我也知道，中央都号召搞联产承包，我们必须搞，包产到组不如一下子包产到户，那样更利索。"

林书记说："不能说是迎合群众的落后心理，是顺应群众的意愿。从互助组到合作社，当时就有些过急，开始还说先成立初级社，再逐步过渡到高级社，可有不少地方根本没经过初级社这个阶段，就直接建起了高级社。后来又一夜之间都成立了人民公社，搞了这么多年的'一大二公'，实际上就是'吃大锅饭'，干活大轰隆，挫伤了人们的积极性。外地的经验已充分证明，包产到户能最大限度地调动群众的积极性，如果所有耕地都种得和现在的自留地一样，那得增多少粮食呀？现有农业机械不仅要更好地发挥作用，还要大力发展机械化，怎么管理使用，到时候群众自会有解决的办法。至于生产队还要不要存在，那要看发展，实践是检验真理的标准，如果经过一段的实践，证明没有存在的必要了，那就撤了。不过那是以后的事，现在说还为时过早。"

魏书记说："林书记讲得对。搞改革就是要摸着石头过河，走一步看一步。眼下急需的是搞包产到户，先把土地承包下去，今后遇到什么问题再解决什么问题。县里大会后我跑了几个公社，总的看联产承包的阻力还是来自干部的思想认识问题。安鲁讲得好，把真实思想讲出来了。但是，你还要和忠地好好交流交流，恁两个不是老同学吗？有些事情你们多通通气。"说到这里停了停，看着公社的几个人问，"明天会上安排了几个基层的同志发言？"

林书记说："就忠地一个。原来是想在汶水滩开个现场会，考虑到眼下天气太冷，才定在公社礼堂开，不能看现场了，只能让忠地把做法介绍详细一点儿。"

魏书记说："让安鲁同志也在会上讲讲。"

刘安鲁急落落地说："那可不行，我这认识本身就有问题，到大会上一说不成散布落后言论了？"

魏书记笑着说："谁让你散布落后言论了？我是想叫你现身说法，谈谈思想转变提高的过程，再表表下步怎么办的决心，那样更有说服力。"

林书记说："那就定下吧。安鲁，你回去好好准备准备，发个言放你身上是小事一桩。"

刘安鲁一个劲地挠头皮。

魏书记说："天不早了，你们还得回村，会议就到这里吧，有什么事明天会上再讨论。"

几个支部书记起身要走，魏书记说："忠地你先留一留。"其他人都走了，魏书记又说，"你晚上也住这里，有些事咱再一起探讨探讨。"

潘忠地说："行。我要个电话，叫大队的人给家里说一声。"

刘秘书说："看来忠地得和兄弟媳妇请假呀！"

潘忠地说："给她请什么假。临来我给俺娘说就开一下午的会，要不给她老人家打个招呼，晚上回不去她得挂心。"

晚饭吃得很快。因为魏书记说还是不要喝酒了，饭后还得接着开会，一人一碗大锅菜，端盆糊涂拿几个馒头来，简单吃点就行。刘秘书说："安排伙房擀的鸡蛋面条，别喝糊涂了。"周社长说："那也不能光上面条，还得有几个菜，拿几个馒头，面条不够再吃馒头。"刘秘书说："行，我这就去伙房看看。"潘忠地起来说："我到伙房去吃吧。"林书记说："在这里一块吃，反正又不喝酒了，不用怕。要不你帮着刘秘书端菜去。"王社长也起来说："喝酒也没事儿，忠地创出'牌子'来了，都知道他不能喝，没人让他。我也端饭去。"三个人一块去伙房了。

吃起饭来，魏书记说："晚上围绕着包产到户以后遇到的一些问题，议议怎么解决。别光咱这些人了，再扩大一下，让经营管理站站长、农技站站长、农业机械管理站站长都一块来说说。”

林书记说：“农口还有林业站、水利站、畜牧兽医站、多种经营办公室，让他们负责人都来参加算了。”

魏书记说：“也行，要是在家就叫他们都来。”

刘秘书说：“出发的、驻队的都回来了，明天参加大会，我这就去通知他们。”

林书记说：“吃完饭再去通知就行。”

刘秘书说：“我回来再吃，他们都正在伙房吃饭，好通知。”

吃完饭没大会儿，参加会的就都过来了。魏书记说：“县里大会以后，你们公社动得是比较快的，特别是汶水滩大队，土地已经全部承包到户，牲畜、小型农具也分到各组去了。原来我们的想法，春节前能把土地承包下去就可以，其他工作节后再展开。现在看群众只要发动起来，动作都慢不了。包产到户是个新事，实行包产到户后肯定会带来一些新问题，像上午在汶水滩和下午座谈会上大家提出来的，副业项目怎么办？试验田还要不要？机械和大型农具怎么管理使用？还有一些缺劳力的困难户，怎么帮助他们也种好地？县委还没议过这些事情，今天晚上咱先讨论讨论，大家有什么想法都说说。”

周社长说：“还是让忠地先说吧，他最有发言权。”

潘忠地说：“我有什么发言权？这些问题摆那里了，我们还没来得及商量解决办法。这几天我倒是琢磨过，也没理出个头绪来。关键的一条，土地大包干以后，工分就没用处了，除了在集体副业单位干活的人，还有大、小队干部，民办教师，护林员，这些人如果改成发工资，集体可没那么多钱。我倒是想过以后选伙青年组织个帮工队，义务帮助困难户种种地，可一回两回行，天长日久老是白尽义务就不好说了，他们自己家里也都有地，不想参加的理由好找。”

王社长说：“不论想什么办法，试验田必须保留。今后一些耕作技术和新品种的试验，靠一家一户更没法办，集体还必须有这么块基地。”

农技站庞站长说：“现在有些大队的试验项目搞得很好，有些大队不行，起码得保留这部分搞得好的试验田。”

水利站常站长说：“各类水利设施也是个问题，平时的维护很重要，如果社员只顾使用不加以保护，用不了多久就会受到破坏。”

林业站武站长说：“忠地同志，恁集体的那些林木怎么解决的？”

潘忠地说：“这个问题还没涉及。河滩上那片树林好说，仍然归大队所有，就是管护人员的待遇必须想法解决。道路两旁的树现在归生产队，所有权还得属于生产队。还有前年搞的一百多亩林粮间作，陈社长亲自去安排的，县林业局给的银杏树苗，都在大田里，还没擀面杖粗，各生产队都有，这一部分不好办。”陈社长是刘集公社原来的社长，前几年调到县林业局任党委书记去了，这里的人们还是习惯叫他社长。

多种经营办公室孙主任说：“这部分树别毁了，据介绍，几年后别说银杏果了，采集树叶也不少卖钱。”

畜牧站徐站长说：“畜牧这一块没什么问题，大牲畜分到户家饲养，肯定比在生产队集中饲养喂得好。”

农业机械管理站黄站长说：“这几年农业机械增加比较多，不少生产队都买了电机，百分之七八十的大队都有了拖拉机，小麦播种基本上实现了机械化。实行包产到户后，机耕、机播都是个事儿，怎么也不能让这些机械闲置起来吧？”

没有发言的了。停了一会儿，魏书记说：“刚才大家摆的还是些问题，没有讲出解决的办法。老王，你是多年搞经营管理的，说说你的看法。”

经营管理站王站长说：“现在我这一块主要是加强大队、生产队的账目管理，特别是生产队的分配。今后生产队不用记工分搞分配了，账目也很少了，我可是清闲多了。”

有几个人笑了。魏书记又说：“老秦你也说说。”

秦主任说:“我从一些材料上看，土地承包到户后，集体的优势还得发挥，所有农业机械可以组织专业队进行管理，社员使用采取记账的办法，最后收取一定的费用。副业项目也得走承包的路子，再这样大轰隆管理是不行了。至于一些公务人员的报酬问题，都得逐步实行工资制，经费来源主要是靠集体收入，不足的就得从社员手中收取提留。”

周社长说:“副业项目承包可不好办，指标定低了集体吃亏，定高了又没人敢承包，特别是普通社员，谁有本事挑这个头？”

林书记说:“现实大队有副业项目的是少数，多数大队的人员工资得靠收取提留解决，这个数量可不小，农民能不能负担得起还是个问题。”

潘忠地说:“今后干部也不能保留这么多了，特别是生产队。大队的干部也得精简。”

魏书记说:“那是以后解决的事儿，现在还不到那一步。还有想说的吗？”

没人吭声了。魏书记说:“看来问题基本上摆透了，到底如何解决，只能在实践的过程中慢慢来了。”

就这样，议论了一晚上，没有人能谈出个具体可行的办法。散会后刘秘书叫住潘忠地，说:“明天你发完言后把材料给我留下，田书记来电话，下一周他们要写学习总结，叫我给他找几份参考材料，后天他回来。”刘秘书说的是公社副书记田耕茂，他正在地区党校学习，这一段的学习内容重点也是农村改革问题。

潘忠地答应着，随他们去接待室。走到门口，林书记说:“还马虎个事哩，咱这两间接待室共四个铺，魏书记恁三个加上司机正好，得给忠地另找个地方睡。”

王社长说:“不用找了，到我宿舍俺兄弟俩打个通腿就行。”

# 介绍经验

冬天农村吃饭晚，还要照顾路程远些的，公社通知九点正式开会。刘安鲁却来得很早，他到了公社时，机关上的同志才陆续到伙房吃早饭。魏书记他们几个还是在党委办公室吃的，只有林书记、周社长陪着。刘安鲁一进来，林书记说："安鲁怎么来这么早呀，还没吃饭吧？"刘安鲁说："吃过了，我是天不明就起来吃的饭，吃完就来了。这回我算是赶了个第一吧？"周社长说："你还是不如忠地早，他已经到伙房吃饭去了。"刘安鲁说："是吗？我要是起床就来，也到这里来吃饭，肯定比他早。"林书记说："你那也不能比他早，他昨天没回去，在这里住下的。怎么样？发言材料准备好了？"刘安鲁说："昨天晚上捣鼓了大半夜，写了七八页纸，不知道行不。我早来就是想请领导看看，帮我把把关。"说着从兜里掏出材料，递给林书记。林书记没有接，说："不用看了，你那本事我有数，只要按昨天魏书记要求的，讲清楚就行。"魏书记说："其实写个提纲就可以，到会上放开拉拉，比念材料好得多。"刘安鲁说："我就是担心说错话。您吃饭吧，我去看看忠地，他吃完了俺一块去会场。"

到了伙房，刘安鲁寻觅一圈，没看到潘忠地，正要找人问，庞站长看到他了，说："你这是赶来吃早饭啊？我这里有饭票。"刘安鲁说："我吃了饭来的，忠地不是在这里吗？”庞站长说：“他端着饭跟着王社长到办公室吃去了。”刘安鲁说：“我去找找他。”回头去了王社长办公室。

王社长刚放下饭碗点着烟，潘忠地还在刷碗，刘安鲁进来了。王社长说：“叫你发个言就睡不着觉了？这还不到八点，来得可真够早的。”

刘安鲁笑着说：“心里是太激动，没看时间就跑来了。我听说忠地昨天没回去。怎么还住下了？”

潘忠地擦擦手，说：“激动个屁！大会发言你又不是头一回。昨天晚上魏书记又召开了个座谈会，把我留下了。”

刘安鲁说：“又开会了？座谈的什么内容？”

潘忠地说：“还是接着下午会上的内容，集中讨论了一下包产到户后出现的问题，如何解决。”

刘安鲁说：“大队的还留下了谁？”

潘忠地说：“没谁了，公社农口的站长们都参加了。”

王社长说：“你的发言准备好了？定的大会开始就让恁两个发言，忠地先讲，你接着讲，然后魏书记讲话，最后林书记再讲。”

刘安鲁说：“我这个发言无所谓，反正忠地的发言是为主的，他是介绍经验讲做法，我是讲落后思想怎么转变的。刚才魏书记还说别念稿子，最好随便拉拉。我还不就是个陪衬？只要大伙别看我的笑话就行。”

潘忠地说：“你那才胡说哩。昨天下午你那个发言就很有代表性，多数干部都有类似的想法，包括我，一开始也是这么认识的。你如果把思想转变的过程讲透了，更有教育意义。”

刘安鲁说：“放心吧，我理解魏书记的意思，一定把原来的落后思想亮出来，还得说说通过学习和领导的教育帮助，认识提高了，虚心向汶水滩学习，把包产到户的工作做好。”

王社长说：“恁两个原来都当过不脱产的党委委员，又是老同学，相互学习相互帮助呗。”

潘忠地说：“这几年刘家庙大队的工作比我们做得好，我得向他学习。”

刘安鲁“嘿嘿”了两声，说：“你别拽着胡子过河——谦虚（牵须）了，今天咱两个一块登台亮相，一个是正面典型，一个是反面典型，大伙一听就明白。别说了，咱先上会场等着去吧。”

王社长说：“不用慌，我去看看魏书记他们，过会儿一块走就行。”

潘忠地说：“俺先去吧，你还得陪着魏书记。”

到了礼堂，参加会议的一个还没来，只有刘秘书和通讯员小李在整理台上的座位，还有广播站的两个同志在安装扩音设备。刘秘书一看到他两个进门，就喊：“上来吧，今天恁两个不用在下面坐了，到台上来，旁边有放的几个凳子，咱一块坐那里，省得恁发言的时候再上来下去的。”

他两个上去了。刘安鲁说：“好啊，今天和秘书平起平坐了。”

刘秘书说：“我才不敢和恁平起平坐哩，恁是书记，我是个小秘书，秘书就是给书记服务的。”

刘安鲁说：“要不咱换换？你去当我的书记，我来当你的这个小秘书。”

广播站彭站长说：“可别癞蛤蟆想吃天鹅肉——心高妄想了，你那书记和这秘书的含金量差得也太远了。”

刘秘书说：“说正经的，昨天晚上在招待室我听魏书记那意思，今天的会议重点要解决两个问题，一是进一步统一干部们的思想认识，再就是让大家清楚包产到户的具体做法。围绕后一个问题，忠地的发言越具体越好。安鲁这个发言，重点是谈思想变化，所以必须把原来的一些不正确想法摆出来，讲清楚是如何提高的，这对大家是个启发引导。”

刘安鲁说：“没问题，这又不是谈对象，光说好不说孬，咱向来是亮自己的毛病不怕丑。”

这时，来参加会议的人陆续到了。

虽然只有半天的会议，都认为解决了大问题，明确了下步怎么搞法。对潘忠地的发言，大伙听得很认真，因为这段时间各大队都在研究联产承包的事情，不少大队还没拿定主意，是搞包产到组还是包产到户。潘忠地开头简要说了说到南范公社杨李庄大队参观的情况，人家全地区都搞了一年的包产到户了，没有不成功的，咱还能不行！最近有些人也听说汶水滩把土地都分到户家去了，至于具体怎么承包的，并不十分清楚。经潘忠地这么一详细介绍，心里都亮堂了。

刘安鲁的发言也引起了不小的轰动。他开始就说：在座的各位都不了解，要说对联产承包的阻力之大，我得数第一。多亏了潘忠地这个老同学，要不是他挽救了我，在这个问题上我得犯大错误。那还是上一次公社开大会的时候，我就琢磨，原来的做法必须坚持，不能搞什么承包。刚散会我就找到忠地，想让他给我做个伴，并且说如果按老办法坚持下去，说不定几年后我们又成了正确的。忠地当时就表示反对，说这是中央的号召，各级党委都要求很明确，顶着不办绝对不行。俺大队来参加会议的都知道，散会回去我依然是王八吃了秤砣——心铁着呢。我给大、小队干部们讲，先等等看看再说，只要枪口抵不着脑袋，咱就还是按老办法，共产党领导着我们搞集体化几十年了，我就不信会一下子再退到解放前去。这些天来也没少看报纸听广播，开始还以为那都是胡扯，糊弄人的，后来才逐渐意识到我这个想法是有问题了。特别是当听说汶水滩不仅把土地承包到户了，牲畜、农具也分了，说实在话我这才有些沉不住气了。昨天上午我们几个来参加座谈会，一听大家的发言，还守着咱魏书记，我只好临时编瞎话，说俺大队也定了，准备搞包产到户。其实哪里有这回事啊？当着俺大队大人孩子的面我还一直没松口哩。昨天的会算是给了我当头一棒，领导们的话和大伙的发言，着实教育了我，使我彻底改变了原来的错误认识。接着他又重复了几句潘忠地刚讲过的包产到户的好处。最后说，下一步怎么办呢？一句话，坚定不移地搞包产到户。请领导和同志们都看我们的行动吧，我不敢说要超过汶水滩，起码不能比他们差得太远了。

周社长主持会。他的话音刚落，周社长就带头鼓起了掌，紧接着，整个会场响起了热烈的掌声。

魏书记的讲话首先充分肯定了他两个的发言，接着从农村改革的意义，联系长期以来农村工作的实际情况，循循善诱讲了一些道理，其中还结合介绍了外地的一些经验。当讲到包产到户的具体做法时，他说，汶水滩已经先行一步，做得很好了，大家就照他们的路子办就行。当然，各大队有各大队的实际情况，回去后要认真研究，实事求是，遇到什么问题就认真解决什么问题，切不可一阵风，简单化，尤其要做好群众的思想工作，注意保护和调动广大群众的积极性。

林书记讲话就简单了，他只提了三点要求：一是要认真学习、领会魏书记的讲话精神，提高认识，统一思想，真正从思想和行动上同党中央和各级党委保持高度一致，扎扎实实搞好农村改革；二是要全面发动，迅速行动，集中春节前这十几天的时间，把土地全部承包到户，全公社不能再有死角，每个大队都必须动起来；三是春节马上就到了，在搞好包产到户的同时，安排好群众生活，让大伙过一个安乐祥和的春节。

散会后人们纷纷议论，都说回去得抓紧行动了，稍一松懈春节前就完不成任务。临走魏书记又叫住潘忠地，说："忠地，对提出来的那几个问题，回去后你们好好讨论一下，争取能拿出一套切实可行的解决办法。县委还要开会研究，但是，路子还得靠下边闯，你们不要等，思路可以再宽一点，胆子也要再大一点。春节后我抽空再来，到时候再到恁村里看看。"潘忠地答应着，觉得身上的担子更重了。

张发树没有随大伙走，他等着潘忠地从台子上下来一块走的，没走多远就说："这下子行了，你今天的发言算是把咱的面子争回来了。最近这几年在公社的大会上咱虽然没挨过批评，可也没受到过表扬，这次就安排你一个介绍经验，领导讲话还一个劲地提咱的名，我看着下面参加会的没一个不服气。"

潘忠地说："刘安鲁的发言也不错。"

张发树说："他那算什么发言？叫我说就是个反面典型。也就是刘安鲁呗，放到我身上我坚决不干，领导让发也不能发，和你那个发言一比，不是丢人现眼啊！"

潘忠地说："你可别胡说了。安鲁的发言很有说服力，他讲的原来那些错误认识多有代表性呀，不用说别人，咱开始不也有类似的想法吗？一项工作的开展，首先要提高大家的认识，把思想统一起来，不然，有了明确的路子也不可能认真去办。领导对他是了解的，这个人肯动脑子，工作也有办法，只要他下决心抓，保证弄不孬。"

张发树说："他再抓也跑不到咱前边去了，让他打上鞋襻子在后面撵吧！"

潘忠地说："不用撵，下步工作复杂着哩，说不定人家比咱解决得好。魏书记交代，让咱抓紧拿出切实可行的办法来，难度可不小啊！"

张发树说："不要紧，不行下午就开支部会，好好商量商量。"

潘忠地说："下午开可以，但是，不能指望一两个会就把所有问题都解决了。"

张发树说："他们几个都在前边哩，咱骑快一点，这就去通知他们。"

刚散会时几个大、小队干部还议论，别的大队会后都得忙活一阵子了，弄不好这个年也过不安生，咱可是没事了，好好歇两天吧。没想到还没到家，张发树就急慌慌地赶上来，通知党支部成员下午到大队办公室开会，队长们说，难道又接受什么新任务了？

潘忠地一直用心思考着，回到家里吃着饭还在琢磨，那几件事怎么办呢？可以先易后难先解决好办的，可哪一件处理起来也挺麻烦呀！只好到会上听听大家的意见再说了。

下午人刚到齐还没开始开会，李向渠拽着张义昌的棉袄，很气愤的样子，拉着他进来了，进了门也没松手。张义昌趔趄着身子，一副甘愿挨打受罚的狼狈相。张发树说：“这是怎么了？向渠你松开手，有话好好说。”

李向渠松了手，脸涨得通红，说：“我刚才上窑场，路过南坡的麦地，顺便看看俺那块麦田，发现分地时埋的石界挪窝了，往俺那边挪了一拃多。和俺挨边的就是张义昌家的地，这事还能是别人干的？我回来到他家里找他，他不承认。我要是说半句瞎话不得好死！您评评理，他这是干的人事吗？”

展明尧说：“不是小年纪了，别做事钻头不顾腚的，不怕人家指脊梁骨？”

张义昌说：“谁钻头不顾腚了？你逮住我的手脖子了？”

张发树说：“这事好办，没人承认也不要紧，向渠，你回去再把石界挪到原位置上去，看看谁还敢动！谁要是再动就把他的爪子掐了。”

张义昌瞪了张发树一眼，没吱声。

李向渠说：“挪回去到收麦子的时候也得打麻缠，那石界正好顶着麦垄，我能争过这种人了？”

潘士金说：“这样的情况不少，收的时候叫队干部看着，一家收一半。下一季就好了，种麦子时两家之间都留成畦墙。”

潘忠地说：“就按发树哥和士金叔说的办，回去吧。”

他两个走了。李长贵说：“义昌老爷这个人真是好占小便宜，他就看着向渠叔老实，想多收这垅麦子。”

展明尧说：“这可不是一垅麦子的事儿，向渠要是发现不了，他就永远多占人家几厘地了。”

李向河说：“这个问题不是一家两家，分麦田时两家的地界正好摊到畦墙的很少，下一步浇地都不好办。”

潘忠地说：“这个问题是暂时的。不过，也得研究个解决的办法，不然会影响麦田管理。”

潘士金说:“麦收前正常情况也就再浇两遍水，不行还是集体浇，电费、柴油钱也不好算账收取群众的，生产队先承担这半季。”

潘忠地说:“也只能这样了。咱接着商量一下今后抽水机、电机怎么管理吧。”

张发树说:“正事先停停，我有个闲事能不能先说说？”

潘忠地说:“什么闲事啊？你说吧。”

张发树说:“咱好几年没演过文艺节目了。最近我听着广播上也不是光唱那几个样板戏了，什么《朝阳沟》《花木兰》《穆桂英挂帅》，都开始唱了，今天中午吃饭的时候小喇叭上还放了一段《红娘》，可来劲了！咱能不能把戏班子弄起来，过年了也热闹热闹。”

潘忠地说:“那些老戏都十多年没唱了，舞蹈、小演唱的也撂下四五年了，到春节满打满算还有半个月，能行吗？”

李向河说:“是呀，会老戏的那些人死得差不多了，谁还会唱？原来那些旧戏装‘文化大革命’时也一把火烧了，没办法演了。”

潘秀菊说:“要是孝寅大老爷还活着就好了，他会的戏多，一出一出的都在他肚子里装着。”

张发树说:“庆昌叔也行，他既能拉板胡领弦，又会掌鼓板，会的戏词也不少。另外还有五六个上过台的，找几个人先排一出小戏，再把‘三句半’、数来宝的排几个节目，找人编编新词，就歌颂包产到户，凑合一场演出没问题。时间还来得及，准备个把月，到正月十六演一场。”

展明尧说:“你还不如把杂耍弄起来哩，既简单又热闹。再不弄过几年可就没人会了。”

张发树说:“好啊，那些道具也好办，两样都搞起来。”

潘忠地说:“眼下这几项工作够紧的，哪里有精力抓那些事？”

潘士金说:“发树有这个积极性了，让他捣鼓捣鼓吧。”

张发树说:“是啊，咱来个工作、娱乐两不误。分分工，你负责抓这几件重要工作，我负责排节目。”

潘忠地想了想，说：“你和长贵负责排节目吧，让他好给你打打下手。但是，有些支部会恁俩还得参加。”

张发树说：“那不行，秀菊姑和向河都抓过演出，让他俩也得参加我这一伙。”

潘忠地说：“七个支部委员去了恁四个，还能研究成事了？”

张发树说：“怎么研究不成？咱村里什么大事还不得靠恁三个拿主意？您先好好商量着，拿出主导意见来咱再开支部会讨论，到时候俺有什么不同意见一定认真提。”

展明尧说：“这个办法也可以，发树那炮筒子里已经装满火药了，就得叫他轰一下子。要是不依着他，最后弄不好他就有理由推脱责任了。”

张发树说：“你把心放到驴肚子里吧，我们只能弄好不会弄坏，为了你这句话，就是不蒸馍馍也得争（蒸）口气。”

潘秀菊说：“真没老少，还敢骂恁叔哩！”

展明尧说：“我年纪大了，是要饭的丢了棍子，整天得受狗欺负了。”

张发树瞪着眼说：“恁听听，他骂我恁都不哼声了，我知道没人向着我。”

潘忠地说：“好了，就这么定下，从晚上开始恁几个别来了，排节目还是到祠堂去。”

张发树说：“祠堂不行，孝彦大老爷死了后，那里连个人收拾都没有了，乱七八糟的。昨天学校放假了，我们就在学校，让春才和长路也参加。”

潘忠地说：“在哪里都可以，包括参加人员，恁几个商量着办。”

一连几天，潘忠地、潘士金和展明尧一直在大队办公室，总算商量出了眉目。初步意见有这样几条：一是大队成立个机电组，把大队、生产队的所有抽水机、电机等机电设备管起来，包括变压器、电力线路、水利设施。今后各家各户谁使用都记好账，麦、秋两次收钱，机电组成员的工资，还有上交供电所的电费、油料费和维修费用，都从这个钱里出；二是试验田整体承包下去，由一个人牵头，产量按前三年的平均数，承包数内的交大队，超产的部分归承包人处理。如果有什么试验项目，要服从大队的安排；三是窑场承包给个人，按前三年平均每年的净收入承包，每年的六月底和十二月底向大队交承包费，多收入的归承包人，不足的承包人承担。窑场现有两台拖拉机，农忙时耕地播种，平时运煤，也另外承包给个人，大队直接收取承包费；四是解散铁工组，因为几个铁匠都是分别带徒弟，不好承包给一个人，使用的工具也都是他们个人的，和集体没多少牵扯；五是行道树和林粮间作的树木，树随地走，属于谁家的承包田就把树包给谁，社员只许管理好不准毁坏，树的所有权归生产队，成材处理后收入的三成归集体，七成归社员。另外，大、小队干部的待遇，还有民办教师、护林员、临时需要值勤的治安员，都实行工资制，至于定多少，听听上级的意见再说。生产队干部的工资由各生产队负担，其余人员的工资大队负责。大队的资金来源主要靠承包费，不足的部分再从生产队收取。

思路清楚了，潘忠地说开个支部会，让大家讨论讨论，有意见再修改。潘士金说要开就凑到晚上，这几天他们准备节目也够忙活的。

这天吃过晚饭，党支部成员都到了大队办公室，张发树刚进门，展明尧就说：“节目排得怎么样了？明天就腊月二十三了，先拉出来试试？”

张发树说：“你这是定了日子没娶，沉不住气了？以为这是捏泥巴人啊那么快当，想排出《小姑贤》还没找好演员哩。杂耍的道具准备差不多了，就是狮子还没扎完，狮子头今天才糊好。八副拐子倒是打出来了，总共还有三个人会踩，又找了五六个小青年，绑上拐子连步还不会迈，怎么也得训练个十天半月的。”

潘秀菊说：“想排两个‘三句半’、一个快板，叫春才和长路编着词哩。忠地，他两个说得叫你帮着改改。”

潘忠地说："等他们写完了一块商量商量。好了，咱开会吧。"接着，他把三个人议定的那几条念了一遍，然后说，"恁几个都说说，看这样行不行。"

张发树说："我完全同意。就是成立机电组，得选个认真负责的好组长，这事以后麻烦着哩。"

潘忠地说："那是，不行就大队出个人兼着。"

张发树说："叫长贵兼就行，机电方面他也懂点。"

潘忠地说："这些事都得等到过年后再落实，到时候再定。"

潘秀菊说："我也没意见。"

李向河说："办法倒是挺好，试验田和窑场叫谁承包啊？"

展明尧说："到时候开个群众大会，讲好条件，谁愿意承包就叫谁承包。"

李向河说："要是想承包的人多倒好处理，不行就抓阄。万一没人敢承包怎么办？当干部的能不能挑头？"

展明尧说："土地都和群众一样承包，副业就不能承包了？怎么，你想承包啊？"

李向河说："我可没那本事！别说别的了，就那几亩承包田能种好就不错了。"

潘士金说："干部承包也应该行。不过，不知道这方面上级有没有明确规定。"

潘忠地说："咱今天定下来，明天我就到公社找林书记汇报一下，听听他的意见。"

李长贵说："你原来说过要成立个帮工队，到农忙的时候好帮帮困难户，这事还定不？"

潘忠地说："我反复考虑过了，这件事不好办。一般户家到农忙的时候叫邻居、亲戚帮帮忙就行了，要是有个别找不着人的，咱再出面组织。帮工也有个报酬问题不好解决，要是给谁帮工让谁拿钱，这些户都有困难，大队出也不是太合适。”

李长贵说：“这是做好人好事，不用讲报酬。”

展明尧说：“今后都忙活自己的事了，不像以前大呼隆，做好人好事难发动了。”

潘忠地说：“我也这么想，如果经常搞义务劳动，恐怕有些人就不愿意参加了。”

潘秀菊说：“找帮工的就得自愿，也不用定什么报酬，给谁家干活谁家管顿饭就行了。”

潘士金说：“到时候再想办法吧，反正咱不能眼看着让个别户荒了地。”

事情算是这么定下来了。

第二天吃过早饭，潘忠地去了公社。林书记和刘秘书都在党委办公室，他一说要汇报这几件事，林书记说：“刘秘书，你叫小李把周社长和王社长喊来，一块听听。”他几位来了后，潘忠地详细说了说，并且说这是党支部商量的个初步意见，还没经生产队干部和社员讨论。几个人议论了一阵子，都觉得这个思路很好，各大队都可以这么办。至于干部能不能承包副业项目，都认为干部和社员应该一视同仁。关键是把承包的条件事前研究好，让群众讨论通过，然后先让社员承包，如果社员没人愿意包，干部就可以带头站出来。最后林书记说：“工资标准暂时我们不好定，等县里有了精神再商量。生产队干部的工资最好大队统起来，便于掌握平衡。今后生产队没多少具体工作了，生产队可以改成生产小组，干部也没必要保留这么多，有一两个人催催征购任务，收收提留，工资也可以采取误工补贴的办法。包括大队干部，下一步也得精简。”

周社长说：“计划生育工作很重要，干部再精简，大队、生产队也得保留个做妇女工作的。”

林书记说：“咱今天只是议议，生产队体制和干部职数，都得看看县里是什么意见再说。忠地，你们这些想法在实施前最好去向魏书记汇报一下。”

潘忠地说：“魏书记说年后他还要来一趟，节前我们也不打算落实了，等他来的时候再汇报吧。”

林书记说：“也可以，回去后你们再充分酝酿酝酿，把干部群众的思想统一好。”

潘忠地答应着起身要走，王社长说：“别走了，跟着我吃了饭再走，这都快十二点了。”

潘忠地说：“家里还挺忙，发树哥他们正在组织排练部分节目，想到正月十六的时候唱台戏。舞狮子、跑旱船的那些杂耍也想弄起来，让群众娱乐娱乐。”

林书记说：“好啊，这几年过春节都死气沉沉的，是该热闹热闹。”

刘秘书说：“咳，再忙也不差一顿饭的工夫。今天正好是腊月二十三，机关上不少同志都请假回家过小年去了，吃了饭再走，咱几个一块过个小年。”

周社长说：“太好了，你快去伙房安排安排，多弄几个菜，好好喝两盅。”又回头大声喊，“小李，你快去买两瓶酒来，我这里有钱。”

小李过来问：“买几瓶？”

林书记说：“我屋里还有瓶云山白干哩，再买一瓶就行。”

周社长说：“买两瓶吧，别不够喝的。过年了，喝点好的，买兰陵大曲。”

机关上没多少人了，他们几个放开吃喝起来。又是划拳又是压指，闹腾了两三个小时，三瓶酒快光了，林书记才让止住，开始吃饭。

吃完了，小李过来收拾碗筷，潘忠地起来帮忙。林书记说：“忠地别忙了，你回去吧，天不早了。”潘忠地停了手，准备要走。周社长说：“路上骑车子慢一点。”刘秘书说：“没事，他又没喝酒。你要是回家可不行了，大概连车子也上不去了。”周社长说：“我喝多了吗？来，咱俩再分一瓶！”王社长说:“不多，恁俩再分瓶开水恐怕也喝不下去了。”几个人都笑了。

潘忠地出门推起车子走了。

冬天的日头落得飞快，黄昏迈着轻盈的步子悄悄地来了。天空一片明亮的淡青色，几片红霞也渐渐消失了。刁刁冷风，有些刺骨。只有村庄上空弥漫着的炊烟，还温暖着农舍。潘忠地一身轻松，用劲蹬了一阵子，身上也热乎乎的了。不知谁家的孩子接连放了几个炮仗，打破了旷野的寂静。再过一会儿就该打发灶君爷上天，孩子们一定在等着分享灶糖的甜蜜了。这是去年才又开始的事儿。“文化大革命”期间，贴灶君成了“四旧”，被彻底革除了，多数户家灶台上都是光秃秃的，个别的贴上了主席像。去年进了腊月，就有人偷偷地走村串户卖“灶君”，不少人家都买了，忠地娘也买了一张，起初藏了起来，年三十下午才悄悄地贴上，潘忠地也没过问。今年不一样了，集市上有公开卖“灶君”的了，也没人再禁止。潘忠地想：这能算什么大事吗？供奉“灶君”，是老太太们的一种寄托，它督促着人们做饭要利利索索，不能抛洒浪费粮食，有什么不好？年轻人都不相信这一套，慢慢地就会消失了。强制性去制止，解决不了某些人的思想观念，一有机会就会复燃。很多事情不都是这样吗？还是顺其自然的好。

# 分家

潘忠地回村又开了个党支部会，说了说公社领导的意见，决定过了春节再研究窑场和试验田承包的事。到时候先商量出具体条件，再召开生产队干部和党员会，意见大体统一了就开群众大会落实。潘忠地嘴里没说，心里却想：最好魏书记能早点来，他表态后再提交大伙讨论，那样就有把握了。

这些天生产队虽然不再安排农活了，社员们可大都没闲着，有的往春田里运肥，有的往家门口运垫栏土。逢集日男女老少不少人都去赶集了，有备年货的也有看热闹的，反正不用给干部请假了，自己想去就去。集合起来准备搞演出的那些人，尽管讲清楚没什么报酬了，热情依然很高。练杂耍的在祠堂前场地上，排戏曲节目的在学校，不仅白天，傍晚也练一阵子。大队的几个人除了张发树两边跑，李长贵靠在祠堂那边，潘秀菊、李向河靠在学校。潘忠地这两天没事也到学校，帮着展春才、李长路编排那几个节目。

这天潘忠地一家人吃完晚饭，石玉英、薛春华妯娌两个到厨屋洗刷碗筷，小锋子和点点到院子里放滴滴金，堂屋里只剩下忠地娘和他弟兄两个。潘忠地正要起身出去，潘忠民突然说：“哥哥，有件事给你商量商量。”

潘忠地不知道什么事，就又坐下了，问：“什么事啊？”

潘忠民挠了两下子头皮，有些不好意思地说：“咱分开过日子吧。”

潘忠地意识到，这一定是他两口子早就商量好了，于是说："这事恁嫂子给我说过，是春华给她提起来的。我当时想，马上就过年了，这段时间太忙，等过了年先给咱娘说说，咱两个再商量。你今天提出来了，也得看看咱娘什么意思。"

娘说："前几天小民就给我说了。要是有恁爹在，这事得听恁爹的，没他了我也不管。光小民想分不行，我说她妯娌两个也得同意，最后还是你拿主意。"

潘忠地说："您老人家觉得是分好还是不分好？"

娘说："分不分都一样。按理说，锋子和点点都这么大了，村里像这种情况还在一块过的没有了，多少人家还不是娶了媳妇就分开过？像旧社会一大家子十几口、几十口在一起过的哪里还有啊？分就分吧。"

潘忠地琢磨一阵子，说："分也可以，就是快到年了。分家都是让老舅来主持，俺舅们都不在了，那也得在村里找个人。人家都忙年，还是过完年再说吧。"

潘忠民说："你当着大队书记，一年到头哪里有闲时候？过了年不是走亲戚就是候客，倒不如年前这几天是个空儿。"

娘说："咱这家好分，房子是现成的两处，不找人也行，恁商量商量，分开锅灶就完了。真要找人也好办，叫恁士金叔或是恁忠良哥的来就行。"

潘忠地说："那好吧，我这就去找他两个。他们要是有空，叫他俩明天都过来，也算是有公证人了。"

潘忠民说："还用叫过俺嫂子来说说不？"

潘忠地说："不用了，她姊妹俩都知道。"

娘说："那恁也得给自己的媳妇说说，别到时候打麻缠，叫外人笑话。要是士金和忠良他两个明天来，还得留下他们吃顿饭。"

"那是。"潘忠地说着走了。在农村分家是大事，不仅要有公证人，还得立约，免得以后出岔子。一切手续完了后，一家人必须一起吃顿饭，并且留公证人在场，说好听叫“团圆饭”，不好听叫“散伙饭”。

潘忠地到潘士金家里一说这情况，潘士金就说分吧，趁着现在一家人和和睦睦的，比兄弟妯娌闹起矛盾来再分好。潘忠地接着又去了潘忠良家说了说，还没等潘忠良开口，王桂兰就说：“恁这个家是该分了，我老早就看出来，春华那人心眼不正。在外边干活说起家里的事来，老是说她嫂子的不是。为了少干点家务，队里散了工她总是磨蹭着晚回家，都知道，她这是攀扯玉英。幸亏玉英平和，不跟她一般见识，要不早闹起来了。”

潘忠地说：“我看她俩挺好的，没什么事。”

王桂兰说：“玉英也不憨，人家心里有数，也就是怕你生气不给你讲就是了。”

潘忠良说：“你别胡扯拉事了，妯娌两个都不孬，还有小民，也是好孩子，对忠地挺尊重，也不惹老人生气。分家是正常的，只要大婶子同意，早分比晚分好。她老人家怎么办呢？她是愿意分出来自己另过，还是恁弟兄两个轮着管她？”

潘忠地说：“这话她没说。不过，她老人家年纪大了，怎么着也不能再叫她一个人起伙做饭，最好让她跟着我，我和玉英得侍候她一辈子。”

潘忠良说：“房子呢？是按现在这样住着还是另说？”

潘忠地说：“这得看小民和春华的态度了，他两个要是乐意还在那边住，明年春天我再帮着他们盖起两间厨屋来，还得垒砌个猪圈。他们要是觉得这边方便，愿意到老家来住，我就跟他们换换。怎么着都行，明天早饭后你和士金叔去了说说，什么事都好商量。”

潘忠良说：“这我明白，咱是好说好商量，不会和有些人家分家那样，为争个罐子争个碗的也闹起来，结果分成了仇家。”

王桂兰说：“那样的人家可不少！”

潘忠地笑了笑，说：“放心吧，咱不是那样的人家。”

从潘忠良家里出来后，潘忠地想到潘秀菊家里去给她说一声，这件事应该让她提前知道。快到她家门口了，又一想，是不是太晚了？黑更半夜的，她一个人在家，让外人遇上不好。明天一早再来给她说吧，于是转身回了家。

吃过早饭，潘忠民烧好了两壶开水，石玉英把茶壶茶碗都洗了洗。也没让两个孩子出去，一家人都在堂屋等着。潘士金和潘忠良一起来了，潘忠民赶紧泡上了茶。进门潘士金从口袋里掏出挂炮仗，说："锋子，到年了，给你买了挂炮仗。"小锋子不好意思接。

潘忠良说："还不快点接过去？你看恁这个老爷当得多像样啊，我这当大爷的不行，就没想起这回事来。"

潘忠民说："你这个大爷也不孬，有了好吃的都是先放到自己嘴里。"

潘忠良说："你说哩，谁不和自己的嘴近呀！"

潘忠地说："还不快谢谢大老爷。"

小锋子嘴里说着"谢谢大老爷"，过去接过了炮仗。点点从她哥哥手里要过去，拿着看。潘士金说："本来想给点点买把滴滴金来，代销点没有，来，给你两毛钱，叫恁娘到集上给你买。"说着掏出来两毛钱给点点。点点看着奶奶的脸，不接。奶奶说："接过去吧，也谢谢恁大老爷。"点点这才接过去，说了声"谢谢大老爷"。

都坐下后，潘士金说："嫂子，把家分了？"

忠地娘说："分了吧，现在就是两下里住，分开他们方便。他舅们都没了，咱潘家门里虽然还有几个比恁两个年纪大的，都不能主事儿，把恁爷俩叫来，恁怎么说怎么是。"

潘忠良说："这个家好分，他们弟兄妯娌的都是平和人，闹不了争持。恁老人家说说或是叫忠地说说，小民拿张纸写个约，都同意就行了。"

忠地娘说："我没说头，叫忠地说，在家里他是主事的。"

潘士金说："忠地，那你就先说说吧。"

潘忠地说：“咱不用立什么约了，有些事说开，以后也闹不了矛盾。先说说房子，两处院，那边还没个厨屋和栏圈，别管谁在那边住，明年开春得合伙建起来。小民、春华，恁两个愿意住哪里？不论怎么住，咱娘现在就住在这堂屋里，她老人家不能动。”

薛春华说：“我和俺嫂子都商量好了，怎么分都听恁兄弟俩的。住的地方就别再动了，俺还是住在那边就行。”

这时点点说：“我还是跟着奶奶睡觉。”

薛春华说：“别不懂事，分了家你就得跟着我睡去。”

点点咧着嘴哭了。她奶奶把她拉到跟前，说：“别哭，分家是大人的事，怎么分都叫你跟着奶奶。”点点不哭了。

潘忠地说：“再说其他吧。农具拣样都拿过一半去，盛粮食和盛面的瓮、泵子先抬过两个去用着，还有盆子、碗筷，都少拿点，家里还有几十块钱，娘都放着，拿出二十块来，叫小民添置点用具。现有的粮食、面都过过秤，一边一半。”

娘说：“总共不到三十块钱了，给他这么多？”

潘忠地说：“给他们吧，安新家花钱的地方多。过年的东西都准备齐全了，暂时也花不着什么钱了。”

潘忠民说：“锅碗瓢盆的都别拿了，家里来客人还得用，我买新的就行。粮食也不用给俺那么多，能够吃到下来麦子就可以了。”

潘士金说：“承包田还得分开吧？”

潘忠地说：“承包田好办，每块地都从中间分开，一家种一半。”

潘忠良说：“这事算我的，今天不去量地了，过了年抽个空，我叫着光恩大老爷，去给恁丈量开。婶子，恁老人家今后怎么办？”

忠地娘说：“我怎么着都行，反正有他们吃的就饿不着我。”

潘忠地说：“叫俺娘跟着我吧，在这里照顾她老人家也方便。”

潘忠民说：“那不行，不能光让你和嫂子受累，得轮着。叫咱娘一边待一个月，不少人家都是这样。”

潘忠地说：“她老人家年纪这么大了，不能让她来回跑。”

潘士金说：“就按恁哥哥说的办吧。不过，照顾老人都有责任，也得有个说法。”

潘忠民说：“要那样我每年扛过二百斤粮食来，再给俺娘几块零花钱。”

潘忠地说：“不用，我还管不起咱娘饭呀！恁抽空常来看看老人家就行。”

潘忠良说：“百善‘孝’为先，也得给小民、春华个孝顺的机会，拿就拿吧，没多有少，也别定数了，就这么点意思。”

忠地娘说：“有件事我得说下，点点还小，她要愿意跟着我就让她跟着，多咱想跟着她娘了就叫她过去，都不能说三道四的。”

石玉英觉得这话娘是说给她听的，就说：“点点是好闺女，知道孝顺奶奶。她只要乐意在这边，到时候俺陪送她出嫁也没问题。咱圈里有两头猪，还有喂的五只母鸡一只公鸡，也一块分开吧。”

潘忠地说：“猪先喂着，等那边建起猪圈来叫小民逮过头大的去。公鸡过年得杀，把母鸡逮过三只去。”

潘忠民说：“鸡不能逮，下了蛋好叫咱娘吃，开春有卖小鸡的我买几只喂就行了。两头猪差不多大，到时候我逮头小点的。”

石玉英说：“还有盘石磨哩，怎么办？”

潘忠良说：“咳，这个不用说了，现在有磨面机，两毛钱就打半口袋面，今后谁还推磨？”

潘士金说：“这不就算分完了？我参加分家少说也有十几户了，像今天这么简单痛快的还是头一回。这样吧，恁愿意什么时候分开吃饭就什么时候，今后有事兄弟两个商量着办。”

潘忠地说：“还有三天就过年了，年前年后这几天还是在家里一块吃。”

潘忠良说：“这个办法行。来，我先把粮食给恁分开，小民，你去找两个口袋，分完后我和大叔好回去。”

忠地娘说：“不能回去，中午在这里一起吃顿饭，都兴这样。恁妯娌俩快做饭去。”

这时潘秀菊进来了，潘忠良说：“大姑怎么这才来呀？你要是早来一会儿，也当当分家的公道人。”

潘秀菊说：“当什么公道人？我又不知道分家，我是来给忠地说说演节目的事。”其实她就是为分家的事来的。一早潘忠地到她家里说了说，她也同意分。吃过早饭去了学校，她一直放心不下，因为她了解，薛春华小心眼多，石玉英是忠厚老实人，潘忠地又会让着弟弟，老太太平时就不管事，这时候也不会多说话，弄不好忠地两口子会吃亏。于是想来看个究竟，关键事上好替忠地两口子说句话。没想到分得这么快，看着一家人都高高兴兴的，知道没出什么事儿，就没再说什么。

潘忠良说：“这来了也正好，中午一块吃顿团圆饭。”

潘秀菊说：“我不能在这里，志国放假回来了，他一个人在家。”

忠地娘说：“把志国叫来，都在这里吃。”

潘忠地说：“锋子，你去喊恁志国叔，就说恁姑奶奶叫他来。”

点点说：“我也去。”

潘忠地说：“行，跟着恁哥哥一块去吧。”

两个孩子去了，潘秀菊也到厨屋帮着忙活去了。十多口人一起吃了顿饭，就像一大家子人，挺热闹，不必细说。

照潘忠地说的，潘忠民两口子没接着起伙做饭，一直到正月初二，才开始自己做着吃。初一吃完晚饭，潘忠地让娘把炸好的鱼、丸子和煮好的肉，拾掇了一盆子，让他们端了过去。

年三十上午，潘忠民买来几张红纸，说：“哥哥，写几副春联吧，咱家里换换新的，那边房子也贴贴。”

潘忠地说："好啊。这还是那年搞红海洋刷上的对联，十多年了，早该用黑漆刷刷，过年贴新春联。先换上新鲜新鲜，春天再重新上遍漆。"

潘忠民说："去年我就发现，不少户已经用黑漆把原来的字盖上了，春节贴上了新对联。还有墙上的那些标语，有些人家都用石灰泥了墙，也没人再说写新的。"

潘忠地边裁纸边说："我也看到了，还写什么新的？当年是工作组在这里让弄的，为了宣传毛泽东思想，全村墙上都写满了。现在不时兴那一套了，群众的思想比那时统一得还好。你看搞包产到户，村里都没用开群众大会，只是以生产队为单位讲了讲，哪有不支持的！"

潘忠民拿过砚台，倒上了墨汁。两个孩子都偎上来，小锋子说："叔，你写啊？"

潘忠民说："我那字不行，恁爸写，他的毛笔字在咱村属第一。原来用红磁漆刷的对联，全村都是他一个人的字。"

潘忠地说："我可算不上第一，如果不算宫老师，咱村里毛笔字写得最好的属春旺了。"

潘忠民说："他的字是不错，不只春节，平时盖新房上梁的，娶媳妇的，不少人家都是找他写。那次搞红海洋怎么没让他写呢？"

潘忠地说："他家庭不是地主成分吗？那时候讲阶级路线，虽然他只是个子弟，也不能用他。现在没事了，谁找他也没问题。"

潘忠地到西屋拿过来一张近期的报纸，上面有刊登的几十条新春联，看了看用毛笔勾出了几条，便动手写起来。正写着娘过来了，说："也该写些'酉贴'，多年没贴了，多写点，四处都贴贴。"

潘忠民说："有剩的纸，末了我写就行。"

娘说："我那还得再打点糨子，早晨打的少，只够贴灶君的。"

正贴着大门的对联，潘忠良过来了，说："哟，贴对子呀，还有纸吗？给我写两副，大门、堂屋门都贴上新鲜新鲜。"

潘忠民说："剩的纸不到半张了，一副的也不够。要不你把准备往我那边贴的两副拿着？"

潘忠良说："别，你那算是安的新家，更得贴。我买两张大红纸去，等会儿给我写。"

潘忠良去代销点买纸了，遇上潘忠明，一说什么事儿，潘忠明也一起去买来几张红纸。这么一来，有些人知道了，也都来让潘忠地写春联，一下子来了七八个，连哑巴也拿着两张红纸来了。潘忠地说："我先给发音哥写，其余的慢慢来，保证下午都贴上。"

潘忠良说："对，先给他们写，反正今天没事了，最后写我的。"

哑巴很高兴，把纸递给潘忠地，等写完晾干，兴高采烈地拿着走了。

潘忠良说："小民和明子光看呀，恁两个都是大高中生，替您忠地哥写两副？"

潘忠民说："俺可不行，从上小学就没写过毛笔字，可不敢写。"

潘忠明也说："是啊，这又不是写大字报，歪七扭八地贴到门上多难看呀！"

潘忠地说："我上小学三年级的时候每星期还写两篇大仿，到四年级就都不写毛笔字了。我这字也是前些年跟着宫老师学的，这几年写得少，也有些手生了。"

潘忠良说："怎么样？'地经常锄了庄稼长得好，猪头煮时间长了肉好咬'。别抱怨上学的时候没写过，忠地回村后就比恁现在忙，还练了这么一手好字，恁两个就是懒，要是抽空好好练练，功夫下到，保准也差不了。"

潘忠民说："好呀，咱定个计划，你也一块跟着练，看看能行不。"

潘忠良说："我不中用，这么大岁数了，字都认不了几个，还摸毛笔呢！"

潘忠明说："活到老学到老，人到八十还学巧，你这能算大年纪呀？"

潘忠良说："我这样的是立秋的高粱不抽穗，老苗了，再用化肥培起来也白搭。”

一屋人都笑了。潘忠地说：“忠良哥说得对，‘字无百日功’，只要持之以恒，坚持认真练，半年就很见成色。我西屋有几本字帖，有宫老师给的一本，另外两本是从新华书店买的，恁两个拿着，没事儿的时候照着写写。”

说着拉着，潘忠民、潘忠明两个在一旁裁纸，潘忠地基本没停手，日头偏西了，才给潘忠良写好。其他人都走了，潘忠良吸着烟，说：“还有剩的红纸，再给我写几个‘酉贴’，今年彻底红火红火。”

潘忠民说：“你早说呀，这个我写就行。”说着裁了十几张小方块纸，写起来。

刚刚写完，点点跑过来说：“俺奶奶问下扁食行了不？水都开了。”

潘忠地说：“告诉恁奶奶下吧。”

潘忠良拾掇拾掇卷起来，走到院子里朝厨屋说：“大婶子，你忙吧，我回去了。”

忠地娘说：“过年了，在这里吃吧。”

潘忠良说：“家里也得等着我下水饺，晚上我过来给你磕头，到时候叫她妯娌俩炒两个菜，俺弟兄三个喝两盅。”

潘忠地、潘忠民把他送出了大门。

初一这天村里热闹起来了，舞狮子、跑花船、踩高跷、摔二鬼，早饭后从祠堂门前集合好，一起都上了街。张发树还叫李长贵准备了两挂炮仗，在十字路口放了放。已经是十多年没玩这些玩意儿了，男女老少都到大街上围着看，一直闹腾了大半上午。临散时潘忠地对张发树说：“这两天不是走亲戚就是侍候客人，都没空儿，咱初三晚上开支部会吧，那几件事得抓紧商量。”

张发树说：“行，我提前给他们下通知。”

傍晚，潘忠地到李向河家里，问李向河：“这几年窑场和试验队的账目都报大队了吗？”

李向河说："报了，每年年底他们都是和我对对总账，然后放到大队办公室里，和大队的账目一起存起来。年前弄得早点，刚进腊月就总起来了。"

潘忠地说："那好，别叫别人了，你一个人受受累，把近两年两家的收入分别算算，取个平均数。窑场要有三个数，总产量、现金总收入、上交大队的纯利润。试验队两个数就行，粮食总产和现金收入。后天晚上咱研究这两项的承包问题，这个数就是个基数，具体怎么承包，开会时再商量。"

李向河说："好算，明天下午我就弄出来，先给你看看。"

潘忠地说："不用看了，到会上一块说吧。明天你给长友说一声，让他也参加后天晚上的会，因为要讨论试验田承包的事儿，好听听他的意见。"

初三晚上，参加会议的人老早就都到了。潘忠地说最近魏书记和公社的领导要来，咱得把几项承包的具体内容研究出来，今天晚上先商量试验田和窑场的事儿，让向河把这两处近两年的收入情况说说，再议议如何承包。李向河接着把几个方面的数字详细说了说。张发树说："叫谁承包啊？"

潘忠地说："先定定怎么承包，至于让谁承包，等领导同意了方案后，得召开个全体社员大会，把条件讲清楚，让大家报名，然后再研究确定。"

潘士金说："条件是越简单越好。试验田就定每年往大队交多少粮食，分麦秋两季，夏粮交麦子，秋粮交玉米。窑场就定交多少钱，半年一交或一年一交。"

展明尧说："这个办法行，关键是确定交的数目。"

李长贵说："数目好定，向河叔算的两年的平均数，就可以作为上交数。"

展明尧说："那才不行哩，这算的纯利润今后就不是纯利润了，有一大项得去除。现在两下里干活的人员都是记大队工，下拨到生产队参加分配，以后都得改成发工资了，这一块应该算到成本里去。"

这一点潘忠地还真没考虑到，他仔细琢磨一会儿，说："明尧叔说得有道理，是该把人员工资算到成本里去。这个数怎么算呢？要是按现在全大队的平均工分值算，一个工才几毛钱，有些低了。”

潘士金说：“按理应该按国家规定的临时工工资算，以前都是每月二十八块五，现在是三十六块五了。”

潘忠地说：“就按三十六块五吧，向河哥，你抓紧算算，都按现有的劳力数。”

李长友说：“试验队粮食都是交大队，很少有现金收入，怎么算工资？”

张发树说：“你真是死心眼子，鸡不尿尿还能憋死？没钱不会用粮食顶呀！”

李向河问：“粮食按什么价格？”

潘忠地说：“咱现在分配是什么价格？”

李向河说：“社员分配账的各种产品价格这几年都没变，还是每斤小麦一毛，大豆一毛二，玉米、高粱、谷子都是八分，鲜地瓜五斤折成一斤瓜干，七分，柴草、蔬菜都是一分。”

潘士金说：“这个价格不合理，太低了，还不如国家的收购价高。现在粮食市场都放开了，应该取市场价格的中等数。”

展明尧说：“前天我去赶集，到粮食市看看，麦子一斤到两毛一二了，玉米也一毛五六了。”

潘忠地说：“那就小麦按两毛，玉米按一毛五。”

李向河开始拨拉算盘，大伙继续讨论。潘秀菊说：“别管规定多少基数，社员大概没人敢承包，这么多人干活，管理就是个事儿。”

潘忠地说：“公社领导讲了，干部也可以挑头承包，关键是把承包基数定合理。”

李长贵说：“定个基数就长期不变了吗？物价不断上涨，是不是也得有个说法？”

张发树说：“这还是个事儿哩，要是物价涨了还是上交这么个数，承包人沾光可就大了，群众也得有意见。”

潘秀菊说："那就每年增加点。"

张发树说："一年一变呀？那样也不好，你没听有人说，咱的政策像月亮，初一、十五不一样。真要每年增加一次，这就得定明白数目，不能年年都研究。"

展明尧说："那不好定，就像窑上的砖，去年每块提了一分五，原来四五年都没涨价，定下年年涨也不合理。"

潘士金说："咱这是头一次承包，没经验，基数是定高了还是低了都说不准，可以先定下几年不动，也就是让承包人先承包几年试试，到时候再研究，也可能更换承包人。"

潘忠地说："就这样，咱先定三年不变，三年后重新承包，到时候承包费和承包人可以变动，也可以不变。"

这时李向河算完了，说："要是再扣除人员工资，窑场每年上交大队一万七千六百四十元，试验队每年上交粮食一万四千八百斤，按小麦、玉米各半算的。"

其实潘忠地一直用笔划拉着，他又琢磨一会儿，说："这样吧，窑场就定一万六千元，试验田定一万三千斤粮食，麦季六千斤小麦，秋季七千斤玉米。再商量一下看看行不？"

张发树说："怎么不行，我觉得这个数不高不低的，合适。"

其他人都说可以。

潘忠地又说："还有一件事得说清楚，窑场的拖拉机和试验队的电机都得收归大队。电机由机电队统一管理，浇地和社员一样记电费。拖拉机再单独定承包人，必须事先说好，个人承包了也要服从大队管理，农忙时要保证田间作业，平时给窑场运煤。如果大队不安排事了，他们可以自己找活，跑运输挣钱也行。使用拖拉机都收费，承包人向大队交承包费。"

展明尧说："要那样窑场的承包费还是偏高了，拉煤的费用也不小。"

潘忠地说："刚才我说的那两个数，就是把窑场运煤和试验田耕地、浇地的费用扣除了。”

潘士金说：“窑场摊子大，不论谁承包花费都少不了，不行再减少一千块钱。”

张发树说：“我看行，还是得调动承包人的积极性。”

潘忠地说：“那窑场就按一万五，试验田不再变了。”

都表示同意。

张发树说：“拖拉机怎么包法？定下来一块承包下去算了。”

潘忠地说：“就得一块包下去。我考虑，两台拖拉机都是二十五马力，有一台买得早两年，承包费得有所区别。除了我刚才说的要保证大队安排使用，还得保证机器的完好。这样，那台新点的每年向大队交两千块钱，另一台交一千五，油钱和维修费用完全自理。”

李长贵说：“光说保证完好不行，机器都有个使用年限，再跑上三五年就该报废了，那怎么办？”

李向河说：“五年上交的钱差不多就能买两台新拖拉机了，到时候报废了咱也不亏本。”

展明尧说：“还不如作作价直接卖给个人哩，以后大队也不用操心了。”

潘忠地说：“卖了不好，成了个人的财产大队再想安排活就不好说话了，耕地、播种怎么办？还是先承包，也定三年，三年后再调整办法。”

张发树说：“就这么定吧，天不早了，快半夜了。什么时候开群众大会？”

潘忠地说：“明天公社机关都正式上班，估计林书记他们最近几天就得来，给领导汇报同意后咱再开个党员和生产队长会，然后才能开群众大会。”

大伙都没再提别的意见，就散会了。

# 大刀阔斧

“好雨知时节，当春乃发生”。这雨一会儿锣鼓喧天，一会儿细管柔弦，大一阵小一阵，下了整整一天。今年春来早，往年这时节下雨，怎么着也得夹带些雪花或霰粒，甚至直接就是大雪，个别年份杏花桃花都开了还下雪哩，这才刚过立春，就下了场透地雨。你看，经这雨一冲洗滋润，干涸了一冬的柳条儿开始显露出鹅黄色，满坡的麦苗也一觉醒来，打起精神，摇身变得翠绿了。有些人议论，政策好了老天也帮忙，土地刚分到手，就给了这么场及时雨。看来麦子返青水不用浇了，省力省钱不说，夏季丰收有指望了。

雨过天晴，人们喜形于色，虽然没什么农活要干，不少成年人还是到了田间，围着自己的麦田转悠一圈，盘算着过几天就要锄耧或追肥了。学校还没开学，一群群孩子都跑到祠堂前，看那伙大人搭戏台。张发树吆喝：都离远点，别耽误事儿，天冷呵呵的快回家吧，今天又不唱戏，十六晚上才唱哩，到时候早点搬着凳子来占地方。孩子们没有听他话的，照常围着看。张发树、李长贵正指挥着十几个人忙活，李向河跑来了，说刚才接到公社通知，县里的魏书记和公社的林书记上午来，马上要到了，忠地叫支部的全体成员都抓紧到办公室等着，恁两个先去吧，我再去叫他们几个。李长贵说咱两个分头去喊他们，让发树叔先去。

张发树又对干活的叮咛了叮咛，就去了大队办公室。走到时潘忠地正在点炉子，张发树说天又不是很冷了，还点炉子啊！潘忠地说烧两壶开水，他们来了好泡茶。张发树问还有茶叶吗？潘忠地说有，我刚从家里拿来。

支部的人到齐没大会儿，吉普车就进了院子。他们都迎出去，潘忠地过去先打开了后边的车门，魏书记却从前边下来了。以往都是秘书或其他工作人员坐在副驾驶位置，魏书记坐后边右侧，人都下来才明白，原来公社林书记、周社长一块坐车来的，比正常多了个人，他两个和房秘书就挤在了后面。

进屋坐下，魏书记说："本来初十前就想来的，我又到地区开了两天会，今天下午县里又集合公社党委书记，明天开一天会。就今天上午是个空儿，来看看恁春节前后的工作情况。"

张发树说："这也不晚，今天才十三，农村还没过完年哩。"

林书记说："忠地你抓紧汇报汇报吧。"

潘忠地拿出小本子，把党支部研究的关于窑场和试验田的承包方案详细作了汇报，最后把拖拉机、电机如何承包和管理的想法也说了说。魏书记他们几个都在笔记本上认真记着，中间一句话也没插。汇报完了，魏书记说："其他同志还有补充吗？"都说没了。他接着说，"你们考虑得很周全，账算得也很清楚，这个思路不错。提交群众讨论了吗？"

潘忠地说："还没有，对生产队干部也没讲。俺是想听听领导的意见后再组织干部、群众讨论，然后召开全体社员大会，先让大家自愿报名领包，最后确定承包人。"

魏书记说："老林、老周，恁两个说说。"

林书记说："我听了觉得很好，可以按这个方案落实了。"

周社长说："我也同意。忠地，恁什么时候开社员大会？到时候我叫着王社长一块来听听。"

潘忠地说："如果领导同意了，今天下午或晚上我们就开个生产队长、会计会，明天以生产队为单位组织讨论，然后把意见反馈上来。思想都统一后就开社员大会。后天是十五，大会得十六开。”

张发树说：“魏书记和林书记也来吧，参加完大会住下，晚上听了戏再走。戏台今天就搭好了。”

林书记问：“恁请的哪里的剧团？”

潘忠地说：“没请外边的剧团，俺自己组织排练的，也就是让大伙娱乐娱乐。今年把杂耍也搞起来了，群众看了挺高兴。”

林书记说：“恁还能唱大戏？”

张发树说：“咳，俺村里从老辈就能唱大戏，还到外村唱过，那时候能唱个三场五场的不重样。现在是多年不组织了，多数能参与的老人都走了，服装、道具破‘四旧’时也都烧了，年前又动手晚点，只排了两出小戏和几个小节目，就唱一晚上。”

魏书记说：“他们有基础，早年是唱大戏，‘文化大革命’期间不唱了，组织的宣传队也不错。对了，我听说发树还登过台？”

张发树说：“别提了，那年是临时缺个角儿，秀菊姑他们使坏，把我硬拉上去的，叫我扮演《小姑贤》中的婆婆，咱是唱没唱腔，做没做派，那才叫丢人现眼哩！”

展明尧说：“别怨恁秀菊姑，驴不认套没法叫它拉磨，还是你自己想露一手。”

一屋人都笑了。魏书记说：“我是来不了了，这一阵子太忙，过一段再抽时间来。”

林书记说：“我也来不了，让周社长来吧。”

周社长问：“发树同志扮演什么角色？”

张发树说：“这回没我的事儿，我也就给他们打打下手。”

周社长说：“那就算了，‘名角’不登台还听什么戏？到时候只听听会就行了。”

魏书记说:“好了，你们抓紧落实这几项事儿。地委提出，下一步大队、生产队的干部都要精简，生产队也不一定再叫生产队了，可以改成生产小组。今后农村也不讲家庭成分了，各级的贫协组织要撤销。具体怎么精简，这次公社党委书记会上就要研究，你们可以先考虑个意见。我们得回去了。”

潘忠地说:“吃了饭再走吧，到我家里去吃，我都给俺娘说了。”

魏书记说:“今天不家去了，下次再来时去看看她老人家。”

林书记说:“说好了到公社去吃，饭后魏书记还急着赶回去。”

房秘书已经出去让司机发动起车来了，支部的几个人跟到院子里，送他们上了车。

土地承包涉及家家户户的利益，都瞪着两眼弄个明白，而对这几项承包，大伙觉得与己无关，不怎么关心。所以在生产队干部会上，以及各生产队组织群众讨论时，都没提出什么意见。这期间，潘忠地让展明尧在窑场开个会，看看在窑上干活的人当中有没有想挑头承包的。他又叫着张发树到试验田，组织试验队全体人员开了个会，讲了讲下步承包的问题，末了让大家都考虑考虑，谁如果想承包就提出来。结果没一个搭腔的。散会后他对李长友说:“你得有个思想准备，如果开社员大会的时候还没人承包，你就得站出来。县里和公社的领导都同意咱的想法了，可不能承包不下去。”

李长友说:“我能行吗？这些年有什么事都是恁帮着研究，要是叫我一个人管了别弄不好，到时候完不成承包任务怎么办？”

张发树说:“你怕什么？当了这么多年的队长了，还是管这帮子人，有什么难的？再说了，真遇到什么难题，忠地也得给你出出点子，我们还能看你的哈哈笑啊！”

潘忠地说:“承包基数不算高，我仔细算过了，扣除人员工资顶的粮食数，交够大队的，留下种子、饲料，好了每年还能余个两三千斤粮食。另外，现在人员也太多，今后可以精简部分人，活满能干好了。”

李长友寻思一会儿，说："只要有人承包就让给他们，万一真没人包了我再包。"

潘忠地说就这个意思。

回去潘忠地又找展明尧问了问窑场开会的情况，展明尧说："大伙倒是没提什么意见，可也没人说要承包。"

潘忠地说："我看得你挑这个头了。"

展明尧说："我承包不好吧？咱是干部，别让群众说三道四的。"

潘忠地说："没什么不好的，条件是集体研究定的，又经群众讨论过了，谁承包都一样。"

其实展明尧心里是想承包。这几天他没少动脑子，还算了下细账，觉得真要承包了，一年赚个千把两千块的不成问题，比种那几亩责任田强多了。所以在窑场开会的时候，他讲了不少承包后的困难，目的就是让这伙人不敢承包。只要在窑上干活的没人出头，其他社员更不会有这个想法了，最后这个肥差就能落到他头上。

潘忠地从初三晚上开会时，就觉察到他可能有想承包的念头。后来也考虑，窑场的确摊子大，管理要求严格，数算起来，全村还就是他承包最合适。今天再试探他一句，是担心他中途变卦。于是又说："开大会的时候咱先让大家报名，没有报的你再承揽下来，今后不论有多大好处，人们也不能眼红了。"

展明尧说："那行。这是大事，支部这么重视，县里和公社领导也都知道了，可不能承包不下去。毕竟我也当过多年的干部了，别管是赔是赚，咱得承担这个责任。"

潘忠地放心了。

十六这天吃过早饭，周社长就去叫王社长。周社长一看王社长自行车上还带着些礼品，问："老王你这是干什么？怎么还带着这么多礼物？"

王社长说："顺便走个亲戚。初四那天忠地他两口子就领着孩子到我家去了，这样的亲戚十五前我不能去，今天正好十六了，得去看看忠地他母亲。”

到了汶水滩，王社长让周社长先去大队办公室，他直接去了潘忠地家。潘忠地和张发树在办公室等着公社的两个领导，李长贵他们几个到祠堂那边召集人去了。周社长一进来，张发树说：“你不是说叫着王社长一块来吗，他怎么没来呀？”

周社长说：“来了，他先到忠地家里坐坐，马上就过来。”

潘忠地说：“我得到家里看看，周社长你先在这里喝水。”

周社长说：“会场在哪里？咱直接去吧，也别叫老王再上这里来了。”

张发树说：“在祠堂前边那片场地，正好凑搭好的戏台。那里挺冷的，这时候人也集合不齐，等王社长来了咱一块去就行。”

王社长到了潘忠地家里，石玉英立即忙着泡茶，他没让泡，说坐一坐就去参加会，周社长已经去了。正和老人说着话，潘忠地回来了，王社长说：“人集合好了？”

潘忠地说：“差不多了，周社长在办公室等着咱哩。”

王社长说：“那就去吧。婶子，以后我再来看恁老人家。玉英，你也参加会去？”

潘忠地说：“她不去了，在家里做饭，散了会你和周社长一块家来吃。”

王社长说：“不家来了，我们回去吃就行，又不是多远。”

忠地娘说：“那怎么行？大过年的，还能不吃饭就走呀？昨天晚上忠地就说今天你来，中午得家来吃。”

到院子里王社长想推着自行车，潘忠地说：“别推了，我一会儿叫他们把周社长的车子也推家来。”

戏台上摆了一张桌子，三条板凳，党支部的几个人都坐在台上，李长贵正让各生产队清点人数。周社长他们上去后，潘秀菊、李向河给他们每人倒了杯开水。张发树说:“天冷，泡茶也泡不好，将就着喝杯开水吧。”

周社长说:“开水就很好。”

李长贵问了一遍队长们，都说人到齐了，他回头对潘忠地说:“行了，可以开会了。”

潘忠地问:“窑场和试验队的人都来了吗？”

李长贵说:“窑场除了两个烧窑的匠人，试验队除了庆江大老爷，其余的都来了。”

潘忠地问周社长:“周社长，你先给大伙讲讲？”

周社长说:“我和老王今天就是来听会，都没什么讲头，按您原来的安排，该谁讲谁讲。”

张发树说:“忠地讲，那就开会吧？”

周社长说:“开吧。”

温暖的阳光普照着大地，一丝风没有，场地上到处都暖洋洋的。人们交头接耳，说着闲话，有些年轻人还在打打闹闹，和南面柳树上一群雀儿的喳喳声交织在一起，乱哄哄的。随着张发树几声吆喝，会场静了下来。张发树宣布:“正式开会了！首先，让我们以热烈的掌声，欢迎周社长、王社长莅临我们的大会指导！”全场响起了一阵掌声。周社长、王社长站起来给大家点了点头，周社长边坐下边小声说:“发树这是还兴‘文化大革命’那一套呀。”张发树朝周社长龇龇牙，说:“什么时候我们也得表示一下对领导的态度啊！”随后大声说，“下面由忠地给大家讲话，都不许乱说话了，做针线活的娘们也得收起来，要认真听。”

潘忠地先讲了讲今天会议的内容，然后掀开本子，把试验田、窑场和两台拖拉机的承包条件逐条念了念，最后讲道:“只要是认可这个条件，咱大队所有的社员都可以承包。如果报名的多了，就进行竞争。竞争的意思就是，以刚才我念的上交大队的承包数为基数，自己再随意增加，谁上交的多就让谁承包。下面一项一项地来，先说试验田，谁愿意承包？”

下边小声叽咕起来，几分钟过后，没一个表态的。张发树一直看着李长友，两个人对上眼时就示意他站出来，李长友却装作没看见，坐在那里不动。又过了一会儿，潘忠地说："怎么样？有没有想承包的？"这时李长友才站起来，说："如果别人都不承包，那我就承包吧。"潘忠地说："好啊，长友承包试验田。下面再说窑场。"

会场上议论的声音更大了。但是，等了十几分钟，依然没人说要承包。这时潘忠地看了看展明尧，说："明尧叔，你表个态吧？"展明尧不紧不慢地站起来，说："窑场是咱大队唯一的一个副业项目，搞好了既方便大家，又能增加集体收入，可不能让它垮了。既然大伙都不想承包，那我就把这个担子担起来。"张发树带头鼓起了掌，下面稀稀拉拉响了几声。潘忠地说："窑场就由明尧叔承包了。咱再说拖拉机，谁承包？"

潘忠地的话音刚落，张荣珍忽地站了起来，说："我承包现在我开着的那台。"说完就坐下了。他是拖拉机手，开着的那台是新一点的。潘忠地说："那好，荣珍承包一台。另一台谁包？"没有吱声的了。过了会儿，张发树喊着另一个拖拉机手李长理的名字，说："人家荣珍都承包他开着的那台了，你还不承包你开的那台？"李长理说："我不包，自己掏钱买油不说，出了毛病又得花钱维修，还得往大队交那么多钱，那不得赔钱呀！"张发树对潘忠地说："怎么办？其他人没有会开的了。"这时潘忠民忽然站了起来，大声说："没人包我包。"张发树问他一句："你会开吗？这可不是闹着玩的，你得考虑清楚。"潘忠民说："我考虑好了，不会开学着点，没什么难的。"潘忠地迟疑了一会儿，说："就这样吧，承包人都有了，恁四个明天上午到大队办公室签合同。大家还有意见吗？"有几个青年领头说："没有了。"潘忠地又问问周社长、王社长还有事吗？都说没事了，于是就宣布散会。张发树又咋呼了一句："今天晚上唱大戏，都别忘了来听戏呵！"

在大队办公室潘忠地就给周社长说好了，会后一块到家里吃饭，并且让张发树陪着。散会后，张发树让李长贵、李向河整理下会场，他们四个一起去了潘忠地家。

进门正遇上小锋子放学刚回来，张发树说："锋子，怎么这么早就放学了？"

小锋子说："今天是开学头一天，报上到等着老师发了新书就放学了，明天才正式上课。"

潘忠地说："去叫恁叔来，就说家里有客人，让恁婶子也一块来。"

小锋子放下书包去了。

潘忠地进屋忙着泡茶，张发树烫烫茶碗倒水。都坐下了，王社长说："忠地，是不是把士金同志叫来？"

潘忠地说："会前我个别给他说了，他可能到家里打声招呼再过来。"

潘忠民两口子来了，进堂屋给周社长、王社长说了句话，随后摸茶壶给大伙添水。张发树说："忠民，你怎么敢承包拖拉机呢？你能开呀？要是再雇人可就算不着账了。"

薛春华说："就是啊，进家我就说他，人家长理正开着都不承包，你充什么人？到时候交不够大队的承包费怎么办？还能从家里再贴钱呀！"

潘忠民说："你快到厨屋帮嫂子做饭去，这里没你的事。"薛春华出去了，潘忠民接着说，"拖拉机我能开，每次拉煤我都跟着去付款，开始试了几次，后来慢慢就学会了，有时候拉着煤回来也是我开着。会上要是有人承包我就不说话了，可李长理不包，我看着要晾台了，如果承包不下去恁怎么收场？所以我就站了出来。再说，明尧叔承包了窑场，下一步不会再让我当会计了，他得让他儿子春生当，我没事了还在窑场干么？回家光种那几亩地也太清闲了。"

这时潘士金提着两瓶酒进来了，潘忠地接过去，张发树给他让座位。王社长接着刚才的话说："忠民考虑得有道理。开拖拉机没有多少技术，别说还开过，就是现学也容易。"

潘士金说："今天小民做得对，我当时还真担心那台拖拉机承包不下去哩。"

周社长说："今天的会议算是很成功。只要顺利地定下了承包人，谁承包都一样。"

潘忠地说："这也带来个问题。除了荣珍是普通社员，其余三个承包人都算是干部，时间长了社员们会不会有意见？"

周社长说："不会的，这是完全按民主程序办的，承包基数让大家讨论了，会上又让社员们自愿报名，没人报了才确定的这几个人。吃亏占便宜是大伙认可的，还能有什么意见？"

王社长说："前天我到刘家亩大队，刘安鲁说，他们先试了试苹果园的承包。二十多亩果园，开始定了五千元的承包费，也是开社员大会让大家报名，等了半天没人报。当时支部的几个人商量，降下五百块钱来，结果还是没人报。后来又降了五百，仍然没人表态承包。有人提议再降，刘安鲁说不能降了，按四千块，一亩地都合不着二百块了，没人包他包。这样他就承包了，并且说签合同还是按的五千块。他问我这样做会不会犯错误？我说犯什么错误？你这是主动挑担子，减少集体的损失，应该受到表扬。"

周社长说："这种情况其他大队也会遇到。社员们还是有疑虑，有的是对政策不了解，怕个人承包了还得听干部的，自己当不了家，也有的担心完不成上交的承包费。社员都不愿意包，只能是干部承包了。"

王社长说："其实就现实来看，在农村真有点本事的基本上还是干部。"

潘忠地说："也不完全是。普通社员有本事的不少，只是现在还看不透形势。只要允许个人致富的政策不变，要不了几年，有些人的本事就显露出来了。"

张发树说："中央不是说可以让一部分人先富起来吗？这项政策咱大会小会地没少讲，都知道啊！"

潘忠地说："讲是给大家讲过了，但是，群众往往有观望思想，一时半会儿还不相信。周社长说了，社员们还是有疑虑，真要让大伙彻底明白得有个过程。”

这时小锋子过来了，站在门口说：“做好菜了，俺奶奶说叫恁拾掇桌子喝酒，我这就端菜去。”

王社长说：“叫恁奶奶来一块吃。”

潘忠民也去端菜，小锋子先端来两盘，边往桌子上放边说：“俺奶奶说了，她不喝酒，在厨屋吃就行，俺娘有给她留下的菜。”

张发树说：“你坐下吧，好给大家倒酒。”

小锋子说：“我可不能坐，恁都是当官的，有俺叔给恁倒就行了。”

潘忠地说：“这孩子，说的什么话？”

小锋子扭身走了，张发树朝他大声说：“你个小屁孩就知道官不官的了？好好念书，长大了当个大官。”

王社长说：“现在的孩子不像咱小时候那么单纯了。你看机关上的孩子，家里大人的职务高点就觉得是骄傲的资本，相同职务的就比谁家生活好些。有一次两个男孩吵架，他们的父母都是一般干部，没什么比头，一个就说，‘恁爸爸有什么了不起的？吸的烟都是大生产牌的，才一毛五一盒。’另一个说，‘恁爸爸更没什么了不起，那次我还见他吸葵花牌的来，九分钱一盒。’头一个孩子又说，‘你胡说，俺爸爸是吸金菊的，都是叫我去给他买，一毛九一盒。’旁边的人听了没一个不笑的。”

周社长说：“这些孩子受社会的不良影响太大了。”

潘忠地说：“以后对孩子的教育是个大事儿。”

斟上酒了，喝了一会儿，潘士金说：“那天魏书记说农村干部要精简，并且说要取消贫协组织，下一步我可以退出支部，这样能减少个职数。”

张发树说：“你不当贫协主任还可以保留党支部委员啊。我觉得明尧叔可以退出来，他承包窑场了，今后没精力参加大队的活动了。”

潘忠地说："这两天咱没商量这事，我是想等等上级的精神再说。魏书记不是说公社党委书记会上就研究吗？"

周社长说："林书记回来传达会议精神了。看来下一步公社的体制也得改，这一步先解决大队、生产队。县里的意见，生产队改名为生产小组，规模小的生产队还可以合并，每个生产小组保留二至三名干部。大队改为行政村，一般保留三至五名干部，规模特别大的可以保留七职。"

张发树问："都是保留哪几职啊？"

周社长说："大队书记、大队长当然得保留，只是名称叫村支书、村长了。大队会计改为村文书。另外，民兵、治安等工作还得有人管，妇女主任不能没了，因为计划生育工作很重要，必须有个女同志抓。名称改了，干部少了，工作任务没有减少，可以采取兼职的办法。"

潘忠地说："三个人是太少了，俺现在没有专职副书记还七个人哩，就算兼职也得分过头来才行。"

周社长说："是呀，县里是这么讲的，我们具体怎么落实党委还得再研究。那天党委会上就有人提出，一般应该保留五职，除非像山顶大队，他们只有两个生产队，总人口不到三百，现在党支部就是三个人。初步定的农历二十召开大、小队干部会，公社定什么意见到时候就明确了。你们不用慌，可以会后再商量。还有老同志退下来后的生活补助问题，公社也得研究个说法。"

张发树说："这样的事咱不用太积极了，公社让怎么办就怎么办，士金叔，你还是老老实实地干着吧。来，不说工作的事了，喝酒。周社长，你是第一次在俺村里吃饭，我先敬你两杯。"

因为周社长、王社长酒量都不大，很快就喝完了。吃完水饺又喝了两杯水，他们二人要走，张发树留他们晚上听戏，周社长说不能听了，晚上公社还开党委会。于是回去了。

公社的大会全体大队、生产队干部都参加了。林书记讲得很明确，干部保留职数规定了上限，要求总人口一千五百人以上的村不能超过七人，其余的村不能超过五人。每个生产小组保留的干部不能超过三人。并且提出，具体保留哪些人，由各村根据自己的实际情况确定。对从大队退下来的老同志，要发放一定的生活补助，可以根据每个人的职务和工作年限，每月补助二十到三十元。集体经济条件差的，也不能少于十五元。

从公社回来后，当天晚上党支部就开会研究，潘忠地说先商量生产队的问题。商量的结果，生产小组维持现在生产队的规模，每个小组都保留三名干部，就是生产队长、会计和妇女队长。有的提出个别生产队队长还不如副队长能力强，议论半天，还是认为一刀切好做工作，有不合适的以后再作调整。张发树说："生产队就这样了，大队怎么办？"

潘忠地说："过几天再研究。"他是想先做做潘士金和展明尧的工作再说，免得展明尧提出不同意见当着面都不好表态。

潘士金说："别再凑一次了，今天可以定了，到群众大会上一块宣布好。这事也好商量，咱现在七个人，公社叫保留五职，我得退了。明尧，你说说。"

展明尧说："我退出也可以。可是，你那贫协主任不叫设了，治安主任没说取消啊？"

张发树说："林书记讲的让兼职，你要是退了叫长贵兼起来。"

都不吱声了。过了一会儿，潘忠地说："咱也不能突破公社的规定多保留一职。既然士金叔、明尧叔都同意退下来，治安主任就让长贵兼着吧。把他们两个的补助也定下来，我建议按高限，每月三十元。大伙商量商量，看看行不。"

都说没意见。潘秀菊突然说："光恩大叔也是当了多年的大队干部，退下来时间又不长，是不是也该给他定点补助？"

有几个人说应该，展明尧却说："林书记讲的是这次退下来的，没说以前退的。如果给了他，其他人会不会攀比呀？"

潘士金说:“攀比倒不至于，因为公社这个规定没说生产队干部，至于在大队干过的，也没人比他干得时间长，他才退下来不到一年，算到这一次也差不多。”

潘忠地说:“按理这事该办，他没当过书记、大队长，我看每月给他二十元就行。不过，他毕竟不是这次退下来的，还是向公社领导请示一下，只要公社领导同意，咱就不再研究了。”

都说这么办好，只要上级答应了，有攀比的也好解释。

# 两种新技能

为李光恩补助的事儿，潘忠地专门去了趟公社。他直接找林书记说了说，林书记问其他人还有没有类似的情况？他说没有了，这些年在大队当过干部的，有潘忠国，多年前因为犯错误免的职。还有张义昌，“文化大革命”期间当过一年多的治安主任，恢复党支部时就不干了。再就是士金叔前边的老支部书记，后来到公社农具厂担任书记，虽然现在在家里，可拿着厂里的退休金。林书记说要这样就按恁商量的意见办吧，对老同志应该有所照顾，只要没人能攀比，引不起连锁反应就行。潘忠地顺便问了一句：“今后村里和生产小组在职的这些人怎么办？还有民办教师、卫生室的医生，以前都是记工分，如果改成发钱，定多少？”林书记说：“民办教师的待遇问题县里讲了，要逐步过渡到县和公社两级负担，暂时村里还要负担一部分，至于怎么划分比例，总额定多少，县里还没拿出具体意见，估计不会拖太久了，先等等吧。留任的大、小队干部的待遇，公社研究过一次，觉得暂时还不好定，定低了不合适，定高了有些村负担不起，党委已经安排了几个人，准备到不同类型的村搞搞调研，然后再决定。总的考虑村与村之间可以分出个档次，职务不同当然也得有差别。特别是生产小组，以后具体工作很少了，适当有些补助就可以了。卫生室不是每个大队都有，恁自己定就行。”

潘忠地回村把这意思透给了支部的几个人，张发树说："等着呗，退下去的都有补助了，还能叫这些干着的白下力呀。庆龙叔也好说，叫他随咱，反正原来记工分也和咱一样。"到学校一说，展春才说："那天宫老师还提起这事，我当时就说，不用慌，忠地得想着咱。怎么样？看来县里和公社的领导也没把这伙人忘了。忠地你放心，别管给定多少钱，俺两个一如既往，一定尽心尽力教好这些孩子。"

这天潘忠地刚吃完晚饭，潘忠国来了。潘忠地给他让座，石玉英摸茶壶泡茶，潘忠国说："玉英别忙活了，才放下饭碗，不渴。我就坐一会儿，给忠地说几句话就走。"

潘忠地问："大哥有什么事吗？"

潘忠国说："也没什么大事。我听说士金叔、明尧叔和光恩大老爷退下来，大队还给他们定了补助，像我这种情况还有个说法不？孬好我在大队、试验队也干了十来年，还能就算白干了？"

潘忠地稍一琢磨，说："他们三个是按上级规定办的。你这个情况，还有义昌叔，我们也请示公社了，都不在范围以内。"

潘忠国说："我也就是私下问你一声，也不能找别人。我明白，得按政策规定办，上级不允许就算了。另外还有件事我想问问你，你看俺家友新，初中毕业好几年了，那几亩责任田又没多少活，年轻人闲长了就容易闲出毛病来，不能叫他整天这么闲着，得给他找点事做。我听说吴家庄养长毛兔的不少，有的户养到上百只了，不少赚钱，我想去买几只种兔，逐步发展起来，叫友新照料着，我给他打打下脚。不知道这么办可不可以，所以请示下支部。"

潘忠地心里明白，他来的目的就是问前一个事。如果不打公社的旗号，实话实说，不知要费多少口舌，他会纠缠起来没完，这样一句话就把他堵死了。至于养兔，包括其他家庭副业，不仅政策允许，还鼓励发展，他应该清楚，用不着请示这个问那个的，说说这事也就是没话找话遮掩遮掩，于是便顺着他说："好啊，这是个赚钱的好门路，我们得支持。你先带起头来，今后别的户看到能赚钱了也会跟着学，如果能带动起十几户、几十户来，对增加群众的收入可是件大好事。"

潘忠国说："我就担心别再犯错误，有你这个话我就放心了。这方面咱没经验，先试试，只要成功了，谁愿意养咱都帮助他。"

没过几天，潘忠国在院子里垒起了一排兔窝，并且买来了八只大种兔。村里不少人议论，说潘忠国要发兔财了。也有的说，他也就是瞎胡折腾，养几只兔子能赚什么钱？还是喂几头猪合算。潘忠地到他家去了一趟，看到那几只兔子浑身洁白，和大绒球似的，说："这兔子还真不小哩，毛这么长，好养吗？"

潘忠国说："这是用德国品种杂交的，个头大，产毛多，按人家的说法，养好了两只成兔一年剪的毛就能卖几十块钱。喂养也简单，就是防疫是个大事。这不，我叫友新到书店买来本关于养长毛兔的书，让他好好看看，不讲科学不行。"

潘友新在一旁说："书我倒是看了，不过，有些地方看不太明白。我想到吴家庄去打听打听，看看人家是怎么弄的。"

潘忠地说："该去学学，他们养的时间长了，经验丰富，肯定有不少窍门。最好能找个熟人，学习些真技术。"

潘忠国说："没问题，他姑奶奶家就是养兔专业户，他那个三表叔是全村的养兔技术员。这兔子就是他挑的，怎么喂养也是他给我讲的。"

就这样，半年多的时间，他家的兔子就发展到了六七十只，院子里也垒满了兔窝。村里有些人眼馋了，也开始想养。张义昌最积极，他接连到潘忠国家里看了几次，后来说："忠国，我也想养养兔子，你卖给我几只种兔行不？"

潘忠国说："怎么不行。你先垒起兔窝来，等晾干了就来逮兔子，我给你挑几只好的。"

张义昌问:“多少钱一只?”

潘忠国说:“咱爷们谁跟谁呀，什么钱不钱的。我当时买的是二十块钱一只，你拿三十五块钱来逮两只。”其实他是从亲戚家买的，十块钱一只，这样多赚不少钱。

张义昌说:“两只太少了，怎么也得喂两对。这样吧，我给你六十五块钱，你给我四只兔子，等于再让五块，也算你帮助帮助我这贫困户。”

潘忠国犹豫了一下，说:“你说出口了，就这么办吧，到时候叫友新再给你说说怎么个喂法。”

张义昌养起兔子来了，四只兔子刚买来时虽然不是很大，但长得很快，几个月过去，每只增加了二三斤。但是，两只母兔一直没怀上兔崽。这天张义昌在街上遇到潘友新，说:“友新，你到我家里瞧瞧，怎么一直不生小兔子呀?我可是完全按你说的方法喂的。”潘友新跟着他去了，看到四只兔子都长势很好，抓起两只母兔来仔细瞧瞧，说:“是没交配上，也没什么毛病，再喂一段时间看看。”

潘友新回到家里，给他爹说了说这情况，潘忠国“嘿嘿”笑了两声，说:“生个屁，那两只公兔都被我阉了。”

潘友新一听急了，说:“你怎么这么做呢?这不是坑人吗!”

“你懂什么!我看着最近不少户也要养兔子，卖种兔比卖毛来钱更快，他要是发展起来了，不争咱的买卖呀?阉了的兔子虽然不能配种了，能长得快些，卖毛也能多赚点钱，怎么算坑人呢?”潘忠国还蛮有道理。

“不生小兔子怎么发展?还能让人家就喂这几只呀!你就不怕遭人家骂?”潘友新说着到兔窝跟前抓兔子。

“挨两句骂能掉几斤肉?谁骂磨谁的嘴皮子。这是做生意，只要能多赚钱，他愿意骂叫他骂去!”这时看到潘友新逮出两只大兔子，立时来气了，大声呵斥，“你这是干什么?”

潘友新气呼呼地说：“我去把那两只公兔换回来。你不怕挨骂我还怕丢人哩！”

潘忠国上去拉扯他，嘴里嘟囔着：“简直是胡闹！我操心费力这么办了，你去揭我的短啊？”

潘友新用劲把他爹拨拉到一边，一手抓住一只兔子，提着朝大门走去。潘忠国知道挡不住他，气得哼哼的，说：“真是个混账小子！你换去也行，千万别告诉他真相。”

潘友新也不搭腔，出了大门。在路口遇到几个人，有个问：“哟，这两只兔子不孬，你这是给谁家送去？”

潘友新说：“我去把义昌大老爷那两只公兔换回来。”

另一个说：“他不是喂得挺好吗，怎么又换啊？”

潘友新说：“那两只公兔是俺爹阉了的，不能配对。”

几个人叽咕起来。有的说，也就是潘忠国这样的人，能干出这种缺德的事！

这天潘忠地去卫生室，找李庆龙商量件事儿，正碰上几个人在那里议论这事。见潘忠地进了门，一个说：“这不书记来了，党支部也不管管，怎么能允许他办这样的事呢？”

潘忠地问：“什么事呀？”

那人说：“你没听说啊？潘忠国卖给张义昌四只兔子，他把两只公的提前阉了，那还怎么生养小兔子？”

潘忠地说：“有这种事？张义昌能愿意吗？”

另一个说：“张义昌肯定是不知道，要不早闹起来了。后来还是友新发现的，幸亏这孩子心眼实诚，主动逮了两只好的去给他换了。”

李庆龙说：“忠国这人办事忒能算计了。去年他有点感冒，来找我给他看，我给他开了个方子，那段时间没来得及进中药，缺的样数太多，我让他直接到刘集医院去拿。当天下午他来借称中药的小秤，问他干什么，他说称称取来的药够数不。我当时就笑了。第二天他来还秤，我问他怎么样？他说还行，按方子上的克数加起来，每副药连包装纸一块称的，都多个一克两克的。恁说还有谁能像他这么小心眼？取几服中药还得称称够不够斤两！”

有个说：“真是大事小事都抠门，可得注意着点，不能和这样的人共事。”

另一个说：“我还想买他家几只种兔来，看来还不行哩，不能让他坑一下子。”

李庆龙说：“你不会直接到吴家庄买去？我听说潘忠国就是从那里买来的。”

那人说：“咱没认识的人呀，潘忠国他姑家是那个村，咱人生地不熟的，人家能卖给？要是大队里能帮着联系联系就好了，通过那里的干部给找卖主，咱买着也放心。”

潘忠地问：“现在想养兔子的有多少户？”

那人说：“不少，我知道的就有五六户了。”

潘忠地说：“这样吧，你回去再问问，我让向河也了解了解，看看有多少户，总共要买多少只，统计起来大队先去人联系一下，能行就一块买来。”

都说这个办法好。

这时李庆龙已经把那几个人的药包好了，有中药也有西药，他分别递给他们，嘱咐了几句如何吃法，都拿着走了。

那几个人出门后，潘忠地说：“大叔，有个事儿我跟你说说，你看能不能行。”

李庆龙说：“什么事啊还用给我说？只要你觉得行还不就行了。”

潘忠地说：“昨天我到公社开会，散会后田书记留下我，算是交代了个任务。他儿子得了牛皮癣，好几年了，越来越严重，地区医院、省医院都去看过，就是治不好。后来打听到东南乡有个民间医生，专治皮肤病，就带着孩子去试了试，结果用了不到半年的药，彻底好了。那医生是个老头，用的是祖传秘方，他自己到山上采药配药膏，同时开方子回来拿中药吃。田书记后来去的时候，老头提出个事儿，因为他家庭成分是地主，最小的儿子虽然是高中毕业，都二十五六了，还没人给介绍个对象。他家的秘方一代只传一个人，并且是传男不传女，老头就把治疗皮肤病的这个绝招传给了小儿子，恳请田书记在咱公社找个大队卫生室，让他小儿子来当医生，把户口也转过来。虽然现在不讲究家庭成分了，可在当地还是有影响，离家远了便于今后成个家。田书记让我回来商量商量，看能不能接受这个人。我觉得这事得先听听你的意见，所以支部还没商量。”

李庆龙说：“好啊，我也听说过有这么个人，只是不大相信，那地方离咱这里五六十里路，没去找他。你是不知道，俺家里你二妹妹桂芝，从上初中的那年得了湿疹，这五六年里，我查了不少药书，也领着她到县医院看过，不仅没治好，而是越来越严重，每到季节交换的时候就更厉害。如果田书记的儿子真能好了，说明这人是有真本事。牛皮癣、湿疹都属于比较顽固的皮肤病，人们都称为长癣，成年人得了很难治愈。有个老说法，‘大夫看癣，保准丢脸’，意思就是说这类病都不好治，只要得了，一般终生治不好。要是这个人掌握了他家的祖传秘方，能治疗皮肤病，今后传扬出去，咱这卫生室可就火了。他这个小儿子叫什么名字？”

潘忠地说：“叫于宝典，‘干钩’于。你要是同意，支部就商量商量，定下来好抓紧给田书记回个话。”

李庆龙说：“我以为是个好事。来了让他先给桂芝治疗治疗，如果疗效好再给外人看。”

当天下午开了个党支部会，研究了两件事。潘忠地先说了说田书记交代的事情，既详细介绍了于宝典的情况，也说了李庆龙的态度。张发树说：“这样的人打着灯笼也难找，得赶紧告诉田书记，咱要，不能让别的大队抢了去。”

潘秀菊说："谁抢啊？田书记又没给别人说。"

张发树说："万一别的大队听说了呢？这是人才，谁知道了都得争着要。"

李向河说："来倒是好，就是单独一个青年，吃住是个问题。"

都不吱声了。过了一会儿张发树说："好办，院子里那两间西屋闲着，就放了些乱七八糟的东西，拾掇出来，抬过张床去，也有现成的锅灶，让他吃住在这里就行。"

李长贵说："如果是个名大夫，咱帮着他盖上三间屋也合算。现在卫生室一年还向大队交千多块钱，这人要是有一手，准能招引外边的不少病号，那就不是一千两千了，可能是成万的赚，不仅能为咱村扬名，也增加集体的收入。"

潘忠地说："那是下一步的事，现盖屋也来不及，可以先让他住在西屋。恁要都同意，我这就给田书记要电话。"

李长贵说："明天我就找几个人，把西屋清扫干净。"

张发树说："那千多斤煤炭别朝外弄了，让他做饭用。"

潘忠地要完电话，又商量去吴家庄联系种兔的事。李向河说："吴家庄和咱不是一个公社，去的时候最好从公社里写个介绍信。"

张发树说："不用，那村的书记我认识。那年去地区参加'四好连队、五好民兵'积极分子代表会，他当时也是民兵连长，俺一块去的，并且是住在一个房间，一起待了六七天，混熟了。"

潘忠地说："那太好了，让向河把底子摸起来，恁两个一块去一趟。"

潘秀菊说："忠地你得找忠国谈谈，他办的那种事忒胡闹了。"

张发树说："跟他谈什么？他坑的又不是别人，他和张义昌'文化大革命'中是亲密战友，他两个之间的事是狗撕皮袄没反正，咱不能管。给潘忠国更没谈头，这种人就是狗屎糊在墙头上，没人抬眼搭理他！让他作腾去，这下子全村都知道了，也都不买他的兔子了，看他那脸往哪搁。"

潘忠地说：“是呀，咱只要给群众把兔子买来，对他就是个打击，今后办事他就得好好思量思量了。再说，友新这孩子不像他爹，咱还得给友新留面子，今后这事不再提了。”

由于是村里出面去联系种兔，原来犹豫的户也下了决心，报名的接近三十户，总共要二百多只。张发树、李向河到吴家庄以后，人家很热情，书记领着他两个当即跑了十几家，既定好了数量，价格上也给予了照顾，都挑选大一点的，才十三块钱一只。回来后把钱凑好，第二天就去拖拉机拉了来。

张义昌这段时间一直窝着火，由于潘友新亲自来换了兔子，还一再道歉，就没去找潘忠国。这一听说从吴家庄买来的兔子十三块钱一只，再也憋不住了，跑到潘忠国家里大闹了一场。潘忠国自觉理亏，又担心他到处吆喝，就退给了他十五块钱，才算是没事了。

两个人吵吵起来以后，潘友新去了大队办公室，正好潘忠地、张发树和李向河在，进门就说：“恁看俺爹这事弄的，忒丢人了，我这一辈子在村里还怎么抬头？我得替他向全村老少爷们检讨。”

张发树说：“你检什么讨？没你的事。邻居的眼是两面镜，街坊心里有杆秤，都知道恁爹办事不着调，他是他你是你，大伙儿对你看法不孬。”

潘忠地说：“恁发树叔说得对，你一点责任没有。你不来我也想去找你，全村一下子发展到二十多户养兔子的，下一步还得靠你技术指导哩。这样，明天上午叫恁向河叔领着你，到那些户转转，给他们讲讲饲养方法和注意事项。今后你就多受点累，常跑跑看看，让他们都得和你养的兔子一样，不能出问题。只要这些户养好了，还得有跟着学的，咱争取把咱村搞成个养兔专业村，那样你的贡献就大了。”

潘友新的思想包袱放下了，高兴地说：“没问题，别说这几十户，就是家家户户都养起来，技术上的事我也能包下来。”

于宝典来了，骑着辆破自行车，带着铺盖卷和一个大提包。他是先到的公社，田书记领着他来的。潘忠地说了说安排情况，田书记很满意，亲自到西屋看了看，接着回去了。送走田书记，张发树说："于大夫，你就吃住在这里了。叫向河去给你买点面条来，先将就着。"

潘忠地说："今天缺这少那的，先到我家里吃两顿。走，去卫生室见见庆龙叔。"

张发树也一块去了。到了卫生室，潘忠地把他两个相互介绍了一下，李庆龙说："这里也没茶叶，到我家里喝水去吧。"

潘忠地说："别去了，于大夫刚来，办公室那里做饭还不方便，中午先去我家里吃，你和发树哥也去。"

李庆龙说："不用，这几天让于大夫在我家里吃就行。今天中午恁两个都过去，咱算一块给于大夫接接风。"

张发树说："我看也行。恁先头里走，我去买斤酒。"

李庆龙说："你别去买了，回去恁喝着水我去买。"

潘忠地说："让他买去吧，顺便买点豆腐、豆腐皮的。"

走到路上，李庆龙差了个人，说桂芝在南坡耧麦子，去喊喊她，家里有客人，叫她回来帮着她娘做饭。回到家里，刚泡了茶倒上头一碗，张发树就提着两瓶酒、二斤豆腐来了，说是人家豆腐皮卖完了，叫向河去看看谁家有公鸡，买一只来。

喝起水来，张发树说："于大夫，听说你有祖传的秘方，专门治疗皮肤病，再难治的也能治好，是真的吧？"

潘忠地觉得这话不该问，就瞪了他一眼，他也没当回事。于宝典笑了笑，说："从我记事起俺爹就给人家看病，特别是癣一类的，还没有治不好的。"

"恁这个秘方是自己创的？传了几代了？不传给外人吗？"张发树像考查似的，又接连提出了这么几个问题。

于宝典说："听老人讲，老祖爷爷是跟着南山上的一个道士学的，到我这一辈是第八代了。按祖爷爷的交代，传内不传外，传男不传女，一辈传一个。其实现在不能这么保守了，俺爹说，我来了以后，就不能对李叔保密了，今后有病人，还得多请教李叔。"

李庆龙说："可不能那么说，这是恁老辈的规矩，不能到你这里就坏了。现在得皮肤病的人不少，我家里二闺女就有湿疹，我给她想了不少办法，一直没除根。今后你就放手给人治病，该保密的我也不打听，咱一定相互配合好。"

正说着，李桂芝扛着钉耙回来了，李庆龙喊："桂芝，放下家伙先过来，让于大夫给你瞧瞧。"

李桂芝过来了，于宝典一看，这是个眼眉俊俏的姑娘，身材颀长丰满，红扑扑的苹果脸，一双透着灵气的大眼睛，二十出头的年龄，见了生人还有些腼腆，于是说："坐下吧，你哪里不好？"

李桂芝坐到小凳子上，说："就是痒得厉害，皮肤有些发红，厉害的时候还起些小疙瘩。用手一搔更痒。"

于宝典问："在哪个部位？"

李桂芝说："脚上和小腿最重，大腿和背上也痒。"

于宝典说："你脱了袜子，挽挽裤脚，我看看。"

李桂芝脱了一只袜子，提了提裤腿，伸过去让于宝典看。于宝典蹲下身子，低头仔细看了看，说："穿上吧。"李桂芝又想脱另一只袜子，于宝典说："别再脱了，这种病一般都是对称的，两边差不多。"

李庆龙说："还用看看背上吗？就从今年，背上也起了。"

于宝典说："不用看了，就是湿疹，中医称为'湿毒疮'，也有的叫'湿气疮'。得了多长时间了？"

李庆龙说："六年了，越犯越重。"

于宝典问："用过激素类的药吗？"

李庆龙说:“激素类的药膏用过，口服的没叫她吃。我给她开过中药，吃的也不少，她都吃烦了。”

这时李向河逮着只公鸡进来了，张发树说:“别往屋里拿了，庆龙叔还忙着，你直接到院子里杀了去吧。”

李向河杀鸡去了。

于宝典接着说:“那些药都别用了，激素类的药当时见效快，但容易反复。眼下正是秋末冬初，这个病换季的时候往往严重些。这样吧，我有带来的自己配制的药膏，下午拿过来让她先抹抹。我再开个药方，要结合着吃段时间的中药。”

李桂芝有些不情愿的样子，说:“还得吃中药啊？”

于宝典说:“要想除根儿必须吃中药。”

张发树说:“恨病吃药，咬咬牙就喝下去了，怕什么。”

李庆龙问:“大约要用多长时间的药？”

于宝典说:“她得的时间比较长了，至少得用三四个月的药。不过，十天左右就能止住痒，为了巩固疗效，治疗时间需要长一点。这类慢性病容易反复发作，要想彻底治好，最好坚持用上半年的药，忌口的时间还要更长些。”

李庆龙说:“吃中药都讲究忌口，她这种情况需要忌什么？”

于宝典说:“牛肉、羊肉、狗肉、鹅肉、猪头肉，还有鸡汤，都不能用；再就是鱼虾等海产品，蔬菜当中的韭菜、芫荽、辣椒、大葱、大蒜、香椿，还有竹笋、蘑菇类的，也不能吃；驴肉、老母猪肉、种猪肉、鲶鱼、泥鳅，以及不带鳞的鱼，终生不能吃。另外，不要喝浓茶，酒是绝对不能喝。”

张发树说:“女孩子家喝什么酒啊！不过，这么多东西不让吃，那不把桂芝饿瘦了？”

于宝典笑了。李庆龙说:“庄稼人就是吃五谷杂粮，像海鲜类的不用说也吃不上。‘吃药不忌口，误了大夫手’，再说，这些东西也好忌，没问题。

桂芝，帮恁娘做饭去吧。”随后从条几上拿过处方签和钢笔，递给于宝典，“于大夫你给她开方子，要是咱卫生室拿不全，下午我到刘集拿去。”

于宝典略一思考，很快写好了方子。李庆龙拿过去看了看，无非是防风、苍术、双花、蝉蜕、甘草之类，总共九味，都是些常规用的药，并且剂量不大，没什么特殊的，就说：“这些药咱都有，以前我给她开的方子这几味药也用过，怎么不见效呢？”

于宝典觉得他这是怀疑了，就解释说：“这种病主要是围绕着清热、祛湿、解毒、排毒用药，再就是适当加些养血安神类的药。虽然同样的药物，要看在剂量上如何搭配。先吃几天看看，到时候根据情况再调调方子。”

民间流传的一些治病的方法，很神奇，治疗起来不复杂，但疗效很好。就说这湿疹，至今现代医学也没有根治的好办法，可李桂芝按于宝典的方子用药，十几天过后，全身的瘙痒消除了。一个月过去，那些小红疙瘩没有了。又过了两个月，得病的部位也不那么红了，用手摸摸，皮肤也不那么硬那么厚了，只是颜色上还有些发暗。由于效果明显，李桂芝坚持用了半年的药，并且严格忌口，算是彻底好了。本村还有些得皮肤病的，都来找于宝典看，治疗效果都不错。这事一传十十传百，不仅附近村子的，外公社、甚至外县也有慕名前来的。病人多了，卫生室的效益也就上去了，一年下来，就盈利了一万多元。

村里真的要给于宝典盖处房子了。这事后面再说吧。

# 表彰

潘忠民承包了台拖拉机，整天不闲着，一年下来，交上村里的承包费，自己还落下了一千多块钱。起初，除了三秋期间按党支部的安排，给群众耕地、播种，再就是给展明尧往窑上拉煤。虽然这些都收费，可如果只干这些活，一年得有半年的时间闲着，那还怎么能挣着钱？有一次他看到县城搞建筑的单位来买砖，就主动凑上去给人家商量，想往城里送砖，好说歹说人家答应了，并当面讲好了运费。他约上张荣珍，两个人起早贪黑，每天送三趟，满足了人家工地的需要。城里施工的地方不少，后来他叫着张荣珍跑了几处，说了些好话，当时搞运输的不是太多，人家又看他俩实在，有的就答应他们运石头，有的让他们拉水泥。这样一来，活就跟上趟了。

这天他们给商业局盖办公楼的工地运水泥，卸完车以后在树荫下吸烟休息，那个整天在工地上转悠的人过来和他们搭话，潘忠民赶紧掏出烟盒抽出支烟，递给他，说："烟不好，吸一支。"那人接了过去，张荣珍上前给他点着。那人吸了口烟，说："我听会计说恁是汶水滩的，恁那个村我去过。那还是'文化大革命'高潮时期，县里各单位都组织去参观，看你们搞'红海洋'、开展'大批判'、做'四个首先'。当时你们可真了不起，全省都向恁学习。现在怎么样？那些东西可都过时了。"

潘忠民说:“那时候也不是我们想搞的，县里、省里的人发话，还有工作组在那里蹲着，不搞不行。过去这么长时间了，老百姓都没人提了。现在好了，俺村里是全公社第一个搞起大包干的，土地承包到户以后，当年就大增产。”

张荣珍接上说:“大队的机械、副业也承包了，俺两个这拖拉机就是承包的。”

那人说:“承包一台拖拉机一年能赚多少钱？”

潘忠民说:“赚不了多少，油钱和维修费都是自己出，还得交村里一部分承包费，活跟趟也就剩个千儿八百的。”

那人说:“按理搞运输能挣大钱。不过，恁这拖拉机是小型的，运东西太少，如果是大拖拉机就好了，最好是换成汽车。另外，也别只盯在运送建筑材料上，还可以开阔下思路，运些别的。也可以搞贩运，那样就不只是挣这点运费了。”

潘忠民又递上支烟，那人掏出自己的烟，说:“别光吸恁的，来，吸我的一支。”他两个看到人家的烟好，没好意思接，仍吸自己的。那人接着说:“再过个多月就收大白菜了，你们可以在当地收购起来，运到城里去卖。也不要运到县城来，县城和农村集市青菜差价不大，赚不着钱，可以运到省城去。正常情况下，省城比咱这里的青菜要贵一倍多。要是用汽车，一车装几千斤，一趟就能赚几百块。”

两个人听得上心了，张荣珍说:“省城俺可没去过。你怎么了解得这么清楚啊？”

那人笑了笑，说:“我原来就在蔬菜公司当负责人，跑了多年的业务，别说省城了，还去北京送过菜。农村没改革以前，县里每年都给公社下达蔬菜生产任务，到时候我们下去收购，主要是供应咱这城里。有时卖不了，我们就运往大城市，发现能赚些钱，后来就专门多收购，组织专人往大城市送。现在县城里边建起来好几个农贸市场，允许农民自己来卖农产品，市民在市场上买的菜既新鲜又便宜，我们公司没法经营了，领导就决定撤销了蔬菜公司。这不，我卖了十几年的菜，又叫我负责管基建，算是改行了。”

潘忠民问：“同志你贵姓啊？”

那人说：“我姓李，叫我老李就行。”

“噢，李经理。”潘忠民想再打听清楚些，“您说像今年这情况，省城的白菜能卖多少钱？我们要是运去怎么卖呀？”

李经理说：“现在物价普遍上涨了，怎么也下不来一毛多钱，好了能卖到一毛五一斤。恁要是在地头上收购，也就二分钱一斤，整理整理去去老叶子，也合不到三分钱，你想想能赚多少？运去也好出手，可以找蔬菜店或者菜贩子，如果和他们建立起关系，那就可以长年给他们供货，包括各色品种的蔬菜。开头可能有些难处，真不行到菜市场零售也好卖。”

潘忠民说：“谢谢李经理了，你给我们指出了个挣钱的门路。这几天还得给恁送水泥，我们回去好好商量商量，有不明白的事儿再向您请教。”李经理到别处去了。潘忠民又说，“荣珍，回去琢磨琢磨，能行咱买汽车，搞贩运。”说完发动起拖拉机，回来了。

吃过晚饭，潘忠民去找张荣珍，想叫着他一块去给潘忠地说说李经理说的那事儿，如果能行，就让村里帮着贷点款，买辆汽车。到了张荣珍家里，一家人刚吃完饭，潘忠民一说这意思，张荣珍就说我不去了，回来我给恁侄媳妇商量了，她坚决不同意，觉得还是这样牢靠些，如果贷款买了汽车，三年两年的挣不够本钱，老欠着账，还不如现在这样多少的赚两个，手里活泛点。潘忠民说你要是担心就算了，反正我想试试，大不了赔点钱，再把汽车卖了。张荣珍说你先试试吧，真要能挣大钱我再跟上。

潘忠地正在看儿子写作业，点点在奶奶跟前玩皮筋儿，潘忠民一进来，点点说：“爸，你怎么来了？俺都吃完饭了。”

潘忠民说：“我来给恁大爷说个事儿，我也吃饭了。别老是缠着恁奶奶，都成大孩子了，自己玩，叫恁奶奶歇歇。”说着拿了个凳子，坐下了。

“锋子，到西屋里写去，我和恁叔叔说话。”潘忠地支开儿子，拿过烟笸给潘忠民，问，“怎么样？这段时间活跟趟不？”

潘忠民边卷烟边说：“还可以，这几天给县商业局拉水泥，还得五六天能拉完。”随后吸着烟，把李经理讲的往省城贩运蔬菜的事说了说。还没说出买汽车的想法，潘忠地就说：“贩运肯定比单纯搞运输赚钱多。上次在集市上，我看到西南乡来了两辆大拖拉机，拉来的大豆，有几个人边卖大豆边收购花生米，估计是把花生米运回去再卖。因为他们那里种大豆的多，没有种花生的，这样一来一往赚不少钱。可是，恁两个都是小拖拉机，还想去省城，有把握吗？”

潘忠民说：“再开这拖拉机是不行，我想买部汽车。”

潘忠地说：“荣珍也想买？”

潘忠民说：“开始有这个意思，回家和他媳妇一商量，又说不买了，想等等看看再说。”

石玉英在厨屋拾掇完过来了，看到弟兄两个光拉呱也没喝水，就说：“怎么干坐着呀？我给恁泡壶茶。”说着拿茶壶。

潘忠民说：“你也坐下歇会儿吧，别泡了，又不是外人，喝什么茶！这也不渴，我渴了自己泡。”

石玉英放下茶壶坐下了，把点点叫到跟前，和她翻皮筋儿。

潘忠地皱起眉头思考了一阵子，说：“有两件事得想清楚，一是省城的蔬菜行情怎么样？俗话说，‘做小生意不贩卖吃我的，做大生意不贩卖我吃的’，吃我的就是指牲口、猪、羊之类，一时卖不出去要搭草料，增加本钱。我吃的就是指肉、海鲜、蔬菜之类，这些东西有了自己就想吃，更重要的是容易坏。特别是青菜，在当地收购好办，可不容易保存，跑那么远去卖，价钱合算不？如果卖不出去怎么处理？时间一长还不烂掉呀！再就是买汽车，那可不是小钱，你手头有多少钱？能买得起吗？”

潘忠民说："那个李经理可是个大菜贩子，以前是县蔬菜公司的头儿，不仅往省城卖过菜，还上北京去卖过。听他那意思，县城不行，省城的菜比咱这里得贵好多，要是运到北京赚钱更多。回来路上我就想，先去省城试一下，摸摸门道，如果路子顺，下一步还可以跑北京。钱要好赚就多约伙几个人，组织个运输专业队。"

石玉英听明白他两个说的怎么回事了，就插话："忠民有魄力，要干就得干大的，不能老是小打小闹。现在政策鼓励有本事的人多挣钱，先致富。昨天你不是和发树大哥说，县里下了预备通知，年底要召开'万元户表彰大会'，公社让各大队都推荐典型吗？忠民能行就报个名。"

潘忠地说："你别胡扯了，这八字儿还没一撇，哪里能收入一万块钱？"

潘忠民说："今年是不行，要是从现在着手弄，明年赚它万把块钱没问题。"

"你算的是如意账。跑长途花销大，当天回不来还得住旅馆，吃喝都是费用。另外，风险也大，不说拉的货物赚钱赔钱，万一途中车出点毛病，又没有搭伙的，一个人怎么解决？另外，买汽车也不那么容易，县物资公司大概不卖汽车，有卖的咱也不知道价钱，估计怎么着也得两三万。"潘忠地还是不想让他冒险。

潘忠民说："要想挣大钱就得多花点本钱，担点风险，这个理儿我懂。是谁说过来？'路是人走出来的'，'总得有第一个吃螃蟹的人'，不试试永远摸不着底儿。汽车也不难买，现在政策放开了，拖拉机、汽车都允许个人买了，县里不卖咱到地区买去。我再问问李经理，他一定有路子。就是钱是个大问题，我在银行存的和家里放的，总共也就三千块，你得帮我贷点款。"

石玉英说："忠民有这个想法就得支持，信用社的人你熟悉，给他贷点款还不容易？咱家里还有几百块钱，先给忠民用着。这是大事、好事，亲兄弟不帮忙谁帮！"

潘忠地看他是下决心了，石玉英又在一旁给他鼓劲儿，就说："贷款我可以帮你跑跑，贷的多了得找公社领导说话。你心里要有数，贷了款既要还本钱，还得还利息。你先打听一下汽车好买不，什么价格，弄清楚了再说贷款的事。”

第二天到了商业局工地，潘忠民让张荣珍先卸着水泥，就去找李经理，问他怎么才能买到汽车。李经理说：“真想买呀？要买辆新车可不是简单事，得从公社和县里写介绍信，到地区物资公司去买，去地区交通管理局办手续挂牌。还不知道有没有现货，交上钱说不定还得等几个月。”

“这么麻烦呀！”潘忠民拧了拧脖子，又说，“等就等吧，要是时运好也可能碰上有现成的。”

李经理说：“你可以先买辆二手车，不仅能省点钱，办手续也省事，在县里过个户就行了。跑几年有了积蓄，再换新的。”

“有汽车的单位本来就不多，上哪里找卖旧车的主去？”潘忠民觉得打听着买旧车还不如买新的容易。

李经理吸了两口烟，说：“这可是巧了，我们公司原来的两辆汽车准备卖。那不，在那边卸钢筋的就是，局里领导的意思，拉完盖楼用的物料就处理掉。再有半月二十天就运完了，你们如果要，我提前给领导说说，给你们留下。”

潘忠民问：“您这车开几年了？得多少钱一辆？”

李经理说：“有一辆跑了五六年了，另一辆前年才买的，起码有七成新，两吨半的载重量。至于价钱，得领导们定，我估摸着，那辆旧点的下不来一万块，那辆新点的得一万二到一万五。”

潘忠民琢磨了琢磨，说：“那行，李经理您就多操心，给我留下那辆新点的。最好能早点定下价格，说准了我好预备钱，十天左右我就把钱送来。”

李经理说：“没问题，这一段你给我们拉货挺辛苦，咱也算是关系户了，对你得有所照顾。这样吧，下午我就找领导汇报，定下来明天告诉你。你那个伙计不买一辆？”

潘忠民说："昨天他说不想买，过会儿我再问问他。"

潘忠民很高兴，去把水泥卸完，叫着张荣珍去看那两辆汽车，并且和汽车司机攀谈了一阵子，才又去拉第二趟。他想劝张荣珍买下另一辆，张荣珍不吐口。

第二天李经理说局领导研究了，那辆新点的车一万三，二十天以后就可以来交钱开车。张荣珍说不能再便宜点儿？李经理说这也是我介绍了你们的情况，领导们照顾恁，要不起码得一万四。那辆旧点的也定了，一万一，恁要哪辆都行。潘忠民说一万三就一万三，李经理你可别再许给别人了。李经理说放心吧，这又不是小孩子过家家，还能说话不算数啊！

晚饭后，潘忠民又去找潘忠地，石玉英说恁哥哥放下饭碗就开会去了，他接着去了村办公室。办公室里除了全体党支部成员，潘友新也在，原来他们正做潘友新的工作，想推荐他参加县里年底召开的万元户表彰大会。潘忠民一进门，潘忠地就说："来吧，先说说你的想法，让大伙一块帮你参谋参谋。"

潘忠民就把想买辆汽车往省城贩运蔬菜，以及商业局处理二手车的情况都说了说。潘友新说："还是二叔有眼光，了不起！要是买了汽车，别管运什么都能挣大钱，用不了三两年，别说是万元户，那可就是几万元户了。"

潘秀菊说："小民你可得算清楚账，花一万多买辆车，多咱能挣回本钱来？"

李长贵说："忠民兄弟敢下这个决心，一定是算透账了，肯定能赚钱。我觉得这事可行。"

李向河说："汽车可不同于拖拉机，那玩意儿好开吗？"

潘忠民说："我问人家司机了，和开拖拉机差不多。并且也给他们说好了，过两天给商业局运完水泥，我就跟他们几趟车，先学学。"

张发树说："忠民这想法对头，我举双手赞成。咱不能老是靠在这几亩黄土地上。光种庄稼能有什么出息？从老辈里咱就只知道和土坷垃打交道，锅里煮的是庄稼的籽儿，锅底下烧的是庄稼的秆儿，需要花点钱，也是用地里长出的东西换的，辛辛苦苦从年头忙活到年尾，哪家也没富起来。恁看看，粮食能值几个钱？就算这两年农产品贵了点，一亩地两季产的粮食好的才一千五六百斤，也就卖二三百块，去去化肥、农药和机电的费用，剩不了几个了，指望种地能赚什么钱？真要想富就得琢磨点别的门路。像友新家这样，养兔子才两三年，就存款一万多了，顶种多少地呀！”

潘忠地说：“说起这事来咱还得抽空商量商量，是得调整种植结构，不能让大伙只种粮食作物了。我听说蒋家庄这两年发展蔬菜种植，全村有接近一半的土地种菜，一亩地的收入能顶三四亩甚至五六亩粮食作物。咱先选一部分户，组织他们去参观参观，回来带头种，很快就能带动起其他户来。现在养兔子的还太少，就是多了也不要紧，院子里养兔子，责任田里种部分蔬菜，家里地里都挣钱，那就富得快了。”

张发树说：“我也听说了，开始有的领导还批评人家种成了‘花花田’，不如生产队时种得整齐。管它什么‘田’，只要能让群众增加收入就是好事儿。”

潘忠民说：“好啊，各家各户种菜，我负责收起来往外运，卖到大城市，那样赚钱更多。”

潘忠地说：“那个李经理怎么样？别是糊弄人，为了处理他单位的汽车才鼓动你。”

潘忠民说：“那人很热情，看着也挺实在，不会是糊弄人。上午他说了以后，我接着找司机问了问，司机也说那辆车是前年年底才买的，开了不到两年，今年上半年还没大运东西，的确有七八成新。”

李长贵说：“好办，我有两个战友在部队是司机班的，复员回来后都到县运输公司开车去了，抽时间我去叫着他两个，咱一块去看看，他们懂。”

潘忠民说：“那太好了，凑个下午去，傍黑天他们的车在家。恁还得研究一下帮我解决困难呀！”

张发树说：“还有什么困难？”

潘忠民说：“困难大了，车钱一万三，我现在只有三千块，得帮我贷款啊！需要贷一万，恁要是不出面，人家能贷给我呀？”

潘友新说：“二叔，不用贷那么多，我借给你两千。”

李向河说：“别两千了，你家里存那么多钱，借够他买车的算了，省得再去找人贷款。可以事前说好，还你的时候也按银行利息算账，恁两家都不吃亏。”

潘友新说：“那可不行，原来存的款存折俺爹都收着，他那头可不好剃。”

都笑了。张发树说：“借两千块也等于把恁爹的头刮几刀子，他就能同意了？”

潘友新也笑了，说：“这不能让他知道。最近就该剪这茬兔子毛了，都是我去卖，这次好了能卖两千多，回来我就直接借给忠民叔，也不用算利息，什么时候有了什么时候还我就行。俺爹要是问起来我再实话实说，他还好意思找忠民叔要去？”

潘忠地说：“明天我去公社找找周社长，让他给联系一下，看能不能贷一万块钱。如果能凑够就不用借友新的了，不够的时候再说。”

潘忠民说：“友新你先给我留着，到时候我找你。”

潘友新说：“那行，就这么定了。”

潘忠民高高兴兴地走了。

潘友新不同意参加县里的表彰大会。他认为，县里规定全家当年收入万元以上的，才能称作万元户，今年卖的兔毛钱是不少，可年底前就只能剪一茬了，全年算账，最多能收入八千多块。李向河就把他家责任田的收成，还有养的猪，喂的鸡，以及当年生的小兔子，都加起来，又是接近两千块钱了，说一万元的收入没问题。潘友新说没换成钱的也能算数？张发树说怎么不能算？又没要求是纯现金收入。

潘忠地说："就按这个算法报报试试。公社让各大队都摸底推荐，数算起来咱村里就恁家的收入高，要是不报你，咱就成空白了。反正公社和县里都还得来人审查，人家审查认为合格就去参加会，审查不住就算了。向河，你准备份材料，明天我去公社一块带着。"

李向河说："家庭代表的姓名是写友新还是他爹？"

潘友新说："写俺爹，他是户主，到时候真要参加会也叫他去。"

张发树说："那可不行，恁爹那思想就不够格。你别以为这是你自家的事，要是让去了你既代表咱村，也代表公社，可不是闹着玩的。"

潘忠地说："得报友新。友新不仅养好了自己家的兔子，还带动了村里二十多户，承担着全村养兔户的技术指导，这都算是事迹。"

材料报上去没几天，公社来了两个同志，查看潘友新家的实际收入情况。张发树问别的村报的多不多？来的人说不多，包括恁报的这一户全公社才报了六户，已经审查了一户，不合格，七凑八凑的也就收入五六千块钱，差得太远了，不能往县里报。张发树说俺可是倒了磨砸了碾，实（石）打实（石），今年他家的收入过万元一点不虚，不信恁到他家里问问。潘忠地说让向河先把他家的收入账算算听听，能行的话再去看。李向河就拿出上报的材料底子，对着上面的数，把一项项的收入详细说了说，总数合计起来一万零八百多，并且说他家里在银行的存款已经一万多了，具体是一万几说不清。那两个人听了认为很好，说再到他家里了解一下。

到了潘友新家里，正好爷俩都在。潘忠地说明来意，潘忠国让他们屋里喝水，公社的同志说不屋去了，我们看看就回去。潘友新就领着他们围着兔窝转了转，边看边介绍哪样的兔子是几年生的，一年能剪多少毛，卖多少钱。有个同志还到猪圈跟前看了看，说："这两头肥猪不小了，每头得有二百斤了吧？"

潘忠国说："差不多，快到春节的时候就出栏。"

那人又问："你家的存款不少吧？"

潘忠国说："不多，千儿八百的。"

那两个人都诧异了。张发树说："大哥你还怕露富啊！外人都说恁是用麻袋装着钱去银行，还能就存那么点？公社领导又不借你的钱花，这是往县里报致富的典型，光荣哩，得说实话。"

潘忠国说："你别听那些人胡说八道，一麻袋得装多少钱？口袋里装满就不孬。"

潘友新觉得不能欺骗公社来的人，应该讲实情，就说："总共存款一万六千多，其中在信用社存了一千来块。"

潘忠地说："大哥你把存款折拿出来，让这两位同志看看。"

潘忠国有些不情愿地进屋拿出了两张存折，那两个同志接过去看了看，和潘友新说的完全一致。于是便回公社了。

十几天过后，县农办的秦主任带着个工作人员来了。他们先到村办公室，说和支部的几个同志座谈下报的万元户的情况。潘忠地就让李向河把潘友新家的收入情况详细汇报了汇报。

秦主任听完后问："潘友新本人表现怎么样？我们表彰万元户，不能只看收入，还得要政治上合格才行。"

潘忠地说："绝对没问题。"接着把潘友新帮助其他养兔户的情况介绍了一下，说现在俺全村养兔子的发展到二十六户了，潘友新算是村里的技术员，经常到那些户家去，义务进行指导，怎么喂养，如何防疫，都听他的。

张发树说："友新这孩子没说的，就是他爹思想太成问题了。"随后把张义昌买他家的兔子，他爹把公兔偷偷阉了，潘友新知道后，逮了两只好兔子换了回来的事儿说了一遍。

秦主任说："这件事说明，先进与落后在一个家庭里边表现也很突出。潘友新能敢于和他爹斗争，证明他确实觉悟不低。你们可以帮他整个材料，作为典型，让他到大会上发发言。他什么文化程度？能讲得出来吗？”

潘忠地说：“他初中毕业好几年了，平时也挺爱学习，养兔的技术就是买来书籍自学的。虽然没在会上讲过话，准备好稿子，发个言估计还行。”

秦主任说：“那好，你们把发言材料抓紧写出来，一个星期内要报到县农办，报以前还要让公社的领导过过目。咱现在到他家里看看去，也到别的养兔户了解几家，听听大伙对他的反映。”

结果让秦主任他们很满意，不论问到谁，简直是异口同声，没一个不夸奖潘友新的。

全县万元户表彰大会开得规模很大，也很隆重。公社党委书记、全体村党支部书记和受表彰的代表，都集合到县中心会场参加会议，同时通过有线广播，让各公社组织所有村干部和生产小组的干部，在公社驻地集中收听。大会由县长主持，共五项内容。第一项，魏书记宣读县委、县政府表彰决定；第二项，六十六名万元户代表分六组上台受奖，县委、县政府的所有领导都在主席台上，分别给他们披上红绶带，戴上大红花，颁发荣誉证书；第三项，典型发言，大会发言的共八人，还有四个书面发言；第四项，县委书记讲话；第五项，所有受奖人员分别乘上大卡车，在县城大街上转了一圈。宣布进行第五项时，大会算是结束了，参加会议的支部书记们大都回去了。潘忠地没有走，他跟着卡车看了看，想和潘友新一块回村。

第一辆卡车上有几个人敲打着锣鼓家什，每辆车的车厢上都贴着大红标语。受奖的人披着绶带戴着红花，分别站在后面三辆车上，很是威风。街道两边挤满了人观看，警察维持着秩序。大卡车最后开进了招待所。因为县里安排，中午要管代表们一顿饭。大餐厅摆了八桌，每桌都有县领导作陪。潘忠地一看这阵势，就独自到伙房买了一碗菜两个馒头，想躲到一边去吃。这时魏书记看见了他，就让办公室的同志把他喊过去，说一起吃吧，各桌都坐不满。

虽然没有酒，菜倒是很丰盛，有鸡有鱼，一大盆子红烧肉，十个菜摆了满满一桌子，每人还有一碗鸡蛋汤，大白馒头随意吃。因为不喝酒，很快就吃完了。魏书记留潘忠地回家坐坐，潘忠地说这次不去了，和友新一块回去，过一段再专门来。

回到村里，潘忠地说咱先到办公室看看，支部的他们可能都在那里。进屋张发树就问："友新，我们听着不是给恁披上红绶带戴上大红花了吗？你怎么没戴着回来？"

潘友新说："吃饭的时候就都摘下来了，在车子后架上放着哩。"

张发树说："拿过来，还有证书，让大家瞧瞧。"

潘友新拿来递给了张发树。李向河说："宣布表彰决定时是一个公社一个公社排的名单，有的公社五六个，咱公社才四个。"

潘忠地说："四个不算少，有的公社才两个。并且咱还有个大会发言的，第二个就让友新发的，不错了。"

张发树说："友新算是给公社长面子了，言发得也很好，就是开头有点打眼，不如在家里念得顺溜，怎么回事？"

潘友新说："别提了，念给恁听的时候还行，上台一站那里腿和手都打哆嗦，眼也看不大清字了，念了大半张纸以后才好了。"

潘忠地说："头一次经历这种场面，这就很好了。"

张发树说："是啊，争取明年再去发言，肯定比这强。"

# 买车收菜

潘忠民把汽车开回来了。在大门口刚熄了火，就有不少人围了上来，有的往驾驶室里瞧瞧，有的趴到车厢上看看，还有的敲敲那汽车轮子，边看边问这问那。潘忠民耐心地一一作答。潘忠地、张发树也来了，张发树还钻进驾驶室里抱着方向盘坐了一会儿。薛春华听到动静就从家里出来，围着车转了一圈，乐滋滋的，吆喝着让大伙家里喝水。张发树叫着潘忠地跟了家去，其他人也就散了。

人逢喜事精神爽。潘忠民两口子笑得和弥勒佛似的，嘴都合不拢了，进屋后又是让座又是泡茶，没法再亲热了。买汽车这事太顺利了。潘忠民从开始有这个想法，两口子就思想一致。筹款也没费事，那天潘忠地找周社长说了说，周社长当即给银行所的负责人要了个电话，说妥贷给一万块钱。潘忠民拿着李向河写的介绍信，走到就把手续办了。潘友新那两千块钱也借到手了，没用哥哥家那几百块，付完车钱，手头还有两千多块。潘忠民是这样想的，买车后接着还得用钱，首先要买汽油，如果贩运蔬菜，收菜时最好直接把钱付给户家，那样人们就不担心了，贵点贱点的都会愿意卖给。他们给商业局运完水泥后，约着李长贵到运输公司，叫着他那两个战友去看了看，都说这车不错，这个价也算合适。随后他就跟着汽车司机学了三天，其实只看

了一天，那位司机就让他开。坚持开了两天，他觉得可以了，司机也说没问题了，并且反复交代他跑长途应该注意的一些事情，说开始先慢一点开，有个十天半月的就熟练了。第二天带上钱去找李经理，李经理领着他到财务科交上钱，又帮着跑了一趟交通局，办理了过户手续，然后说："我们也没多少拉头了，还有那辆车用着，回局里我给领导打个招呼，你把车直接开回去吧。"潘忠民当然很高兴，因为定这事的时候，讲好的二十天以后才能来开车，现在满打满算才十六天。

坐下喝着水，潘忠地问："感觉怎么样？开着顺手不？"

潘忠民说："还可以。跟开拖拉机还是有区别，刚摸过来有些手生，怎么着也得熟悉一段时间。"

张发树说："开汽车可得小心，比拖拉机速度快多了，宁愿慢一点也得保证不出事儿。汽车不是拖拉机，晚上不能放在大门口，别让捣蛋孩子把玻璃砸了。"

薛春华说："那还是个事儿哩，大门这么窄，又开不到院子里来，放哪里呀？"

张发树说："好办，放到大队办公室院里去。那个大门够宽的，能直接开进去，白天不断人，于医生还住在那里，晚上他都是把大门锁上，谁也进不去。"

潘忠民说："那行，傍黑我就开过去。"

潘忠地说："你买汽车了，那台拖拉机怎么办？承包期还不到，也不能再包给别人，闲起来就白交承包费了。"

潘忠民说："想让李长理开，前天我找过他，他答应了。我也给荣珍说好了，让他两个还是一块搞运输，我照常帮着他们联系活。一个月要拉到二十五天的货，就支给他一个月的工钱，每月按五十块钱。要是多拉一天，就增加两块，少拉一天减两块。一切费用不用他管，都算我的。"

张发树说："你这算是雇人了，不就是一天两块钱吗？不少，如果出全勤，一个月六十块钱，比公社机关上一般干部的工资都高了。”

潘忠民说：“干这活挺辛苦的，不算高。要是少了人家也不一定帮咱开。”

正说着潘忠良进来了，薛春华赶紧给他倒上了水。

潘忠地接着说：“你这汽车准备拉什么？”

潘忠民说：“明后天的我就到省城去一趟，看看那里菜市场上的行情。如果能找到几个菜贩子，或者是蔬菜公司，只要价格合算，就和他们签订合同，给他们送菜。”

张发树说：“这个想法保准行，大城市的菜肯定比咱这里贵。现在各家各户大都有种的大白菜，不少户自己吃不了，就得拉到集市上去卖，耽误工夫不说，还卖不上好价钱。你要是能收购，价钱再比较好，那可是为大家做了件好事。”

潘忠良说：“不能只贩运大白菜，凡是咱这里集市上有的东西，只要拉去能赚钱，都可以收了往那运。城里人除了比咱有钱，什么都缺，吃的、喝的、用的，都需要买，到那里了解了解，估摸着不少东西都得比咱这里贵。”

张发树说：“对了，忠良哥在这方面可是行家，二十年前他就搞过投机倒把，有老经验。”

潘忠良说：“可别提那陈芝麻烂谷子的破事了，那是什么年上？就贩了几趟烟叶，还挨了批斗游了街。”

潘忠民说：“还有过这种事？”

潘忠良说：“你不记得，那时候你还穿着开裆裤不会跑哩。”

潘忠民又问：“一趟贩多少？挣多少钱？”

潘忠良说：“捣鼓不多，别说汽车了，当时连自行车也没有，就靠两条腿下步跑。背个麻袋，到外乡一次买上一二十斤，回来到集市上偷偷地卖，还担惊受怕的，不知道赶几趟集能卖完。钱倒是能挣点，跑这么一趟怎么也得赚个块儿八毛的。”

潘忠民说：“挣那么点钱值当的吗？”

潘忠良说：“怎么不值当？在当时块把钱可不是小数，整劳力干一天活的工分才值几分钱，十个鸡蛋才卖一毛多钱。”

潘忠地说：“别说那时的话了，现在是什么形势？改革开放了，谁做买卖都允许，只要别违法就行。先到省城看看可以，开始别贪别的，就是贩运蔬菜。当然，也不一定只运大白菜，大葱、大蒜、菠菜、芫荽，咱村里种的不多，附近有些村种的不少，如果好卖，都可以收起来往那运。”

潘忠民说：“我也是这么想的。”

第二天潘忠民找到李向河，让他写个证明信。李向河说你就去了解一下行情，还用什么证明呀？潘忠民说还是带着个证明好，要是和人家谈起买卖来，把证明信朝外一掏，起码让人家知道咱不是骗子。李向河就给他写了，并且写成是村里派出去联系销售蔬菜的。

潘忠民一早到刘集坐上长途汽车，接近三个小时才到了省城。下车后他打听着跑了两处菜市场，一看基本上都是些菜贩子在卖菜，问问价格，和李经理说的差不多，好点的白菜一毛六一斤，差点的也得一毛五。大葱更离谱了，都要两毛五一斤，家里集市上目前也就四五分钱，到春节跟前一斤也卖不到一毛钱。市场边上有个卖白菜的，看样子不是贩子，拉来了一拖拉机，像是夫妻两个在那里卖。菜收拾得很好，老菜叶子都剥没了，说是自己种的，为了抓紧卖完回去，贱点卖，一毛四一斤。不少人都在那里买。他看了一会儿，正遇上市场管理人员收费，也没听明白什么名堂，硬是要去两块五毛钱。有些买菜的更是差劲，有个中年妇女，挑了两棵白菜，非要再把外面的菜帮扒了去，和那个卖菜的妇女几乎吵了起来，男的息事宁人，给她称了。还有两个妇女，称完菜又掏出自己的小弹簧秤，称称够不够斤两，末了还掐头去尾，少给人家几分钱。中间还过来两个菜贩子，纠缠了一阵子，想撵他们走。他想，看来拉菜来直接卖不行，这是附近的社员，懂得城里的规矩，还这么不省心，咱人生地不熟的，卖不成。

他又转悠着和一些商贩交谈，提出给他们送菜，都说不大宗收购，因为每天早晨有郊区的菜农往这送，一般是估摸着每天能卖多少就批发多少，价格也是当天现讲。

中午他找个饭店简单吃了点饭，就去城里边找蔬菜店。头一家就吃了闭门羹，人家说我们有固定的送菜户，都在城周边，方便，你那么远送了来，加上运费，价格肯定高，品种、质量也不一定合适。他又到了另一家，问售货员经理在吗？那位女同志指给他，说那边站着的就是俺宋经理，他走过去先掏出介绍信，宋经理接过去一看，很热情，把他叫到办公室，给他倒上杯水，说："你们村里种菜的不少吗？都有些什么菜？"

"多数户都有种的。现在地里主要是大白菜，还有些种菠菜、芫荽的，大葱都收完存在家里了。"潘忠民拿出一盒"金鹿"牌烟递给宋经理。

宋经理接过烟拆开，抽出一支，把烟盒放回到潘忠民跟前，说："出来为群众办事，别吸这么好的烟，太贵了，三毛多一盒，我平时都舍不得吸这个。"

潘忠民又掏出半盒一毛五的"大生产"，说："我就吸这样的，那是给恁吸的。宋经理，实话给你说吧，我是个人买了辆汽车想搞运输，有人介绍，往城里拉菜能挣钱，今天我是第一次来，就是为了了解下情况，看能不能找到个客户，回去在俺当地收菜，给恁往这运。"

宋经理看着这小伙子挺实在，说："这两年城郊农民种菜的越来越少了，价格也贵了。以前我们进菜，都是按政府下达的种植计划，到生产队去拉，现在土地大包干了，下去收菜一家一户地也很麻烦。如果事前签合同，还得定下保护价，所以不敢签多了。今年大白菜我们就没签，都是隔几天到郊区跑一趟，临时进。如果你们那里种菜的多，价钱再便宜，虽然路程远些，往这送应该没问题。"

"恁都是要什么菜？一趟得送多少？"

“这么说吧，一年四季你们有什么菜都能往这送。至于数量，那要看你几天送一趟，如果是五六天来一趟，大葱、菠菜的每次二三百斤就可以，芫荽卖得少些，一百来斤就行。从目前到春节这一段，白菜卖得多些，每天能卖一千斤左右，一次可以送四五千斤。如果有生姜、大蒜，也可以送点来。到了夏秋季就好说了，茄子、黄瓜、青椒、辣椒、豆角、芸豆，我们都需要。”

“俺那个公社就是没有种姜的，不过，东乡几个公社有种的，我们到那里去收购点。这些菜价格怎么说？”

宋经理拉开抽屉，拿出自己的“金菊”牌烟，递给潘忠民一支，潘忠民赶紧把那盒“金鹿”推过去，说：“宋经理恁还是吸这个，反正我又不吸这样的。”也没接宋经理的烟，仍然掏出自己的那盒“大生产”吸起来。

宋经理点着烟，吸了几口，说：“蔬菜不同于其他商品，损耗多，个别品种损耗还更大些，所以收购的价格要比零售价格低不少。像大白菜，整理好了的现在也就八分钱一斤，到了深冬也不超过一毛。菠菜一毛二左右，芫荽一毛五左右，大葱、大蒜两毛钱左右，生姜不能超过三毛。你要能长期给我们供货了，有些菜就可以临时定价，也不会让你吃亏。”

潘忠民掏出钢笔，把宋经理说的这些价格都记在了烟盒上，随后说：“宋经理，咱签个合同吧？”

宋经理说：“暂时先别签了。你把证明信放我这里，我也得和其他同志通通气。你回去后抓紧，最好三五天内送车菜来，到时候咱再商量。”

潘忠民觉得人家可能还是信不过，就说：“经理你放心，我们的菜一定保证质量，价格你怎么定怎么是。回去后我先拉车大白菜来，到时候你看看怎么样。”

宋经理说：“就是相信你才给你这么讲的。按你说的，先送一车来吧。”

潘忠民乘上最后一趟班车赶了回来，进村直接去找潘忠地。潘忠地刚端起碗吃晚饭，一问他是才到家，还没吃饭，石玉英就拿碗给他盛上饭，让他一块吃。他也的确感到饿了，没推让就接了过去，边吃边把一天的情况说了说。潘忠地说："好啊，还是和蔬菜公司打交道放心，那些个体菜贩子不行，容易骗人。你抓紧准备准备，给人家送车白菜去，让人家认可了才能建立起牢固关系。这几天个别户有收白菜的了，多跑几家联系一下，先收几千斤不成问题。"

石玉英问："价钱怎么说的？"

潘忠民说："如果整理好，送到八分钱一斤。我琢磨了，咱收大伙的也不能价格太低了，如果是刚从地里刨下来的，二分五一斤，要是去了根和老叶子，三分钱一斤。一车如果拉四千斤左右，再捎带点别的菜，就算去去损耗，再去掉油钱和吃喝费用，一趟怎么着也得赚它二百块。他们什么菜都要，像葱、姜、蒜、菠菜、芫荽，虽然要不很多，但差价更大。只要这一趟弄好了，我想下一趟就多送些别的菜。"

石玉英说："要是给人家说好经常送了，你就光负责往那拉，我和春华俺姊妹俩在家里给你收菜，整理好，回来就装车。"

潘忠民说："那太好了，我还寻思得找个人帮忙哩。收菜挺麻烦，又得过秤又得算账，我想当时就付给人家钱。关键是要把菜收拾好，得让蔬菜公司满意。有恁两个就行了，我给恁记着工，末了给恁发工钱。"

老太太在一旁发话了："一家人帮帮忙发的什么工钱？"

石玉英说："是呀，咱娘说得对。反正这段时间我也没什么活干，闲着也长不出力气来。"

潘忠民说："那不行，我的意思是不论叫谁参与，都得算工钱，点点她娘我也记着。我想从现在开始搞一本现金收支账，把所有的收入、支出都入账，看看到底能纯挣多少钱，也好心里有数。"

潘忠地说："搞经营了是得记个账，和单纯给人家拉东西不一样，各方面都得精打细算，要尽量降低成本，不能到头来白赚忙活。另外，只是她两个帮忙还不行，还得再找个人给你跟车。汽车不同于拖拉机，又是跑长途，一个人太孤单，去了还得卸车，有个帮手才行。”

潘忠民说：“这个人我想好了，叫忠明跟着。”

潘忠地说：“你给他说好了？”

潘忠民说：“还没有，我估计他会同意。”

潘忠明和潘忠民从上小学到高中毕业一直是同班同学，又是同岁，潘忠民只大一个多月，两个人从小就很要好。虽然都结婚生孩子了，遇上什么事还是相互通通气。定下买汽车后，那天从县城回来，潘忠民还专门在试验田停下拖拉机，找潘忠明说了说，潘忠明很支持。所以跟车的事第一个就想到了他。

潘忠地说：“他还在试验田当着会计，这事得先和长友说说。不过，现在承包了，那里也没必要再单独设个会计，让长友自己兼着就可以了。这样吧，过会儿我去找长友，和他说妥了你再找忠明。”

潘忠民说：“那行，我明天找他。”

第二天吃过早饭，潘忠民去了试验田，有几个人正在浇麦子，他问忠明怎么没来？他们说来了，长友叫着他去办公室了。他接着去了办公室，两个人正在交谈着，李长友一看见他进来，就说：“正好，我和忠明叔正谈着你的事哩。昨天晚上忠地叔找我说了，这是个好事，只要忠明叔愿意，我没意见。”

潘忠民说：“忠明，长友可能都给你说了，你觉得这事行不？”

潘忠明说：“我是满心愿意，可是得回家商量商量，你又不是不知道，凡事还是当家的说了算。”

李长友说：“还得听小婶子的呀？”

潘忠明说：“她当的什么家！得老爷子点头才行。”

潘忠民说：“他是担心大叔不同意。不要紧，只要你答应了，大叔的工作让咱忠地哥去做。”

李长友说：“用不着，只要忠明叔回去一说，恁俩的事大老爷一定支持。”

潘忠明觉得李长友说得有理。这么多年了，爹不仅和忠地哥的关系很亲密，对忠民哥也是同样，这事他肯定能答应。于是问：“光说往省城运菜，怎么个运法？”

潘忠民就把到省城联系的情况，以及如何收菜的想法，详细说了说，并且说开始先收咱村的，下一步再收附近村的。明年就好了，党支部准备发动户家调整种植结构，发展种蔬菜，到时候各家各户种了，咱就负责给他们销售出去，既是支持党支部的工作，也让群众受益。

李长友说：“支部有这打算？”

潘忠民说：“那天我去村办公室说贷款的事，他们这么说的，还准备组织部分代表户到蒋家庄去参观，据说人家一个大队就种了一千多亩蔬菜，参观回来后让一些户先带头，逐步发展成个蔬菜专业村。”

李长友说：“我得找找忠地叔和发树叔，参观的时候我也去。老长时间了我就琢磨，试验田以后没什么试验项目了，繁育种子上级农业部门也不下达任务了，社员需要新种子可以直接到种子公司去买，这片地不能老是种小麦、玉米了，得改种部分赚钱多的作物。我还想着明年种几亩药材来，可咱村里没有种过的，没把握。这下子好了，党支部有这样的意见，你们又能帮着运到外地去卖，能行我就全部种成蔬菜。”

潘忠明说：“那是以后的事，我听这意思，眼下急需的是先收车菜给人家送去，让人家先看看。”

潘忠民说：“就是这个意思。你回家跟大叔说说，下午咱就跑一部分户，明天先收上四千来斤白菜，整理好以后咱就送一车去。”

潘忠明问：“光收白菜呀？”

潘忠民说：“这趟我还想捎上二百多斤大葱，以后再收些菠菜、芫荽的，还可以到东乡收点生姜。那些菜差价更大，大葱咱这里卖不到五分钱，他们按两毛一斤。生姜咱这集上还不到一毛钱，他们按三毛一斤。”

潘忠明说：“那得借几个大筐，还得预备下大秤，在村办公室院里收就行，接着好装车。”

潘忠民说：“那里不行，收起菜来乱腾腾的，那是办公的地方。咱就在家门口街上收。”

潘忠明说：“在大街上也行，可晚上还得有人看着。”

李长友说：“在这里收多好啊！仓库里有现成的台秤和运粪土的条筐，饲养棚前边是空场地，要是有些菜需要放在屋里，这两间办公室就可以，反正平常也用不着。放在院子里过夜也没事，给庆江大老爷招呼一声，让他看着，放心。”李庆江别看六十多岁了，身板还硬朗，仍然当着饲养员。

潘忠民说：“好吧，咱就在这里，人们从地里往这运还方便，以后汽车也就放在这里。我们也不能白用你的家什、房子，到时候给你一定的费用。”

李长友说：“胡说什么！这都属于村集体的财产，虽然我承包了，只是个使用权。你们这是为全村群众做好事，我得全力支持。如果人手不够用，我还可以临时给你们安排几个人。”

潘忠民说：“那倒不用，说好了，俺嫂子和春华都来。忠明，你把账目抓紧给长友办办移交吧？”

潘忠明说：“没什么交头，不像你在窑场上的账目复杂，就一本现金账，一收一支，一年下来也没几笔账。平时的现金收入、支出，都是长友经手的，他心里有数。还有本记工簿，每天傍晚现场给大伙记工，也出不了错。”

李长友说：“不用办什么移交了，账本在抽屉里放着，所有的账我都清楚。忠明走了下一步我还得再找个人，帮着记记工管管账。”

潘忠明说：“你原来就是干这个的，自己管起来就行了。没有这个事我还想把账交给你哩。”

李长友说：“虽然我是承包人，从道理上讲什么事都可以我个人说了算，可是这里还有那么多人干活，年底还要给大家搞分配，有个人管账能消除大伙的疑虑，好办事。”

潘忠民说：“是这么个理儿，还是你想得周全。”

当天下午，潘忠民、潘忠明先联系了七八户种白菜的，一听价格，都乐意卖。因为眼下集市上的大白菜好了也就卖二分钱一斤，如果存放到春节，虽然能多卖一二分钱，可到时候斤两得损失三分之一，不如现在卖了省心，还不用跑腿。于是都答应着明天一早拾掇好，早饭后就送到试验田去。又问了两户种大葱的，一说六分钱一斤，一次就能要一百斤，也都同意卖，第二家还说全卖给他们，总共不过五六百斤，省得再赶集去卖。潘忠民说你不用到集市上卖了，这次我先送二百斤，送去后只要人家满意，下一步我全给恁包销了。

第二天一早，他两个到试验田扫了扫场地，支好台秤，拿出两个条筐，做好了一切准备。饭后叫着石玉英、薛春华一起来了，没过大会儿，那几户有的拉着排子车，有的推着小推车，陆续到了。石玉英、薛春华帮着那些人装筐过秤，潘忠明负责看秤，潘忠民负责算账付钱。所有送来的大白菜都弄得很利索，砍掉了根，去掉了老叶子，根本不用再整理了。本来说好每户送五百斤白菜，结果都多个几十斤，八户全收完，接近四千六百斤了。潘忠民说幸亏没说要多，这些也够装一满车的了。那两户送来的大葱二百三十多斤，质量也不错，就是有极个别小一点的夹杂在里边。潘忠民说咱挑一遍，打好捆，把小的都拣出来，拿家去自己吃。薛春华说没几棵小的，还挑吗？潘忠民说还是挑挑好，城里人买东西挑剔，要是这样送去，人家蔬菜公司卖的时候剩下也不好处理。几个人就一起挑起来，总共挑出来不到十斤。

就在他们忙着的时候，潘士金来了。他一看这情况，挺高兴，又搭不上手，就到饲养棚找李庆江吸烟拉呱去了。他两个正说着话，潘忠民抱着两棵大白菜，潘忠明掐着一把小葱，一块进来了。李庆江说：“恁这是干什么？”

潘忠民说："给您老人家吃的。这葱是挑拣出来的小的，不能给人家送，您将就着当葱花吧。今后我们在这里收菜，收什么都得有您吃的。"

李庆江说："那哪行？刚才我还给士金说，恁这年轻人脑瓜子灵活，这是做大买卖了。做买卖就得算计着赚钱，手头要紧，不能胡抛撒，我可不能白吃恁的菜。"

潘忠明说："您一个人能吃多少？放心吧，您就算以后不能动了，俺弟兄两个把您包养起来也没问题。"

李庆江笑了，说："士金你听听，就他们这话，我在这里能不舒心吗？忠明这孩子可懂事了，平常不忙了就过来给我拉两句，还有长友，他们对我照顾可好了。我说了，今后不能干活了也不往家搬了，就在这里养老。俺那几个侄儿不行，逢年过节也不知道给我端碗菜、送壶酒来。就是那个小侄女还不孬，经常来帮我洗洗衣裳，过年的时候来给我做做饭。"

潘忠明说："你说的是淑苹吧？她在生产队里干活也挺积极，还是团小组长哩。你干脆把她过继过来算了。"

潘士金说："你这孩子说的什么话，哪有过继女孩子的？"

李庆江笑了笑，说："淑苹也说过这样的话，她还说以后找个倒插门的女婿，两个人侍候我。我知道也就是说着玩儿，叫我高兴就是了。"

潘忠民说："大叔您放心，以后我和忠明俺两个管你。现在管你吃菜，要是有什么难处就吱一声，俺俩跟谁说都行。"

李庆江说："哪里有什么难处，我这身子骨结实着哩，三年两年的不吃回药。再收菜要是忙不过来，我还能伸伸手。"

潘忠民说："不用你老人家动手，我们收起菜来你顺便照看着点就行。还有汽车，不用的时候就放在这里。"

李庆江说："没事，白天我不断在院子里转，夜里睡觉也灵醒，有我在没人敢动。"

潘士金说："你们收完了？什么时候送去？"

潘忠明说："都拾掇完了，下午装上车就可以走。"

潘忠民说："不行，那样得走夜路。我这是头一趟跑长途，不敢开快，怎么着也得四个多小时才能到。咱下午装好车，明天一早动身，要是顺利，傍黑天就能赶回来。"

潘士金说："忠民说得对，还是别夜里开车，起身可以早一点，傍天明起来吃点东西就走，吃早饭的时候就能开出去几十里路了。"

这时候李长友进来了，说："恁什么时候装车？天冷了，夜里有霜冻，装到车上也得用草苫子盖好，别冻了。"

潘忠民说："是得盖上用绳子揽好，不仅防冻，也免得路上掉了。下午找几挂苫子来。"

李长友说："不用找了，仓库里有十几挂哩，搬出来用就是。"

李庆江也说："是啊，只要这里有的东西，用什么长友都得乐意。"

## 动员

早晨六点多起身，接近十一点他们就赶到了。把车停在蔬菜公司门口，潘忠民进去找宋经理。宋经理说这么快呀，你这才回去三天，我寻思再快也得明天来。潘忠民说都是现成收下来的菜，昨天就装好车了。两个人一起来到门外，潘忠明已经把草苫子揭了下来，宋经理一看就说："好啊，这菜不错。我找人帮恁卸车。"回头喊出了会计和几个售货员。他们有专门收菜过秤的大筐、台秤，一筐就能装二百多斤白菜，半个小时就过完秤了。会计说："这白菜真好，比咱以前收的都干净。大白菜总共四千五百七十四斤，大葱二百三十一斤。"潘忠民一听没多少损耗，说："三斤五斤的零头别算了，好算账。"宋经理说："那怎么行？你们收老百姓的菜不能短斤少两，我们也得一斤是一斤。大葱就按两毛一斤，白菜别按八分了，按八分五一斤。跟着会计去领钱吧。"

潘忠民拿着提包去领钱，潘忠明收拾车。潘忠民从财务科出来，又去了经理办公室，想打声招呼回去。宋经理说："别走啊，今天中午我请客。把车朝一边靠靠，停在这里就行，路北有个小饭店，吃了饭你们再回去。"

潘忠民说："不用，俺有带的煎饼，路上随便吃点就可以了。"

宋经理说："别，你们这是头一次正式送货，咱还得边吃饭边谈谈，定定恁以后怎么个送法。”

他两个只好跟着去了。进了饭店，宋经理点了四个菜，两斤馒头，说馒头不够咱再要，还喝点酒不？他两个都说不喝。宋经理说不喝就算了，你们还急着赶路。吃起饭来，宋经理说：“以后你们可以三天送一趟，这样春节前还能送二十来趟，以大白菜为主，顺便送点别的菜。生姜我们快缺货了，可以多送些来，三千斤左右就行，我们有个冷风库，放得住。姜怕冻，你们注意，收起来一定要及时盖好。”

潘忠民说：“送那么多你们能卖得出去吗？特别是生姜，也就是炒锅用点，都买得很少。”

宋经理说：“没问题。上次我没告诉你，这里是我们的主店，下面还有三个门头，分布在城市的南半部，那几处只负责销售，不管进菜。下一步我们就以进你们的菜为主，基本上不用再到别的地方采购了。估计年前这一段光大白菜能销七八万斤，只要质量能和这次一样，送多少来我们都要。”

潘忠明说：“质量绝对能保证。这次我们收的大葱，也是重新挑拣了一遍，把小的都挑出来了。”

宋经理笑着说：“我这人看人还比较准，从上次一接触，我就看出忠民同志是个实在人，所以觉得和你们打交道放心。还没问哩，恁两个是什么关系？”

潘忠民说：“同学关系。他叫潘忠明，和我同岁，一个生产队的。”

宋经理说：“我看着恁两个差不多的年龄。当过村干部吗？”

潘忠明说：“他是哥，原来在大队窑场当会计，我在试验队当会计。现在都承包给个人了，我们不干了。”

宋经理说：“买辆车搞运输也不错。你们这样做，不仅能增加个人收入，也能带动一方的老百姓致富。”

潘忠民说：“党支部准备在全村发展种蔬菜，我们就是打算在销售方面为群众服服务。”

宋经理说："好啊，我不敢说包销你们的菜，但是，可以保证，只要你们有的，我们优先要。你上次还说签个合同，我的意思不用签了，咱都说话算数，按刚才说的办吧。"

吃着拉着，很快就吃完了。潘忠民起来去结账，宋经理坚决不让，说："说好了我请客，怎么能让你交钱呢！等以后你们挣的钱多了，抽个时间再请我。"

回去路上，两个人很高兴。潘忠明说："宋经理这人可交，你看多热情，买咱的菜还请咱吃饭。"

"是啊，原来说好的白菜八分钱一斤，今天是按的八分五，这样咱多了二十多块钱。要是三天送一趟，收菜就紧张了，还得一户户的联系，光大嫂和春华她两个恐怕忙不过来了。"

"没事，不行叫红莉也过去。"刘红莉是潘忠明的媳妇，生了个儿子也快四岁了，平常有忠明娘看着，出来做事没问题。

潘忠民一听觉得可行，说："那忒好了，我听说红莉是初中毕业，在娘家还当过生产队会计，就叫她负责记账。"

"初中毕业倒是不假，可没当过会计，就当过几年记工员。"

"那也比大嫂和春华文化程度高，她两个才是高小毕业哩。"

"初中毕业也是徒有虚名，赶上的时候不行，真正学到的东西连原来的高小生也不如。像咱两个这高中学历，整个高中阶段都是搞'文化大革命'，不是大串联就是大批判，没正经八百上几次课。你看忠地哥，初中毕业就上了一年的农校，他那知识面比咱宽多了！"

这一点潘忠民最清楚，有时在哥哥面前显得很无知，就说："没法跟他比，他不仅底子好，那个爱学习的劲儿也难找第二个。嫂子说，到现在每天晚上他坐在被窝里还得看会儿书才睡。其实他也没摊上好时候，要不他应该是国家正式干部了。还有向东哥，他两个是咱村里最早考出去的中学生。"

潘忠明转了话题，说："你说向东哥哩，他就是为人处事不老实。要不是‘文化大革命’期间胡闹，他也蹲不了监狱。你说放出来能让他在供销社干多好，听说前几年又辞了职，跑到南方自己混去了。”

“是吗？自从刑满释放以后，他没回过几次家，只知道他没再回煤矿，到刘集供销社当了几年售货员，后来又干采购，还和那个孙风雷结了婚。”

就这样两个人说着话，没觉着多长时间就到家了，太阳才刚要落山。

李向东回来了。他以往回来很低调。也许是怕见村里人，每次都是凑傍天黑，人们大都收工回家了才进村，进家后也不出门，待上个把小时就回去了，很少有外人遇上。这次可不同，回来一住就是三天，并且出来串了不少门。有两次还约上一伙年轻人，到他家里喝茶吸烟。接触过的小青年们对他都很羡慕：你看人家那神气劲儿，西服洋装，还系着鲜红的领带，那皮鞋锃亮锃亮的，落个苍蝇也得把腿劈了。人家带来的那茶叶，一泡上就满屋有茉莉花香味儿，喝一口，嘴里像含了块高级水果糖，能香甜半天。吸的烟也没有低于两毛一盒的，有一次还拿出一盒中华牌的，让每人吸了一支，说这是全国最好的烟，毛主席当年都是吸这个牌子的。乖乖！这么高档的烟咱乡下人别说吸了，见都没见过。李向东这几年是混阔了。

当年李向东因为参与县城群众组织武斗，对立派死了人，虽然不是他直接打死的，但他是主要组织者之一，结果被判了三年徒刑。那时的政策和现在不一样，国家正式工作人员被判刑，是党员的开除党籍，但还保留公职。刑满出来以后，到县煤矿去报到，矿党委和行政领导班子成员，基本上还是原班人马，都是他领着头批斗过的。和他离了婚的妻子吕冰洁当了办公室主任，已经和从矿业学院分配来的个技术员结了婚，他问一句儿子怎么样？吕冰洁理都没理他。在院子里碰上些普通工人，虽然原来认识，人家看见他都躲着，没有主动和他搭腔的。别人不主动他主动，凑上去和人家说句话，那几个人有的只是“嗯”一声，有的问他一句“出来了？”不再说别的赶紧走开了。热脸贴上冷屁股，弄得他很是尴尬。去矿长办公室找刘矿长，刘矿长不冷不热的，连座位都没让，就叫他找工会邱主席。又找到邱主席，邱主席说让他回家休息几天，安排什么工作，什么时间上班，等党委研究定了后再通知他。

快刑满时他曾想，看来回去也不可能继续在办公室工作了，弄不好得下井挖煤。下井就下井，又不是没下过，也就累点苦点，反正干活领工资，总比回村当社员强。来到一看这情况，心里话，这地方真是难待了！

回到家里，左思右想，觉得如果另找个单位上班就好了。可是，到什么单位去呢？正常情况从煤矿往外调个人都十分困难，像他这种样子，谁会接受？突然想到县供销社有个副主任，当年是持造反观点的，虽然不是县里的头头，但多次接触过，有枣没枣打一竿，找找他试试吧。

没想到这位副主任念旧情，同情他现在的处境，答应和其他负责同志通通气，看能不能调他到供销系统来。并且说："为了便于研究，必须考虑个充分理由。咱两个得口径一致，就说这些年劳动改造把身体搞坏了，不能下井挖煤了。再就是家里老人年龄大了，身体也不好，一早一晚需要照顾，因此，想到刘集供销社去工作。至于干什么，不能提要求，服从分配就是。"当然这两条理由都是这位副主任临时替他编造的，他听了连连点头，说记住了。

就这样，他很快办理了调动手续。本来就算他个人找到了接受单位，煤矿领导如果故意刁难他，不放他走，那也没有办法。可是，该当这小子走运，领导们在商量他的事情时，都对他十分反感，并且担心他以后再惹事，巴不得把他调走。一看到供销社的商调函，立时就同意了。刘集供销社的领导们对他并不十分了解，只知道原来当过煤矿办公室负责人，"文化大革命"期间受牵连，被判了几年刑。关键是县供销社领导亲自打了招呼，虽没表示欢迎，也没坚决反对，来了后让他到生资门市部当售货员去了。

这时孙风雷已经改回了原来孙凤蕊的名字。她接受了前几年的教训，再也没参与社会上的活动，只是埋头工作。尽管这样，由于"男女作风问题"

在人们心目中的影响一时难以消除，平时极少有人与她交往，所以至今还没找上对象。

李向东上班后也很积极，班前打扫卫生，平时搬运货物，什么脏活累活都主动干在前头。后来经热心人撮合，与孙凤蕊结了婚。两个人虽然受过类似的挫折，开始李向东还是有些犹豫，孙凤蕊也觉得他是汶水滩人，自己是在那里教书时出的事儿，提出，结婚后永远不能回他老家。经过反复考虑，都意识到三十多岁的人了，还能单身过一辈子？再找这样合适的难了。双方终于取得了理解、谅解，一块生活起来再也不提往事，李向东也从没叫她回汶水滩老家，小日子过得还算美满。一年后生了个女孩，起名婉儿，也有谐音“晚了”的意思。

李向东站了两年柜台，被调到供销科，当起了采购员。开始有个老采购员带着他，重点跑江南几个城市，负责采购货物。时间不长，就让他独立活动了。几年下来，他几乎走遍了江南的大中城市。南方一些地方改革开放早，特别是特区，发展迅猛，简直一天一个样儿，需用人的地方多，人们的收入也比内地高多了，他越看越眼红。于是下了决心，和孙凤蕊商量后，写了辞职报告。这在当时的供销社，不，包括全县供销系统，敢于这么做的他算是头一个。

一个人独闯天下，也不那么容易。可李向东有在劳改队那几年的磨炼，什么苦吃不了？睡工棚，干粗话，他都不怕，心里惦记的就是能找个多挣钱的活儿。一年内他换了三个单位，最后一个厂子他满意了，因为老板了解到他当过采购员，还在企业办公室干过，就留下他当了个车间的小头头，不仅轻快，工资还比一般工人高。后来发现他能写写画画，就把他调到办公室当负责人。这样一来，和厂里副经理拿的工资差不多了，一个月接近原来在供销社半年的收入。时间不长，又让他担任了副经理。这次回来，是老板安排的。因为厂子继续扩建，需要增加一批工人，让他回来招工，能行的话春节前带一部分人去，不好办春节后去上班也可以。这是因公回家，老板说来回的路费报销，另外还给他两千块钱的活动费用。他之所以走家串户，还约集一些青年到他家来，就是说服动员他们，跟着他到南方去当工人。

潘忠良的二儿子大宝也到李向东家里去了，听了李向东的一番话，心里热乎乎的。当天先找到他哥哥套子，说想跟着李向东到南方打工去，并约他哥哥一块去。套子一听也有些动心，就说："走，咱去跟爹商量商量。"

这几年潘忠良家盖了处新房子，原来王桂兰住的房子也进行了整修，套子、大宝结婚后都分出去另过了，桃花也出嫁去了外村。二宝结婚时，老家的旧房子进行了翻盖，小两口就和爹娘住在一起，说好了，老宅子这处院将来就是二宝的。套子、大宝回了老家，大宝把李向东介绍的情况详细跟爹说了说，并且把和哥哥一块去打工的想法一并说了。潘忠良开始听着没当回事，当听到后面的意思后，立即表示反对，说："李向东的话你能信？他那是阎王殿里说快书——鬼话连篇！你不想想，哪里有挣钱这么容易的？招收工人得通过政府，一级一级分指标，他个人说了就能算？再说，他是什么人？劳改犯，'文化大革命'的时候打死过人，出来后在供销社抱着铁饭碗还不安生，又辞职跑南方去了，他能出什么好点子？"

王桂兰不同意了，说："你别说的这么难听，那都是过去的事了，有本事的人只要改邪归了正，到哪里都能成大事。人家现在不是混好了吗？我听说了，这几年他每年都给家里寄好几百块钱。"

大宝说："俺娘说得对，你不能老是用旧眼光看人。现在政策变了，据说今后咱这里工厂招工人也是厂里说了算。他是回来替厂子招工，那里干活的绝大部分都是从外地农村去的，不会是糊弄人。"

套子也说："家里就承包那几亩地，平时没多少活干，还能老这么闲着？得想法出去挣两个钱花。"

潘忠良说："挣钱可以。看看恁忠民叔，买了辆汽车搞运输，恁有那本事？真要想跟着向东去，也得我去找他拉拉，摸清底再说。"

潘忠良去了李向东家，李向东非常热情。喝着茶吸着烟，潘忠良问了很多。李向东从全国的形势，到特区的政策和发展现状，也讲了很多。潘忠良信服了，说:“你这是回来给单位招工人，不能这样自己弄，最好给党支部说说，让他们帮你发动发动。如果村干部发发话，青年们愿意去的更多，家里人也放心。”

李向东说:“你说的这个办法好是好，可是，我这么多年不在家了，和忠地他们一直没什么联系，他们能操这个心吗？”

潘忠良说:“这是为村里办好事，他们肯定乐意。要不我先找忠地说说？”

李向东说:“那太好了，我先谢谢大哥。”说着到里屋拿出一盒烟，掖到潘忠良口袋里，潘忠良也没推辞。

到了大队办公室，潘忠地、张发树和李向河三个人在，潘忠良进门掏出烟，拆开先递给张发树一支。张发树接过去一看，说:“哟，‘红金’牌的，两毛九一盒。你这是要饭的穿大褂，穷摆阔呀！”

潘忠良说:“你别狗眼看人低，恁大哥腰里有的是钱。”接着“嘿嘿”了两声，又说，“实话告诉你吧，咱就是钱再多也舍不得买这样的好烟吸。我刚才到李向东家里，这是他给的。”

潘忠地说:“听说他回来找了不少青年，想带着部分人去他那里干活，是真的吗？”

潘忠良说:“我就是为这事去找的他。”于是把套子、大宝想跟着他去打工，他不放心，就去问了个究竟，以及李向东介绍的情况，大致说了一遍。最后说，“我觉得这是个好事，村里这些年轻人都闲得五脊六兽的，应该让他们出去找点活挣点钱。党支部要是出出面，帮他做做工作，比他个人吆喝强。”

张发树说:“吃了人的嘴短，拿了人的手短，给了你一盒烟，你就给人家当狗腿子了。有事他怎么不亲自来？”

潘忠地说:“你别说，咱是该帮帮他。如果他真能带上几十个人去打工，就可以让这些户增加不少收入。他不好意思来找咱，是拉不下面子。向河，你去一趟，叫他到这里来说说，顺便把长贵也叫来一块听听。”

李向东来了，不仅装来两盒烟，还拿来一包茶叶，得有半斤。潘忠地给他让座，张发树说:“真是人要衣裳马要鞍，向东这身行头，乍一看和省级大干部差不多。”

李向东脸红了一阵儿，说:“大哥别笑话我了。在外边混就得穿体面点，那地方只要大小是个头头，都时兴穿这个。”

潘忠地说:“刚才听忠良哥说，你这次回来，是想带部分人跟着你去干活。你具体介绍一下，看看我们能帮上什么忙？”

李向东一听这话高兴了，就把南方那个新兴城市和他所在的厂子的情况，以及这次回来的任务都说了说。潘忠地说:“目前村里闲散劳力不少，你这事党支部全力支持。这样吧，长贵还兼着团支部书记，明天上午让他召开个团员、青年会，你在会上给大伙讲讲，有谁愿意去，让他们报报名。”

李向东说:“那行。今天下午我回供销社一趟，明天一早赶回来。我从南方回来第二天就家来了，给她娘们说好的待两三天就回去，这都三天了。”

张发树说:“是该回去。不过，你得给兄弟媳妇说说，让她带着孩子回老家来瞧瞧。别在意当年那点事儿，出那事责任也不在她，再说，咱村里知道的人不多，过去这么些年了，也没人再说道。不论怎么讲，也是汶水滩的人了，还能一辈子不回家？”

潘忠良说:“发树说的这还像句人话。向东，是得叫她娘们常回来看看，恁爹恁娘都年龄大了，跟前又没个人。”

李向东说:“我回去跟她说。她也是忙，工作上离不开，还一个人带着孩子，婉儿才刚满四岁，挺缠人。”

村里很长时间没开大会了。这时节没多少农活，一下通知，又说是李向东招收工人的事儿，虽然只通知青年参加，不少壮年劳力也凑来听听，把村办公室大院快挤满了。李长贵主持会，潘忠地、张发树也来了，都坐在前面桌子后边。李长贵简单说了几句，就让李向东讲。李向东说："恁两个先讲讲？"潘忠地说："我们不讲了，这是你的事，你讲就行。昨天给我们说的那些就不孬，今天多讲讲，让大伙开开眼界。"张发树也说："对，俺不讲，就听你的，来参加也就是给你助助阵。"

李向东讲得时间不算短，足有半个多小时。特别是对特区的形势，人们听了都感到很新鲜，会场秩序一直很好。他讲完了，李长贵说："都听明白了吧，向东叔这次回来，就是想在咱村招部分人，到南方去打工。条件都说清楚了，年龄一般在三十岁以下，身体健壮，男女都行，最好是男的。谁愿意去呀？想去的就上来报个名，个别拿不定主意的，回家商量商量再找向东叔也可以，不想去的就散会了。"

大部分人议论着走了，有些青年围到了前边来。李长贵说不用慌，一个一个地来，让向东叔记上名字。最后报完了，还真不少，超过了二十个。人们陆续都走了，他几个去了屋里。这时李向道跟了进来，说："向东，把我也算上一个怎么样？"

张发树说："别胡搅和了，人家要三十岁以下的，你都多大了？小五十的人了！"

李向道说："你别胡咧咧，我虚岁才四十，什么病都没有，身体可棒了，论起干活来比那些年轻的都强。"

李向东给他一支烟，说："大哥，你是年龄稍大了点。不过，真要家里能离开想去的话，我回去给老板说说，老板同意我就捎个信儿来。反正这次走不多，大部分得春节后去。厂里还缺保安，你干那活还行。"

李向道问："当保安是干什么活？"

张发树说："这个还不知道？保安就是负责安全保卫的，和咱说的治安员差不多，累不着。"

李向东说："就这意思，累倒是不累，就是拴人。上了班不能离窝儿，特别是轮到晚上值班，彻夜不能睡觉，得不停地巡逻。"

李向道说："没事儿，咱不怕熬夜。"

潘忠地说："你可别独自拿主意，得回家好好和翠萍商量商量，她不同意就算了。"

李向道说："好商量，有事她都听我的。"

张发树"哼"了一声，说："别吹牛了，谁不知道，就是文翠萍管得你服服的，恁爹在的时候都不中用。"

李向道笑了，说："'女人当家，保准能发'，这个理儿你都不懂？白当这么些年干部！"

几个人都跟着笑了。

自从那次偷大队革委会的牌子以后，李向道的确像变了个人似的。当时他是有些害怕了，派出所所长和公社武装部的人亲自来调查处理，看来是把事惹大发了。当天他爹找到李光恩，叫李光恩抽空好好教育教育他。李光恩和李向道的爷爷是堂叔兄弟，到李向道这一辈还没出五服，李光恩答应了，凑晚上去了他家。李光恩开始吓唬了他几句，说你这可是办的犯法的事，要不是大队的人保你，真把你送公安局去了。你还领着头到公社大院去闹事，派出所已经挂上你的号了，今后再不老老实实的，大小再惹点事，非抓你不可，到时候谁说话也不顶用了。你也不是小孩了，好好想想，这样下去谁给你介绍个对象？恁爹都六十多了，也不能跟你一辈子，不成个家以后日子怎么过？从恁爷爷恁这一支就是单传，你就不想娶个媳妇传个后？反正是大道理小道理地说了不少。他爹也帮腔，说我的话你不听，恁大老爷的话可得听，这都是为你好，今后可不能胡来了。人非草木，李光恩苦口婆心一番话，算是把他打动了。从此，他再也没掺和群众组织的活动，整天只是听从队长的安排，叫干什么就干什么，脏活累活也不挑拣。队长都说，李向道真是脱胎换骨了。

半年过后，他爹又找李光恩，说这孩子原来不着调，现在算是不孬了，还能真叫他打一辈子光棍？你得操心给他找个媳妇，什么样的都行，咱不讲条件。李光恩说我琢磨琢磨再说吧。隔了两天，李光恩找到潘秀菊，让她给文翠萍拉拉，动员她嫁给李向道。潘秀菊说虽然向彬走了好几年了，可翠萍没透过想改嫁的意思，再说，两家都姓李，能行吗？就算翠萍同意，她近门那些人能答应啊？李光恩说我考虑就是因为都姓李，又是同辈，才觉得合适，你只要做通翠萍的思想工作，孩子大的才五六岁，得听他娘的，外人的事儿你不用管了，到时候我出面给他们谈。就这样，经过潘秀菊反复做工作，文翠萍答应了。两个人结婚后，有人给李向道闹着玩儿，说向道行啊，没用出力就有了两个大儿子。李向道说这就叫懒人有懒福，咱就这么个命，你不是出力也没讨好吗？生了个孩子还是闺女。那人说你有本事再要个女儿。李向道说可不行，秀菊姑交代了，再生就违犯计划生育政策了，咱知足，以后死了有摔盆的也有打幡的。

李向道想去打工，是经过认真考虑的。和文翠萍结婚后，虽然有了两处宅院，可房子都破旧了，过不几年两个儿子就到了成亲的年龄，得准备翻修下房子了。可是，手头没钱，指望种那几亩责任田，什么时候能攒够？正为这事发愁，听说跟着李向东到南方能挣大钱，就动了心。在会上听到说只要三十岁以下的，仍不死心，觉得和李向东是本家兄弟，求求他也许能行。没想到李向东答应这么痛快，高兴得简直想蹦高了。

李向道走了后，李长贵说："今天报名的不算少，可就是没一个女的。"

李向东说："外地到南方打工的女孩子不少，咱这里离孔老二近，受毒害深，讲究女的就得大门不出二门不迈，现在思想还不解放，所以没人敢带这个头。"

李长贵说："孔子还说'父母在不远游'哩，那样男孩子也不该跑这么远打工去了。"

潘忠地说："这都是把孔子的一些话理解偏了。'父母在，不远游'，后面还接着一句，‘游必有方’，意思是说，当父母在的时候，要尽量在跟前孝敬老人，如果有事情要做，不是不可以到外边去，但是，必须是干正事，不能离开父母就胡作非为，让老人挂心。还有那句‘学而优则仕’，那些年没少批判了，说这是宣扬‘读书做官论’，其实孔子的原意也不是这意思，这句后面还有一句是‘仕而优则学’。原来的‘优’字作剩余解，‘学’是指做学问。这两句连起来就是说，做学问有余力的人，可以做官；当官的人有余力，可以做学问。至于女孩子为什么不报名，有思想不解放的因素，也有不了解那里情况的原因，我听着向东在会上讲的时候，就没说有女孩子去那里打工的。下一步让秀菊姑找些女青年开个会，好好动员动员，肯定会有去的。”

李向东说：“忠地掌握的知识真丰富，我是自愧不如了。”

潘忠地说：“我不像你那么忙，也就是没事看看闲书。”

张发树说：“恁别说那些抠字眼的话了，我也听不懂。向东，咱要是动员的人多了，你那个厂子能都收下？”

李向东说：“没问题，百儿八十的能要。真要是这个厂子要不了，我帮着他们再找别的单位，只要到了那里，我保证能让他们找着活干。咱别在这里说话了，都跟着我回家，我和家里说好了，散了会叫恁几个一块去吃顿饭。我听了发树哥的话，让凤蕊她娘俩也回来了。”

潘忠地说：“算了吧，恁一家人团圆团圆，俺就别去了。”

李向东说：“可不行，我叫俺爹先把向河喊过去，让他泡上茶等着咱。估计他早去了。”

张发树说：“那就去吧，已经吸了向东的好烟喝了好茶了，再去喝点好酒。”

# 过年

除了那场大雪耽误了两天，潘忠民和潘忠明三天跑一趟省城，一直到腊月二十八下午回来，才算是停下了。并且和宋经理说好了，年后过了正月十五继续送。两个多月，总共送了二十三趟，仅大白菜就送去接近九万斤。另外，还送去三千斤生姜，两千多斤大蒜，菠菜、芫荽各三千来斤。这么多菜，只靠汶水滩根本不够，不到二十天就收个差不多了。潘忠民和潘忠明商量，让薛春华和刘红莉到附近几个村跑了跑，打听到卖菜的就讲好价钱，再先支给人家部分定金，让人家给送到试验田来。又写了个“蔬菜收购”的大牌子，立在了试验田路边上，便于送菜的来了好找地方。因为他们收菜的价格比集市上还贵一些，几天后传扬开来，没用再去跑，来卖菜的已是络绎不绝了，最后几天只好给人家说好话，让他们过了元宵节再送。

二十八晚上，潘忠民仔细算了算账，扣除买菜的钱和汽车用的油钱，还有在路上饭店吃饭花的几十块钱，还能剩四千多块，平均每趟赚接近二百块。特别是那车生姜，虽然是开着汽车跑了五十多里路，到外村收的，加上捎带的一千多斤白菜，一趟就赚了四百多。当晚他就拿着两千块钱，到潘友新家还账去了。

到了潘友新家里，潘忠国以为他不可能这么快就来还钱，大概是因为到年了，来说句客气话，所以待理不理的。潘友新赶紧让座，潘忠民没坐下，把钱掏出来，说："友新，这是还你的两千块钱，你点点。"

潘友新说："慌什么，俺又花不着，你先拿着用吧，年后还得收菜。"

潘忠民说："留下收菜用的了。俗话说'好借好还，再借不难'，什么时候用着我再找你。"

潘友新把钱接过去，没点就放到了桌子上。潘忠国说："点点呀，'当面点钱不薄人'。"说着拿起来数了一遍，说了句"正好"，放到了身后条几上。

潘忠民没坐就要回去，爷俩把他送到大门口，潘友新又跟上一句："二叔，有用钱的地方吱一声。"潘忠民答应着走了。

爷两个回到屋里，潘忠国说："你那是什么话？这一次就不该借给他，还想有第二次？"

"谁都有用急的时候，帮帮忙还不是应该的？人家这不是很快就还了吗！"

"还了咱也吃亏，要是存到银行，这两个来月能生好几块钱利息。你开始就该给他讲明白，咱不放高利贷，起码也要和存银行一样的利息。"

"你钻到钱眼里了！都是街坊邻居，好意思啊！"潘友新看不惯他爹这种小算计，剜了他爹一眼。

"怎么说话？有什么不好意思的？这是头一个借咱钱的，其他人再借怎么办？借出去的多了吃亏可就大了。"

"这么些年哪里有借咱钱的？"

潘忠国更生气了，说："不开这个头没人借，等着瞧吧，都知道找你好借了，今后登门借钱的少不了。'不怕贼偷，就怕贼惦记'，我看你怎么办！咱挣个钱也不容易，以后不能这么实在，有借钱的就说在银行存着，不到期取不出来。这两千块明天一早你也存上去，多存一天多赚点利息。"

潘友新不想再和他争辩，到院子里照料兔子去了。

潘忠民第二天早晨又拿了五百块钱去了潘忠明家，走到后把钱拿出来，说:“忠明，咱忙活了这段时间，算告一段落了，昨天晚上我清了清账。这个钱有你的三百五，剩下一百五是红莉的。”

潘忠明说:“我说过了，咱的账不用算，帮着你先把买车的钱还上再说。”

潘忠民说:“已经把友新那两千块还给他了。贷款是一年期的，我合计了一下，照这样下去，明年到期的时候，还那一万块钱没问题。”

潘士金说:“恁兄弟们一块做点事，不用讲钱不钱的。买汽车花那么多钱，还是还账要紧。”

刘红莉也说:“是呀，我也就是过去帮几天忙，可不能要钱。”

潘忠明打趣地说:“要也不能这么多，这还不到三个月，俺两个算起来，就混成两个‘二百五’了。”

刘红莉说:“你才‘二百五’哩！”

潘忠民笑着说:“都不是‘二百五’。我说了，一个一百五,一个三百五。人家不是说吗？‘亲兄弟，明算账’，我是这么想的，红莉和春华，还有咱玉英嫂，她们每月按六十块钱的工钱，忠明你一个月一百五。这是因为到年了，算是个截头，多少的就这些吧。明年如果赚的多了，再另说。”

潘忠明说:“要是算清还不能这么个算法，咱两个在路上吃饭都是你掏的钱，我那份也得扣除才行。”

潘忠民说:“不能扣，每次回来咱花的钱我都入账了，那是成本。现在时间短，我想等跑够一年，再好好算算，一切成本都去掉，包括车的折旧，看看能不能赚到钱。”

潘士金说:“这么说我就放心了。开始我还想，做买卖恁都没经验，要是心中没个数，到头来赚不到钱不要紧，别再赔进一些去。这样好，精打细算，弄清成本才好说效益。”

前段时间潘忠民从省城给母亲买了件红毛衣，还给侄子买了个书包，想过年的时候一块送过去。从潘忠明家里回来吃过早饭，叫着薛春华，拿着毛衣、书包，又掖上四百五十块钱，去了哥哥家。小锋子和点点在门口玩，潘忠民老远就喊："锋子，看看我给你买的书包，怎么样？"

两个孩子跑上去，小锋子接过来，高兴得跳了起来，说："太好了，俺班里还没有这样的哩。"

点点说："有我的吗？"

潘忠民说："你明年才上学，到时候给你买。恁娘给你买了身新衣裳，后天过年叫你穿。这是恁奶奶的毛衣，你拿着。"说着往家里走。

点点说："娘，你不能家去，俺奶奶蒸馍馍哩。"

薛春华说："蒸馍馍我就不能家去呀？我得替您奶奶烧火去。"

点点说："不行，奶奶说了，蒸着干粮不能让外边的女人家来，踩了火干粮就熟不好了。"

薛春华说："我是恁娘，怎么成外人了？没事儿。"

点点说："不在这个家里吃饭就是外人。"

小锋子说："点点，在哪里吃饭没关系，咱都是一家人，叔和婶子都不能算外人。"

薛春华说："哟，潘友锋成大人了！点点，你听听恁哥哥多懂事啊。"

小锋子说："还是婶子厉害，和俺老师一样。除了老师，还没人喊我的大名哩。"

点点不再吱声，抱着毛衣跟在后面家去了。正迎上老太太从厨屋出来，薛春华说："娘，蒸干粮呀？我烧火吧。"

老太太说："蒸好了，刚停了火，过一会儿出锅。"

点点把毛衣给奶奶，说："奶奶，这是俺爸给你买的。"

老太太接过去，说："胡乱花钱，我都多大年纪了，还能穿这么大红的衣裳？"说着一块进了堂屋。

潘忠地在看报纸，小锋子把书包放到他跟前，说："你看俺叔给我买的书包，比你买的那个好多了。”

潘忠地拿起来看了看，说：“这样的书包咱这里没卖的，恁叔是从省城买回来的，以后你可更得好好学习了。”

小锋子说：“行，这学期考了个第二名，下学期一定考第一。”

潘忠民说：“锋子了不起啊，比我上学的时候强多了，我从来没考过前三名。”

石玉英在剁肉馅儿，薛春华说：“嫂子这就剁馅子啊？不是明天上午才包扁食吗？”

石玉英说：“明天还得炸东西，这是你昨天拿来的肉，我先剁好养起来，明天就省事了。”

薛春华说：“来，我剁，你歇歇。”

石玉英说：“不用，这就快好了。”

老太太说：“让点点她娘剁吧，你洗洗手去出馍馍，好趁热叫他们吃一个。”

石玉英把刀给了薛春华，起身洗手。老太太又说：“恁看小民买的这毛衣，这么个颜色，我能穿啊？”

潘忠民说：“你是没见，城里那些老太太不少穿这种颜色的，有的老头还穿红褂子哩。我这是专门买了个大号的，当外套，你穿上试试，看合适不？”

石玉英说：“俺兄弟这是跟潮流。老年人穿上红色的衣裳，既喜兴又显年轻，恁就穿吧。”

老太太说：“点点先穿上，我看看怎么样？”

点点说：“我可不穿，又不是给我买的。”

薛春华见点点不听，怕老太太生气，就说：“点点可听奶奶的话了。刚才在大门口都不让我家来，说是蒸馍馍哩，怕我踩了火。”

老太太说：“是我叫她出去看着的，要是有妇道人来，一说家里蒸干粮人家就不进门了。”

石玉英说：“点点忒认真了，恁娘是咱自家人，怎么还不让她家来？”

点点不高兴地说：“这不是叫她家来了。”

潘忠民说：“娘，以后别给小孩子说这些事，这是迷信，不能从小就往他们脑子里灌输这个。”

老太太说：“什么迷信！恁是没经试过。那年还是恁原来那个忠良嫂子，也是过年蒸馍馍，刚生火没大会儿，去了个女人串门，结果怎么样？一锅馍馍蒸出来都和石头蛋似的，黑不溜秋儿，不起个儿，别说走亲戚了，还不如窝窝头好吃。没办法，又来找我要的面头，另蒸的。”

潘忠民说：“那一定是她和的面有问题，没发酵好。”

在农村，年轻人一般不能跟老人犟嘴，特别是过年的时候，老人们不论说什么，必须听着，即便不同意，也不许顶撞，只能憋在心里。老太太有些生气了，说：“这是老辈子传下来的说法，不由你不信。‘不听老人言，吃亏在眼前’，摊上事儿就知道了。”

潘忠地担心弟弟再说什么，就想岔开话题，拿过毛衣，说：“点点过来，恁奶奶是叫你沾沾新，你先穿穿，再让恁奶奶穿。”

点点穿上了，小锋子说：“真漂亮！”

点点说：“怎么漂亮了？和大褂似的，快到脚脖子了。”接着脱了下来。

潘忠地说：“挺好的。这种衣裳现在可时兴了，娘，过年就得穿新鲜点。”

老太太说：“都说好我就穿。先放屋里床上去，后天初一再穿，这两天拾掇这拾掇那的，别弄脏了。”

石玉英端过来一盘子大白馒头，说：“娘你看看，可好了，个头大，也白生。恁老人家先尝尝，然后再叫他们吃。”

老太太说：“不知道个先后，还没上供就叫我吃？记住，还有过年炸东西，头一锅炸出来也得先上供。”

石玉英赶紧说：“我知道，煮出扁食来第一碗也是先浇奠。上供的我都放到盘子里了，得叫锋子去端。”回头叫着小锋子去了厨屋。

进了厨屋，石玉英又从碗橱里拿出两个盘子，每个盘子里放上两个馒头，小锋子说：“你不是说放好了吗？俺奶奶也真是，还那么迷信。”

石玉英说：“快端过去，别让恁奶奶生气。放到院子里香台上一盘，堂屋里八仙桌上一盘。”

小锋子把供盘放好了，老太太才拿起一个，掰开，给点点一大半，说：“来，咱娘俩分一个。锋子也吃。”

小锋子伸手拿起一个。点点说：“奶奶你吃一个吧，我和俺哥哥分一个。”

老太太说：“我这要吃一个大馍馍，中午还怎么吃饭？你再拿一个，给恁娘。”

薛春华把剁好的馅子盛到盆里，正在擦手，说：“我不吃了，还得候客、走亲戚。”

老太太说：“没事儿，和上面了，下午还得再蒸一锅。”

薛春华从点点手里接过去，也掰开，和石玉英妯娌俩一人一半吃起来。潘忠民也拿起一个，给潘忠地，潘忠地说：“你吃吧，我到饭时再吃。”

潘忠民边吃边掏出钱，说：“娘，过年了，再给您老人家三百块钱。还有一百五十块，是俺嫂子的工钱。”

老太太说：“我又花不着钱，不要，你掖起来吧。”

薛春华说：“得要，这是俺的点儿心意。”

老太太说：“那就给恁哥哥，叫他放起来。反正都是他去买东西。”

潘忠民把三百块钱放到潘忠地跟前，另外一百五十块递给石玉英。石玉英不接，说：“可别胡闹了，一家人帮着干点活，还什么工钱？”

薛春华说：“这个钱你得收起来，红莉的一百五十块给她了，给我的我也另放起来了。这是咱劳动所得，应该的。”

石玉英接过去，和那三百块放到了一块，回头准备做午饭。

潘忠民说：“昨天我还又跑了趟省城，也没能家来帮着整理整理卫生。”

潘忠地说：“又没什么大活，用不着你。前天我就把屋扫了，院子是锋子和点点扫的，明天午后再拾掇一下就行了。”

潘忠民说：“过年的东西齐备了吧？缺什么下午我再到刘集买去。”

潘忠地说：“什么都不缺了，鸡、鱼、肉都有了，青菜现成的，酒我是让向河从酒厂捎来的，用地瓜干换了十斤，足够了。”

小锋子说：“还没买炮仗哩，俺娘说年三十还有半天集，明天上午才去买哩。”

潘忠地说：“恁娘是骗你，怕你提前放了。早给你买了两挂，在西屋抽屉里放着，还有点点的两把子滴滴金儿。”

潘忠民说：“我也给你买好了，买了四挂，我留一挂初一早晨放，其余的明天都给你拿来。”又对潘忠地说，“我还买了两瓶兰陵大曲，今年咱得喝点好酒，明天我一块拿过来。”

潘忠地说：“咱自己喝那么好的酒干什么。拿来也行，明天晚上咱两个一块到士金叔家里坐坐，给他带着。”

潘忠民说：“忠明也有买的两瓶。”

潘忠地说：“他买是他的，你拿着是咱的意思。”

老太太说：“是该去看看恁大叔，咱这近门里他算是老族长了，小明两口子还帮着你干活，人家待咱都不孬。”

这时小锋子跑到西屋找出了那两挂炮仗，点点跟在后面咋呼：“大娘，俺哥哥把炮仗拿出来了。”

石玉英说：“我就知道狗窝里放不住干粮！叫他放去吧，恁爸还有给他买的。”

小锋子争辩：“谁说我放了？我是拿出来晒晒，要是潮了明天放就不响了。”

潘忠民说：“先破开放两个，试试响不。来，给你打火机。”

小锋子过来接过打火机，朝他娘“哼”了一声，跑到院子里放炮仗去了。

除夕傍晚，年味儿更浓了。家家户户打扫了庭院，贴上了春联，街道上也都干干净净，村里到处是焕然一新。男孩子们放下饭碗就跑到街上，比赛着放炮仗。女孩子们一伙一伙聚到一块，燃放滴滴金儿。几个小点的孩子打着灯笼，在一旁看热闹，突然有个炮仗落在了他们跟前，有个孩子急忙躲闪，手中的灯笼一晃，里面的蜡烛倒了，“轰”，灯笼纸着了，转眼间只剩下铁丝架子，这孩子哭着回了家。各家的男人请了家堂，点上第一炉香，泡上茶，端着头一碗先到天地牌位和祖先牌位跟前浇奠了，然后再给老人倒上，一家人慢慢喝起来。女人们准备好了午夜上供的菜肴，有的还没包完夜里和初一早晨吃的水饺，仍在忙活着包。老头偎在火炉旁，老太太坐在炕头上，只等着吃喝了。

天边消失了最后一抹彩霞，空中繁星闪烁，浓暗的夜色悄然而降。风虽然不大，也让人感到冷飕飕的。疯了一阵子的孩子们，陆续跑回家去了。潘忠地对潘忠民说：“咱这去士金叔家里坐一会儿，别太晚了。”老太太说：“别坐时间太长了，还得回来上供。”

潘士金一家人都在厨屋，他两个一进去，潘忠明就忙着搬座位。潘忠民把酒放到锅台上，潘士金说：“拿酒干什么？不留着叫恁娘喝。你又不是不知道，明子也买来两瓶这样的。”

潘忠地说：“俺娘和俺婶子一样，不喝酒，这是小民专门给你买的。”

忠明娘说：“恁兄弟俩坐下喝茶，这才是第二碗。”

潘士金说：“把小桌子搬过来，先围着喝茶，过会儿炒两个菜，叫他两个在这里一块喝点酒。”

潘忠民说：“不能喝酒，俺娘嘱咐早点回去，好上供。”

潘士金说："晚不了，上供怎么也得等到十二点，这还不到九点。这是过年了，咱爷几个喝点。"

潘忠明从堂屋搬来小方桌，潘忠民说："趁着还没摆上桌子，婶子，俺先给恁磕个头吧。"

忠明娘说："磕什么头？恁叔早就不让磕了，连明子、红莉都没磕过，快喝水吧。"

潘忠明说："就是，不能磕，你要是磕了显得我多不懂事呀！"

潘士金也说："说说话儿就行了。其实磕头也就是个形式，如果平时不孝顺，常惹老人生气，就算磕几个响头顶什么用！"

亮亮偎在刘红莉怀里，想打瞌睡，忠明娘说："亮亮，到我跟前来玩，叫恁娘炒菜去。"亮亮不动，潘忠明说："过来，你在门口站着，我给你摔两个响炮儿。"

亮亮来了精神，来到他爸跟前，说："我也敢摔。"

潘忠明说："行，咱两个摔，比比谁摔得响。"

刘红莉起来问："都炒什么菜呀？"

潘士金说："把炸的鱼和藕盒盛两盘子，再炖个热菜就行了。"

忠明娘说："切半棵白菜，拿块肉和豆腐，再拾碗丸子，炖到一起，让他们边吃边盛，热乎。"

菜刚下锅，潘忠明正要拿过酒壶烫酒，潘忠良进来了。刘红莉说："还是俺大哥有口福，这才要喝酒你就赶到了。"

潘忠良说："我在外边一闻着炒锅的葱花香就知道做好吃的了，不用明子去喊。"

潘忠明说："就你鼻子尖！下辈子让你托生个警犬，到公安局帮着破案去，保证是好样的。"

忠明娘说："你这孩子，大过年的也跟恁大哥胡闹。"

潘忠良说："没事，只要这辈子有好吃好喝的，下辈子别说变狗，变成狗熊咱也不管，谁一辈子能管两辈子的事啊！对了婶子，还没说给你拜年哩，这屋里满满登登的，别磕头了，过会儿我敬你杯酒顶了吧。”

潘忠明说：“你要有那个心到门外边磕去也行。”

潘士金说：“都别贫嘴了。忠良，你先喝碗茶，菜好了就喝酒。”

潘忠民已经倒上茶放到了他跟前。

潘忠良看到潘忠明拿着酒瓶子往壶里倒，说：“真是过年了，喝这么好的酒呀！就是少了点，两瓶能够咱这些人喝的？”

潘忠地说：“我和小民、明子俺三个喝不了二两，你自己喝一瓶还不行啊？”

潘士金说：“你敞开肚子喝吧，这两斤是小民拿来的，堂屋还有明子买的两瓶，都拿过来，让你喝足。”

潘忠良说：“别价，说归说闹归闹，我这酒量也大不如以前了，最多喝半斤。这么好的酒，喝醉就糟蹋了，四两就行。再说，真要是喝多了，回家又得挨她娘们数落。”

潘忠民说：“你这可是主动交代的，原来说你怕婆子还不承认，怎么样？俺桂兰嫂子管得住你不？”

潘忠良说：“还高中生哩，不会说话，咱不是‘怕婆子’，是‘婆子不怕’。恁年轻没体会，老婆管着点有什么不好？是关心爱护！红莉，你说对吧？”

刘红莉正在盛菜，装作没听见，没回他话。潘忠明说：“看来你是有福之人了，时刻有人管着。先把俺嫂子忘一边，喝酒，俺用小盅子，你用茶碗。”

潘忠良说：“恁三个合起伙来欺负我可不行，都得用一样的家什。”

潘士金也说：“别用茶碗了，都用小盅子，叫恁大哥慢慢喝。”

喝起酒来，潘士金问：“套子和大宝都没回来过年？”

潘忠良说：“没有，这走了还不到两个月，虽说是该家来过年，时间也太短了。去了他们十来个，就后街的栓子回来了，是厂里让他回来带人的，年后领着那几十个一块去。”

潘忠地说：“我也听说栓子回来了，还想找他问问情况来。你问了吗，他们去了这段时间怎么样？”

潘忠良说：“栓子到各家都说了说，还给每人捎回来一百块钱。不孬，去了就先预发了一个月的工资，往家捎的这一百块钱也是老板给的，说是以后再从工资里扣。因为栓子是回来领人，人家还给了他来回的路费。”

潘士金说：“向东这回算是为村里办了件正经事。土地承包到户以后，能节省不少劳力，年轻人就该出去挣点钱。一家只要有一个出去打工的，这家人的零花钱就解决了。过了年还能去多少人？”

潘忠地说：“原来报名的还有二十来个，后来又有几个想去的，加上三个女孩子，接近三十个。”

潘忠民说：“哟，一家伙去那么多，那厂子能接受啊？”

潘士金说：“是呀，还是得提前联系好，走到就有活干才行。怎么还有女的？他们离家这么远能行吗？”

潘忠地说：“前几天我给向东要了个电话，他说厂子正在扩建，再多几个也没问题。开始女的没有敢去的，让秀菊姑给她们开了个会，做做工作，这三个同意去了。离家远近无所谓，咱一个村的就几十口子，再有她三个搭伙，没事。以后也得动员女青年多出去一些，男女都一样，到外边找个活干，就比在家里闲着强。”

潘忠良说：“也不能走得太多了，壮劳力都出去了家里的地怎么种？”

潘忠地说：“这事我倒是想到了。现在咱村总人口过千了，能下地干活的接近六百人，就算出去百把二百的，误不了家里种地。不过，农忙季节可能有的户人手不够，到时候我们就得让各生产小组搞搞互助。”

潘忠良又说：“那得早组织，趁着好找活。要知道那里好挣钱，别的地方也都得往那跑，人去得太多了就难办了。”

潘忠地说：“这的确是个问题。光咱村这些人到哪个城市也安得下，只要能吃苦，找个活不难，像扫大街，当保姆，当个传达、保安，现在这些活都是乡下人去干了。但是，全国各地农村都有很多剩余劳力，都会陆续外出打工，聚在一起人就多了。前些时在公社开会，听说不少村有出去的了。所以支部商量，想节后开个大会，发动发动，凡是城里有亲戚朋友的，都联系一下，只要有用人的地方，都可以去，县城、乡镇也可以。”

潘忠明说：“现在城市里到处都是大工地，不用说别的，就是搞建筑需用的人也多了去了。原来城郊那些菜农，有些是土地被征用了，有地的也很少有干农活的了，不是当了工人，就是自己做起了小买卖，那肯定是比种地挣钱多。”

潘士金说：“这个思路不错。其实出去打工也不一定集中到一个地方，离家近了还有好处，农忙了还可以请几天假回来帮着干干活。”

潘忠民说：“村里不是发展种蔬菜吗？种菜可是比种普通庄稼用的劳力多。”

潘忠地说：“种菜是平时用工多，不像粮食作物收、种那么集中，只要掌握了技术，有些老人也能插上手。”

潘士金说：“那可不是只种白菜、萝卜了，以前咱村里种菜的不多，没经验，不能一下子发展太多了。如果种不好，挫伤了积极性，再发动就难了。”

潘忠地说：“上个月我们组织了三十多个人去参观，人家是一年四季种蔬菜，冬季是在大棚里种。咱今年动手晚了，明年秋季也搞部分塑料大棚。常规菜春天就能种，为了保证成功，聘了个技术员，村里负责每月给他六十块钱的工资，管他吃，先让他待一年。这人开春就来，菜种子也让他带来，户家谁用谁花钱买。”

潘忠良问：“都是种什么菜呀？”

潘忠地说：“听人家介绍品种可不少，豆角、芸豆、菜花、茄子、黄瓜、冬瓜、菜椒、西葫芦、西红柿……得有十几种。”

潘忠明说：“那太好了，明年我们就不用收别的村的菜了。技术上有人指导，户家只管种，也不用到集市上去卖，我们全收起来，运到省城去。”

潘忠良说：“你先别吹，得算算账，咱这一千多亩地要是全种上菜，得产多少？就一辆汽车，能运得了？再说，恁现在只是一个供菜点，人家能要那么多？”

潘忠民说：“我早就有个想法，下一步成立个蔬菜收购公司，到城里多联系一些点，长年给他们送菜。城里那么多人，需用量太大了，就是几千亩地的菜也卖得出去。运输也好办，不能指望我这一辆车，到时候可以联系运输公司，我买车时长贵那两个战友说，他们现在也不好找活。”

潘忠明说：“行啊，那样就干大发了，到时候你当老板，我给你跑腿。”

潘忠民说：“当什么老板，咱俩就得合伙干，商量着来。”

潘士金说：“先别说那么长远的，做什么事都得走一步看一步，稳当点。虽然种菜比种粮食作物收入高，也不能全部都种菜，还得要完成粮食定购任务，留足口粮。”

潘忠良说：“只要钱多了什么都好办，咱可以到集市上买粮食去。”

潘士金说：“那可不行，‘手中有粮，心中不慌’，这是老俗理，什么时候也不能不重视粮食生产。”

潘忠地说：“我们开会商量时议到这方面了，算了下账，起码要留出一半的耕地种粮食，只要管理好了，完成国家的任务，保口粮也不成问题。”

潘士金说：“那就行。”

潘忠民说：“天不早了，是不是该回去上供了？”

潘忠良说：“说着拉着的也没耽误喝酒，下去一瓶多了，不喝了。”

潘忠明说：“哪里一瓶多？第二瓶倒壶里还没喝哩。大哥，再喝点。”

潘士金说：“不喝就算了，快十二点了，过了年再抽空来喝。来，把门前盅喝了。”

潘忠地把自己那盅子给了潘忠良，潘忠良也没推辞。

# 做媒

潘忠良进门就说："怎么还不烧锅啊？该上供了。"黄玉凤说："这就烧。雪梅，你把小林先抱堂屋床上让他睡去，我点火。"刘雪梅说："还是你抱着让他睡吧，别一放又醒了，等下出扁食来再喊他，我烧锅就行。"王桂兰坐在炕上拉着脸生闷气，一句话不说。二宝也不吱声，出去把炮仗拴到竿子上，准备过会儿放。

黄玉凤是套子的媳妇，生了个儿子叫小林，还不到三岁。刘雪梅是二宝的媳妇，结婚还不到一年。大宝的媳妇叫李明菊，生了个闺女叫杏儿，才一岁零两个月。虽然套子、大宝都不在家，两个的媳妇、孩子从上午就过来了，说好都在一块吃了年夜饭再回去。潘忠良没看到李明菊娘两个，问："明菊她娘俩呢？串门去了？"

王桂兰没好气地说："串谁家的门？回她家睡觉去了！"

潘忠良说："二宝，去喊喊恁二嫂，来吃饭。"

二宝说："刚才俺娘就叫我去喊了，大门关着，喊半天才应声，说是已经睡觉了，不来了。"

潘忠良说了句"那怎么行？"转身要亲自去叫。黄玉凤说："爹，你别去，我去喊她。娘，你往一边坐坐，我把小林放炕上。"

王桂兰说:“不来就罢!她还成小祖宗了,一遍遍地请。”话是这么说,还是挪了挪身子,把小林接了过去。

黄玉凤走到敲了敲门,喊了两声,李明菊出来把门打开了。黄玉凤问:“杏儿睡了?”

“睡了一会儿了。”

“到上供的时候了,拿小被子裹裹她,抱着她吃饭去。”

“不去了,我随便吃点就行,你回去吧。”

黄玉凤知道她并不单纯是和婆婆怄气,主要是因为大宝不在家,心里不好受,就说:“他弟兄两个出去时间太短,还没挣着钱,回来又得花路费,不回来就对了,别心里和个事儿似的。明年就好了,下一个春节他们都得回来。”

李明菊知道嫂子把她的心思看透了,又不好意思承认,就强辩说:“他们回来不回来咱一样过年,没什么事。我就是看着咱娘那个样子不顺眼。你看看,干点什么活都是夸雪梅,就和咱不会干似的。”

“雪梅不是小吗!这还是在咱家过头一个年,娘就该夸她。咱是当嫂子的,不能计较。走吧,再不去咱爹就得来喊你,那样外人知道了会笑话。”

李明菊回屋抱起孩子,把门关上,一块走了。

吃年夜饭应该是一家人高高兴兴,热热闹闹,潘忠良家这个年夜饭吃得却是没滋没味。除了潘忠良吆喝着二宝烧香、上供、放炮仗,其他人都和哑巴似的,没一个吭声。上完供盛出吃的菜来了,潘忠良说:“二宝,烫上壶酒,和恁娘喝两盅。过年了,恁妯娌三个也喝点。少烫,我刚在恁大老爷家喝了,不能再喝了。”

王桂兰说:“谁愿意喝谁喝,我不喝。”

黄玉凤说:“俺三个都没喝过酒。”

二宝说:“俺娘不喝就别烫了,我也不喝。”

潘忠良说:“不喝也得烫上点,还得浇奠哩。”

水饺煮好了，潘忠良拿水瓢舀了半瓢汤，带上几个水饺，端着到街上十字路口泼了，回来坐下闷着头吃起来，也没再说话。

都吃完了，妯娌三个拾掇碗筷，潘忠良说："二宝，代表恁两个哥哥给恁娘磕个头。"

二宝说："还有你哩，我一块磕吧。"说着跪下了。

黄玉凤擦了擦手，说："来，咱三个一块给咱爹咱娘磕头。"

王桂兰说话了："别磕了，有这句话就行了，你和明菊抱着孩子回去歇着去吧。"

黄玉凤说："不磕不行，一老年了，平常俺做得对不对的，恁老人家担待着点，别跟俺一般见识。"

潘忠良说："磕吧，一年一个时候。光给恁娘磕就行，不用给我磕了。"

黄玉凤说："那算什么事儿？得先给你磕，再给俺娘磕。"

王桂兰说："是啊，哪里有只给婆婆磕不给公公磕的道理。"

气氛算是缓和了。刚才把小林喊起来，勉强吃了两个水饺，接着又睡了。杏儿是一直没醒。磕完头，黄玉凤和李明菊分别抱着孩子，回自己家去了。潘忠良对二宝两口子说："恁两个也睡去吧，我再泡壶茶和恁娘喝。"

二宝说："我泡，叫她先睡去。"

刘雪梅也的确感到困了，就去自己屋睡了。

二宝刚要倒茶，李庆龙进来了，潘忠良赶紧站起来，说："哎呀，大叔怎么来了？我该去给你拜年呀！"

李庆龙说："相互拜年，在哪里都一样。恁吃过了？"

王桂兰也站了起来，说："吃过了。大叔你坐下喝茶。"

李庆龙说："不喝了。忠良，跟着我到卫生室喝去。"

潘忠良说："在这里喝吧，这是才泡上的，正好倒头一碗。卫生室冷呵呵的，去哪里干吗！"

李庆龙说："我点上炉子了，暖和着哩。走吧，咱爷俩好说说话儿。"

潘忠良意识到他可能有事，就说:“那行，去喝你的好茶，这一壶叫他娘两个喝。”临出门又嘱咐，“二宝，烧完三炉香再睡觉。看着点，这一炉着不完就得烧下一炉。”

二宝说:“知道。”

卫生室里电灯亮着，开门进去，炉子上的水壶“咕嘟咕嘟”冒热气儿，顶得壶盖都一张一张的。潘忠良说:“哟，这水得开多长时间了？”

“没大会儿，临上你家去我才放上的壶。”李庆龙说着拿过茶壶，用开水烫了烫，开始泡茶。

潘忠良拿过两个凳子，先坐在了炉子跟前。李庆龙又刷了刷茶碗，连同茶壶都放在炉子旁边的凳子上，然后往炉子里加了加炭，说:“怎么样？喝了二两？”

“傍天黑我到士金叔家里，正赶上忠地弟兄两个也过去了，一块在那里喝了不少，回到家里没再喝。”潘忠良说着掏出烟包和纸条子，准备卷烟。

李庆龙拉开抽屉，拿出一条烟，说:“别吸那个了，这是于医生给我买的，大鸡牌的，吸这个。”

潘忠良接过去拆开，递给李庆龙一支，说:“这个于宝典别看年轻，挺会来事儿。平时别管给谁看病，都很热情。节前临回家，还到村干部家里走了走，不是拿两盒烟就是拿包茶叶。不在东西多少，说明人家会来事儿。”

“是不错，平时不多言不多语的，没事就看书。来了病人，只要不是看皮肤病的，都推给我，他在一旁用心地看着。论起治皮肤病来，他确实有绝招，这大半年里，包括外村的，看了不下几十个，没有一个疗效不好的。桂芝那病时间也不短了，用了他几个月的药，算是彻底好了。”

“桂芝不是到卫生室来了？你给于医生说说，叫她跟着他好好学学。”

“忠地他们同意让桂芝来，是看着我们忙，让她帮着拿拿药，可不能学人家那本事。人家靠的是祖传秘方，据说七八辈子了，一直不外传。咱要提出这事来，叫他怎么答复？不答应吧碍于面子，如果答应就坏了祖辈的规矩，那不是让他作难吗！”李庆龙边说边倒上茶。

潘忠良端起茶碗，喝了一口，说：“你今天是怎么了？不在家里熬夜，怎么想起到这里来喝茶了？”

李庆龙长出一口气，说：“别提了，生气。从傍天黑桂芝和她娘就不停地吵吵，除非都不吱声，说话就抬杠，哪里还有心思熬夜！”

潘忠良接上说：“谁家都有本难念的经。我这个年也是差一点没过清净。你知道，套子和大宝都没回来过年，上午我就叫二宝把他两个嫂子喊家来了，儿子不在家，得叫媳妇和孙子、孙女来一块吃年夜饭呀。我从士金叔家里回去一看，明菊她娘俩回她家去了，桂兰那娘们也生着气，我就知道她娘两个一定是吵嘴了，这时候又不能问因为什么事，就叫玉凤去把她喊了来。虽然都脸色不好看，总算没再闹起来。”

别看潘忠良平时粗粗拉拉的，对家庭的事倒是挺细心。自从王桂兰带着两个孩子来了，他对大宝、二宝格外亲热。后来都陆续结婚了，对两个媳妇更是高看一眼，凡事都依着他们。这样做，不仅是为了孩子，更重要的还是想让王桂兰高兴。桃花、套子都不憨，当然觉得出来，但是，姐弟两个懂事，明白爹的目的，况且后娘对他俩也挺关心，所以都不当回事儿。黄玉凤进了这个家门，了解到这个情况，也以为爹的做法有道理，于是，什么事也不多嘴，家里、外头总是主动多干些活，王桂兰都夸她是个当大嫂的样子。一家人这么和睦，刚才还出了那档子事儿，潘忠良不能不放在心上。接着又说一句：“幸亏闹意见的是大宝的媳妇，如果是套子的媳妇，还真就难办了。”

“桂兰心地挺好的，对套子两口子也不错。”

“她倒是个豆腐心，可有张刀子嘴，就像青玉米叶子，拉人见血。我就担心她和媳妇子们闹矛盾。”

“闹不起来，她是有事说出来就过去了，不记恨在心里。不像俺家恁婶子，遇事一般不吭声，一张嘴就噎死人，让人没法回话。”

潘忠良又抽出烟，把火钩子插进炉子底边，烧红后给李庆龙点着，自己也点上，说:“她和桂芝吵什么嘴？桂芝挺老实的。”

李庆龙深深吸了口烟，说:“还不就是因为桂芝婚姻的事儿！”随后把事情的前因后果详细说了说。

原来李桂芝有个同学叫张荣本，两个人一块中学毕业，又是一个生产队，回村后经常一起参加劳动，张荣本喜欢上了李桂芝，有事无事地上前套近乎。尽管李桂芝对张荣本没什么好感，碍于面子，也没明确表示出推托的意思。时间一长，人们都认为他两个恋爱上了。桂芝她娘觉得张荣本家里挺富裕，又有新盖的四间瓦房，满心乐意，就撺掇赶紧把这事定下来。李庆龙却表示反对，他说荣本这孩子随他爹，和木头疙瘩似的，三脚踹不出个屁来，在生产队干活吊儿郎当，为人做事也太小气，一家人和邻居们处得很不好。其实李桂芝也有同感，后来逐渐和张荣本就疏远了。她娘觉得桂芝也不小了，就又托人给她介绍对象，年前介绍了一个，西边王家坪的，说好年后男孩就来见面。可李桂芝听说后坚决不同意，所以娘两个为这事吵了好几天了。

听了这些潘忠良说:“桂芝是不是心里还惦记着荣本啊？”

“那倒不是。她是心里另有人了。”

“谁呀？”

“我也是最近才看出来。于医生不是从来了第一天就给她治病吗？几个月前她又来了卫生室，两个人显得挺热乎。开始我也没往这方面想，后来发现，她偷偷纳了双鞋垫，送给于医生了。我私下问她，是不是看着于宝典不错？她既不摇头也不点头，只是龇龇牙。我想，她可能是有意了。”

“你应该把这情况告诉婶子，她有意中人了还给她介绍什么对象？”

“咳，你又不是不了解恁婶子，那还是她刚张罗给桂芝说媒时，就给她透了透，没等我说完她就来劲了，说‘一个地主羔子有什么好？不行！’我还再说什么？让她折腾去，反正桂芝不会依着她。”

“那也不能让她娘俩这么闹下去，在一个锅里抡勺子，还能整天价抬杠？”

李庆龙又往炉子里加了加炭，说：“所以我找你呀！今天就是想给你拉拉，你让桂兰抽空去做做恁婶子的工作，你再找机会摸摸宝典的底，咱也不能剃头挑子一头热，现在还不知道人家有没有这个意思哩。要是他同意，你就当当这个媒人，操心让他们定下来。”

潘忠良犹豫了一下，说：“事倒是个好事，可是，俺两口子都不会说媒，能行吗？”

“怎么不行？我考虑半天，这事又不能让忠地、发树他们村干部过问，我那些邻居也没一个虑事周全的，想来想去觉得你是再合适不过了。要不，大年夜里我能去把你叫来，说这些掏心窝子的话？”

是人都喜欢戴高帽，潘忠良也不例外，听李庆龙这么一说，感到这是人家看得起咱，不能再推辞了，就说：“那行，我回去就告诉俺那一口子，叫她这两天里就去找大婶子。于医生什么时候回来？”

“初四回来。”

“他回来我就找他。就算他没这个想法，我好好给他拉拉，也得让他答应下来。论条件，桂芝妹妹没有一点配不上他。俗话说，宁拆三座庙，不毁一桩婚，促成一桩婚姻就是积一次德，我一定得办成。”

这时全村的大公鸡接连叫了起来，李庆龙说：“那就拜托你了。天快亮了，你也回去歇一会儿。剩下的这烟你拿着，平时我又不吸这个。”说着把那大半条烟递给潘忠良。

潘忠良起身接过去，又说了一句：“大叔你放心，这事包在我身上了。”

大年初三，李长贵用自行车驮着闺女，妻子车子上带着礼物，一块去岳父家走亲戚。吃过午饭，他让妻子驮着闺女先回去，自己到邻村战友家坐坐。战友又留他喝了点酒，天黑了才起身往回走。外面繁星闪烁，微风吹得人清冷，田野异常静谧，四处万籁无声。李长贵有些酒意，缓慢地蹬着车子。离村庄不远了，他忽然听到前面有“呜呜”的声音，就下了车子，仔细听听，这声音不断，好像是人的动静。他推着车子悄悄走过去，果然路旁大井边上有两个人。他大声喝问：“谁呀？干什么的？”

没有回话，只是“呜呜”声更大了些。

李长贵放下自行车，走到跟前一看，是张荣本和李桂芝。李桂芝双手双腿被捆了起来，嘴里还塞着个手绢。张荣本拽着绳子的另一头，正往自己身上缠。李长贵上去夺过绳子，给李桂芝解开，问：“你们这是怎么了？”

李桂芝拿下手绢扔在地上，哭了起来。张荣本吞吞吐吐地说：“我要和她同归于尽！”

李长贵呵斥道：“胡闹！走，跟着我回去。”

李长贵叫着他两个直接去了村办公室，想问个究竟，再好好教育教育张荣本。正好，潘忠地和张发树、李向河正围着火炉子说话儿。张发树一看他两个跟了进来，都还拉着脸，以为是李长贵捉奸了，就说：“长贵你这是唱的哪一出？年轻人们的事，别管！”

李长贵说：“荣本这小子逼着桂芝跳井，眼看要出人命，被我遇上了，咱能不管？”

潘忠地说：“到底怎么回事？”李桂芝擦鼻涕抹眼泪，一句话不说。张荣本也低着头站在一边，不吭声。

张发树站了起来，走到张荣本跟前，推了他一把，说：“看看你那熊样，忠地问你话哩，怎么连个屁也不放？”

张荣本这才吭吭哧哧地说：“俺两个谈恋爱这么长时间了，她突然不理我了。今天晚饭后我叫出她来，是想问问她为什么，她却说从来没喜欢过我。”

李桂芝抢白：“就是没喜欢过你。谁和你谈恋爱了？没脸没皮地老是找人家，不理你怎么了？”

李长贵说："那也不能叫她跳井呀！还用绳子把她捆起来。要是我晚到一步，你把她推到井里，问题的性质就变了！"

李向河说："有这种事？"

李长贵说："绳子还在我车子后架上哩。"

张荣本说："我不是只叫她跳，我是把我也捆上，和她一块死。活着不跟我，死也得拉着她。"

李长贵说："看来人家是不愿意和你一块死呀，你还堵上她的嘴，是不是怕她喊人？"

张荣本说："我一捆她就咋呼，所以就掏出手绢给她堵上了。"

张发树上去给了他一巴掌，说："你个混账小子，想媳妇想迷了？人家现在看不上你，下辈子也看不上你，你拉着人家一起死了，到阎王爷那里也得判你的不是！"

潘忠地说："好了，这事到此为止，今后都不许再提了。婚姻就是个缘分，双方都同意才行。这又不是旧社会，有抢婚的，强行怎么能成？恁两个还是同学，住的又不远，整天低头不见抬头见的，不要成了仇敌。长贵，你把桂芝送回家去吧。"

李长贵叫着李桂芝走了。

张发树和张荣本按宗族关系虽然不是很近了，但都是一张家，张发树长一辈，所以觉得教训张荣本比别人担事儿。李长贵他们一出门，他就说："我真该替恁爹狠狠揍你一顿！你知道不？要是无意犯个错，那叫过；如果有意犯法，那就是罪！还中学生哩，也不动动脑子，如果桂芝死了你死不了，你也跑不了，得吃枪子儿！万一恁两个都死了，那就惹大事了，两个家庭都塌天了。这样的事一传开，可真成了奇闻，恁爹恁娘还怎么有脸见人？"

张荣本这阵子也转过弯来了，意识到这事办得太荒唐，就说："我也就是吓唬吓唬她，谁和她一块死呀，不值当！"

张发树说："还有吓唬成的恩爱夫妻？强扭的瓜能甜了？找媳妇也不能

一棵树上吊死，好女孩有的是，她不愿意不会另找一个？”

潘忠地说：“恁大叔说得对，你是有点胡来。谈对象哪有用这种办法的？以后你也不要再找桂芝了，今天的事只有咱几个知道，过去就算了，千万不能再闹腾，外人知道了会笑话。”

张荣本说：“我不会再找她了！从今天开始，算是一刀两断了。”

张发树说：“赶紧回家吧，别在这里丢人了。”

张荣本出去拿着绳子，又到东坡大井边上找到手绢，才回了家。

过了一会儿李长贵回来了，潘忠地问：“怎么样？桂芝回去没事吧？”

李长贵说：“没事。在路上我又劝了她几句，回到家里她就到西屋去了。我又到堂屋坐了一会儿，就说是走亲戚刚回来，过去坐坐，没再说这事。”

张发树问：“你是怎么发现的他两个？”

李长贵就把走亲戚回来晚，走到村南大井时遇到的情况说了一遍。潘忠地说：“这事得保密。荣本那孩子如果真的只是想吓唬吓唬桂芝，也不算什么大事。要是传开，再有人添油加醋的，就显得是大事了，不仅对他两个不好，两个家庭的关系也会受影响。”

李长贵说：“这个密好保，只要咱几个不说，他两个也不会对外讲。还有个新事哩，刚才大奶奶给我说，前天下午桂兰婶子去她家了，给桂芝介绍个对象，就是卫生室的于医生。”

张发树说：“怪不得桂芝不跟荣本好了，原来是又有意中人了。”

李长贵说：“可不是因为这，听大奶奶那意思，是桂兰婶子的想法，还没给任何人说。她还问我这桩婚事行不？”

潘忠地问：“你怎么回答的？”

李长贵说：“我说只要他们本人同意就行，于医生那人也不错。她又说是个地主成分，我说现在都不讲成分了，就是讲成分，他这样的年龄也属于子弟，又是到咱村来当医生，离老家几十里路，不碍事。”

张发树说：“你别说，他两个还倒是般配。这个于宝典来这大半年表现不孬，治病也有点真本事。没想到王桂兰这娘们还能办件好事哩。”

李长贵说：“我也觉得挺合适。真要成了，咱得给于医生盖处房子。自从他来了以后，外村来找他看病的越来越多，也算给咱创收了，这还不到一年，卫生室就多收入了接近一万块钱。”

潘忠地说：“还不知道结果怎么样，到时候再商量吧。”

于宝典回来的当天，潘忠良就找到他，叫他到家里去喝壶茶。于宝典以为他家里有病人，说谁不好了。要不是皮肤病还是让李叔去瞧瞧吧。潘忠良说没人有病，有个事想给你拉拉。于宝典就跟着他去了。

来到家里，王桂兰忙着泡茶，潘忠良把他让到椅子上，到里间屋拿出烟，拆开抽出一支：“于医生，先吸支烟。”

于宝典说：“我不会吸烟。恁两个快坐下吧，别忙活了。”

王桂兰说：“大过年的，怎么也得喝碗茶呀。”

潘忠良坐下，开门见山地问：“于医生，你订婚了吗？”

于宝典说：“还没有。”

潘忠良说：“那就好了。我给你介绍一个怎么样？”

于宝典看他郑重其事的样子，不是闹着玩，就说：“行啊，哪里的？”

潘忠良说：“这个人远在天边，近在眼前，恁相互熟悉，你猜猜是谁？”

王桂兰倒着水，说：“别卖关子了，明说不就行了，桂芝。”

于宝典接过水，有些不好意思地说：“那得看她愿意不愿意。”

潘忠良说：“她肯定愿意。要是不愿意她怎么会主动给你做鞋垫子！”

于宝典的脸一下子红到了脖子，赶紧喝了口水，不吭声了。

王桂兰说：“不仅她本人愿意，她娘也同意了。”

潘忠良说：“实话告诉你吧，这事是庆龙叔托的我，他们一家人都相中你了，就等你的态度，只要你一点头就成了。过几天你回去给恁家里老人商量商量，他们要没意见就抓紧定下来。”

于宝典眼里放光，喜形于色，说："不用跟他们商量，俺爹俺娘都说了，只要我看着行，他们没意见。"其实这事他心里早有数了。春节回去，他娘问他有没有介绍对象的，他就把李桂芝的情况说了。他爹说要能成忒好了，但是，你不能太主动，也不能只是私下里交往，你是跟着她爹干，千万别出事儿，最好有个中间人给恁介绍。他正愁怎么把这意思告诉李桂芝，潘忠良这么一说，太合他的心意了，怎么能不兴奋呢？

潘忠良没想到这么顺利。当天晚上他就去了李庆龙家，给他两口子说了说于宝典的态度。李庆龙说："让你操心了，我得好好请请你。"

潘忠良说："别请我了，你定个时间，把于医生叫来，也让忠地、发树一块来陪陪，现在不兴换'八字帖'了，吃顿饭定下来就行了。"

李庆龙说："那还得让宝典回家给老人说说。虽然不讲'父母之命、媒妁之言'了，也得听听他爹娘的意见。"

潘忠良说："不用，于医生说他爹娘表态了，只要他同意，他们没意见。"

李庆龙说："那也不行，一块吃顿饭就算是订婚仪式。不知道他家里其他人能不能来。"

潘忠良说："那样我跟他说，让他明天接着回去一趟。我看还是把日子定下来，他家里要来人也好有所准备。还得提前给忠地他们打个招呼，让他们到那天别安排别的事。定初十怎么样？今天才初四，时间来得及，又是双头日子，吉利。"

李庆龙说："就按你说的办吧。忠地和发树我得亲自给他们说，这是为孩子的事，显得对他们尊重。到那天叫向河、长贵也过来，都是俺一家子，多几个人好看。"

潘忠良说："叫秀菊姑也来，那样党支部的人就全了。"

李庆龙说："你这个主意好，我找她。"

桂芝娘一直坐在一边听着，也没搭话。潘忠良说："大婶子，你不是还找人给桂芝妹妹介绍了个对象吗？赶紧推了人家吧。”

桂芝娘说：“那天桂兰侄媳妇来了一说，我就明白过来了，第二天我就去找了媒人，说桂芝坚决不同意，这门亲事算了。人家定好的初六男孩子来，惹得媒人很不高兴，还数落了我一阵子。”

潘忠良说：“没事儿，别说还没见面，就是定了再退婚的也有的是。这样吧，我这就去给于医生说去。”

于宝典回去隔一天就回来了，带来了不少礼物，鸡、鱼、肉、酒、茶叶、香烟，几乎把待客的东西全备齐了。他凑傍天黑送到了李庆龙家里，并且说到初十那天家里不来人了。李庆龙说：“你这是干什么？这才给你们订婚，不是结婚后来走亲戚，怎么能拿礼物？”

于宝典说：“俺爹说，按理这事应该在俺家里办，可是，离得这么远，不好让村里他们和忠良大哥去，只能买点东西叫我带来，让您和婶子受累了。反正这些东西也不够，又让我拿来点钱，缺什么再买。”说着掏出来二百块钱，放到桌子上。

李庆龙赶紧拿起钱，塞到他口袋里，说：“这样说不就见外了？钱一定不能留，东西已经买了就留下，叫你拿回去你一个人也没法处理，咱后天用。村里的人我都约好了，除了秀菊，支部其他人都来。秀菊觉得这种事她一个女人家参加不好，我好说歹说她也没答应。”

初十上午，李长贵老早就过来帮着忙活。很快李向河也来了，李庆龙说：“向河，你去把他们几个和宝典喊来，先喝会儿茶，我这就泡上。”

李向河说：“他们都在办公室里，忠良哥也过去了，就是于医生去卫生室了。”

李庆龙说：“你去叫着他，他自己别不好意思来。”

几个人一起来了，随便坐下喝水。潘忠良问：“桂芝呢？”

李长贵说：“在厨屋帮着大奶奶做菜哩。”

潘忠良说：“把她叫过来，先办正事，过会儿喝起酒来别马虎了。”

李长贵出去把李桂芝喊了来，李桂芝摸茶壶倒水，潘忠良说："别倒了，都满着哩。你也坐下，听我先说两句。今天是个大喜的日子，于医生和桂芝妹妹结为连理，忠地、发树作为证人，就算是正式定下来了。按老办法双方要换'八字帖'，现在不搞那一套了，可也得交换个信物。有的是交换手绢，恁两个准备了吗？没准备手绢有别的东西也行。"

于宝典掏出个花手绢，里面还包着一百块钱，说："俺准备了。"李桂芝也掏出个手绢，两个人交换了过来。张发树说："不行，人家于医生手绢里有钱，桂芝你怎么给人家个空手绢？"

李桂芝说："他还有包的元宝哩，有没有你管得着啊！"

李庆龙说："这孩子怎么说话的，还给恁大哥胡闹。"

潘忠良说："不怨桂芝，发树没有不闹的人。于医生想得太周到了，现在就时兴这样。"

张发树说："我刚才就想问，这门亲事不是桂兰嫂子介绍的吗？怎么你成媒人了？是不是恁两口子商量，觉得她来吃一顿不够本，你来替她吃喝呀？"

潘忠良说："别胡说八道！你问问大叔，我这媒人可是当得光明正大。恁嫂子是来找过大婶子，那是我安排她来的，她也就是帮我跑跑腿，敲敲边鼓。"

李向河说："恁两个就是属叫驴的，不能到一块儿。桂芝你忙去吧，看看菜行了就说一声，俺好拉桌子。"

李桂芝去了厨屋，没大会儿就站到门口喊："长贵，菜好了，拾掇桌子吧。"

李长贵答应着，几个人起来拉开桌子，摆好座位，李向河烫上酒，李长贵去端菜。李庆龙说："恁几个怎么个坐法？谁坐上手？"

张发树说："好说，你的辈分最高，年龄也最大，两把椅子，你坐上手，忠良哥坐下手，俺几个坐两边，长贵坐南边负责倒酒。"

李庆龙说：“那可不行，这是在我家里，恁谁坐我也不能坐椅子。要是按老理，今天这个场我就不能上桌，过会儿来给恁让个酒就行了。”

潘忠良说：“又没外人，不能按老一套了，你不坐上手也得在这里。不过，我也不能坐，他们书记的书记，副书记的副书记，我一个小组长怎么敢坐上面？”

张发树说：“对了，说起没外人来，于医生算是个外人，该让于医生坐上手。”

于宝典说：“我更不能坐，今天我倒酒就行。”

李向河说：“你不坐也用不着你倒酒，这活是我和长贵的。”

李庆龙说：“他今天不能坐，这是为他们订婚。要是结婚以后再来，上手就是他坐了。”

李长贵端着两盘子菜进来了，说：“怎么还不坐下？”

潘忠地说：“这样吧，既然大叔和于医生不坐，咱几个就按年龄。忠良哥，你最大，你坐上手，让发树哥坐下手，恁两个坐下其他人就好坐了。”

张发树说：“那好，今天就算两件事了，一是为于医生和桂芝订婚，二是答谢媒人。”

李庆龙说：“谢媒人还得单独再弄一桌，这一场不能顶了。”

潘忠良说：“今天就顶了，我坐上手。再说了，现在都是自由恋爱，我这个媒人也就是挂挂名。”

都坐下了，酒喝得很尽兴，特别是潘忠良、张发树两个人，都喝了不少。最后张发树又要和潘忠良喝两个，潘忠良已经舌头不打弯了，说：“要喝你自己喝，我是不喝了。”

张发树说：“不行，得突出主题，今天就是请你的，俺都是陪客。”说着先喝下去两盅，又强拉硬拽地把潘忠良灌下去两盅子。

潘忠良拧头抹耳地喝下去，第二盅把眼泪都呛出来了，擦擦眼说：“发树你个混蛋，你再朝我发坏，我就把你的夜壶拧下来当脑袋。”

大伙都笑了。李长贵说:“不是拧夜壶当脑袋，是把脑袋拧下来当夜壶。”

潘忠良咬着舌说:“都一样，反正是叫他当夜壶。”

张发树说:“谁朝你发坏了？都看得清清楚楚，我又没比你少喝一滴子。”

李庆龙说:“他那个酒量能跟你比呀！”

潘忠地说:“好了，都别喝了，吃饭吧。”

李向河、李长贵去端来了水饺、馒头，潘忠良一口面食没吃，回到家里他就吐了，王桂兰生着气说:“怎么喝这么多呀？”

潘忠良说:“开始喝的不多，后来发树又灌了我几盅。”

王桂兰说:“驴不喝水按不下头去，还是你自己没出息！”生气归生气，赶紧把他扶到床上躺下，又回头倒了杯水放到他跟前。

# 后院起火

“噼噼啪啪”，五百头的一挂炮仗，响了老大一阵子，引来了不少孩子观看。一些下地路过的人也停下脚，议论一番。一旁聚集着十多名劳力，其中五六个匠人，都手握工具，备足了劲儿，等炮仗响完，就要一起动手了。

这是为于宝典盖新房子。

这事定下十几天了，今天开始动工。

那还是元宵节下午，几个村干部到办公室商量事儿，张发树说：“往年春节咱都搞些文艺节目，现在年轻人大部分出去打工了，组织不起来了。明天是不是把公社电影队叫来，放场电影？”

潘忠地说：“好啊，不演杂耍不唱戏的是有些冷清，放场电影也热闹热闹。”

李长贵说：“明天一早我就去，叫他们带什么片子？”

潘忠地说：“让他们看着办，只要在咱村没放过的就行。”

张发树说：“带个战斗片，最好是打日本鬼子的，看着过瘾。”

正说着于宝典进来了，张发树问：“今天灯节，于医生没回老家啊？你一个人怎么过呀？”

于宝典说：“我才回来这几天，没再回去。中午李叔叫着我到他家吃的，晚上还过去。”

潘秀菊说：“怎么还李叔李叔地叫？得改口叫爹了。”

张发树说：“这还不能改，按理得等到媳妇进了门，起码也得领了结婚证再改口。”

潘忠地说：“于医生，有个事想问问你，你和桂芝打谱什么时候正式结婚？”

于宝典说：“还没定。桂芝倒是超过结婚年龄了，我比她还大好几岁，今年办也可以。可是，我现在还住着村里的房子，怎么也得盖起几间屋来再说。上次回去俺爹说给我凑点钱，暂时还不大够。到时候还得请村里给我划块宅基地，不知道行不。”

张发树说：“怎么不行？我们初步商量了，还没最后决定。你的户口落这里了，就是这个村里的人，对村里贡献又不小，想盖房就给你划块地方。另外，缺点钱也不要紧，我们帮着你先盖起来。”

潘忠地说：“这样吧，你只要先准备好买木料和石头的钱就可以，砖瓦咱窑上有，没钱村里先给你垫支上。用工的事你别管了，我们开个生产小组长会，让各小组出劳力，顶村里的义务工。”

于宝典说：“那怎么行？恁能让我来俺全家人就很感激了，我这一辈子也报答不完恁的恩情，怎么还能再让恁操那么大心呢？”

李向河说：“对你照顾是应该的，你只要好好看病，为群众服好务，就算是对村里的回报了。”

于宝典说：“买石头、木料的钱差不多够了，买砖瓦的钱临时凑不足。要不恁给窑场说一声，村里别给我垫了，我先打欠条，有了钱就抓紧还。”

张发树说：“那还不是一句话的事啊！我找明尧叔，肯定没问题。”

李长贵说：“得抓紧开个小组长会，把这事定下来。”

潘忠地说：“我是想明后天就开会，重点研究一下种蔬菜的事，同时说说这件事。于医生，你明天回去一趟，拿钱来先买物料，特别是石头，还得派车去运，一动工就得砌地基。要是准备快了，出去正月就能开工。”

李长贵说：“还有半个月哩，二月初一动工没问题。”

张发树说：“初一动工不行，得拖两天。”

潘秀菊问：“为什么？”

张发树说：“这你就不懂了吧？初一动了工初二还得停下来，因为二月二这类活不能干。”

李长贵说：“怎么不能干了？”

张发树说：“二月二是龙抬头的日子，有很多活这天不能干，谁干谁会对龙有伤害，这一年自己就要有灾殃。开工就要挖地槽，要动镢动锨，石匠要动錾子，谁愿意惹事啊？”

李长贵说：“你懂的还挺多哩，这天干活这么多讲究，不能吃饭也有讲究吧？”

张发树说：“吃饭也有讲究。二月二没有吃面条的，也不能吃扁食，因为吃面条会引来长虫，吃了扁食这一年老鼠多。”

李长贵说：“那吃什么？”

张发树说：“吃饼呀！当然，也不能吃单饼，吃单饼是揭龙皮，要吃油饼，擀得厚厚的，意思是铺囤底，秋后好让囤里粮食多。”

于宝典说：“俺老家二月二都吃扁食，说是扁食代表元宝，期盼着钱财多。”

张发树说：“十里不同俗。一个地方一个说法，到哪里就得随哪里。”

潘忠地说：“别扯那么远了，至于哪一天动工，等于医生备备料再定。”

张发树说：“现在可以定下来，二月初三就是动工的好日子。那天正好是惊蛰，虫儿草儿都开始醒过来了，也不会再上冻了，盖房修屋都能开工了。”

潘忠地说：“那就暂定二月初三吧，有个大体日子也好让各组安排人。向河，你和长贵帮着于医生具体商量商量，也听听庆龙大叔的想法，让他出出主意。”

就这样，在生产小组长会上，潘忠地一说支部研究的意见，组长们没有不支持的，因为大伙对于宝典都看法不错。定下来后，又按照其他户的标准，在村西头划出来一块地方。李庆龙、李向河和于宝典赶了两次集，基本买齐了木料，门窗都是买的现成的。石头也在山上买好了，已经拉来了几车，再有两天就运完了。砖瓦不用急，展明尧答应了赊给他，窑场离得近，可以随用随拉。今天是二月初三，李庆龙让于宝典买了挂炮仗，算是奠基了。

工程进展很顺利。事前说好了，开工这天中午管顿饭，大锅菜，吃馒头。完工时再请大伙吃一顿，还要喝点酒，都在李庆龙家里安排。李庆龙和于宝典都过来帮着干，卫生室里有李桂芝待着，有看病的就来喊他们。李长贵这几天基本上没干别的，整天靠在工地上，跑前跑后的忙活。三天半的时间就砌好了地基，紧接着开始垒墙。第五天上午，公社田书记突然来了电话，找潘忠地。潘忠地一接电话，田书记就问：“你们是不是给那个于医生盖房子了？”潘忠地说：“是啊，已经动工五六天了。”田书记说：“先停下来，不要再盖了。”潘忠地问：“为什么呀？”田书记说：“一句话两句话说不清，你抓紧来一趟，说说情况再定。”

当时张发树也在场。潘忠地一说田书记的意思，张发树就说：“那可不行！有忌讳的，盖新房子必须一气完成，要是半路上停工，就是以后盖起来住着也不顺当。就因为这，有的万一施工过程中遇上大雨，也得千方百计动动家伙，哪怕是搬几块砖或是活几锨泥，也算是没停下来。”

潘忠地说：“那怎么办？”

张发树说：“田书记又没说理由，咱先别吱声。你去了就说已经停了，问清情况回来咱再商量。”

潘忠地说：“这个办法也行，我这就去。”说完赶紧回家搬出车子，骑上去刘集了。

来到公社，进了田书记办公室，纪检委员老方也在。潘忠地已是满头大汗，没坐就要解扣子。田书记拿过毛巾，说：“擦擦汗，过一会儿就好了。别解扣子，小心晾了汗感冒。”

老方倒了杯水递给他。

潘忠地坐下喝了口水，田书记说：“你来得还挺快哩。我和老方正商量这事如何处理。”

潘忠地问：“怎么回事呀？”

老方说：“早饭后县纪委来电话，说前天收到恁村的一封人民来信，反映你们给地主的儿子于宝典建房子，村党支部直接抓，所有物料村里也全包了，村会计帮着去买的，各生产小组出工，本人没用花一分钱。信也没有署名，落款是汶水滩全体贫下中农。因为那个于宝典到恁村落户时，田书记在党委会上打过招呼，我就先给田书记汇报了，田书记立即给你要了电话。”

潘忠地气得肚子鼓鼓的。田书记接着说：“是不是地主子弟倒无所谓，现在农村已经不讲家庭成分了。但是，他虽然成了恁村的一个普通群众，可新来乍到，还没建立起什么人缘，村里出面为他建房子，群众有看法是可以理解的。你们最好慎重研究一下，妥善处理好，不要因为这么件事引起多数人对恁有意见。具体是怎么个事儿？你说说。”

潘忠地就把于宝典来了以后的情况，以及党支部如何研究的，生产小组长们的态度，怎么划的宅基地，作了详细汇报，最后说：“物料钱村里一分没出，全是他个人拿钱买的。就是砖瓦算是赊的，村里原来说先给他垫付上，他也没同意，自己给窑场打欠条。干活是各小组安排的劳力，顶义务工。这种情况不光他，这几年村里其他群众建房，也都是生产队派人，自家最多管几顿饭。至于说党支部抓，这几天就是长贵大部分时间靠在了那里。于医生和李庆龙的闺女订婚了，两家成了亲戚，李长贵和李庆龙是近门，过去帮帮忙也应该说正常。向河是一块去买的木料，那是李庆龙叫着他到集上帮着掌掌眼，可没花集体一分钱。”

老方说：“要是这样也没什么问题呀？大概是个别人对于宝典有成见，才写了这么封信。”

田书记吸了几口烟，想了想，说：“刚才没告诉你，这封信连我也捎带上了，说这个人是我介绍去落的户。农村好找事的人有的是。看来你们做得没什么不妥，人家从外地来了，又干得挺好，就是适当照顾一下也在情理之中。你回去吧，这事不要再提了，房子该怎么盖还怎么盖。注意，不要追究谁写的信，你自己心里有个数就行了。老方，你给县纪委回个电话，把忠地同志介绍的情况汇报汇报，也算有个处理结果。”

潘忠地回到村里，已到了中午饭时，没回家就去找张发树。张发树正准备吃饭，潘忠地一进去他就问：“到底因为什么？是不是不让人家盖了？”

潘忠地说：“没什么大事，就是有人往县纪委反映，说咱出钱出工给于医生盖房子，田书记怕引起群众有意见，问问情况好让我们妥善处理。我实事求是作了汇报，田书记同意让他继续盖。”

张发树说：“这是谁没事找事？肯定又是潘忠国捣鼓的。”

潘忠地说：“不可能是他，于医生和他又没仇没恨的，他这么搞有什么好处？”

张发树皱了皱眉头，说：“难道是荣本那孩子弄的？我找他问问，狠狠熊他一顿。”

潘忠地说：“不论是谁都别问了，又没造成什么严重后果。田书记也交代不让追究。这事就咱两个知道，不能再告诉其他人，过去就算了。你吃饭吧，我也回家吃饭去。”

又过去了三天，早晨李向河去办公室，突然发现，办公室大门东边墙上贴出了张小字报，他看了后立即撕下来，拿回屋放到了抽屉里。他接着去找潘忠地，两个人来到办公室，潘忠地仔细看看，内容和老方说的那封人民来信差不多，就自言自语："看来是一个人弄的。"随后又问，"于医生看到了吗？"

李向河说："我进来时他正在西屋做饭，可能没看到。这么早有人路过也不会注意，不会被其他人发现。你说一个人弄的，别的地方也有贴的？"

潘忠地就把前几天有人往县里写信的情况说了说，然后说："这两件事是一人所为错不了。你分析分析，是谁干的？"

正说着张发树进来了，问怎么回事？李向河就把小字报给他，说："这是昨天晚上贴在大门口的，今天一早我看到后就撕了下来。"

张发树一看就来气了："这熊孩子还没完了！那天我就想找他训他一顿，忠地不让我去。"

李向河问："你说的谁呀？"

张发树说："还能是谁？一定是荣本那小子。你看写的这字，潘忠国没这把手。不行，我得去吓唬吓唬他，不能叫他再惹事了。"

李向河说："我也估计是他。一定还是因为桂芝那事，他以为是于医生把桂芝争了去，就嫉恨起于医生来了。现在看到于医生盖房子，就想法搅和搅和，让人家盖不成。"

潘忠地说："恁说的有道理。发树哥，你找荣本好好谈谈，也不要吓唬他，先弄清是不是他干的。如果真是他，就跟他讲清楚，事情不像他说的那回事，叫他别再胡来就行了。"

张发树立即去了张荣本家里，张荣本和他爹从屋里抬出袋子化肥，准备早饭后去浇麦子。一见张发树来了，荣本爹就让他到屋里坐。张发树说："不屋去了，我就问荣本个事儿。荣本，你是不是前几天给县里写了封信，昨天晚上又到村办公室门口贴了张小字报？"

张荣本知道事情败露了，又不想承认，站在那里抓耳挠腮，不回话。

他爹没听明白怎么回事，说："恁大叔问你话，怎么不吭声？"

张荣本站在那里没着没落的，还是不吱声。

张发树说："这事现在还没几个人知道，我就问问，是不是你干的，要是你干的就承认，只要主动认个错，就不再追究了。如果不是你，我们准备让派出所来人破案，因为写的那些事不是事实，是诬告。于医生户口落在了咱村，就是咱村的群众，人家盖房子是应该的，并且没花村里的钱，告人家什么？这件事也好查，白纸黑字，一查字迹就找着写的人了。要让派出所的人查出来可就不好办了，因为诬告就是犯法。"

张荣本害怕了，吭哧半天才说："是我写的。可是，不是我的主意，有人让我写的。"

张发树说："这是挖个坑让你跳，你憨呀，怎么受别人的支使？这个人是谁？"

张荣本说："潘忠国。"

张发树说："我就知道是他。走，跟着我去找忠地，把事情经过说清楚，只要真是他的主谋，你的责任就小了。"

张荣本随着张发树走了。他爹觉得这事可能不轻，也在后面跟了去。

来到办公室，张发树说："从上次咱就猜得没错，信和小字报都是荣本写的，潘忠国是后台，挑唆他干的。"

潘忠地说："荣本你详细说说，到底是怎么回事？"这时看到荣本爹站在了门口，就让他进屋坐下了。

张荣本把过程讲了一遍。还是于宝典盖房子刚动工那天上午，张荣本在责任田里耧麦子，快到收工的时候了，潘忠国逛荡着过去和他套近乎，先给了他一支烟，然后问："于医生盖新房哩，你知道不？"张荣本说："知道，早晨我从那里路过，正赶上放炮仗。"潘忠国说："听说盖上房子就要和李桂芝结婚。也不知道这个桂芝怎么想的，看上这么个人。原来她不是和你好吗？恁两个为什么没成啊？"张荣本说："她愿意看上谁就看上谁，咱不管。"潘忠国说："桂芝这孩子心眼直，和于医生整天在一块，经不住于医生甜言蜜语的，一定是上他的当了。于医生是什么人你大概不清楚，他家里是大地主，他本人是地主子弟，肯定在老家表现不好，待不下去了，才跑这么远到咱村来落户。也不了解和公社的田书记是什么关系，要不是田书记介绍，他也来不了。别看来了这段时间装得像个好人似的，以后他的真相还得暴露出来。汶水滩人也是太老实了，按理说这房了就不能让他盖成。”张荣本问：“怎么让他盖不成？”潘忠国说：“告他呀！写封人民来信寄给县纪委，把田书记安排他来的情况说清楚，再把村里给他盖房子的事写上，就说是党支部阶级路线不清，为地主子弟盖房子，不让本人花钱操心，村里全包了，广大贫下中农意见很大。只要上级来人一调查，再把他在老家的恶行查清楚，别说给他盖房子了，还不得立马叫他滚蛋！”张荣本当天中午就写了信，下午到刘集寄了出去。昨天上午在坡里又遇上了潘忠国，潘忠国问：“你写信了吗？”张荣本说：“写了，那天下午专门跑公社邮局寄走的。”潘忠国说：“这都六七天了还没派人来，很可能县里把信转到公社，被公社的人压下了。这事不能这样算完，在村里闹腾闹腾也能让他盖不成。”张荣本问：“怎么弄法？”潘忠国说：“你晚上写张大字报，还是那些内容，就是别再牵扯田书记了，趁夜里没人贴到村办公室门口去，让党支部他们几个看看，群众意见这么大，还不得停下来！你一个人悄悄地办，神不知鬼不觉的，他们也不知道是谁写的。”张荣本回到家里，因为没有大纸、毛笔，就找了张十六开的纸，用钢笔写了写，黑天没多久就去贴上了。

潘忠地说：“荣本你也忒不动脑子了，潘忠国什么人村里谁不了解？你怎么听他的话呢？这不是明摆着上他的当吗！”

李向河说：“这事潘忠国是有责任，可是，荣本你也不是小孩了，他怎么不让别人写？前些时你还弄着李桂芝跳井，差一点闹出人命，你就该接受教训！”

荣本爹听到这里再也沉不住气了，呼地起来，上去给了张荣本两巴掌，又抓着他的领子，想继续揍他。几个人赶紧拉开。张发树说：“你这熊孩子就是直肠子，张开嘴就让人看到腚眼了。以后遇到什么事得好好思量思量，不能别人一点火你就响。大哥，你先回去吧。”

荣本爹气呼呼地走了。他们几个又把张荣本数落一阵子，让他也回去了。

于宝典看到他们几个在办公室有事，早就吃完饭去盖房工地了，也没过去和他们打招呼，所以发生的这一切他全不知情。

潘忠国一家人正在吃早饭，荣本爹突然闯了进来，不管不顾，上去拉着潘忠国，说：“走，咱到外面说个事去。”潘忠国不动，两个人撕扯起来，把桌子上的一个饭碗和咸菜碟子拨拉到地上摔了。潘友新把他们拉开，说：“大叔你坐下，别生气，有话慢慢说。”

荣本爹没有坐，气得上气不接下气，指着潘忠国，断断续续地说：“潘忠国你忒没好心眼了，要想坏良心你自己去办呀，挑唆别人干吗？他就是个吃屎的孩子，听了你的话惹祸了，人家找他，你躲到一边没事人似的，这是人干的事吗？”

潘友新虽然没听明白具体是什么事，但也有数了，一定是他爹撺掇张荣本干了见不得人的事，就说：“这事肯定是俺爹做得不对。大叔你回去吧，别气坏了身子。”随后拉着荣本爹，送出了大门。

潘忠国坐在那里一哼没哼。

潘友新没再回屋吃饭，看着荣本爹走远了，就去了村办公室。走到一看门锁着，转身又去了潘忠地家。潘忠地刚放下饭碗，见潘友新带着一脸怒气进来，问：“友新怎么了？有事吗？”

潘友新也没和别人打招呼，说：“俺爹是不是又惹事了？”

潘忠地说：“这么快就知道了，谁告诉你的？”

潘友新说：“没人告诉我，荣本他爹到俺家闹去了，也没说清是因为什么。我听那意思，又是俺爹捣鼓的。”

潘忠地就把情况简单说了说。潘友新说：“他真是吃饱了撑的，净弄些

不着调的事儿，忒丢人了！”

潘忠地说：“你别管，他那个脾性都知道，看着别人好了心里不舒服。他弄的那些事给你一点关系都没有。”

潘友新憋屈了老大一会儿，突然冒出一句：“不行，我得给他分家！”

忠地娘在一旁都听到了，说：“你这孩子说的什么话？你又不是弟兄们多，恁爹就你这么一个儿子，分了家外人不笑话？”

石玉英正在拾掇碗筷，也全都听清楚了，接着婆婆的话说：“娘，你说得不对，我支持友新把家分了。忠国大哥做事是忒不像话了，真要分开过了，没人笑话友新，都得说他爹的不是。”

潘忠地说：“别胡说。都是劝合不劝分，你这还火上浇油了。友新，听恁大奶奶的，不能分。我给恁爹好好谈谈，叫他以后注意着点，再也不能这样了。刚才我在办公室说了，你就是不来我也准备找他。”

潘友新说：“再谈也白搭，恁以前又不是没批评过他，还有士金老爷，说过他多少次了，他就是不改。反正我也不怕外人笑话了，非和他分开过不可。”

潘忠地说：“分家这么容易？恁就那一处房子，我又不是不清楚，恁爹恁娘住堂屋东间，恁两口子住西间，小岗也快十岁了，住在那间南屋，东屋是厨房，真要分家你要哪个房子？院子里还有兔窝，那些兔子归谁养？”

潘友新说：“我一间房子也不要，看看谁家有闲房子，我先借了住住，以后再盖新的。俺三口子都搬出来，问问俺娘，她要是愿意跟着俺过，也让她一块出来。兔子我也不要了，让他一个人喂去。”

石玉英又接话了：“房子好找，俺队里那三间仓库早就闲起来了，里面就还放着几件家具，给恁忠良大叔说一声，拾掇拾掇就能住。”

潘忠地说：“先别说那，让友新回去好好考虑考虑，得一家人商量商量再说。”

潘友新要走，潘忠地又说：“别跟恁爹抬杠，有话好好说。”

潘友新说："我才不给他抬哩，就是把我扫地出门也依着他。"说完走了。

潘忠地去了办公室，过了会儿，张发树、李向河也来了。潘忠地把荣本爹去找潘忠国，潘友新想分家的情况说了说。张发树说："这就是报应。使心用心，末了火烧自身。我看着他这个家就得分，友新那孩子正派，和他爹本来就不像一家人。"

李向河说："咱别操那个闲心。潘忠国就怕村里平稳了，整天瞎琢磨出坏点子，没事挑事，现在他自家院里起火了，叫他自己扑拉去。"

潘忠地说："像他们家这个情况还是不分好，得再做做友新的工作，他现在也是在气头上，过一阵也许就不坚持分了。不过，得把忠国哥叫来，好好给他谈一次，荣本这件事他做得太过分了。"

张发树说："那行，咱一块给他谈。向河，你去喊喊他。"

李向河刚起身要去，看到潘忠国蔫头耷脑进了院子，说："人就是邪，说谁谁到。省我一趟腿，他来了。"

潘忠国进屋没用别人让，自己找座位坐下了。张发树说："正巧，刚想让向河去喊你你就来了。"

潘忠国说："不用喊我也得来向恁检讨。荣本那孩子也真是，我就随口一说，没想到他还真写这写那的，显得多不好啊。"

潘忠地说："先别说别人，从你自己思想上找找根子，你到底怎么想的？如果对我们的工作有意见，可以找我们当面提，用不着唆使别人胡捣鼓！"

张发树接上说："你也不是小年纪了，怎么还净干些不着调的事呢？办什么事都得拍拍心口窝，凭自己的良心。人家于医生来了有什么不好？得罪你了？庆龙叔对你也不错吧？你有病又不是没好好给你治，对人家使坏你能有什么好处？瞧瞧你办的那些事儿，简直就是光着屁股爬屋顶，连四邻都不顾了。村里大人孩子还有几个说你好？都指你的脊梁骨！这下好了，连恁儿都反对你，要和你分家，这叫什么？众反亲不和。”

李向河说：“众叛亲离。”

潘忠国脸红一阵白一阵，恨不得能有《封神演义》上那个土行孙钻地的本事，低着头一声不吭。

潘忠地又说：“你是得接受教训，认真改改了。人活在世，德行是第一位的，不考虑个人也得为后代着想，给他们留点面子。友新刚才到家里找我了，提出分家，我劝他别分，可他觉得和你一块过日子丢人，非要分不可，你说怎么办？”

潘忠国这才抬起头，说：“以前有些事我是做得不对，以后再也不了。我来找恁，一是向恁检讨，再就是分家的事。友新那孩子是铁了心了，回到家里摔盆子摔碗的，看来这家不分是不行了，恁得去主持主持。”

潘忠地看出他也有分的意思，就说：“只要你和大嫂都同意分，我们去主持一下可以。但是，咱把话说到前头，友新就弟兄一个，分开过也是暂时的，以后恁两口子老了，还得一块过，便于侍候恁。这次真要分，家产你得多给他点，不能让他生活上作难。”

潘忠国说：“这你放心，他想怎么办就怎么办。他要是在家里住，把南屋、厨屋都给他。他要是想出去住，就给他两万块钱，让他盖新房子去。反正俺两口子死了什么也带不走，早晚都是他们的。”

张发树说：“真有这想法就对了。只要你把心眼摆正，这家好分，我和忠地去帮你说说。”

就这样，分家时不仅潘忠地、张发树去了，潘忠良也去了。因为事前潘友新找过潘忠良，潘忠良答应把仓库借给他住，所以潘友新提出不要家里的房子了，只带着床铺和一些日常用品。问他娘怎么办？他娘也想随他三口出去，潘忠地说：“那不行，你也走了谁给大哥做饭？都年龄大了，两个人也好有个照应。”张发树、潘忠良也都劝她不能出去，最后只是让潘友新和媳妇、儿子搬出去。潘忠国说给他们两万块钱，潘忠良说：“两万忒少了，你留着些钱干么用？再说，这些兔子友新都不要了，换了钱都是你的，还少了你的钱花？得多给他一万。”潘忠国说：“多给他一万也行。这些兔子我是喂不过来，他不要我就卖了。”潘友新说：“别卖，你愿意喂多少就留多少，剩下的我逮着喂去。”潘忠良说：“这个办法行，仓库和饲养院连着，那个大院子也闲着哩，有你垒兔窝的地儿。”

外人听说了这情况，都说潘忠国对他儿子还算没耍心眼。从此，潘忠国两口子单独过起日子来了。折腾了大半辈子，总算消停下来，再也不惹是生非了。

春分已近，万物更新，田野里处处格外精神起来了。就连路旁那些杂草，也挣脱掉枯枝败叶的羁绊，顽强地钻出地面，露出了淡绿的嫩芽，有的还冒出了几朵鲜艳的小花，格外惹眼。来到田间，无处不飘荡着麦苗、林木、野草散发出来的清香。小燕子从南方回来了，在村里找到了它们的老窝或搭建起新窝，成群结伙来到坡里，在空中自由地飞翔。风也失去了刺骨的威力，显得亲亲热热暖暖和和，吹到身上让人受用。地里干活的人们，三三两两，满天星似的，再也没有了生产队时期扎堆在一起大呼隆的场面。

潘忠地独自在地头走着，不时和干活的人们打打招呼，有时还要攀谈几句。他要看一看麦田管理的情况，同时了解一下春种的准备。种菜的那位技术员明天就要来了，对那些打算种植蔬菜的户，都要告诉一声。他心里很痛快。搁在前些年，单是为春季生产不知道要召开几次会了，现在多好，不用开会安排，各家各户都主动操心着自己田里的活儿。你看，麦田返青水已全部浇完了，有的还追施了化肥，麦苗儿油绿茁壮。春田大都耕耙结束，只等着播种了。

他也发现了新气象带来的新问题。以前集体统一耕种，同样作物连片种植，便于大型机械耕作。现在一家一户自由种植，品种很不统一，有些地块拖拉机、收割机难以发挥作用了。还有，不少户的年轻人到外面打工去了，在家里干活的只剩下老弱病残或妇女劳力，眼下农活不是很紧张，还将就，到了三夏、三秋大忙的时候就是个问题了。这些他都看在了眼里，记在了心里，琢磨着下一步如何解决。

他从南坡转到西坡，还想到河滩上看看哑巴，老长时间没见他的面了。正走着，李向河骑着自行车老远就喊他，说陈书记来了，叫他回办公室。他问哪个陈书记？李向河说县林业局的陈书记。他问还有谁和他一块来的？李向河说还有个孙站长。他过去坐到车子后架上，让李向河驮着他回了村。

吉普车停在院子里，司机正在擦车，潘忠地和司机说了句话，让他进屋喝水，司机说不用了。办公室里张发树正陪着陈书记、孙站长说话，潘忠地进去跟他们握了握手，说："老社长可是很长时间没来了。"

陈书记说："以后别喊社长了，那是老黄历，最近公社都改成了乡，社长变成了乡长，以后没有社长这个称呼了。我已经快一年没来了。在县里部门工作和在公社不一样，在公社里的时候出发多，单位又少，三天两头就转过来了。到局里以后下来少多了，光应付县里开会就占去不少时间，局长们下来还多点，领导班子几个人中我是下来比较少的。"

孙站长说："陈书记跑基层不算少。今天是直接到恁村里来了，路过刘集都没进乡政府大门。"

潘忠地说："没和乡里领导打声招呼？"

陈书记说："没告诉他们。我想和你们商量件事，定下来后回去再和他们说说。你们春季植树造林怎么打算的？"

潘忠地说："这事还真没商量哩。您老领导说吧，怎么安排我们就怎么落实。"

陈书记说："自从实行大包干以后，林业生产或多或少受了些影响。有些山区的林木没搞好承包，别说继续绿化荒山了，有些地方原有的树木也遭到了破坏。平原地区新栽树更少，群众只顾种庄稼了，有的把地头上的行道树也砍了。县委、县政府对这个情况很重视，专门开会作了研究，魏书记还把我和史局长叫去作了交代，让我们认真抓抓，不仅要总结出管护好原有林木的办法，今年春天也要掀起个植树造林的高潮。局里商量，想在山区和平原各选个典型，分头召开两个现场会，让各乡的分管乡长和林业站长参加。老史去了东边山区乡镇，我就到你们这里来了。”

张发树说：“我们这里大树小树都没有破坏的，路边的树都随承包田划给了户家，只许管好不许毁坏，成材后集体统一杀，集体和个人分成。河里的树还是属于村集体，有专人看护。就是这几年没再栽新的，其实也没有能栽的地方了。”

潘忠地说：“我们也不是做得很好。曾经有个别户在地头树跟前挖壕子，专门截树根，想把树整死，发现后立即制止了。至于能栽树的地方还有，一是河滩上还有部分地方荒着，应该栽上。另外，河堤上那些杨树都老化了，去年我就想提出全部更新，现在可以杀掉栽上新的。”

陈书记说：“不错呀！对原有树木的管护问题，你们好好总结总结，形成个材料。大堤两旁的树是该更新了，你们写个报告，让乡林业站签个意见，报林业局批一下。这也只是个程序，情况我清楚，不用现场察看了，也不要等，你们可以立即组织杀树。还有河滩上，争取今年把能栽的地方全栽起来。让乡林业站武站长来帮恁规划规划，看看需要多少树苗，因为要在你们这里开现场会，县里无偿给你们解决。不过，行动要快，给你们五天的准备时间，开会的时候要全部栽起来。”

孙站长说：“能栽上大部分就行，开会时有正在栽着的更好。”

张发树说：“小车上坐个大闺女，忒（推）好了。只要给我们树苗，我们一定尽量多栽。明天我们就把人组织起来，杀树的杀树，挖树坑的挖树坑。”

孙站长笑着说：“怎么还坐个大闺女？”

张发树说：“咳，您识文断字的还不如我这个大老粗哩。大闺女不就是个女子吗？女和子合起来就是个好。这个吊坎子都知道。”

陈书记说：“发树肚里可都是装的吊坎子。我听说有一次你遇上两个小孩吵架，其中一个说了个吊坎子，当时没听清，就过去问人家，小孩子吓得也不敢吵了，可就是不说。你掏出了五分钱给人家，哄着那孩子才说了。所以都说发树花五分钱买了个吊坎子，有这事吗？”

屋里人都笑了。张发树说：“你这老领导也随着他们胡编排我，哪里有那种事啊，我有那五分钱买几块糖吃也舍不得给别人呀！”

陈书记说：“好了，我们得回去了，你们抓紧准备吧。”

潘忠地说：“吃了饭再走吧。”

陈书记说：“到乡里吃去。很长时间没来了，我得去看看林书记、周乡长他们，也说说打谱在你们这里开现场会的事。”

张发树说：“刘集是你的老根据地了，林书记得买瓶好酒给您喝。”

陈书记笑着说：“要不你也跟着一块去？”

张发树说：“我可没那口福，您快点去吧。”

陈书记他们一走，潘忠地就让李向河把潘秀菊、李长贵叫来，几个人先商量了一下。县里可是多年没在汶水滩开现场会了，都认为这是件大事，必须准备好。但是，当下人们都忙着自己地里的活儿，特别是明天蔬菜技术员就到，组织群众种菜的事也不能耽误了，只有四五天的时间，既要杀树又要栽树，还真有些难度。潘忠地说：“只能分分工分头抓了。这样吧，技术员来了我先领着他转转，然后把种菜的户召集起来，统一讲讲，让秀菊姑和向河靠上这件事。技术员吃住的问题，向河负责就行了。发树哥和长贵明天就带着人去北河，选部分壮劳力杀树，弱一点的就挖树坑。下午打电话问问武站长，他什么时候来，来了叫他把大堤和河滩上能栽树的地方都详细测算测算，好给县林业局汇报，让人家给准备树苗。”

李向河说：“技术员来了住在哪里？怎么吃饭？”

张发树说："好办，叫他住咱办公室东头那间，有现成的床铺。现在也不用取暖了，把这屋里的炉子挪过去，让他自己做着吃就行。"

李长贵说："不用。于医生前天就到新房子那边住了一晚上，说是庆龙老爷定的日子，只要住住人就算搬家了。昨天我还问他，盖完时间这么短屋里潮不潮？他说没觉着多潮湿，墙皮都干了，并且说这几天就回老家把准备的家具拉来，正式搬过去。给他说一声，反正那里安好床了，他又没多少东西，叫他明天上午拾掇过去算了，技术员来了直接住西屋，也有现成的锅灶。"

潘忠地说："这个办法倒可以。过会儿你去卫生室给于医生和庆龙叔一块说说，注意不要勉强，别显得咱撵他似的，他同意现在搬就搬，不同意就先住着，技术员住东头那间也行。"

张发树说："你说河滩上能栽树的地方还不少，我真没注意过，是不是咱先去看看？心里有个数武站长来了就好说了。"

潘忠地说："咱现在就分头去下通知，吃过午饭先开个小组长会，让他们抓紧安排劳力。这个会时间长不了，散了会咱和长贵一块去。"

要在以往，这样的会很简单，讲讲任务，分配一下各生产队出工的人数，都接受就完了。这次不行了，潘忠地讲完以后，小组长们就嚷嚷起来。一个说："每个小组出三十名劳力呀？可没那么多人。现在家里还有几个青壮年？没出去打工的也都忙活自己的事儿，不听咱吆喝了。"

张发树说："三十个人不多，还合不着一户一个哩。不听吆喝就行了？规定的每个劳力每年要出五个义务工，各小组年底算账，不出工的要拿钱，出工多的发钱，每个工按八毛，不算少了。谁要不愿意出工，让他来现的，拿钱顶。"

另一个小组长说："其实这项规定都没落实。这几年用的义务工很少，要是能收起钱来小组里也算不少的收入，可哪个小组也没收过。这时候突然让他们交钱，谁乐意拿呀？"

又有一个说："定的这个规定没用处。平常谁家婚丧嫁娶或是修房盖屋，安排着谁都答应很痛快，因为那是街坊邻居相互帮忙的事儿，觉得应该。那种情况才有几回？像集体栽树这种活，大包干以后是头一回，这几年总的出过义务工的不多，法不治众，不好落实。再说，从一开始就都觉得这事是向群众敛钱，没什么道理。"

其他小组长也都附和说不好办。

你一言我一语吵吵了一阵子，张发树说："都别咋呼了，陈书记是咱的老社长了，亲自跑来安排，叫咱准备个现场，这是看得起咱，咱不能给脸不要脸。别管想什么法，都得把劳力排出来，整劳力不够半劳力也行，明天上午必须得上阵。"

都不吱声了。又过了一会儿，潘忠地说："我有个想法，支部也没研究，提出来一块议议。义务工的规定不是都没执行吗？上级也要求要减轻农民负担，从今天开始，把这个规定撤销了。这次集体栽树，我们直接发补贴，还是按一个工八毛钱。"

有个小组长立即说："发钱可不行，生产队那点家底早花干净了，现在小组里是一个子儿也没有。"

潘忠地说："不让你们拿，这个钱村里出。那些大树杀了，卖的钱一半就足够了。"

张发树说："我赞成这么办。不过，也要给大伙讲清楚，得等到把树卖了才能兑现。"

潘忠地说："栽完树就发。向河，咱还有存的钱吧？"

李向河说："还有一万多，都在信用社存着哩。"

潘秀菊问了一句："男女劳力同一个标准？"

李长贵说："讲了这么多年男女同工同酬了，不能再分男女，但是，整半劳力得有区别。"

张发树说："别管男女和整劳力半劳力了，咱定好标准，看一个工能杀几棵树、挖几个树坑，采取包工的办法，按完成的任务算账。”

李向河说：“这个办法好是好，就是得多找几个会计统计数。”

张发树说：“让各小组负责记数，咱统一验收，包括数量和质量。”

潘忠地说：“就这么办吧。大家还有什么意见？”

每个人都表示赞成。

河堤上那些杨树都好几拃粗了，有的树头、枝杈已经干枯，看来是该杀了。李长贵说：“这得有好几百棵，一次杀了好卖吗？咱留着又没用。”

张发树说：“好卖，煤矿上年年都要用不少木头，前年就来人寻觅过咱这些树，当时咱没说卖，就打发他们走了。可以给他们联系一下，让他们抓紧来看看。”

潘忠地说：“乡里今年要建中心中学，估计快开工了，也需用不少木料，不知道买够了没有。明天武站长来了问问，能行可以卖给乡里一部分。另外，先看看咱村里是不是有要的，如果有，优先卖给本村，价格还可以便宜点。”

张发树说：“那好说，明天干活的来了就给大家讲讲。不过，没听说有要建新房的。”

潘忠地说：“有就有，没有就算，这也算是咱的个态度。”

三个人刚到河堤，正准备到河滩里去，哑巴过来了，啊啊着比画起来，问他们干什么来了？张发树说要杀这些树。哑巴急了，说长得好好的为什么杀？潘忠地就也比画了一阵子，告诉他杀了再栽新的，不仅堤上栽，河滩里边还要多栽些。哑巴这才高兴了。进河滩转了一圈，张发树说：“还真是哩，这几片零星地方都能栽，合起来足有一百多亩。趁着县里给解决树苗，全都栽起来。”

天要黑了，几个人往回走。潘忠地说：“明天上午来了人，恁两个先找几个劳力试试，和组长们商量商量，把工包好，大差不差的就行。杀树要注意安全，千万不能出事儿。树坑要有个标准，需要挖多大听武站长的。”

李长贵问：“栽上还用浇水不？”

张发树说：“堤上的得浇，滩里边的不用浇，地湿，成活没问题。技术上的事咱都问问武站长，人家是内行。”

第二天一早武站长就来了。潘忠地、李向河在办公室，两个人迎到院子里，进屋后潘忠地说：“向河赶紧点炉子烧壶水，给站长泡茶。”

武站长说：“不喝水了。昨天陈书记交代，要抓紧把需用的树苗数量算出来，好让县苗圃准备。咱去现场吧，算好我回来给林业局要电话。”

潘忠地说：“让向河领着你去，发树哥和长贵已经去了。今天种菜的技术员要来，我得等等他。”

李向河和武站长刚出门，潘秀菊来了，进门就说：“这下好了，大部分劳力都去北河了，你还说开个种菜户的会，有些家里没个当家人了，还怎么开？”

潘忠地说：“不要紧，可以凑到傍天黑开，再不就到北河里开去，休息的时候集合起来讲讲就行了，主要是让大伙认识认识技术员，谁想种什么可以直接与技术员联系。今天于医生要把东西搬到新房子去，咱过去给他帮帮忙。”

河堤上热闹起来了。多数小组出工都超过三十人，个别的不够，组长说下午一定到齐。武站长一到，张发树说：“向河你先别回去，我领着武站长转转，你和长贵把杀树的任务分到各组，过会儿咱再商量包工的事。”

武站长说：“河堤上好算，点点现有的大树，基本上还栽这些。河滩里得测量一下面积，恁拿皮尺来了吗？”

张发树说：“不用皮尺，咱步量步量就行，反正就是个大体数。河堤上也得再多栽点，有的地段太稀了。”

武站长说：“就按你说的办，这边增加上几十棵。咱到里边看看去。”

两个人回到堤上时，各小组的人已经分开动手刨树了。武站长问问现有大树的数量，说:“这里再加上五十棵，总的一千七百棵足够了。”

张发树说:“不行，你得汇报要两千，少说也得一千九，尽量多栽点。”

武站长说:“也不能栽太密了，那样长不成材。”

张发树笑了笑，说:“这里咱按你定的标准栽，剩下点分给大伙，让他们在自己院墙周围栽。趁着这不要钱的树苗，把村里的空闲地都栽满。这是个好机会，过了这个村可就没这个店了。”

武站长说:“多要个三百二百的没问题，林业局苗圃育了几十亩树苗哩，咱这才用多少！你们得安排车辆，最好明天就去拉，还得跟几个人去，帮着刨快当。拉来后边挖穴边栽，那样成活率高。”

张发树说:“今天下午去也行，我看着忠民的汽车在家里，叫他跑一趟。”

李向河说:“光汽车在家不中用，开车的不在家，忠民和忠明前天找我写了个证明信，昨天去北京了。”

张发树说:“那就去拖拉机，两台都去。你回去给忠地说，抓紧安排，跟着去的人我在这里安排。”

武站长说:“下午去也来得及，苗圃离咱这里最多二十里路。我这就回办公室要电话，让局里给苗圃打声招呼。”

李长贵问:“树坑得挖多大？栽上还用接着浇水不？”

武站长说:“杨树苗都是一年生的，不用挖太大了，五十公分见方就行。看这墒情也不用浇水，前几天刚下了场雨，包括河堤上都还挺湿。不过要注意，不要凑在杀了树的坑里栽，最好在原有树的空里挖新穴，那样栽上不仅好成活，也利于今后生长。如果十天左右不下雨，就得浇遍水。”

张发树说:“那行，杀完树都把原来的坑填上，还得保护好大堤。”

傍晚就把两千棵树苗拉来了，先卸到了办公室院里。为了避免干了树根，潘忠地安排，找几挂草苫子盖盖，第二天早晨上工时让人们扛到河里去，当天栽不上的先挖个大坑，把根埋上。

工地上昨天乱腾了半上午，后来宣布了包工，讲清了质量标准，又按地段分给了各小组，不用再催促也都干得很起劲、很认真了。哑巴跟着张发树、李长贵，来回地跑着，有谁挖得树坑不够大，他也不让栽，栽上的培不好土、砸不实他也不干。有的拉着他说，哑巴，你也成村干部了？他不理那一套。

来的蔬菜技术员叫蒋俊兴，很年轻，也就二十冒头。小伙子个子不是很高，可壮实粗犷，一双浓眉大眼，方方正正的脸膛，看样子就是个做事利落的。来到说了阵子话，潘忠地问："你来了就得住下，不影响家里干活啊？"蒋俊兴说："没事，俺弟兄三个，我是老小，虽然我和父母一块过，两个老人身体都好。再说，承包田里有俺两个哥哥帮着干就行了。村里之所以让我来，一是看着我家里没负担，二是因为我还担任着团支部副书记，担心派个不怎么样的来了弄不好给村里丢脸。"说完脸还红了红。潘忠地说："那好，你不仅帮着我们种菜，还可以帮团支部搞搞活动。"第二天上午，潘忠地叫着他一块去了河滩，想凑休息的空儿把种菜的户集合起来，好统一讲讲。走到一说这意思，张发树说："都各干各的，谁累了谁就歇一会儿，哪里集中休息来？干脆，现在就把那几十个人叫过来，影响不了多少活。"

潘忠地说："也可以，时间不长，二三十分钟就行。"

李长贵去下通知，说让准备种菜的户集合起来开个会，技术员来了。他这么一吆喝，不只种菜的户，那些没打算种菜的也有不少人围了过来，想听听什么情况。张发树说："都过来干吗？不打谱种菜的干自己的活去。"

潘忠地说："算了，多几个人听听也不碍事。"随后把技术员介绍给大家，简单说了几句，就让蒋俊兴说说带来的都是什么菜种，大体什么时间种植，还需要做些什么准备。蒋俊兴也讲得简单明了，几分钟就说完了。接着有人问："技术员，俺想种点莴苣，没有种子吗？"还有的问种洋葱行不行？蒋俊兴说："种莴苣、洋葱都可以。不过，这两种菜都得提前育苗，现在就该栽了。俺村里有些户有育的苗，往年自己用不完都是拿到集市上去卖。我抓紧回去看看，有剩余的咱就要来。你们先统计一下，总共多大面积，晚上告诉我。这事说不死，不知道能不能满足大家的需要。”

潘忠地说：“向河，你现在就统计统计。秀菊姑，你领着蒋技术员回去吧。”

蒋俊兴说：“以后恁别叫我技术员，叫小蒋就行。”

张发树说：“叫小蒋好，显得近乎。”

正说着，从南面来了两辆吉普车，直接开到大堤上来了。张发树让大伙赶紧干活去，他们几个迎了上去。第一辆车下来了陈书记、孙站长，还有周乡长，第二辆车上是魏书记、房秘书和林书记。他们上去分别握了握手，魏书记说：“昨天老陈给我说要在你们这里开个植树造林现场会，我约着他今天一块来看看，路过乡里坐了坐，林书记、周乡长正起身要来，我们就一起来了。”

潘忠地说：“这才行动第二天，栽得还不多。”

陈书记说：“你们动作很迅速呀，前天刚定下这事，昨天就动了手，上阵劳力也不少。站上告诉我，昨天下午你们就把树苗拉来了。对了，杀树的批示孙站长给你们带来了。”孙站长掏出来，李长贵接过去给了李向河。

周乡长说：“哟，批示件今天才到，恁已经把树杀完了，这不是先斩后奏吗？”

张发树知道他是闹话，面前的领导又没有不熟的，就说：“乡长可别给俺扣大帽子，俺这些小人物可担待不起。你要是上来一枪就把杨六郎扎死，下边可就没戏唱了。俺知道，不请示乱杀树是违法，可这是陈书记让俺先干起来的，没俺的责任。”

陈书记说：“不用解释，谁不知道你呀，文武双全，又听话又能干！幸亏你识字不多，要是你能写部农村题材的小说，那些俏皮话肯定比赵树理写得还好。”

张发树挠着头皮，说："领导夸奖呗！下辈子多念点书，写写试试。"

林书记说："别贫嘴了，快领着魏书记到滩里看看去。"

魏书记说："不用去了，站在这里都看到了。你们几天能栽完？"

张发树说："使使劲后天就差不多。"

陈书记说："好啊，孙站长，回去就下通知，后天来开会。魏书记，你还能来讲讲不？"

魏书记说："你们开吧，后天县委召开乡镇党委书记会，我来不了，老林也来不了。"

周乡长说："林书记去开会，我来参加。"

这时蒋俊兴一直在一旁站着，潘忠地说："还没介绍哩，这是我们从蒋家庄请来的蔬菜技术员，蒋俊兴同志。我们想今年种几百亩蔬菜，试上一年，明年再扩大。"

蒋俊兴和几位领导一一握手。魏书记说："忠地和发树都挤挤上车，咱去看看恁的春季生产。"

潘忠地让潘秀菊回去赶紧烧水，泡上茶等着，转一圈就回办公室喝水。随后他上了魏书记那辆车，张发树上了陈书记那辆。

从西坡转到南坡，魏书记看得很仔细，停了三次车，还到麦田里边看了看苗情。魏书记很高兴，说不错，小麦长势很好，春耕备播也很主动。在南坡临上车时，潘忠地说："干渠东别去了，回办公室休息一会儿，有件事我还得请示一下。"

魏书记说："什么事啊？在这说吧。"

潘忠地说："干渠东那一百多亩地是林粮间作，前年栽的银杏树，株距、行距都很小。胸径已长到两三公分了，现在对麦苗影响不大，到了夏、秋季对作物影响就大了。当时是作为经济林动员群众栽的，说是树叶、白果都能卖钱，算账收入很高。可是，树叶没人要，白果至今也没结，群众意见挺大。我查了查资料，这种树寿命长，但生长很慢，要作为用材林保留着还不如栽杨树哩。我们这里人均耕地本来就不多，也不适合搞大面积用材林，所以我想是不是都刨了？”

魏书记说：“走，到那边看看。”

上车后，魏书记问：“老林，其他村还有栽的吗？”

林书记说：“有，大概五六个村，面积都不大。”

潘忠地说：“总共六个村，都是栽了一百来亩。”

魏书记说：“全县栽这种树的只有四个公社，你们栽的不算多，有的公社栽了一两千亩。这事我知道，当时是省里来的位老领导，极力推广银杏树，我还陪着他跑了两天，走到哪里都说‘农村要想富，就得多栽银杏树’。我们让林业局认真抓了一阵子。实践证明这种树经济效益不是很好。那时主要是说银杏叶可以加工生产一种药，能治疗心脏病，做成茶叶长期喝也能预防心脏病。后来我也看到个资料，全世界生产这种药需用的原料，咱省南边一个县产的银杏叶用不了三分之一就足够了。那个县历史上银杏树就多，我去参观过，面积的确大，形成了规模效益，那几年他们挣了大钱，一是卖白果，再就是卖树苗。那种茶叶我也喝过，口感不好，大概也没什么疗效，没推广开。”

走到下车一看，林书记说：“忠地同志说得对，这么密的树肯定对庄稼影响不小。既然效益不高，不如刨了。”

张发树说：“这可是党委让栽的，也是林业局白给的树苗。对了，老社长当时还来了一趟，我提出多要点，结果只给了这些。”

陈书记那时已调到林业局，对这事很清楚，听魏书记讲得有道理，就说：“谁让栽的无所谓，只要错了就得纠正。以前咱瞎指挥的事多了，肉一紧张就号召群众多养猪，蛋一紧张就号召多养鸡，还制定奖励政策。结果猪多了鸡多了，肉、蛋又卖不出去了，再发动机关上的同志多吃肉多吃蛋，说是吃的是‘爱国肉、爱国蛋’，实际上也解决不了大问题。群众总结得好，‘上级叫干什么就别干什么，不然，一定会吃亏上当。'”

魏书记说:“这种说法虽然有点绝对，但也有一定道理。这是教训，今后做什么事都不能违背经济规律和群众的意愿。有件事刚才我没说，忠地，您想发展蔬菜种植，要采取引导的办法，千万别强迫命令。”

潘忠地说:“年前我们组织一部分群众到蒋家庄参观的，回来后让大伙自愿报名，不想种的一户也不强迫。今年就是先搞一些示范，都看到好处了再大发展。”

魏书记说:“这么搞我就放心了。老陈，你回去商量一下，这些银杏树是不是不要了？还有其他村栽的，如果有不想保留的都可以处理了。”

陈书记说:“这事好商量。不过，这些树现实刨了当柴烧太可惜了，我回去找找城建局，银杏作为观赏树种还是不错的，问问他们城里街道和公园里能不能栽一些，价格别太高，让他们买了去。”

张发树说:“那忒好了，价格多少恁说了算，只要给点我们就是赚的。”

潘忠地说:“咱回办公室喝水去吧。”

都一起上车回村了。

# 蔬菜产业

蒋俊兴怎么也没想到，汶水滩的人待他这么热情，没过几天心里便踏实了。临来时村党支部书记又嘱咐他，汶水滩是老典型了，全省都学习过他们，人家实心实意叫咱派个人去，我们挑来挑去选了你，就因为你办事稳当、认真，去了一定好好干，让人家满意了不仅对你好，也算是为咱村争了光。遇到什么困难就找村书记，那个潘忠地我熟悉，很厚道。尽管听了这些话，来的路上他还是有些忐忑不安，想，乍去了人生地不熟的，人家又是花钱聘人，虽然讲好了管吃管住，也不知道怎么安排的，一个人吃饭都成问题。另外，说是去了搞搞技术指导，咱又不是干部，那些老百姓能听吆喝？走到再说吧，能行就多待几天，不行就回来，反正他们也不能硬拉住不让走。

进村打听着找到了村办公室，刚进院子，潘忠地和潘秀菊就迎了出来，一介绍知道这是村书记和妇女主任，潘忠地还说其他村干部都到北河栽树去了，不然就都在家里等着迎接你。摩托车上驮着铺盖和两个装满菜种子的尼龙袋子，他想解下来，潘忠地说不用慌，先到办公室里歇会儿。到屋里喝了几碗水，说了几句家常话，潘忠地说："你来了就住在西边那两间屋里，原来有个于医生住着，什么都现成。屋里挺宽绰，你的摩托车也可以放里边。咱过去看看。”

进西屋一看，安排得很妥当。床铺被褥都有，带来的铺盖也用不着了。锅、碗、瓢、盆也很齐全，桌子上还放着几把子挂面，吃、住都不成问题。潘忠地说：“中午你先到我家里吃一顿，下午让会计去买些吃的来，以后你自己随意做就行了。怎么样？会做饭吗？不会就安排个人，负责给你做。”

蒋俊兴说：“我会，在家里经常帮着俺娘做饭，烧糊涂、做疙瘩汤、下面条、炒个普通的菜，都能行。中午在这里我自己做就可以了，这不是有挂面吗？”那几把挂面是于医生知道技术员要来，搬家时专门留下的。

潘忠地说：“那好，先将就一顿。你歇会儿，下午我再领着你到坡里看看。”接着又让潘秀菊到代销点先去买些油、盐、酱、醋的来。

潘秀菊去买东西，潘忠地刚回到办公室，武站长和李向河进来了。武站长进门就给县林业局要电话，潘忠地倒了碗水放到他跟前。李向河说下午派拖拉机去拉树苗，两辆都得去。潘忠地说你去通知他们，咱支运费。武站长放下电话喝了碗水，起身要走。潘忠地说快到饭时了，回乡里伙房里也开完饭了，吃了再走吧。武站长说我不回乡里，家里老人这段时间身体不好，好几天没回去了，我得回去瞧瞧，开现场会的头一天我再回来。潘忠地说那就不强留你了。

潘秀菊顺便到家里拿来了一把大葱、一块生姜，两个咸菜疙瘩，然后帮着蒋俊兴做了锅炝锅挂面。下午李向河到刘集买来了十斤玉米面、二十斤白面、十斤面条，另外还买来两斤猪肉和一些青菜，够他吃一阵子的了。蒋俊兴跟着潘忠地从坡里回来，看了说：“我这来了还没干活，恁就买来这么多好吃的，在家里也是以粗粮为主，这怎么好意思呢！”潘忠地说：“兵马未动，粮草先行，吃饱了才能干活哩。”

吃过晚饭，村干部们都来了。张发树坐下就问：“都带来些什么种子啊？”

蒋俊兴解开尼龙袋子，里面大包小包的，边朝外拿边介绍，不下十来种。

李向河说:“样数不少，每样量都不大呀，能种多大面积?”

张发树说:“你不懂，菜种子用不了多少。”

蒋俊兴说:“多数品种都能种二三十亩左右，芸豆、豆角还多一点。”

潘忠地说:“足够了。按原来统计的面积，也就是二百来亩，就算再扩大一部分户，也过不了三百亩。”

蒋俊兴说:“不够也不要紧，我可以再回去收一点。”

张发树说:“你这都是从户家买的呀?贵不贵?”

蒋俊兴说:“不贵，俺村会计帮着我收的，总共花了不到三百块钱，村里先垫支上了。俺书记说了，你们要是一家一户的不好收钱，这个钱就不要了，算俺村里支援恁的。”

潘忠地说:“那怎么行?俺这也算是头一年搞试验，种子钱不让户家出了，村里拿上。向河，你抽空把钱给蒋技术员，让他回去的时候带着。”

张发树说:“就是，这点钱别再敛了。可是，这几天咱正集中力量栽树，得开过现场会去才能种菜。”

蒋俊兴说:“按节气晚不了，就是茄子、辣椒得抓紧育苗了。黄瓜可以提前育苗，也可以直接种。再就是大葱，最好早几天种，因为收完麦子就得往大田里栽。问问有没有想育苗的户，卖苗子也能赚点钱。”

潘忠地说:“不让户家育了，到试验队育去，他们有留出来的地，也想种部分蔬菜。”

在北河开过会的当天晚上，李向河拿着三百块钱交给蒋俊兴，说统计了一下，有三户种洋葱，总面积五亩多一点，有两户种莴苣，也就三亩，种子钱你带回去还给村里，剩下的买苗子，不够回来我再给你。蒋俊兴说差不多够了，明天一早我就回去，别让那些有苗子的户卖了，我收了后天就带回来。随后又陆续来了七八个人，其中有那五家想种莴苣、洋葱的，都拿来了买苗子的钱。李向河说:“忘了告诉恁，支部决定了，今年所有菜种子和苗子的钱都由村里出，恁等着栽就行了。”另外几个人是来说说自己想种什么，问问什么时间开始种，蒋俊兴一一作了解释。

后来李淑苹来了，从上衣两个口袋里掏出来些花生米，放到了桌子上的一个盆里，差不多有两斤，边掏边说：“俺爹叫我给技术员拿来点花生米，一个人饿了的时候好吃。俺也要种菜，到时候可得好好给俺指导指导。”潘秀菊正好进来遇上了，笑了笑没吱声。临走时，潘秀菊把李淑苹拉到一边，小声说：“你个妮子是不是想搞对象了！要不要我给你当红娘啊？”

“大姑你说么呢！”李淑苹边说边挣脱开，跑了。

上午结束了现场会，下午栽树的也全部完成了，剩下了几百棵树苗子，分给了各小组。有人说：“全是些杨树，院子里又不能栽，不要了吧。”

李长贵着：“杨树怎么了？比别的树长得还快哩，几年就成材了。”

张发树说：“你没听说过？‘前不栽桑，后不栽柳，院中不栽拍打手’。桑、丧一个音，柳树到冬天一挂霜雪，和坟上插的‘雪柳’似的，都不吉利。拍打手就是指杨树，一刮大风呼啦呼啦响，夜里有贼进来就听不到动静了。这都是些老忌讳。”接着又大声朝大伙说，“白给还不要啊？院子四周有空场地的多了，栽棵树总比闲着强吧！”

于是这个三棵那个五棵，一阵子就拿没了，并且回去后都接着栽上了。

晚饭后李向河去了办公室，进院子看到西屋灯亮着，知道蒋俊兴回来了，进门一看，蒋俊兴正往碗里捞面条，就说：“才吃饭呀，怎么没炒点菜啊？什么时候回来的？买到苗子了吗？”

“买够了，要是再晚三两天就不好办了。回来时天已经黑了，我切了点肉，炒炒锅下的面条，一锅中，不用再炒菜了。还有剩的六块钱，给你。”说着放下碗，从口袋里掏出来递给李向河。

李向河没有接，说：“那三百块钱我已经入账了，你放起来买盒烟吸。”

蒋俊兴说：“那可不行，我也不会吸烟。”

李向河说:“那就买点茶叶，放你这里，咱都喝。你快吃饭吧，别凉了。”

蒋俊兴把钱放到桌子上，开始吃面条。这时潘忠地进来了，问了问情况，看到墙角放的菜苗子，说:“叫那几户来把苗子领回去吧？”

蒋俊兴边吃边说:“不用，让他们明天早晨来拿就行，我刚才用清水洒了洒，蔫不了。拿回去最好接着栽，我到地里现场给他们说说怎么栽法。”

潘忠地说:“那行，你吃饭，过会儿我们去通知他们。”

蒋俊兴接连忙活了五六天，帮着那几户把莴苣、洋葱都栽上了，又在试验田育了几畦子茄子、辣椒和黄瓜苗。说到种大葱时，李长友说:“多种点大葱栽子。今年就留了二十多亩春地，等收完麦子，我想全部种上蔬菜，如果到时候种别的不行了，就都栽大葱。这些春地你也得帮我们规划规划，看种些什么合适。”

蒋俊兴说:“试验田和户家不一样，面积大，可以多种两样。但也不能太零散了，那样不便于管理，种三两个品种吧。依我看，就种豆角、芸豆和黄瓜，家常菜好销售，下一季还能栽大白菜。”

李长友说:“你怎么说我们就怎么办，反正这方面我是外行。今后你有空多到试验田来，技术方面全指望你了。”

蒋俊兴说:“没问题。各家多的也就种两三亩，你这里最集中，以后我就靠在这里，面上平时跑跑看看。我这个人闲不上来，没事还可以帮恁干点活。”

从此，蒋俊兴吃了饭就来试验田，和李长友也很投脾气。一来二往，和试验队里其他人也都混熟了。特别是饲养员李庆江，蒋俊兴经常过去帮着老头干些活，铡草、出粪、垫土，什么活都下手。李庆江从心里喜欢上了这个年轻人。这天上午，李庆江看到蒋俊兴和李长友在地头说话，就偎过去，说:“小蒋，中午别再回去做饭了，在这里咱俩一块吃。我买了两斤韭菜，包扁食，这个季节的韭菜香。”

蒋俊兴说："不用了，我回去做饭也简单。再说，我也没包过水饺，帮不上忙。"

李庆江说："不要紧，过会儿找个人把我侄女喊来，让她给咱包。"

李长友说："好啊，我去叫她，顺便买瓶酒来，咱几个喝两盅。俊兴来这些天了，还没一起吃顿饭哩。"

李庆江说："你来吃忒好了，就是喝酒没什么菜肴。还有几张粉皮，有棵白菜也干得光剩个菜心了。"

李长友说："我还能光买酒呀，也买点菜来。"

其实这一段李淑苹往这跑的也比以前多了，不是来帮着她大爷干点活，就是找蒋俊兴问这问那。李庆江嘴里不说，心里却想：这闺女很可能看上这个小蒋了，真要他们两个能成婚，倒也般配。不过，还不知道人家订婚没订婚，也不了解他家的情况，这事不能急了，得慢慢来。有了这想法，他对蒋俊兴也就更热情了。

李长友到代销点买了一斤酒，又到村头小市场买了两斤豆腐、一斤豆腐皮，想买点肉，人家卖净了，就又买了斤豆芽。李淑苹听说她大爷请蒋技术员吃饭，叫她去帮忙做饭，很高兴，立即放下手中的活，回家给她娘说了一声，拿上了十个鸡蛋。李淑苹来到就忙着和面、做馅，李长友开始做菜，蒋俊兴也帮着忙活。李长友说："就是缺点肉，去晚了，没买上。"蒋俊兴说："我那里还有肉，那天李会计买来的，吃了还没一半，用盐腌着哩，我拿来去。"李庆江说："别来回跑了，这菜就不少，我是想光吃扁食来。"

李淑苹还包着水饺，他三个就喝起酒来了。蒋俊兴一开始就说不能喝，李长友劝他少喝点。才喝下去几盅子，蒋俊兴的脸就和大红布似的了，说再也不能喝了。李长友又给他倒上一盅子，说："没事，红脸怕什么，有的人脸越红越能喝。春节我去给俺姑磕头，大表哥是在县政府办公室工作的，那天还叫了几个村干部一块吃饭。喝酒时他说，现在机关上流行一种说法，酒场上有三种人不可忽视，都是假装不能喝，一是红脸蛋的，二是扎小辫的，三是装药片的，扎小辫的是指女人，装药片的是自己称有病的，红脸蛋的就是你这一种。”

蒋俊兴说：“我可不是装的，是真不能喝。”

李淑苹在一旁说：“人家不能喝你强让干吗？不会你自己喝呀。”

李长友说：“哟，俺小姑知道疼人了，要不你来替俊兴喝几盅。”

李淑苹说：“我才不喝哩，辣乎乎的，有什么喝头！”

李庆江说：“小蒋不喝就算了，让他吃菜，俺爷俩喝。”

就这么又喝了一阵子，一瓶酒剩了没二两了，李长友说：“大老爷咱别喝了，我觉着有点头晕了，留下那几盅你以后喝吧。”

李庆江说：“要不是陪你我早就不想喝了。年轻的时候喝半斤没事儿，现在不中用了，喝这点就上头了。”

李淑苹说：“恁都别喝了，我烧锅下扁食。”

等着吃饭，三个人说着闲话。李庆江问：“小蒋，你家里都有什么人？”

蒋俊兴说：“算起来人不少，大哥、二哥都有孩子了，他们分开另过，有个姐姐出嫁好几年了，现在就我和俺爹俺娘一块过。”

李庆江又问：“找对象了吗？”

蒋俊兴有些不好意思，吞吞吐吐地说：“倒是有介绍的，都不大合适，没成。”

李长友说：“咳，这么帅气的小伙子还愁找不上个称心的媳妇啊！别回去找了，俺这村里漂亮大闺女有的是，只要你有相中的就告诉我一声，我给支部里他们说说，让他们给你牵牵线，保证没问题。”

蒋俊兴觉得他是说笑话，就附和了一句：“那敢情好。”

李淑苹虽然手里忙着，耳朵却支棱起来仔细听着，越听心里越恣悠悠的。

潘忠民、潘忠明是第一次去北京，只待了两天就赶回来了。名胜景点只是到天安门广场转了转，本来还商量着去故宫、圆明园等地方看看，潘忠民说还是办正事要紧，北京好看的地方多了，以后咱有的是机会，早晚都看个遍。他们专找卖蔬菜的商店，了解行情，打听进菜的情况。到了一个新建的农贸市场，呵，真厉害，有半个村庄那么大，多数店铺已开始营业，有一部分还闲着。问了几个业主，都说经营情况很好，销售量比较大。问这个市场谁负责，有人告诉他们，说建设指挥部还没撤，市场上所有的事还是他们管，在南边那座楼上办公，门口有挂的牌子。

他两个进办公室说明来意，有个同志叫着他们去了接待室，倒上水，说："你们想往这里送菜，路程远不远？青菜在路上耽误时间长了可不行。"

潘忠民说："不是太远，大半天就到了。要是傍晚装好车，就算夜里慢着点走，第二天一早也能到了。"

那个同志说："要这样完全可以。不过，你们要摸清这里的蔬菜价格，因为你们是专门搞运输的，需要在当地收起菜来往这运，如果差价不大就赚不着钱了。"

潘忠明说："我们刚才了解过了，那些店铺进菜的价格是不太高，好处是俺村里各家各户种菜，我们就是帮着群众把菜销售出去，算是为村民们做事，只要能赚出路费来就行。"

那个同志又说："你们觉得合适就运吧，也不用签合同，头一两趟我们帮你们联系几个业主，以后你们熟悉了就可以固定部分客户，长期给他们供货。另外还有个路子，这些卖菜的效益都不错，目前有部分摊位还没租赁出去，恁回去可以组织些人，到这里来卖菜。那样你们把菜运来后，直接让自己的人卖，既省心又能多赚钱。当然，你们的人如果卖不了，也可以批发给别的摊主。"

潘忠民问："租赁一间摊位多少钱？"

那个同志说："我们都是商住两用的楼房。有现成的材料，对租赁费、各项税费，以及市场管理的所有规章制度，都介绍得清清楚楚。我给你们拿一份来，恁回去看看，如果有人想来，就得抓紧。现在几乎每天都有来联系租房的，晚了就全租出去了。”

就这样，他们拿到材料，又看了看那些还没租赁出去的地方，就急着到车站坐车回来了。路上，潘忠明说：“这事恐怕办不成，你数算数算，咱村里没有真正做过买卖的，又跑这么远住在京城，谁能来呀？”

潘忠民说：“什么事都是闯出来的。咱以前也没搞过运输，这不也上路了吗？回去找找忠良哥，这方面他在行。另外，把这个材料给党支部，让他们动员动员，只要有个领头的，肯定有人愿意干，谁不想多挣点钱呀，现在愁的就是没门路。”

回村的当天晚上，两个人先去找潘忠地，潘忠地听了他们的想法，看看材料，说：“这是个好事呀！明天支部商量一下，先物色部分人，做做思想工作。恁两个去给忠良哥说说，看他愿意领这个头不。”

潘忠明说：“他还当着生产小组长哩，走了能行吗？”

潘忠地说：“不要紧，现在小组长没多少事，他要走了就让向海干。”

到了潘忠良家里，他两个你一言我一语，把情况详细介绍了一下，潘忠良说：“听恁这意思，是想让我牵头带些人到北京卖菜去，还得租房子吃住在那里，那可不行。这不是在咱家里赶个集买卖点东西，地熟人熟，知道规矩，是赔是赚都是个小数。那是京城，买菜的是城里人，卖菜的也是城里人，咱去了两眼一抹黑，挨不挨欺负是一码事，租房子得花大钱，抬手动脚都需用钱，花费少不了，要赔就是大发的。”

潘忠民说：“你是没去看看，我们打听了不少，在那里卖菜的有北京郊区的，但不多，大部分都是外地的，有河北、河南的，还有咱山东德州、潍坊的。有一家人租个店铺的，也有几个人合伙经营的。大都是些两层楼，一租就是上下两间，下面卖东西，上面住人，吃饭也是自己做，花不了多少钱。俺问了不少人，都说经营还可以，没一个说赔钱的。”

潘忠明说：“租赁费也不算多，两大间房一年才五千块钱，分两次交，六月底交上半年的，十二月底交下半年的。税、费根据经营情况定，都是按最低标准，还有些优惠政策。就是签租赁合同时就必须交两千块钱的押金，只要不违背合同，这个钱还是自己的。”

潘忠良说：“恁怎么知道得这么清楚？”

潘忠民说：“人家有材料，俺带来了一份，给忠地哥了。明天党支部要开会研究，准备动员一部分人跟着你去。”

潘忠良说：“是忠地叫恁两个来找我的？”

潘忠明说：“书记不发话俺敢找你这个大组长啊？他还说了，要是你去了，就让向海哥接你的组长。”

潘忠良说：“那我也得再考虑考虑。明天他们开会的时候我去问问，听听他们的意见再说。”

王桂兰在一旁听着，一直没插话，听到潘忠良有些动心了，立即说：“问什么？还是小年纪呀，五十多的人了还这么不定性，这个差事你就能应啊？有两个出去打工的了，你再走了家里怎么办？谁种地？”

潘忠良说：“这不是还没说去嘛。就是我真去了，二宝在家里，还有她妯娌三个，不用你伸手那几亩地也种好了。我要是去混上几年，挣钱多了你想怎么花就怎么花。”

王桂兰说：“就算是能抱个金娃娃来也不能去。”

潘忠明说：“嫂子你也真是，刚才还说俺大哥不是小年纪了，你年纪也不小了，还离不开俺大哥？”

王桂兰说：“别胡说八道！谁离不开他？就是三年不见面我也不想他。”

潘忠明说：“这不就结了。想也不要紧，到时候你去找他，让他领着你逛逛北京城，也开开眼界。”

潘忠民说：“就是。俺三两天就得送趟菜，到时候捎着你，可方便了。”

党支部开会的时候把潘忠民、潘忠明也叫来了，潘忠地先让他两个介绍下情况，然后说：“我觉得这件事可行。咱发动群众种菜，就得考虑如何帮大伙把菜卖出去。如果有几个人到北京站住脚，长期在那里卖菜，再由忠民、忠明负责运输，种再多也不愁销路了。”

大家都赞成。张发树说：“事是个好事，就是看看谁去合适。别看是卖菜，也得会算计才行，如果挣不着钱就没人干下去了，别公鸡屙屎一个头儿。”

潘忠地说：“咱排几个年轻人，叫他们来开个会。没经验不要紧，这里边没什么大学问，只要肯用心，扎扎实实干，出不了问题。”

李长贵说：“去也不能人太少了，起码要有十来个，相互好有个照应。还得选个领头的才行，组成个小集体，让他们有事商量着办。”

潘忠民说：“昨天晚上俺找忠良哥说了说，让他当小组长满可以。”

潘秀菊说：“他能愿意去呀？有两个孩子到南方打工去了，家里这一摊子能撂下？”

潘忠明说：“他倒是有意想去，就是桂兰嫂子给他打退堂鼓。他说今天来问问您，看看支部的态度再决定。”

张发树说：“你去把他喊来，一块商量商量，也听听他有什么想法。”

潘忠明刚要出门潘忠良就来了，潘忠明说：“发树哥叫我去喊你，我正要去哩。”

潘忠良问：“怎么样？您觉得这事行不？”

张发树说：“不行还去请你呀！这是大好事，去了自己能赚钱，还能保证把村里的菜卖出去，一举都得，有什么不行的！”

潘忠明说：“一举两得。”

张发树说：“就你是驴脖子上挂盘子，会转词（瓷）儿。”

潘忠良说：“别管几得了，只要支部决定，我就去试试。”

潘秀菊说：“光你想去就行啊，桂兰不是不同意吗？”

潘忠良说：“你还不知道她那脾气？我越说行的事她越说不行，可她是临咽气抹把雪花膏的人，死要面子，只要你或是忠地给她拉两句，见不得三句好话，保证就没事了。”

潘忠地说：“只要你考虑好了，嫂子的工作好做。去也不能你一个人，还得多带上几个，争取在那里多开几个门头。”

潘忠良说：“那是当然，人多力量大，越多越好。有一帮人团结起来，不受欺负，好立脚。”

李向河说：“还没去你就准备跟人家打架呀？这是去做买卖，单靠人多不一定能赚到钱。”

潘忠良说：“讲做买卖我比你在行。你看看这两年，为什么供销社同样的货物卖不过个体户？一是个体户经营灵活，譬如一样的袜子，一样的进价，可能有好几种颜色，假如人们不愿意买这种颜色的，个体户就降价，赔钱也卖，少卖的钱从那些都想买的里边找回来。供销社就不行了，他们要降价还得打报告，经县供销社批准，麻烦大了。另外，还要有个好的服务态度。你看供销社的那些服务员，整天拉着个脸，因为他们是铁饭碗，卖多卖少和个人没关系。个体户就不同了，都是笑脸相迎，净拣好话说。这两条做到了，还有卖不出去的货啊！”

潘忠地说：“行了，这些都是去了以后的事，先看看哪些人能去，不仅本人适合，还得家庭同意。”

张发树说：“从第一小组开始，全面排排，向河你记记。排出名单来下午就开他们的会，让他们再报名。”

从一组到八组，从窑场到试验队，反复商量，排出了二十多个人。潘忠良说：“这些可不少了。”

潘忠地说：“这只是个初步名单，不一定都乐意去，能去十个八个的就可以了。”

下午召集这些人开会，多数人热情很高。但是，有些想去的人也提出了一些困难。有的说：“就是担心家里的地没法种了，平时还行，到了收、种的时候就不好办了，离家这么远，又不能回来帮帮忙。”

也有的说：“一去租房子就让交两千块钱押金，还得花钱进货，现实可没那么多钱。”

潘忠良也说：“我也觉得这是个事儿，开头是需要些本钱。”

张发树说：“那几亩地还愁种呀！只要赚钱多了，农忙的时候花钱雇几个短工也合算。真要想去，几千块钱也好解决，不会亲戚邻居地借借？”

李长贵说：“是啊，关键看个人是不是真心想去，只要下了决心，就没有克服不了的困难。”

张发树说：“别这事那事的了，离不开家的就算了，能去的报个名，有几个算几个。”

潘忠地最后说：“这样吧，今天不报名了，都回家商量商量，党支部也研究一下。钱的事村里可以先借给你们一部分。农活的事也不要担心，村里下一步要专门研究，关键时候得组织人帮帮那些缺劳力的户。不光你们，有些去南方打工的，家里没整劳力了，到了农忙也是个问题。谁商量好了同意去，明天来给向河说一声。”

## 梦话

当天晚上，潘忠地到潘忠良家里对王桂兰说：“嫂子，有个事儿得跟你商量一下。党支部决定，村里组织十来个小青年去北京为大伙卖菜。可是，没个牢靠人带队不行，选来选去，都认为只有忠良哥最合适。也知道，他这一走又不能经常回来，家里就得让你多受累了。”

还真像潘忠良说的，王桂兰当即就表示同意了，说：“这是村里的工作，又不是咱家庭的事，不用和我商量。只要恁看得起他，那就叫他去呗，干好了我脸上也有光不是！家里没事儿，有二宝两口子在跟前，累不着我。”

潘忠良说：“怎么样？这就是有粉不往脸上搽，非搽在腚上。我说想去不答应，非得让忠地跑一趟才同意，还脸上有光哩！”

王桂兰说：“你个没良心的还骂我！怎么不早说是支部定的？拍拍你的心口窝，别管生产队还是生产小组，这么多年只要忠地兄弟叫你做的事儿，我什么时候扯过你的后腿？”

潘忠地打圆场：“这话我信，都知道嫂子是通情达理的人。大哥你得感谢嫂子，这些年要不是人家在后边支持你，你能干好工作？就说这些家务事吧，整天应付起来没完，哪里用你操心来？还不都是嫂子支应的。”

潘忠良赶紧说：“那是，有个坚强后盾咱才能一心扑在集体上哩。”

王桂兰听了这些话满心高兴了。潘忠地走了后，主动问潘忠良需要带什么，并提前给他准备好了铺盖。

两三天里，潘忠良跑了一些户，对几个他觉得合得来的，亲自登门问问情况。展宝洋高中毕业回来，当了两年的生产队会计，实行家庭承包责任制以后，集体没他的事干了。上次那些人去南方打工时，他就想去，但是，他爹是个死脑筋、犟脾气，在家里说一不二，无论如何也不让他去。这次去北京，党支部开始就排上他了，可开完会回到家里一说，他爹还是坚决不同意。潘忠良知道后，到了他家，说："大哥，让宝洋去吧，这不是去出大力，租两间房子卖菜，风不着雨不着，还能赚点钱。党支部让我领这个头，我得找个好帮手，宝洋兄弟再合适不过了。"

宝洋爹说："庄稼人的孩子，就得老实巴交在家里混，别这山看着那山高。外边的钱那么好挣？那得有本事！再说了，挣钱不挣钱是小事，一伙子小青年出去，就怕惹是生非，万一惹了祸怎么办？还有，离家那么远，有个头疼脑热谁管？当老人的能不挂心啊！"

潘忠良说："当爹娘的没有不疼爱孩子的。可是，也得有个疼法，不能把他们一辈子锁在箱子里，有一丝丝缝儿还用纸条子糊严实，那就成溺爱了，他们还怎么发展？有机会就得叫他们出去见见世面，长长见识。宝洋的性格你还不摸底？给他一百个胆子也不会惹事，有什么不放心的？俺也不是一个人两个人去，去了也是按人家的章程办事，绝对出不了问题。生活上您也放心，都是本村的兄弟爷们，相互都得照顾着，不能说和在家里完全一样，有个病灾的绝不会没人管。村里叫我去负责，你说我是做事不知深浅胡作非为的那种人吗？"

宝洋爹吧嗒了几口烟，说："你把话说到这个份上了，他愿意去就去吧。其实在家里他也没什么事，里里外外还不都是我的！"

就这样，最后定下了十四个人。党支部又把这些人召集起来，开了个会。会上，正式明确潘忠良为组长，展宝洋为副组长，要求大伙都要拥护他两个。张发树说：“忠良哥可了不起了，鞋帮子改做帽檐子，一步登天了。原来是咱村里的个小组长，这一下子成北京城里的小组长了，当上京官了。”

潘忠良说：“什么京官，又不是进皇宫，要是给个总理、部长的当当还行。还是当个小组长，在家里还能管百多号人哩，以后就管这么十来个，差远了。你要看着这个差事好，咱俩换换，你去？”

张发树说：“我就芝麻粒大的个胆儿，出去汶水滩就不知道东西南北了，可没你那本事！小组长怎么了？看在哪里当。‘文化大革命’期间全国到处都是小组长，中央也有这小组那小组的，那些组长可都是国家级的官！说实在的，你这官虽然级别没升，但地方变了，担子也就重了。这是到京城，今后做事就得小心点，千万不能违法乱纪。管的人少责任可不小，对这帮人要严格管理，不该去的地方不能去，不该做的事不能做，得维护好咱汶水滩人的名声。可别光着屁股去逛天安门，那就把人丢到全国去了！”

潘忠良说：“把你的心放到狗肚里吧，这一伙子个个都是本分人，哪里像你那么不安分，满肚子花花肠子，净办些光腚推磨转着圈丢人的事儿。”

满屋人都笑了。

潘忠地说：“别胡扯了。发树哥虽然说的是笑话，这个理儿对头。你们是到北京去做买卖，的确要注意形象。虽然人不是很多，十来个也是个小集体了，有事多商量，注意搞好团结，相互帮助，有钱大伙赚，遇到困难共同承担。支部研究定了，每人借给恁两千块钱，去了好交租房的定金，一年内还上就行。如果家里有什么困难，就吱一声，我们帮助解决。去了就安下心来，好好干，争取多挣点钱。磨炼两年长点本事，以后干什么都有好处。”

张发树说：“你们打算什么时候动身？那天忠民说了，要去就得快一点，晚了就租不到房子了。”

潘忠良说：“忠民、忠明今天到东乡收菜去了，说是这次只送些生姜、大蒜。我给他们说好了，车上别装满，后天捎着我们一块去。他两个熟悉，走到便于联系。”

潘忠地说："拉这么些人路上一定走慢点。回去都抓紧做做准备，需要带的东西拾掇好。村里借给你们的钱明天来找向河拿，都写个借条，好临时入账。"

潘忠民、潘忠明收来了一满车菜，一看十几个人还带着行李，每人还有十来斤面条，就卸下了一大部分，先存放到试验田仓库里，只拉了几袋子姜、蒜。走到后市场管理人员很热情，先领着他们看了看，他几个商量了一下，有愿意一个人干的，有几个想合伙的，这样共租了八套房，上下十六间。等他们全部安顿好，潘忠民、潘忠明才回来。

这天下午潘忠地刚到办公室，李向河说："秀菊姑病了，你知道不？"

潘忠地问："什么时候病的？重不重？"

李向河说："可能不轻。刚才遇上庆龙叔和桂芝爷俩，拿着针药，说是秀菊姑发高烧，去她家里给她打吊瓶。我急着整这个月的账，没过去。"

潘忠地说了句我去瞧瞧，接着走了。

到了潘秀菊家里，已经打上吊针了，李庆龙爷两个在床前坐着，李桂芝赶紧起来让给他座位。潘忠地问："什么病呀？怎么这么突然？前天还好好的。"

李庆龙说："看来是感冒引起的，不是一天两天了，发烧，咳嗽还挺深，可能肺部有点感染了。"

潘忠地说："怎么不早看看吃点药？"

潘秀菊有气无力地说："从大前天就觉得有点头疼，没当回事儿。前天夜里又开始咳嗽，昨天我也没再出门，寻思着多睡一会儿就好了。谁知道越来越厉害，今天实在是撑不住劲了，才去了卫生室。"

潘忠地问："都是用的什么药？"

李庆龙说："加了几样消炎和退烧的药。最好同时吃几服中药，那样好得快些。"

潘忠地说：“还没开中药？”

潘秀菊说：“我没让开，懒得动，不想熬。”

李庆龙说：“我不是说了，叫桂芝给你熬，她打针、熬药都能行。”

潘忠地说：“大叔你去包药吧，过会儿叫玉英来熬。”

李庆龙走了。吊瓶里还有大半瓶子药，潘忠地说：“一会儿半会儿还滴不完，桂芝，你这就去喊喊恁玉英嫂子。今天下午地里没活，她在家里。”

李桂芝答应着去了。潘秀菊说：“忠地，你给我头底下垫床被子，我往上躺一躺。”

潘忠地给她垫好，潘秀菊伸过那只没打针的手，攥住了潘忠地的手。潘忠地没往回抽，只好坐到床沿上。潘秀菊闭上眼，长出了几口气，两行热泪流了出来。潘忠地看着，心里热辣辣的，不知道如何是好。过了老大一会儿，潘忠地说：“我给志国要个电话，让他回来一趟吧？”

潘秀菊睁开眼，抽回手擦了擦泪，说：“别叫他回来，那么远，我这又不是什么大病，两天就好了。他参加工作还不到一年，请假也不好。”

潘秀菊算是命苦的了。娘家虽然是本村，可没有很近的人。她这个家族人丁不旺，五辈子单传，到了她这一辈，只生她这么一个闺女，还不满周岁父亲就去世了。她结婚的前一年，母亲也去世了。按房份说，与潘士金家最近，也出五服了。结婚后和婆婆一块过，丈夫在部队当军官，日子过得很顺，可是，儿子还不懂事时丈夫就在越南战场牺牲了。虽然丈夫是弟兄两个，自从给丈夫发丧和大伯哥家闹了矛盾，婆婆去世时又因家产的事吵了一架，两家基本上没了往来。儿子志国还算争气，高中毕业考上了南京林学院，在上大学期间谈了个对象，同班同学。女孩来过一趟，她看着挺好的，满心支持。可是，女孩家在合肥市，爸爸在当地市委工作，毕业后两个人商量着一起分到了合肥，进了市林业局，她心里不乐意也没说出口。没办法，只好一个人在家里了。平常忙忙活活显不出什么，可这一得病，那种无依无靠、寂寞孤独的感觉袭上了心头，感到周围的一切都冰冷冰冷的，想想自己的日子，就像深秋里飘落的树叶儿，只有自己知道自己的苦辛了。刚才拉住潘忠地的手，心里有了些温暖。她多么想让他搂着自己躺一会儿啊！可是，那是万万不能的。

潘忠地听到院子里来了人，赶紧坐回到凳子上。石玉英和李桂芝进来了。石玉英慌慌张张来到床前，摸摸潘秀菊的头，说：“哎呀，还这么烫啊！桂芝给我说，都病好几天了，今天下午才去看的，那怎么行？又不是小年纪了，自己的身子得自己爱惜。”

潘秀菊说：“不碍事儿，就是浑身没点劲儿，不想动。”

石玉英问：“中午吃了点什么？”

潘秀菊说：“什么也没吃，睡了大半天，起来觉得不行了，就去找庆龙哥。”

石玉英说：“不吃饭更不行，我先给你烧碗汤喝。”

潘秀菊说：“烧了也喝不下，没胃口，待会儿再说吧。”说着又咳嗽起来。

李庆龙拿着五服中药进来了，还拿来了煎药的砂锅。潘忠地问：“什么时候吃？”

李庆龙说：“先泡上一服，泡二十分钟就熬。要熬两遍，第一遍熬好倒出来，再接着加水熬第二遍，两次的掺到一块，下午喝一半，晚上临睡觉再热热喝那一半。明天分早、晚两次喝就行了。”

潘秀菊说：“家里有个砂锅，多年没用了，在厨屋里窗台上。你把这个拿回去吧，用完了又不能给你送。”

李庆龙说：“用这个吧，这是卫生室备下的一个，经常用，谁吃中药要是没砂锅就叫他拿去使。不用你送，用完了叫桂芝来拿。其实现在没人讲究那个了，都是吃完药接着送回去。”

李桂芝问：“这还有什么讲究？”

李庆龙说：“你不知道，老辈里兴下的规矩，药锅可以借，但用完只能先放着，不能送，因为送药锅就意味着把病给人家送去了，不吉利。可是，到了年跟前的时候一般得要回去，如果这家人忘了，借药锅的就得去招呼一声，让人家来拿。过年了不仅人要回家团聚，个人的物件也要归家。”

李桂芝说：“这么多事啊！”

潘忠地说：“这都是些迷信说法，现在没人计较了。”

石玉英用开水洗了洗砂锅，把药泡上了。这时吊瓶里的药滴完了，李桂芝把针拔了下来。李庆龙说：“明天上午叫桂芝再来打一瓶，得连滴三天。吃上这五服中药看看，也许就差不多了。你平常没大吃过药，效果会好一些，不过，没感觉了最好还是再吃两服，巩固巩固。”

潘忠地说：“是得多吃几服，好利索，不能落下病根。”

石玉英说：“恁都回去吧，我侍候大姑就行了。”

他三个一起走了。潘忠地刚走到屋门口，石玉英又大声说：“你回去叫咱娘做饭，别等我了，我在这里陪咱大姑一起吃，晚上也不回去了。”

石玉英熬出药来，打发潘秀菊喝了大半碗，又让她躺下盖好被子，说：“你歇一会儿，想睡就再睡一觉，我做好饭叫你。有鸡蛋吗？我擀个鸡蛋面条给你下下喝。”

潘秀菊说：“有，在西间屋那个黑瓷罐子里，挨着的那个小瓮里是白面。多和个鸡蛋，得够咱娘俩喝的。”

石玉英说：“你别管了，我有数。”

石玉英到外间屋和面，和好后醒了一会儿才开始擀。已经黑天了，她拉开灯，切好面条，又切了点葱花、姜末，看到面桌旁边有放的把子菠菜，就洗了几棵，作青头。一切准备妥当了，过去喊潘秀菊：“大姑，是不是睡着了？我这就去炝锅下面条，刚睡醒还是不想吃，得起来活动活动。”

潘秀菊折身起来了，说：“这一觉睡得真好，还出了点汗。”

石玉英过去扶着她，说：“出出汗就轻快些了。你别接着去院子，要是解手我给你拿过尿罐子来，晾了汗可不行。”

潘秀菊下了床，说:“不用拿，我下下汗再去厕所。”

石玉英煮好面条捞了一碗，端过来说:“你还是坐到床上去，把腿盖上，吃完接着躺下。”

潘秀菊说:“在外间吃吧，你也盛过来咱一块吃。”

石玉英说:“我等会儿，你先趁热吃，吃了这碗我再给你盛。”

潘秀菊拿筷子拨了拨面条，说:“可不用盛了，这一碗就不少，不知道能不能吃净了。”

石玉英说:“尽量多吃点，吃下饭去身上就有劲了。”说着坐在一旁看着她吃。

潘秀菊吃了几口，说:“玉英你真会做饭，这面条切得又细又匀，吃起来这么香。”

石玉英笑了笑，说:“你中午就没吃饭，两顿凑一顿，一定是饿了。没听人家说吗？人要是不饿吃蜜不觉甜，饿了吃糠甜如蜜。”

潘秀菊说:“可不是饿不饿的事儿，我擀面条就是切不了这么细。也都是炝锅下，多咱也炝不出这样的味道。”

石玉英说:“面条要想切得细，首先得把面擀薄，切的时候要挨着刀，左手挪动少一点，切匀实。炝锅也是有些讲究。有的锅不热就放进油去了，油不热就放葱花、姜末，没拨拉几下子就加上水了，那样没香味。只有热油炒葱花，炒得发黄还不能糊了，再快点加水。还有这青菜，要是芫荽可以把面条煮好再放，如果是菠菜或白菜叶的，最好是炒好葱花也放锅里炒一炒，那样才出味儿。”

潘秀菊说:“你做饭是比我在行，以后没事教教我。”

石玉英说:“你心灵手巧的，还用我教？”

没大会儿潘秀菊就把一碗面条全吃光了。石玉英说锅里还有点，再去给她盛来。她说，“再喝半碗汤吧，已经吃饱了，可不要面条了。你也赶紧吃，别凉了。”

石玉英去给她舀来半碗汤，又回去捞了捞，还不到半碗面条，加满汤，端过来开始吃。潘秀菊说：“没面条了？怎么擀这么点？”

石玉英说：“就擀了一个鸡蛋的，够你吃的就行了。我看着那边瓮里有煎饼，烙得挺干的，我愿意吃那个。”

潘秀菊说：“你这个人真是，还给我省着呀！菜橱里有咸菜，端来就着吃。”

石玉英答应着，过去端过咸菜，拿了两个煎饼，吃起来。很快就吃完了，把碗筷拾掇到厨屋，连锅一块刷了，回来说：“还想睡不？要不你就脱了衣裳直接睡，我过会儿再烧壶开水，晚一点再热那半服药。”

潘秀菊说；“可不能睡这么早，这都躺一老天了，睡得头都轰轰的了，吃这碗面条才好了点。你别忙活了，坐下咱说说话。”

两个人拉起家常，张家长李家短，说了大人说孩子，不知不觉过去了个多小时。潘秀菊说：“你回去吧，别乍挪地方睡不好。我自己热药就行，夜里又没事。”

石玉英说：“可不行，别睡醒一觉再发起烧来，想喝点开水也不愿意动了。暖水瓶里空了，我先去烧开水，然后再热药，喝了药咱就都睡觉。”

潘秀菊说：“我去把被子拿出来，志国原来用的，拆洗干净了，你就在西间他那个铺上睡吧。”

石玉英说：“不用，你这个床这么宽，我在那头将就一晚上就可以。我这个人睡觉死，要是在西间睡了，你晚上有事很难喊醒我。这不是两床被子吗？天又不冷，别再拿了。”随后去点炉子烧水。

石玉英灌了一暖水瓶开水提过来，又热好药打发潘秀菊吃了，两个人先后躺下了。也许真应了潘秀菊那句话，乍换了地方，又是靠床外边躺着，往里挨怕影响潘秀菊睡，往外担心掉下去，翻来覆去就是睡不着。一会儿大睁着两眼，一会儿强制着闭上，怎么着也没一点困意。以前可从来没失过眠，别管冷热都是倒头就睡，这是怎么了？越是睡不着心里越烦躁，想起来坐会儿，还怕把潘秀菊惹醒了，就这么老是翻身，还得轻轻的，不知道过了多长时间，眼皮才渐渐发起沉来。还没睡死又听到潘秀菊在说话，就支棱起耳朵，原来是说梦话，开始几句听不清她嘟囔的什么，后来突然听到她喊“忠地”，还接连喊了好几声，然后翻翻身又呼噜起来。

石玉英的困意彻底被赶跑了。想，她这一定是梦到忠地了。难道她心里一直想着他？梦着他两个人干什么？一男一女的，不会是做那种事吧？他们都是村干部，整天在一块儿，她又守寡这么多年，说不定有些什么事儿。和潘忠地结婚时间也不短了，回忆这些年，包括对村里其他女人，没发现他有出格的地方。但是，在农村当干部有男女作风问题的不是少数，娘家那村里的支部书记就很差劲，据说和好几个女人相好。还有那个生产队长，就好往女人堆里扎，有几个老娘们专门戏弄他，也不知道害臊。来到这个村里没听说有这样的情况，觉得潘忠地更不是那种人。可是，人心隔肚皮，真有这种事也是偷偷摸摸，不会让别人看出来。对了，两个人平常是显得比较近乎。他叫她个姑，她又没有近门，儿子还不在家，以关心的名义好找借口。再想想，每次到她家来都是两口子一块，难道那都是为了掩人耳目？……反过来倒过去，脑子都要炸了，也理不出个头绪。鸡都叫了，才算是睡了一觉。

早晨潘秀菊起来后的咳嗽声才把石玉英惊醒，她起来洗了把脸，接着给潘秀菊熬上药，又准备做饭。潘秀菊说：“你别忙活了，回去吧。我感觉好多了，吃了药我再做饭。”

石玉英看着药锅，说：“你能行啊？”

潘秀菊说：“觉得身上有劲了，头也不那么疼了。”

石玉英说：“那我也得给你熬好药再走。”

石玉英把药熬好分成两份，说：“按庆龙叔交代的，这先喝一半，晚上再喝那一半。吃完药停一会儿再做饭吃，别吐了。”

潘秀菊说：“我知道。你走吧，回家还得做饭去。”

“不用慌，说不定俺婆婆已经做好了。”石玉英说着起身走了。

在路上，她又思虑起昨天晚上发生的事儿。回到家里，潘忠地问：“你怎么回来了？大姑自己行了？”

石玉英说：“她说好多了，撵我回来的。不信你去看看。”

潘忠地说：“吃了饭我再过去。”

石玉英说：“是得去，不行你在那里侍候她几天。”说着到厨屋帮婆婆做饭去了。

潘忠地也没把她这话当回事，吃过早饭就去了潘秀菊家。李桂芝已经来了，等着潘秀菊吃完饭好打针。刚打上针，张发树、李向河和李长贵一起来了。正说着话，潘士金的老婆拿着几十个鸡蛋也来了，说是潘士金刚听说，让她来看看。潘忠地说：“婶子你坐一会儿，俺得去办公室商量事。”

潘秀菊说：“恁都不用挂心了，也不用老往这跑，这不有桂芝，打打针吃几服药就没事了。”

他几个一起回办公室了。

石玉英饭后拾掇完，给婆婆说了声出去有点事儿，就出门去了王桂兰家。王桂兰正在院子里喂猪，见石玉英进了大门，立即喊儿媳妇：“雪梅，先过来看着猪，恁大婶子来了。”随后叫着石玉英进了堂屋。

“你怎么有空来坐坐了？”王桂兰说着拿茶壶泡茶。

石玉英说：“泡什么茶，刚放下饭碗，又不渴。”

“自从恁大哥去了北京，这茶壶还没用过一回哩，今天咱姊妹俩喝一壶。”王桂兰没停手。

石玉英没再制止，说：“喝吧，反正没什么事儿。秀菊姑病了，你听说了吗？”

王桂兰似乎有些惊奇，说：“哟咳，她怎么病了？不轻吗？你看她跟前又没个人儿，可不该得病。不行，咱得抽空去看看她。”

石玉英说：“昨天下午我就去了，又打吊针又吃中药，晚上我住在了她那里，今天早晨熬好药才回的家。庆龙叔说好了，今天上午桂芝再去给她打针。”

王桂兰边倒水边说：“那是个好人。实话告诉你吧，我和恁大哥这事得算是她撮合成的。”

石玉英接过茶碗，说：“我听说过。你这多好啊，儿子媳妇的一大家子，虽然大哥暂时出门了，家里还有孩子们，显得多兴旺！据说她男人也走了二十多年了，怎么就不再找个人家呢？”

王桂兰说：“谁知道她怎么想的！也许是和姑夫的感情忒深了，原来还得侍候婆婆。等老太太走了她年龄就太大了，志国也上了大学，不好意思再找人了。”

石玉英说：“这么些年一个人，忒孤单了，你说她能守得住？”

王桂兰想起了自己的事，心里一沉，说：“人没一样的。有的人有主见，能管住自己。有的就不行了，自己随和，再有人勾引，就可能出事。等着瞧吧，那么多年轻人都出去打工了，留下媳妇孩子的在家里，时间久了肯定有人守不住。”

石玉英笑着说：“恁家里套子和大宝都走了，你这当婆婆的责任可大了，得看管好两个媳妇儿。”

王桂兰也笑了笑，说：“这可不是看管不看管的事儿，得靠个人管个人。这是给你说不怕丢人了，当年我那个男人在矿上挖煤，经常不回来，潘忠国那个坏蛋主动勾引我，结果我上当了，跟他有过那么几回。后来败露了，他也受了处分。特别是大宝他爹出事以后，我是下决心改了，他再找我我也没答应。再后来和恁大哥结了婚，孩子们也都大了，更得好好过日子了。秀菊姑不是那种人，这些年从来没听到什么闲言碎语的。那是很早了，还是张义生当大队书记，出了点事，人们议论了一阵子。那回我最知根知底，是潘忠国想把张义生赶下台，他好当书记，挑唆我给人家造的谣。结果动了公社的人来调查，根本没有的事，张义生还提拔去公社农具厂当书记了，潘忠国不仅没当上大队书记，连大队长也抹了，士金叔当上了书记。”

石玉英说：“这些事你要不说我还真不知道哩。”

王桂兰说：“你才来多长时间？我当年那点破事全村人都知道。这是咱改好了，恁大哥也不计较，才没人再提叙。”

石玉英犹豫了犹豫，还是问了一句：“你说忠地和秀菊姑不会有事吧？”

王桂兰一听这话，立时警觉了，没打迟疑就说：“你是怀疑他两个啊？根本不可能！秀菊姑是个正派人，这么些年了忠地的品性你还不了解？那也是个老实实在人，处事可本分了，和女人们连个笑话也没说过，绝对不会有那种事。”

石玉英又把潘秀菊说梦话的事讲了一遍，并且说：“人们都说梦里吐直言。她怎么不叫别人来？”

王桂兰说：“你可别疑神疑鬼的，不就是句梦话吗？我知道，恁两家一直走得比较近，包括恁婆婆对秀菊姑也挺好，原来有春莲的时候，两个人好得简直穿一条裤子。秀菊姑对忠地是很关心，但不会有别的事。他们都是村干部，她这是有病发烧，脑子里一定糊里糊涂的，可能梦里又想起工作的事了，喊他两句还不是正常的！”

石玉英不再吱声了。王桂兰又说：“这是咱姊妹两个说知已话，这事到此为止，你可不能给外人讲。别说他们没什么事，就算是真有，也不许咱胡吆喝，自己人得护着，可不能船不翻往河里跳。”

石玉英说：“要有真事我可不让他！”

王桂兰又给她倒了倒水，说：“这不是没真事吗？我的话你还不信？快喝碗水，该干么干么去，别胡思乱想了。”

石玉英相信了王桂兰的话，又说了几句闲话，走了。可是，这件事就像块病，一直堵在了她的心窝里。直到两年多后，潘秀菊的儿媳妇生了孩子，张志国来信说他岳父岳母都上班，叫她去看孩子，潘秀菊辞去了村里的职务，去了合肥，石玉英心里才慢慢平顺了。

# 双喜临门

麦收以后，于宝典和李桂芝结婚了。本来婚事很简单，两个人骑着自行车，没用别人陪同，到乡里领了结婚证，回来两家人在一块吃了顿饭，就算完事了。于宝典家里也没来很多人，就来了哥哥和嫂子，算是全家和亲戚们的代表了。他爹说，这么远，又是在人家村里落户，别去人太多了，一切都听媳妇娘家的，把事办了就行了。哥哥、嫂子是一早赶来的，吃了午饭就回去了。饭是在李庆龙家里吃的，晚饭李庆龙也没让小两口回他们家，说别回去做饭了，吃了再走，从明天开始你们自己做着吃。刚放下饭碗，张发树突然来了，李庆龙让他坐下，拆开盒烟递给他一支，于宝典、李桂芝泡茶的泡茶，刷茶碗的刷茶碗。张发树说："要不是下午向河说昨天给他两个开介绍信了，都还不知道他们今天结婚的事哩。大叔你也真是，怎么不吱一声？于医生也是咱村里的人了，这是他们一生中的大喜事，怎么着也得让大伙恭恭喜吧？你是怕我们来喝喜酒呀！"

李庆龙说："你这是想哪里去了？年轻人结婚，谁听说了都高兴。不过，我觉得咱应该新事新办，还是一切从简好。你想喝喜酒还不容易啊，这就叫恁婶子炒几个菜，咱爷们喝两盅。"

张发树说："那可不行，我一个人喝了算什么事？得多邀些人来，人多热闹，喜兴。”

于宝典给他们倒上茶，在一旁坐着，听了这话觉得有些不妥，就说：“那样不好吧？恁知道，我出身不好，虽然现在不计较家庭成分了，可我在这村里是单门独户，不担事儿，别给党支部惹麻烦。”他是想起盖房子时发生的事了，尽管是后来才听说的，可老觉着事是自己引起的，一直在心里放不下。

张发树说：“惹什么麻烦？你不仅是汶水滩的普通群众，还是医生，全村人谁不高看你一眼？再说，桂芝可是生在这里长在这里的，就算喝她的喜酒也应该。‘文化大革命’期间婚丧嫁娶都不允许大操大办，这几年又兴起来了，谁家的孩子结婚不候个三五桌的？就连办丧事的，又恢复原来那一套了，请吹鼓手，披麻戴孝，家里祭了路口祭，还得放炮。上级不禁止了，村里虽然没提倡，群众自发搞起来了，也没管他们那些事。”

李桂芝也觉得自己这婚事是太简单了，连个“送客”“迎客”的都没有，村里其他姑娘出嫁还没这样的，就说：“我看大哥说的这事行。明天我就准备菜，谁愿意来喝就叫他们到俺家里喝去。算喝我的还不行啊？”

李庆龙说：“别瞎掺和，你是出嫁，哪里有喝闺女喜酒的？恁那房子连个单独做饭的地方都没有，桌凳也不齐全，怎么个喝法？你以为喝喜酒随便炒几个菜就行了？得像模像样地成席！”

李桂芝说：“闺女怎么了？男女都一样，哪里规定闺女的喜酒不能喝了？前几天秀菊姑还给我送来两条枕巾两块香皂哩。”

李庆龙说：“那是填箱，不叫喝喜酒。”

张发树说：“以前是只喝男方的喜酒，闺女出嫁不喝，只有亲戚邻居给女孩买点东西，算填填箱。可那是老风俗，时代不同了，那些老规矩得破。桂芝妹妹说得有道理，填箱是恭喜，来喝杯酒也是恭喜。别管是谁的名义了，这喜酒必须得喝。”

李庆龙眉头皱了一阵子，又慢慢舒展开了，说：“还真喝呀？要不这样，别上他们那房子去了，就在我这里喝，拾掇拾掇这屋里能坐两桌。你看什么时间合适？”

张发树说：“在你这里喝也正当。反正桂芝没有哥哥弟弟，她姐姐又出嫁好几年了，这房子早晚是他们的。时间好说，明天我吵呼吵呼，看看有多少人参加，从后天晚上开始吧？你得有个数，恐怕三桌两桌的不行，轮着来，一场两桌。”

李庆龙说：“那行，明天就抓紧准备，还得请个厨子。”

于宝典也不好反对了，说：“买酒买菜算我的，列个单子，明天我赶集去。”

李庆龙说：“过会儿我就去找厨子，需要买什么菜让他定，咱计划不准。先按几桌准备？”

张发树说：“少说也得七八桌。不要紧，先按这个数备着，到时候菜不够再去买。”

李庆龙说：“眼下天气热了，鱼肉放不住，得去给人家定好，每天一早去买。”

张发树没等到第二天，从李庆龙家里出来，接着去了潘忠地家，说了说这事。潘忠地说：“你还真去了？下午你说找找庆龙叔，得喝他们的喜酒，我还以为是说着玩的。庆龙叔没这个打算，不该多这事。”

张发树说：“看来他是觉得当老丈人的不便说，也有点嫌麻烦，我去了一说就同意了。于医生这人不错，还有庆龙叔那一面，咱还是给他办办好。”

潘忠地说：“办就办吧，得拿多少钱？”

张发树说：“和以前不同了，前些年这种事拿个块儿八毛的就可以，现在钱毛了，咱支部的几个每人得拿三块五块的，其他人随便。”

潘忠地说：“好吧，庆龙叔这些年在村里为人很好，于医生做事也很实在，你去办吧，咱每人拿五块。不过，以后类似的事再也不能咱出面了。你看看这几年，人情方面的事越来越讲究，不只婚丧嫁娶，生孩子、孩子考上学也要祝贺，搬个新家还得温锅，街坊邻居都得随份子，随的钱也是越来越多。这种事只要听说了，不随面子上过不去，办的人家还赚麻烦，大伙都觉得负担太重了。”

张发树说：“我是看着于医生是个外来户，庆龙叔又不好意思说，才出面给他们张罗张罗。别人家的事咱可不能管，谁愿意怎么办就怎么办，咱既不伸手也不阻拦。”

潘忠地拿出来十块钱，说：“给大伙打打招呼可以，但别强了，谁愿意参与就参与。支部的几个人一个标准，都五块，其他人随意拿。这个钱你先拿着。”

张发树说：“秀菊姑不用拿了，她给桂芝填箱花的钱比这个数还多。算起来也就咱两个，向河、长贵和庆龙叔家房份太近，只能去忙活忙活，喜酒喝不着。你没五块的？要不明天我再找给你。”

潘忠地说：“不用找了。忠民分开过日子了，也算上他一份。按说向河、长贵也喝着了，这算是喝于医生的喜酒。”

张发树说：“是这么个理儿，他俩的事叫他俩定去吧。”

第二天一早，张发树把李向河、李长贵叫到办公室，说了说这意思，并让他两个分头到各生产小组、试验队和窑场通知一下，把参加的人数统计起来，钱也一块收了。李长贵说：“俺俩去说不好吧？这是俺本家的事，外人会不会有看法？”他也是想到了于宝典盖房子时发生的事儿。

张发树说：“没什么不好，忠地都同意了，就算支部的意见，不是代表庆龙叔去的。忠地还说了，恁两个都得算一份儿，虽然是在庆龙叔家里办，可喝的是于医生的喜酒。”

李向河说：“也不能说支部定的，那样显得更不好。咱就去给大伙打声招呼，反正这种事又不强迫，有几个算几个。说起来这喜酒俺两个喝也行，不喝也可以，因为都给桂芝填箱了。”

李长贵说："别讲究那些事了，喝就喝吧，不就是五块钱嘛！"

张发树说："就这么办，要抓紧，下午把具体人数定下来，晚上咱一块去给庆龙叔说说。他还得排排顺序、定定桌数，好买酒买菜。"

谁一辈子不长疮生病啊？李庆龙一家三口人在卫生室，况且给谁看病都一样的热情、认真，讲人缘，算得上全村最好的了。人们一听说这事，都想随个份子去恭恭喜。除了个别人家有特殊情况，再就是有些外出打工家里没了男人的，女人不便出面，只好不参加了，那还觉得和个事似的。这么一来，人就多了，统计起来一百二十多个。至于拿钱，有三块的，有两块的，极少数家庭困难也有拿一块的，反正就是个心意，没人计较。

晚上他三个到了李庆龙家里，李向河把名单和三百多块钱拿出来放到桌子上，把情况一说，李庆龙犯愁了，说："这不忒大发了？要是每天候两桌，一场只能安排十四个人，七八天还候不完哩。"

张发树说："不用拖那么长时间，可以每天安排四桌，中午两桌，晚上两桌，四五天就完事了。也就是让厨师多受受累，给他找两个打下脚的。"

李向河说："只能这样了，人家只要拿了钱，不论多少，就得请人家来喝酒，这种事又不能答应这个不答应那个，也没有退回去的。"

李庆龙说："不是在乎钱多少，太麻烦了。"

李长贵说："我回去说一声，叫恁孙子媳妇来帮着择菜。"

于宝典说："来喝酒就喝呗，怎么还拿这么多钱啊？"

张发树说："拿钱才叫恭喜呀！这不谁拿多少向河都记单子上了，这是人情，以后人家有事得还。这点钱是不够候客用的，你还得再搭上百把二百块的。"

李庆龙说："不能说花钱的事了，这是众人看得起咱，就该多花点。"

张发树说："这两天支部也没什么事，叫向河和长贵靠到这里，帮着你买买菜、招呼招呼客人，你也别太累了。"

李庆龙说："买菜我和宝典就行，家里还有桂芝她娘俩，恁婶子已经发上面了，下午就蒸馍馍。他两个要是不在支部，黑白靠这里也没事，现在都是村干部，别再让一些人有意见。后来我听说了，宝典盖房子时他两个帮着忙活了几天，不是还有人告状吗？”

张发树说：“咳，别提那档子事了，那是潘忠国那小子出坏点子挑唆人干的，当时狠狠熊了他一顿。就因为那场事，他儿都跟他分家了。从那他算是老实了，整天大门不出二门不迈的，兔子喂得也不多了，据说还有二三十只。”

李长贵说：“这两年兔毛价格不太好，不少养兔户都减少了，幸亏友新把各户的兔毛收起来运到外地去卖，不然有些户就不喂了。友新坚持得还不错，得发展到好几百只了。”

李向河说：“先商量一下候客的事吧。别管分几天候，得排好顺序，定定哪一顿叫谁来。俺两个是得过来，不只帮着家里忙活，每天还得去叫人。”

张发树说：“顺序好说，按生产小组，从一组开始，最后再试验队和窑场。也就大体这么排，还得每次都凑满桌，个别的搭配搭配。”

李庆龙说：“我给厨子说好了，明天上午来破菜，明天晚上咱就候一场，从后天开始每天两场。头一场别安排别人，支部里恁几个，再加上各小组长，还有士金哥、明尧哥，多少的就恁这帮人。”

张发树说：“那就叫光恩大老爷也来。还有长友，他是试验队的头儿。这样共十六个人，正好两桌。”

李向河说：“你算的不对，那样总共十七个。你是没算秀菊姑吧？她也随了五块钱。”

张发树说：“我知道，就是没算她，昨天她说好的，光拿钱不来喝酒了。”

李庆龙说：“明天不叫她来也可以，都是些男爷们，她也不愿意和恁凑一块儿。我想着最后还得叫叫近门这些婶子大娘的，单独请桌女的，到那天再让她来。”

李长贵说："那也人忒多，你和俺姑夫都得坐吧？"

李庆龙说："俺爷俩都不能上桌，只能到时候过来让让酒。包括往后，每桌都得另外有个陪客的。"

李向河说："这样行，这一场有我和长贵负责斟酒，也算是陪客，反正没外人，也就是坐一起热闹热闹。往下陪客的都叫谁啊？"

张发树说："这还用问？恁两个就得一陪到底了。"

李长贵说："你也得来帮着陪两场。"

张发树说："那才胡闹哩！这个差事只能找近门的人，除非本族找不到人了，才能让外姓的来。"

李庆龙说："发树说得是。光恁两个陪也是太累了，我再琢磨琢磨，咱近门还有几个能行的，我跟他们说说，恁就轮换着陪吧。"

试验田春天栽的黄瓜已摘了几茬，摘头茬时李长友说，试验队成员每人先分两斤，尝尝鲜。人们喜气洋洋，有的还没称完就拣一根吃起来，呵，细嫩脆崩，清香可口。再看架上那无数的小黄瓜，一条条头顶黄花，青翠娇嫩。豆角、芸豆的秧蔓爬满了架，肥厚的叶子绿油油的，紫色的、白色的花儿，一堆一堆，满秧子都是，有的已长出了细长的豆角、月牙形的芸豆。此情此景，惹人喜爱。当下只需要适时浇浇水，专等着采摘了。

收完麦子，除为了留饲料种了几亩玉米，其余的地块全部要栽大葱。这些天都紧紧张张的，李向平赶着犋子蹚沟子，其他人有的整理苗子，有的栽植，有的浇水，有的封沟。蒋俊兴也一直帮着干，眼看就全部栽完了。这天干了一阵子活，都来到大柳树底下休息，议论起喝于宝典、李桂芝喜酒的事儿，李长友说："小蒋，还不赶紧把户口起来，在俺村落户算了。你看看人家于医生，这才来了两年，就盖了新房娶上媳妇了。"

蒋俊兴说："恁党支部给我说好的是一年的时间，要长期待下去，那得两个村的支部同意，我也得回家商量商量。"

李庆江也凑过来吸烟，听了这话，接上说：“只要你乐意，村里还能不同意呀？回家也好商量，到这里来落户不孬，来这半年大伙对你多好啊，没有拿你当外人的。”

蒋俊兴说：“我和于医生不一样，他是恁村里请来当大夫的，人家治疗皮肤病确实有一手，我来了能干什么呀？”

李向平说：“来帮着我们种菜呀！别犹豫了，庆江叔这么大年纪不会和你闹着玩，他都劝你了，还不答应下来？你也是作为技术员请来的，即便是以后户家不需用你了，就在试验队干也可以。这事不用支部研究，长友就能决定了，多个人少个人，承包人说了算。”

其他几个人也附和，有的说：“那就来吧，争取明年我们也喝你的喜酒。”

蒋俊兴脸红红的，不吱声了。

都开始干活去了，李庆江把李长友留下，叫到屋里，说：“你可能也看出来了，小蒋和淑苹这两个孩子都有那个意思，你是不是给他们说合说合？别管小蒋来不来落户，让他们先定下来再说。”

李长友说：“这种事我可没办过。要不我找找发树叔，让他当介绍人？”

李庆江说：“也行，你就操心吧。”

李长友吃过晚饭就去了张发树家，家里人说去办公室了，他接着去了办公室。进门一看，支部的人都在，就问：“恁这是开会呀？”

潘忠地说：“有几个事想商量商量，还没开始。你有事啊？先说吧。”

李长友说：“不是工作的事，以后再说吧。”

张发树说：“什么工作不工作的，有屁就放呗，还掖着藏着的干吗！”

李长友说：“这个屁就是专朝你放的，想托你办个事儿。”接着把李庆江让他找人，给蒋俊兴和李淑苹当当媒人的事说了说，最后说，“我觉得办这事你最合适。刚才到你家里找你，婶子说你上办公室来了，我就找这里来了。”

潘秀菊说："小蒋来没几天我就看出来了，淑苹那孩子是相中他了。这桩媒好说，只要小蒋同意就成了。"

潘忠地说："恁都小声点，小蒋在西屋吃饭哩。"

张发树说："这个媒人不用我当了，让秀菊姑当，她心里早有数了。"

潘秀菊说："可不行，我又没种菜，和小蒋没大接触过，不好跟人家开口。再说，你那嘴生就的这么甜，就是当媒婆的料。"

张发树说："我要当媒婆还多个把儿哩，嘴甜不甜你怎么知道的？咱又没亲过嘴。"

潘秀菊说："你再胡说我就把你的嘴撕烂！"

潘忠地说："别胡闹了，我觉得这是个好事。小蒋这人不错，办事认真，也有工作能力。前一段忠民他们说去北京的那十来个人经营情况很好，就是货跟不上趟，咱附近这些村里没什么菜收了。小蒋听说这情况就回去了一趟，联系好以后让他们到他那村里去收菜，这几个月忠民、忠明基本上是运的他那村的。淑苹这闺女也挺好，又勤快又孝顺，经常去照顾庆江叔。这两个人般配。"

李长友说："庆江老爷还有个意思，就是他两个定下来以后，动员小蒋到咱村来落户，将来他跟前也好有人照顾。他也是看着小蒋实诚，经常帮着他干活，两个人挺投脾气。"

李长贵说："好啊，这么好的青年咱还怕多了？这也算是引进人才。我听说他在他村里就是团干部，下一步我别再兼团支部书记了，让给他就行。"

李向河说："你说得太远了，能不能成还不一定，就是成了人家愿意来落户呀！"

潘忠地说："先做做工作再说。发树哥你给小蒋谈谈，淑苹那里让秀菊姑去说。"

张发树说："忒好了，男的这头我负责，女的那头就是秀菊姑的了，俺两个得保证把这事促成。"

李长友说："我的任务算完成了，能不能成就看恁两个的了。我得走了，别耽误恁开会。"

两个年轻人虽然没明说，但是，交往多了，见面又显得那么亲近，也就感觉到对方的心思了，并且都看中了对方。所以这门亲事提起来，两个人都答应得算是干脆。蒋俊兴说我倒是没意见，可得回家跟老人商量商量再定。张发树说那当然，这是终身大事，必须让老人知道。李淑苹开始光抿着嘴笑，潘秀菊说你个死妮子，同意不同意得有句话呀！李淑苹说大姑我听你的，不过，你得跟俺爹俺娘说说。潘秀菊到她家里一说，淑苹娘提出小蒋家太远了，将来走个亲戚都不方便。潘秀菊说人家还有意跟着于医生学，把户口也起到咱村里来，在这里盖房子成家，那不就近便了？淑苹爹说别管远近了，我看着小蒋挺好的，现在给孩子定亲，当老人的说了也不算数，只要年轻人同意了，咱挡也挡不下。就这样，张发树和潘秀菊一碰头，这桩亲事基本上算定下了。

李庆江听说后，喜得简直合不拢嘴。过了两天，他给李长友说："长友，你没问问小蒋，他什么时候回家和他爹娘商量去？"

李长友说："我问了，他说这两天有几户种菜的找他有事，过了这几天就回去。他还叫我和他一块去一趟，咱想秋后也建温室大棚，他们村建了好几年了，村里组织去参观的时候我见过，他让我再去仔细看看，了解清楚，回来好抓紧准备物料。"

李庆江说："那更好了，你去了和他家里的人好好拉拉，不光同意这门婚事，还得让人家答应小蒋把家安到这里来。"

李长友说："大老爷，你是想上门女婿想迷了吧！"

李庆江装着生气的样子，说："你这孩子也和我瞎胡闹！"

过了两天，李长友跟着蒋俊兴去了蒋家庄。在路上，蒋俊兴让李长友到了后先给他爹娘透透和李淑苹定亲的事，李长友答应了。到了蒋俊兴家里，他父母都在，听说来的是试验队的队长，很热情。坐下喝了会儿水，李长友说："我这次来是顺便参观一下恁村的大棚。还有件事，支部里让我跟恁二位老人说说，就是给俊兴介绍了个对象，女孩是俺村的，叫李淑苹，和俊兴同岁，长相是没说的，人品也很好，是团员。家庭情况也不错，父母都健在，有个哥哥，成家了，有个姐姐也出嫁了。具体情况俊兴都了解，想听听恁二老的意见。"

两个老人一听，认为这是来说媒了，先说了几句感谢的话，然后俊兴娘说："只要俊兴看中的，那女孩就孬不了。人家女方愿意吗？"

李长友说："女方全家都同意，就等恁二老一句话了。"

俊兴爹说："要是人家同意，他两个又见面了，俺没什么意见。你这当媒人的这么远还亲自跑来，受累了。"

李长友说："我可不是媒人，两个媒人都是村干部，一个是村长，一个是村妇女主任，并且是书记让他两个出的面。我是受支部的委托，来向恁老人家介绍介绍情况。"

俊兴爹说："哎哟，村里的领导们都操心给他找对象，这种事可少有。这孩子在那里干得不赖？"

李长友说："可是不赖！全村老的少的，没有不夸他的。大伙议论起来，还说让他把户口起到俺村去，在那里落户算了。"

俊兴娘说："可不行，咱不能倒插门去当养老女婿。"

蒋俊兴说："当什么养老女婿，人家有儿有女的，又不去人家家里过日子，不更名不改姓，怎么成倒插门了？"

俊兴娘说："那也不行，大老远的，不能上那里住去。现在是我和恁爹身体好，你在家不在家的没事，过些年俺两个老了不能动了，你怎么到跟前来侍候俺？"

李长友说："不要紧，俊兴盖起房子来，成了家，恁二老也可以搬到那里去。"

俊兴爹这一阵子只是吸烟，听到这里磕了磕烟锅，说：“这事先别说了，得和他两个哥哥商量商量。”

李长友听出来了，蒋俊兴是有意想去，他爹也不是坚决反对，就进一步说：“俺村这样的情况俊兴不是头一个。前几年卫生室聘了个医生，他那村也不近，四五十里路，一去就把户口起去了，村里帮他盖了房子，前些日子也娶媳妇了，闺女就是俺村的，可好了。”

蒋俊兴觉得再说下去他爹也不好表态，就说：“咱先到坡里看看大棚去吧。”

俊兴爹说：“恁去吧，我去买点菜，中午叫恁两个哥哥一块来吃顿饭。”

他两个出去门，李长友说：“你觉得恁哥哥能同意你去落户吗？”

蒋俊兴说：“问题不大，我走了以后不用分家产了，他们不吃亏。老人也没事儿，平常有他两个照顾着，关键时候我还可以回来住几天。要是老人愿意跟着我去，那就更好了。”

李长友说：“只要你下了决心，这事一定能办成了。”

他们直接去了南坡。蒋俊兴说：“咱不找村干部了，去看看那几家连片的棚，问问干活的人，需要什么物料，怎么建，他们最清楚了。”

老远就看到一帮人在那边指指画画的，走近看清了，原来是几个村干部，领着几个外地人在参观。他两个过去，蒋俊兴对村干部介绍说：“这是汶水滩村的试验队队长，专门来看看咱的大棚，准备秋后也建。”

支书说：“好啊，你在那里一定要好好帮助人家，有什么困难提出来，咱该帮的得帮。一块看吧，这是农学院的几位老师，来了解咱种菜的情况，想以后把咱这里作为他们学生实习的基地。”

蒋俊兴说：“恁看恁的吧，俺看两个棚找人具体拉拉，别的不看了。”

这时有位戴眼镜的女老师说话了，问：“刚才说的汶水滩，是不是原来刘集公社的那个？”

支书说：“就是那个，老典型了。他们为了发展蔬菜种植，让俺派个人去指导指导，俊兴就是俺派去的技术员。”

这位老师又看着李长友问：“恁村里潘忠地、潘秀菊现在干什么？你叫什么名字？认识我不？”

李长友回答：“我叫李长友，潘忠地是俺村的党支部书记，潘秀菊是党支部委员、妇女主任。”又上下打量了这人一阵子，说，“光看着面熟，还真想不起来了。”

那人说：“你当时可能不在大队，也不在宣传队，我对你也没大印象。一说你就知道了，当年我和王士霜、小彭三个人，到恁大队住了一段时间，就住在潘秀菊家里。当时士霜的哥哥也在恁大队驻队，就是公社的那个王站长。我姓董，叫董玉清。在那里也没参加过劳动，整天帮着宣传队排节目。我们临走时潘忠地的对象去世了，没过两年士霜也走了，转眼这都十来年了。”

李长友恍然大悟，说：“噢，想起来了，你是小董，唱歌唱得可好了。我那时候就在试验队，和恁接触不多，就看过几次你们的节目。”

有个青年老师说：“还小董哩，董老师是副教授了，还是我们系里的副主任，这次来就是她的带队。”

李长友有些不好意思了，说：“我是说那时候都喊她小董。”

董玉清说：“当年的小董现在成老太婆了，孩子今年都该上初中了。你们那里还保留着试验队？据我们了解，实行大包干以后，很多大队的试验队都撤了。”

李长友说：“俺没撤，但是也搞承包了，一个人牵头包的。其实也没什么试验项目了，这不，小蒋同志去了后，帮着我们种蔬菜，除了户家种了一些，试验田基本上全种成菜了，秋后再搞部分大棚。董老师，你也得再去看看呀？”

董玉清说：“一定得去。你回去先给那几个人捎好，我抽时间去看他们。如果你们蔬菜种得好，也可以作为我们的个联系点，去你们那里比到蒋家庄来还方便。”

支书说：“我们这个基地可得定下了，不能有了汶水滩又把俺抹了。”

董玉清说：“不会的，你们这里大面积种菜时间早，群众有经验，这个点肯定得长期保留。”

随后就分头看去了。中午，李长友在蒋俊兴家里吃饭，期间又说起蒋俊兴的事，两个哥哥对他定亲没说什么，就是对他到汶水滩落户开始有些不赞成。经过李长友一番说服，后来也表示同意了，俊兴爹也没再说别的。饭后，李长友让蒋俊兴住一天再走，蒋俊兴说家里也没什么事，不住了。两个人喝了碗水，一起高高兴兴地回来了。

# 风波

过了一段时间，蒋俊兴叫着李淑苹回去了一趟，说是让他爹娘和哥哥嫂子们认识认识。淑苹爹让李淑苹的哥哥也一块去了，双方家里人见见面说几句客套话，算是正式订婚了。随后，蒋俊兴把户口也起来了，李向河领着他到乡民政所，办理了落户手续。这天在办公室说起这事，张发树说："小蒋也是咱村里的人了，还照常管他吃、发工钱呀？"

潘忠地说："原来和他村里商定的是聘用到年底，如果明年再聘另说。咱得说话算数，虽然他来落户了，还得按技术员对待，不能立时就不管人家的事了。这已经半年多了，不差那几个月。明年就好办了，至多适当给他点补助就行。"

李向河说："那还得问问他什么时间盖房子，他和于医生一样的情况，下一步结婚成家，得有自己的住处。"

张发树说："对，这个人对种菜的事很上心，人们拉起来都夸他，得和于医生同样的标准。让他个人准备物料，咱给他划块地方，组织人帮他盖起来。"

潘忠地说："那行。他本人别不好意思提，你和向河抽空找他谈谈，看看他怎么打算的。"

第二天上午，他两个去了试验队，问李长友小蒋来没来，李长友说来了，在饲养棚帮庆江老爷干活哩。三个人就一起去了饲养棚。李庆江见他们进来，放下铁锨，说："恁两个怎么有空来了？快坐下，我点炉子烧水，泡壶茶喝。"

张发树说："算了吧，你那茶壶、茶碗长年不用，整天烟熏火燎，脏兮兮的，能用啊？"

李庆江说："你还是什么高级干部呀，还嫌我脏！你问问长友，昨天下午还和小蒋俺爷仨喝了一壶来。"

张发树说："我是说着玩的，谁不知道大叔你干净利索！有什么好茶叶？也就大干烘吧！"

李庆江说："你又说错了，这是小蒋那天给我买来的茉莉花茶，香味可浓了。你想喝干烘也行，还有半包子哩。"

张发树说："别，我也知道好东西好吃，有好的不喝孬的。"

蒋俊兴和他们打了声招呼，继续垫栏。李向河说："小蒋，别干了，坐下歇会儿。"

蒋俊兴没有停手，边干边说："恁先说话，再有几锨就完了。"

开始倒茶了，蒋俊兴撒匀了土，拍打拍打身上，才坐下一块儿喝水。张发树说："小蒋，你和淑苹已经订婚了，你的户口也起来落下了，打谱什么时候盖房子呀？这事得抓紧，没有房子可不能结婚。"

蒋俊兴说："我这刚落户，没好意思给恁说。回去的时候倒是商量了，俺爹给我准备了几百块钱，俺两个哥哥说如果不够先给我凑凑，我什么时候有了再还他们。要想盖现在就可以着手筹备，那得麻烦村里，给我划个地方。我琢磨着户口才起来这几天，就提这样的要求不好吧？其他群众会不会有意见？"

李向河说："有什么不好意思的？只要把户口落下，就是这个村里的人了，别说找的对象还是本村的，就是外村的，申请要块宅基地也正当，不会有人反对。”

张发树说：“忠地也是担心你不便开口，才叫俺两个专门来问问你。我们初步商量了，对你和于医生一样对待，所需物料你负责，村里出工帮你盖起来。”

李长友说：“盖房子慌什么？咱那边还有两间仓库，里面也没多少东西，不行拾掇出来，整理整理你搬进去，不耽误结婚。以后长期在这里住也行，要想盖新房，就挨着这地方盖，恁两个住这里照顾大老爷也方便，还能照管着咱这片地。”

李庆江说：“可不行，离村子这么远，单门独户的不能在这里长住。”

李长友说：“为什么呀？我和小蒋说好了，以后就在试验队干，户家有事兼顾着就行。”

李庆江说：“这种事有说法。咱西南坡有几块地为什么叫王家庄子？恁可能都不记得，那还是刚土改，从北乡来了家逃荒的，姓王，两口子带着个闺女。当时那地方有间地主家原来看坡的小屋，三口人就住那里了，整天出去要饭吃。后来成立初级社，村里也让他参加了。毕竟是一户人家，人们就称呼那地方王家庄子。可时间不长，不知道因为什么，两口子吵了一架，女的脾气倔，跳了井，没救过来。没过多久，女孩也得霍乱病死了。那个男人可能觉得日子没过头了，埋了女孩的第二天自己也上吊了。那间屋再没人去，塌了后就平整平整种地了。虽然没了人家，可王家庄子的叫法一直延续下来，到现在还都这么说。所以人们都讲，独一户不能离村子远了，邪魔鬼怪的镇不住，容易出事。”

李长友说：“可别迷信了，哪里有什么鬼怪！你老人家一个人住在这里，不是什么事也没有？”

李庆江说：“我一个老光棍，命硬，什么鬼怪也找算不着我。再说，我这是给试验队干活，也不算个家。有些传言听起来没道理，可要是不相信，出了事就晚了。”

李向河说:“别说还有这么个忌讳,就是没有也没必要在这里住,还是在村头选块地方盖处房子,都挨在一起好。”

李庆江说:“也不用在村头另划地方,在我老宅子那里盖就行。那是挺好的个院子,现时屋少,只有两间,也不中用了。自从我到试验田来生产队就在那里当办公室,大包干以后他们也用不着了,明顺还说把屋门的钥匙给我,我说我又不回去住,你先放着吧。房子就怕闲起来,如果长期没人住,要不了几年就坏了。把那两间屋拆了,有些木料还能用,盖上四间堂屋,再盖一间两间的配房,院墙修修就可以了。”

张发树说:“那太好了,要是定在那里,就不用新占地了。可是,也有个问题,大叔你老了以后上哪里住去?”

李长友说:“大老爷原来说过,到老也不搬回去了。”

李向河说:“那可不行,人老了难免有个病灾的,离村子这么远,到时候谁来侍候你?”

蒋俊兴说:“淑苹早就说了,以后他老人家就由俺两个管了。只要盖起新房子来,俺一块搬过去。”

李庆江说:“我现在身体还硬朗着哩,不和恁一块搬,多咱不能动了再说。”

张发树说:“那好吧,咱这就去看看,跟明顺叔把钥匙要过来。”

展明顺正在地里干活,他几个过去喊着他,一起回村了。路上张发树说了说这意思,展明顺说:“那倒是个好地方,闲着也是闲着,不如用起来。”他又对李庆江说,“大哥,这事你和向安、向全他弟兄两个打招呼了吗?”

李庆江说:“和他们打什么招呼?这是我的老宅子。”

展明顺说:“该说一声,别到时候他们胡闹腾。”

李庆江说:“他敢!你又不是不知道,平常他两个谁管过我的事?这是我的地方,我说给谁就给谁。”

其他人都没搭腔。

按当地习俗，凡是没男孩子的人，老了都要过继个儿子。过继也有规矩，必须按宗族从最近的那家选，如果这家只有一个男孩，那就往下排。李庆江弟兄三个，他是老大。李淑苹的爹是老二，但是，李淑苹只有一个哥哥，没有弟弟。李向安、李向全的爹是老三，也就是说，如果李庆江要过继儿子，只能从他弟兄两个当中选一个。当然，如果双方关系不好，过继者坚持不过继了，那也没有办法。所以展明顺提出这事来，是合乎传统做法的。但是，李庆江那样说也有一定道理。

进村后展明顺说："大门没锁，恁先过去，我回家去拿屋门的钥匙。"

他几个走到一看，大门好好的，院墙也没有坏的地方，就是门楼好像有处漏雨了。院子里就不像样子了，长满了荒草，猪窝棚塌了，厕所墙也倒了半截，简直一片荒凉。靠东北角两间平屋，门是老式木板门，窗户是木格子窗，拆下来也不好再用了。展明顺来了开门进去，屋里倒还利索，只有一张单桌、两条凳子，只是上面积满了灰尘。墙面虽然没有毁坏的地方，可屋顶有几片秫秸已经霉烂了。李庆江说："恁看这样子，没法住人了。这房子盖起来三十多年了，地基还行，当时拆了三间屋，将就着盖了两间，石头全用上了。梁、椽不要紧，还能用。大门口那棵椿树也是我的，搂把粗了，也可以杀了打门窗。"

展明顺说："屋上的这些木料可好了，前些年生产队翻盖过一遍，一根没动，只是换了换秫秸。房子长期不开门，夏天潮湿，秫秸就容易发霉。"

李长友说："这个院子可不小，现在新划的宅基地没这么大。"

张发树说："那是，这是再早些时候划的，后来为了节约用地，都变小了。其实东西宽和现在的一样，就是南北窄了一间屋的地方。你看这院子，走的是西南向的大门，进大门可以盖两间南屋，南屋西山墙作为迎门墙。北面是正房，四间堂屋。东南角是厕所，厕所以北是养猪的栏圈，栏圈北面还能盖间磨棚，盖间正式房住人也行。大门楼北面能盖两大间西屋，作厨屋，和堂屋之间能留出二尺半的过道。这样，中间还有两间屋见方的庭院。这个安排法很顺当，总的可盖八九间屋，别说三四口人，就是十口八口的也住开了。要按这两年新划的地方，只能盖一间西屋，盖磨棚的地方也没了。当然，现在人口都少了，也没有自己推磨的了，都是吃机器磨的面。”

李长友说：“哟，真没看出来，你还懂风水呀！怪不得恁家里过得这么富裕。”

张发树说：“不用讲那个，图的就是住起来方便。讲风水没什么用，常言说得好，福是个人辛苦挣来的，祸是自己惹事招来的，不能信那玩意儿。”

李向河说：“现在老人死了还都找人在墓地选个穴位，讲究的还是风水。”

展明顺说：“都是糊弄人的，发树说得在理。同一个祖宗，住同样的房子，能说占的风水不一样？可后来子女们的日子差别大了。你再看看那些风水先生，还有算卦、相面的，有几个是过好了的？”

李庆江听着有些不顺耳了，毕竟他弟兄三个就他一个是光棍，就说：“人没有一辈子光走好运的，关老爷也不是只过五关斩六将，末了还掉了脑袋呢！行了，发树恁回去商量商量，看看让小蒋在这里盖行不。”

张发树说：“差不多，俺两个给忠地说说，支部会上再通通气，大伙能同意。”

隔了一天，张发树找小蒋说：“支部研究定了，同意你在那个院子盖房子。你抓紧准备，物料齐备了咱就动手，定好日子提前说一声，我们好安排劳力。”

蒋俊兴心里乐滋滋的，随后就去给李庆江说了。李庆江听了也很高兴，说：“那行，咱垫好栏就去拾掇拾掇，拿着铁锨和镰刀，先把那些野草清理掉。也拉辆排子车，把桌子、凳子拉这里来，盖好房子你要用再拉回去。”

两个人忙活了大半上午，才算把院子整理清亮了。李庆江吸着烟，说：“这屋先不拆，准备了门窗先放里面，等动工时再拆。你打算怎么盖呀？想盖几间？”

蒋俊兴说：“我想着把四间堂屋都盖起来，再盖上一间西屋当厨房。堂屋盖瓦房，西屋就盖平房，少花点钱。大门楼得翻盖一下，厕所、猪圈修修就行，院墙不用动，上遍石灰，和新的差不多。南屋不盖了，也用不着。”

李庆江说：“那就很好。不过，不盖南屋得垒个迎门墙，进大门冲厕所不好。”

蒋俊兴说：“那个好办。反正到时候恁老人家得来指点着，这方面我又不懂，恁怎么说就怎么弄。”

蒋俊兴到屋里搬出桌子、凳子，放到排子车上，拉着一块回试验田了。

李向全看到李庆江、蒋俊兴两个人整理院子，也没往前偎，就去找展明顺，问：“我看着俺大爷和那个小蒋拾掇院子哩，是不是他想搬回来？”

展明顺说：“老头子不搬。小蒋不是和淑苹订婚了吗？想让小蒋在那里盖新房，可能村里也同意了。”

李向全一听，二话没说扭身走了，接着到田里找到他哥哥，气呼呼地说：“那个熊老头子忒不像话了，把原来的宅子让给小蒋盖房子，不知道他打的什么鬼主意！”

李向安是个安分守己不愿意多事的人，平时他也从没照顾过李庆江，那是担心外人说闲话，怕说他看中老人的财产了。听了李向全这话，头也没抬，仍旧忙着手里的活儿，说：“他愿意让给谁就让给谁，管那些事干吗？”

李向全说：“那不行，他要过继人只能是咱两个当中选一个，以后孩子大了咱要盖房子得用那地方，现在划的宅基地没那么大了。再说，那两间老屋别管有多少能用的料，将来也应该是咱的，得给他说说，不能白白给小蒋。”

李向安直起腰，抽出烟袋装上一锅子，点着吸了两口，说：“现在他又没提过继的事，这话咱怎么说？”

李向全说:“给他讲讲理呀! 咱又不和他抬杠，也就拉拉这个事儿，这是明摆着的，不能把好处给个外姓人。”

李向安被说动了，跟着他一起去了试验田。

李庆江、蒋俊兴刚回去没大会儿，因为有几棵黄瓜底部叶子有些发黄，李长友叫着蒋俊兴去看看什么原因。李庆江蹲在饲养棚门口，吸着烟看李淑苹给他洗衣裳。李向安、李向全直奔饲养棚，来到李庆江面前，李向全说:“大爷，有个事儿想跟你说说。”

他弟兄两个还没到跟前李庆江就看到了，不愿意搭理他们，所以动也没动，说:“什么事啊?”

李向全说:“你老人家这么大岁数了，俺两个过继谁好啊? 你说句话，定下来一早一晚也好侍候你。”

李庆江说:“用不着，这事我还没想过哩。”

李向安说:“还是说明了好，反正俺兄弟俩，你相中谁就是谁。”

李庆江说:“我一瞬半瞬的还死不了，不用慌!”

李向全说:“现在不定也行。可是，你那宅子得留着，不能给外人。”

李淑苹听出他的意思来了，忽地站起来，说:“谁是外人? 我不是李家的人呀?”

李向全说:“你一个女孩子算什么? 早晚得出嫁，出了嫁就是人家的人了，嫁鸡随鸡，嫁狗随狗，跟谁随谁的姓，还算什么李家的人?”

李淑苹说:“你见谁出嫁更名改姓了? 我就是一辈子不出嫁了，碍你什么事?”

李向全说:“出嫁不出嫁也无所谓，反正咱大爷死了轮不着你打幡摔老盆!”

李淑苹说:“只要咱大爷同意，我就打、就摔，你管着了?”

李长友、蒋俊兴过来了，其他干活的也都围上来看热闹。李长友说:“不就是为了那个宅子吗? 那不是大老爷同意不同意的事儿，是党支部研究定的。”

李向全说：“这是俺自家的事儿，用不着党支部研究。”

李淑苹把洗好的衣裳搭到绳子上，回头端起那盆水，朝着李向全泼过去。李向全没来得及躲开，裤子、鞋都被泼湿了，跺着脚说：“你没长眼呀，往哪泼？”

李淑苹说：“好狗不占正地方！谁叫你站那里来？”

李向全说：“这是公家的地方，我爱站哪站哪！”

李淑苹说：“正因为是公家的地方，我爱往哪泼就往哪泼！”

李长友在一旁对李向安说：“叫着二叔回去吧，别在这里吵吵了，你看这么多人围在这里，不怕人家笑话啊！”

李向安觉得弄不出好结果来了，本来就想回去，李长友这么一说，算是有了个台阶下，于是喊着李向全走了。

人们也都散了。李长友朝李淑苹“嘿嘿”两声，说：“还没见过俺小姑这么厉害哩！真是嫩草怕霜霜怕日，恶人自有恶人磨，每句话都把向全叔噎得怪结实。”

李淑苹说：“就他那个熊样的，谁怕他！”

李庆江还气得肚子鼓鼓的，脸铁青着不说话。蒋俊兴说：“大叔别生气了，不行咱不在那里盖了，叫村里给另划个地方。”

李淑苹说：“凭什么他说不让盖就不盖了？你也忒怕事了！非在那里盖不可，看看他弟兄两个能怎么着！”

李长友说：“用不着给他们置这个气，该盖还得盖。如果他俩再出来胡闹，就找党支部，让发树叔他们出面解决。这是支部决定了的，谁也挡不下。”

李庆江说：“我这就去找忠地、发树去，让他们评评理。还翻了天了！”

李长友说：“你这不用去，说不定他两个回去就泄气了。我看着向安叔没大吱声，就是向全叔咋咋呼呼的，他又不占理，不可能再闹腾了。”

李淑苹说：“是呀，咱不用找。再闹恁也别搭腔，我跟他缠。天不早了，大爷你中午吃什么？我给你做去。”

李庆江说：“到收工的时候了，恁都回去吧，过会儿我自己做就行。”

李向全一路上骂骂咧咧的，李向安一句话也不说。快到家门口了，李向全说：“这事不能就这么完了，明顺叔也说是支部同意的，咱得去找支部。”

李向安说：“还找什么？你没看老头子那态度，只要他认了门儿，找谁也白搭。”

李向全说：“地基让小蒋占了，那两间老房子还能也归他？”

李向安说：“别管归谁你说了也不算。”

李向全说：“总得有说了算的，支部他们不能不讲道理。”

李向安说：“愿意去你去，我是不去了。”

两个人各自回家了。李向全还是不死心，到了下午，他自己去了村办公室。除了潘秀菊，党支部的其他几个人都在。他进门就说：“领导们都在呀，正好，我有个事来请示请示。”

潘忠地说：“有什么事坐下说吧。”

李向全坐到旁边凳子上，说：“恁都知道，俺大爷跟前没人，早晚得过继一个，他那个老宅子不能现在就给别人吧？”

张发树说：“给不给别人他说了算，这事和有你什么关系啊？”

李向全说：“怎么没关系？要给也该给俺自家人，说是要让那个姓蒋的去盖房子，还是支部同意了的，能这么办吗？”

潘忠地说：“支部是研究过。你应该懂得政策，地上建筑物是个人的，宅基地都属于集体所有，不归个人。那个地方如果庆江叔继续住，是不能再划给别人。但是，他提出不回去住了，主动让出来，村里就有权划给急需盖房子的户。”

李向全说：“那也应该留给俺近门的，划给个外村人算什么事？再说，那里还有现成的两间屋，大门也挺好的，都给他？将来老头子死了，俺得为他发丧埋葬吧？”

李向河说：“刚才不是说了？要划给急需盖房的，恁几家谁急需呀？也不能说小蒋是外村人，人家把户口起来了，在咱村落了户就是咱村的人。都清楚，他已经和淑苹妹妹订婚了，不让他盖房子怎么结婚？至于那两间屋上的料给不给他，大叔说了算。别说那点东西，就是大叔掏出钱来帮着他们盖房子，咱也管不着。至于老人死了让谁负责发丧，那也得他提前有话。”

李向全说：“就算小蒋和淑苹结了婚，老头子也不能过继姓蒋的，也没有过继女孩子的，该不着他们继承啊？”

张发树说：“过继你了？立字据了吗？”

李向全说：“不过继我也得过继俺哥哥，现在没字据早晚得立。”

李向河说：“那可不一定。有的老了宁愿依靠生产队也不过继人，那种情况不是没有过。”

李长贵也说：“二叔你别在这里胡搅蛮缠了。忠地叔说得多明白，大老爷同意让出来，党支部决定划给小蒋，这是合理合法的，你还争竞什么？”

李向全没话说了，拉着脸起身走了。他一出门，张发树就说：“这人真差劲，平常要是对庆江叔好一点，他弟兄两个过继一个也是应当。到这时候又站出来要东西了，庆江叔能答应他？”

李向河说：“指望他孝敬他大爷？没门儿！亲爹的事儿他都不管。这人就是财迷，向清原来给我说过，生产队时候，为一分工他能跟别人争破头。这种人没有说好的，不用搭理他。”

李长贵说：“不孝顺的不只他，还有一些。有的户在老村边上盖起了新房子，年轻的就搬了过去，只顾过自己的小日子了，让老人住在旧房子里，再也不管他们的事了。”

张发树说：“你说的这种情况是有，还有和老人住在一块不孝顺的，人们都知道。以前开群众大会还敲打敲打这种人，挨了批评他们还能收敛些，起码大面上说得过去。现在连个大会也难开了，没法管。”

潘忠地说：“这事还是得管管，这是关系村风民风的问题，不能任其发展下去。发树哥，你和长贵，还有秀菊姑，抽时间排一排，把那些不孝敬老人的集合起来，从正面教育教育。人都是要脸皮的，讲讲就管事儿。”

张发树说：“行，最近俺三个就办办。”

潘忠地说：“还有件事，那天恁说到庆江大叔房子的时候我就想，这些年只要有申请盖新房子的，咱就在村外边给他们挨着划地方，当时老房子还有人住，但是，过上几年老人去世了，老房子也就空了。我数算了一下，这类情况已经有七八户了，这是个浪费。发展下去，好地越占越多，村里边就成空壳了。咱是不是搞个规定，凡是不住人了的宅子，村里把宅基地都收回来，以后再有需要盖新房的可以统一安排。”

张发树说：“这事该办。下去几年村里空出来的地方肯定少不了，不能村中间闲着，又去占那么多好耕地。只要这个政策一出，那些盖新房的也会乐意，因为老地方都不孬，整理起来也省力。”

李长贵说：“现有的老房子怎么办？让那些户都拆出来？”

潘忠地说：“下次咱开会好好研究研究，考虑细一些。地上所有的东西还是属于个人，愿意拆的就拆，有些房子还挺好，不一定拆，也可以卖给别人。这就得规定明确，不能随便卖，只允许卖给急需的，还只能是卖房不能卖地。”

张发树说：“就差秀菊姑没来，把她叫来，今天咱就定下，明天再开个小组长会，讲下去，今后按这个办法执行就是了。”

李长贵说：“我去喊她。”

这里刚要起身，潘秀菊进来了。张发树说：“人真是邪门儿，想推磨驴就到了。”

潘秀菊知道是骂的她，就说：“谁是驴？我要是驴你就是个小驴驹子！”

潘忠地说：“又胡闹！有个事咱得商量一下。”

潘秀菊说：“我还有个事哩，得先说说。”

潘忠地说：“那你先说吧。”

潘秀菊说：“刚才文翠萍去找我，说李向道昨天傍黑回来了，还带来个大闺女，晚上就和那个女的一块在东屋睡的。今天凑着两个孩子不在跟前，给文翠萍说要离婚，要和那个女的结婚。”

张发树说：“有这种事？不可能吧！”

潘秀菊说：“怎么不可能？文翠萍亲口告诉我的，还哭哭啼啼的。她编这样的瞎话干什么？”

潘忠地说：“那个女的是哪里人？”

潘秀菊说：“文翠苹说没听清是湖南人还是湖北人，反正不是咱这当地的，说话撇腔很厉害。”

李向河说：“是不是他们在一块打工的呀？”

张发树说：“那还用说！一定是这小子不正干，把人家挂拉上了。”

李长贵说：“那也不能闹离婚呀，原来过得好好的，翠萍婶子又不孬，还有两个儿子，他说离就离了？”

潘忠地说：“这事不能依着他。长贵，你去把他叫来，问问到底什么情况。”

李长贵说：“还叫那个女的不？”

张发树说：“叫她干吗？那又不是咱村的人，咱能管着人家了？”

潘忠地说：“就叫向道自己来。”

李长贵去了。

李向道老老实实跟着李长贵来了，还专门装了盒子烟，进门就掏出来拆开，放到了桌子上。潘忠地说没人吸烟，别放那里。他说发树哥吸。张发树拿过烟抽出一支，说你这是想用烟堵我的嘴呀，堵不住，该熊你还得熊你，快坐下说说你的事儿。没用怎么追问，他就把事情的来龙去脉讲了个清清楚楚。

跟他来的这个女孩子也是在那个城市打工的，和李向道并不在一个单位。李向道在李向东干的那家厂子当保安，有天傍晚，他正在大门口传达室值勤，忽然听到门外大路上有个女的喊救命，就立即跑了出去。原来是两个男青年截住了一个女孩子，想使坏，正拉拉扯扯，看样子女的坚决不从，就咋呼起来。这种事不用细问，一瞧就明白，李向道没管三七二十一，紧跑两步上去，从后面抓住其中一个的领子，使劲往旁边一甩，把那小子摔了个仰八叉。这时另一个反应过来，刚要抓挠李向道，李向道狠狠给了他一拳，把他打了个趔趄。李向道接着大声说了一句，“走，跟着我去派出所！”那两个家伙大概是初犯，一见这阵势害怕了，扭头就跑，李向道也没再追。女的定了定神，说：“谢谢警察大哥。”李向道说：“我不是警察，是这个厂子里的保安。你是干什么的？”女的说：“我在北边那个服装厂打工，想去夜市上买点东西。你不是警察？”李向道笑了笑说：“你是看着我穿的这身衣裳像警察吧？这是厂里发的，和警察的服装差不多。怪不得那两个小子跑得这么快，可能也是把我当成警察了。你快点回去吧，别一个人在街上转悠，特别是这郊区，都说挺乱的。”女的说：“大哥你是个好人，能不能陪我到夜市逛逛？要不找个茶馆我请你喝茶。”李向道说：“可不行，我正在值班。这段时间我白天歇班，晚上不能离开岗位。”女的说：“你贵姓啊？有机会我得感谢感谢你。”李向道说：“我姓李，叫李向道。不用感谢，都是在外面打工，不容易，要是有需要我帮忙的事就来找我，不论什么时候，到传达室一问就行。”女的这才走了。

讲到这里张发树说：“你这是做好事啊！不赖。你拐家来的是不是那个女的？还说要和她结婚？这又是唱的哪一出？”

李向道说：“就是她，这也是没办法了。那晚上的事过去没几天，一个下午，她和另一个女青年来找我，说要请我去喝茶。开始我不去，后来她两个就是不走，非要叫我去不可，跟前还有几个工友，也劝我去，我就去了。这天什么事也没发生，喝了阵子茶她俩又说找个饭店去吃饭，我没同意，就回厂子了。喝茶期间随便说话，我把换班的时间告诉她们了。谁知道这女的有心计，凑我晚上歇班的时候又来找我，还是说去喝茶。那是刚吃完晚饭没大会儿，当时也没多想，还考虑上次是她支的茶钱，这回我得支，也算还她的情。可就是这一次，惹上事了。出去后她说不去喝茶了，没意思，走走逛逛，说说话儿，我也没反对。那厂子本来就在城外，没走多远就是庄稼地了。她一个劲地朝我身上靠，还拉拉巴巴的，后来就发生那种事了。我给她说就这一回，她当时也应着，可没隔几天又来了。就这样，俺两个就好起来了。”

李向河说：“忒胡闹了，赶紧和她一刀两断。你要是和她结了婚，家里翠萍娘三个怎么办？你没想想后果？”

李向道低着头不吱声了。潘秀菊说：“你也忒没良心了，翠萍对你多好呀！说离婚就能离了？”

李向道抬起头，说：“谁知道她是属橡皮膏的，贴到身上揭不下来了。实话告诉恁吧，俺在外面租了一间房子，已经在一块住老长时间了。最近她发现怀孕了，这才闹着要和我结婚。”

潘忠地说：“真是个法盲！家里有老婆孩子，你又和个大闺女同居，这是犯重婚罪，要判刑的，你知道吗？”

李向道说：“我也知道这事政策不允许，所以回来办离婚。她怕我回来不回去了，非要跟着我来。”

潘秀菊说：“你也不考虑考虑，这样的女人能靠得住吗？今后能和你安心过日子？她才多大年龄，和你能般配呀？早晚得坑了你！”

李向道说：“她二十多了，也就比我小十来岁。我把家里的情况也告诉她了，她说挺好，只要我离了婚，愿意和我过一辈子，长期在那地方打工也行，如果以后我想回来，她就跟着我回来过。”

李长贵说：“我当兵的时候，有个战士在当地谈了个对象，那还是双方年龄差不多，都没结过婚，部队发现后叫那个战士提前退役了，那个女孩子原来说得很好，说是他复员就跟着他回老家，结果也没跟他走。恁两个岁数相差这么多，很难说她的话能当真。如果你这头离了，她又不跟你了，那可就两头不着一头了！”

潘忠地说：“这事你得下决心解决好，家里不能离，和她也不能结。不然，你后悔在后头哩！”

李向道说：“那怎么办？她已经怀上了，要是闹翻了肯定得告我，还真让我蹲监狱去呀。”

潘忠地说：“好好跟她说说，认个错。给她讲清楚，翠萍坚决不答应离婚，按法律规定，只要一方不同意，这婚什么时候也离不了。另外，明天让秀菊姑领着她，到医院把肚里的孩子流了算了。”

张发树说：“再不就多给她点钱，让她自己去处理也行。”

李向道吭哧了半天，说："我回去试试，看能不能做下她的工作来。真要不行，让大姑去跟她谈谈，都是女人好说话。"

潘秀菊说："没问题，明天上午我就去恁家，看情况再说。"

李向道走了。张发树说："我觉得这事玄乎，生米已经煮成熟饭了，那女的不会轻易就此了了。另外，我看着向道这个熊东西也迷上人家了。老牛吃草还喜欢嫩的哩，谁不知道大闺女比老娘们好？他这是逮着个甜枣，舍不得吐了。"

潘秀菊说："别胡说八道。他两个都得懂，只要翠萍坚持不离，他们这婚能结成了？要长期这样下去，早晚得出大事，那样对谁都没好处。"

潘忠地说："别再议他这事了。明天大姑过去看看，向道能说通了更好，说不通你再和她拉拉，讲清楚利害，只要这女的懂点道理，估计能想通了。商量别的事吧。"

第二天吃过早饭，潘秀菊去了李向道家。进门一看，东屋门关着，文翠萍一个人在堂屋里坐着抹眼泪。潘秀菊问："他们人呢？在东屋里吗？"

文翠萍赶紧起来，边给潘秀菊让座位边说："走了。"

潘秀菊问："上哪去了？什么时候走的？"

文翠萍说："谁知道上哪去了？昨天晚上我听着还吵吵了几句，很快就没动静了。今天刚傍明，我听到东屋门响，就起来瞧瞧，两个人已经提着包打开了大门，不声不响地走了。"

潘秀菊说："向道也没吱一声？"

文翠萍又掉起了眼泪，说："什么也没说，我也没搭腔。大姑，你说这日子还怎么过？我也不指望他挣钱给俺娘们，可也不能不要这个家了呀！当初和他成亲我还不乐意，是你找的我，听了你的话，成了也不孬，家里外头的像家子人了。正过得好好的，就把俺甩了，这算什么事啊？外人会怎么说？是我哪里不好吗？"

潘秀菊劝她道："没事儿。昨天在办公室几个人都说他了，让他回来给那个女的好好谈谈。只要你不答应，这个婚离不成，他们也就没法结婚。女的不是怀孕了吗？让向道动员她去流产，最多也就是多给她点钱，从此断了关系就行了。"

文翠萍一脸的惊讶，说："还怀孕了？我怎么就没看出来？要是真怀上他的孩子，恐怕他是脱不清身了。"

潘秀菊说："大概怀上时间不长，向道说最近那女的才发现，估计也就两三个月的事儿。也许怕在咱这里都知道了丢人，两个人商量好，找个地方流产去。你也别太担心了，两个孩子都上着学，还得照顾好他们。"

文翠萍说："孩子们也不憨，看出是怎么回事了，这两天都不理他。"

潘秀菊虽然说了些宽慰的话，可心里很不踏实，想：这两个人很可能回南方了，破罐子破摔，就这么鬼混下去，李向道是不打算要这个家了。如果是去流产，或者说服了女的就此分手，他怎么着也得和村里打声招呼。不行，得赶紧和忠地他们说说，商量商量怎么办。于是她嘱咐文翠萍好好在家里待着，也不要再对其他人讲了，然后就去了办公室。

走到一说这情况，张发树急落落地说："不行，得把他们追回来。"

潘秀菊说："上哪里追去？刚天明的时候就走了，早坐上汽车了，说不定现在已经到了火车站，上去火车了。"

潘忠地说："还不知道他们是不是回去了，先等两天，如果向道没回话再说。"

李向河说："还能不管他了？要是回去还黏乎到一块，把孩子生下来，这事可就更难处理了。"

潘忠地说："不管不行，不能眼看着让他犯法。过几天要是听不到向道的动静，就去两个人，到那里找找向东，让他帮着做做工作。同时也去看看在那里打工的那些人，必要的话把他们集合起来说说，让他们一定好好干，千万不能惹事。"

张发树说："我去。我就不信治不了这小子，让他回来在家里老老实实干活，哪里也不准许他去了。"

李长贵说："他能听你的？"

张发树说："他敢不听！他要坚持和那个女的过，就是用绳子捆也得把他捆回来。"

潘忠地说："真到那种地步也不能捆他。你以为这是'文化大革命'时期呀，说打谁就打谁，说捆谁就捆谁，现在再那样做你就是违法了。"

张发树说："我也就是打个比方，还能真捆他呀！去了和向东说好，让厂子里开除了他，他不回来还有什么门儿？"

潘秀菊说："关键是那个女的，她要赖上向道还真不好办。"

张发树说："不就是多花两个钱吗？不行咱替向道拿点。"

潘忠地说："别扯这么多了，还不知道什么情况。大姑你这两天多到翠萍家里跑跑，劝劝她，有什么事咱再商量。"

过去五天了，再也没听到李向道的信儿。支部研究，让张发树和李向河去一趟。两个人很高兴，因为都没出过远门，连火车还没坐过，这是个开开眼界的机会。潘忠地叫张发树走前到李向东家里去问问，带上向东的地址，顺便问一下他家里有什么事。

到李向东家里才知道，孙凤蕊也辞了职，带着女儿到李向东那里去了。向东娘说："别的事儿没有，我有给婉儿做的身衣裳，还有双小鞋，恁给她捎去吧。告诉东子，过年的时候得回来一趟，他两个没空就让婉儿自己回来，把孙女留家里也行，我可想她了。"

向东爹说："别说憨话了，他两口子要是不能回来，一个几岁的孩子怎么能回来呀！"

张发树说："得让他们回来。都说人是隔辈亲，当奶奶的疼孙女那是没说的，这话一定给恁捎到。"

从李向东家里出来，张发树对李向河说："咱两个分头跑一圈，到那些在那里打工的家里说一声，问问他们有没有事。”

两个人一户不落，全都问了一遍，第二天就上路了。

又是汽车又是火车，倒了好几次车，两天多才到了地方找到李向东。李向东去年就当上经理了，这天下午正在办公室，有人把他两个领了进来，见面很高兴，说了几句问候的话，听明白他们的来意，就领他两个到了宾馆。登记进了房间，沏上茶，又出去买来两盒“红塔山”，放下后说：“来了就住两天。明天我陪恁转转，看看这个新兴城市。这个地方发展太快了，如果不是目睹，简直不敢相信，原来就是个小渔村，这才几年的时间，就建成个现代化的大城市了。讲发展速度，在全国属第一。”

张发树说：“先办正事。你把向道叫来，咱一块和他谈谈。他在这里挂拉上了个女的，回去闹离婚，这回无论如何也得做通他的工作，坚决不能让他这么办。”

李向东说：“我还没和恁说哩，五天前他就辞职走了。我问他是回老家还是去哪里？他支吾半天也没说明白。你说的他和那个女人的事，很多人都知道，我还专门和他谈过几次，他就是不听。要不是看我的面子，厂里早开除他了。”

李向河说：“看来是没回老家，他能去哪里呀？会不会去那个女的厂子里了？”

李向东说：“没有。因为我们的工作服都是在那个厂里做的，我和他们的副厂长很熟，前天我还问过，那个女的也辞职走了。”

张发树说：“看来这两个人是私奔了，会去哪里呢？”

李向东说：“眼下这边需用人的地方很多，一些县城、乡镇都在大上工业项目，有的村也办起了不少工厂，想找个地方打工不难。我估摸着，他们不会留在这个城市，据说那个女的已经来这里五六年了，这种非法夫妻，得有所顾忌，肯定是找个生地方住去了。”

李向河说："那可坏了，面都见不上怎么做他的工作？这不白跑一趟？"

张发树接连吸了好几支李向东拿来的烟，皱着眉头说："要不问问咱村里来的那些人，看他们有没有知道的？"

李向东说："问也白搭。原来他们都住集体宿舍，整天见面，有时候还凑合几个人出去吃顿饭喝点酒，自从他和那个女的好起来，搬到外面住了，其他人也都很少和他来往了。这种事生怕别人知道，他连我都不告诉，更不会给他们说。"

张发树说："那些人怎么样？还有不正干的吗？还有几个闺女，千万别出事。"

李向东说："其他人都不错，没发现不安分的。多数都成了车间里的骨干，有两个还当上小组长了。那三个女的在一个班组，表现也很好，你放心吧。"

张发树说："你把他们叫到一块，俺两个来了，得和他们见见面。忠地还交代，要给他们开个会。不教育不行，都是投奔你来的，出了事不光给你惹麻烦，也给咱村里丢人。"

李向东说："明天晚上吧，白天上班凑不齐。今天晚饭咱就在这里吃，叫凤蕊和婉儿她娘俩也过来，咱弟兄三个得好好喝点。"

李向河说："听说凤蕊也辞了供销社的职了，来了干什么？"

李向东说："本来婉儿还小，虽然进了托儿所，每天都得接送，我想叫她照顾好孩子就行了，可她闲不住，非要找个活儿。这让她在会计室打打杂，反正也累不着。恁两个先喝水歇歇，我去定个吃饭的房间。"

到了吃晚饭的时候，一家三口都来了。进了包间，两个小姑娘又是拉座位，又是递餐巾，还一口一个"先生"地叫着，弄得张发树、李向河很不好意思。菜很丰盛，对虾、牛蛙都上了，大盘小盘地摆了一满桌子。酒更不用说了，高度五粮液。张发树说："这可了不得了，这样的酒咱是头一次喝，这几样名堂菜也从来没见过。向东，这一顿得花多少钱？忒破费了。"

李向东说："恁两个大老远来了，我还不该破费点？放心吧，恁小弟虽然混得不是很好，请您几顿饭还没问题。今天晚上得放开喝，咱弟兄三个把这两瓶干出来。"

李向河说："可喝不了，我的酒量不行，超过二两就得醉。"

张发树说："弟妹也喝点。"

孙凤蕊说："我不会喝酒，一点也不喝。"

李向东说："她不能喝。不过，今天是特殊情况，老家来人了，多少也得表示表示，倒上一小盅子，好敬他两个一杯，喝不了最后我替。"

喝了几轮，张发树说："临来时恁爹恁娘叫给恁捎个信，春节的时候得带着婉儿回去一趟，她爷爷奶奶可想她了。"

李向东说："到时候再说吧。上一个春节是因为她娘俩来的时间短，我也忙，没回去。今年争取回去，我如果回不去也得让她娘两个回去。"

张发树说："这就对了。不论到什么时候，也不能忘了老家。"

李向河说："婶子给婉儿做的衣裳合身不？"

孙凤蕊说："可合身了。刚才给她穿上试了试，这闺女穿上就不想脱了，因为现在天太热，我让她换上小裙子来的。这不，鞋还穿着哩。"

张发树说："合身就好，不合身也是老人的一片心意。"

孙凤蕊说："那是。两个老人可疼婉儿了。来，婉儿，端起你的饮料来，咱两个敬恁大爷一杯。"

张发树说："这杯酒我得好好喝，侄女敬的，也祝愿婉儿将来上大学。到现在咱村里才出了志国一个大学生哩。"说着端起杯子，一口就把一两多酒喝下去了。

第二瓶也下去快半斤了，李向河早就收起了杯子，张发树说："不能再喝了。虽说是好酒不醉人，喝多了也难受，我都觉着有点上头了。"

孙凤蕊说："大哥说不喝就别喝了，恁明天再喝呀。"

李向东说："那行，喝了这个门前杯，然后吃饭。"回头对服务员说，"姑娘，给俺上饭。”

李向河说：“这么多菜都吃饱了，还上什么饭？”

李向东说：“得吃点，按老家的规矩，哪能待客没有面食？这里的饭不行，平常都是吃大米，蒸个馒头也是甜兮兮的，恁肯定吃不上来，我叫他们给准备的面条。”

孙凤蕊说：“吃了饭早一点休息，坐车也挺累的。”

李向东说：“回房间冲个澡再睡，轻快。这里宾馆是二十四小时有热水，不像咱老家那地方，招待所里都是晚上送一次热水，还不超过两个小时。晚上恁注意个事，要是有要电话的别给她胡罗罗。”

张发树问：“要什么电话？还查房啊？”

李向东说：“没人查房，就是些‘野鸡’，问你需要服务吗？你要是答应要，她就来找你。”

李向河不解，问：“这里的‘鸡’怎么还能要电话？”

孙凤蕊低下头偷偷笑了。李向东说：“有些卖淫的女孩子，专门盯宾馆里的客人。别理她就是了，没事。”

孙凤蕊想岔开话题，说：“恁要是需要买东西，让向东领着您去，千万别自己去逛市场。市场上很多商品都是冒牌货，强卖的事也时有发生。内地来的人不了解情况，上当受骗的太多了。”

李向河说：“怎么会这样？没人管呀！”

李向东说：“全国各地的人都来这里想法挣钱，什么样的人都有。这些问题都是暂时的，要不了多长时间，规范起来就好了。”

张发树说：“咱什么也不想买，坑不着咱。”

服务员端上面条来了，李向东、张发树喝完杯中酒，一起吃起来。

第二天李向东开了辆厂里的车，拉着他两个转了一整天。李向东一路介绍，张发树、李向河赞叹不已。张发树说：“真长了见识了！别说这么多高楼大厦了，就这马路，中间栽树种花的绿化带也赶上咱县城的街道宽了。你看这工厂，一个接一个的，人家能不富啊！北京、上海咱没去过，那些地方还能比这里好多少？”

李向东说：“有些东西不好比，北京是首都，又是古城，上海是中央直辖市，这里才建设了几年呀？按我的印象，咱那省会城市比这里是有些落后了。”

午饭、晚饭没回宾馆吃，都是临时找个饭店，点几个菜随便吃的。午饭喝了几瓶啤酒，晚饭时李向东又要啤酒，张发树说：“别喝了，那算什么酒？和凉水似的，没点酒味儿，要说句不好听的，和猪食缸里的泔水差不多。”

李向东说：“你是没喝惯，啤酒度数低，人家都说是‘液体面包’。要不来瓶白的？”

李向河说：“不能喝了，晚上不是和那些人开个会吗？”

李向东说：“开什么会，也就和他们见面拉拉家常，有些话嘱咐嘱咐。一说恁来了都挺高兴的，我通知他们了，晚饭后都叫上，一块去宾馆，用宾馆那个中型会议室，我都安排好了。”

张发树说：“那也不喝了，简单吃点抓紧回去。昨天晚上喝得太多了，我躺下一觉就睡到了大天亮。你还说有要电话的，根本吵不醒我。今天早晨向河说电话响了两次，他都没接，我什么事也不知道。”

李向河说：“你那脑袋还没落到枕头上就呼噜起来了，一夜睡得和死猪似的，影响得我可没睡好。”

李向东说：“发树哥打呼噜呀？回去再要个房间，恁两个各睡各的。”

张发树说：“不用。你别听他胡说，在家里您嫂子从来没嫌过我打呼噜。昨天就是因为喝的酒太多，今天不喝就没事了。”

吃了饭回到宾馆，那些人已经到了。一见他三个进门，所有人都围了上来，问这问那。李向东说：“都坐下吧，他两个跑一老天了，也让他们歇歇。”回头又喊服务员，给每人上了一杯茶水。

还真像个开会的样子。会议室能坐百多个人，他三个坐在前面，其他人都坐在对面，集中在中间。张发树喝了两口水，说：“俺两个这次来是有点别的事儿，顺便看看大家。临来时恁每个人家里俺都去问了，家里都很好，没什么事，就是叫嘱咐恁一定要好好干。忠地也让我跟恁讲讲，来这里打工虽然有向东照顾，可不能给脸不要脸，千万不能惹是生非，给他丢人，让他这个当领导的不好说话。恁别看离家这么远，家里人可都牵挂着恁，万一出点事，都替恁操心，外人还会说咱汶水滩人不怎么样。”

这时下面有个说：“不就李向道那小子办个混账事嘛！别提了，只要有人一说他这事，俺都觉得脸红。”

另一个说：“放心吧，他是他俺是俺，再也不会有他那样的。俺这伙人商量了，保证听向东叔的，一切事都得按厂里的制度办，绝不能给向东叔丢人，也得为咱汶水滩人争气。”

李向东说：“厂里管也只是上班时间，下了班就靠自己管理自己了，出不出事关键在个人。发树哥今天之所以给大家讲这些，就是担心我们在外边干不好。万一出点问题，不仅是影响自己一辈子的事，也对不起家里人和村里的领导们。”

张发树说：“向东说得对，别人拽着耳朵嘱咐也不顶用，就看个人心性怎么样。也不能光指望厂里管你们，恁相互之间都得监督着点，越轨的事坚决不能办。这里和咱家里不一样，不是还有‘野鸡’吗？古来的说法，嫖娼、赌博只要沾上边，轻易改不了，到头来没有不败家的。”

下边的人都笑了。那三个女的在一边低着头叽咕。有个男的说：“发树哥，昨天晚上你是不是吃‘野鸡’了？”

张发树说：“胡说！咱是那样的人吗？昨天一来，向东就弄了一桌子酒席，五粮液喝了七八两，一觉睡到了大天亮。我是担心恁这些小青年，千万不能把持不住自己呵，那可不是闹着玩的！”

李向东也笑了一阵子，说：“别认为发树哥说的是笑话，他这是对大伙的关心，都得记在心里。行了，谁有什么事需要和家里捎信的，都说说，他们明天就要回去了。”

于是都嚷嚷起来。有的说家里今年种了不少蔬菜，能不能卖出去？价格怎么样？有的说家里准备翻盖房子，村里能帮忙不？还有的说听说有些人去北京打工了，收入是不是比这边高？也有的问村里的砖瓦窑还烧不烧？听别人讲，很多地方为了保护耕地，老窑厂都停了。不论问什么，他两个都一一作了详细回答。就这么你一言我一语的，不知不觉快十一点了。李向东说：“到这里吧，明天的火车票都买好了，八点就得去车站，让他们早点休息。”这才都恋恋不舍地散了。

第二天李向东把他们送到车站，打发他们上车后回来了。

回到村里时快黑天了，两个人直接去了潘忠地家。把情况一说，潘忠地说：“这也是天要下雨、娘要改嫁，没办法的事儿了，还能上哪里去找他？咱也不是没尽心，别管他了。就是翠萍这一关不好过。人就是个命啊，要是不和向道成亲日子挺好的，成亲后也不错，突然又摊上这么一档子事，对她的打击太大了。”

李向河说：“这事咱别告诉她，对外也别讲，先瞒一段时间。”

张发树说：“纸里还能包住火了？咱不说要不了多长时间她也会知道了。再说，咱去找向道的事秀菊姑可能告诉她了，不给她说她也得找咱问。”

潘忠地说：“就是。明天叫秀菊姑找她，把话说透，好好给她拉拉。”

张发树又把其他人在那里打工的情况，以及李向东领他们参观的事情，还有如何吃住的，连同在宾馆晚上有要电话的事儿，绘声绘色讲了一遍。石玉英过来让他们一块吃晚饭，张发树说：“不用了，回家吃去，家里还不知道俺回来。”

潘忠地说：“那就回去吧，也抓紧休息休息，有事明天再说。”

他两个起身走了。

# 上坟

张发树、李向河刚才一席话，引起了潘忠地的思考。那还是今年春天，在乡里开会，休息时一伙人聚在一起，议论起去南方的事儿。有个说特区那个城市这几年经济发展是真快，但是，也出现了一些不好的现象，某某出发去那里，买了个录放机，价格倒是便宜，可带回来打开一看，里面塞满了纸壳和砖块，被人家骗去了几百块钱。另一个说他买的是电器，一定是在店铺里买的，那是暗里捣鬼，到市场上买东西明着就坑你。有些商贩发现你是外地人，就围上来，说有什么紧俏商品，是走私过来的，为了不被市场管理人员发现，可以跟着到他们的住处去看看，相中再买。可去了以后，哪有紧俏东西？都是些大路货，质量还很差。你如果不买，他们就不让走，因为他们人多，拉着要打人的架势，明知上当也得掏钱。结果怎么样？买的裤子一条腿长一条腿短，根本没法穿，尼龙袜子一上脚就坏，那手表还是“名牌”，回来戴不上几个月表针就不走了。还有的说到那里住到任何一家宾馆，晚上都会有女孩子打电话，如果推托不干脆，就会主动来敲门，让她进了门就麻烦了，就是坚决不答应让她“服务”，不给钱她也赖着不走。甚至有的说那里都有买卖毒品的了。潘忠地当时听了还不相信，认为都是说着玩的。经张发树他俩这么一说，他信了。特别是李向道出这种事，如果不是在那种环境，怎么会有可能？他想，怎么能让这些事情存在呢？政府就不着实管管？难道只要经济发展快了，就必然会产生这类问题？他琢磨半天，觉得不应该是这样，经济发展和这些现象没有必然的联系。大概是因为问题才冒头，还没有引起党委、政府的重视。只要下决心抓，还能解决不了？新中国成立前那么多乌七八糟的东西，中华人民共和国成立后，还不是一阵子就彻底取缔了！可是，现在是改革开放的初期，这种事儿会不会蔓延到全国？其他城市也会是这样吗？不行，得问问去北京的那伙人怎么样，在那里可不能出岔子。吃过晚饭，他对儿子说："小锋，恁叔今天上午回来了，你去喊喊他，说我叫他有事。"

锋子说："我还得做作业哩，叫点点去吧。"

点点说："我也得做作业，我不去。"

锋子说："你这才上几天学，有什么作业？"

石玉英说："好了，恁两个都好好学习，刷完这几个碗我去。"

潘忠民跟着嫂子来了。潘忠地说："你三两天就去一趟北京，了解那里的情况，忠良哥他们没出什么事吧？"

潘忠民说："经营挺好的，没什么事。俺运去的菜质量都很好，他们既零售也批发，销得很快。现在还是货跟不上，看样子加倍往那运也能卖出去了。我和忠明商量，想再买辆汽车。忠明也能开了，前段时间拿到驾驶执照了。"

潘忠地问："那里治安状况怎么样？有没有胡来的事情？"

潘忠民以为是问的农贸市场上的情况，就说："那个市场管理可严格了，不允许强买强卖，不允许哄抬物价，所有商品必须是明码标价，可以说是童叟无欺。这不，上次我们去的时候，市场管理人员把我和忠明叫到办公室，说是看着俺俩经常去送货，去了有时还逛逛别的店铺，打听打听行情，想聘俺当他们的义务监督员，让我们先考虑考虑，要是同意，就正式发给聘书。"

潘忠地说："我不是光说的那个市场，包括社会上，有没有像卖淫嫖娼、赌博吸毒、欺行霸市等不良的东西？”

潘忠民摇了摇头，说：“还真没听说。北京城那么大，你说的那些事有没有咱可不清楚。”

潘忠地说：“你再去的时候告诉忠良哥，让他回来一趟，有些事我得和他拉拉。”

潘忠民说：“他现在可忙了，市场管理委员会让他当了个理事，既要照应买卖，还得参加管委会的一些活动，咱去的那些人大事小事的还都找他商量，整天忙得不停脚，大概没空回来。你可以给他要电话，他那个房间里安上电话了。”

潘忠地说：“我知道，刚安上电话他就要过来告诉我了，那天正好俺几个都在办公室。电话上一句话两句话说不清，还是当面说说好。”

潘忠民说：“要不你去一趟。你不是还没去过北京吗？顺便去转转看看，也玩两天。”

潘忠地说：“过几天再说吧，发树哥和向河刚去了趟南方，不能都接连着往外跑。你先问问忠良哥，他要是能回来最好，真不能回来我再去。”

第二天早饭后，支部的几个人都到了办公室。潘忠地让张发树说了说情况，一听李向道和那个女人辞职跑了，没找到他，都很气愤。李长贵说：“他们反正跑不到国外去！咱从报纸上登个寻人启事，找国家级的报纸，发行面大，我不信就找不着他。”

张发树说：“报纸是你办的呀，你让人家登人家就给登？”

李长贵说：“只要花钱就给登，想登多长时间都可以。”

潘忠地说：“登了启事他也不一定能看到，就是看到了也不会回来。”

李长贵说：“启事上写清楚他和那个女人私奔了，他打工的那个单位看到了也不会再留他。”

张发树说：“那才胡扯哩！你是想让全国都知道咱村里的人出这丑事了？再说，南方人思想可开放了，谁计较他这破事？”

潘忠地说："这个办法不可行。别管他了，什么时候混不下去了就得回来。他自己惹的事让他自己慢慢受去吧，叶落归根，早晚他还得回家。大姑，你去和文翠萍好好谈谈，千万别让她想不开再出事，带着两个孩子好好过日子，有什么困难村里一定帮助她解决。"

这时电话响了，李向河拿起来接，原来是公社农技站的庞站长要过来的，说农学院的董教授和另外两个老师要来，他去刘集汽车站接他们，也找好自行车了，接上就领他们一块来，上午就到。潘忠地说："长友说她现在是研究蔬菜的，来了正好，让她帮咱好好谋划一下扩大蔬菜种植的事儿。大姑，你先别去翠萍家了，和向河去买点菜，恁两个准备饭，人家大老远来了，咱得招待好。"

潘秀菊说："那天长友说了，她还记着在俺家里住过，让她上家里吃去，我回去做就行。"

潘忠地说："别上你家里去了，加上庞站长来他们四五个，人多，挺麻烦的。就在西屋里做，过会儿叫小蒋回来，中午让他也参加。恁两个先买菜去，董教授也算是熟人了，咱都陪着一块吃，盘子、碗、筷的要是不够，到附近户家借点。俺三个去试验田，迎迎他们。"

到了试验田，李长友和小蒋都在，张发树说："小蒋，你先回去，农学院的董教授和两个老师来，中午在你住的那里做饭。秀菊姑和向河买菜去了，你去把屋门开开。"

小蒋说："屋门我没锁。"

潘忠地说："你去给他们帮帮忙，平时你用的东西他两个找不上头。中午咱一块吃饭，关于种菜的事你得多和他们拉拉，这方面你比俺几个懂。"

小蒋走了。李长友说："这个董玉清还挺守信用哩。那次我也就是随口一说，邀请她来看看，还真就来了。我还以为人家是教授了，专门去请也不一定能来。"

潘忠地说："你不是说她是研究蔬菜的吗？来了先让她看看这里，下午再看部分户家的菜田。这可是些专家，让他们指导指导，也帮咱出出下一步发展的路子。"

李长友说："小蒋说蒋家庄成了他们的实习基地，经常有农学院的人去。咱也得想法让他们经常来，那样技术上就更有保证了。"

潘忠地说："咱尽量争取，得看人家的态度，所以我说一定要招待好他们。"

正说着，看到他们从南边来了，就都迎了过去。来到跟前四个人都下了车子，潘忠地上前先和董玉清握手，董玉清说："你是忠地同志吧？听说你当书记了，这么多年也没变样。"接着她看着张发树说，"你是张发树，当年的大队革委会主任，现在是副书记、村主任，也是老样子。"

张发树说："还老样子哩，那时候还算是青年，现在都成老头了。还是城市里的水养人，你都当教授了，还和大闺女似的，这么年轻漂亮。"

董玉清笑了一阵子，说："我记得我们在这里的时候，你就好说笑话，脾气没改。说我漂亮肯定是瞎话，已经成老太婆了。"又看着李长贵说，"这一位眼生，没印象了。"

潘忠地说："他叫李长贵，党支部委员、民兵连长。恁来住的时候他刚当兵走了，没见过面。"又指着李长友说，"那是试验田的负责人，叫李长友。"

董玉清说："我们认识了，那天在蒋家庄碰到一块了，就是他给我介绍了你们的情况。来，我也给恁介绍一下，这个是沈老师，前年毕业留校的。这个是单老师，去年毕业留校的。都是我们系里的高才生。"

两个年轻的男老师都和潘忠地他们握手，沈老师说："俺都是董老师的学生。"

庞站长说："董教授在路上就说，'文化大革命'时在你们这里住了几十天，这次来算是走娘家了。"

董玉清说："秀菊同志在家吗？那个老大姐可好了，当时我们就住在她家里。"

潘忠地说："在，她还是支部委员、妇女主任，和会计在家里准备饭哩。咱是先看看还是回村里喝水？"

董玉清说："先看看恁的试验田。不少地方一搞大包干就把试验田也分了，你们还保留着，这太好了。有些试验项目和户家打交道不好办，还是和集体好说话。"

张发树说："俺也承包了，长友就是承包人，种什么、怎么种支部不管了，由他个人负责。"

李长友说："俺今年基本上全种成蔬菜了。董教授，你有什么试验项目都可以往这里放，我们保证完成好。"

董玉清说："我今天带着他两个来就是有这个想法。今后我们可以出项目，出技术，出力是你们的，收益完全归你们。我们就是为了掌握第一手资料，最后便于总结。"

潘忠地说："那太好了。咱抓紧看看，好回村休息。"

李长友领着他们转了一圈，董玉清边看边说："不错，管理很好，也没什么病虫害。长友同志，你那次不是去学习搞温室大棚吗？秋后我们来人帮你规划一下。这方面我们有经验，去年在几个县搞了些试点，蒋家庄的大棚开始也是我们帮着设计的。"

张发树说："建大棚是不是需要花不少钱？"

董玉清说："一次性投资是大一些，自己投工，建一个棚大体得用五六千块钱。但是，效益好，一般一季就能收回投资。当然，还要看种什么，怎么种。根据外地的经验，要发展些稀有品种，运到城市里去卖，都想吃个稀罕，价钱就高了。如果光种大路菜，只能是赚季节差价。以后还可以搞立体种植，那样收益更高。"

李长友说："那可需要学问了，小蒋也从来没说过立体种植。"

董玉清说："这是项新技术，我们也是最近几年才试验成功。对了，上次你说你们从蒋家庄请来个技术员，是不是小蒋？还在这里吗？"

李长友说："就是他，不仅没走，已经在俺村落户了。他经常靠在试验田，刚回村里。"

张发树说："他算是庙里的柏树，根扎深了，挪不了窝了。"

董玉清说："那好，有个懂技术的，管理上就出不了大问题了。"

潘忠地说："好了，回村吧，你们还没歇一瞬，咱回去边喝水边谈，吃起饭来也可以谈。长友，你推着董教授的车子，一块去。"

到了办公室，还没坐下董玉清就问："秀菊大姐呢？"

张发树朝西屋喊："大姑，快过来，看看谁来了？"

潘秀菊在那屋说："我听到他们来了，正洗着菜，马上过去。"随后擦着手过来了，进门和董玉清握起手，老长时间都没松开。

董玉清问："大姐你挺好吧？大娘身体还壮实吗？志国干什么了？"

潘秀菊说："我好着哩。老太太已经去世好几年了，志国大学毕业分到了合肥，在林业局工作。听长友说你都当教授了，真了不起！"

董玉清说："是副教授，没什么了不起，就是慢慢熬的。"

潘秀菊问："那个小彭现在干什么？"

董玉清说："当年分配的时候她也回了本县，起初在一家大集体厂子当工人，后来归队调到了县农业局，现在是副局长了。俺两个经常见面，她只要到地区办事，就到我那里坐一会儿。就是士霜太可惜了，她要不是出那事儿，肯定比俺干得好。"

潘秀菊给她使了个眼色，没让她再说下去，接着说："恁先喝水说话，我去炒菜。长贵，向河买来两瓶酒，在里间屋放着，你拿出来烫上，菜马上就好。"说完去了西屋。

李长贵拿出酒来，说："我去找酒壶、盅子，回来再烫。"

张发树说："这么热的天不用烫，也别借酒壶盅子去了，用茶碗，省事。”

过了一会儿李向河进来说：“菜行了，准备吃饭吧。”

潘忠地说：“叫小蒋和秀菊姑都过来一块吃。”

李长友说：“我回去吃吧，人太多了。”

潘忠地说：“别走了，拉开桌子，能坐下了。”

张发树说：“总共十个人，挤挤能行。谁要是夹菜够不着就站起来，都说馋人胳膊长。”

单老师说：“张主任说话真有风趣。”

董玉清说：“你是不知道，张主任那嘴可厉害了，当年还说过快板哩，据说还登台唱过戏。要是写小说的就该向他好好学学，他那些话才真是群众语言哩。”

张发树说：“可别夸我了，再夸这屋里就装不下我了。”

李长友说：“装不下好办，你自己到西屋吃去。”

张发树说：“我要去西屋就叫你上厕所吃去。”

这时李向河和小蒋端着菜进来了，李向河说：“咱先开始，秀菊姑炒完那几个菜就过来。”

因为董玉清和那两个年轻老师都基本上不喝酒，很快就吃完饭了。饭后喝着水，潘忠地说：“董教授，您能不能住下？下午咱再看看户家种菜的情况。俺想进一步扩大蔬菜种植面积，你刚才谈了些很好的意见了，再帮俺详细谋划谋划。”

董玉清说：“其实我也谈不出什么具体东西来，也就是些大体思路。下午看看可以，看完叫他两个跟着庞站长到乡里住下，我在大姐这里住一晚上，明天早饭后我赶到刘集，一块坐车走，上午必须回学校。”

潘秀菊说：“轻易不来的，多住几天呗。”

董玉清说：“不行，以后再来。系里事挺多的，俺三个还都得给学生上课。”

沈老师说：“董老师是俺系里的副主任，老主任这一段身体不好，在家里休息，她得主持系里的日常工作。”

张发树说：“沈老师和单老师住这里也行，东边那间屋里有两张床，拾掇拾掇就能住。”

庞站长说：“算了，让他两个随我走吧，乡里有招待室，好住。”

董玉清看看表，说：“都快三点了，咱一块到坡里转转恁再走。我的车子放这里，恁三个推着车子，看完别再回来了。”

潘秀菊说：“我就不陪恁去了，回家准备馅子，晚上包水饺吃。忠地，恁几个回来一块去吃也行，我多包点。”

潘忠地说：“俺不去吃了，你和董教授好说说话儿。”

太阳还没落山庞站长他们就走了，潘忠地他们也接着回村了。潘忠地让李向河把董玉清送到了潘秀菊家里。潘秀菊还没包完水饺，董玉清洗洗手要帮忙，潘秀菊没让她下手，起来倒上水，让她喝杯水歇一会儿。

董玉清接过去，边喝水边说：“上午亏了你给我使眼色，不然我就说漏嘴了。当时我接着意识到，当着忠地同志的面，不该提士霜的事。士霜的骨灰是埋到这里了吧？”

潘秀菊忙着包饺子，头也没抬，说：“是啊。你怎么知道的？”

董玉清放下茶碗，站到潘秀菊跟前，说：“她出事时间不长我们就听说了。不过，开始同学之间传什么话的都有，有的说是厂里出事故，她摊上了。也有的说是因为两派打仗，她被误伤死的。还有的说她是自杀的。我和小彭俺两个通信时都说，凭她那性格，自杀是根本不可能的，前两种说法倒是可信。那时候我们都是刚参加工作，又不在一个县，没办法打听到确切消息。还是后来我到了农学院，一次跟着老主任到恁县里来出差，县委有个姓魏的副书记，分管农业，中午陪我们吃饭，期间说到他在刘集公社工作过，我就说了一句，‘文化大革命’期间我们几个同学在汶水滩住过一段时间。

他问我当时的情况，我简单说了说，顺便提到了士霜，问他士霜的死到底是因为什么事情，没想到他知道得相当清楚，把整个情况详细介绍了一番，后来还一个劲地夸奖忠地同志，说他主动做通了家里人的工作，和士霜的骨灰举行了个婚礼，负责把她埋葬了。”

潘秀菊包完了，起身洗了把手，叹了口气，说：“过去这么多年了，平时守着忠地我们都不再提这事。忠地是个讲情义的人，当时不只他家里人，就是外人也都不赞成他这么做。两个人别说登记结婚了，连正式订婚的手续也没有，一般人谁会承揽这种事？所以后来只要有人说起来，都夸忠地人品好，考虑事情周全，大气。”

董玉清说：“我听魏书记那意思，对忠地同志也是大加赞扬。”

潘秀菊说：“那是忠地上农校时的老师，对他忒了解了。好了，不说这些了，你再喝杯水，我去烧锅下水饺。”

两个人边吃边说着当年那些事儿，仿佛就在眼前，越谈话越多。快吃完的时候，董玉清突然说：“大姐，我有个想法，你说行不？”

潘秀菊说：“什么想法？你说吧。”

董玉清停了停才说：“我想吃完饭到士霜坟地上去。来到这里了，就该去看看她，顺便祭奠祭奠。你也知道，当年在大学里，和小彭俺三个是最要好的，就和亲姐妹一样。说实话，这些年一想起她来，心里就不是个滋味。”

潘秀菊犹豫了一会儿，说：“去倒是可以，不过，去了不能只祭奠她，还有春莲，她两个的坟在一块儿。”

董玉清说：“怎么不行。我记得我们去看过她，她刚去世的时候俺回去的。”

潘秀菊洗刷完，拿出了一卷子草纸，又从窗台上找出一把香，说：“咱坐一会儿再去，得晚一点，太早了遇上人不好。”

董玉清说：“也是，不年不节的，别人不理解，知道了会说闲话。”

苍茫的暮色笼罩了大地，庄稼、林木都影影绰绰的。露水下来了，空气格外清新，一阵阵清香味儿钻进鼻孔，分不清是庄稼花还是路边的野草散发出来的。鸟儿们大概已经进入了梦乡，只有那些虫儿“吱吱”“唧唧”，争相欢叫着。繁星满天，银河像一条白色的绸带，铺展在空中，向无垠的天际延伸开去。潘忠地心里沉甸甸的，独自一人，默默地走向河边那片坟地。

尽管十几年过去了，和石玉英结婚后两个人也很投缘，儿子都这么大了，可李春莲、王士霜，在他脑子里一直抹不去。有时候躺在床上，虽然身边有石玉英，也会想起她两个的事儿，特别是王士霜。每年的清明节和农历十月初一，他都会到坟地来，先是给父亲上坟，然后再到她两个的坟前烧几张纸，每个坟上添几锨土。今天上午一说董玉清来，立时勾起了他对王士霜的回忆。在办公室当听到董玉清和潘秀菊提起王士霜时，他真想结伙着说几句，可话儿被潘秀菊岔开了，就没吱声。下午在坡里转着，王士霜的形象不时出现在眼前。他心里矛盾着，既想和董玉清说说王士霜当年的情况，可又害怕谈起。从坡里回来，他本来想送董玉清去潘秀菊家，又担心去了有些话不好说，就让李向河送她去了。回到家里，他直接进了西屋，翻腾出王士霜送给他的那些学习资料，还有那些信件，追忆着当年的情景。直到石玉英撵着小锋子过来喊他吃饭，他才去了堂屋。一顿饭里他一句话没说，放下饭碗，仍觉得心里像塞了块抹布，堵得难受。有很多话想说，但又没法说。于是起身出去了，来到办公室门口，看到里面没亮灯，就只身去了北河滩。

他来到王士霜坟前，看到上面长满了青草，心里话，太好了，这么多荒草护着坟头，下雨时坟上的土就不会流失了。四周没个人影儿，他站在那里，心里说：士霜啊，你的命怎么就这样呢？看看你那些同学，有的成了教授，有的在机关当了部门领导，你要是不出那事，现在起码也在机关上工作了。我现在生活得很好，玉英人不错，既孝敬老人，对我也很关心，儿子已经快上高小了。可是，如果你活着咱能成了亲，日子肯定比这还好，我也许就不在村里操这些心了，养个孩子也能吃国库粮，将来也好找个工作。这也是我的命啊，没那个福气和你在一起。你在那边安心吧，早晚我去找你们。念叨了一阵子，他又围着坟地转了一圈，这时发现哑巴上了河堤，进了树林里边。哑巴这人很牢靠，一定是来查看有没有偷树的。他就想过去找找哑巴。刚上去大堤，突然看到从南边过来两个人，朝坟地走去。他赶紧躲到堤旁的树丛中，慢慢看清了，是潘秀菊和董玉清。他没有动，她两个也没发现他。

两个人来到坟前，董玉清问："哪个是士霜的坟？"

潘秀菊说："西边那个，东边这个是埋的春莲。按照习俗，东边为上手，为大的就得埋上手。将来玉英死了，再埋到春莲的东边。以前媳妇多的就这么一边一边地排。"

董玉清又问："两个坟头怎么不挨着？中间还留个空儿。"

潘秀菊说："那是给忠地留的地方。"

董玉清说："明白了，这就和开大会主席台上排座位一样，主要领导坐中间，其余的依次坐在左右两边，次序不能错了。"

潘秀菊已经把纸和香分成两份，掏出火柴，先在李春莲坟前点着，又到王士霜坟前点着。

董玉清先在李春莲坟前三鞠躬，又站到王士霜坟前，深深鞠躬，然后说："士霜，我来看你了。你走得那么匆忙，从离开学校咱就没能再见一面。我和小彭每次到一块，几乎都要提到你，我们很想念你。"说着，泪水不由自主地流了下来。

这时，猛然间有人从东边咋咋呼呼跑了过来，也听不清喊的是什么，董玉清一惊，说："这是谁呀？"

潘秀菊说："不用怕，是哑巴，看树的。一定是咱烧纸被他看到了。"

哑巴手里还提着根棍子，来到跟前一看是潘秀菊，上前把还没着完的纸用脚踩灭，又"啊啊"了几句，意思是说："黑更半夜的烧什么纸？引起火灾来可就坏了！"

潘秀菊给他比画着解释了一阵子，然后叫着董玉清回去了。

哑巴又用棍子拨拉纸灰，看看全都灭了，这才上了河堤。潘忠地走了过来，哑巴看清是他，问你是不是和她们一块来的？潘忠地点了点头。哑巴又问另一个人是谁？潘忠地说是士霜的同学，来给士霜上上坟。比画半天哑巴才明白，不再吱声了。潘忠地看着潘秀菊她两个已经走得很远了，说："天不早了，咱也回家吧。"两个人这才一起往村里走去。

# 农学院

乡里的林书记、刘秘书和副乡长王士友一块来了，说是看看汶水滩种植业结构调整的情况。最近县里召开了农业和农村工作会议，分析认为，这几年农业增产、农民增收，主要得益于实行了大包干，各家各户承包了土地，自主经营，调动了广大农民的生产积极性，再加上风调雨顺。正像群众说的，“政策好，天帮忙”。当然，根本的还是“政策好”。以往没有自然灾害的年份也不少，可就是没有过现在的好收成。只要坚持政策不变，群众的积极性是可以持久的。但是，只靠这一条还不够，下一步必须研究落实新的措施，使农民的收入不断增长。因此，农村经济要进行结构调整，不能只捆在种养业上，要因地制宜，大力发展二、三产业。农业内部的结构也要调整，在不放松粮食生产的同时，积极开展多种经营，发展养殖业、林果业，扩大经济作物的种植面积，进一步提高经济效益。会后，乡里认真进行了研究，计划抓一部分典型，总结经验，在全乡加以推广。他三个就是为这事来的。

潘忠地、张发树领着他们，先到西坡、南坡转了转，最后到了试验田。这里二十多个劳力正忙得热火朝天，有的夯地基、垒墙体，有的架竹竿、扯铁丝，都在建大棚。有五六个棚已基本完成，架网已经布好，只等着临栽种的时候顶上盖塑料薄膜了。

李长友和蒋俊兴看到他们，就一起迎过来了。潘忠地把蒋俊兴介绍给乡领导，林书记说：“好啊，栽下梧桐树，不愁引不来金凤凰。这技术员都到你们村来落户了，发展蔬菜种植技术方面就没问题了。”

王士友说：“我看过资料，建冬暖式大棚技术要求很严格，关键是掌握好采光角度，不然，冬天棚内温度上不去。小蒋同志，这是你设计的吗？”

蒋俊兴说：“农学院的两个老师来帮着设计的。其实俺老家那里搞了两年了，照着建就差不多。”

王士友问：“董玉清老师又来过了？”

潘忠地说：“两个月前她来过，这次是沈老师、单老师来的，他两个原来都是董教授的学生。那次她来你知道啊？”

王士友说：“开始是庞站长告诉我的，那天她临回去还到我办公室坐了一会儿。”

林书记问：“你们准备建几个棚啊？”

潘忠地说：“试验田规划了十八个，户家还有准备建的。我们发动了一下，只有六户报了名。”

林书记又问：“物料要花不少钱，怎么解决的？”

潘忠地说：“自筹为主，村里给予扶持。党支部作了个规定，因为建棚开始投资大，每新建一个大棚村里补助一千块钱。试验田也早就实行承包责任制了，和户家一样的标准。只补助两年，估计明年户家想建的就多了。”

李长友跟上说：“多亏党支部出了这么项政策，要不我们最多能建十个八个的。我这还是和大伙商量，今年干活的工钱只发三分之一，其余的明年再补发。这样算了算，如果十八个棚全建起来，还缺一万多块钱。”

林书记立即表态：“不要紧，用贷款帮你们解决。老王，回去后你给信用社打个招呼，包括户家因建大棚缺钱的，村里写个证明信，缺多少让他们去贷多少。”

王士友答应着。李长友很高兴，说：“这下给我们解决大难题了。”

刘秘书问："棚里种什么作物？"

李长友说："全部种蔬菜。两个老师这次来，给我们带来了七八样菜种子，都是新品种，在西南角那方地里育的苗，都出苗好几天了。现在种上，春节前后就能上市，价钱肯定差不了。"

林书记说去看看苗子。走到一看，畦子用小弓棚罩着，畦子头上都插着小牌子，上面写着蔬菜的名称。王士友说："这些品种不错，苗子出得也挺整齐。"

张发树说："这是那两个老师亲自动手种的，那天我过来看了，弄得可仔细了。都是些稀罕玩意儿，说是有一种西红柿和葡萄似的，还是彩色的，分红色和金黄色两种。部分黄瓜苗还要搞嫁接，咱可是从老辈里都没听说过。"

刘秘书说："黄瓜苗子那么嫩那么弱，怎么嫁接？"

蒋俊兴说："俺那里也没弄过，到时候他们来帮着我们搞。"

林书记说："有农学院的老师们指导着，一定能行。老王，咱怎么推广一下他们的做法？全乡要是有一半的村搞到这种程度那就好了。"

王士友说："今年再发动建大棚是来不及了。不过，他们这个路子对头，包括大田里种的白菜、大葱、菠菜、芫荽，得占了三分之一的耕地面积了。可以选一部分村来看看，让他们学学，起码先扩种一些经济作物。"

潘忠地说："回办公室喝点水吧，都转一大半上午了。"

林书记说："不去办公室了。你们不是有些户养长毛兔吗？咱去瞧瞧。"

潘忠地说："其他户养的不是很多了，只有潘友新喂的还不少，有好几百只。"

林书记说："那就去看看这一户。"

潘友新正和两个女孩清理兔粪，看到他几个进来，立即放下铁锨迎了上去。潘忠地向他介绍乡里几个人，他说："王乡长熟，在咱这里蹲点那么长时间。林书记我也认识，那次去县里参加领奖的大会，林书记带我们去的。就是刘秘书是头一次见面。”

张发树说：“先去泡上茶，一上午了领导们还没喝口水哩。”

林书记说：“不慌，先看看养的兔子。可不少呀，有多少只？你这个院子也够大的。”

潘友新先喊了个姑娘去屋里泡茶，然后说：“不到五百只。这地方原来是生产队的仓库和饲养棚，我算是借用的。开始忠良叔说让我白用，我觉得不合适，那样其他人会有意见，就每年交给小组五百块钱。”

满院子全是兔窝，都分为三层，并且间隔成了一间间的。多数窝里喂着两只大兔子，也有好几只小兔子的，还有部分窝里是一只。刘秘书问：“怎么还有放一只的呀？”

潘友新解释：“这是快生小兔的母兔，必须和公兔分开。”

围着院子转了一圈，林书记问这问那，潘友新一一认真回答。潘忠地说：“咱屋里喝水去吧，喝着水让友新好好汇报汇报。”

往屋里走着，张发树问潘友新：“我怎么看着这两个闺女都不是咱村里的，哪个村的？”

潘友新说：“我和岗子他娘忙不过来，找了两个亲戚来帮忙。去屋里泡茶的那个是俺姑家的表妹，另一个是俺媳妇她娘家的侄女。亲戚担事儿，平时随俺一块吃饭，末了再每人给她们几百块钱就行了。”

张发树说：“岗子他娘呢？不在家呀？”

潘友新说：“刚领着小岗出去，到村头买点菜去了。”

说着进了屋，张发树忙着倒茶。潘友新端给大家，说：“中午在俺家吃饭吧？”

潘忠地说：“不在你这里吃了，到我家里吃去。”

林书记说：“我们说好的回去吃，喝杯水就走。”

张发树说：“不能走，回到乡里也不早了。上忠地家里吃也行，王乡长

得大半年没来了。”

王士友说：“没那么长时间，夏天我还又来一趟，就是没在这里吃饭。”

潘友新说：“就在俺家里吃。我说过多少次了，想叫忠地叔、发树叔他们来吃顿饭，就是请不动。乡里领导这是头一次到俺家来，我得一块请请恁。恁喝水，我买瓶酒去。”

张发树说：“我看在这里吃也可以。友新真是说过多次了，就让他破费一回。友新，你别买酒了，我去买，你去看看岗子他娘，让她多买点菜。”

林书记说：“给你们添麻烦不好。”

王士友说：“要不还是到忠地家吃去。”

潘友新说：“不能再变了，我这就买菜去。”说着和张发树出了门。

潘忠地说：“在他这里吃也没事，友新这孩子挺好的。”

屋里只剩下他们几个了，王士友问：“他爹现在表现怎么样？”

潘忠地说：“现在倒是接受教训了，整天不出门，也不掺和别的事了。那个人的思想意识是不行，和友新简直不像爷俩。友新就是因为他处事不像话，才提出分的家。本来家里还养着一些兔子，后来他不愿意喂了，按理给友新多好，他却不，自己零星着逮到集市上卖了。”

林书记问：“他爹原来干什么？”

潘忠地就把潘忠国的情况简单说了说。

没过大会儿，潘友新领着儿子，拿着些菜回来了，直接放到了厨屋里，出来喊那两个姑娘去择菜。他接着到西边从兔窝里抓出一只兔子，左手提着耳朵，右手朝耳根子使劲一拍，兔子就没气了。他到堂屋找出把小尖刀，潘忠地问：“拿刀子干吗？还杀鸡啊？”

潘友新说：“杀只兔子吃。”

王士友说：“可别杀，兔子不是剪毛卖钱吗？”

潘友新说：“不吃长毛兔。春天我买了几只肉食兔，想试验一下，看看是不是比喂长毛兔效益好。这都十几只了，前几天我吃了一只，还可以，全是瘦肉。我叫媳妇再去买几斤青萝卜，用萝卜炖了没腥味。”

林书记说：“那也别杀，咱简单吃点就行。”

潘友新说：“我已经打死了，十来分钟就剥完皮，比杀只鸡还快当。”

小岗子蹲在他爹跟前看剥兔子。张发树提着两瓶子酒，进门看到潘友新两手是血，说：“哟，还杀只兔子呀！”

潘友新边忙活边说：“肉食兔，你尝尝好吃不。”

张发树说：“是肉就比青菜香。岗子，跟着我屋来吃糖，我给你买糖来了。”

小岗子白瞪着眼看了看他，没动。潘友新说：“怎么不去啊，恁大老爷不是叫的你呀？”

小岗子说：“俺这个大老爷好糊弄小孩。”

张发树说：“这回不骗你，在我这边裤子口袋里，要不你自己来掏。”

小岗子说：“我才不掏哩，掏掏又是空的。”

潘友新说：“看来你是糊弄这些孩子惯了，都不信你的话了。”

张发树把酒瓶放地上，掏出包水果糖，打开包递给小岗子，说：“信了吧？试试甜不。”然后拿起瓶子进了屋。

刘秘书一看是两瓶景芝白干，说：“村里还有卖这种好酒的？”

张发树说：“这还是代销点春节前进的两瓶子，在货架上摆了大半年了，一直没人买。今天恁几位来了，咱喝了它，也算是给代销点解决一下困难。”说着又掏出来两盒泉城牌的香烟，放到桌子上一盒，准备拆另一盒。

林书记说：“别拆了，我车子上书包里还有两盒大前门，刘秘书去拿过来。”

张发树说：“那咱今天算是过年了，又喝好酒又吸好烟，还吃肉食兔。”

王士友说：“发树现在也鸟枪换炮了，过年能买这样的好酒好烟？”

张发树说：“可舍不得！我也就是打个比喻，这可是比过年还过年哩。”

友新媳妇进来了，给大伙打了声招呼，又倒了倒茶。张发树说：“你做饭去吧，俺自己倒就行。这可都是些贵客，得多炒几个好菜，把你的手艺都使出来，别既没盐味又没油味的。”

友新媳妇说：“我可炒不好。要不你去掌勺，我给你打下手。”

张发树说：“我连生熟都分不清，还是你去做，孬好的俺将就着吃呗。”

友新媳妇笑着出去了。王士友说：“她不是叫你叔吗？你也跟人家瞎胡闹。”

潘忠地说：“他就这样，不分个老少。”

菜做好了，潘友新过来洗了五个酒盅子，连同六双筷子摆好，准备去端菜。潘忠地说：“还少个盅子呀！”

潘友新说：“你知道，我不喝酒。”

张发树说：“你不吸烟还不喝酒，挣那么多钱干么花？想盖大楼呀？”

潘友新说：“你算说对了。过两年盖房子，我就起座两层楼。”随后去厨屋端菜去了。

喝起酒来，林书记问：“友新同志，你喂这些长毛兔，一年能收入多少钱？”

潘友新说：“这两年不行了，兔毛价格降得太厉害，我这还是运到外地去卖，咱县外贸收的价钱更低，这样一年纯收入也不到一万块钱了。要是前些年，喂这些一年怎么着也得收入一万五左右。”

潘忠地说：“这也不少，比种地强多了。咱种菜的那些户，好了一亩地也就收入七八百块钱。要是建起大棚来收入能多些。”

刘秘书问：“别的户为什么不养兔子？”

潘友新说：“开始有几十户喂的，发展也不慢。后来饲料长钱，兔毛差钱，都觉着不合算，就喂的少了，有的户干脆一只也不喂了。”

张发树说：“种地成本也高了，化肥、农药，还有电费，都提价了。仔细算算，要是只种粮食作物，扣除工钱，别说赚钱了，得赔钱。老百姓也就是不算细账，包括种子、粗肥、用工，哪里有算钱的！”

潘友新说：“种地虽然收入不高，可省心省力，不像喂兔子这么麻烦。忒拴人了，得整天不停脚地忙活。快生小兔子的时候，还得黑白看着它，要是不及时把小兔子挪到另一个窝里，很容易被大兔子伤了。”

王士友说：“养兔子可不容易，技术性很强。光是防疫吧，弄不好就出大问题。”

潘友新说：“这些年我也摸索了些办法。一是饲料配比，不能买现成的饲料，不仅价格高，还不如自己配的质量好。再就是防疫，我试验着用些中草药，效果很好。这么多年了，我喂的兔子还没生过大毛病。我正琢磨着让母兔生小兔子能赶在白天，那样就省事多了，想了些法子，还不是很成功。”

王士友说：“可以把你采取的这些办法提供给那些户呀？”

潘忠地说：“所有喂兔子的在技术方面都基本上靠友新，他经常到各家去，无偿进行防疫，还负责供应饲料，价格也便宜。不少户兔毛也是让友新捎着一块去卖。”

林书记说：“你研究的这些技术可都是创新，要总结成材料，下一步乡里发动别的村养兔子，可以推广你的经验。”

潘友新说：“我也就是埋着头试，理论上咱说不清楚。虽然买了几本关于养兔子的书，上面都是些常规性的知识，也没介绍这方面的内容，没法搞材料。”

林书记说：“忠地，你们不是和农学院有联系吗？应该请那里的老师来帮着总结总结。”

王士友说：“对呀，董玉清来的时候让她看看，叫她回去给畜牧兽医系的老师们介绍一下，他们肯定愿意来。”

潘忠地说：“那好办，过一段时间董教授就来。友新，真不行我和你一块去一趟，直接去请人家。”

潘友新说：“忒好了，要去咱就早一点。那都是些专家，如果帮着咱把喂养的成本降下来，有些户还能发展。我观察肉食兔生长挺快，下一步多喂些肉食兔也可以。”

王士友说：“搞什么都得形成一定规模，没有规模很难说形成效益。”

潘友新说：“我就这么大个地方，兔窝都建满了，没法再扩大规模了。要是多喂肉食兔，就得减少长毛兔。”

张发树说：“有个好地方，二十多亩地，你去养几千只兔子也没问题。”

潘友新问：“哪里有这么大的空闲地儿？”

张发树说：“窑场啊！上级规定，不允许再占用好地烧砖了，原来的老砖窑都得停下来。给明尧叔讲好了，烧完现有的砖坯就全撤。”

潘友新说：“那里可不行，离村庄太远了，还得现盖房子。”

潘忠地说：“以后再说，还是继续喝酒。”

林书记说：“喝得差不多了，吃饭吧。”

张发树说：“瓶里还有那点，喝净它。”

林书记说：“他几个总共喝了不到半斤，基本上是咱俩喝的，喝净太多了。”

刘秘书说：“喝净可以，发树同志，剩下不到三两酒了，往下你喝两盅让林书记喝一盅。”

张发树说：“那我可沾光了。也行，好酒不醉人。”说完先喝了一盅。

潘友新看着潘忠地问：“我去叫她们烧锅下面条？”

潘忠地说：“去吧，先把烧饼拿过来。”

下午送走林书记他们，潘忠地到办公室给董玉清要了个电话，说明了要和潘友新去的意思。董玉清说明天她要给学生上课，让他们后天去，也好提前给畜牧兽医系的老师打声招呼。随后他去给潘友新说了说，准备好后天一早去刘集坐汽车。潘友新问还带点什么礼品不？潘忠地说不用带，买盒烟装着就可以，虽然咱两个不吸烟，人家老师们可能有吸的，到时候拿出来好看。

这天两个人提早吃了早饭，骑着自行车去了刘集，把车子放到公社农技站，然后到汽车站等车。潘友新说到供销社买烟，因为村里代销点没好的。潘忠地说别买了，坐车要紧，到那里下了汽车还得走一段路才到农学院，路过门市部买就行。

到了时董玉清正在办公室等着，没让他们坐下董玉清就说："咱先到畜牧系去，刚才孔主任还要电话问你们来了没有。给他说说情况回来再喝水，到快下班的时候再去就不好了。"

畜牧兽医系在北面楼上。进了孔主任办公室，孔主任让他们坐下，倒上水，说："我去喊喊孙教授，他对兔子有研究，让他来一块听听。"

董玉清说："你和他们说话，我去喊他。他知道了吗？"

孔主任说："知道，我昨天就告诉他了。他就在东边屋里，隔一个门。"

孙教授过来了，孔主任让潘忠地先谈谈村里养兔子的情况和来的目的，潘忠地把情况简单介绍了一下，提出能不能请老师们去指导指导，同时把董教授去帮助种蔬菜的事也说了。接着让潘友新说说他个人的想法。潘友新先说了说这些年养兔子的经历和现在的规模，然后把相关的试验一条条作了介绍。当说到用中草药防疫时，孙教授问效果和费用怎么样？潘友新说效果还不错，比原来到兽医站买药能省接近一半的钱。当说到自己配饲料时，孙教授问主要原料是什么？潘友新说以玉米为主，加一定比例的饲草和豆粕。当说到正在想法让母兔白天生小兔时，孙教授说这可是个大难题，生小兔时如果跟前没人，有时候大兔子能把小兔全吃掉了。你这个想法可以称作让它'定时分娩'，有难度，采取了什么措施？潘友新说我也就是胡琢磨，因为看着母兔快要生时就撕自己身上的毛，我就试着提前给它撕，结果也能让它提前生，但是，时间上还是把握不准。

潘友新说完了，孔主任说："了不起，农村真的是有人才。你搞的这些试验，完全是靠实践经验摸索的，在办公室里研究不出来。老孙，值得去一趟，帮他好好总结总结，我们在教学的时候用得上。”

孙教授说：“不是去一趟，我有个初步想法，可以把他们作为咱的个联系点，包括我们的一些试验项目，可以和小潘联合搞。这样吧，这个星期抽不出时间来了，下个星期二或星期三，我带着两个人去，有些事现场再定。”

潘忠地说：“那太好了，到时候俺到刘集汽车站接您。这也快到下班时间了，咱出去找个饭店，一块吃顿饭。”

董玉清说：“不用出去吃，我已经让沈老师去安排了，就在教师二食堂吃。那里吃饭有单间，挨着还有招待所，饭后你们可以休息一下。孔主任、孙老师，恁两个都去。”

孔主任说：“我还想留他两个来，既然董老师安排了，恁就去吧，我和孙老师不参加了。等下次恁再来时，我负责安排。”

出门后要穿过大半个院子才到食堂。潘忠地边走边看，觉得和他在农校读书时那次来看的印象相比，真是大变样了，于是说：“农学院发展真快，增加了这么多高楼。”

董玉清说：“也就这几年的事。‘文化大革命’十年没增加一栋新房子，最近四五年的时间，盖了两座教师宿舍楼，三座学生宿舍楼，一座办公楼，一座试验楼。原来所有的楼房还都进行了内装修。东边正在施工的是综合教室楼，同时能容纳一千多名学生上课，其中还设计了个三百多人的阶梯教室。西南角快完工的是干部专修科大楼，那是省里拨的专项资金，第一、二批学员已经入校了，还暂时住着学生宿舍。还准备马上动工建个新图书馆，再过两年，西北角那片平房就全变成楼房了。”

潘忠地说：“下面中小学的条件太差了，国家也应该多投些资。”

董玉清说：“看来近期国家的教育经费大都投向大学了，中小学主要靠地方财政投入，需要有个过程。”

潘忠地说：“中学是靠县、乡财政，农村小学就是村里出钱了。上级也号召要消灭农村小学的‘黑屋子、土台子’，俺村里前年就全部改造成瓦房了，可有些村集体经济太薄弱，干部工资都解决不了，哪里还有钱建学校？”

董玉清说：“我去的乡、村不算少，像你们这种情况的村不是太多。有的村集体经济成了‘空壳’，正像你说的，干部工资都拿不到，党支部是个空架子，除了还管管计划生育，群众的生产、生活根本没人问了。”

潘忠地说：“那样的村也是极少数。任何时候也有个别差的单位，一般的是多数。”

说着到了食堂，沈老师、单老师已经在房间等着了。潘忠地说：“还让恁麻烦，我们到外边随便吃点回去就行。”

沈老师说：“到恁那里去你们那么热情，今天恁来了，算是给我们次表示的机会。咱不能和基层传说的那样，上面的领导到村里，要吃鸡、吃鱼、喝酒，村里的人到机关，也就给你握握手，好了给倒杯开水喝。”

董玉清说：“你和单老师在基层时间短，听到的少，这是败坏县、乡机关干部的。群众当中笑话可多了，也有讲老师的，说是当老师的都小气，几个人一块包水饺吃，煮出来要按个分开，谁也不能多一个，最后剩下两个没法分了，就在锅里用勺子搅坏，分汤喝。”

单老师笑着说：“那是说的小学老师，可没说咱在大学当老师的。”

潘忠地说：“都是当笑话说着玩的，哪里有那种事。咱今天还是简单点，恁都忙，俺吃了也抓紧回去。”

沈老师说：“不复杂，就要了六个菜，不够咱再要。喝什么酒呀？”

潘忠地说：“俺两个都不能喝酒。”

董玉清说：“忠地同志酒量不大，我知道。小潘能喝不？”

潘友新说：“我是滴酒不沾，还不如俺忠地叔哩。”

董玉清说：“那就算了，不要白酒了。来几瓶啤酒，什么酒都不喝多不好！”

潘忠地象征性地喝了一杯子多啤酒，董玉清、潘友新一点没喝，开始打开了四瓶子，让沈老师、单老师喝光了。董玉清叫他两个再喝两瓶，他两个说下午还有事，不再喝了。喝酒期间潘忠地说："前天乡里的几位领导到俺村去了，很满意。特别看了试验田建的大棚和育的蔬菜苗子后，给予了充分肯定。让我们来请畜牧兽医系的老师去指导养兔子的事，也是林书记提出来的。对了，王乡长也一块去了。"

董玉清说："那天我急着回来，只见了见王乡长。因为当年俺三个去恁大队，还是他领着我们去的，他那时是农技站长，在那里驻队，后来演节目他还拉二胡。下次再说吧，去了应该和书记、乡长见见面。"

单老师问："育的那些苗子怎么样？"

潘忠地说："几天前就出齐苗了，长势很好。"

沈老师又问："大棚建到什么程度了？"

潘忠地说："完成三分之一多了，按恁两个说的时间完成没问题。"

沈老师说："让他们接着把棚里的地整好，再过二十天左右我们就去，集中几天全部把苗子栽上。另外，一定要提前把盖棚的草苫子备好。西南乡有的县种水稻，稻草不贵，可以去人联系买一部分来打苫子。"

潘忠地说："那行，我回去就安排。"

吃完饭了，董玉清说："沈老师，你去招待所说一声，给找间房子，让他两个休息一会儿。"

潘忠地说："不休息了，早一点汽车不紧张。"

董玉清说："你还回母校看看不？农校恢复这几年也发展挺快。"

潘忠地说："不去了。据说当年下马后老师们大都调走了，后来恢复上马进了不少新老师，都不认识。就是有个别原来的老师，现在也该退休了。俺县里的魏书记就是我原来的班主任，他最后兼了两年的人大主任，去年也办退休手续了。我们回去吧，谢谢您。"

董玉清说："不用客气，咱算是老熟人了。看情况吧，孙教授去的时候我要是能抽出时间，就给他们带带路。"

潘忠地说："那更好了。到时候你给俺要个电话，说准几个人，我好安排去车站接你们。"

董玉清说："不用接，我们还是到乡里找几辆自行车。真不行走着去也可以，七八里路不算远。"

潘忠地说："走着可不行，还是俺去人用车子驮恁省事。现在乡里公用自行车都处理了，去了还得借个人的。"

说完起身要走。沈老师去结账，董玉清和单老师把他俩送到了大门口。

# 进京

潘忠民前一段捎信来，说潘忠良没空回来，潘忠地就和他要了个电话，简单问问情况。因为电话上不便多说，所以老是觉得不当面和潘忠良谈谈放心不下，心里一直惦记着，于是下决心要去趟北京。这天送走孙教授他们几个，便叫着张发树、李长贵，回到了办公室，想商量一下什么时间去、和谁去。潘秀菊、李向河都在，他们进门李向河就说，刚才乡里刘秘书来电话，乡党委决定后天在咱村开个现场会，不是所有村都参加，只排了二十八个村，每个村来三到四个人，党支部书记、村主任，还带一至两个重点户的代表。就一上午，不在这里吃饭。也不叫咱准备会场了，在试验田集合，人到齐先去看友新养的兔子，再到南坡转一圈，最后还是回试验田，看建的大棚和育的蔬菜苗子，然后就地开会。让咱介绍下全村发展多种经营的情况，乡领导再讲讲话就结束了。

张发树说："现场好说，又不像以前要求搞那些形式的东西，就是给友新说一声，让他在家里等着，到时候也得边看边说几句。其他群众连招呼也不用打了，该干么还干么。村里介绍也好办，咱干的工作都在忠地脑子里装着哩，需要说什么随口就来。开会的地方可是个事儿，忠地介绍加上领导讲话，怎么也得个来小时，一百多口子人，还能都在地头上站着？零零散散的也不像个开会的样子。”

李长贵说：“要想集中到一块，场地倒没问题，把饲养棚前边那块场院拾掇拾掇，满能坐开了，就是没有座位。”

潘忠地说：“这么多人开个会，都站着是不大好。”

李长贵说：“要不咱从户家借部分凳子，找几个人运过去。”

李向河说：“不用借户家的，今天正好是星期五了，给学校里说说，明天下午临放学时，让学生们把自己的凳子都搬过去，后天下午再搬回来。叫他们在凳子背面写上自己的名字，往回搬的时候也乱不了。”

张发树说：“那也不够，咱总共不到一百名学生，怎么也得准备一百二十个人的座位。”

潘忠地说：“这个办法行。向河，学生们的凳子你负责，长贵再负责借十来条板凳，明天下午都摆好。大姑，你安排两个户，让每户烧锅开水，给他们买斤茶叶，到时候放桶里两把，十点半左右送过去。庆江叔那里锅太小，碗也不多，得准备两挑子，再带上几十个碗和舀子，人们喝不喝的是这么个意思。发树哥，你明天沿着看的路线走一遍，虽然不搞形式，路旁堆的那些粪土、柴火也得整理整理，别乱七八糟的，得给人家个好印象。”

张发树说：“咱两个一块去看。”

潘忠地说：“领导让在会上正式介绍咱的工作，不是个别汇报，不写成材料也得准备个提纲，别到时候说得颠三倒四的。”

张发树说：“嗨，放你身上划拉个提纲还不是小菜一碟？晚上少睡一会儿就解决了。”

潘忠地说：“也行。咱明天早晨先去试验田，还得给长友说说，让他们搞起两个完整的棚来，顶上盖好塑料薄膜，里面的地也得整好，那样看起来更像样了。”

张发树说：“好办，我知道，前几天他们就把塑料薄膜买来了。向河，你把办公室的暖水瓶拿过两个去，也拿包子茶叶，庆江叔那里有茶壶茶碗，叫他提前烧几壶开水，到时候泡壶茶，不能让领导们也喝大碗茶。”

潘忠地说：“这件事就这样吧，还有个事需要商量一下。那伙人去北京时间不短了，忠良哥也没空回来，只是要了两次电话说了说情况。自从向道出那事以后，我老是不放心，想去看看，好好交代交代，在那地方可不能出事儿。”

张发树说：“该去。我和向河去了趟南方，这次你去。咱这也算是‘南征北战’了！”

李长贵说：“别不懂装懂，胡乱比喻。‘南征北战’那可是共产党节节胜利，国民党一败涂地，你到南方弄的嘛？连个李向道的问题都没解决了！”

张发树说：“你以为就你看过两场电影啊？我也看过，不是一回事儿，得具体情况具体分析。李向道就是个烂透了的柿子，再大的本事也捏不出好柿饼来。俺去那一趟也算是打了个胜仗，其他人再也不会出他那样的事了。”

潘秀菊说：“长贵你别搭他的腔，这就是个无理争三分的人，和他说什么！”

他两个都不吱声了。李向河说：“也不能忠地哥一个人去呀，叫长贵一块去还是秀菊姑去？”

潘秀菊说：“我可不去，一个老娘子，到哪里都不方便。”

张发树说：“这还算说了句懂事的话。长贵去吧，你孬好当过几年兵，外面经的事儿多，别出门找不着东西南北了。”

潘秀菊说：“就你本事大！”

潘忠地说：“行了，就这么定了，乡里散了会第二天我就和长贵去。”

李长贵说：“咱坐忠民叔他们的车？”

潘忠地说：“凑不上，他们今天回来，明天装车，明天晚上又得赶回去。咱坐火车，让他们在那里等一天，到火车站去接咱。”

张发树说：“长贵，你到在北京的那些人家里问问有什么事，有捎东西的给他们带着。”

李长贵说：“问问可以，估计不会有什么事。送菜的车三天两天就是一趟，要是有事早找他们了。”

他两个刚出北京站检票口，潘忠良、潘忠民、潘忠明三个人就迎了上去，潘忠良那个亲热劲儿，恨不得抱着他们亲两口。潘忠民说：“恁怎么才到啊？几点起的身？忠良哥叫俺专门早吃午饭赶过来的，看到有从南面来的客车就跑过来等，落空好几次了。”

李长贵说：“起身是不晚，天不明就起来做饭吃，到刘集才六点多。在那里坐上汽车，到县城又换成去火车站的车，买上火车票等了接近一个小时，上去火车就十点半多了。”

潘忠明说：“还没吃午饭吧？咱先找个饭店吃饭去。”

潘忠地说：“吃过了，在火车上吃了点。”

潘忠良说：“那也就是垫垫底儿。走，去招待所住下，晚上好好吃一顿。”

潘忠地说：“还住招待所呀？在你们那里挤挤住就行了。”

潘忠良说：“都在一块，商场有个内部招待所，能住十来个人。我跟管委会主任说好了，给咱留了个房间。”

潘忠地问：“收费贵不？”

潘忠民说：“不贵，人家不对外，只照顾与他们有业务来往的，也就是象征性的收点钱，两人一个屋的标准间，住一晚上才每人十块。外边的宾馆可了不起了，最贱也得三四十块，据说有好几百块的。俺两个只要回不去，都是住在那里，一共两个服务员，我们都熟悉了。”

说着到了公共汽车站，已经有几个等车的，没过大会儿，车来到都拥挤着上去了。中间还换了一次车，才到了地方。太阳快要落山了，大概机关刚下班，市场上人很多。李长贵说：“这么多买菜的，买卖可孬不了。”

潘忠良说：“每天人比较集中的时候就两次，一是早晨，二是傍晚，别的时间也就来一些老头老太太。咱先去招待所，恁洗把脸歇歇。”

潘忠地说：“先去看看咱那些人，给他们说句话儿。”

潘忠良说也行，就领着他们过去了。十几个人经营着七八间店铺，都紧挨着，一个个正忙着称菜、点钱，看到他几个过来，都停下手中的活，跑过来给潘忠地、李长贵握手说话。潘忠良说：“他两个专程来看咱了，都先忙着，别耽误卖菜，等关了店一块去招待所好好拉拉。”

最西边那个店铺是潘忠良和展宝洋一起开的，潘忠良领他们进去看了看，说：“俺两个没分开，平时还得忙活大伙的事儿，要是一人租一间忙不过来。宝洋，别卖了，咱去陪他们吃顿饭。”

展宝洋说：“这一阵人正多，我再卖一会儿。恁别等我，差不多了我就过去。”

潘忠良到楼上拿了包茶叶，下来叫着他们去了招待所。服务员打开房间，潘忠良说：“小宋，给俺提两壶新开水，这可是我老家来的，得服好务呵！”

小宋说：“这就是刚才提的，挺热，泡茶能行。放心吧，潘大理事的客人我们还能不照应好啊！”

喝起水来，潘忠良说：“今天晚上咱就在这屋里吃，拉开这个单桌，两边凑床沿儿，两头坐凳子。这样早点晚点的好说，在饭店里时间太长了人家撵。这个招待所只能住宿，没有伙房。市场南边就有个饭店，基本上也都是这里的人去吃，都挺熟，我给他们说好了，连菜带酒给送过来。忠民，你去和他们说一声，就说我上午点的八个菜、两瓶北京二锅头，现在可以送了。钱的事你不用管，我跟他们结账了。”

潘忠民去了。李长贵问：“咱那伙卖菜的什么时候下班？他们怎么吃饭？”

潘忠良说：“一般是八点半关门，如果有买菜的就晚关会儿。吃饭随意，都是凑顾客少的时候，有提前五六点钟吃的，也有关了门再吃的，反正都有电炉子，锅碗瓢盆、油盐酱醋也都齐全。平时有备下的面条、咸菜，有时到饭店买点干粮或菜的，自己也能炒。”

李长贵说：“也够艰苦的。”

潘忠良说：“不艰苦，比在家里吃的好多了，想吃什么就弄点什么。就是麻烦点，开始大部分都不会做饭，炝锅下面条我还得帮他们，现在都行了。下雨阴天顾客少时，还凑在一起喝一场。”

潘忠民提着两瓶酒进来了，后面跟着两个服务员，抬着架食盒，打开后端出八盘子菜，还有十来个烧饼和十双筷子。菜很丰盛，有炒鸡、炖鱼、红烧牛肉、红烧排骨，还有土豆丝、豆芽、豆角，都是用肉丝炒的，只有一盘凉拌黄瓜是素的，还加了粉丝和木耳。潘忠地说：“怎么要这么多菜呀！咱人又不多，可吃不了。”

潘忠良说：“这都多长时间没见面了？得好好吃点喝点！恁在火车上也吃不好，饿了吧？先趁热吃点菜，垫垫肚子再喝酒。忠明，把茶碗涮涮，都倒上酒。”

潘忠明说：“俺两个不喝了吧，明天一早就回去。”

潘忠良说：“不行，都得喝，我这可是专门要的北京的名酒，六十二度，不够咱再去要，又不远。”

李长贵说：“度数这么高啊！我可享受不了。”

潘忠地说：“轻易聚不到一块儿，都少喝点。”

潘忠民说：“我去喊喊宝洋。”

潘忠良说：“他也不能喝酒，也就两把的量。你喊他这当儿他也不会过来，得靠到没大些人的时候。这家伙是做买卖的料，脑子好使，手脚也勤快，一瞬儿也不闲着，不停地整理菜，来了买菜的一看就相中了。就是我不在，每天他也是关门最晚的。你去再给他说一声也行，别太晚了，挣钱多少的不差这一会儿。来，咱先开始。”

刚喝了两轮，展宝洋就来了。潘忠良说：“就该早点关门，咱好一块给他两个汇报汇报情况。快坐下，酒都倒好了，我让忠明就给你倒了半茶碗。”

展宝洋边坐下边说：“你是咱这伙的头儿，你汇报就行了。”

潘忠良说：“这可是临来时支部定的，你就是二把手，别推脱责任。”

展宝洋看看跟前的茶碗，说：“哎哟，这么多，我可喝不了。早晨你不是说喝高度的吗？这酒忒厉害了。”

潘忠良说：“就是高度的，这可是好酒，咱平时都舍不得喝，就尝过一回，恁不是都说好喝吗？你那些不多，不到一两。恁忠地叔酒量那么小，比你那些还多点哩。来吧，我刚敬了他们两口，该你敬了。”

展宝洋端着酒站起来，说：“那好。大叔，大哥，恁两位大老远地来看我们，为了表示感谢，同时也给恁洗洗尘，我敬恁两杯！”

潘忠良说：“看看，还是识两个字的好，比我这大老粗强，这样的话我就说不出来。不过，你可是说的敬两杯，茶碗里这些顶一杯，先一口干下去！”

展宝洋说：“那不要我的命呀！算我说错了，不是两杯，是两口，恁都随意喝。”

潘忠地说：“坐下喝吧，又没外人，什么敬不敬的，都慢慢喝。”

潘忠良说：“长贵，看来他四个都不中用，就咱两个是主力，你得下深一点。”

李长贵说：“我那量怎么能跟你比？你使劲喝，我也尽量喝。”

正喝着市场管委会的主任进来了，他几个都站了起来，潘忠良说：“这是这里的邵主任。”随后又把潘忠地、李长贵介绍给他。

邵主任说：“欢迎，欢迎！在我们这个农贸市场搞经营的涉及好几个省份，基本上都是从农村来的，党支部来看的你们是头一个，这是对我们工作的大力支持，我代表管委会向你们表示感谢！”

潘忠地说：“得感谢您。俺村里来他们这伙，都是第一次进北京，在家里是种地的，没卖过东西，搞经营没经验。来了后方方面面您都照顾很周到，让您多操心了！”

邵主任说：“他们十来个都不错，忠良同志对他们管理也很严格。卖的菜质量好，定价适当，服务态度也没说的，我们经常征求顾客的意见，对他们都很满意。没用我们安排，他们每天一早都把店内店外的卫生打扫一遍，我们要求所有店铺要向他们学习哩。”

潘忠良说：“好了，别说客气话了。主任你坐下，咱一块喝点，边喝边拉。”

邵主任说：“我还有事，不坐了。咱说好，明天中午我请他两位，就在南边饭店。忠良同志，你去陪客。”

潘忠良接着说：“没问题，十二点前我领着他两个过去。”

潘忠地说：“可不行，主任这么忙，不能给恁添麻烦。”

邵主任说：“没什么麻烦，这是我的正常工作。不耽误恁的事了，恁继续喝。”说完走了。

他几个送走邵主任回来坐下，潘忠地说：“俺和人家又不熟悉，按理咱请他吃顿饭可以，让他请咱多不好，你怎么答应那么痛快？”

潘忠良说：“没事儿，你不知道，这个邵主任很实在，可轻易不请客。他们办公室的人叫我喝过两次酒了，他都不参加。昨天我找他一说恁两个来，他就说这样的农村干部少见，对外出务工的群众还这么关心，得好好招待招待。咱不能驳了人家的面子。”

潘忠地说：“说正事吧，恁来这大半年，能挣多少钱？”

潘忠良说：“比开始想的要好。除了头一个月差点，因为当时咱菜少，都还没经验。后来他两个运来的菜多了，我转悠着发现一些适销对路的菜也帮着大伙批发点，这样经营量大了，赚的钱也就多了。每个月宝洋都帮着他们清清账，那天我算了算，到年底每个人能净赚个万儿八千的。”

潘忠地说：“都能赚这个数？”

潘忠良说："差不多。说实话，就俺两个稍多点，现在已经过万了。"

展宝洋说："按零售的收入分不出上下。俺两个还有对外批发的，这一块虽然差价不大，多少也能赚点。"

潘忠地说："他几个不搞批发？你给他们批发外边的菜，中间也有好处？"

潘忠良说："咱的菜对外批发，都是刚运来的时候。这里一卸车，有些人就围了过来，想批一部分。人家不可能到各个店里去批，只对这一个头。我先分够咱这些人卖的，再批给外人。要是发现别的地方有运来的好菜，适合咱卖，我就讲好价，回来通知他们，谁批多少他们自己定。这一块也就是跑跑腿，可不能要什么好处费。"

展宝洋说："要没有忠良叔，这些人的菜卖不这么好。他每天都得围着市场转两圈，了解各种菜的行情，及时调整咱的价格。别看北京人钱多，几分钱的差价也看在眼里。咱店里墙上都挂个小黑板，上面用粉笔写着各种菜的价格，进来一看就明白，不用讲价。青菜和别的商品不一样，一天一个价，有时候上午下午也不同，虽然差不了多少，顾客都是货比三家，谁物美价廉买谁的。长了都知道了，所以咱有不少是回头客。"

李长贵说："你这不也成专家了？"

展宝洋说："哪里，俺这伙人都听忠良叔的，他怎么说就怎么办，准没错。开始也有个别人不听，结果吃了亏，后来就都听了。"

潘忠地说："那就好。出门在外必须形成个小集体，相互照顾着。这里社会治安怎么样？有没有那些乌七八糟的东西？"

潘忠良说："我知道你得问这事。向道出了事忠民来就告诉我了，后来又说你担心这里别出了问题，电话上我不是给你说了，这里没什么事儿。那天我又专门给大伙开了个会，敲打了敲打，要求不准一个人单独离开市场。这么长时间了，有几个连天安门还没去过哩。也听说个别地方有卖淫嫖娼的，都是暗里胡来，抓着就重罚。这个市场附近还没发现过，管委会管理也很严，要是有新来的人过夜，就是住在店铺里，也得到管委会办公室登记，黑白都有保安巡逻，发现不登记的就罚款。”

展宝洋说：“咱这些人都安分守己，在家里的时候表现都不孬，到哪里也惹不了事儿。再说，整天都忙得屁颠屁颠的，白天不能离窝，晚上关了门还得算算当天的账，忠良叔还经常找他们拉拉，没事了就约在一起打扑克、下象棋，没工夫搞别的。”

潘忠地说：“要这样我们就放心了。都是些小青年，就得要求严点，万一出点什么事儿，咱对他们家里人也不好交代。”

潘忠良说：“我答应来了，就知道身上的责任。忠民捎信说你让我回去一趟，我为什么不回？一是也真忙，另外，我就是为了黑白天盯着他们。你说得对，不管谁出点事，我都没法给他家里人交代，也没法给恁交代不是？行了，话说清楚你就不用担心了，还是喝酒。”

这里刚吃完烧饼拾掇了桌子，那伙人就陆续过来了。两个服务员又搬来几个凳子，还是坐不下。小宋说：“西边有个大点的房间，四个铺，今天晚上没人住，要不恁去那屋？”

潘忠良说：“也行，搬着凳子，上那屋坐一会儿。”

小宋让另一个服务员小郑去给他们开门，她自己又去提来两壶开水。

都进屋坐下了，潘忠民和潘忠明站在门口没坐，潘忠民说俺两个得睡觉去，明天还要起早往回赶。

潘忠地说：“要不是主任留咱吃饭，明天一块回去最好了。”

潘忠良说：“急什么，来了就住两天，怎么也得看几个地方。恁两个不都是头一次来吗？”

潘忠地说：“是头一次。家里事也挺多，昨天乡里刚在咱村开了现场会，正忙着建蔬菜大棚。”

李长贵说：“等他两个回来跟着车一块走吧。”

潘忠明说："明天回去俺得去办买车的手续，如果顺利，后天晚上就能赶回来，大后天上午走。这两天恁逛逛北京呗。"

潘忠良问："再买辆汽车的事定好了？"

潘忠明说："定好了，也找县物资公司了，先去交上定金，月底提车。"

潘忠良说："那忒好了，两辆车往这运，就能多搞些批发了。"

李长贵说："运太多了能销得净？"

潘忠良说："嗨，他两个拉来的菜质量都是上乘，不少人想批咱的，别说两辆车，就是三辆五辆地往这拉，也存不下货。"

李长贵说："那就雇车呀！前几天在县城遇上运输公司我那个战友，他们的活也跟不上趟，有时得闲着。都承包了，跑得少就挣钱少，所以还让我帮他们联系活哩。忠民，你和忠明把那个蔬菜购销公司名副其实搞起来，多收购蔬菜，让他们也帮着运。"

潘忠地说："这事回去再商量，让他两个休息去，咱说说话。"

他两个走了。潘忠地让每个人都拉拉自己的情况，有什么问题和想法也一并说说。大伙你一言我一语，没觉着多大会儿就扯到了十点多。和潘忠良、展宝洋刚才介绍的差不多，都情绪很高，也没提出什么问题。潘忠良说："天不早了，让他们睡去吧，明天老早就得起床。还有什么事明天晚上再说。"

其他人都走了，潘忠良、展宝洋把他两个送到原来的房间。潘忠地说："恁两个也歇着去，累一天了。"

潘忠良说："坐一天车也不轻快，恁也早点睡。明天早晨不用起太早了，咱七点钟吃饭，就上俺两个那里去吃，我下好面条等你们。"

展宝洋说："别下面条了，在家里整天吃。油条、豆汁是北京的名吃，饭店里每天早晨都卖，起来我去买。"

潘忠良说："也可以，那样更省事儿。"

潘忠地说："随便吃点就行，别太麻烦。"

潘忠良说："不麻烦，饭店就几步远。"

李长贵说："我给恁点钱，不能光让恁破费。"

潘忠良说："这是什么话？放心吧，就是待个十天八天的，也管起恁两个饭了。这样，住宿恁结账，人家写单子，回去能报销。吃饭的事恁别管了，俺两个负责。明天上午我陪恁去天安门广场，先到那里转一圈。"

第二天早晨天刚蒙蒙亮，潘忠地就起来了。这时潘忠民、潘忠明已经走了，有个别的才打开店门，清扫院子。陆续都起来了，潘忠良说："你怎么起这么早呀？不多睡一会儿。长贵还没起吧？"潘忠地说："在家里也都是这时候起，长贵也起来了，洗脸哩。"

这时展宝洋拿着扫帚出来了，潘忠良说："你别扫了，买饭去，我扫。"

潘忠地也进屋摸了把扫帚，潘忠良不让他扫，李长贵过来接了过去。

很快吃完早饭，他三个接着起身去天安门。

天安门广场人太多了，到处都熙熙攘攘。男女老幼，听说话是南腔北调，看服装有少数民族，看长相还有一些老外。李长贵说："怎么这么多人呀？"

潘忠良说："河里没鱼市上看，出处没有聚处多。全国各地的人都往这来，还能少了？我听人家说，每天进出北京城的人得有好几十万哩！"

潘忠地说："不仅全国的，外国人也不少，看来是都向往这里。"

来到广场中央，先是面向天安门凝视了一会儿，又围着人民英雄纪念碑转了一圈，看到南面是毛主席纪念堂，潘忠地就提出去瞻仰瞻仰毛主席遗容。潘忠良说："得排队挨号，恁看看，排出去老鼻子远了，有里把路，还曲里拐弯的。"

潘忠地说："不要紧，挨就挨吧，来一趟不容易，哪怕别的地方不看哩。纪念堂刚建起来的时候，上面统一组织来瞻仰，一个公社只允许来一人，只有党委书记捞着了。"

排上队以后紧接着后面又挨上了人。潘忠地看到那面有卖鲜花的，就让李长贵去买来三把。李长贵回来说："我看明白了，那些花都是从里面抱出来的，人们献上以后，他们接着再拿出来卖，总共就这百十把鲜花，来回轮换。"

潘忠良说："现在的人都有经济头脑了，肯定是里面的工作人员用这个办法赚点外快。"

潘忠地没吱声。

虽然人多，但速度不慢，一直不停地往前挪动，个来小时就到门口了。潘忠地观察着前边的人进去后怎么做，心里有数了，进门先在雕像前献上花，站起来深深三鞠躬，然后来到水晶棺前瞻仰遗容。他一看到毛主席在那里躺着的形象，立时心情沉重起来，不由自主地流出了泪水，两眼模糊了。他擦了把泪，停住了脚步，想再看仔细点，工作人员上来拉了他一把，意思是不允许停步，他只好慢慢地往前走了。出来以后，心里老是平静不下来。潘忠良说得快一点赶车去，这回去也过十二点了，别让邵主任等急了。一路上，潘忠地一句话也没说。

市场管委会办公室的杨主任在饭店门口等着，他们走到后，潘忠良作了介绍，杨主任说："邵主任早就过来了，在房间等您哩。咱上去吧，在二楼六号餐厅。"

邵主任正和服务员说话，桌子上已经摆好了四个凉菜。杨主任让服务员抓紧上菜，邵主任让他们坐下，问："喝点什么酒？来瓶高度二锅头？"

潘忠地说："别喝了，俺两个酒量都不行。"

杨主任说："在基层工作哪有不能喝酒的？像忠良同志原来当生产队长，酒量都这么大，书记还不更厉害？"

潘忠良说："可别那样说了，再厉害也喝不过京城的领导，咱两个可不是试验一回了，哪次都是你把我灌醉。实话跟恁说吧，他两个都不大行，加在一起也喝不过我。长贵还能喝二两，忠地这样的高度酒一两也喝不下去。"

邵主任说：“那就开瓶二锅头，你和老杨喝。再开瓶葡萄酒，俺三个喝。”

潘忠地说：“葡萄酒也不喝了，下午还想再出去看看。”

邵主任说：“那种酒度数底，就十二度。我也不能喝酒，少喝点没事。上午恁去了哪里？”

潘忠地说：“就到天安门广场。”

潘忠良说：“要不看纪念堂早回来了，排队挨号那么长时间，进去待了没两分钟。”

邵主任说：“该看，天天都有这么多排队的。恁住几天？中南海、故宫也该看看。”

潘忠地说：“明天再待一天，后天凑送菜的车回去。”

杨主任说：“故宫可以去，中南海不行了，听说这段时间关门了，不知道里面搞维修还是什么原因。”

潘忠良说：“我想明天领他们去长城，俺有两个小青年去过，我还没去。”

邵主任说：“去八达岭来回得一整天，有工夫也可以去。不过，第一次来应该先看我说的这些地方。中南海停止参观不要紧，恁要想去我可以联系一下，我表弟在国务院办公厅工作，没对外开放的时候他就带着我的客人去过。下午我给他要个电话，他要有空领着恁最好，如果没空，就让他写个介绍信，老杨去拿来，明天上午领恁去。”

潘忠地说：“那太好了。就按邵主任说的，看这两个地方。”

邵主任说：“其实看中南海用不多长时间，一个来小时就够了。你们一早可以先去那里，看完后接着去故宫，离得很近。逛故宫时间可长可短，如果不仔细看，大半天就够了。中午里面有卖盒饭的，五毛钱一份，吃了接着看，下午五点才清场关门。这样今天下午恁也别跑远了，可以去颐和园。值得去的地方是不少，恁时间太紧，下次来时再去。”

杨主任说："咱边喝酒边说吧，再不开始菜就凉了。"

邵主任说："开始，这也快一点了，加快点进度。"

喝着酒吃着饭，邵主任把市场的情况简单介绍了些，重点把潘忠良他们表扬了一番。潘忠良心里恣悠悠的。潘忠地说了些客气话，然后介绍准备增加车辆往这里运菜，村里还正在建大棚，乡里也要推广，以后冬季也有些菜收获了。邵主任听了很高兴，说："你们发展蔬菜种植，既增加农民的收入，也是对我们的支持。以往到了冬季，北方菜很少了，我们都是去南方调运，路途远，费用高，当然菜价也就高。如果你们搞起来了，也会给北京人带来好处。另外，有的地方建起了恒温库，把旺季收购的蔬菜、水果储藏保鲜，淡季再卖，那样利润也很可观，你们可以试试。"

潘忠地说："这件事农学院的老师也提过，我们回去好好商量商量。"

按照邵主任的建议，一天半看了这几个地方，虽然很紧张，也没觉得太累。潘忠良无所谓的样子，李长贵很兴奋。潘忠地可不行，自从参观了中南海，心里一直沉甸甸的，有一种说不出来的滋味。杨主任拿着介绍信，走到一联系，人家很热情，还派了个人领着，边看边介绍。该看的都看了，连毛主席当年的会客室、书房、卧室、卫生间都看了。看过以后，潘忠地感觉恍如梦中，一切都似真似假。从小受到的教育，毛主席在心目中就是"神"啊，怎么会是这个样子？吃喝拉撒睡，这不和平常人一样吗？当然，伟人就是伟人，看来日常生活跟普通人也没什么两样呀……

直到回去老长一段时间，这个问题还在他心中纠结着。

# 恒温库

驾驶室里坐不下四个人。李长贵说我好打瞌睡，别影响他们开车，我上后边车厢里去。潘忠明说我陪你，上面有棚布，铺开睡就行。李长贵说恁两个不替换着开？潘忠明说咱过去河北到德州吃午饭，我都是饭后再替他开。走起来以后，潘忠民让潘忠地睡一会儿，说这两晚上恁也休息不好，你尽管睡一觉，我开慢点，没事。潘忠地也的确有些困了，就闭上了眼睛。可是，怎么也睡不着，这两天看过的地方，一幕幕回味起来。尤其是中南海、纪念堂的景况，又生发出许多联想。不知过了多久，突然想起了邵主任说的恒温库那事儿，于是，又反复考虑着该不该建恒温库？怎么建？建起来怎么经管？中午饭后上了车，他仍然想着这事，一直到汽车进了汶水滩，他脑子里还没停下。

当天晚上，他就把潘忠民、潘忠明叫到家里，想和他俩商量一下建恒温库和收购、储藏蔬菜的事。他把自己的想法一说，两个人都以为，现在就挺好的，每趟能拉多少就收多少，卖菜的户大部分是提前预约，也都知道规矩了，事先整理好，收起来基本上不用大拾掇。刚开始虽然立了个蔬菜购销公司的牌子，实际上有名无实，只集中收了几次菜，后来就是直接到地头去收了，随收随装车。下一步再增加辆车，还是按这个路子就可以，这样不存货，没风险。要是按长贵在北京说的，收起菜来再雇运输公司的车运，人手不够不说，也赚不了多少钱。潘忠地说恁再买了车以后也得雇人，光恁两个不行，没个跟车的，万一有点事不好照应。潘忠民说已经和张荣珍、李长理说好了，他两个原来都开拖拉机，熟练熟练也能开汽车。潘忠地问让他们合伙干还是有什么说法？潘忠明说俺两个算是合伙，我管钱，忠民哥管账，收入两个人分。他两个不能入伙，给他们发工钱，一天八块钱，比县长的工资都高，他俩可高兴了。

潘忠地考虑了一会儿，说："那就先这样干着。不过，这还是小打小闹，就是挣个运费，赚不了大钱。建恒温库的事还可以考虑考虑，旺季收了菜存起来，淡季再卖，肯定比现在这个样子赚钱多。"

潘忠民说："恒温库是新鲜玩意儿，咱见都没见过，怎么个建法？建一个得投入多少钱？没准头的事儿可不能搞。"

潘忠地说："我也没见过，只是听人家说，具体情况不清楚。我再找人打听打听，弄明白了以后咱再商量。"他想等农学院的老师们来的时候再详细问问，因为那次董玉清、孙教授提起过这事。

第二天吃过早饭刚想出门，李向河来了，进门就说："我到办公室门口就听到电话响，赶紧进去接，原来是县委办公室要过来，说魏书记今天上午要来。"

"县委办公室？乡里没来电话？"潘忠地以为，正常情况县里领导要是到某个村，应该先通知乡里，乡里再告诉村里，并且乡领导还得陪着。

李长贵说："看来乡里不知道，不然，县里就不会直接通知咱了。"

潘忠地立即起身，说："走，得给乡党委汇报一下。魏书记退休后这是头一次来，林书记或周乡长得来陪陪他。"

两个人来到办公室，潘忠地接着要电话，把这事告诉了刘秘书。刘秘书说没接到县里的通知，这就去向林书记汇报。

放下电话，潘忠地安排李向河："你去告诉发树哥，让他到试验田等着，过会儿我也去。我得先给家里说一声，叫恁嫂子准备准备，中午让魏书记他们在我家吃饭。这里也得烧下壶开水，在坡里转转可能过来休息会儿。”

李向河说：“你别让嫂子去买菜了，我顺便买点拿过去。”

潘忠地说：“不用你买，恁嫂子去买就行。”

李向河说：“又不光魏书记，乡里领导还得来，算是村里的客人，酒、菜应该集体出。”

潘忠地说：“那就拣样少买点，别买多了。”

潘忠地和张发树看了看试验田建大棚的进度，没过大会儿，看到林书记、周乡长骑着车子来了。他两个叫着李长友迎了上去，林书记问：“魏书记还没到吧？”

潘忠地说：“没有，估计快了。早饭后接到县里的通知，我就马上给刘秘书要电话，觉得这事不汇报不好。怎么恁两位都来了？”

林书记说：“你做得对。魏书记原来是咱公社的老领导，现在又退下来了，和在职还不一样。县委没通知乡里，大概是他不让给乡里打招呼。这个老头忒自觉了，退休后对县委、县政府的工作从不干预，轻易也不到部门去，更别说乡镇了。人就怕对比，有的领导退下来老是不适应，总想管事，还净挑现在干着的人的毛病。他从来不这样，什么事都支持现任领导。人们拉起来，都说他比在位的时候还威信高。上次我到县委开会遇上他，请他抽空到刘集来看看，他说‘我是大闲人，天天有空儿，可是不能去。因为恁整天工作那么忙，去了就给恁添麻烦’。今天能到恁这里来，我琢磨是因为和你有师生这层关系，不然也不会来。他不让我们知道，那是他的好意，可我们不能不懂礼数。有些人眼皮子太活泛，人家在位的时候千方百计巴结，一退下来就另眼相看，巴不能躲得远远的。咱不能做那种人，只要没有很急的事情，必须来陪陪，要不以后见面怎么说？所以刘秘书一说，我就赶紧叫着周乡长一起来了。”

正说着，南面来了辆吉普车。周乡长说：“幸亏你说快点往这赶，不然，就落在他们后头了。忠地，你别说给乡里要电话来，我们就说不知道他来，俺两个是原来定好的，碰巧了。咱别惹老领导不高兴。”

魏书记一下车，看到了他两个，还真有些不高兴的样子，第一句话就问：“恁两个怎么知道我来的？”林书记赶紧解释：“这刚听忠地说你要来。前几天乡里在这里开了个现场会，重点研究结构调整的问题。他们今年种植蔬菜比较多，又正建着温室大棚，全乡这是头一家，我们准备明年在全乡大力推一推。昨天晚上我和老周商量，今天没别的事，来看看进度。真是说好不如凑巧，俺来到一支烟还没吸完哩。”

魏书记说：“我还以为县委办公室他们不听话，专门告诉恁了。前天士友同志去开会，到我家里坐了一会儿，我问问汶水滩的情况，他说正在建大棚，并且数量还不少，一下子就建二十多个。我很长时间没来了，就想来看看。我是怕影响恁的事儿，不让办公室通知恁。当然，我要是到乡里去，恁如果躲着不和我见面，我会生气。可是，为了陪我就撂下手头的工作，耽误恁的正事，那我也不高兴。”

周乡长说：“俺今天可不是为陪您，昨天就说好了要来。您怎么一个人来的？”

魏书记说：“办公室他们想跟着个人，我看着都挺忙，没让他们来，安排个车就行了。原来我经常坐小童这个车，他也熟悉路，就俺两个来了。”

潘忠地说：“咱是回村办公室喝水还是在这里喝？庆江叔也烧好了。”

魏书记说：“刚来到喝什么水？先看看恁建的棚。”

十二三个大棚已经完成了，还有几个正建着。李长友领他们来到那两个完全建好的棚跟前，魏书记第一个进去了。虽然门敞着，里面依然热气腾腾，说了没几句话就都冒了大汗。张发树说咱出去看吧，这里面太热了。

出来转了一圈，又到育苗的地方看了看。魏书记看得认真，问得也很仔细，有些事情只有潘忠地能解释清楚。周乡长在一旁对张发树说：“发树你听听，老书记才是农业专家哩，这些问题叫我是提不出来。”

张发树说：“都知道，魏书记是农学院毕业的，老大学生了，还在农校当过老师，这方面谁能比？”

这话让魏书记听到了，说：“那时候学的东西早过时了。这些年得益于一直分管农业和农村工作，不断接触些新东西，不弄明白不行。以后就不中用了，现在知识更新这么快，要不了几年，恐怕连一些庄稼的品种也认不出来了。”

林书记说：“您是有心人。我在基层工作这么些年，不少庄稼品种也说不出名字来。特别是小麦，不断引进新种子，长势又差不多，很难认。”

魏书记说：“有些是不好分，尤其在苗期。出穗以后就好认了，既看叶子也看穗头，差别还是很大的。”

潘忠地说：“籽粒也不一样，收打以后仔细看看，也能辨认个差不离。”

张发树说：“有什么样的师父带什么样的徒弟，忠地跟着魏书记学得可厉害了，也得算是个农业专家了。”

魏书记笑了笑，说：“忠地最大的长处就是善于学习。”随后话头一转，问，“恁建的大棚还真不少哩，全村总共建多少？”

潘忠地说：“大部分都集中在这里，这是十八个。原来只有六户同意建的，后来听说乡里给解决部分贷款，又增加了三户，这样共二十七个。”

魏书记说：“头一年搞，不算少，成功了明年想建的就更多了。外地有成熟的经验，又有农学院的老师来指导，出不了问题。农学院谁来的？”

潘忠地说：“董教授带着两个年轻老师来过几次，他们是搞蔬菜的，说好了，再过十来天就来帮着往棚里移栽菜苗。前一段我去了一趟，专门请畜牧兽医系的老师，来指导一下长毛兔的养殖，孙教授接着就来了，他是研究兔子的。”

魏书记说：“这些年和他们联系少了，大部分不认识了。”

林书记说：“那可是，别说你那时候的老师们，就是你的同学也都到了退休年龄，现在都是些年轻的了。”

张发树说：“也不年轻了，董教授小点，和忠地差不多，也得快五十了。那个兔子专家更大，我看着有小六十了。”

林书记说：“你个发树说话不在行，人家是养兔子的专家，怎么能叫‘兔子专家’呢？”

张发树说：“这也就是个简称，当着面可不能叫，得称呼孙教授。”

魏书记又问：“你们养兔子的发展到多少了？”

潘忠地说：“不是很多，目前只有十几户，多数都养了几十只。其中有一户多点，养了接近五百只。”

林书记说：“要不抓紧去看看？看完好回乡里吃饭。”

潘忠地说：“别去乡里了，我给家里说好了，就到我家里吃。先别去看了，回家喝点水，下午再看。”

魏书记说：“就到忠地家里去吃，我也看看老太太。走，别下午了，这就去那个户，看一下再去你家里喝水。”

到了潘友新家里，潘友新忙着泡茶，潘忠地说：“别泡了，你简单介绍介绍情况，看完到我家喝去。”

没待大会儿他们就出来去潘忠地家，张发树说：“让小童把车开到村办公室院里去吧，停在门口孩子们好围着看，不安全。”

魏书记说：“可以，这两步不用坐车了。”

小童说：“这就把东西拿下来？”

魏书记说：“在大街上提着不好，你还是跟着，到门口拿下来再开过去。”

来到潘忠地家门前，小童打开后备箱，拿出了两瓶酒、两包茶叶、两包点心，还有一个新书包，里面装着两个塑料皮的笔记本和一支钢笔。潘忠地说：“您怎么带这么多东西？”

魏书记边进门边说："我老长时间没来了，也顺便看看恁母亲。学习用具是给小锋子带的。"

张发树说："老书记想得真周到。"

忠地娘听到动静从堂屋出来了。魏书记上去拉着老太太的手，说了几句话，张发树又向她介绍林书记、周乡长，他们都向她问了好。潘忠地急着进屋泡茶去了，张发树说："别在外边站着了，咱屋里坐下说话。"就都屋去了。老太太去了厨屋。

潘秀菊听李向河说了后来帮着做饭，薛春华听说后也来帮忙，她两个和石玉英都在厨屋忙着。潘秀菊说咱得去和领导们说句话。薛春华说我都不认识，您去吧。石玉英说我也不过去了。老太太说人家魏书记又不是头一次来咱家，你得和恁大姑一块去。她两个就到堂屋说了句话，接着回来忙活。

刚喝起水来，小锋子和点点放学回来了，到门口一看屋里这么多人，小锋子扭头叫着点点想去西屋。潘忠地喊："干么去？过来和恁魏爷爷说话。"小锋子进来站到魏书记跟前，说："魏爷爷好！"点点也在后面说了句"魏爷爷好！"

潘忠地又分别说，这是恁林叔叔，这是恁周伯伯。两个孩子问了他二位好。

魏书记看着点点说："这个是……"

潘忠地赶紧解释："这是我弟弟的孩子，叫点点。您没见过她，上次您来时她跟着她妈出去了。分家后还一直在这里跟着她奶奶，今年刚上一年级，上学、放学和她哥哥一块，省心。"

魏书记说："那我少买了个书包。"

潘忠地说："他们都有。"随后拿过书包，掏出里面的笔记本和钢笔，说，"这是恁魏爷爷给恁俩买的，点点，你是要书包还是要本子、钢笔？"

点点觉得自己的书包是新的，这样的本子和钢笔都没有，就说："我要本子和钢笔。"

潘忠地说："这样吧，你现在还是用铅笔，我把钢笔先给你放起来，明年上二年级的时候再给你。先拿着个本子，你要这个红皮的，这个绿皮的给恁哥哥。书包我也先放着，谁的用坏了就给谁。快谢谢恁魏爷爷。"

两个孩子一人拿着个笔记本，齐声说了句"谢谢魏爷爷"，高高兴兴地跑出去了。潘忠地又喊住小锋子，说："你去办公室叫恁向河叔和恁长贵哥来，就说恁魏爷爷不去办公室喝水了，叫他俩一块来吃饭。"

魏书记问："恁弟弟现在干什么？"

潘忠地说："他和士金叔家的忠明合伙搞运输，现在就一辆汽车，过几天再买一辆。"

魏书记说："搞运输不少挣钱。运什么货？"

潘忠地说："就是拉蔬菜，在俺村里和附近一些村收起来，集中往北京送。那里有俺村去的十来个人，在农贸市场租赁了部分店铺，运了去就卸给他们，他们负责卖。"

林书记问："恁这次去北京看看怎么样？有什么收获？"

魏书记说："去北京了？什么时候去的？"

潘忠地说："昨天下午刚回来，还没来得及向支部说说情况哩。他们干得不错，一年下来，每人纯收入万把块钱不成问题。市场管委会的同志对他们看法也挺好，管委会主任还请我们吃了顿饭。要说收获还真有，那个邵主任提供了个信息，说是建恒温库能赚大钱，就是具体情况没说。"

林书记说："恒温库？干什么用？"

潘忠地说："据他介绍，主要是储存蔬菜，也可以存水果。旺季的时候收购存起来，到了淡季再出售，赚那个差价。"

魏书记说："我去南方考察的时候看过，他们存的蔬菜主要是销往香港、澳门。夏、秋季青菜价格那么便宜，放到冬季再卖，那还能不赚钱？可是，一次性投资太大了。我当时问了问情况，人家说不能建太小了，小了保温效果不好，耗电量太大，如果建个库容四百吨到五百吨的，大概需要五十万元。”

张发树惊讶地说：“哎哟我的个娘哎！五十万块钱，就算是百元一张的票子，那得装几麻袋呀？”

周乡长说：“没见过大世面吧？到苏南去参观乡镇企业，人家一个项目就投资几百万甚至几千万，三十万五十万算什么！”

潘忠地说：“要是花那么多钱，咱连想也别想了。”

林书记说：“只要下决心建，钱的问题好解决。县里有拨给我们发展多种经营的周转金，可以给你们几万，那是不要利息的。其余部分可以贷款，银行的工作我们帮着做。关键要考察清楚，多长时间能收回成本。”

魏书记说：“这个账很好算。如果建个五百吨的，就算储存四百吨蔬菜，一斤的差价少说也得五毛钱，一茬就是四十万。再去除几万元的日常费用，至多两年就能收回成本。”

张发树说：“这么说忒合算了。两年还清账，以后就是纯赚了。别说一年四十万，就是十万八万的也了不起呀。现在他两个搞运输的，一年也就挣个三万两万。”

潘忠地听出魏书记、林书记的意思，都是支持建，于是说：“那行，俺开个会好好研究一下，建一个试试。”

魏书记说：“要建就得早做准备，制冷设备必须提前订货，春季要建完，保证夏季就能存菜。建起来用电量比较大，得专门上变压器，还需要申请供电指标。另外，不要集体建，找一个能行的挑头，几个人合伙也行，村里可以扶持一下。我从材料上看到，南方一些乡镇企业已经改制成个人的了，看来发展个体经济是个方向。”

林书记说：“你们就按魏书记说的考虑，一定要选准人。”

潘忠地说：“我们商量个具体方案再到乡里去汇报。”

当天下午送走魏书记他们，支部接着开会商量建恒温库的事。因为上午说这事的时候，李向河、李长贵听了个大半截，潘秀菊虽然不清楚原委，潘忠地一说也明白了，所以都表示同意建。并且决定，不论谁建，村里借给他两万块钱，和乡里的扶持金一样，不要利息。议论起让谁建时，都拿不准了，毕竟一次性花那么多钱，没点家底、不懂经营的都不行。有的说让李长友在试验田那里建，收了菜就可以存起来。有的说窑场马上就停了，让展明尧在窑场建。有的说潘友新存的钱多，脑袋瓜子也灵，让他建。张发树说还是让忠民、忠明建，他两个经常在外面跑，新鲜事儿接受得多。

潘忠地说："全村数算起来，也就这几个人能行。刚才都说了，搞这个事一是要有经营头脑，再就是得有一定的资金作铺垫。但是，这是个新事儿，都没经验，风险还是有的，得有胆量敢冒这个险才行。昨天晚上我就给忠民、忠明拉了拉，他两个都不想弄。当然，具体情况当时我也说不明白。"

张发树说："要不把他们几个都叫来，一块说说，谁同意建就让谁建。"

李长贵说："要是争着建怎么办？"

张发树说："那不更好啊！如果建上四五个，一年就能赚一二百万，咱村里那不就厉害了！"

潘忠地说："这个办法可以，忠民他两个今天也在家。晚饭后把他们叫来，好好做做工作，看看他们有什么想法。通知明尧叔的时候别光叫他一个人，让他爷俩来，我听说平时春生既管账又管钱，窑场大小的事明尧叔都让他当家了。"

张发树说："别看出头露面的事都是春生的，后台老板还是他爹，他当不了明尧叔的家。"

潘忠地说："也不能说谁当谁的家，起码不是一个人说了算了。你看士金叔，家里外头什么事基本不管不问了，全撂给了忠明两口子。前一段报纸上登了篇文章，介绍有一家召开家庭会选当家人，这家祖孙三代，原来是爷爷当家，他提议让给孙子，结果当选的是孙子媳妇。这小媳妇别看年轻，有本事，把个家管理得有条有理。现在开明的老人都不想操心管事了。"

张发树说：“明尧叔可不是那种开明人。”

潘忠地说：“散了吧，按顺路分头去通知他们。说不定有主动想建的。”

晚上，人都到齐了，潘忠地把事情详细讲了讲，特别是经济效益账，还有村里、乡里的扶持办法，都说透了，最后让他们几个考虑考虑，表表态。展春生接着就说话了：“这可是个好事。我正愁窑场停了没事干哩，只要村里同意，俺在窑场那边建一个。”

展明尧立即制止他：“别胡说八道，俺什么俺？你没听恁忠地哥刚才说，建个库要投资五十万，这是个小数目啊？虽然乡里、村里借给点钱，大头还得靠贷款，到时候不仅还本金，还有利息哩。说是赚钱多，那是如意算盘，要赔起来也大发了。可不能逮个虱子放到头发里，自找不痛快。”

张发树说：“大叔你怎么这样说呢？还没弄就说赔钱的事，多不吉利！”

展明尧说：“没什么吉利不吉利的，这是个理儿。但凡大小做个买卖，就不能只考虑挣钱，必须想到赔了怎么办。如果是小买卖，挣也挣不多，赔也赔不大。这可是大项目，赔一下子就不得了。这几年刚有两个钱手里活泛点，不能一家伙都搭进去了。”

张发树说：“的确是这么个理儿，谁也不能今日有酒今日醉，明日没酒喝凉水，过日子就得有个长远打算。可是，如果有两个钱就不敢花、舍不得花了，那还是老中农思想，小富即安。钱又不是小狗、小猫的，放在家里它也不会生养。要想大富，就得有大胆量，敢投大钱。”

潘忠地说：“行了，这些道理都对，搞这件事是要慎重些。不过，县里、乡里的领导都支持，外地又有搞起来的，有风险也不会太大。恁几个都说说。”

李长友说：“我那里建了接近二十个大棚，这也是头一年搞，能经管好就不错了，要是再建恒温库，可没那个精力。”

潘友新接着说：“我喂这几百只兔子就够忙活的了，孙教授来还商量着共同搞几个试验项目，现在还没头绪哩。另外，我既没种菜也没卖过菜，涉及菜的事是外行，可不能建那玩意儿。”

潘忠民、潘忠明在一旁抵着头嘀咕着什么，张发树说：“恁俩别开小会了，说说，要不恁两个合伙建。”

潘忠民说：“俺俩建倒可以，就是担心顾不过来。过十来天那辆新车就开来了，平均四五天就跑趟北京，要建恒温库靠不上人可不行。”

张发树说：“别买新车了，集中力量建库，建起来可比跑运输赚钱多。”

潘忠明说：“那不行，定金都交上了。再说了，村里发动群众多种菜，运不出去也是个事儿。”

展春生说：“只要恁两个同意建，我入伙，算上我一份儿。”

展明尧一听火了，站起来说：“能得你！别捣鼓那些不靠谱的事儿，瞎掺和什么？”

展春生说：“这是我个人的事，不用你管，赚了赔了和你没关系！”

展明尧生气地走了。

张发树说：“看看，你这话是忒噎人了，一家人过日子，怎么能说和恁爹没关系呢？人有脸树有皮，当着这么些人的面顶撞他，这不是让他下不来台吗？有话得好好说。”

展春生说：“我顶撞他不是一回两回了。他这个人就看见眼前这点钱了。在窑场我赊出点砖去他也不同意，非得让立马跟着人家的腚要。都是些兄弟爷们，整天低头不见抬头见的，谁没个难处？帮帮忙还不是应该的？自从听说上级有政策，不允许占好地烧砖了，我就说赶紧停下来，再办个别的小厂子，他就是不答应。这回是不能依着他了，大不了学学友新，我也和他分开过。”

潘秀菊说：“你这孩子可别胡说，有事慢慢商量，不能张口就提分家。”

展春生不吱声了。潘忠民和潘忠明又嘀咕了一阵子，然后潘忠明说：“要是春生也入伙，俺俩都同意，这样俺三个共同建。先建一个，弄一年试试，如果效益好就再建两个。”

潘忠地说："恁三个合伙是可以，但是，春生得回去好好和大叔说说，不能惹他老人家生气。"

展春生说："他那个脾气您还不知道？就会打自己的小九九。只要忠民叔、忠明叔答应我入伙，他生气不生气无所谓，还是那话，不行就分家。"

潘忠民说："先别说分家的事，反正这个项目主要是靠借款、贷款，末了咱三个分账就是。不过，村里得帮我们选个地方，不能在窑场那里建，太偏僻。"

张发树说："好说，恁愿意在哪里建就在哪里建，占群众的责任田也不要紧，村里负责给他们调地。"

李向河说："最好选个路边，进出车辆方便。"

李长友说："不用再找地方，在试验田就行。估计也用不了多少地，一亩多足够了。现在种黄瓜、豆角的那一片，马上就拆架子了，那是六亩多，沿路划出一块来。那附近就有变压器，用电的事也好解决。"

李向河说："这样简单，不牵扯户家，也就是按面积调整一下承包费。"

潘忠地说："还有什么意见？都说说。"

李长贵说："技术上的事怎么办？恁三个懂吗？"

潘忠地说："咱都不懂，还得依靠农学院的老师。过几天董老师来的时候我再问问她，让他们帮着搞搞规划设计。没别的意见就这么定下来，位置就定在试验田，需用多少地现在还说不清，等搞出设计来再说。恁三个还得认真商量一下，时间来得及，年前这几个月一是搞设计，再就是定设备、备物料，年后开工建设，麦前建完没问题。借款、贷款的事让向河帮着恁跑。"

潘忠民说："春生，你再好好琢磨琢磨。明天一早俺两个还得去北京，回来咱再仔细商量。"

事情就这么定下来了。

# 烦心事

树叶黄了，庄稼熟了，日头不那么毒了，秋收秋种的时节到了。

虽然因扩种蔬菜，麦田面积减少了三分之一，潘忠地觉得，秋种的事还不能忽视。手里有粮，心中不慌，群众大都认这个理儿。面积少了更要种好，必须靠提高单产保总产，除了留足口粮，还得保证完成国家的粮食征购任务。尽管个别户基本没有粮田了，说是口粮和交任务花钱买也合算，可全村总体上不能那么算账。所以他在支部会上提议，召开个小组长会，给他们提提要求，组织群众种好麦子，不能撒手不管。支部会上七嘴八舌议论起来，张发树、李向河都认为，麦子种好种孬无所谓了，不说大棚，就正常种一亩蔬菜，起码能顶二亩粮食作物的收入，只要钱多了，缺粮可以到集市上买去。潘秀菊没发言，她是大事小事都看潘忠地的态度。李长贵虽然没提麦子、蔬菜的事，但是他觉得，现在土地都承包到户了，群众有了自主权，都和原来对待自留地似的那么认真，种什么、怎么种不用干部们操心了。经潘忠地反复讲道理，几个人算是统一了思想：当下是用不着再搞催耕催种了，但对群众还是有个引导问题，个别有困难的户还需要帮助。末了，潘忠地说准备点钱，借给那些缺种子、缺肥料没钱买的户。李向河说支持建大棚、建恒温库的钱借出去以后，只剩几千块钱了，还得预备年底发咱的工资。潘忠地说不要紧，不行工资先缓一缓，明年有钱了再补发，这事急需，也不一定用多了。

组长会倒没引起什么争议，潘忠地全面一讲，就都表示是得这么办，一定好好抓抓。

这几天潘忠地叫着张发树，连续在坡里转，了解种麦的面积，对一些户问问备下的种子、肥料怎么样。种子没问题，大部分户是自己留下的，也有新调换的，都备好了。肥料是个问题，虽然多数户不仅粗肥充足，还买来了过磷酸钙作底肥和少量尿素作种肥，但有些户不行，粗肥不多，想耕地时施点化肥又没钱买。最后统计起来，村里拿出两千多块钱借给了他们。

这天两个人正在西南坡转着，李向河来喊他们，说是来了个县委宣传部的同志，还领着个记者。潘忠地问是谁呀？来干什么？李向河说看着挺面熟，他自己介绍姓路，我给他们沏上茶就来喊您，没问什么事。潘忠地说路部长呀，他来过，认识，原来是新闻报道组组长，前几年提副部长了。李向河说你这一说我也想起来了，那次是来写稿子，回去县广播站给广播了，省里的报纸还给登了一小块。

他三个回到办公室，潘忠地进门先和那位记者握了握手，并介绍说："这是俺的村主任兼副书记，叫张发树。那是村会计，也称文书，党支部委员，叫李向河。我叫潘忠地，党支部书记。"

路部长介绍："这位是农民日报社的记者，姓关，专门到咱县来采访农业和农村工作的情况。我就不用介绍了，几年前来总结过恁大队的经验。"

潘忠地说："欢迎，欢迎。北京的记者还是头一次到俺村来，请您多指导。"

关记者说："不用客气，听说你们工作搞得很好，我们是来学习的，谈不上指导。"

潘忠地说："这几年赶上了好政策，在县委和乡党委的正确领导下，我们做了些工作，有新的发展，但也存在不少差距。"

关记者说：“我刚才看到，恁还有订的《农民日报》呀。”

潘忠地说：“只订了两份，支部一份，试验田一份。”

路部长说：“两份不少。原来我们要求每个大队至少订一份，开始还可以，去年统计有接近一半的村不订了。前一段部里召开报刊发行会，强调还是每村都订一份。恁几位介绍一下村里的情况吧。昨天关记者在县里和领导座谈过了，准备再看一部分乡镇、村，恁这里是头一家。”

潘忠地说：“向河，你去喊喊秀菊姑，让她来做饭，顺便去买点菜。”

路部长说：“还在这里吃呀？我们准备去乡里吃，下午也好和乡里领导见见面。”

张发树说：“不能去乡里吃，关记者是稀客，得吃了饭再走。俺西屋里做饭的家什齐全，不费事，上头来人都是在这里吃。”

李向河出去了。关记者说：“座谈最好让会计参加，有些数字他清楚。”

张发树说：“不用，别管什么数字都在忠地脑子里装着哩。”

潘忠地问：“谈哪方面的情况？”

关记者说：“随便谈谈，别受拘束。先说说基本情况，再谈谈全面工作，特别是新形势下你们是如何抓农业生产的。”

潘忠地说：“那我就先简要汇报一下，遗漏的让发树哥再补充。”随后就介绍起来。这方面他有经验，先谈什么，后谈什么，哪些事可以简单些，哪些事需要说细些，脑子一转悠都有了。讲起来也非常条理，有观点，有数字，还有例子作证明。特别对结构调整，大力发展多种经营的做法，详细作了介绍。最后，把当前秋种准备的情况也说了说。

关记者边听边点头，认真记录着，个别问题插话问了问，等潘忠地谈完，说：“太好了，潘书记思路清晰，介绍得既全面又具体，真是值得我们好好学习。这些年我跑农村不少，很少遇上这么高水平的支部书记。”

潘忠地说：“您过奖了。工作是大伙干的，我就是据实说说，还请您多提意见。”

路部长说:“发树同志还有补充吗? ”

张发树说:“没有了，我想到的他都说了，没想到的他也说了。过会儿吃饭我多敬您杯酒，他的酒量可不如我大。”

惹得路部长和关记者都笑了。

喝酒期间关记者说:“潘书记，我有个想法，你围绕着‘绝不放松粮食生产，积极开展多种经营’的做法，写篇体会文章，我们报纸发一发。当然，我这次还准备写篇全县的消息，你们的情况是很好的例子，肯定要用，但文字不会太多。单独写篇文章，效果就不一样了。”

潘忠地说:“能行吗? 恐怕写不好。”

路部长说:“别谦虚了，你那文字水平我知道。我那次来写稿子，就是把你写的几份材料朝一块汇总了汇总。你写出来可以直接寄给关记者，必要的话让关记者帮你改改。”

关记者说:“没问题，我找找总编，争取发的位置好一点。另外，你说有伙人在北京卖菜，我回去后抽空去采访采访他们，你提前给他们打个招呼。”

潘忠地说:“在那里负责的叫潘忠良，他还是市场管理委员会的理事，我给他要个电话。你去了到管委会办公室一问就行，他们都熟悉。”

吃完饭，关记者提出到坡里看看，潘忠地、张发树领着他们转了一圈，他们就去乡里了。

潘忠地很高兴。送走路部长他们，就叫着张发树直接去了试验田，说看看建恒温库的情况。这几天没过问，不知道准备得怎么样了。

建恒温库的事进展非常顺利。潘忠民他们三个定下建以后，没等到农学院的老师们来，潘忠地就给董教授要了个电话，说了说意思。董教授说这事好办，我过几天去的时候叫着程教授，他是专门研究农副产品加工、储藏的。

几天后他们来了，经程教授一讲，信心就更足了。他去年帮着别的县里设计过两个恒温库，前段时间还去看了看，都已经用上了，并且说你们要是不放心，可以去了解一下。潘忠地说不用了解，你说了我们很放心，麻烦你给我们搞搞设计吧。程教授说设计可以，话得说在前头，根据学校的规定，我们是有偿的，收的钱还要按比例交学校一部分。潘忠明说没事儿，千儿八百地我们出。程教授当时笑了笑，说可不是千儿八百的，给他们设计的每个五千元。董教授接过话头，说这是我的老关系了，得看出点事来，别五千了，他们手头挺紧张的，就三千吧。程教授说看董老师的面子，三千就三千。潘忠地说那行，三千的设计费可不高。展春生接着要回家拿钱，潘忠民说不用，车上有准备收菜的钱，忠明先拿过三千来。程教授说不慌，等设计完了再说。潘忠地说先拿着吧。潘忠明把钱拿过来给了程教授。

展春生也没用分家，展明尧虽然没说同意，但表示不管了，说反正窑场也没大事了，你愿意干么干么。展春生说存的钱我得用一部分。展明尧说给我留出一万来，其余的你爱怎么花就怎么花。展春生对潘忠地他们说，他大概想明白了，觉得这事可行。

潘忠民、潘忠明买的新车开来了，张荣珍、李长理也都领取了汽车驾驶执照，他几个商量好，以后就三个人一块开车送菜，潘忠民和潘忠明可以轮流留家里一个，和展春生一起抓建恒温库。

他两个进了试验田，李长友过来了，潘忠地问："忠民他们没在这里吗？"

李长友说："忠民今天去北京了，忠明和春生在办公室里，刚才我过去了，他两个正研究图纸哩。"

张发树说："这么快就拿回图纸来了？"

李长友说："可能是前天他们从北京回来，路过农学院捎来的。"

潘忠地说："其实他们三两天就能给搞出来。有原来设计的资料，重新复制一份就行了。"

张发树说："那他们这三千块钱挣得也太容易了。"

潘忠地说："现在各单位都搞创收，人家这是卖的技术。咱也合算，就花这一次钱，这个建起来图纸得留着，以后再建就不用找他们了。"

说着进了办公室，桌子上铺着图纸，潘忠明和展春生正认真看着。他们一进去，潘忠明起身说："大哥你快看看，基建的图纸一看就明白，库里边的设计就弄不懂了。"

潘忠地说："我也不一定能看懂。不要紧，库房建个差不多再叫程教授他们来一趟，设备安装的技术要求也很严格。定设备了吗？"

潘忠明说："主要设备定了，程教授给联系的，上海的一家厂子，已经汇去了两万元的定金，合同上说的是明年一月底到货。就是还没去联系买变压器的事。"

张发树说："怎么还用买变压器？试验田北边那台不行啊？"

潘忠明说："程教授的意思是得专门上一台，他怕集中浇地的时候咱现有这台电不够用，库里可不能停电。俺商量想买台一百的，以后再建两个库也够用了。"

张发树说："那得去找县供电局，他们有指定的厂家，买别的厂子的不行。"

潘忠明说："就是。俺问乡供电所了，他们说关键是申请用电指标，得从乡里写介绍信，到供电局批。批了指标才允许买变压器。"

张发树说："好办，到时候我和恁一块去。去年春天咱上西坡那台五十的变压器，我和向河去跑的，就是他们领导一句话的事儿。不过，现在兴送礼了，那次我们就带去了几十斤花生米。"

潘忠明说："花生才开始收刨，得个把月以后才晒出花生米来，还能等着？"

潘忠地说："眼下正是收苹果的时候，你们买几筐苹果带着。"

张发树说："苹果不值钱，可不能买个三筐两筐的。"

潘忠明说："买上十筐，花不了几个钱。明天俺就到集市上看看，明天晚上忠民哥就能回来，后天开着车去。这事也得快当点，联系了变压器还不知道多长时间能供货。"

展春生说："不用赶集买，俺姥娘那村里有果园，俺二舅就承包了二十多亩。我去拉十筐来，让他给挑好的。"

张发树说："那也得给他钱，承包果园也不容易。"

展春生说："该多少钱给他多少，咱又不是为了沾光，也就图个放心。"

潘忠地说："那行，抓紧办吧。来，我看看图纸。"

这段时间净是让人高兴的事儿。

张发树带着潘忠明他们去了供电局，走到就把买变压器的事办妥了。建库用的石头、砖瓦也备好了，他三个想封冻前就把地基垒砌好。村里几个匠人种完麦子开始给蒋俊兴盖房子，那里结束了就来动工。

不论是试验田还是户家，所有温室大棚里的蔬菜长势都很好，鲜嫩的黄瓜，细长的豆角，深紫的茄子，肥嘟嘟的芸豆，青的、黄的菜椒，一嘟噜一嘟噜大的、小的西红柿，纷纷挂满了枝头，忒喜人了。临近春节就能收获，肯定能卖好价钱。有的算算账，说是好了一年就能收回成本。

关记者写的那篇关于全县的报道，在《农民日报》头版头条刊登了，上面有一大段说到了汶水滩。时隔几天，潘忠地写的那篇文章也见报了，并且登在了二版头条。基本是全文照发，只是署名改了，他原来觉得以集体的名义好，署的是党支部，现在加上了他的职务和名字。李向河看了说怎么样？你让俺几个通稿子的时候我就说，应该署你个人的名字，你偏不，人家编辑还是给添上了。潘忠地说一定是关记者改的，改不改无所谓，给登了就不错。潘忠良还从北京要来电话，说忠地你厉害呀，都上北京的大报纸了，邵主任都夸你的文章写得好。并且说那个记者前几天也来采访俺了，说是要报道报道，等着瞧吧，俺也得在报纸上露露脸了。紧接着县广播站又来搞了个录音报道，虽然有的户把小喇叭撤了，可多数户还有，连着几次广播后，在全村引起了不小的轰动。

新来上任不到两个月的县委章书记，在林书记的陪同下来了一趟，虽然只待了大半上午，在田间看的时间不长，到办公室座谈的时间不算短，并且谈得很投机。潘忠地不仅汇报了当前工作，把一些想法也谈了。章书记听得认真，还推心置腹讲了不少意见。当潘忠地说到现在少种了部分粮食，但是，精耕细作，全都是良种，总产基本没减少，交任务、保口粮没问题时，章书记说你们的路子很正确，要想让农民富起来，不能只靠种粮，也不能只靠在土地上。其实以前也不是不想这么搞，多少年前就讲“以粮为纲，全面发展”，还有“粮、棉、油、麻、丝、茶、糖、菜、烟、果、药、杂”的十二字方针，什么都包括进去了，可那时候种植水平低下，良种、化肥、农药都很少，加之干活大呼隆，当干部的瞎指挥，粮食产量上不去，吃饭的问题都解决不了。没办法，不吆喝抓粮食生产行吗？这几年政策对了头，农民的温饱问题解决了，就得想法让群众增加收入富起来。农村的改革不能停步，对群众服务的意识永远不能丢，土地分户经营了，要注意解决那些一家一户办不好、办不了的事情。要保持集体经济不断增长。有的地方成了“空壳村”，别说支持群众生产了，连干部工资都解决不了，还怎么开展工作？章书记最后表示：汶水滩算是我的个联系点了，以后会经常来。章书记的话让潘忠地心里一直热乎乎的。这些天他反复思考：为群众服务的事还应该干些什么？下一步深化改革需要怎么抓？

突然又冒出了两件让人烦心的事儿。

一件是张志国来信了，说是媳妇生了个男孩，因为他岳父、岳母都上班，没人侍候月子，叫他娘无论如何抓紧去。潘秀菊拿着信叫潘忠地看了看，潘忠地说那得赶紧去，这是大事。潘秀菊说想后天动身。潘忠地问得待多长时间？潘秀菊说看情况吧，至少半年，要是看到能进幼儿园，还不得两年？所以我这个妇女主任、支部委员得辞掉了，恁物色个人，顶起这摊子事来，特别是计划生育，没人靠上具体管可不行，说出事就出事。潘忠地说你拾掇拾掇准备走吧，这事别管了，以后我们再商量。

话是这么说，潘秀菊一回家，潘忠地心里立时空落落的，很不是滋味。这些年了，两个人都觉得相互是个依靠，尽管工作上的大事潘忠地没让潘秀菊拿过什么主意，可有她在，做什么都感到踏实。她这一走，心里像丢了主心骨似的。回到家里说起这事，忠地娘叫石玉英拾上几十个鸡蛋，再去买二斤红糖，给潘秀菊送去，好让她给孩子带着。潘忠地也没制止。

石玉英去了放下东西一说，潘秀菊就笑了，说："你快点都拿回去。你看看，我得带着衣裳，还有乱七八糟日常用的些东西，大包袱小行李的，还要坐汽车、坐火车，怎么带？再说，他们那里还能缺这个？"石玉英说："这是老人家的点心意，拿回去她不生气呀？"潘秀菊说："心意我代表孩子领了，回去给她说，算是志国孝敬她的。还有件事，你不来我也想去找你，临走我得把钥匙留给你，抽空你就来看看，特别是下了雨，屋漏了就坏事了。我真要是时间长回不来，那些粮食、面你弄着吃去，生了虫就都败坏了。还有猪、鸡，叫忠地逮过去你喂吧。"石玉英一一答应着，并且说："到时候粮食、面的我都过过秤，你多咱回来再如数还你。"

正巧，潘秀菊临走的头一天下午，潘忠民他们从北京回来了，潘忠地安排，让潘忠民把她送到火车站。这天一大早，潘忠民开着车来到她门口，潘忠地两口子，还有支部的其他人都过来了，说是来送送她。潘秀菊说："送什么，又不是不回来了。"说着两眼湿润了，忍不住流下泪来，赶紧扭头擦了擦。拿好东西，锁上屋门、大门，把一串钥匙递给石玉英，她眼里噙着泪花，没敢再看潘忠地一眼，就上车了。

送走潘秀菊，潘忠地心里也不好受。张发树说："真是故土难离，她这是上儿子那里享清福去，看看孩子又累不着，还这么不情愿。好了，咱吃饭去吧。"潘忠地说："早饭后咱都去办公室，商量商量妇女主任让谁干。"

接着的第二件事，处理起来可真有些棘手了。潘忠地本来心情不好，真想撒手不管了。可是，作为一村之主，村里发生的大事、小事，找到支部了，不管怎么能行呢？

党支部还有四个人，商量让谁担任妇女主任，很快形成了一致意见，都觉得李淑苹比较合适。她虽然不是共产党员，可是共青团员，还是团小组长，人品好，处事大胆泼辣，先当妇女主任，以后发展成党员还可以进支部。潘忠地说还得给乡妇联打个招呼。张发树说让她先干着，妇联都是尊重村支部的意见，又不用报批，抽机会给妇联主任说一声就行了。正说着，文翠萍哭哭啼啼进来了。张发树问："这是怎么了？又出什么事了？"

文翠萍抹着眼泪，说："他昨天晚上回来了。"

张发树说："向道回来了？那个女的也来了吗？"

文翠萍说："那个女人没来，生了个女孩叫他抱来了，说是才两个多月，恁说怎么办？"

潘忠地说："坐下好好说说，到底怎么回事？"

原来李向道离开李向东那个厂子以后，带着那个女的，跑到较远的一个村里，联系到个单位，继续打工。开始两个人都上班，尽管每天都加班，一天要干十多个小时的活，可工资按时发，比原来还多点。干了几个月，那女的肚子越来越大了，只好请假。后来生了孩子，李向道又请了半月的假侍候月子。李向道再上班就更累了，进了厂子不得停歇，回到租赁屋还得照顾她娘俩，不到两个月瘦了十多斤。女的还没有奶，孩子从生下来就靠喂奶粉，有时候李向道还得帮着喂。面对这种情况，李向道免不了说些抱怨的话，两个人时有顶撞。这天下班回去，看到小女孩躺在床上，她妈不在，到跟前一瞧，发现床头放着张字条，拿起来看了看，虽然识字不多，还勉强认得下来。纸上写着：向道，咱两个从此一刀两断，再也没关系了。孩子归你，我不要了，你要好好养着她。也不要去找我，找着我我也不会认这个孩子。李向道一下子蒙了。愣怔了一会儿，翻翻屋里的东西，她的衣服、用品全拿走了。又摘下挂在墙上的书包，里面放着仅有的三百多块钱，掏出来一数，只有一百多了，看来是拿走了二百块，足够她回老家的路费，一定是跑回她老家去了。这可怎么办？老家的地址她也说过，可是，既然留下这么绝情的话，找到她家里她要是死活不认账，又没有结婚的手续，会是什么结果？弄不好她家里人会把他揍一顿。孩子是无辜的，再难也得把孩子养起来。又一寻思，两个多月的孩子瞬瞬需要喂奶，打着工怎么照顾她？思虑半天，觉得只能是回家。文翠萍心眼好，回去给她多说几句好话，只要她答应下来，照看孩子还是女人在行。于是第二天到厂子里找着负责人，说了辞职的意思，人家还不错，发给了他当月的工资。就这样，他拾掇拾掇抱着孩子回来了。

来到家里已经黑天了。文翠萍一看这情况，气得一句话也说不出来。不管李向道说什么，就是不搭理他，也不看他怀里的孩子一眼。两个男孩子都在跟前，小的在一旁不吱声，大的见他死皮赖脸的样子，实在看不下去了，说："你赶紧走吧，俺家里没你这个人。"李向道心平气和地说："这本来就是我的家，你让我上哪去呀？"文翠萍一听这话，说："这是你的家，你该在这里住，明天俺娘仨就搬到俺原来房子里去。"李向道说："可别。那房子都坏了，又没修，还怎么住人？我还想着以后修修那房子，等他弟兄两个结婚的时候好一人一处院子哩。什么也先别说了，我大半天没吃饭了，得叫我吃口东西吧？"文翠萍说："那边有煎饼，想吃自己拿去。"也没再给他做饭。李向道到东屋整理一下床铺，把孩子放下，又回到堂屋提着热水瓶，拿了两个煎饼，先用开水冲了点奶粉，用奶瓶喂喂孩子，又吃了煎饼喝碗开水，便躺下了。

第二天一早，李向道见两个孩子都出去了，就到堂屋，扑通跪在了文翠萍跟前，哭咧咧地说了些认错的话，让文翠萍发发善心，无论如何让他和小女孩留在家里。文翠萍一夜都没能消气，还是不理他，到厨屋做饭去了。娘三个吃饭他也没过来，文翠萍把饭给他留在了锅里，刷完碗到院子里喂猪、喂鸡。这时那个小女孩在东屋扯着嗓子哭，文翠萍听着有些心软了。但是，她又不想去管孩子，回屋里琢磨半天，想不出主意，于是便去了村办公室。

几个人听文翠萍这么一说，都觉得这事太荒唐了。李长贵说："就别管他，让他带着孩子找那个女人去。"

李向河说："上哪里找去？刚生下孩子她就能跑了，一定藏到什么地方去，不会轻易让他找着。这样的人忒狠心了，即便找着，她能接受他爷俩？他们又不是正式夫妻，那不是把向道往绝路上逼吗？"

张发树说："是这么个事儿。可是，也得叫这小子作作难，惹这么大的祸，让他好好接受接受教训。"

李向河说："这一次就够他受的了，还会有下一回？"

潘忠地心里烦烦的，一时也想不出解决的办法，就说："翠萍你先回去，我们商量商量看怎么处理。不过，你得照管照管那孩子，他一个大老爷们，不会管。生下来就是个生命，才这么小，可不能让她出了事儿。"

文翠萍走了，张发树说："怎么弄？要是秀菊姑在家就好了，让她做做翠萍的工作，还得叫向道在家里过呀，不然叫他上哪去？"

潘忠地说："这种事放谁身上也得生气，翠萍一时扭不过弯来，可以理解。只要她回去能照管下孩子，就出不了大事，看看情况再说。"

李长贵说："把向道叫来，好好训他一顿。"

潘忠地说："这个时候训他有什么用？先停停，过一段再好好教育他。你去把淑苹叫来，先给她谈谈。"

张发树说："对，让淑苹上任先处理这事，也试试她的脚力。"

潘忠地说："试什么脚力，让她去给翠萍拉拉可以，不过，不能叫她自己去。她一个女孩子家，又没工作经验，谈顶牛了就不好办了。"

张发树说："向河你去，你和向道是近门，有些话好说。"

李向河说："近门才不好说哩，翠萍得以为我向着向道，她不有抵触情绪呀！还是你去合适。"

张发树想了想，说："也行。过会儿淑苹应下来，我和她一块去。"

李长贵把李淑苹叫来了，潘忠地把让她接替潘秀菊的事一说，她立时表示不同意，说连个生产队干部都没当过，可干不了。张发树说怎么干不了？没吃过猪肉没见过猪走啊？秀菊姑干了这么多年，她怎么干的来？你就不会学着点？再说，有支部给你撑腰，怕什么？经他们几个撺掇一阵子，她算是答应了。潘忠地说现实就有件事，你得跟着发树哥去处理处理，恁女的好说话，去劝劝翠萍，让她收养下那个小女孩。接着把文翠萍家发生的事说了说。尽管李淑苹有些怵头，还是随张发树去了。路上张发树说："去了你负责做翠萍的工作，我把向道叫一边，狠狠地熊他一顿。"李淑苹说："怎么做？我可不会，跟在你后边听听就行。"张发树说："光听叫你来干吗？就和拉家常样，劝说她留下那个小孩子。只要她答应养孩子，就什么事也没有了。"李淑苹一路上琢磨着怎么拉。

文翠萍正在院子里往绳子上晒尿布，李淑苹进门就说："嫂子忙着呀？来，我帮你。"说着到了她跟前。

文翠萍说："不用，这就完了。你说这是什么事儿？跟人家鬼混了这么长时间，生了孩子人家把他甩了，把个孩子抱家来，怎么管呀？这尿布也不知道洗洗晒晒，把孩子的小屁股都渍红了。"

李向道从东屋出来了，说："大哥过来了，吸支烟。"随手从口袋里掏出半盒烟，抽出一支。

张发树看了看，没接，说："看你混的这熊样，就吸九分钱一盒的？吸我这一毛九的吧。"边说边去了堂屋。

李向道跟了进去，不论张发树说什么，他一直低着头，不吭声。

文翠萍晒完尿布，李淑苹说："那个小孩子呢？我去瞧瞧。"

文翠萍说："在东屋里。一块干尿布也没了，我现找个旧褂子给她垫上。"两个人进了东屋。

李淑苹趴下身子看着孩子，说："哎哟，这闺女真俊，小脸和苹果似的，眼睛也不小，多有精神！你看她这胳膊、腿，就像刚从水里捞上来的藕瓜子，胖得一节一节的。还没见过谁家的孩子一生下来头发就这么黑的，真惹人喜。”

文翠萍说：“再好也是个苦命，这么小就没娘了。”

李淑苹直起身子，说：“嫂子，你不是没个闺女吗？养着她，人家说闺女大了才是娘的贴身小棉袄哩。”

文翠萍说：“到这地步不养怎么办？就是有闺女也得养着她。我也就是受累的命，不知道这孩子大了和咱一心不一心。”

李淑苹说：“谁养大的和谁近。这才多大点？又不懂事，将来就认你是亲娘了。”

这时孩子哭起来了，文翠萍把她抱起来，说：“得喂她点奶粉了。下午我熬点小米，不能光喂奶粉，得掺和着喂点米汤。”

李淑苹找热水瓶，文翠萍说在堂屋里，李淑苹站在门口朝堂屋喊：“向道哥，你提过热水瓶来，给孩子冲奶粉。”

张发树随着李向道也过来了，看看孩子夸了几句，然后说：“向道，你给我记住，以后再不准胡作妄为了，好好过日子，一切都得听翠萍的。”

李向道说：“只要不撵我走，怎么着都行，她让我当牛当狗我也干。”

这里正说着话，两个孩子回来了，来到门口一看他娘在喂孩子，大的说：“你抱她干吗？不知道哪里的个野孩子，赶紧扔出去！”

文翠萍说：“别胡说八道，谁说是野孩子？这是我亲生的，我就是她亲娘。”

张发树说：“这就对了。恁弟兄两个听着，孩子是恁娘的亲闺女，也是恁两个的亲妹妹。恁爹的话不听可以，恁娘的话必须得听。”

两个孩子气哼哼跑一边去了。张发树一看这样，知道问题基本解决了，说：“淑苹咱回去吧，快到吃午饭的时候了。”

李向道、文翠萍还留他两个吃饭，他两个都说不用了。

# 建厂

恒温库地基还没完工，周乡长来了，看了很高兴，说没想到恁年前就动工了。同时也提出了个新事儿。他说最近县里开了个会，专门研究加强土地管理的问题，县里成立了土地管理局，乡里也要成立管理所。建恒温库属于由农业用地变为了建设用地，必须办理报批手续。潘忠地问手续怎么办呀？复杂吗？周乡长说不复杂，你们写个改变土地用途的申请，说清楚建设项目、位置、面积，乡政府签个意见，报到县土地局批一下就行了。张发树说那里又没熟人，还用送礼不？周乡长说送什么礼，王士友乡长调过去担任局长，这里的情况他熟悉，恁去了一说就给办了。潘忠地说还不知道他工作调动哩，这是提拔了，得给他祝贺祝贺。周乡长说他刚去上任没几天，宿舍的东西还没拾掇，祝贺有的是机会。张发树说王乡长当一把手咱还用办什么手续？这里是他的老根据地了，还和忠地是亲戚，怎么着也得来道道别，来的时候给他打声招呼，他一点头还不就行了。周乡长说估计近期来不了，新建单位，事多。就是来了也不能只是口头说一句完事，下一步县里还要组织专项检查，没手续就是违背用地政策了。在县里开着会我就想到了恁这件事，听林书记说章书记把这里作为联系点了，涉及政策的事更不能打马虎眼，不然，对章书记影响也不好。我今天来一是看看大棚里的菜，再就是专门通知恁一声。潘忠地说王乡长来不来的不要紧，过两天咱先去找他办手续，他当局长了，如果咱不按政策办那就是不支持他的工作了，不能给他惹麻烦。周乡长随后看了几个大棚就回去了。

下午，他几个在办公室商量写申请办土地手续的事，李向道突然来了，进门就掏出盒子金菊牌的烟，他知道潘忠地不吸，拆开先递给张发树一支，然后再给李向河、李长贵，递完就放到了桌子上。张发树接过去点着，说："向道今天怎么出血了？还买盒子好烟，是不是又和翠萍闹别扭来找俺去说事啊？"

李向道说："可不是。现在我可听她的话了，她说往东咱不往西，她叫打狗咱不撵鸡。我今天是来请示个事儿，这也快到年了，那个小孩子已经五个月了，得给她上个户口不是？恁出个证明，我到乡里去给她落上。"

张发树说："是得有个户口，不能叫她当'黑孩子'，大了找个婆家都不好说。不过，你这算是计划外生育。咱全村还没有违犯计划生育政策的，也没罚过款，可外村有样子，要上户口怎么也得罚个千儿八百的。"

李向道一听，哭丧着脸说："罚这么多呀？那样把家里那头猪撵来，再把粮食都挖净，也凑不够这个数。您也知道，我是落了个穷光蛋回来的，要不是翠萍积攒了两个钱，这个年俺都没法过。能不能算是欠个账，我以后再还？"

李向河说："你看你惹的这事儿，丢人现眼不说，还把这几年挣的钱都搭进去了。不能是属猪的，记吃不记打，今后可别再胡折腾了。"

李长贵接上说："属狗也不行，狗改不了吃屎。"

李向道懂得这是骂人的话，不顺耳，可也意识到这是为他好，就顺着说："我要再不改那还算是个人呀！"

潘忠地说："没别的事你回去吧，这事我们得研究一下，需要怎么办让向河告诉你。还得和翠萍商量商量，给孩子起个名字。"

李向道说："起了，叫南南。"

潘忠地说："哪个字呀？"

李向道说："翠萍说她是在南方生的，就叫南南吧。"

潘忠地说："南方的南不好，没有用这么个字的。如果还用这个音，可以改成方框里面加个女字的囡，囡是小女孩的意思，囡囡也是对小孩子的亲热称呼。"

李向河说："这个字忒好了，还有点文化味儿，咱这一带也没有重名的。"

李向道说："那行，这是她大爷给她起的名字，大了我得叫她记住。反正我也不知道怎么写，填户口的时候叫向河给她写上就是。"说完要走。

张发树说："拿着你的烟。"

李向道说："你吸吧，我这都是吸旱烟。"说着高高兴兴地走了。

这一段李向道的确像变了个人，对文翠萍是百依百顺，对两个男孩子也是千方百计套近乎。文翠萍把小女孩抱到了堂屋东间，黑白不用他管了。虽然文翠萍没说让他到堂屋一块睡觉，他也没好意思提，可是他以为，那是早晚的事儿，眼下只要养好孩子，比什么都重要。今天就是文翠萍叫他到办公室找潘忠地他们，问问能不能给孩子报上户口。回到家里文翠萍问怎么样？他说人家支部里得研究研究。接着把潘忠地给孩子改名字的事说了说，罚款的事只字没提。文翠萍听了也很高兴。

李向道走了以后，李长贵说："他这个事怎么办？现在只允许生一个孩子，另婚的双方有两个孩子也不能再生，这个孩子要报户口就属于超生，不仅村里要罚款，乡里也得罚。更重要的是，咱这些年的计划生育先进单位就得给抹了。"

张发树说："那可不行，得想个法子，保住咱的先进单位称号。"

李向河说："想什么法子？咱的户口本子和乡里存的是一致的，报户口得填写卡片放到户主名下。一掀两瞪眼，你还能说他没那两个孩子？计划生育办公室那一关就过不去。"

潘忠地考虑一会儿，说："看看这样办行不？对外别说他和那个女的生的孩子，就说是他在南方打工，回家路上看到了个弃婴，觉得怪可怜的，就抱回来了。虽然这种做法不符合相关规定，孩子应该交民政部门，可在外地他找不着正头香主，出于好心才抱家来的，已成事实，也是情有可原，只能让他养着了。也别再罚他款了，就他现在这个家庭状况，真罚了他，日子过不去咱还得照顾。"

都说这个办法行。潘忠地接着说："要同意这么办，我就先给乡计生办主任要个电话，按这个意思说清楚。明天向河去办土地手续，顺便把这孩子的户口落下。别让向道去了，他说话颠三倒四的，说漏了嘴就不好了。"

李向河说："那行，我傍黑就去问问孩子的出生日期，写好介绍信带着。"

这才刚进腊月，李向东一家三口就回来了，并且没坐火车，开着辆轿车回来的，后备箱里装着满满的东西。这可是稀罕事儿，乡里才有辆吉普车，据说县里只有两辆轿车，县委书记、县长一人坐一辆，魏书记来都是坐的吉普车。李向东进家和父母说了几句话，就开着车来村办公室，直接开进了院子。支部他们四个和李淑苹都在，看到外面进来辆轿车，以为不是县委书记就是县长，赶紧迎了出去。一看从车上下来的是李向东，都很惊讶。张发树说："怎么是向东呀？什么时候回来的？"

李向东说："刚到家还没半小时，恁都在呀。"

说着都进了屋。李向东掏出盒子大前门，给他们分烟。张发树问："我和向河去的时候你拉着俺逛，坐的不是这辆车。路程这么远，人家能让你开着厂里的车回来？"

李向东说："恁坐的那辆是进口车，这是上海新产的，桑塔纳，我买的，他们管不着。"

李向河说："你买的？那得花多少钱？"

李向东说："不贵，几万块钱。"

潘忠地说："这么早就回来了，能在家过春节？她娘俩一块来的？"

李向东说："都回来了，并且不再回去了。我辞了厂里的职，打谱回来干。"

张发树说："在那里干得好好的，回来干什么？联系好单位了？"

李向东说："一两句话说不清楚。这样，明天晚上恁都到我家里去，咱一块坐坐吃顿饭，到时候详细向恁汇报汇报。我过来就是专门约恁的。"一想到支部里还缺潘秀菊，又不知道李淑苹在这里是有什么事儿，就补了一句，"淑苹，你叫着秀菊姑一块去。"

张发树说："秀菊姑到安徽看孙子去了，现在淑苹是妇女主任。"

李向东说："那就恁五个去。说好了，我不再到恁家里去叫了。"

潘忠地说："你刚回来挺累的，算了吧。"

李向东说："不累，我是歇息着开回来的，有些地方还停下玩了玩，跑了接近五天。"

张发树说："备菜容易请客难，向东有这个心意，咱得去。"

李向东说："就这么定了。恁忙着，我得回家，还没给老人说说话哩。我把车放这里，家里又开不进去，放在外面不放心，恁走的时候锁上大门。"

张发树说："没事儿，在这里放着没人敢动。"

送走李向东，李长贵说："还真都去呀？明天恁三个去，我和淑苹别去了。"

张发树说："当着他的面都答应了，去吧，又没什么事。"

李淑苹说："我不去，明天我得帮着俊兴收拾房子。再说，我又不会喝酒，可不能掺和这种事。"

李向河说："光说恁两个年前结婚，定日子了吗？"

李淑苹说："前天俊兴回老家商量了，说是定在腊月二十。他家里人还得来，再晚就离年太近了，都净事儿。俺爹俺娘也同意这个时间。"

潘忠地一直在想，李向东怎么半路辞职了呢？会不会是出了什么事儿？听到李淑苹这话，就说："你别去了，这一段也不用到办公室来了。离结婚日子还有十来天，在家里忙活忙活。"

张发树说："我听说俊兴从老家拉来不少家具，你的嫁妆准备了多少？"

李淑苹说："我才不管哩，给多少要多少，反正不能让我净身离家，只要有两件就行。"

张发树说："你这个想法对头，陪送闺女不在东西多少，有那个意思挡挡外人的眼就可以了。你可能没听说过，有个故事，说从前有个大财主送闺女，抬嫁妆的排了一长队，闺女的爹还骑着高头大马在后面跟着。半路上遇到个老太太，这老太太穿件破棉袄，背着个筐在路边拣柴火，看到这情况就站在一旁数嫁妆，数到最后，自言自语地说，'是不少，可比我出嫁的时候还少两件哩！'这话被闺女的爹听到了，就勒住马下来，问，'老大娘，你说的什么？'老太太说，'我是说你陪送闺女的嫁妆不少，三十六件，可是，比俺爹陪送我的还少两件，我那时是三十八件。'闺女爹又问，'少哪两件？'老太太说，'还缺一对砸核桃的小锤子哩。'闺女爹听了一寻思，恁娘家陪送你那么多东西，看你现在这样子，日子过得肯定不怎么样了。于是喊住前边的人，说，'只把铺盖、梳妆台和桌椅送去，其余的都抬回去。'这个故事说明个道理，就是日子要靠年轻人以后自己过，不能指望老人给留下多少财产。老人给的东西再多，如果自己不省吃俭用，不会过日子，到头来还得受穷。"

李淑苹说："还不知道发树哥知道这么多事哩。"

李向河说："他是正事懂得不多，旁门左道的知道不少，满肚子没有正经货。"

潘忠地说："刚才说的这事是正理儿。另外，淑苹你现在是村干部了，回去和大叔说说，婚事一定要简办。眼下一些旧的做法又开始抬头，婚丧嫁娶都大操大办起来了，自家花钱费心不说，街坊邻居随份子也不情愿。咱不能那么弄，那样影响不好。”

李淑苹说：“商量好了，俺爹说什么客也不请，谁的礼也不收，就是让俺舅、俺姑来送送我。二十那天俊兴家里也来人，一块吃顿饭。二十二我就和俊兴回他老家过小年去，过了年初二再回来。”

潘忠地说：“这个办法好。”

张发树说：“那咱也得有点表示吧？”

潘忠地说：“你和向河商量着去买点东西，代表支部送过去，算是对他们祝贺祝贺。”

李长贵说：“在这里不请客，回到老家喝喜酒的也少不了。”

潘忠地说：“他那头怎么办咱就不管了。这样不仅俊兴省事，淑苹家里也少了麻烦。”

第二天上午，李向东想开车拉着他爹到集市上去买菜。他爹说不用赶集，村头每天都有卖菜的，外村的小贩也来，差不多成个小市场了，去买只公鸡，买条鱼，称几斤肉，再买点青菜就行了。李向东说还得买两瓶子酒，我带来一瓶子洋酒，不够他们喝的。他爹说酒代销点有，散装的、成瓶的都有，你去买酒，我去买别的东西。李向东到代销点一看，瓶装酒只有一种，县酒厂产的云山大曲，就问有没有再好点的了？代销员说这酒不孬，咱农村和城里不一样，平常来客都是喝散装的，很少有人买成瓶的。李向东就买了四瓶。

傍晚，他四个一块去了。李向东问：“淑苹怎么没来？”

张发树说：“她一个小闺女子又不喝酒，不来了。”

坐下喝着水，潘忠地问：“你说不回去了，回来什么打算？”

李向东说：“请恁来就是想让恁帮我出出主意。这些年一直在企业干，再种地是不行了。我考虑还是办个小厂子，就招本地的人，也算是为老乡们出个挣钱的门路。”

张发树说："那个地方那么多工厂，在那里干多好！"

李向东说："月是故乡明。在那边虽然挣钱容易，老了还得回来不是？再说，咱这边也要大发展，要是先行一步带个头，各级党委政府都得支持。婉儿也该上小学了，那厂子近处没学校，辞职回来孩子上学也方便。"

张发树说："那倒是，叶落归根，早晚得回老家，晚回不如早回。"

李向河说："你这一回来，村里跟着你去打工的那些人怎么办？"

李向东说："我临来时把他们叫到一起说了说，在那里继续干也没事。下一步我办起厂子来，有愿意回来干的我得优先安排。"

潘忠地说："你在那里是什么厂子？已经熟悉了，再办个那样的厂子还不行吗？"

李向东说："不行，那是个化工厂。说实在的，干化工利润高，但是，既风险大又有污染。我为什么辞职？因为我看准了，当地政府正要着手治理污染，过不了三两年，那个厂子不改造就得下马。改造谈何容易？一是没有成熟的技术，二是需要大量投资，弄不好就得关门。"他一再说辞职，实际上是给自己洗白。他说的那个理由也是事实，但是，真实情况是他和董事长闹了矛盾，并且到了不可调和的地步，人家炒了他的鱿鱼。他给在那里打工的本村那些人也说是自己主动辞的职，就是为了面子上好看。这说法只有潘忠地有些怀疑，其他人都信以为真了。

李长贵说："县里就有个化工厂，据说是全县第一纳税大户。"

李向东说："我知道，在东部山区，生产的产品国家造卫星都用上了。那附近还有个农药厂，农药厂纳税最多，但是对环境污染比较严重。之所以建在那地方，就是因为那一片山岭地村庄少，对群众生活影响小。咱这里可不能上那类项目，不能为了挣钱给老百姓造成祸害。"

潘忠地说："你这个想法对。到底想搞什么？你是不是已经考虑好了？"

李向东说："我想上个纤维板厂。我考察过了，生产纤维板用的原料不是好木材，像咱河滩上每年修树砍下来的那些树枝，都能用。另外，现在有的用棉花柴，成本就更低了。咱乡虽然种棉花的不多，可南边那几个乡镇大量种，原料问题好解决。”

张发树问：“得投资多少钱？几年能赚回来？”

李向东说：“要是先上一条线，需要投资百来万，还得有一定的流动资金，总共一百五十万足够了。正常生产起来，一年的纯利润怎么也得四五十万，两三年收回成本没问题。”

李向河说：“投那么多钱，你准备好了？”

李向东说：“我手头有几十万，就算先不考虑流动资金，还得缺三四十万，得贷部分款。”

李长贵说：“一家伙贷那么多，可不好办。”

潘忠地说：“明天我和你到乡里找找领导，汇报汇报你的打算，让领导帮着给想想办法。只要领导出面，贷款的事好解决。位置就在咱窑场，那里闲起来了，要不也得复垦种地。”

这时孙凤蕊进来说：“菜好了，恁边喝酒边拉呱吧。”

张发树说：“光吸高级烟了，喝什么酒呀？”

李向东从里间屋拿出瓶洋酒和两瓶大曲，说：“我带来瓶洋酒，先尝尝，只有这么一瓶，不够再喝咱当地酒。”

张发树拿起那瓶洋酒看了看，说：“全是洋文，没一个中国字，这一瓶得多少钱？”

李向东说：“这是从香港那边带过来的，二斤装，这一瓶的钱能买几十瓶大曲。”

张发树说：“这么贵呀！咱这些人可不该败坏这么好的酒。那行，拿出来了就得喝，也尝尝洋玩意儿什么滋味。”

向东爹正领着孙女在院子里玩，潘忠地喊：“大叔，过来坐下吧。”

向东爹来到门口，说：“我不坐了，过会儿在厨屋吃点就行。”

张发树说：“别磨叽了，这么一大把年纪了还不懂事啊，拿什么糖？你不坐那个上手谁敢坐？”

向东爹进来了，说：“就你个熊孩子没大小，和恁老叔也胡闹。我是看着恁几个好说话，又插不上嘴，就成拿糖了？”

李长贵朝张发树眨眨眼，说：“再能！这下子成熊孩子了。”

张发树说：“谁不是熊孩子？告诉你，咱就是活到八十，只要是在长辈面前也是熊孩子。大叔你也别生气，我可不是拿着你没当干粮，刚才那话也就是激激你，请你老人家快点坐下。”

潘忠地说：“别贫嘴了，你也坐下吧，向东都倒上酒了。”

向东爹坐到上手，张发树坐到下手，其余几个人就随便坐了。每人跟前茶碗里都倒上了半碗酒，没等吃菜张发树就端起来抿了一小口，随后咧了咧嘴，说：“这是什么酒？没个正道味儿。大叔你尝尝，要不咱还是喝大曲。”

向东爹也喝了一口，说：“是不好喝，给我换白酒。”

李向东说：“这可是好酒，度数也不低。”

张发树说：“好酒留着你喝吧，也给我换白的。”

李向东说：“又不好往瓶子里倒了，喝了这点再换。”

潘忠地说：“不愿意喝就算了，恁三个把他爷俩的匀过来，我早晚喝这些就行了。”

张发树说：“就是，俺爷俩喝白酒，多喝点也可以。”

向东爹说：“白酒也得少喝点，喝多了伤身子。”

张发树说：“不要紧，酒是粮食精，越喝越年轻。”

李向东说：“今天你放开喝，屋里还有两瓶哩。”

张发树说：“一瓶我也喝不了。”

李向东说：“喝不了走的时候你拿着。”

张发树说：“别，我一个人喝酒不习惯，拿回去想喝的时候还得叫上他们这几个，恁嫂子得忙活着炒菜，她那个脾气都知道，肯定嘟囔我。抽空上这里来喝多好，肩膀扛着嘴就行了。”

李长贵说："这个账你是算明白了，叫你来喝酒还得搭上菜。向东叔，以后别叫他，就是他在门口转三圈也别喊他，让他那酒虫子在肚里拱去。"

李向东笑着倒酒，没再搭话。

潘忠地、李向东去乡里，直接把车开到了党委办公室门口。听到外面车响，林书记和刘秘书都迎了出来。潘忠地把李向东介绍给他俩，刘秘书说原来俺俩就认识。林书记让他们进了屋，刘秘书给他两个倒上水，潘忠地把来意简单说了说，林书记说："好啊，上级号召上项目，我们正愁没路子哩。刘秘书，你去把周乡长喊来，一块听听向东同志的想法。"

周乡长过来了，他和李向东也认识，两个人握了握手，周乡长说："听说你在南方混得不错，当上经理了？"

李向东说："什么经理不经理的，就是给人家打工。"

林书记说："向东同志算是挣到第一桶金了，个人有了一定积蓄，辞了那里的职，想回家乡来办厂子。让他说说打算，咱帮他商量商量。"

周乡长说："这是好事。县里开会提出要招商引资，发展二、三产业，都说不好找门路，这不是送上门来了吗！"

李向东就把上纤维板厂的想法介绍了一下，比在家里说得详细多了，连需要多大面积的厂房，用哪里的设备，第一期要招收多少工人，都讲得一清二楚。林书记说："看来你是胸有成竹了。乡农具厂正准备扩大，要搬到外边去，周乡长他们前几天看了地方。这样吧，你这个厂子就和新建农具厂凑到一起，乡里一块办土地手续，水、电的问题一并考虑。你说缺资金的事不用担心，用你的钱先干着，厂房建起来，定了设备，我们帮着你跑跑贷款，不行找找县里领导，好解决。"

潘忠地说："地方不用乡里安排，俺村里那个窑场停了，那片地也不能干别的，支部商量了，在那里建就行。"

周乡长说："恁还和乡里争呀？其实建在哪里都一样，税得乡里收，村一级没权力收税。恁现在不正建着恒温库吗？那个项目就很好，在全县是头一家，这个成功了，明年可以接着再建几个。窑场那边也不能荒着，平整平整种庄稼，也承包下去，承包费可以作为村集体的收入。”

潘忠地说：“在村里建能多安排些俺的劳力，工资这一块也能增加群众不少收入。”

林书记说：“这事好说，招工得向东同志说了算，到时候可以优先用恁村的。”

潘忠地没话说了。李向东考虑在乡里建比在村里建好处多，就说：“听领导的吧，在这里建更好，咱窑场那地方还可以另上个项目。”

周乡长说：“就这么定了。忠地，回去给支部的其他同志解释解释。”

潘忠地说：“好解释，下级服从上级，我们得听党委、政府的。”

李向东说：“我刚才汇报的是上一条生产线，投产一段时间后还得再上一条两条的，请领导划地方的时候多留出一块地来。”

周乡长说：“没问题，你需要多少就给你留多少。另外，你这是个人来投资的第一个项目，乡里还得研究一下支持你的办法。我们也到南方考察过，人家对这类情况都有优惠政策，像厂区解决好三通一平了，减免前几年的税了，我们定了后再告诉你。”

潘忠地问：“什么‘三通一平’？”

周乡长说：“三通就是路通、水通、电通，一平就是厂区的土地要平整好。”

李向东说：“太好了，我一定好好干，决不辜负领导的期望。”

林书记留他们吃饭，潘忠地说：“我们回去吧，向东有车，方便。”

回去的路上，潘忠地说：“在乡驻地建倒是好事，遇到问题乡领导可以帮着解决。你说窑场那边另上个项目，上什么呀？”

李向东说：“我考察过一些项目，像农副产品加工，投资也不大，就是利润率太低。生产纸箱也可以，就是用纸板搞成包装箱。现在到南方不论什么产品，基本上都是用这种包装箱，包括水果，哪里还有用条筐的。这样的项目先不搞很大，也不用投很多钱，赚钱也不多，一年也就十万八万的。好处是原料好联系，产品销路也没问题，职工可以多用些女的。”

潘忠地说：“开始得投多少钱？”

李向东说：“自己建厂房就地取材，花不了多少钱，设备前期有十来万块钱就够了，下一步如果上彩印，花钱就多点了。”

潘忠地说：“十来万也不好办。建恒温库大头就是靠贷款，咱接着再贷恐怕银行不答应。”

李向东说：“我有数。林书记、周乡长表态了，建厂房用我的钱，定了设备以后就可以贷款。这样，我可以拿出一二十万来建纸箱厂。”

潘忠地说：“你一下弄两个厂子，能忙过来了？”

李向东说：“要是村里建，找个合适的人挑头，我可以把钱借给村里。如果村里不想建，我建也行，反正婉儿有她爷爷、奶奶看着，叫凤蕊靠上，有些事我帮帮她，我的主要精力得靠那边。那样支部还得选个人，给她当当助手。”

潘忠地说：“这个办法行，让凤蕊为主，开始支部里拿出个人来帮着她建。下一步你想用谁，恁两个看着办。回去按这个路子支部商量商量。”

# 编瞎话

李向东回来不仅要建工厂，还同时建两个，这消息很快在村里传开了。人们聚到一块，几乎没有不议论这事的，各有各的看法，说什么话的都有。

“人真是不可貌相。向东当年在生产队干活，不是把好手，要不是招工去了煤矿，在家里恐怕连个村干部也当不上。还是外面出息人，你看人家，村里谁能比上了？”

“外面也看哪里，他前些年在咱县里也不是那么顺溜，还蹲过监狱。就是到南方这几年，不知道遇上了文财神还是武财神，一个二踢脚就发了起来。看来这回是张罗得不小，要当大老板了。”

“别听他咋咋呼呼的，建工厂是吹哈气呀？还建两个，那得投多少钱？他手里能有那么多？等着瞧吧，吵吵一阵子就傻眼了，也就是嘴头子过过瘾，弄不起来。”

“可别这么说，没那么大的苇叶不敢包那么大的粽子，敢揽瓷器活就说明有金刚钻。没见人家是开着小车回来的？那后备箱里很可能拉的全是钱，得有多少万？真要缺钱他也不敢吹这样的牛。”

“你那才胡扯哩，钱再多也不用拉着票子回来。通过银行，一家伙就转到咱这边来了，什么时候花什么时候去取就行。”

“钱多不一定是正路来的。虽然都说在南方挣钱容易，就算一个月挣一万块，他两口子这几年能挣多少？还得吃喝不？如果发的是不义之财，早晚有他好看的。”

“这话有道理。那边的钱这么好挣，如果不犯什么事，跑回家来干什么？为什么不在那里干下去？”

“没听说啊？人家这叫有家乡观念。水流千里归大海，人老了都得归家。”

“那是老理儿，年轻人谁还讲究这个！他把老婆孩子带了去，就是想在那里安家。只要日子过得好，还非得回老家呀？哪里的黄土不埋人？”

……

说类似话的多了，慢慢就传到了向东爹耳朵里，他对李向东学了几句闲话的意思，然后说：“别在家里捣鼓什么厂子了，你要真想建，还是到外边去，在家乡折腾不出好来。咱不能因为这事让外人整天嚼舌根子。”

李向东说：“嚼什么舌根子？我这是光明正大办好事，党支部同意，乡党委、乡政府支持，有说闲话的也不怕。”

向东爹说：“乡下的事你不懂。要是大伙都不看好你，光是那些人的唾沫星子也把你淹死了。”

李向东说：“没事儿。我去找找忠地，让他得制止住那些胡说八道的。”

李向东来到办公室，支部的几个人都在。潘忠地说：“正想去找你哩。我们商量了，纸箱厂也得早点动工，过了年就平整场地，化了冻就开始建厂房。支部里让长贵靠上，帮着风蕊把厂子建起来。你得早做好打算，建多大的厂房，买什么样的设备，得和风蕊提前定好。”

李向东说：“这些事倒不成问题。现在还没动工，外面可就风言风语议论开了，有些话说得还很难听。这不，俺爹听到后不让我干了，让我还是到外地弄去。”

张发树说：“别听恁爹的，他就是老脑筋。什么地方能赶上家乡好？亲不亲，故乡人。都乡里乡亲的，打断骨头还连着筋哩，有什么事都能帮衬着。个别人那是有红眼病，别理他！”

李向东说：“我也觉得还是在家乡好。不过，您得想法制止这些流言蜚语。”

李向河说：“怎么制止？嘴是他们自己的，想说什么自己当家，咱能封住了？这又不能和前些年有的人那样，看着谁不顺眼就拉出来斗一场。”

守着瘸子不能说短话。李向东以为这是揭他的短了，又不好反驳，立时红了脸。李向河也意识到说溜了嘴，想解释一句又临时想不出词来，不吱声了。

潘忠地看出了李向东的尴尬相，赶紧说：“无所谓的事儿，不用当真。见怪不怪，其怪自败。个人投资建工厂，咱这里历史上还没人这么干过，有人大惊小怪甚至说些闲话是正常的，当作没听到就算了。只要厂子建起来，让村里合适的人能进厂干活，拿到工资，人们得到了好处，自然就把这些人的嘴堵上了。”

张发树说：“就是，现在是有人吃不到葡萄就说葡萄酸，到时候想进厂子得求着你。”

李向东说：“好吧，听恁的，那就下决心干了。其实现在就有找我的，昨天晚上向道跑到我家里，说是只要我办起厂子来，一定给他安排点活干，还有他那个大孩子，也能顶个劳力了。我琢磨这个人就是出那个事让人讨厌，干活还算牢靠，在南方当保安干得不错，于是答应他了。我想刘集那边动工先让他去，叫他看工地放心。孩子得正式招工的时候再考虑。长贵，抽空咱商量商量，纸箱厂的事全靠你了。”

李长贵说：“我也就是给婶子跑跑腿打打杂，怎么干还是得你出主意。”

李向东了解李长贵，觉得这人挑头弄厂子也是合适人选，就说：“你不能只帮着把厂子建起来，最好能长期干，可以聘你当经理。”

李向河说：“那可不行，村里他那份工作谁替他干？”

李向东说:“嗨,可以两边照顾着,再不辞了村里的职也行。恁是不知道,到南方别说村干部了,不少乡镇干部也在一些企业上兼职,有的还有股份,不论明的暗的,那份收入比正常工资多了去了。”

潘忠地说:“咱这里可不同于南方,不允许那样搞。这算是支部在你建厂期间先帮帮忙,也不用你发工钱。至于投产以后怎么办,那得到时候再研究。”

回家过年,是在外边打工的人们的共同心愿。去南方的那伙人,腊月二十前后就陆续回来了。在北京卖菜的他们可不行,越到春节跟前生意越红火,天天从早到晚,买菜的几乎不断头,算算赚的钱,一天能顶平时五六天。潘忠良和大伙说,都不能急着走,趁着这一段家家户户都准备过年的菜,咱得争取多挣两个。到年三十那天就很少有人来了,我和忠民商量商量,让他二十九再来一趟,第二天拉着咱一块回去,晚不了到家吃年夜饭。大家都很乐意。说这话没过两天,市场管委会发了个关于做好安全保卫工作的通知,要求店铺春节期间必须有人留守,配合保安搞好值班。潘忠良觉得这个意见有道理,虽然他们不用每间铺子都留人,可至少得留一个,留谁好呢?

这天晚上,潘忠良把大家叫到一块,说了说通知精神,让主动报报名,看谁愿意留下,并且提出,每人凑上三十块钱,算共同出的加班费。他讲完后没一个吭声的。其中有三个人中间回去过一趟,他点了点他们的名,说:“恁几个回去过,能不能有一个留下?”这三个人都坚决不同意,有的说媳妇有病,有的说老人身体不好,凑这个机会得回去看看。潘忠良心里明白,别管他们家里是不是真有病人,一年一个时候,家里人也都盼着他们回去,好过个团圆年,也就没再追问他们。

大眼瞪小眼沉默了一阵子,展宝洋说:“要不我留下吧,回去也就是过个年,又没别的事。”

潘忠良说："不行，你年轻轻的也是一老年没回去了。我留下，恁都走。临走有卖不净的菜都过过秤，放到我这边来，年后也可能有个别来买菜的，能卖多少算多少。"

李长瑞说："你从来了也一直没回去，也该到家里和婶子热乎热乎。这样吧，你要是不走，过了年俺把婶子叫来，让她住几天，也逛逛北京城。"

潘忠良说："她一个老娘们，又没出过门，恋家，你叫她也来不了。再说，她还得在家里看孩子哩。"

张荣元说："反正咱初六就回来，地里还没什么活干，用不着她看孩子。这事包在我身上，我负责把婶子叫来。"

潘忠良说："别胡扯淡了，恁叫不来她。过年的钱都让忠民他们捎回去了，我给三个小孩子买好了衣裳，抽空再给恁婶子买个褂子，恁走的时候给她捎着。"

李长瑞说："东西可以捎回去，也得想法把婶子叫来。"

潘忠良也是和他们开玩笑，说："恁要有本事把她叫来，到时候我请恁喝酒。"

张荣元说："这可是你说的，到时候不能赖账！"

展宝洋说："那样咱现在就把钱凑起来给忠良叔。三十块是不是少点？要不每人五十？"

潘忠良说："我留下一分钱也不用凑了。刚才我说那意思，是考虑你们别管谁留这里一个。我就用不着了。放心吧，我备下点好菜，买两瓶好酒，这个年比恁回家过得滋润。"

有几个人还坚持想凑，他坚决没要。

到了腊月三十这天，他们一早收拾好各自的铺子，把钥匙交给潘忠良，带着大包小包的东西，一起上了潘忠民的车。潘忠良把买好的衣裳，还有给小孩子买的几件玩具，装到一个大塑料编织袋里，给了展宝洋。快到村头了，张荣元说："宝洋哥，你拿的东西多，把忠良叔那个包给我，我和长瑞给他送家去。”

展宝洋说：“我去就行，还得和大婶子说说话，忠良叔不回来，别让她挂心。”

李长瑞说：“俺两个顺路，你今天别过去了，明天去拜年的时候大坐一会儿就行了。”

展宝洋说：“那也行，明天吃了早饭先上他家去。”

原来在中途吃饭的时候，张荣元和李长瑞就到一边嘀咕了一阵子，他俩要使个小心计了。

两个人来到潘忠良家，把自己的东西放到大门里边，提着潘忠良的包进了院子。套子、大宝在搭香台，二宝在打扫卫生，妯娌三个在厨屋包水饺，王桂兰在堂屋门口哄孩子。李长瑞说：“都忙着呀！婶子，俺大叔捎来的东西。”

王桂兰说：“快屋里坐。恁什么时候回来的？”

他两个跟着进了屋，张荣元说：“这是刚进村，俺还没回家哩，先来看看你老人家。”

李长瑞说：“人家市场管委会让留个看家的，忠良叔叫俺都回来了，他就不能回来过年了。不过你放心，在那里也难为不着他。”

王桂兰说：“我知道了。前天他来了个电话，向河来喊我，说非得让我去接。电话上他都说了，不回来就不回来呗，反正孩子们都家来了，没事儿。恁坐下歇会儿，我泡茶。”

张荣元说：“不喝水了，俺得赶紧家去看看。”随后打开包，一样一样地往外拿东西，边拿边说，“俺大叔想得可周到了，你看看，给孩子们买的玩具、衣裳，还给你买了个褂子，可漂亮了。”

李长瑞说：“还有给你买的两双尼龙袜子哩。”

包里拾掇干净了，张荣元又翻了一遍，说：“不对呀，那天买袜子的时候我也见来，怎么没有啊？”

李长瑞说："别找了，那是没往里放。很可能是给那个女人买的，也不是什么值钱的东西。"

王桂兰一听心里立时打了个结，问："哪个女人？"

张荣元说："这事不该让你老人家知道。也不是什么大事，就是在俺卖菜的市场附近，有个离婚的娘们，也没孩子，人们都说是开'野鸡'店的。有些人偷偷往那跑，大叔可能也去过几次。"

李长瑞说："婶子你别生气，就是风言风语的个事儿，不一定是真的。"

王桂兰说："恁就不劝劝他呀，怎么能让他偎那种脏女人的边呢？"

张荣元说："俺也不当真不当假地说过他，可是，他能听俺的？婶子，别管有没有真事，还是得你亲自去一趟，你去了一句话能顶俺一万句，他肯定听。"

王桂兰一听这话能不生气吗？拉着脸说："我才不管他那破事哩，他愿意和谁混就和谁混去。大不了跟着向道学，再生个小孩子抱家来，看他的老脸往哪搁！"

李长瑞说："可不行。你说了，那种女人脏，要是惹上脏病可就不好办了。再说，派出所有时去检查，万一被抓个现行，罚款是小事，丢人可就大发了。"

张荣元说："就是，你得去一趟，初六和俺一块坐车去。到那里既能管管大叔，你也看看北京城。对别人千万别提这事，外人知道了可不好，就说去看俺叔。"

王桂兰一脸怒气，没再说什么。他两个相互使了个眼色，起身走了，套子他们停下手中的活，送了送他两个。

王桂兰心里那个气呀，要是能够得着潘忠良，恨不得照脸给他两巴掌。荣元说得对，这种事可不能让外人知道。大过年的，也不能让孩子们看出有什么事来。于是，把那件新褂子往旁边一扔，然后装着高兴的样子，把玩具和小衣裳分给了孩子们。

晚上十点多，王桂兰就撵着儿媳妇们烧锅馏供。吃完年夜饭，她说：“恁都睡觉去吧，叫二宝再烧几炉香就行。”套子、大宝两家都走了，二宝媳妇也抱着孩子睡去了，她又对二宝说，“我出去串个门，一会儿就回来。”

二宝说：“这么晚了，还去哪里呀？”

王桂兰说：“不晚，咱上供早，这还不到半夜，都吃不完饭。每年的三十晚上，恁爹都是去恁忠地叔家给恁大奶奶拜年，今年他不在家，我也得过去说句话。”

这话她是临时编的。一晚上她脑子里丢不下那件事儿，实际是想去找展宝洋问个究竟。可出门以后，还真就先到了潘忠地家，看到人家刚开始吃饭，就说了几句拜年的话，让她坐也没坐，接着出来了。到了展宝洋家里，一家人正在厨屋里喝酒，见她进来都站了起来，宝洋娘说：“宝洋快拿个座位，让恁婶子坐下一块吃。”

王桂兰说：“俺那几个小孩子老闹腾，让他们早点吃的，我刚放下饭碗，恁赶紧吃吧。宝洋，你出来我给你说句话儿。”

展宝洋跟着她到了院子，王桂兰说：“我知道你和恁叔开一个店，吃住都在一块儿。你说说，他在那里怎么样？有什么事吗？”

展宝洋说：“没事儿，挺好的。要不是人家让留个看铺子的，他也回来过年了。本来我想把他买的东西给你送去，长瑞他两个说顺路，没让我去。刚才我还说，明天一早就给你拜年去。”

王桂兰压低了声音，又说：“你是实在人，可得给我说实话。他真没和别的女人有来往？”

展宝洋说：“哎哟，婶子你这是想哪里去了？俺叔的为人你还不了解？不光他自己走得正、站得直，对这帮人也要求很严，谁也不敢干出格的事儿。如果表现不好，市场管委会能叫他当理事？”他的声音也不高。

王桂兰说：“没什么事就好。恁整天在一起，有时候你得给他提个醒，可不能出事儿。行了，你快屋去吧，菜别凉了，我回去了。”

回去路上王桂兰想：看来宝洋这孩子忒忠厚了，他是护着潘忠良，再问也不会给我吐真情。又一想，难道他说的是真的，李长瑞、张荣元是说瞎话？不对，如果没有的事儿，他两个不可能编得那么有鼻子有眼的。去不去过了年再说，反正不能让他在那里干了，又不缺那两个钱花，真要是在那里惹了事儿，这一大家子还怎么过？

展宝洋回屋里喝酒，他娘问：“恁婶子说什么了？”

展宝洋说：“没说什么，就是问问忠良叔的情况，挂心呗！”

他爹说：“一拃没有四指近，谁在外边家里人也不放心。”

展宝洋没再接着说，他琢磨着王桂兰刚才问的那话，认为一定是李长瑞、张荣元给她说了瞎话，让她起了疑心。不行，明天得问问他两个，可不能拿这种事开玩笑，引起家庭矛盾来就不好了。

第二天吃过早饭，展宝洋先到近门几家拜了拜年，就去找李长瑞。他问：“长瑞，恁两个昨天到忠良叔家里说什么了？”

李长瑞说：“没说别的呀？怎么，你听到什么事了？”

展宝洋说：“昨天晚上桂兰婶子就去找我，问忠良叔是不是和什么女人有来往。我估计一定是恁两个胡编乱造了，这可不是闹着玩的事，他两口子要是为这事闹起来，我看恁怎么办！”

李长瑞笑了，说：“看来她是当真了，怕的就是她不相信。你别管了，她要再问你，你就说什么也不知道，出了事俺两个兜着。等着瞧吧，到时候陪着俺喝忠良叔的酒就行了。”

初三傍晚，李长瑞、张荣元商量着又去了潘忠良家。李长瑞说：“婶子，想好了吗？和俺一块去吧。”

王桂兰说：“不用我去了，恁回去给他说，让他卷铺盖回来，不能在那里干了。昨天我找忠地了，他说过几天给他要电话。”

张荣元说：“哎呀，这样的事你怎么和忠地叔说呢？”

王桂兰说：“我又不憨，不会朝自家人脸上抹灰。我只是说他年纪大了，家里又不缺钱花，不能再在外边出那个力了，让他回来算了。”

李长瑞说：“白搭，俺回去说他不听，忠地叔要个电话他也不会回来。还是得你亲自去，要么说说他让他好好干，别惹事，要么动员他回来。他要是不听，你可以扭着他的耳朵，把他拽回来。忠民叔他们都说好了，刚过年头一趟，先少拉点菜，把俺都捎去。你要去可以坐到驾驶室里，不冷，也不颠，大半天就到了。”

王桂兰说：“也是这么个事儿。那行，我和孩子说一声，跟着恁去，三天两天就回来。”

他两个觉得大功告成，乐颠颠地走了。

潘忠地听王桂兰说让潘忠良回来，开始没犯寻思，后来一想，不对头，正干得好好的怎么叫他回来呢？王桂兰不是不通情达理的那种人，不会因为他没家来过春节就生他的气，难道出了别的事儿？得找其他人了解了解。初四下午送走客人，他想去问问展宝洋，在街上遇到李长贵，就让他去叫展宝洋，说叫他到办公室，有个事儿。

展宝洋进门就说：“大叔过年好！这几天光忙了，还没去看看你哩。”

潘忠地说：“刚过年不是候客就是走亲戚，又这么长时间没家来了，闲不着你。叫你来是有件事问问你，前天桂兰嫂子找我，说是不想让忠良哥在那里干了，叫我给他要电话，她的意思恁回去后就让他回来。我考虑会不会有别的事啊？”

展宝洋一听觉得这事闹大了，就把潘忠良为什么留下的，李长瑞、张荣元怎么和他打赌，要把王桂兰叫了去住几天的事说了说，最后说：“我也不知道他两个怎么糊弄的桂兰婶子，那天回来是他两个把忠良叔买的东西送他家去的。不过，桂兰婶子三十晚上就去问我，说忠良叔是不是在那里和什么女人有来往，我说绝对没有的事。第二天我就去问李长瑞，他光嘿嘿着笑，还说就怕她不信，并且不让我管了，出了事他两个兜着。你看这事弄的，怎么办啊？”

潘忠地说：“你也不知道他两个编的什么瞎话？去，把他两个喊来，问清楚到底怎么回事。”

李长贵说：“咱两个去，一人叫一个，快当。”

没用多大会儿，他四个一块来了。没等潘忠地开口，李长瑞就说：“大叔你不用担心，这事我们办成了。昨天傍黑俺两个又去找桂兰婶子了，她答应后天跟着俺一块去北京。”

潘忠地问：“恁怎么骗的她？”

张荣元就把他两个怎么商量的，对王桂兰怎么说的，一五一十讲了一遍。潘忠地说：“亏恁两个想得出来，怎么能编这样的瞎话呢？看来她是相信了，这才要把忠良哥弄回来。她要是去了，两个人还不得大闹起来？恁怎么收场？”

李长瑞说：“闹不起来，走到俺两个先给她赔不是，把真相说明白。有那么多人当证人，好解释。开始俺两个还想说忠良叔病了，觉得那样更不好，大过年的，不吉利，就编了这么个事儿。她又不是糊涂人，虽然玩笑开得大了点，知道这是为她好，也就没事了。”

潘忠地说：“恁可得想好，在那种地方千万不能让他们吵架，影响不好。”

正说着，王桂兰进了大门，李长瑞赶紧小声说：“恁可别说漏了，这个戏俺两个还得唱下去，到了北京才能散戏。”

王桂兰进来一看他几个都在，就说：“恁三个也来了。忠地，我上恁家里找你去，玉英说你来办公室了。我是给你说一声，后天我随着他们去一趟。”

潘忠地也认为让王桂兰去一趟是好事，他两个弄的这一套也出不了大问题，就说：“好啊，那样也不用我给忠良哥要电话了。去了就多待几天，别急着回来。我和长贵去那趟，待的时间太短了，没能多看几个地方。”

王桂兰说：“一个庄户娘们，看什么？去了立马叫着他回来。”

展宝洋说：“可不能叫俺叔回来，他是党支部明确的俺这伙的负责人，平常的买卖全靠他照应着，他要回来俺可就没个依靠了。你也别光听长瑞和荣元的，到那里了解一下就明白了。”

李长瑞说：“是呀，真事假事不能光听俺俩的。你亲口问问俺叔，当着那么多人的面，只要是有的事，他也不敢不承认。”

李长贵知道了事情的原委，想把话题岔开，就说：“你这可是咱村的妇女头一个进北京的，去了就多逛两天，开开眼界，回来和大伙好好介绍介绍。”

王桂兰以为潘忠地、李长贵不了解什么事儿，也不想说明白，就说：“我才没那个闲心哩，还是回来一家人过日子要紧。”

潘忠地说：“行了，你准备准备去吧，刚过年家里也没多少事儿。”

去北京一路上王桂兰也不言语。到了地方，李长瑞第一个从车上跳下来。潘忠良听到汽车的动静，迎了出来，李长瑞过去说：“俺可是把婶子叫来了，你得注意呵，一定要侍候好俺婶子，千万不能惹她老人家生气。”

潘忠良笑了笑没理他，去和那些人打招呼。潘忠民把王桂兰扶下来，说：“你咋呼什么？俺嫂子来了，你也不过来迎迎。快去泡壶好茶，一路上没喝水，都渴了。”

潘忠良说：“迎什么迎，又不是外人。你和恁嫂子先进屋，我和他们分分菜。”

展宝洋说：“我和忠明分就行，你屋去吧。”

张荣元说：“我和长瑞过完秤先放到门口，过会儿再收拾。”说完叫着李长瑞随潘忠良进了屋，潘忠民也进去了。

进屋后潘忠良说：“直接到楼上去吧，下边让他们摆菜。”

王桂兰跟着他们上了楼，一屁股坐到铺沿上，气冲冲的样子，也不说话。潘忠良泡着茶，说：“恁走得不慢，我还寻思着得傍天黑到哩。”

李长瑞站到王桂兰跟前说：“婶子，别生气了，气破了肚子俺可没法给你补。”

潘忠良说：“生哪里的气？来住两天歇歇多好！”

王桂兰说：“歇你个头！赶紧拾掇拾掇，明天和我一块回去，不能在这里待了。”

张荣元说：“先别这么说，我把事儿给你拉清楚，你就不会叫俺叔回去了。”于是和李长瑞你一言我一语，把编瞎话骗她的过程详细说了一遍。

潘忠良开始不明白怎么回事，后来听着听着就哧哧地笑了起来，等他两个说完才说：“你真是个娘们，忒没脑子了。这两个熊孩子是什么货？和他小姨子睡觉的心都有，你能信他两个的？”

潘忠民说：“恁两个也忒胡闹了，怎么能造这种谣啊！嫂子也怨你，我经常往这跑，有什么事我还不清楚？你怎么不问问我呢？”

王桂兰说：“这还是什么光面事呀，我能吆喝得让全村人都知道了？”

潘忠良说：“不胡咋呼就对了。不过，你可是上当了。这倒好，打赌算他两个赢了，我得请他们喝顿酒。”

李长瑞说：“不能光请俺两个，得连婶子一块请。”

潘忠良说：“我已经安排好了，今天晚上在南边那个饭店大餐厅，让他们准备了两桌，都参加。忠民，包括恁几个开车的，一块去。咱还从来没会过餐，过年刚回来，一起吃一顿。我买好了两挂炮仗，明天一早放放，正式开业。”

张荣元说：“那不行，你说的要是输了单独请俺俩喝酒，这么多人一块不算数，这个账得记着。”

潘忠良说：“别做梦娶媳妇净想好事了，还想吃独食呀，美得你！这一顿就顶了。”

李长瑞说：“老赖！要知道这样，俺才不费那么大心思把婶子叫来哩。”

潘忠良说:“别说我赖,晚上给恁俩多要个咸菜,也让恁每人多喝两盅。”

李长瑞说:“婶子你听听,这还不叫赖哩!这样的人你怎么和他过来,干脆给他离了算了。”

王桂兰的气已经彻底消了,笑着说:“恁给我好好看着他点,只要他敢胡作妄为,我就不和他过了。”

# 打架

麦子陆续抽穗了，再过个来月就到了夏收夏种的时节。

乡里召开村党支部书记会，部署三夏准备工作，重点研究种植业结构调整的问题。会议安排了两个村发言，第一个就是潘忠地。他刚介绍完回到下面坐下，看到党委办公室通讯员小李进来和刘秘书说了几句话，接着来到他跟前，说：“潘书记，公乡长让你到办公室去一下。”他没问什么事，随小李出了会场。

公乡长是分管民事、信访工作的副乡长。出了门潘忠地想，正开着会，没有急事不会喊我，就问小李：“公乡长叫我什么事啊？”

小李说：“恁村里来了五六个上访的，公乡长做不下工作来，他们非要见林书记。公乡长悄悄叫我来喊你，说是让你去给他们谈谈，动员他们回去。”

潘忠地纳闷了，全村没有闹纠纷的，怎么突然来上访的了？到办公室一看，全是第五生产小组的几个人。公乡长让他坐下，那几个人在一旁坐着，看见他也不哼声。潘忠地说：“出什么事了？在村里不能处理啊？还跑到乡里来。”

李长年说：“恁都穿着连裆裤，让恁处理我们不放心，得叫林书记说句公道话。”李长年是有名的愣头青。

潘忠地看到展春代坐在一边不抬眼，来的这帮人他是年龄最大的，也是个老实人，就对他说：“春代大哥，你说说怎么回事？”

展春代说：“当时我也不在场，他们喊我去的。春生和忠明把俺家的宝水打伤了。”

潘忠地觉得不能在这里问他们详细情况了，那边还开着大会，时间长了影响不好，还是先劝他们回去，回到村里再处理，就说：“伤得重不重？”

李长年抢着说：“都来住院了，还能轻了？”

潘忠地说：“别管什么原因，打人是不对的，支部一定严肃处理。如果你们认为处理结果不合适，再来找党委、政府。走，咱先去医院看看宝水。”

公乡长说：“还用我去不？”

潘忠地说：“你别去了，还开着会，有什么情况我再来向您汇报。”

潘忠地刚站起来，张发树、展明顺风风火火地进来了。张发树进门就大声说：“长年，就你个熊孩子胡折腾，什么大不了的事还跑这里来？我和明顺叔听说就赶来了，还以为恁在医院里，走到问问宝水才知道都上这儿来了。这点小事还用麻烦公乡长？都回去，我负责给恁处理。”

展明顺说：“都是些兄弟爷们，整天低头不见抬头见的，打什么架？更用不着找乡里领导了。”

潘忠地说：“我们正要走哩，咱先到医院看看宝水。”

张发树说：“你开会去吧，宝水没什么大伤，不碍事。”

潘忠地说：“我还是去一下，回来再参加会。”

潘忠地一出门，其他人都起来跟着往外走，只有李长年坐着没动。张发树说：“怎么着？你还想赖在这里当乡长啊！”

展明顺过去拉了他一把，说：“快点走吧，他们都走了，你一个人还在这里干么？”

李长年白瞪张发树一眼，哼了一声，随展明顺一块走了。张发树回头说："公乡长，给您添麻烦了。您放心，没什么大事，我们回去立即解决。"

公乡长说："群众之间出现点矛盾是正常的，但是，一定要及时、妥善处理，避免引起上访。"

张发树说："那是。今天这件事也是巧了，忠地不在家，我又正好在北坡，知道得晚，要不他们来不了。您忙，我这就把他们弄回去。"

张发树出去推着车子，出了大门骑上，很快赶上了他们。

展宝水在外科门诊室门口蹲着，额角贴着一小块纱布，看到他们来了就站了起来。李长年往前紧走了几步，呵斥道："不是叫你住院吗！怎么在这里？医生呢？"

医生出来了，先和潘忠地握了握手，又对着李长年说："住什么院？就擦破点皮，用药水抹抹就没事了。本来也不用包，是他坚持着让包上，回去就可以把纱布揭下来，晾着还好得快。"

张发树说："看看，有什么了不起的？在家里让庆龙叔瞧瞧不就完了？还跑这里来胡闹腾，不知道丢人几个钱一斤！宝水，大小你也算受点伤，来，坐我的车子，我驮着你走。"

展宝水说："不用，我又不是不能走。还没给人家交钱哩。"

潘忠地说："恁都走吧，我去交。"

展春代第一个走了，其他人跟在他后边，也都悻悻地走了。张发树对展明顺说咱也别骑了，推着车子和他们一块走，免得他们中途再跑回来。

潘忠地和医生进了屋。潘忠地说："花了多少钱？你写个单子，我去结账。"

医生说："算了，就毛把钱的事。刚才我是看着那帮人胡闹，叫那个孩子去交钱，他说没带钱，得等他们回来。"

潘忠地说："该多少是多少，我还是交上去。"

医生说："真不用。平常有这种小伤的来处理处理，也不收钱。你坐下，我给你倒杯茶。"

潘忠地说："那我就不坐了，还得回乡里参加会。"

乡里的会刚散了，人们纷纷往大门外走。潘忠地和他们打着招呼，有人问老潘你干什么去了？潘忠地说我出去办了点事。他觉得没能听林书记的讲话，得先去问问林书记有什么新任务，然后再找公乡长，说说刚才那事的情况。来到党委办公室，公乡长正向林书记汇报这件事，刘秘书也在。林书记说："坐下说说，那个受伤的怎么样？伤在什么地方了？"

潘忠地说："不要紧，就擦破点头皮，医生给他用药水抹了抹，都随着发树哥回去了。"

公乡长说："我听他们那说法，打架的是不是牵扯村干部？"

潘忠地说："具体情况我还没问。春代大哥说参与打架的对方那两个人，一个是士金叔的儿子，一个是明尧叔的儿子。他两个都在建恒温库的工地上，因为什么闹起来的不清楚。这两个人的脾气我了解，春生办事还毛躁点，忠明稳当，一般和别人吵不了嘴。这事不涉及现在村里的干部。"

林书记说："有发树回去处理没问题，这个人农村工作经验有一套，家长里短的会说，又不是什么大矛盾，好解决。你吃了饭再回去吧。"

潘忠地说："我得抓紧回去，他们别再继续闹。刚才您的讲话我没能听，对我们的工作还有什么交代吗？"

刘秘书说："林书记的讲话稿在这里，要不你看看？"

林书记说："不用看了，我在会上提的那些要求，基本上都是你们已经干了和正在干着的。你发言时也讲了下步打算，挺好的，回去就按你们的思路，继续抓好就行了。恒温库建完后我要去看看，还有那个纸箱厂，我听说比乡里这个纤维板厂进度快。"

潘忠地说："那个厂子小，厂房完了，设备也进来了，还没安装。恒温库再有十来天就结束了，这两天正上顶板，房顶完了就安设备。没别的事我就回去吧。"

林书记说：“不吃饭就赶紧走吧，回去吃也晚不了。”

潘忠地回到试验田，建恒温库的一伙人正干着，潘忠明、展春生都不在，李长友老远看到他，就过来了。潘忠地问：“忠明和春生呢？”

李长友说：“刚走了没大会儿，都去村办公室了。发树叔他们一回来，就喊着他俩，说是一块去处理问题。”

潘忠地又问：“到底因为什么闹起来的？”

李长友就把事情的经过一五一十讲述了一遍。

建恒温库需要的顶板，是从县建筑公司买的预制楼板，并且由公司的汽车给送来。今天是最后一车了，前两天都没出事，这一次卸车的看着路西差不多摆满了，就往路东卸了几块，结果把东边地头上的麦子砸倒了一小片。那块麦田是第五生产小组的，倒了的麦子涉及三户，包括李长年和展宝水家的。这块地轮着浇水了，有七八个人在这里等着看水。李长年看到以后，吵吵了几句，又把那两户的人喊了过来。潘忠明赶紧安排把楼板抬到西边去，并且说不要紧，毁的麦子给恁包赔损失。李长年说现在就得赔，俺三户每户一百元。展春生当时也在场，就说，这不是讹人吗？这几棵麦子就叫赔三百，恁地里结金豆子啊？李长年就骂了他一句，说恁娘才屙金豆子哩！展春生不干了，上去推了他一把。这一把李长年倒没事，只是倒退了两步，正巧展宝水站在他身后，被碰倒了，把头磕在了楼板角上，立时就出血了。李长年一看这情况，差人把那两户家里的人也喊来，咋咋呼呼地去了刘集。最后李长友说：“整个过程我在这里，还劝了他们几句，宝水头破了后我叫他去卫生室，宝水还说不碍事，不用去。长年非得说去医院，还说要上乡党委告去。我拦不下，才去找的发树叔，他喊着明顺大老爷就撵去了。这个李长年也是忒不讲道理了，你看毁的那点麦子，总共也打不了十斤，张口就叫赔三百块钱，放谁身上也不能答应。”

潘忠地说：“长年做事是有点愣头愣脑的，可也是个直肠子，要顺了他的脾气，怎么着都行。好了，我到办公室看看。”

办公室里张发树没费多少口舌，就基本上把问题解决了。开始张发树让他们说说起因，李长年说他们毁了俺的麦子，不仅不赔，还动手打人。展春生说谁说不赔了？是你要价太高，拍拍你的心口窝，砸倒的那些麦子能打多少？能值三百块钱？人也不是我打的，是你把宝水碰倒的。李长年说你要不推我我能碰倒他？展春生说你要不骂人我能推你？张发树说：“别胡争讲了，狗撕皮袄没反正，骂人不对，动手推人也不对。不是砸毁点麦子吗？我都见了，是不多。忠明，有带的钱吗？掏出三十块来，每家赔他们十块，这就不少了。”

展春代说：“赔什么赔！就倒了那点麦子，用不着。”

另一户的人也说：“就是，不用赔，只要以后注意着点就行了。”

展明顺说：“这就对了，谁都有用着谁的时候，要是因为这点小事就互不相让，那不生分了？还是和和气气的好。”

潘忠明拿出来三十块钱，说：“不赔可不行，到嘴头的庄稼了，毁了谁都心疼。”说着把钱递给张发树。

张发树说：“来，拿着钱回去吧。”

展春代他们坚决不要，起身走了。李长年嘟嘟囔囔也要起身，张发树说：“长年先别走，咱爷俩好好拉拉。”

李长年说：“有什么拉头？在乡里你说我想当乡长，在这里你不怕我想顶你这个村主任？”

张发树说：“还想当主任？先尿泡尿，照照你那个熊样！几个月没剃头了？看看你的头发，和鸡窝似的。”

李长年说：“别说我，你那头发也和老鸹窝差不多。”

展明顺笑了。张发树也跟着笑了，说：“那行，这三十块钱他们不要，咱两个分了，一人十五，够剃好几次头的。我年纪大了不要好，你年纪轻轻的得注意点形象。”

李长年说：“别充大人吃瓜，才比我大几岁？这钱你留着吧，他们不要我也不要。”

潘忠地进来看到他们这样子，知道没什么事了，坐下说：“长年，今天这事是他们不对。从开始施工我就给他们讲，一定要注意，不能糟蹋了周边的庄稼，不仅路东恁那块麦田，试验田挨着的庄稼也得保护好。麦子眼看就要收了，毁了多可惜！事情已经出了，是该让他们包赔点损失。”

张发树说：“刚才我叫忠明拿出来三十块钱，赔他们每户十块，这不，都不要了。”

潘忠地说：“不要归不要，事得说到明处。我知道，长年不是不讲道理的人，也是话赶话才闹起来的。春生那性格你又不是不了解，出口就伤人。他毕竟年龄比你小，你得让着他点。”

李长年红着脸说：“要是你在那里什么事都没了。我也做得不对，不该叫着他们去刘集。”

潘忠地说：“当时在气头上，去就去了，无所谓。今后再遇到这种事，得沉住气，不行就先找找村干部。今天是我不在家，不是还有发树哥他们吗？”

张发树说：“我算老几啊？人家长年根本不把我看在眼里。”

李长年听出张发树给他说玩话，就说：“你算说了句实话。别自己觉得了不起，就你这样的干部，我眼角里都没夹着。也就是忠地叔，说话做事公道，叫人佩服。”

潘忠地说：“别跟恁发树叔胡闹了。我给你说件正事，你知道，向东动工建两个厂子，叫向道去刘集那个纤维板厂看物料去了。窑场那边建个纸箱厂，现在没个看场地的，晚上还得建厂房的那几个人轮流住在那里，你考虑考虑，能去干这个事吗？”

李长年说：“别提这事，说起来大伙意见大了。那天我找长贵，想去干活，他不仅不答应，还推托说不当家。”

潘忠地说："我说你明白人怎么净干些糊涂事呢？那是人家个人的厂子，长贵是党支部派去帮忙的，只是领着那几个人干干活，这种事他能当家？大事得向东做主，一般事也得凤蕊说了算。你要是同意去，我让长贵跟凤蕊说一声，没问题。对了，除了这件事，大伙儿还有些什么意见？"

李长年挠了两下头皮，说："意见可大了。原来忠民叔和忠明叔跑运输，没有说闲话的，人家那是有本事。后来又建恒温库，真要他两个建也没的说，展春生又掺和进来，你想想，一个是恁弟弟，一个是老大队书记的儿子，一个是原来大队长的儿子，都和干部有牵扯。为什么不让普通群众参与？占的地是集体的吧？窑场不能烧砖了，建纸箱厂，李长贵又去了。看来只要有好处的事儿都叫当官的或家里的人干了，恁吃干粮也得让大伙儿喝口汤，不能让这些小老百姓干等着受穷。"

张发树说："你要这么说我还得说道说道。建恒温库那是要投大钱的，别人谁有那么多钱？虽说是要贷部分款，贷款也得个人按期归还。春生参与进去，那是他个人的事，明尧叔坚决反对，爷俩还吵了一架，差点分了家。后来是忠民、忠明两个人非要让他入伙，他爹没挡下。长贵是另一回事了，只是去帮几天忙，并且是白出力，不要工钱，建完厂子就没他的事了。恁又不了解真相，光瞎扯淡。"

潘忠地说："光是长年这么想你解释一下就行了，可大伙儿这么议论就是个问题了。幸亏长年说了这个情况，我们得引起重视，支部要好好研究研究。"

李长年说："政策是让共同富裕，支部得一碗水端平。"

潘忠地说："是啊，我们发动家家户户种菜，支持一些人到外地打工，还扶持部分户建大棚，还有发展养兔，就是为了让大家都能增加收入。下一步我们再排一排，安排一些人到向东厂子里当工人。"

李长年说："听听忠地叔说的，这才是为群众着想。行了，恁忙恁的，我得回去了，还浇麦子哩。忠地叔，你放心，今天的事我给春生叔道歉，平时俺两个又没什么过节儿，以后还是好爷们。”

潘忠地说：“不用道歉，见面说说话就没事了。”

李长年走了，展明顺说：“这孩子就是顺毛驴，见不得三句好话。生产队那时候，遇上不好办的事，只要找到他，先夸奖几句，没有不行的。忠地算是摸准他的脾气了，要是老说他的不是，他非给你顶牛不可。”

张发树说：“其实我也知道和这种人不能当真，你没看我净给他说闹话。”

潘忠地说：“这件事是个教训。我听出来了，他是因为长贵没同意他去纸箱厂，窝着一肚子火，今天是借这么个事发泄发泄。咱得开个会商量商量，不能让群众有意见，更不能再出现到乡里上访的。”

张发树说：“你知道他找长贵的事？”

潘忠地说：“前天中午我遇上长贵，他说有几个人找他来，想去厂里干活，他没表态。我说下一步问问向东需要多少人，让各小组安排。刚才我跟他说那话，是为了安抚安抚他。”

展明顺说：“这事别再通过小组了，人家想要谁，支部里定就行了。”

张发树说：“你个老东西就是怕担责任，今天叫你去刘集你还想打退堂鼓。”

展明顺说：“现在生产小组没什么事可管了，小组长也是有名无实。听说有的村已经把生产小组撤了，咱也没必要保留了。”

潘忠地说：“撤了可不行，有些事还是通过小组好抓。这都过中午饭时了，咱走吧。发树哥，饭后通知他们，下午开会，让淑苹也参加。”

下午商量完后，潘忠地让李长贵去找孙凤蕊，问问向东傍晚回来不，要是回来，晚上叫他两口子一块来办公室，把议的事给他俩说说。李长贵说：“他那边工地上安电话了，他家里也安了，两个人有事都是要电话，我这就去叫孙凤蕊给他打电话。”张发树说：“净脱了裤子放屁，在这里你直接给他要一个还不行？李长贵说你真是个属藕的，就你心眼子多。”于是摸起电话，要到了李向东，李向东问什么事，李长贵说："忠地叔想让你晚上到办公室来一下，有事给你商量。"李向东说："那行，过会儿我就回去。"李长贵放下电话，说："还用叫孙凤蕊来不？"张发树说："得叫她来，我看着有些事向东当不了她的家。"李长贵说："不完全是那样，大的决策还是向东说了算，在一些具体事上，孙凤蕊比他考虑周全。今天下午安装设备，她还得在工地上，我这就去给她说一声。"李淑苹问："晚上我还来吗？"潘忠地说："家里要没事就来，一块听听。"张发树说："就是，别偷懒，多参加些活动长长见识。"

晚饭后都来了，李向东提来两个大西瓜，说："这是我上午在刘集买的，正常情况这时候没有，人家说是大棚里种的，尝尝怎么样。"

张发树说："好啊，都为你的事操心，你是该犒赏犒赏大伙。淑苹，到西屋把案板和刀拿过来，先吃西瓜。"

李向河切西瓜，切开半个就都开始吃。李长贵说："来，我切，你先吃。"

李向河说："给我留下两页就行，我切完再吃。"

吃了一阵子，李长贵说："恁看发树叔那个没出息劲儿的，吃瓜和吹口琴似的，来回两下一页就啃光了，别人一页还没吃完，他已经摸第三页了。"

张发树边吃边说："你不懂吧，俗话说得好，男人吃东西狼吞虎咽，女人吃东西细嚼慢咽。要是淑苹这么个吃法，就找不着婆家了。看看你，跟娘们似的，没个男人的吃相，怪不得白当了几年兵，连个小排长都没混上。"

李长贵说："没当排长这不是回来当连长了吗？"

张发树说："这个连长不值钱，再说，还是我当剩下才轮到你的。"

李向东说："那样说还得向你学学吃西瓜哩。"

张发树说："可不。男子汉大丈夫，就得站有站相，坐有坐相，吃有吃相。"

孙凤蕊说："大哥真厉害，说什么都一套一套的。"

李向河说："是没人发现这个人才，不然早去当县长了。"

张发树说："县长那官咱根本没看到眼里，我早就说过，给个省长干干还差不多。"

潘忠地吃完两页瓜，擦了擦手，说："越说你胖你越喘了。说正经的，向东，这两个厂子是不是该正式招收工人了？原来乡里领导也表过态，需用的工人以咱村为主。纸箱厂好说，全部用本村的就行。你那个厂子最好大部分也用咱村的。现在能不能大体定下个数，好帮着你提前排排人。"

李向东说："那边还得再过十来天才安装设备，进人也得分批。我倒是有个想法，近期可以选五六个人，我联系个厂家先去学习学习，等设备安好了他们也就回来了，接着就可以试产。这部分人今后就是技术骨干，文化程度要高点，起码初中以上。普通工人得过一段再上，也用不很多，总共不超过三十个人，下一步生产规模扩大了再说。反正乡里领导有话了，只要咱有合适的人，我就不招外村的。这边什么情况我最近没问，让长贵他们定吧。"

李长贵说："这边俺婶子怎么说怎么是，我负责给她跑腿。"

孙凤蕊说："可别这么说，还是得咱俩商量着办。这边建厂房的那几个人，其中有两个开过抽水机，也管过电，现在就让他们帮着安装设备了，都挺用心，今后让他们看机器没问题。我还从外边厂子里聘了个退休的技术工人，和他暂定了三个月，这个月底就来，每月给他四百块钱，让他技术上带一带。工人用不了多少，有十来个就行。前一段我出去跑了一些厂子，主要是联系下业务，我考虑，有些产品可以在厂里生产，有些小的产品可以一家一户搞，像火柴盒，还有一些食品、药品包装盒，家庭妇女手工做就行。我们负责进原料，产品收起来统一销售。另外，我想找两个女孩子，精明点的，先跟着我跑一跑，以后就让她们当业务员了。"

李淑苹说："我算一个怎么样？"

张发树说："别吃着碗里的还看着锅里，安心当你的妇女主任。你要是去干那个，不成了高射炮打蚊子，大材小用了！"

潘忠地说："你是不能去，这样的姑娘好找，跟着凤蕊干家里也放心。

凤蕊刚才说的那事太好了，要是让家家户户都糊纸盒子，淑苹就得靠上帮着抓抓。”

孙凤蕊说：“厂里还需要个会计，最近就该定下来。”

李向东说：“我那里也要一个。工厂比原来生产队的账目简单，只要当过会计的都能干了，关键是人要实在。”

张发树说：“这个好办，全村原来当过会计的还有好几个在家里闲着，任你挑。”

孙凤蕊说：“还有一件事，存放物料的敞棚也得抓紧建，一进原料就用着了。我还没给长贵说，想近期就挖地基，还缺部分木料，村里能不能帮我们在户家买，省得再赶集，反正按市场价格付钱。”

张发树说：“你说的那是仓库啊，怎么能建成敞棚？”

孙凤蕊说：“现时手头的钱比较紧张，马上就要进原料，工人一上来还得发工资，我想先盖成敞棚将就用着，等有钱了再把墙垒起来。”

潘忠地说：“建厂期间只是投钱，又是两个厂同时动工，是得算计着花。要不这样，别买户家的了，让发树哥和长贵到河滩看看，有些槐树可以间伐，也用不很多。杀了后也作作价，先记个账，有了钱和土地使用费一块交村里。用人的事具体还得恁两个做主，初中毕业的学生在家的还有十来个，好选。会计更不用说了，年龄大点也不要紧，只要相中了人就行。明天就让发树哥和向河排个名单，也征求一下小组长们的意见，然后和恁俩对接对接，初步定下来再和本人打招呼。”

李向东说：“纤维板厂我得留下四五个名额，有两个亲戚想去，乡机关也有个别同志找我，想叫他们的孩子去，我也不能驳他们的面子。”

潘忠地说：“这种情况应该办。在家门上做事就这样，方方面面的关系都得照顾到，今后类似的事还少不了。另外还有个事，凤蕊你看行不，恁这边不是还没个固定看场地的吗？是不是叫李长年去？这个人是有点小脾气，不过，只要他觉得你看得起他，办什么事都很认真，也不怕得罪人，让他看家绝对出不了事。”

孙凤蕊说：“怎么不行，你看中的人还能错了？原来我想着等投产后再明确个保安，现在去也可以，叫他白天在家里休息，晚上去值班。”

潘忠地说：“你要同意今晚就叫长贵通知他，让他明天就去接接头。长贵，你找他别说咱一块商量的，就说是你和凤蕊说了后定的。那样一解释，他对你也没意见了。”

孙凤蕊说：“这里边还有什么事吗？”

李长贵说：“没什么事。前两天他找过我，我当时没答应，说得和你商量，他就认为我是故意推他，当场就给我脸子看了。他这个人心直口快，只要把话说透就没事了。”

# 插曲

李向东两个厂子都正式投产了，汶水滩的群众也受益了。全村有五十多人进了厂子干活，并且工资不低。纤维板厂按乡镇企业的工资标准定的。纸箱厂略低点，因为离家近，都是回家吃住，一早一晚还误不了家里的事，也都很满意。特别是孙凤蕊联系的那些生产小包装盒的业务，分给一家一户去做，百分之六十多的户都干起来了。这类活技术性不高，一学就会。开始不熟练，做得慢些，个别的做出来还不符合标准，十天半月以后，不仅速度快了，质量也好了。不论哪种盒子，都是计件发钱，虽然做一个小盒子只有几厘的工钱，可大都是些平常大门不出二门不迈的婆娘，放下家务就动手，晚上还能干一阵子，一个人一天也挣几块钱。交上货数着手里的钱，别提心里有多恣了。有些在坡里干活的回家还帮帮忙，是忙活点，但算算收入，比单纯养那几只鸡、几头猪不知要强多少倍，人们能不高兴吗！

时间一长，也带来个新问题。不少家庭有小孩子，还不到上学年龄，原来一般是孩子妈照常下地，婆婆在家里照看着孩子。现在当婆婆的也有了活干，有的还感到自己也能挣钱了，心气随着高了起来，就不愿意再看孩子了。另外，有部分没能接受这件事的户，也是因为看孩子脱不开身，看到别人家哗哗地点票子，难免眼馋，不时地嘟嘟囔囔。这样一来，有些家庭就产生了婆媳矛盾。

从开始李淑苹就帮着孙凤蕊挨家挨户跑，分原料，收成品，检查质量，样样都动手干。当有的户发生矛盾后，也都找她叨叽。她劝劝这个，说说那个，可总解决不了根本问题。这天她找到潘忠地，说了说这情况，并且说这样下去，不仅耽误做盒子，也影响家庭和睦。潘忠地也觉得是个事儿，一时又想不出好的办法，就说开个会商量商量，把孙凤蕊也叫来，听听她有什么好主意。

讨论起这事来，你一言我一语，发言还算热烈，却没一个说出解决的法子。有的说，舍不得孩子套不着狼，要想挣钱，就得为难为难孩子。有的说现在是一孩化，都拿着孩子和宝贝蛋似的，不能只看见那几个钱就不管孩子了，看好孩子要紧，还是做做工作，不行就别干了。孙凤蕊只是听着，一言不发。潘忠地说："凤蕊，你琢磨琢磨，有没有两全其美的办法？"

孙凤蕊说："办法倒是有，就是不知道在咱村里能不能行得通。"

张发树说："快说说，别人能办的咱就能办。"

孙凤蕊说："城市里都有托儿所、幼儿园，有了孩子大都是送进去，不影响大人上班。咱要是成立个托儿所，把孩子集中起来看管，这个问题就解决了。"

张发树说："那可不行，全村集合集合，差不多得有六七十个孩子，哪里有那样的地方？再说，那么多孩子到一块，不是这个哭了就是那个闹了，不好管，谁愿意应这样的差事？就算是有人答应，也不能白干呀？又得村里拿钱开工资。"

孙凤蕊说："地方有现成的，咱这个院子就行，房子也不少，平时孩子们可以在院子里玩，刮风下雨天就到屋里来。找两个热心的妇女，让她们收入高一点，会有乐意干的。工资钱也不用村里出，谁送孩子得交一定费用。俺婉儿在那边入托儿所的时候，一个月百多块，中午在那里吃顿饭。乡村没法和城市比，条件差，只是照看照看，又不管饭，每个孩子每个月拿一二十块钱就足够发工资的了。”

李向河说：“在这里不行，那么多孩子太乱了，还怎么办公？”

李淑苹说：“要不在学校里，那里院子大。”

李长贵说：“学校更不行，会影响学生上课。真要办可以把祠堂用起来，那里房子又没坏，拾掇拾掇就行。”

张发树说：“那得找几个人看呀？人少了可看不过来。”

潘忠地一直在认真思考着，都不说话了他才说：“办托儿所的办法可以，不过，不能跟着城市里学，咱也没有正儿八经的幼儿教师。如果把全村的孩子集合起来，是不好管理。能不能规模小一点，多办几个。我考虑，以生产小组为单位，每个小组找一个人或两个人都行，一个人多说看七八个孩子，也不用再找地方，谁看就在谁家里，都方便。”

李淑苹说：“要是有不愿意叫本组这个人看的怎么办？”

潘忠地说：“送孩子自愿。原则上这么安排，可以打破小组的界限，只要定下看孩子的人来，个别的愿意交给别的组的人看也行。咱统一定个收费标准，一个孩子每月十五块钱，这个数拿钱的不怵头，看孩子的假如看上五六个，收入也不算低了。另外，村里去买部分儿童玩具，分给他们。”

张发树说：“淑苹，怎么样？好好跟着恁忠地哥学学，他就是个诸葛亮，皱皱眉头就有办法。”

李淑苹说：“还说我哩，你跟着学了这么多年了，还是个老笨！”要不是因为孙凤蕊在场，她就说他是笨蛋了。

潘忠地说：“别胡闹了。如果同意这个办法，向河，你和淑苹恁两个负责抓抓。不再开小组长会了，分别找他们谈谈，让他们重视起来，赶紧物色人。”

李向河说：“这是老娘们的事，我就别掺和了。”

李淑苹说：“你才是老娘们哩！别以为旁人不知道，在家里嫂子一瞪眼吓得你和小鸡似的，刷锅洗碗的都是你干，比娘们还娘们。”

张发树说："淑苹你真是，说人不揭短，有家丑也不能外扬，你怎么说人家这个呢？"

李向河说："这算什么家丑？干点家务活也不丢人，怕婆子的不光我，前边还有发树哥！"

孙凤蕊、李淑苹都笑了。

潘忠地说："净扯那些没用的。淑苹自己不行，小组长们很可能不听她的，还是你去说有力度。也就是开始你帮着，等搞起来以后让淑苹一个人负责就行了。"

孙凤蕊说："我还有件事请恁研究一下。现在我是既管生产又管销售，还得出去联系原料送产品，里里外外太忙了，顾了外边顾不了厂里。从开始建厂长贵就在那里，情况熟悉，能不能让长贵继续帮帮我，不用他出发，就管管厂里的事，村里的工作也误不了。"

张发树说："原来向东还说厂子建好后让他当经理来，要那样今后可不能白干了，得有个说法。"

孙凤蕊说："叫经理叫厂长都行，可以按月和工人一块发工资，并且得比他们高些。"

潘忠地说："这事我们商量一下再说吧。"

孙凤蕊走了后，潘忠地说："长贵，凤蕊说的这事得你拿主意。厂子办起来了，就得让她办好，她一个人还真是忙不过来。你去继续帮帮她也行，不去就给她另物色个人。"

张发树说："要我说不能去。这是私人企业，帮着她建起来就不错了，今后经营好孬的和咱没关系。要是支部老掺和着，万一出点什么事儿，那可就是背着儿媳妇过河，出力不讨好了。"

李向河说："不能说和咱没关系，她办好了对全村有好处。"

潘忠地说："是呀，虽然是私人企业，也算是咱村的个龙头项目。别说在厂里干活的拿工资了，能带动那么多户有了挣钱的门路，算起来这块收入也不小。以前领导说咱是种菜的专业村，下一步又成个生产纸盒的专业村了。”

李长贵说：“我还是去吧。再找人也很难有合适的，熟悉情况少说也得几个月。还是和原来一样，村里的工作还得做好。”

李向河说：“凤蕊说给你发工资，那样你就可以拿双份的钱了。”

李长贵说：“不能要她的，有村里发的补贴，骑双头马可不行。”

潘忠地说：“正式给她干事了，发工资是应该的。这样吧，大体靠一头，看看她能发多少，如果低于咱定的补贴，年底村里给你补齐。要是高于补贴数，也全部归你，村里就不再发给你了。”

张发树说：“端人家的饭碗就得受人家的管，以后你可得整份子抓厂里的生产了。其实村里你分管的这摊子事也不多，平常一些小事我和向河替你照应着，大事咱一块商量着办。除了党支部的会你不能缺席，乡里要是召开民兵连长会还得你去，别人顶替不好。”

李长贵说：“忒好了。有你这句话就是对我最大的支持，我更得好好干了，抽空我一定请请你。”

张发树说：“别光说好听的，什么时候请我？得办真事，不能只炒你的嘴皮子吃。”

就这样，李长贵顶起了纸箱厂经理的角色，生产的事孙凤蕊基本上不管了，全撂给了他。大半年下来，方方面面还算顺利，产品数量、质量都比预想得要好。李长贵心里明白，虽然明确为经理，还是给人家打工，遇到事情不能自己做主，必须让孙凤蕊定夺。孙凤蕊主要精力跑外边，由于带起了两个业务员，有时候她不出发了，就来厂里转转。两个人经常接触，有事商量着办，很融洽。

人多嘴杂，总是有操闲心管闲事的。不知道哪个多嘴多舌的，说起两个人的闲话来了：你看这两个人，动不动就凑到一块儿，有事没事在那屋里叽叽咕咕，一男一女，能叽咕出什么好事来！本来是说着玩，随和的多了，就有人说弄不好他们会搞起不正当男女关系来。没有事实，只是少数人胡说，又没传到他两个耳朵里，也没引起什么风波。后来有两个好胡闹的青年，一天傍晚在村头遇上李向东，也不是专门挑事，只是想和他开个玩笑，一本正经地说，你也不看紧恁老婆，让她整天和长贵混在一起，长了你不怕戴绿帽子啊？李向东听得真切，也没细问，以为是有真事了。这不就成大事了吗！

吃完晚饭，李向东把孙凤蕊叫到他们住的屋里，说："明天你告诉长贵，辞了他的职，不能让他沾厂子的边了。"

孙凤蕊一听愣了，问："正干得好好的，为什么辞他的职？总得有个说法吧？"

李向东说："要什么说法？别人不知道你心里还不清楚？"

孙凤蕊说："我清楚什么？他绝大部分时间都能靠在厂里，工人也都听他的，什么事都安排得井井有条，每个月的账目都叫你看了，收支清清楚楚，效益很好。昨天他还给我说，明年能不能再上条生产线，那样利润翻番不成问题。突然就不让他干了，我一个人能管过来了？"

李向东说："你管不过来就再另找个人，反正不能叫他在那里了。"

孙凤蕊说："找谁呀？你数算数算村里，还有谁比他合适？"

李向东说："三条腿的蛤蟆找不着，两条腿的人有的是，是个人就比他合适。"

孙凤蕊说："你这不是不讲道理吗？得有个理由给人家解释吧！"

李向东气更大了，说："还非叫我说明白呀！恁两个整天鬼混在一起，不清不白的，你不要脸我还怕丢人哩！"

孙凤蕊听他这么一说，简直肺都要气炸了，忽地站起来，说："你这是听谁说的？栽赃也不能这么个栽法！也不问个青红皂白，你就信这个？"说着跑出去了。

孙凤蕊出门后不知道要去哪里。她径自出了村，不知不觉朝着厂子的方向走去。夜色苍茫，挂在西天的月牙儿不时被浮云遮蔽起来，田野里四处静悄悄的，没有一个人。以往她最怕独自走夜路，今天却不，由于心里翻江倒海似的，平静不下来，丝毫没有怕意。快到厂子大门了，突然意识到，不能进去，这时候只有李长年在，那人虽然做事勤快，可头脑简单，和他没什么拉头。停住脚一想，不行，得找潘忠地说说，不能让那些人无中生有，胡乱造谣。长贵清清白白，是无辜的，不论叫他干不叫他干，都不能往人家头上扣个屎盆子。于是转身回村，直接去了潘忠地家。

潘忠地一家人都在堂屋，两个孩子趴在八仙桌两边做作业，潘忠地凑在灯下看报纸，石玉英和婆婆坐在一旁说话儿。孙凤蕊因为正在气头上，进门就不管不顾地说："潘书记，出事了，你可得管管。"

潘忠地一看她气得脸红脖子粗的样子，知道问题不小，一边让她坐下慢慢说，一边撵两个孩子去了西屋。老太太看到这情况，也躲到里间屋去了。石玉英拉她坐到凳子上，又倒了杯水递到她手里，说："什么事啊，让你生这么大的气？"

孙凤蕊手还哆嗦着，接过水放到桌子上，说："李向东不知道受了谁的挑唆，不让长贵在厂里干了。我追问什么原因，原来是他怀疑俺两个有男女作风问题。你说这是什么事啊？"

石玉英说："这是谁造的谣？别的人不敢说，长贵咱可是了解，那是个正派人，平时和妇女说话都一本正经的，怎么会有这种事？向东他就信啊？"

孙凤蕊说："是呀，反正我是坏了名声的，别人爱怎么说无所谓。人家长贵不行，还是村干部，可经不住这么胡说八道。再说，长贵整天婶子长婶子短的，对我可尊重了，连句笑话也没说过。没点影的事儿就这么胡编乱造，向东还相信了，非要辞了长贵不可，恁说怎么办？大不了厂子不办了，免得让这些人嚼舌头。"

潘忠地听出石玉英刚才那句话不在行，让孙凤蕊起疑心了，就说："不仅长贵没什么问题，你回来这么长时间了，全村人对你的看法也都很好，拉起来没有不夸你的。我估计这事很可能是有人和向东开玩笑，他就当真了。其实向东对长贵看法也不错，再早他就提议让长贵去厂子里干。你先在这里坐一会儿，我去找向东，叫着他到办公室好好拉拉，问问他从谁那里听到的闲话。"

潘忠地喊着李向东去办公室，在路上他就问你听谁胡说的？李向东就把那两个青年的名字说了。潘忠地没再吱声，思考着应该如何处理。到了办公室，李向河一个人在，潘忠地就让他把那两个人叫来去。李向河问什么事呀？潘忠地说你别管什么事了，抓紧把他们喊来就是。

李向河去了。潘忠地说："凤蕊和长贵绝对没什么事，真要是出那种事，我们早听说了，也得及时处理了。"

李向东说："无风不起浪，要是没事他们不会给我说。"

潘忠地说："你也不动动脑子，有真事他们才不会给你说哩。等会儿他两个来了咱当面问问，让他们把事情说清楚。"

没过大会儿李向河他们三个就来了，两个年轻人看到李向东在，就偷偷笑。潘忠地说："笑什么？恁两个说说，和向东说的那事有什么证据？这可不是一般事情，一定要实事求是，说了就必须负责任。"

两个人一听这是惹大事了，都不再笑了。一个说："说个笑话还要什么证据？本来就是没有的事，俺是和向东叔闹着玩的。"

另一个说："向东哥也真是，亏了还是文化人，给你个棒槌你就当真（针）！今后还不能给你说句玩笑话了。告诉你吧，真要有了那种事，也就是在背后议论议论，俺又不是领导，不会管那闲事，更不会当面给你说了，谁能惹这种麻烦。"

潘忠地说："真是和向东说着玩的？可得说实话呵！"

那个青年说："天地良心，说的都是实话。如果长贵和大婶子做了不干净的事，俺就是找村领导反映，也不会告诉他本人。刚才说的要有半句瞎话，天打五雷轰！”

李向河也听出道道来了，说：“恁两个就是混蛋，还有拿这种事开玩笑的！也不想想后果，不仅会引起家庭矛盾，还会影响党支部的声誉。真是不知道利害，瞎胡来。”

潘忠地说：“可得接受教训，开玩笑也得有个轻重。凤蕊找我一说我就当成了大事，才把恁叫来问清楚，不然，他两口子还不闹大发了。算了，恁两个回去吧。”

两个人灰溜溜地走了。

李向东坐在那里虽然一言没发，可听了这些话，心里算是一块石头落了地。那两个人一走，他说：“你看这事闹的，让恁两个操心跑腿的，真不好意思。”

潘忠地说：“这事他两个做的是不对，可你也有责任。怎么能听风就是雨的，也不分析分析真假？你不找别人了解了解，也该好好和凤蕊谈谈，千不该万不该，不该拿句玩话轻易就当真了。回去你得认个错，向凤蕊道歉。”

李向东说：“认什么错，我再也不提这事就是了。”

李向河说：“别拉不下脸来，男子汉大丈夫，错了就是错了，道个歉还矮了你不成？要我说凤蕊真是好样的，南里北里联系业务，风里来雨里去的，没少吃苦，还教出来两个女孩子当业务员。你支棱起耳朵听听，街坊邻居拉起来，谁不夸她？有几个夸你的？”

潘忠地说：“其实你对长贵也应该放心。这么长时间你也了解他了，管厂子那是把好手，人品也没说的。从部队回来这些年，群众没有说他不是的，威信很高。”

李向东说：“这倒是不假，原来我还考虑，他要愿意辞了村里的职，就叫他到纤维板厂当经理去，那里我还没物色着管生产的人哩。我也是让他两个气昏了头，一时糊涂，就朝凤蕊发了火。您放心，我回去给她说两句好话就没事了。这事可别让长贵知道了，万一他听说了，恁还得出面跟他谈谈，目前厂里离了他还真不行。”

潘忠地说：“长贵不要紧，有什么事我找他拉。你可要做好凤蕊的工作，恁这个家庭现在多好呀，外人都羡慕。厂子还得好好办，搞好了不仅对你，对全村都有好处。”

这件事对李向东、孙凤蕊来说，当夜就算是解决了。可是，在厂子里还是引起了一场风波。

李长年负责夜里看厂子，白天可以在家里休息，给他发和其他工人一样的工资。长贵让他在仓库门里边靠墙搭了个简易铺，从村办公室拿来床被子，这样夜里也能躺下来歇歇。其实他每天晚上也就是转几圈，基本上不影响睡觉。白天他偶尔到自家地里干点活，没事就回到厂里，也不闲着。厂里有原来办窑场时盖的两间屋，粉刷了一下，既是办公室，也作为个接待室，特别是来了送货的、拉货的，就在这里接待。虽然会计也在这里办公，因为账目不多，多数时间都在车间干活。这屋里的卫生，来了人泡茶倒水，李长年全包了。有时卸货、装货，他也主动过去帮忙。孙凤蕊看到这情况，就和李长贵商量，让会计每月给他增加五十元的工资。起初他坚决不要，后来还是李长贵对他说，要吧，你出的力多，应该的。从此，他对孙凤蕊、李长贵两个人更是感激了。

这天吃过早饭来到厂里，看到几个人在厂房门前嘻嘻哈哈的，不知在说什么，就偎了过去。原来是那两个青年在和别人说昨天的事，意思是再不能胡说孙凤蕊和李长贵这方面的事了，昨天本来是和向东闹着玩，结果他信以为真了，可能晚上就和孙凤蕊吵了起来，还闹到党支部去，潘忠地把他们叫去训了一顿。李长年到跟前没听明白，误以为他们是说两个人胡搞了，就大声问：“这是谁在扯老婆舌头？”

其中一个青年说：“我说的怎么了？碍着你什么事了？”

李长年上去扯着他的褂子，一把拉到了一边，说：“不碍我的事也不行，你敢胡说八道我就揍你！”

年轻人就这样，往往遇事不冷静，谁在谁面前也不示弱。这青年觉得李长年是管闲事，还这么硬气，也来了气，说：“你凭什么揍我？那是恁爹恁娘呀，你这么护着！”

李长年一听没再回话，对他拳打脚踢起来。两个人力气相当，谁也不让谁，厮打在了一起。其他人看到这情况，赶紧把他们拉开了。那个青年鼻子破了，李长年额头上也青了一块。人们让他两个都各干各的活去，他两个还破口大骂着挣着劲儿往一起凑，想继续打。

李长贵听到动静过来了，没问什么原因，先大声呵斥了几句，两个人这才停下来。李长贵正想问个究竟，孙凤蕊从大门进来了。

昨天晚上孙凤蕊在潘忠地家里待了没大会儿，知道潘忠地把李向东叫到办公室去了，就回了家。李向东回去的时候，她早就和衣躺下了。李向东来到床前，一个劲儿地检讨，好话说了一箩筐，她就是不理他。李向东没办法，后来也没脱衣服就睡了。今天早晨她依然没起床，李向东起来又解释了一阵子，然后出去开车走了。等李向东走了后，她起来吃了点饭，这才来厂里。当然，她只是对李向东的气没消，听了他说的那些话，心里的疙瘩已经解开了。进厂看到车间门前围着一堆人，到跟前一瞧，那个青年还在擦鼻子的血，就问：“这是怎么了？”

李长贵说：“都干活去吧，有什么事下了班再说。”

人们都进了车间。李长贵叫着李长年，回到了办公室。进门李长贵就问：“因为什么打架？”

李长年说：“他们说恁两个的坏话，那个小子还嘴硬，我能不揍他！”

李长贵又问：“说的什么坏话？”

孙凤蕊说：“嗨，不用问了，我知道。”

李长贵说：“你又没在现场，知道什么？”

孙凤蕊就把昨天晚上发生的事情简单说了说，末了说："忠地肯定是把他两个批评得不轻，向东也知道是和他闹着玩的了，都没事了。不过，今天他们再胡说就不对了，你得抽空和他们谈谈。"

李长年说："就是欠揍！没有的事胡乱造谣，忒混蛋了。"

孙凤蕊说："也许他们是把昨天的事当笑话说说，你不该跟着向东学，也那么认真。咱这是工厂，得讲究个对外形象，不能动不动就打架。"

李长贵也说："是啊，你整天在俺两个跟前，有事没事你最清楚，听到闲话和他们解释一句可以，不该动手打人。今后你那个急性子脾气也得改改。"

李长年不再吱声了。

李长贵心里却结起了疙瘩。

中午李向河通知他，说下午开个支部会，定定征兵的事。三个参加体检的都合格，按往年的情况，一般走一个，争取好了能走两个，明天就来人搞政审，党支部对他三个得排排顺序。

下午到了办公室，还没正式开会，李长贵说："有件事我先说一下。我不能在那个厂子里干了，另选个人吧。"

张发树说："正干得好好的怎么不干了？是太累呀还是给的钱少？"

李长贵说："也倒累不着，钱也不少，比咱的补贴每月还多几十块哩。咱又不图那几个钱，惹那些闲言碎语犯不着。"

李向河说："那两个熊孩子就是胡闹说着玩的，不是没事了吗？"

张发树问："谁呀？什么事啊？"

潘忠地就把事情经过说了说，然后对李长贵说："向东明白了真相，回去也得向凤蕊解释了，孙凤蕊还能再当回事？她给你怎么说的？"

李长贵说："她倒什么也没说，看样子没再当个事。可是上午有几个干活的又议论，长年听到后还和他们打了一架。咱身正不怕影子斜，可是，胡乱传开了影响不好，离开那个是非地算了。"

张发树说：“我早就说什么来着？出点事就不落好，是不能再帮她干了。”

潘忠地说：“怎么就不能干了？这算个什么事啊？就是几个年轻的和向东胡闹，瞎编了那么几句话，向东开始也起了疑心，叫到一块说清楚就完了。因为这么点事就不干了，那外人才会胡猜疑哩。再说，昨天晚上向东一再说，厂子离不开你，必须让你在那里干。他甚至还有个想法，你要愿意辞了村里的职，叫你到纤维板厂当经理去。”

李长贵说：“那里更不能去了。真不行就先干着，过一段看情况再说。”

李向河说：“就是，人家那么信得过你，半路里提出不干可不好。”

潘忠地说：“好了，这事别再说了。商量一下那三个体检合格的青年，看看这次让谁走合适。”

# 一切如故

这天下午李向东到县城办事，回来路过刘集汽车站，看到路旁站着个中年妇女，像是潘秀菊，跟前放着三个大包，东睃西望的，好像在等人。他停车下来，问了一句："是大姑吗？"

潘秀菊看到突然停在面前辆轿车，下来问话的这人又西装革履的，还系着条鲜红的领带，开始没认清是谁，仔细端量一番，认出来了，有些惊讶："哎哟，这不是向东吗？你什么时候回来的？"

"我回来已经三年多了，在这里办了个厂子。你这是从志国那里刚回来？"

"才下汽车，这不还带着几个包，正寻觅寻觅有没有咱村的人，好给我捎着，我自己不好拿。"

李向东弯腰提起来个包，说："上车吧，咱先到厂里，你也歇歇喝点水，我给他们安排个事，过会儿把你送回去。"

潘秀菊听他这口气一定是工厂负责人了，不好意思让他专门送，就说："你挺忙的，别麻烦了，只要给我捎回包去，我走着回去就行。又不是多远的路，到家也黑不了天。"

"没事儿，我本来打算今天傍晚也得回家。"李向东说着把包放到车上，

又转身把另两个包也放进去，打开另一边的车门，让潘秀菊上了车。

到了厂子大门口，李向道过来给他抬起升降杆。升降杆不是自动的，用一根长木头，一头用铁链子拴在立柱上，可以转动，另一头搭在木架上，有进出的车辆，门卫就抬起来转到一边去，然后再放好。也就是个形式，显得厂子气派、正规。李向东摇下车窗，说："快到接待室泡杯茶，咱秀菊姑来了。"

李向道答应着跑步跟过去了。车在接待室门口停下，李向东领着潘秀菊进了屋，说："大姑你先喝水，让向道和你说说话，我得去办公室，办完事咱就走。"回身时李向道已来到门口，又对他说，"先打盆洗脸水再泡茶，让大姑擦把脸。你在这里陪大姑坐一会儿。"

潘秀菊洗洗脸坐到沙发上，李向道把杯子放在她跟前茶几上，坐到了她对面，问："大姑，你这是回来还没到家呀？"

"刚从汽车站下车。因为带了些乱七八糟的东西，正愁没法走哩，向东看到我停下车，把我捎过来了，说是过会儿他也回家，让我坐他的车走。"潘秀菊真有些渴了，端起杯子，吹了吹还漂在上面的茶叶，喝了两小口。

李向道拿起暖水瓶给她添了添水，说："他也真够忙的，管这么个厂子，有时候十天八天回不了一趟家。他不回去也不要紧，咱村里在这里干活的不少，傍黑下了班大部分都回家住，有骑自行车的，有几个还买摩托车了，叫谁捎着你都没问题。"

潘秀菊站起来，隔着窗子朝外看了看厂子的情况，说："这厂子还真不小哩，咱村有多少人在这里上班？"

李向道也起来站到她旁边，指画着外面说："可是不小，北边那个小点的车间是刚开始建的，一条生产线，挨在南面的那个大车间是去年建的，里边一家伙上了两条生产线。才投产时招收的工人基本上都是咱村的，一次来了二十多个。去年就不行了，咱村没那么多合适的人了，又来了十来个，其余都是外村的了。"

潘秀菊回头端起那杯子水，一气喝下去，说："他怎么在这里建呀，在咱村建多好！"

李向道接过杯子又倒上水，说："听说他也是想在咱村里建来，是乡里领导叫他来的。没办法，又在村里建了个纸箱厂，就在窑场那边，凤蕊和长贵管着，那里干活的没外人，全是咱村里的。"

潘秀菊又坐回到沙发上，问："你在这里干什么？给多少工资？"

李向道满脸的喜兴，说："向东叫我当保安，另外还有个人，两人黑白倒替着，也就是白天看看大门，夜里在厂里转儿圈，累不着。我那个大孩子也来了，在车间里上班，俺爷俩一个月挣好几百块，比在南方打工都强。"

说起在南方打工，潘秀菊想起了他带着那个女人回村的事儿，就问："你和当年那个女的没事了？"

李向道立时红了脸，说："大姑你可别提了，我是一时糊涂，上了那个熊东西的当。她生了个女孩，丢给我就跑了。你说我一个大老爷们怎么能带孩子？就抱着回来了。幸亏翠萍心眼好，当亲闺女养着，现在都三岁了。"

"收养个孩子可不容易，翠萍可就受累了。三四岁正是耽误事儿的时候。恁爷两个都在这里，翠萍还得看孩子，那几亩地怎么种？"

"没事儿，各生产小组都找了个看孩子的，算是托儿所，平常把孩子送给人家，不影响干活。她不光忙着外边，抽空还做纸盒子，一个月也挣几十块。我和老大下了班回去也能帮着干点地里的活。到了农忙季节，厂里还允许请几天假，谁要是家里忙不过来，可以回去干几天。"

潘秀菊有些疑惑，问："做什么纸盒子挣钱呀？"

李向道解释："多亏了孙凤蕊。不是建了个纸箱厂吗？那些大的包装箱是在厂里生产，有些小的盒子，像火柴盒什么的，一家一户就能干了，她联系了活来，就分到户家，成品再收起来一块运出去。这样家家户户都有活干有收入了。"

正说着李向东进来了，说："大姑咱走吧，我完事了。向道你今天还回去不？”

李向道说：“我不能回去，今天那个人歇班，晚上我还得看厂子。”

秋天的田野绚丽缤纷，到处都是成熟的色调。潘秀菊摇下窗子，看着路两旁的庄稼，心里感到格外亲切。这是多长时间没能看看连片的庄稼了？志国的家在市中心位置，出门就是高楼大厦，这三年多里做个梦都是乡村的景况，乍一见能不亲切吗！夕阳照在茂密的玉米、谷子地里，金光灿灿，让人眼花缭乱。微风吹进车里，带着一股新粮的清香味儿，沁人心脾。潘秀菊正沉浸在眼前的美景中，李向东说：“大姑，你这几年没在家，村里变化可大了。群众的收入提高很快，别说是全乡，在全县咱也是数得着的富裕村。”

“我听向道说了，还不亏了你和凤蕊！恁两口子真了不起，还办起了两个工厂，这也是为大伙办的好事。村里在外地打工的不多了吧？”

“还不少，原来随我去南方的回来了几个，也有又出去的。在北京那边的现在有几十口子了，其中有十来个青年妇女是给人家当保姆，其余的基本上还是经营蔬菜。有几个会泥瓦工的，带着一帮年轻人进城搞建筑去了，据说都能参与建楼房了，也不少挣钱。”

“那样村里就没多少整劳力了，地里的活还怎么干？”

“没大受影响。种粮食作物的少了，得有一半的耕地是种菜，平常管理用不了多少工夫，家里的人就干了。忠地他们也有办法，组织一些人联合起来，像集中收菜的时候，都相互帮工。”

说着拉着进了汶水滩地界，一瞬儿就快到试验田了。潘秀菊说：“前边试验田里怎么建那么多大房子？干什么的？”

李向东减慢了速度，说：“那是恒温库，忠民、忠明和春生建的。前年建了一个，经营效益很好，去年就又建了两个。”

潘秀菊不知道恒温库是什么样子，做什么用，看到那里停着两辆汽车，车上车下有些人正在忙着搬东西，快到跟前时就说：“停下车，我下来瞧瞧。”

她心里是想看看潘忠地在不在。

潘忠民他们从外地收来两车苹果，正在往库里搬，石玉英她们几个妇女也来帮忙。潘忠明从车上往下递苹果箱子，看见潘秀菊下来了，说："快瞧瞧，秀菊姑回来了！"所有人都停下了手中的活，车上其他几个卸货的也跳下来，一起围了上去，问长问短。石玉英上去拉着她的手，说："你可回来了，姊妹娘们拉起来都可想你了。恁看看，还是城里的水土养人，比在家里也胖了也白了，显得年轻好几岁。"

潘秀菊说："还年轻哩，五十好几的人了。怎么恁都在这里干活啊？"

石玉英说："也就是库里进货、出货的时候来帮帮忙，平时用不着。走，随我回家歇歇去。春华，恁几个干吧，拾掇完你和忠民都过去。"

薛春华说："行，你陪大姑走吧，这也快搬完了。"

潘秀菊说："我先看看这大库，都存放些什么？"

潘忠民领她进了恒温库，里面凉飕飕的，成箱的苹果一层层快摞到屋顶了，还剩下门口不大的空儿。潘忠民说："这一库全是苹果，再有几车就装满了。那两个库是存的大蒜、蒜薹和一些别的青菜，都存满了。"

潘秀菊问："这是从哪里买这么多苹果？存起来怎么卖呀？"

潘忠民说："咱这附近产苹果很少，都是从东边那几个乡镇收的，也到外县买了点。现在买进来，低温保存，放到明年这时候也坏不了。连同那些蔬菜，等春节前后就运到大城市里去卖，价格比现在贵多了。"

潘秀菊又问："这一库能赚多少钱？"

潘忠民笑了笑，说："正常情况少说也得赚一二十万。"

潘秀菊一听很吃惊，说："哎哟，恁三个可是混大发了。好了，我得走了，别耽误恁干活。"

出来后李向东说："大姑还是上车吧。"

潘秀菊说："这两步不坐车了，你头里把东西放到玉英家去，俺娘两个走走，也好说说话。"

走了没多远，石玉英说：“你那房子好好的，没漏过雨，被褥什么的也都没事，每年我都给你晒两遍。你走了以后，那几只鸡我就逮俺家里来了，老母鸡喂上两年下蛋就少了，卖的卖吃的吃，春天再换茬小鸡，现在俺喂着十来只，明天就给你逮过几只去。你喂的那头猪忠地赶到集上卖了，钱给你存到银行里了。”

潘秀菊说：“我当时是说让你喂着，还存什么钱，鸡也不用给我了。还有那一亩多承包田，只要别荒着就行。”

石玉英说：“你那两块地开始梁玉芳两口子想种，小组长知道恁两家不和睦，没答应。后来问支部，他们商量叫蒋俊兴种了，因为他没有承包地。你知道，就是那个来帮着种菜的，在咱村里安家了，和淑苹结婚已经两年多了。对了，现在淑苹是妇女主任，前年入的党，去年转正的，今年春天也成党支部委员了。”

潘秀菊说：“那闺女不孬，干事泼泼辣辣的，肯定比我强。生孩子了吗？”

石玉英说：“工作倒是挺积极，就是办法少点。也够她累的，幸亏有支部里他们帮着。还没生孩子，前些天我还问她，怎么还不要个孩子？她说整天忙得这样，过两年再说吧。”

进了大门石玉英就咋呼：“娘，你看看谁来了？”

老太太拄着拐杖从堂屋出来了，说：“我知道了，是恁大姑，刚才向东过来放东西就告诉我了。”

潘秀菊紧走两步迎上去，拉着她的手说：“你老人家挺好吧？怎么拄上拐棍了？”

老太太说：“去年秋天得了个腰疼的病，有一边的腿也疼。忠地还让我到县里大医院看了看，在那里住了十来天，倒是见轻，可人家医生说这种病没好法，想好利索不可能了。现在轻多了，不受凉没事儿，就是不能干活，喂猪、喂鸡的都得试探着。”

石玉英说："这毛病就是累的，说过多少次了，什么活也不用你干，在屋里要是待得烦了，就慢慢地到院子里或大门口活动活动。只要注意着点，犯不了。好了，屋里说话吧。"

潘秀菊扶着老太太进了屋，石玉英忙着泡茶，潘秀菊说："别泡了，在向东那里刚喝了。你也坐下吧。"

石玉英说："刚回来怎么也得先喝壶茶呀。泡上你和俺娘倒着喝，我做饭去，晚上叫忠民两口子过来陪你一块吃。"说着又洗了两个茶碗，到厨屋忙活去了。

潘秀菊正和老太太说着话，支部的几个人都来了。潘秀菊说："恁几个怎么知道得这么快？"

张发树说："向东回来都是把车放到办公室院子里，他去了说的。大姑你这是回来待两天还是不再走了？"

潘秀菊说："不走了。这么大年纪了，这把老骨头不能丢在外头。"

潘忠地说："这说的什么话，俺娘比你大二十多岁，还壮实着哩！"

潘秀菊仔细看了潘忠地两眼，发现他眼角已经有皱纹了，心里一阵子不是滋味。

李淑苹给大伙倒着茶，说："大姑也就说着玩呗。"给潘秀菊跟前的茶碗添上水，又说，"怎么没把孩子带来？谁看着他？"

潘秀菊说："我刚跟恁大娘说了，人家舍不得让我带回来。去年才两岁多的时候就送幼儿园了，我每天就是接接送送。前一段他姥姥退休了，就用不着我了。"

李向河问："志国现在干什么？"

潘秀菊说："还是在市林业局，叫个什么科来？那名我也记不住，当副科长了。"

李长贵说："真了不起，这么年轻就提拔当领导了。要是在县里，就是个副局长了。”

老太太在一旁说：“从小看大，三岁看老，志国小时候就看着精明，将来能当大官。”

张发树说：“恁孙子友锋也差不了，在中学里都是考前几名，过几年上大学没问题。以后他当了大领导，就让你跟着享福去。”

老太太说：“我可熬不到那时候。”

潘秀菊说：“怎么熬不到？你就是有点腰疼腿疼的，不算什么病，再活二三十年也没事。”

这时潘忠民、薛春华进来了，一看他们都在，潘忠民说：“都过来了，我去买两瓶酒，一块给大姑接接风。”

张发树说：“还是忠民懂事，坐这么一大会子了，恁哥哥连这么句话都没有，让喝杯茶也是沾大姑的光。给大姑接风可以，也不用你去买酒了，让向河买去，顺便再买点菜来。”

潘忠地说：“谁也不用买酒，忠民前几天从北京买来两瓶二锅头，还没动，大姑又不喝酒，够咱几个喝的。菜也不用买了，你没看见？锋子他娘在厨屋忙着哩。春华，你去帮恁嫂子做菜去。”

张发树说：“向河，你过去看看，咱人多，菜别不够吃的，还是去点缀几个菜。”

李向河出去了。李淑苹说：“我不能陪大姑了，得回去给俊兴做好饭等着，他今天回老家了。”

潘忠地说：“叫他一块来吃吧。”

李淑苹说：“不行，他回来还不知道早晚。晚上我再过来和大姑说话。”

潘秀菊说：“吃了饭我就回家去了。”

老太太说：“你那铺盖明天得晾晒晾晒，今天就住这里，西间锋子那个铺闲着，他不到星期六不回来。”

李淑苹说：“大姑你就在这里住一晚上吧，明天我帮着你去拾掇拾掇家里。”

潘秀菊说：“那行，我就住这里了。”

其实就是几个男人喝酒，并且把张发树当成了重点。潘秀菊一滴不喝，给老太太倒了一小盅子，最后还让潘忠民替了半盅。石玉英妯娌俩在厨屋做饭，没上桌。喝了一瓶半稍多点，张发树说：“这酒倒是好喝，就是度数高点，不能再喝了。”

潘忠地说：“瓶里不到四两酒了，剩下也没人喝，你和长贵分开喝了算了。”

老太太说：“别让恁大哥喝了，你看他那脸，都红了。我看着长贵酒量还行。”

李长贵笑了笑，没吱声。张发树说：“我只要脸红就不要紧，如果变黄就是醉了。”

潘忠民拿过酒瓶子，说：“那就试试能变黄不。”

张发树说：“守着大婶子可不能喝吐了，那样她老人家得笑话我没出息了。”看看瓶子，又说，“喝净可以，叫长贵多喝点，他刚才得比我少喝一半。”

潘忠地说：“也行，从现在开始，长贵喝两盅你喝一盅。”

李长贵说：“那我喝得就太多了，他喝两盅我喝三盅吧。”

张发树说：“酒品看人品，喝酒就得和干工作一样，不能偷懒。一把手都发话了，还打折扣。”

潘忠民说：“喝酒还上纲上线哩，你的话就是真理呀！”

潘秀菊说：“恁发树哥是常有理，多咱他说的也没错。”

张发树说：“要不咱娘俩平均喝？”

李长贵说：“你别欺负不能喝的，来，咱两个喝，我两盅你一盅，不行再买一瓶去，我奉陪到底。”

张发树说：“说好就这些，我喝多了回去恁婶子又不让上床了，在地上睡呀！”

老太太都忍不住笑了。

潘秀菊看到这场面，很高兴。看来这几年他们还是老样子，在一起都团结和睦热热闹闹的。

吃完饭都走了，潘秀菊从包里拿出一块布料，两条丝巾，递给石玉英，说：“这块布是给恁娘买的，一身衣裳的料。这两条丝巾是给恁妯娌俩的。”随后又掏出两支钢笔给点点，说：“有你的一支，恁哥哥的一支，他回来的时候给他。”

点点说：“俺有钢笔。”

石玉英说：“恁姑奶奶给你买了，拿着吧。”

点点接了过去。

老太太说：“我的衣裳多着哩，还给我买布。”

潘秀菊说：“你有是他们买的，这是我的点心意。”

石玉英说：“大姑想得真周到，花这么多钱！”

潘忠民说：“还周到哩，怎么没给我买点东西来？就没想着俺兄弟俩呀！”

潘秀菊知道他是闹着玩，说：“你不老不小的给你买什么？”说着打开另一个包，拿出两包茶叶，说，“这是安徽产的好茶叶，给恁哥哥留下一斤，你拿着一斤回去喝去。”

潘忠民接过去，放到条几上，说：“都放这里吧，我平时很少在家，春华又不喝茶，我想喝的时候就过来喝。”

正说着话李淑苹和蒋俊兴来了，石玉英赶紧把东西放到里间屋去了。潘秀菊说：“听说恁两个结婚两年多了，我也没能喝恁的喜酒。”

蒋俊兴说：“抽空叫淑苹炒几个菜，把您请过去，补上。”

潘秀菊说：“不用，等恁有了孩子一块喝吧。淑苹，不能因为工作忙连孩子都不要，趁年轻得生一个。人家外边的人说了，妇女年龄太大了再生孩子不好。”

石玉英说：“怎么样？大姑的话得听吧。恁两个商量商量，抓紧生个大胖小子。”

李淑苹立时脸红了，说：“要孩子可以，大姑，村里这差事还得还给你，那样我就有空养孩子了。”

潘秀菊说：“可不行，我都老了，就是不去志国那里，也该让给恁年轻的干了。生孩子耽误不了几个月的工作，我生志国那时候不是也干着来？”

潘忠地说：“职务不能再动了。不过，今后淑苹遇到忙不过来的事，可以让大姑帮帮你。”

这时蒋俊兴掏出一千多块钱，放到桌子上，说：“大姑，你那承包田俺种了，现在地里还长着白菜，到时候你收就行了。这是一千五百块钱，算是转包费，多少的你收下。”

潘秀菊说：“可不行，地里的菜还是恁收，我明年再开始种。这钱更不能要，我又一点力没出，怎么能要钱呢？”

李淑苹说：“不光你，俺还有种的别人的地，按支部规定，每亩一年三百块钱的转包费，都是一年一结算。原来俊兴还说每到年底就给你寄去，忠地哥说等你回来一块给你。”

潘忠地说：“这季菜可以让俊兴收，这钱你得收下。这两年有几户外出打工的家里没人种地了，就转包给别人，党支部作了个规定，谁种每年每亩给原承包户三百块钱，这样能体现人家的承包权。过几年物价涨了，这个数还得动。”

潘秀菊问：“现在有多少户没人种地了？”

潘忠地说：“有八九户，下一步还得多。俊兴除了种你那点地，还包了另外两户的，总共十亩多。”

潘秀菊看着蒋俊兴，说：“包那么多，恁两个能种过来了？”

李淑苹说："能行，平常俺爹俺大爷都帮着干，忙的时候再雇几个人。现在雇人干活也和以前不一样了，都是中午管顿饭，每天再给人家十块钱的工钱。"

潘秀菊说："那样能合算啊？"

蒋俊兴说："合算，我搞了几个温室大棚，一亩地一年能收入几千块。"

潘秀菊说："那收入可不算少。不过，比忠民他们建的恒温库还是差远了。"

潘忠民说："建恒温库投资大，去年建的那两个贷款还没还清哩。另外风险也大，说不定哪一年就赔一下子。"

蒋俊兴说："干什么都有好的时候差的时候。要想赚大钱，就得敢于承担风险。我想明年也贷款建个恒温库，这个想法还没给忠地哥汇报哩。"

潘忠地说："好啊，谁建我们都支持，到时候给你划地方，也帮着你跑跑贷款。"

潘忠民说："再有几家建的才好哩，咱可以联合起来出去联系业务。有现成的图纸，建的时候我帮你谋划谋划。"

李淑苹说："这还没影的事儿，得给老人商量商量再说。俺回去吧，也让大姑早点休息，坐一天车也挺累的。大姑，明天我去给你帮忙。"

石玉英说："你忙你的，我和春华过去就行。"

李淑苹说："明天我也没事，吃了早饭就直接过去。"说完两口子起身走了。

再好的庭院，只要长期没人住了，也会荒凉起来。尽管每场大雨过后，石玉英都来看看房子，也拔过几次院子里的荒草，可是，打开大门，满眼还是杂草横生。特别是四周靠墙根，蒿草足有半人高。进到屋里，桌椅板凳茶壶茶碗还是原来的样子摆放着，可上面积了厚厚的一层灰尘。抬头一看，房梁上，墙角处，到处都布满了蜘蛛网。潘秀菊心里一阵凄惶，几乎落下泪来。

石玉英看出了她的心情，说："房子就这样，别说三年多没在家了，就是空上三个月，也会脏得很厉害。春华，你和淑苹拾掇院子，我和大姑整理屋里。"

潘秀菊说："不知道压水机井还行不？得压桶水，洗两块抹布，好擦家具。"

石玉英说："能行，春天我还试过一次。"

李淑苹说："我去压水。水桶在哪里？"

潘秀菊说："两只都在厨屋里。"

石玉英找了根木棍，又找根绳子往上绑扫帚。李淑苹提进来一桶水，潘秀菊拿过脸盆、抹布，准备洗洗擦家具。石玉英说："大姑你等一会儿，先到外面去，我先扫扫屋顶，然后咱再拾掇房间里的东西。"

潘秀菊说："我找个旧褂子你穿上，门后边墙上有挂的草帽，也得戴上，注意点，别迷了眼。"

石玉英说："别找衣裳了，我穿的这身也该洗了，戴上草帽就行。"

潘秀菊出去了，和她两个一起拔起草来。拔了没多大会儿，潘忠地、李向河来了，两个人也都动了手。李向河听到屋里的动静，过去一看石玉英灰头土脸的样子，说："嗨，这种活怎么能叫女人们干呢？给我吧嫂子。"

石玉英说："别换手了，这就快完了，等会儿你再扫地、擦桌子。"

李向河出来继续拔草。石玉英扫完屋顶、墙壁，拿了条毛巾出来，全身上下抽了抽，说："向河，你去吧，把所有家具都得擦擦，然后再扫地。"

潘秀菊说："我擦去吧。"

石玉英说："让向河擦就行，我喘口气就帮他。"

院子里的草快拔净了，张发树进了大门，李淑苹说："看看谁是懒汉吧，都干完了才来。"

张发树说："别提了，昨天晚上喝多了，回去躺下一觉没醒，恁嫂子喊我好几遍才起来，这是刚吃完饭。"

李淑苹说："别强调理由，就是不想出力。"

张发树说："谁不想出力呀？恁都别干了，我自己来。"

潘秀菊说："都歇会儿吧，我去刷刷水壶，烧壶水泡茶。"

薛春华说："别烧了，我回家提两壶来。"

李淑苹说："你别去了，俺家离这里近，我提去。"

几个人都进屋歇息，张发树说："哟，这屋里还挺干净利索哩，看来没用大拾掇。"

李向河说："你就是站着说话不腰疼。这墙上屋顶是玉英嫂子打扫的，累得够呛。桌椅板凳刚擦完，光是洗抹布就用了三桶水。"

张发树说："恁都是有功之臣，歇着吧，我洗洗茶壶茶碗，淑苹提开水来好给恁泡茶喝。"

潘秀菊说："还是我洗吧。"

薛春华说："大姑你也坐下歇歇，这活是我的。"

张发树说："看咱为的人，想干点活了都争着替。"

李淑苹提了开水来，潘秀菊到里间屋拿出一包茶叶，张发树接过去打开包，说："这茶叶好，大姑，就带来这一斤呀？"

潘秀菊说："还有两斤，不过没你的，我那是准备给恁士金叔和恁光恩大老爷的。"

张发树说："你要这么说我就不能要了。其实不给他们也行，我和忠地俺两个拿着喝去。"

潘忠地说："大姑有放我家里的，要不你拿了喝去。"

张发树说："那是孝敬婶子的，我更不能要了。"

潘秀菊说："下上一壶，这包剩下的你都拿着吧。"

张发树说："也不行，你刚回来，少不了来看你的人，留着待人吧。"

李淑苹说："有这斤茶叶引着，他还不得三天两头地往这跑啊！"

张发树说："你怎么成我肚里的蛔虫了？我怎么想的你都知道了。"

这时潘忠地掏出一张存款折，给潘秀菊，说："这是你原来喂的那头猪，我卖了就把钱存起来了，差几块不到一百元。”

潘秀菊没有接，说：“你先拿着，过两天我整整猪圈，你叫忠民或者谁的到集市上替我买两头小猪，我又不会买。”

李向河说：“趁着人多，歇会儿一块帮你整整。”

石玉英说：“还有鸡窝，下午就给你逮过鸡来。”

潘秀菊说：“那个不慌，先弄弄厨屋就行，我好做饭。”

石玉英说：“俺娘说了，中午还是到俺家吃去。你原来那些粮食面的，我都过了过秤，总共二百多斤，下午一块给你送来，晚上你再做着吃。”

薛春华说：“嫂子你做饭去吧，我再帮着干一会儿，到了饭时我和大姑一块回去。”

石玉英说：“也行，我回家得换下衣裳来洗洗，脖子里可能进了灰，老觉着难受。”

潘忠地说：“咱也动手吧，把那些草都晒到大门外边场地上去，以后粉碎了喂猪。”

李向河说：“还是分头干。淑苹，你帮着大姑去整理厨屋，我和春华整理猪圈、鸡窝，叫他两个朝外弄草。”

李淑苹说：“该让来晚的那个人多干点。”

张发树说：“不用这个那个的，你不就攀我吗？瞧着吧，我只要下手就比你干得多。”

# 托儿所

潘秀菊原来多年就是一个人在家生活，习惯了，一直没感到有什么不适。这乍一回来不行了，接连几个晚上，躺在床上就心里没着没落的，折腾大半夜也睡不了。白天还能好一些，一是不断来人看她，来了就坐下喝杯水，说说话。二是有事干，不闲着。石玉英逮来六只老母鸡，她当时还嫌多，说走的时候只有四五只，就算是还账也不能多给呀。石玉英说俺现在喂着十来只，俺娘让给你逮这些来的。潘忠地给她买来两头猪，都二十来斤了，花了四十多块钱，把剩下的钱给了她，并且说太小了不好喂，这么大担事了，已打了防疫针，一般不会再生病了。她除了喂猪喂鸡，再就是整理院子。拔过草的地面都松软了，还坑坑洼洼的，她用钉耙整平，然后泼上水，一有空就挨着脚踩，几天过去，基本上恢复了原来的样子。可到了夜里安静下来，脑子里又开始烦乱。由于连续休息不好，两个眼圈都有些发暗了。

这天李淑苹来了，看到她疲惫的样子，说："大姑，你是不是太累了？家里的活不用急，歇息着干，要不还是找几个人，来帮帮你。"

潘秀菊说："真有活干着就好了，哪里是累的呀！不知道怎么回事，回来这些天一直睡不好觉。"

"才回来的事儿。你在志国那里整天忙忙活活的，有个小孩子缠着，刚家来显得忒清静了。到卫生室叫庆龙叔瞧瞧，拿点镇静药吃，老是睡不好觉可难受了。”

“吃什么药，又没病，过几天就好了。你这两天忙什么？”

李淑苹叹了口气，说：“别提了，这人只要有点钱就不想再受累了。咱不是为了解决一家一户看孩子耽误干活的事儿，找了八九个人成立了几个托儿所吗？一人也就看六七个，一个孩子每月十五块钱，一年能收入八九百成千的，在自己家里，不用出门，又累不着，按说这个钱挣得容易。可春天有两个人提出来不看了，也没能再找着人，就把那些孩子分到了另外几家。这不，前天又有个说不看了，我就想把孩子再匀给看着的那几个人，不仅没人接受，还都说也准备辞了这活。乡妇联为这事还在咱这里开了个现场会，在全乡推广咱的做法，要是一下子都散了，见了田主任怎么说？”

潘秀菊琢磨了一会儿，说：“你说我办个大点的托儿所行不？我这院子也不小，大门外边还有块空场地，四间堂屋、两间东屋也闲着，看上几十个孩子没问题。就是得再找两个人帮忙，我自己看不过来。”

李淑苹一听高兴了，说：“那可是太好了。能行就把全村的孩子都收进来，原来那些玩具是村里买的，当时花了一千多块钱，都可以带过来。给忠地哥他们说说，不行再买点。找人好办，咱也不找老娘们了，有几个小姑娘初中毕业，没考上高中，出去打工年龄太小，家里人不放心，我动员动员，估计她们愿意干。”

潘秀菊说：“你要觉得可行就跟支部里说一声，要办咱就办好。在志国那里时，我天天去托儿所送孩子、接孩子，人家办得规矩，那些老师都是专门学校毕业的，咱办不到那样的水平。可是，只要精心，照看好孩子应该能行。”

当天下午在办公室里，李淑苹就把潘秀菊的想法说了。潘忠地考虑，真要是办起来，潘秀菊也有了事干，比这样闲着好。于是就让李淑苹去把潘秀菊喊来，一块商量商量。

潘秀菊来了，张发树说："大姑你是不是给志国看孩子看上瘾了？可得想好，当这孩子王不是个好差事，别出力受累落不出好来。"

李淑苹说："你别给大姑泼冷水，怎么就落不出好来了？"

张发树说："那么多孩子弄一块，万一有个磕着碰着的，家里人不闹啊？现在都是一个孩子，娇贵着哩！"

潘秀菊说："不要紧，多找两个人，也就是组织孩子们唱唱歌、跳跳舞，做做游戏，只要细心照料，出不了事。"

李向河说："刘集办起来个托儿所，我看着孩子不少，咱要是办大的，可以跟他们学学。"

李淑苹说："开妇女主任会的时候一块去看过，那是乡政府办的，乡妇联具体负责管理。不光收驻地的孩子，附近村也往那送，得有一百多了，还分成了大班、小班。人家那里器械齐全，玩具多，也正规。"

潘秀菊说："咱要办也得是正规的，不光要去跟人家学，还要选好教师。找两个初中毕业的女青年，让县师范给培训几个月，师范里可能有专门培养幼儿教师的班级。"

李长贵说："要是办好了不只咱村的孩子都愿意送过去，外村也得有送的。就是光咱村的孩子在你家里也不行，还是地方太窄巴了。"

潘忠地说："别在家里办了，上次长贵就说在祠堂，我看那里可以。现有的房子整理一下，不够用再靠院子西边盖上三间，外边那场地也够大的。去看看刘集的托儿所，都是有些什么设备，咱也尽量多买一部分。教师可以采取两种办法，到师范联系一下，人家要是同意给培训最好，不给培训就请乡托儿所的人来辅导几天，办起来以后逐步提高。这就算是村里办的了，生产小组那些都可以解散。要和现在的学校一样对待，教师的工资村里发。"

张发树说："又建房子又买设备，还发工资，那得花多少钱呀？"

潘忠地说："钱的事不用愁。前些天向东还找我，他有意给村里投点资办公益事业，我说你有这个想法很好，暂时用不着，等需用的时候给你打招呼。我考虑到时候不仅让他出，做做忠民他几个和友新的工作，让他们挣钱多的都出点，凑上几万块钱问题就解决了。这是为全村做好事，都受益，村里承担些也应该。”

李向河说：“那样孩子的收费也得提高点。”

潘忠地说：“这属于群众福利，暂时不能增加，还是按原来的标准，以后看情况再定。今后改为村里收，专款专用，我估摸这部分钱发老师的工资差不多。”

李长贵说：“到师范联系让孙凤蕊去，我听说她有个同学现在是师范的副校长了。”

潘忠地说：“那行，你和她说一声，近几天凑她的空，让她和向河一块去一趟。淑苹，老师的事你和大姑商量，需要几个，谁合适，恁两个看着定。”

李淑苹说：“现在入托儿所的就有五十多个孩子，都集中起来最少得找三个人。”

潘忠地说：“三个四个都行，一定要找自己愿意干的。发树哥，明天咱两个就到祠堂看看，要盖房子也早一点动手。”

张发树说：“盖几间房子好办，不行把出去打工的泥瓦匠叫回两个来，个来月就完工了。凑钱的事怎么办？”

潘忠地说：“我先个别找找向东，让他定个数再说。”

李向东之所以找潘忠地提出要给村里捐款，是因为前一段县里开了个民营经济工作座谈会，他不仅参加了，还作了个重点发言。县长在讲话时强调，个体老板们要放手发展，企业办大了办好了，不只是个人能够多赚钱，还能增加地方税收，也多安排些工人，对政府、社会都是贡献。另外，个人资金雄厚了，还要拿出一部分支持集体公益事业，那样更会得到群众的拥护。他把县长的话记在了心里，觉得这方面也应该带个头。当潘忠地找他说起办托儿所的事时，他当即表态出五万，并且说要是少，年底还可以再拿点，暂时先拿这些，明天就可以让向河跟着他去办手续。潘忠地说不少了，还准备让其他人出一点。

隔了两天，凑潘忠民他们三个都在家的时候，潘忠地到恒温库那边把情况说了说，潘忠明一听就说："向东哥出五万，咱得比他多点，拿六万。"

展春生说："人家是一个人拿五万，咱三个人才六万，比他少多了。"

潘忠民说："他也得算是和孙凤蕊两个人的。要这么算起来，咱要是想比他多，就拿八万。"

潘忠地说："这种事不要攀比，恁和他情况也不一样，拿五万就不少。"

潘忠民说："别五万了，忠明都说了，就拿六万。说俺三个一块拿的也行，说每人出了两万也可以。"

潘忠地接着去找了潘友新，潘友新说："忠民叔他们每人两万，我也拿两万吧。"

潘忠地说："我知道，你不如他们挣的钱多，少拿点意思意思，你拿五千就行。"

潘友新说："五千太少了，拿不出门去，一万吧。"

潘忠地说："那就一万，可不算少。"

事情就这么顺利，几天的时间就凑起了十二万。张发树说："有这些钱就好办了，盖那三间房子最多花三四万，余下的得买多少器械呀！向河，明天咱两个就去联系石头、砖瓦，抓紧动工。木料不用买了，还是到河滩上杀部分树，也找两个木工赶紧打门窗。"

李向河说："咱后天吧，和孙凤蕊说好的明天去师范。"

潘忠地说："后天也行，明天咱两个先去河滩号树。门窗就别打了，买现成的，也少杀几棵树。淑苹，老师选好了吗？"

李淑苹说："选好了，一共就四个初中毕业的闺女，给她们一说都乐意干。"

李向河和孙凤蕊去师范也很顺利。他们先找到那个副校长，副校长听了他们的来意，说这事没问题，你们要早来几天就更好了，现在正给两个乡镇培训着十来名幼儿教师，时间两个月，上星期天报到的。走，咱去给校长说说，校长是咱上学时候的学校团委书记，你也认识。到了校长办公室接着就定下来了。因为培训是收费的，校长说为村里培训这是头一次，汶水滩是县里的老典型，凤蕊又在那里搞企业，培训费就免了，最好让她们这两天就来，好随上这期学习的，虽然晚了几天，让老师单独给她们补补课，能跟上了。李向河说明天或后天就能来。副校长说别明天后天的了，今天星期四，星期天来就行。李向河答应着，两个人高高兴兴地回来了。

就这样，几天过后，盖房子的动工了，那四个女青年也去了师范。村里还给她们每人五十块钱，作为生活补助，她们别提多兴奋了。

潘忠地又让潘秀菊、李向河和李淑苹去刘集托儿所，看看都有些什么器械、教具，问问是从哪里买的，弄清价格。让向河一定要算算账，不能人家有什么也买什么，总数别超过五六万块钱。潘秀菊说花五六万可不少，不一定买那么多，咱又搞不那么大的规模。李向河说看了再说吧，这钱凑起来就是办托儿所的，还是争取一次多买点。

他们先去了乡妇联，田主任听他们说村里要集体办个托儿所，代替原来各小组办的，就说："好啊，其他村都是学习恁原来的做法，办了些小型的，也不正规，集中办规范的恁又是头一家。办起来管理可不容易，尤其是刚开始的时候，可得要选好负责人和教师。淑苹知道，乡托儿所那个负责人，就是在完小当了多年副校长的。"

李淑苹说："秀菊姑负责，这件事就是她提议的。教师也选好了，都是初中毕业的姑娘，已经去师范参加培训了。"

田主任说："那肯定行，秀菊同志做了多年的妇女工作，有经验，这是回来又发挥余热了。"

潘秀菊说："我有什么余热，也就是替淑苹他们做点力所能及的事。"

李向河说："田主任，俺想到乡托儿所参观一下，定定需要买些什么器械。"

田主任说："可以，我领你们去。这方面可是花钱不少，乡里是按一百八十个孩子的规模设置的，现在已经进了一百三十多个了，光是买器械、玩具就花了接近十五万。当时乡长还帮着到县里跑了跑，才争取来两万块钱的扶持款，其余全是乡财政拿的。你们也该让乡里支援一点。"

潘秀菊说："俺办不了这么大的，所以花不了那么多钱。党支部已经把钱筹集好了，不用给上头要。"

田主任说："不行，恁不要是恁的事，我得向林书记、周乡长汇报，你们这个头带得好，乡里怎么也得表示一下，就是拿个一千两千的，也算是个态度。到时候给恁买成儿童玩具，我亲自送去。"

李向河说："那就太感谢田主任了。咱这去看看吧。"

田主任领他们一块去了。

任何事情都可能发生意外，本来都顺顺当当的，说不定什么时候就出点岔子。

去师范学习的她四个很好。十几天后潘秀菊、李淑苹去看她们一次，个个都学得很认真，星期天也不休息，缺了一周的课早就补上了。离结业还有八九天，这天上午刚上第一节课，有个叫英子的突然肚子疼，很厉害，她两手用劲捂着肚子，还是忍不住，就趴在了桌子上。老师发现了，喊了她一句，她抬起头说肚子疼。老师见她脸色蜡黄，脸上挂满了汗珠，就领她去了校医务室，同伙的那三个也跟了去。医生一检查，说可能是阑尾炎，抓紧去县医院吧。老师说是不是先给她打支止疼针？医生说最好别打，那样会掩盖症状，影响诊断。老师说要那样恁三个赶紧背着她去医院，我去给校长汇报一下，接着去撵恁。

一个人背着，两个在后面托着，慌慌张张出了学校。走了没多远，那位副校长骑着自行车赶来了，让她们把英子放到车子上，两边有人扶着，副校长推着车子，到医院直接去了急诊室。这种病很好确诊，医生检查后，把副校长叫到一边，说是急性阑尾炎，需要做手术。副校长说保守治疗不行吗？医生说不是不行，一是好得慢，好了也容易复发；二是看她疼的这程度，万一化了脓，不手术就有危险了。我可以先给她用上止疼、消炎的药，然后去办住院手续。这是小手术，用不了半小时就做完了。不过，得通知她家长来拿主意。副校长说你先给她用药，我叫着个人去给她村里联系。

副校长喊着其中一个，去医院办公室给汶水滩要电话，正好李向河在办公室。李向河说我马上去告诉她家里，我们抓紧去人。

李向河先去了祠堂，潘忠地、张发树都在，他把情况说了说，潘忠地说："发树哥你去一趟，多带点钱。叫上秀菊姑和淑苹，让她家里的人一块去。"

李向河对张发树说："你回家推车子去吧，我通知他们就去办公室给你拿钱。"

张发树说："你也去吧，直接带着钱。要动手术不是小事，多去个人好。"

潘忠地说："也行，有什么情况及时联系，下午我在办公室守电话。"

出去大门张发树说："忠民他们的汽车在家不？要是在家叫他送咱去，那样快点。"

李向河说："两辆车都不在家，今天早晨一起送货去了。"

他四个和英子爹一块上路了。快到刘集时张发树又说："到向东厂子里看看，车要在家让他送送咱。"

李向河说："算了，有车咱也坐不下。"

潘秀菊说："快点走吧，有拐弯去厂子的工夫就差不多赶到了。"

他们来到医院，有两个女孩子在大门口等着，说副校长办了住院手续，已经住上院了，接着领他们去了病房。副校长还在病房里，李向河把张发树和英子爹向他作了介绍，张发树说："谢谢校长，给您添麻烦了。"

副校长说："应该的。她这病没大事，就是疼起来厉害。我又咨询了两个医生，都说最好是手术，这种手术很简单，乡镇医院都能做。医生说了，动不动手术必须家长决定，还需要签字。住院手续办好了，还没交押金，恁要没带钱先跟我去学校拿。"

李向河说："我们带钱来了，过会儿我去交。"

张发树说："英子爹也来了，我们商量商量。学校里那么多事儿，你回去忙吧，我们在这里就行了。"

副校长说："那我就回去了，如果有需要我办的事，就告诉我一声。"

副校长走了。潘秀菊给那三个女孩子说："恁也回学校，别耽误上课。"她三个恋恋不舍地走了。

英子爹是个老实人，遇到大事就没了主意。张发树问他怎么办，他说恁看着怎么办好就怎么办。张发树说也不能俺看着怎么办好，还是得听医生的。回头问护士："值班的大夫在哪里？"

护士说："就在走廊中间北面那个屋里，今天有三个人值班，俺科的宁主任也在。"

张发树说："淑苹，你在这里陪着英子，俺去找大夫问问。"

进门张发树就问："哪位是宁主任？"

宁主任一看进来这么多人，站起来说："我就是，你们有什么事？"

张发树就把他们几个作了介绍，说明了来意。宁主任说："你们村真了不起，一个上学的孩子得了病，接着就来这么多干部。"随后把英子的病情说了说，讲清了手术不手术的利弊。他几个都听明白了，医生是倾向于抓紧手术。张发树对英子爹说："大哥，咱听主任的，给她做手术吧，反正不是什么大手术。"

宁主任说："这样的手术我们做过很多了，恁放心。刚才我和孙大夫给她全面查了查，病号年轻，体质很好，也没有其他病史，真做了会恢复很快。”

英子爹说：“您看着办吧，我什么也不懂。”

宁主任说：“如果同意手术，那就办手续。我填张表，家长签个字。”

张发树说：“又不是多大的手术，还用签字呀？”

宁主任说：“不论什么样的手术，都必须履行这么个手续。”

英子爹说：“我不会写字。”

张发树说：“让向河替你写上。”

宁主任说：“别人签也可以，你得摁上手印。”

孙大夫说：“恁还没交住院费吧？”

李向河说：“我这就去交。”

宁主任说：“现在快到下班时间了，她还滴着消炎药，下午两点一上班就给她做。老孙，饭前你给病号谈谈，让她有个思想准备，配合好。”

手续办好了，住院费也交上了。孙大夫来到病房，给英子讲了一阵子，无非是让她不要害怕，小手术，一瞬儿就做完了。英子问：“开刀疼不？”

孙大夫说：“用上麻醉药，做手术的过程一点不会疼。但是，麻药失效后会疼，也就是一两天。如果不做就麻烦了，得疼个十天半月的，就是这次好了，说不定什么时候又犯，弄不好还得手术。这样一次就好彻底了。”

潘秀菊问：“得住多长时间的院？”

孙大夫说：“正常情况手术完还要用两三天的药，预防感染。七天拆线，拆了线就可以出院。如果不想住这么长，用完药就可以回家，等拆线时再回来。”

张发树说：“别来回跑了，拆了线好利索再出院。”

手术很快，刚过三点就做完了。他们几个一直在手术室外边等着，一看见护士把病号车推出来，就都围了上去。英子躺在小车上，用洁白的床单盖着，只露着脸。她脸色红润，闭着眼睛。潘秀菊问：“英子，感觉怎么样？”

张发树说："她用麻药了，你问她也不知道。"

护士说："局部麻醉，她很清醒。"

李淑苹白了张发树一眼，说："不懂装懂！"

张发树没再吱声。英子睁开眼，有气无力地说："没事儿，也没觉着疼。"

回到病房刚把她安顿好，孙大夫就过来了，说："恁放心，手术很成功。幸亏做得及时，再过两天就可能化脓了，她那个阑尾已经红肿得很严重了。让她好好休息，过会儿就给他滴上吊瓶。明天上午可以下床慢慢活动活动，有点疼也得忍着，不活动不好。"

张发树说："英子，听到了吗？大夫叫怎么办就得怎么办。"

英子轻轻点了点头。

张发树又说："向河，你跟着孙大夫去给忠地要个电话，说说情况，别让他老记挂着。"

孙大夫说："俺屋里是内部电话，不对外，得上院长办公室要去。走，我和你去，不是熟人他们不让要，会让你到大门外边那个收费电话要去，得跑老远。"

李向河要完电话回来说："都给忠地哥说了，他的意思要是没什么事就让咱俩回去。"

英子爹说："恁都回去吧，我在这里就行，明天让英子她嫂子来。"

潘秀菊说："今天晚上你一个人可不行，我在这里。淑苹，你和他两个一块回去。"

李淑苹说："你回去，我留下。你家里还有猪、鸡，不能没人。"

潘秀菊说："侍候病号你不如我在行。我把大门、屋门的钥匙都给你，猪食在厨屋里，你回去喂喂，撒给鸡两把玉米就行，堂屋西间那个大瓮里有，傍天黑堵好鸡窝。等明天英子她嫂子来了，能行我就回去。"

英子和她嫂子不大合脾气，也早就分家过日子了，两个人平时见面都不热乎，不想让她来，就说："给俺姐姐捎个信，叫俺姐姐来待两天。"

张发树说："对，隔一皮，差一皮，妗子就是不如姨。还是叫恁姐姐来好。"

李向河说："好办，回去路过恁姐姐那个庄，她的家我也知道，给她说让她明天早一点来。"随后拿出三百块钱，给英子爹，说，"这几天吃饭什么的好花，出院结账的时候我再来。"

英子爹说："别管住院、吃饭都不该花村里的钱，你看我慌着来也没顾得上带钱，回去再还你。"

潘秀菊说："还不还以后再说，你先把钱收起来。"

他们三个走了。英子爹搬过一个杌子，说："大妹妹你坐下歇歇。"

潘秀菊说："你坐吧，我坐这边床沿上就行。"说着坐到不打针的那边，两手握住了英子的手。

英子看着旁边的吊瓶，药水一滴一滴顺着管子往下落，像眼泪似的，自己也不知不觉地流出了眼泪。潘秀菊给她擦了擦，说："别难过，谁一辈子不生病呀？得这点病算什么？几天就出院了。上午主任还说，你身体好着哩，恢复起来快。我在志国那里的时候，他有个邻居就得的这种病，也动了手术。听人家说，有的国家孩子一生下来就把阑尾割了，对身体一点影响没有。"

过了一会儿，英子说："两个月的学习，开头晚来一星期，末了这几天我又不能参加了，回去不能跟着你看孩子了。"

潘秀菊说："怎么不能！别说学了一多半了，就是不来参加培训，有她们三个，你向她们学学照常能干好。别想那些事了，静下心来养好身子，等回去的时候房子也差不多拾掇好了，咱接着就把托儿所办起来。你中午没吃东西，饿了不？我去给你买点吃的。"

护士说："不能急着让她吃饭，开晚饭的时候再吃吧，也得吃点软的。恁最好到伙房里定下，给她做碗面条。恁两个陪床的吃什么也可以提前定，饭、菜都有好几样。”

潘秀菊说：“那行，过会儿我去定。”

邻床住院的是个中年妇女，看着护士出去了，坐起来说：“恁别听她的，伙房的饭菜都不行，也忒贵了。大门外边有好几个小饭店，想吃什么都有，也能给现做。”

另一个病号的陪护说：“据说医院的伙房让个人承包了，承包人是刚才那护士的亲戚，她是为了给亲戚拉买卖。恁注意，当着她的面可别这么说。”

潘秀菊说：“谢谢恁几位提醒，俺知道了。”

到了吃晚饭的时候，英子的刀口也开始疼起来了。潘秀菊给她端来一碗炝锅面条，她不想吃，潘秀菊好劝歹劝，才算吃下去。她吃完潘秀菊和英子爹才吃，几个馒头，两块咸菜，每人倒了碗开水。都吃完了，英子爹去给饭店送碗筷，这时学习的那三个女孩子来了，进来就围在英子跟前问这问那。英子强忍着笑嘻嘻的，说没事了，阑尾都割下来扔了，现在就是刀口稍微有点疼，医生说两天就好了。待了一会儿，潘秀菊撵她们走，一个说：“俺给老师请假了，今天晚上陪陪英子。”

潘秀菊说：“恁三个都回去，有我在这里就行了。这几天也别往这跑了，好好学习，记好笔记，英子出了院恁好给她补补课。”

英子也说让她们走，她三个这才走了。

第二天一大早，英子的姐姐就骑着车子赶来了。到了下午，潘秀菊看着没大事了，才说回去。英子让她爹也一块回去了。

事情就这么凑巧，英子还没出院，又出了个急病号。这次，潘忠地、张发树和李向河一起去了县医院。

祠堂那边盖房子已接近尾声，这天屋顶开始上瓦了。两个泥瓦匠在顶上泥沙灰、摆瓦片，其余人有在架子上的，有在地面的，分几组负责往上传递物料。张荣关在架子上，下面的人把瓦片给他，他再递给上面的匠人。本来有条不紊，干得好好的，张荣关却从架子上摔了下来。都知道张荣关虽然平时好说笑，干活却是好样的，从来不怕苦不怕累，就是有时没轻没重的。他嫌下面的人每次递给他的瓦太少，说多加几片，快当点，下面的人就给他增加了几片。开始几次没事儿，后来他也是有些大意了，又太重，突然一次没接好，到手的一摞瓦又滑了下来。他下意识地弯腰想再抓住，结果顾手顾不了脚，没抓住瓦片，脚下一滑，连人带瓦一块落地了。幸亏下面那人眼快，身子躲闪到一边，没被砸着。人们立刻都围了过来，有的大声喊他，有的把他扶起让他坐在地上。只见他歪着脑袋，眼也不睁，怎么喊也不应声，看样子摔得不轻。潘忠地、张发树都在场，潘忠地说赶紧去把庆龙叔叫来。有个年轻点的跑着去了卫生室。

李庆龙来到时，张荣关已经开始说话了。李庆龙蹲到他跟前，问：“现在感觉怎么样？”

张荣关说：“刚才脑子糊涂，什么也不知道了，这一瞬好点了，还是觉得头沉。左胳膊抬不起来了。”

李庆龙抓住他的左手，从手腕往上一段段地用力捏，当摁到肩膀时，张荣关龇着牙喊疼。李庆龙说：“来，我架着你站起来，走两步，看看腿怎么样？”慢慢走了十来步，李庆龙让他坐到砖摞上歇一会儿，回头对潘忠地、张发树说：“看来他是头和左肩膀先着地，腿没事，肩膀受伤了。去医院吧，全面查查，不知道有没有内伤。”

潘忠地说：“忠民他们都在家，去让他安排个人开车过来。也去喊喊向河，让他带上钱，一块去县医院。”

张发树说：“我去叫向河。”随后喊了个人，让他抓紧去给潘忠民说。

潘忠地又让另一个人去张荣关家里，叫他家人来看看。他担心的是张荣关头部伤得轻重，因为他刚摔下来时好像昏迷了一阵儿，如果只是胳膊伤了还没大碍，万一脑子损伤就严重了。

李向河、潘秀菊、李淑苹都跟着张发树来了。张荣关坐在那里，右手抱着左胳膊，强忍着有了笑脸。张发树说：“你个熊孩子没事惹事，净吓唬人，刚摔下来我还以为你不行了来。”

张荣关说：“摔死好啊，这是为公，村里得为我发丧，你得给我打幡儿。”

张发树说：“我当叔的给你小子打幡儿？凭这句话就得折你的寿数。还给你发丧，扔到乱葬岗子上喂狗就不错了！”

潘忠地说：“什么时候了还胡闹！”

都不吭声了。这时车开来了，李长理从驾驶室下来，说：“忠民叔、忠明叔都忙着，让我开着去。”

潘忠地说：“你去也一样。大姑，你在这里照应一下，别停工。淑苹，你去办公室守着，如果有事别找不着人。庆龙叔你和我们一块去，需要检查什么你明白。”

还没说完张荣关一家人来了，他爹在前头，他娘、他老婆跟在后面，一来到就咋咋呼呼，他娘还掉着眼泪，问哪里摔破了？张荣关说：“吆喝什么？没大事，这不好好的吗！也就是忠地叔小心，还非叫我去医院。”

潘忠地说：“侄媳妇，你一块去吧，到那里看看没事就放心了。”

几个人扶着张荣关，让他坐到了驾驶室里，张发树让他老婆也坐了进去，其他人都上了后车厢。

来到医院，挂号的挂号，找大夫的找大夫，很快进了影像室。检查结束了，医生把潘忠地他们叫到办公室，说：“还好，摔得不是很重。内脏没事儿，下肢也没伤着，就是肩胛骨裂缝了，也有些轻微脑震荡，最好住院治疗几天。”

潘忠地说：“那就办住院手续吧。”

几个人正忙活着住院的事儿，公安局的陈科长骑着摩托车来了，直接找潘忠地。潘忠地、张发树都认识他，问什么事？他说：“刚才我给恁村办公室要电话，一个女同志接的，说你们都来送病号了。怎么样？伤得重吗？”

潘忠地说：“不打紧，正办理住院手续。”

陈科长问：“恁村里有叫潘忠民、潘忠明的？”

潘忠地说：“有啊。”

陈科长说：“北边临远县公安局来了两个同志，找他们了解下情况。他们是不是经常去北京？”

潘忠地说：“三天两头往那送菜。难道犯什么事了？”

陈科长说：“他两个给报社记者提供了些材料，内容涉及那个县的民警，人家要进行处理，担心事实不确凿，来落实一下。俺局长很重视，让我亲自领他们去一趟。你得和我一块去村里，好找人，他们了解清楚还急着走。”

张发树说：“你看这事弄的！要是走运了怎么着都顺当，屎壳郎也给做蜜，不走运了喝口开水也塞牙，放个屁能砸脚后跟。刚出了两个因公来住院的，他两个又在外面惹事了。陈科长你好好给人家说说，有什么事咱严肃处理，千万别把他俩带走了。”

潘忠地一听说是关于给记者提供材料的事儿，心里就有数了，因为记者写的那篇报道他早就看过了，具体情况也问过他两个，觉得没什么问题。于是说：“又没犯什么大事，还能说带人就带人呀！恁几个先在这里，安排好荣关治疗的事，我跟陈科长回去，正好他两个都在家。”

陈科长说：“走，你坐后边，我带着你，到局里坐他们的车去。”

到了公安局，陈科长叫着潘忠地直接去了接待室，然后把潘忠地和来的那两个人相互作了介绍，他们一个是副政委，姓孟，一个是政工科干事，姓高。陈科长接着说：“孟政委，潘书记说要找的那两个人都在村里，咱挤挤坐您的车，一块去吧。”

孟政委说：“好啊，那就抓紧。”

陈科长说：“俺局长、政委还开着会，我去说一声，马上走。”

四个人一起上车，陈科长说后面太挤，让孟政委坐前边。孟政委让潘忠地坐前边，说是好带路。警车比大货车快多了，也就二十多分钟就到了。一路上潘忠地也没好意思和他们攀谈，来到试验田，他说：“在这里停车吧，这几个恒温库就是他们建的，估计他俩都在这里。可以把车开进去，停在大井西边那个场地上，那里有两间办公室，我去喊他们。”

李长友和蒋俊兴正好在屋里，听到车响都出来了。潘忠地从车上下来，问有茶叶吗？李长友说有，暖水瓶里也有现成的开水。说完进屋泡茶。潘忠地又让蒋俊兴去看看潘忠民、潘忠明是不是都在这里，要是在让他俩立即过来，并且说你不用回来了。几个人都进了屋，潘忠地说：“长友你也忙去，我倒水就行。”李长友出去后，他又边倒水边说，“忠民是我亲弟弟，我也回避一下吧？”

孟政委说：“不用，你是村书记，听听也没事。”

干活的人看到来了辆警车，车上又下来几个穿警服的，不知道出了什么事儿，就有几个好事的过来想看看热闹，李长友出来把他们撵走了。

潘忠民、潘忠明进来了，潘忠地介绍了他两个的姓名。陈科长让他们坐下，然后把来意说了说，并且说："恁两个一定要配合调查，实事求是，问什么就回答什么。"

高干事拿出纸准备记录，孟政委开始询问。他倒是和拉家常似的，问他们经营情况，都是从哪里收菜，往哪里运，大体几天跑一趟，路上收费的关卡多不多。他两个都一一作了回答。说到沿路设卡收费的事情，孟政委说："俺那个县是恁进京的必经之路，有几个收费的卡子？"

潘忠民想了想，说："那一段总共有三个，其中有两个收得少点，在乡驻地那个收得多。"

孟政委问："收费的都是些什么人？"

潘忠明说："不一样，有穿工商服的，有穿警服的，也有个别穿普通服装的。"

孟政委问："刚才说的那个乡驻地收费的是穿什么服装？"

潘忠民说："都是穿的警服，俺还请他们吃过饭。"

孟政委问："请吃顿饭就不再收费了？"

潘忠明说："那当然，喝了酒吃了饭没再提钱的事，接着就放行了。虽然我们耽误点工夫，可省钱了，吃顿饭花了五六十块钱，要不至少得交二百。"

孟政委问："那几个人你们认识吗？"

潘忠民说："不能说是认识，因为没问过他们姓什么叫什么。不过，自从吃了那次饭，我们再路过那里就省事多了，一看俺的车，交上几十块钱就行。"

孟政委说："我们带来几张照片，恁看看是不是他们？"

高干事从包里拿出三张照片，递给他两个。他两个仔细看了看，潘忠明拿着两张照片，说："吃饭的就是这两个人，那一个好像见过一次，平时不在那里。"说着把这两张照片给了孟政委。潘忠民把另一张给了高干事。

高干事接过照片，说："这就对了，这是所长，那两个一个是正式民警，一个是临时工。"

孟政委说："你们认准了？"

潘忠民说："错不了，那天一块吃饭就俺四个。俺还有个司机，在外边吃的，没进小房间。当时要了六个菜，两瓶酒，酒没喝净，剩了多半瓶，他们提回去了。吃完饭俺还又要了两盒烟，他们也没推辞，一人一盒接过去就装口袋里了。"

孟政委说："好了，我们就了解一下这件事，耽误恁时间了，恁去忙吧。"

高干事说："恁看看我记录的材料，要没出入就签个名，摁个手印。"

潘忠民拿过来粗略看了看，说："没错，就是这样。"随后签上名，摁上了手印。

潘忠明说："我就不用签了吧？"

高干事说："也得签上。"

潘忠明接着也签上摁上手印，两个人出去了。

孟政委说："那篇报道在全国影响很大，地区公安局领导也很重视，责成我们要通过解决这件事，好好整顿干警作风，对个别情节严重的必须严肃处理。为了慎重，我们到北京找到了那两个记者，他们说其他情节都是目睹的，绝对没差错，就是文中提到的请民警吃饭那事，是听刚才这两个同志反映的，事实有没有出入，还得找他们落实一下，所以我们就来了。潘书记，也给你添麻烦了。"

潘忠地说："不用客气，没什么麻烦的。咱去村里，我抓紧安排人做饭，恁吃了饭再走。"

孟政委说："不吃了，我们直接回去，路上找个地方吃就行。"

陈科长说："回县局，俺局长、政委都说了，兄弟局的领导来了，怎么也得一块吃顿饭，让我务必把您请回去。"

孟政委说："你回去替我谢谢他两位。我们要是跟你回县里，又走回头路，不去了，以后有机会再来。"

陈科长说："那可不行，我完不成任务得挨批评。再说，您把我撂这里，我得跑着回去，几十里路哩。"

孟政委说："那好，恭敬不如从命，听你的，我们下午再赶回去。"

潘忠地送他们上了车。

孟政委说的那篇报道，是十几天前《农民日报》刊登的。但是，事情的起因可就早了。

近几年，全国各地搞运销的农民越来越多了。特别是往大城市运送农副产品的汽车，在一些主干道上络绎不绝。有些地方就想出了"发财"的歪主意，随意在路上设置关卡，检查过往车辆，以种种借口，乱收费，乱罚款。一处跟着一处学，关卡越设越多，名目更是繁杂。什么装载货物"超宽"罚款，收取检疫费、管理费，虽然只是路过，有的还要收营业税、城市建设税、教育附加费等等，简直是五花八门。有些根本说不出理由，问也是含糊其词，反正是不交钱不放行。至于收费多少，那是随口就来，没什么标准。交钱之后，也不给收据，如果硬要，那好，罚款加倍。关键是这钱需要重复交，即便是同样的名目，在这个卡子刚交上，走不了几十公里，又被拦住了，照罚不误。尽管中央文件明确规定：撤销一切滥设的关卡，做到货畅其流。国务院也曾专门下发通知，要求撤掉滥设的关卡，并强调坚决制止一切乱收费、乱罚款的非法行为。但是，有些地方仍是有令不行，有禁不止。对此，那些搞运输的农民朋友们怨声载道，有的说：再这样下去，农民生产出来的东西只好烂在本地，我们也只好窝在家里受穷了。

潘忠民他们当然也深受其害。从本地收车菜，运到京城，一趟少则被罚数百元，多的时候罚过上千元。

有一次他们傍天明到了北京农贸市场，休息了几个小时，早饭后开始卸货。正忙着，突然来了两个记者，其中一个去过汶水滩，还采访过潘忠良。潘忠良看到后，立即过来让他们到屋里喝水。进屋说了几句家常话，一个说能不能叫运菜的来座谈座谈。潘忠良说没问题，接着出去把潘忠民、潘忠明叫了进来。记者重点问了问他们沿途收费、罚款的情况，他两个如实说了。记者边听边记，谈得差不多了，一个说，没想到问题这么严重。另一个说，如果我们随恁的车跑一趟，作个现场调查怎么样？潘忠明说太好了，我们卸完车就往回返，南边一个县里有收好的蒜薹，走到就装车，天不黑起身，也就跑大半夜，到不了天亮就赶回来了。有个记者对潘忠良说，老潘，我们身上没带钱，你先借给我们点，回来就还你。潘忠民说不用借他的，我们有带的钱。记者说还是拿点吧，路上还得吃饭。潘忠良到楼上拿来三百块钱，问这些够吗？记者说足够了。

就这样，两个记者跟车跑了一趟，回报社后写了篇稿子，题目是，“一路关卡一路罚，农民运销难又怕：请看——八百公里跟车记”，刊登在了《农民日报》的头版头条位置。紧接着，北京的几大报纸都转载了，中央人民广播电台还全文进行了播放。这一下轰动面大了，引起了各级领导的高度关注。上头有人发话，省里下发文件，县里立即行动，对乱设卡、乱收费、乱罚款的问题，集中进行了一段时间的整治。

孟政委他们来，就是在这期间。

潘忠地送走客人，李长友跑过来问：“他们来什么事啊？”潘忠地把情况说了几句，随后说：“没事了，我得抓紧去办公室，不知道发树哥来没来电话，他得说说荣关住院的情况。”

李长友说：“荣关不要紧吧？伤得重不重？”

潘忠地说：“没大事，就是胳膊摔伤了，需要住几天院。”说着正要走，看到李长理开着车拐进来了，车还没停稳，张发树就从驾驶室里跳了下来，过来急巴巴地问："怎么样？完事了吗？刚才遇着他们的车回县城了。"

潘忠地说："没什么事了，回去公安局领导请他们吃饭。"

张发树说："长友，快给我倒碗水，渴坏了，一上午还没捞着喝口水哩。"

潘忠地说："刚才那壶茶他们没怎么喝，屋里喝吧。"

进了屋，张发树看到桌子上两杯茶满满的，没管三七二十一，一口气喝净了。李长友又给他倒上，说："慢着点喝，这又不是饮驴。"

张发树说："别管饮驴饮骡子，我这嗓子像着火似的，喝下去就痛快了。"

潘忠地说："你怎么急着回来了？那里都安排好了？"

张发树说："住上院了，接着给他挂上了吊瓶，肩膀也给他固定了一下，就是左胳膊不让动了，用绷带吊在脖子上，说是得坚持一个月，一个月以后也得注意着点，轻轻地活动。我是担心忠民他们，真要让警车带走就不好办了，又不是一个县的。所以一完事，就叫庆龙叔和向河在那里观察观察，没什么事让他们下午坐公共汽车回来，留他老婆侍候就行，我赶紧回来了。"

潘忠地说："没那么严重，人家就是落实个情节。"接着把事情详细说了一遍。

张发树说："忠民他两个也是胡来，给记者胡扯些什么？这不是自己给自己找麻烦吗！"

潘忠地说："不算什么麻烦，说不定是件好事。我慌着回来，也没能去看看英子，不知道她怎么样了。"

张发树说："你刚走她和她爹都过去了，算是好了，说是这两天连药也没吃，明天上午拆了线就出院。"

也真让潘忠地说中了。记者跟这一趟车，发表了那篇文章，还真起了大作用。没过多少天，路上乱设的那些关卡都撤了。又过了一段时间，乡里送来几张"绿色通行证"，说以后再运农副产品，只要有这个通行证，包括按规定设的路桥收费处，也一律免收。有些附近的司机认识潘忠民他们，知道了记者是跟他们的车搞的调查，有的还误传是他们专门请的记者，都很感激他们。只要遇到一块，都主动给他们递支烟，说些感谢的话。

英子出院了。她又到师范坚持着待了两天，和另外的几个一块结业，然后才回家。学校给她们发了结业证书。

张荣关只住了六七天的院，也回来了。说是打了几天吊针，头一点感觉也没有了。胳膊还没好利索，上半部用纱布条捆在胸膛上，胳膊肘以下也不让大动，怕影响裂缝的部位恢复。都说伤筋动骨一百天，怎么着也得三个月以后才能负重。党支部研究决定，让他在家好好休息，除了住院治疗的花费全是村里出，又给了他三个月的误工补贴。

房子也盖完了。因为天气已经变冷，外墙皮没泥，得等到开春暖和了再上石灰，里面都收拾好了。

托儿所的器械、玩具都买来了。虽然比不上乡托儿所的齐全，也不算少，总共花了接近四万块钱。滑梯、塑料马、小秋千……都在院子里安装好了。还买了六十把塑料小椅子，有红的、绿的、黄的、蓝的，摆到屋里整齐、漂亮。有不少家长都来看，有的还领着孩子来找潘秀菊，问什么时候收孩子？潘秀菊说：“快了，就在近处这几天里，到时候提前通知恁。”

这天早饭后，潘秀菊到办公室，一看支部的人都在，就说：“一切都准备就绪了，我想后天托儿所正式开班，恁看行不？”

张发树说：“马上就进腊月了，天这么冷，西屋又是新盖的，不如拖两个月，过了年再说。”

潘秀菊说：“冷点不要紧，让孩子们在屋里玩，各屋都安上炉子了。西屋是有点潮湿，前天我就叫她们生着了炉子，这两天一直点着。今天早晨我进去看看，挺暖和的，墙皮也差不多干透了。”

李向河说：“你提炉子的事哩，学校里老师们有意见了。他们现在只是办公室有个炉子，平时还不点，晚上备课的时候才点一会儿。教室里都还没有。”

潘忠地说：“这事是我马虎了。去年冬天我去学校，就答应今年给他们买几个炉子，教室里都安上，不能让学生们受冻了。他们也没再提，我也没想起来。向河，你下午叫着个老师，去买炉子，同时也给他们买吨煤来。今后注意，有些事学校和托儿所得一样对待。托儿所开班的事我看可以，年前这个多月先试试，有需要完善的年后就好办了。”

李淑苹说：“前天我到乡里开会，田主任还问我什么时候开班，她说开班时告诉她一声，她准备来。”

潘忠地说：“来好啊，你给她要电话。”

李长贵说：“门口还挂个牌子不？”

潘秀菊说：“挂不挂无所谓，又不是正规学校。”

张发树说：“这还不正规呀，花那么多钱！学校的牌子早改回来了，还是‘汶水滩小学’，这里就叫‘汶水滩托儿所’。”

潘忠地说：“挂上个吧。找点木头，让木匠抓紧打一个，和学校的牌子一样大就行，买点磁漆，让长路写写。”

张发树说：“不用找木头，有现成的板子。原来咱打的那些语录牌，都在试验田仓库里堆着，扛一个来，叫木匠按尺寸截开就行了。”

李淑苹说：“我这就去找木匠。”

张发树说：“你别去了，这事我负责。你还是骑车子去趟刘集，把磁漆买来，顺便买挂炮仗，后天也放放。这是喜兴事，得有点动静。”

李向河说：“我下午顺路买来就可以。”

潘忠地说：“让淑苹去吧，上午买来，整好牌子就刷上漆，白漆干了才能写红字，这样不耽误后天挂。去了也找找田主任，当面给她说说，比要电话显得郑重。”

李向河拿出钱来给李淑苹，并嘱咐：“一定买两种，一盒白的，一盒红的，别买成桶的，买小盒的就够了。”

李淑苹说：“我知道，还不能忘了要单据，回来你好下账。”说着接过钱，走了。

潘秀菊说：“还有件事，俺几个商量，如果五六十个孩子，就在北屋和西屋当教室，那两间东屋暂时当办公室。现在只有一张桌子、两把椅子，最好还得再有两张桌子，高凳子得多几个，万一有人去了，不能站着吧？”

李向河说：“这好办，东头那间屋里放着两张桌子，三把椅子，原来工作组用的，都闲着哩，搬过去就是了。要是再多用几个高凳子，把西屋那两把椅子也搬去。”

李长贵说：“椅子够她们办公用就行了。我给凤蕊说说，原来她想到刘集木器厂买两张连椅，接待室里用，这样明天就去买，多买两张，送给托儿所。”

李向河说：“再让她花钱不好吧？向东都拿了五万了。”

李长贵说：“没事。有一次她还说，咱纸箱厂也该为托儿所办点事，我说向东还不代表你呀？她说那不行，是两回事。这是个机会，两张连椅才花几个钱？”

潘忠地说：“就这么办吧。那得抓紧通知有孩子的家庭，先让他们自愿报报名。”

潘秀菊说：“下午我就让她四个挨家跑跑。也可能有不乐意送的，咱不强迫，有多少算多少。”

四个姑娘分头跑了一下午，凡是满三周岁，又不到上学年龄的，都报了名。只有两个孩子暂时不能来，有一个是感冒了，正吃着药，说好了就来。另一个是到他姥姥家住亲戚去了，三两天就回来。这样统计起来，一开班就有五十六个孩子，潘秀菊让她们按年龄大小分成了两个班。有几个孩子年龄小点的家长来找，也想让孩子参加。潘秀菊说：“过了年再来吧，那时候天也暖和了。”她是觉得刚开始，还是按划定的年龄段好，免得再有人攀比。

这天一早，潘秀菊、李淑苹她们就过来了。正忙着点炉子，李长路送来了写好的牌子，帮着她们挂在了大门东边的墙上。

看看没什么事了，潘秀菊说：“都早点回家吧，吃了饭赶紧回来。给家里说一声，中午都到我家里吃饭去，一块陪陪田主任，不让别人参加了。菜昨天我就买好了，去了都动手，不影响下午的事儿。”

早饭后支部的几个人都来了，家长们也陆续往这送孩子。孩子还没到齐，田主任和妇联的另一个同志到了。放下车子，潘秀菊让她们东屋里坐，田主任说先看看，于是到各屋转了一圈。最后到了东屋，田主任说：“真不错，比我预想的好多了。北屋这么大，原来是祠堂呀！”

张发树说：“可不，再早满屋是摆的牌位。别看牌位没了，老人们的魂儿没散，有他们保护着孩子，秀菊姑就省心多了。”

屋里人都笑了起来。

田主任从包里拿出两千块钱，递给潘秀菊，说，“这是乡党委、政府给恁的，我原来是想买些玩具来，知道恁买的不少，就没再买。你收起来，今后缺什么恁看着买吧。”

潘秀菊把钱给李向河，说：“让会计先存着。”

田主任说：“这是支持托儿所的，得专款专用。”

李向河说：“放心吧主任，十几万俺都花了，这点钱一定用在孩子们身上。”

潘忠地说：“钱不在多少，这是领导的心意。田主任，你回去替我们感谢感谢领导们，让林书记、周乡长抽空来看看。”

田主任说：“没问题，我一定把信儿捎到。”

这时英子进来了，说：“都到齐了，恁谁去讲讲？”

潘秀菊说：“让田主任给孩子们讲两句。”

田主任说：“这是你们刚正式成立托儿所，书记应该讲讲。”

潘忠地说：“我还真没给孩子们讲过话，还是主任讲。”

田主任说：“那好，我就说两句。”

张发树说：“先别去讲，有准备的炮仗，长贵，到院子里放了去。”

炮仗一响，孩子们都从屋里往外跑。一些女孩子都捂着耳朵，男孩子们就挤着想到跟前去拣没响的炮仗。几位教师像老母鸡护小鸡似的，伸开胳膊，把孩子们拦在门口。

# 团圆

这几年每临近春节，各村都和当年的物资交流会似的，那些在外面打工的年轻人都回来了，带着大包小包。有坐火车、汽车回来的，有骑自行车、摩托车的，还有开着小汽车的。一年到头，也就这段时间村里人气旺些。过了正月十五，年轻的又搭帮结伙拔腿走了，家里只剩下些老人、妇女、儿童，又冷冷清清的了。

没办法，既要想法出去挣钱，又丢不掉传统的老观念。不论走多远，干什么，包括那些吃公家饭的，春节还是要回家来过的。就算再忙，哪怕年三十晚上赶回来能吃上那顿年夜饭，少待几天，也必须借此机会一家人团圆团圆。以前缺吃少穿，甚至长年逃荒要饭，过年的时候还得归家哩，何况现在条件好了，怎么能不回来呢！除非家里没了人、没了房子。

今年潘忠良回来早，一进腊月他就凑着潘忠民的车回来了，并且说过了年也不再回去了。二宝和媳妇刘雪梅已经去了半年多了，当时他就把原来和展宝洋合伙租赁的店铺让给了展宝洋，因为展宝洋的媳妇也去了。他只好找市场管委会另租了两间，还是上下层，上面住人，下面卖菜。他之所以不再去了，原因有两个，一是在那里住宿不方便，到了晚上，儿子和媳妇住楼上，他在下面搭个小铺将就着睡，早晨再叫二宝把铺盖抱到楼上去，麻烦不说，还休息不好。另一条更重要，已是过六十的人了，忙活一天，老觉着全身乏力，睡一晚上觉也歇不过来。这种感觉在以前从来没有过。几个月来，他手把手耐心地教二宝两口子如何经营，眼看着他们能行了，就下了不干的决心。尽管本村在那里的一些人都说离不开他，管委会的人也挽留，他谁的话也没听，毅然回来了。那伙人的事，让展宝洋负责，这样回村也能有个交代。

对他这个决定王桂兰很高兴。说早就不该在那里干了，还以为自己是小青年呀，到了这个年纪不服老不行，经不住操心受累了。家里又不缺钱花，还在外头卖那个命干吗?

回来第二天他去了潘忠地家，一说这意思，潘忠地也支持他这么做。说是该家来歇歇了，这几年你的功劳不算小，领着那帮青年，在京城站住了脚，现在把媳妇带那里去的就七八个了。干到这个样子不容易，大伙都得想着你的好。

潘忠良听了，心里乐滋滋的。

刚过了小年，下了一场大雪。这是多少年没下过这么大的雪了，从傍晚开始落雪花，一夜没停，第二天早晨还纷纷扬扬飘洒着。潘忠良起床来到院子里，雪层快没膝盖了。他拿锨先推出一条道儿，打开大门，朝外一看，满眼一片白茫茫的，街道、房屋、树木，没有一点儿杂色。多数人家的大门还关着，只有个别人开始打扫门前雪了。他大声和他们打着招呼，说:“别急着扫了，还正下着，扫了也白搭。”

有人说:“还是先扫扫，越下越厚，停了雪更难扫。这样也就是多扫一遍。”

潘忠良问:“在南方打工的恁那孩子回来了吗？”

那人说:“还没有，说是这几天就到家。下这么场大雪，不知道还能不能回来。”

潘忠良说:“没事儿。下再大火车也照常跑，晴了天汽车也没大影响。

再说，南方下不了大雪。俺家套子、大宝也是前天才回来。”

另一个说：“是啊，一年一个时候，路上再难走也得赶回来过年。”

这时雪小了，只有几个零星雪花飞舞着，各家各户都起来扫雪了。有些人急慌慌地往村外走，说是看看温室大棚，得赶紧清理清理上面的雪，别把棚顶压塌了。

潘忠地过来了，潘忠良说：“这么早你干什么去？”

潘忠地说：“这雪太大了，我到坡里转转。”

潘忠良说：“那些塑料棚不要紧吧？”

潘忠地说：“问题不大，大棚固定得结实，上边都有草苫子盖着，日头升起来掀开晒晒，里面的温度下不来。小弓棚就不行了，可能受点影响。”说着走了。

王桂兰也拿着扫帚出来了。潘忠良说：“雪太厚了，我先用锨推推，堆成堆你再扫。”

没多大会儿，套子和大宝陆续来了，接过工具，没再让他两个干。

潘忠良没想到的是，二宝两口子不回来过年了。

二宝临去北京前，到村办公室给潘忠良要电话，问去的时候都带些什么？潘忠良说：“带着恁两个的铺盖、衣裳和日常用的东西，别的什么都不用带。你晚来两天，找找邮电局，在家里安上电话。咱都在外边了，恁娘和孩子在家里，有点事要个电话方便。”二宝听他爹的，安好了电话才走。这在全村是第二家，李向东家里前几年就安上了。王桂兰是热心人，有了电话后给周围邻居都打了招呼，说俺家里安电话了，恁谁有事需要打电话，到俺家来就行，不用去村办公室了。实际上很少有人用她家的电话，一是没什么事，二是万一有事，都知道打电话得花钱，不如去村里，那样不欠个人的情分。别人不用自己用，王桂兰隔不了三五天，就给潘忠良要一次，不是问问那里的情况，就是说说家里的事情，有个老母鸡下蛋勤了也要说一声。

这天扫完雪，套子和大宝都走了，回到屋里，王桂兰说：“你给二宝要个电话，问问北京是不是也下大雪了？”

潘忠良要通了。二宝说：“昨天晚上下了点，不大。”

潘忠良说：“不大也得抓紧扫扫门前场地上的雪，别让人家买菜的湿了鞋。”

二宝说：“早扫干净了，现在都有来买菜的了。”稍微一停又说，“爹，你给俺娘说一声，我和雪梅不回去过年了。”

潘忠良说：“怎么不回来？不用慌，二十八九的凑恁忠民叔的车就行，过年得家来，年后可以早点回去。”

二宝说：“不就是个年嘛，在哪里过不一样！俺来的时间又不长，算了，不来回地跑了。”

王桂兰就在一旁站着，这些话都听得一清二楚，抢过电话大声说：“哪里有在外边过年的？得回来！”

二宝说：“不走的俺好几个哩，都商量好了。”

潘忠良又夺过电话，没再说什么就狠狠地扣上了，说：“别管他！不回来也难为不着他们，又不是光他两个。”

几天来王桂兰心里一直和个事似的，她让潘忠良再要电话，说：“还是得叫他两个回来。我听宝洋他娘说，宝洋两口子都回来过年。”

潘忠良说：“二宝那脾气你还不知道？他决定了的事，三匹大马也拉不回头。算了吧，反正大宝、套子回来了。”

王桂兰觉得他的话有道理，也就没再坚持。

套子、大宝每天都过来忙活，基本上没用潘忠良动手，里里外外都拾掇得清清亮亮。

年三十这天，两家的大人孩子一大早就过来了，说好的，这两天三顿饭都来一块吃。傍天黑，王桂兰喊着云儿，说：“来，咱给恁爹恁娘要个电话，问问他们做的什么好饭？”

那头二宝接的，开口就说：“我正要给恁要电话来，你就要过来了。”

王桂兰说：“都是买的什么菜？包扁食了吗？”

二宝说：“你就放心吧，这里什么都不缺，鸡、鱼、肉都买了点。雪梅正包扁食，快完了。”

王桂兰又说：“买炮仗了吗？晚上得放一挂，过年不能没点响声。”

二宝说：“咳，我买了两挂，没走的俺几个说好了，十二点的时候凑到一起放。”

王桂兰说：“你喊喊雪梅，云儿在跟前哩，叫她娘俩说句话。”听到那头有刘雪梅的动静了，就把话筒放到云儿耳朵上，说，“跟恁娘说两句。”

刘雪梅说：“云儿，在家里好好听奶奶的话。”

云儿说：“我知道。俺托儿所里玩具可多了，这放假了，过了年我再去。”

刘雪梅说：“好啊，恁奶奶早就告诉我了。昨天我给你买了个新褂子，年后给你捎回去，开学的时候就穿上。”

云儿这孩子近两年大部分时间都是跟着奶奶玩，晚上和奶奶一起睡，习惯了，这大半年她娘不在家，也从没说过想娘，就是和奶奶近乎。所以听到娘说给她买了新褂子，也没显出多么高兴，并且说：“不用穿你的褂子，俺奶奶刚给我做了件新的，这都穿上了。”说完把话筒一拨拉，跑出去找姐姐、哥哥玩去了。

还没到午夜就煮好了水饺，黄玉凤、李明菊往外盛，王桂兰说：“多盛两碗，二宝他两个不在家，也得有他们那一份儿，筷子、碗都摆上。”

盛好后摆到小桌子上，王桂兰又说：“云儿，先替恁爹恁娘吃两个，然后再吃你碗里的。”

云儿说：“我不替他们吃，我就吃我这碗。”

小林说：“我替俺叔叔、婶子吃。”说着伸筷子夹起来一个。

杏儿站起来说：“我也替叔叔、婶子吃。”

云儿一看哥哥、姐姐都替她爹她娘吃了，也帮着吃起来。三个孩子连争带抢，一会儿就把两碗吃净了，等到再吃自己碗里的，已经快饱了。王桂兰说："吃不了剩下，待不大会儿就睡觉了，不能吃太饱了。明天早晨、中午吃肉馅的，比这还好吃。"

潘忠良已经吃完了，拿出根火柴棒剔剔牙，说："不用管他们，素馅的多吃几个也撑不着。"随后叫套子到堂屋拿来一瓶子酒，准备出门。

王桂兰问："这是又上哪里喝去？"

潘忠良说："去忠地家，给大婶子拜个年。"

套子说："你刚才喝了有二两了，可得少喝点。忠地叔不能喝，忠民叔酒量可大了，你喝不过他。"

潘忠良说："我知道，大过年的喝不多，也就意思意思。恁别等我，过会儿就都睡觉去。套子，别忘了再烧两炉香，十二点放挂炮仗。"说着把酒瓶子装到裤子口袋里，走了。

潘忠地家里刚炒好菜，一家人正准备喝酒，潘忠良进来了，说："恁这是还没吃呀。婶子，我给你拜年了，祝您老人家明年更壮实。"

老太太说："还再往这跑，现在走动的越来越少了。你这么早就吃扁食了？还不到半夜吧？"

潘忠良说："不到，也就十一点。这几年俺都吃得早，早吃了好让孩子们睡觉去。"

潘忠地说："快坐下吧，咱弟兄三个喝两盅。"

潘忠良把酒瓶掏出来放下，边坐边说："喝这个。不过我得少喝点，在家里喝了二三两了。"

潘忠民拿起酒瓶看看，说："都一样，我刚打开的这瓶也是北京二锅头。"

潘忠良说："那行，反正今天得喝点好的。"说着又从口袋里掏出两张十元的票子，递给锋子、点点一人一张，说，“过年了，我也没给恁两个买东西，一人十块钱，拿着。”

潘忠地说：“都不小了，不用给了。”

潘忠良说：“多大呀？锋子这才上中学，只要不娶媳妇，在咱跟前就是孩子。”

石玉英说：“这是恁大爷给的压岁钱，快给恁大爷磕头。”

锋子说：“哪里还有磕头的，鞠个躬吧。”

潘忠良说：“就是，不兴磕头了，我都没给恁奶奶磕。躬也不用鞠了，只要好好学习，将来上大学，比鞠躬还强哩。”

潘忠民说：“那更得鞠了，借恁大爷这句吉利话，准能考上大学。”

锋子真的给潘忠良鞠了个躬。点点手里还拿着钱，站在一旁也鞠了。潘忠良说：“算了算了，快把钱放起来，好给恁奶奶敬酒。”

薛春华说：“不该给他们这么多钱，他们又花不着。”

潘忠良说：“也就是这么点意思，没多少。这是有钱了，放在以前拿不出这么多。我那小的时候，大人给压岁钱也就几分，忠民小的时候最多也就两毛钱。”

潘忠民说：“没捞着过两毛，一毛钱就不错了。那时候过完年，包括走亲戚得的压岁钱，总共也到不了一块，还不知道要数多少遍，掖着藏着总是舍不得花。”

老太太说：“快给恁大哥倒酒吧，趁着菜热恁赶紧吃。”又问潘忠良，“我听说二宝两口子没回来过年？”

潘忠良说：“没有，在北京过年的他们七八个哩。唉，该回来的不回来，不该回来的倒是回来了。你看秀菊大姑，在志国那里多好，非愿意家来一个人过日子。平时还无所谓，过年的时候就显得忒冷清了。”

潘忠地说：“志国回来了。”

潘忠良说：“前几天我去看大姑，还没说他回来，什么时候回来的？三口子都来了？”

潘忠地说：“昨天下午才到家的，今天上午过来坐了会儿。说是挤火车的人太多，孩子小，不方便，他一个人回来的。”

潘忠良说：“一个人回来也行，过年嘛，就得偎着老人。志国这孩子孝顺。”

潘忠地说：“其实他媳妇不回来是对的。他丈人那边也就这么一个闺女，没别的子女，都回来那头就只剩大人了。”

老太太说：“现在时兴要一个孩子了，以后就得两边照顾着。不能只顾一头。”

潘忠民已经倒上了酒，正要开始喝，张志国进来了，一看潘忠良在，就说：“大哥挺好吧？我昨天刚回来，还没来得及去看你哩。正好，俺娘做好菜了，叫我来喊忠地哥去喝酒，你也一块去。”

潘忠良说：“正说着你哩，别管早晚，能赶回来就好。”

潘忠民说：“我刚倒上酒，这头一盅还没喝，志国你也坐下，共同喝两盅再去。”

张志国说：“别喝了，到俺家里喝也一样。你也去，今天晚上咱四个好好喝一气。”

潘忠民说：“叫他两个去，我不能去了，我要也走了过会儿没人放炮仗了。”

潘忠良说：“我去了又多张嘴，叫恁忠地哥自己去吧，我在这里陪恁大妗子喝。”

张志国知道他那脾气，好开玩笑，就说：“你是看着没先去请你拿乔啊！那行，叫俺娘亲自来请你。”

潘忠良说：“可别，惊动她老人家那不是打我的脸呀！你准备的什么酒？要不拿着瓶二锅头。”

张志国说：“我有带来的古井贡酒，那可是八大名酒之一，比这个柔和。”

老太太说：“恁快点去吧，别叫恁大姑老等着。”

潘忠良说：“不行，我得把忠民倒上的这盅子喝了。”

锋子说：“俺大爷真愿意喝酒。”

潘忠民说：“恁大爷可不是没出息自己想喝，是肚子里有酒虫子，闻着酒味儿虫子就乱动，不喝难受。”

点点说：“真的呀？”

潘忠良说：“真的，还不是一条，小心爬出来咬你。”说完装着吓唬点点，朝她做了个鬼脸。

张志国说：“你这么大年纪了还是原来那性格，记得小的时候，你净变着法吓唬我们。走吧，到那里叫你喝足。”

三个人一起走了。

潘秀菊做好菜怕凉了，放在锅里箅子上馏着。潘忠良一进门就说：“大姑，我可是不请自到呵，你别不高兴。”

潘秀菊说：“你那个馋劲儿的还用请啊！放心吧，看见你我可高兴了，也就是多双筷子，吃的喝的都有你的。说实话，你这一来就好了，我还担心光他两个喝不起来哩。”说着掀开锅，端出来五六盘子菜。

潘忠良看了看，说：“这还是从前呀，肚里都没油水，整天盼着过年吃块肉，炸个面丸子也觉得是好的。现在生活好了，都愿意吃点清淡的。看看你准备的这些菜，除了鸡鱼肉，就是肉鱼鸡，也得做两个青菜，清口。”

潘秀菊说：“你是在北京天天吃香的喝辣的惯了，什么清口不清口的，胡挑拣！有青菜，小锅里还炖着白菜、豆腐、五花肉，我这就给恁盛。”

潘忠良说：“还是肉啊！”

潘秀菊说：“你不会光挑白菜、豆腐吃呀！要想吃清淡的我再凉拌个黄瓜，有现成的。”

潘忠良说："好啊，就砸大蒜拌拌就行，可别再放肉了。"

张志国说："小时候只有到夏天才能吃上黄瓜，现在可好了，冬季什么菜也不缺。"

潘忠良说："这得感谢恁忠地哥，是他带领大伙建温室大棚，还建起了恒温库，不仅一年四季都能吃上新鲜蔬菜，人们的腰包也都鼓起来了。"

潘忠地说："怎么能感谢我呢，还是党的政策好。建大棚、恒温库的也不光咱，不少村都搞起来了。"

潘忠良说："他们搞也是跟着咱学的，咱可是先行了一步。"

潘忠地说："开始种菜咱就是组织人到蒋家庄学习的，人家比咱调整种植结构早。后来又请了农学院的老师来指导，乡里还帮着解决贷款，光靠咱的力量发展不了这么快。"

张志国说："党的改革开放政策在全国都同样贯彻，可执行情况大不一样。我听说有些村至今还没能富裕起来。包括我工作的那地方，有的村党组织基本上是瘫痪状态，基层干部根本不为集体的事操心，别说为群众做事了。不论到什么时候，领导班子还是关键，更重要的是要有个好的带头人。"

潘秀菊说："别光顾说话了，快烫烫酒，恁三个喝。"

潘忠良说："好酒不用烫，一烫就把香味儿跑没了。这不是以前从小铺里打的酒，都有掺的凉水，不热喝了对身体不好。也不能光叫俺三个喝，大姑你也坐下，一块喝点。"

潘秀菊说："你又不是不知道，我什么时候喝过酒？"

潘忠地说："端端盅子表示一下，少喝点，反正我也不能喝，让他两个多喝。"

潘秀菊说："恁先喝着，我拌好黄瓜再坐。"

张志国倒上了酒，潘忠良说："浇奠了吗？"

张志国说："没有。不兴这个了。"

潘忠良说："那可不行，这是过年了，不能忘了祭奠各路神仙和走了的老人。去院子里和堂屋浇奠一下，回来再喝。”

张志国端着一盅子酒出去了。回来喝了两轮，潘秀菊坐下了。潘忠良说:“来，大姑，我敬你两盅。”

潘秀菊说:“我又不能喝酒，别走那个形式了。”

潘忠良说:“人家不是说了，‘形式主义不能搞，必要的形式还是要的’。得敬，志国，给大姑倒上。”

张志国说:“别看大哥没上几天学，还净说文化话哩。”说着给潘秀菊倒上了小半盅。

潘忠良接过去，递给潘秀菊，说:“就这一点，我喝两盅，你干了。”

潘秀菊说:“你喝多少我不管，我可干不了。”

潘忠良说:“接受了敬酒就得喝净，我是陪着的，还比你喝得多。按道理要是来了客人或是给长辈敬酒，只拿壶倒，自己不喝，倒多少被敬的就得喝多少。”

张志国说:“你这说法不对，光叫别人喝那不成罚酒了？外边敬酒都是谁敬酒谁干杯，被敬的随意喝。”

潘忠地说:“咱这一带是有这么个规矩。以前都穷，来了客人也打不了多少酒，担心客人喝不足，所以就只让客人喝，自己尽量不喝或少喝。从老辈这种做法延续下来了，也就成了对别人的一种尊重。现在有些年纪大的还讲究这个，不这样敬他还生气哩。”

潘秀菊说:“别论什么规矩了，我少喝点，你喝两盅。”

潘忠良说:“也行，反正我的心意到了。”说完接连喝了两盅。

潘秀菊说:“别光喝酒，你吃点菜。”

潘忠良说:“这两盅子吃菜不吃菜的没事。忠地，该你敬大姑了。”

潘忠地说:“那好，我也敬大姑。不过，我可一次喝不了两盅子。”说完和潘秀菊表示了两次，基本没喝酒。

潘忠良说:“忠地你这个态度不对，敬酒得心诚。你就半盅子酒还不喝净，那可是墙上挂狗皮，忒不像话（画）了！”

潘忠地说：“我喝净这些可以。可得说好，再倒上一盅子，今天晚上陪到底，多喝就醉了。”

潘忠良说：“好酒不醉人。怎么着也得再喝两盅，不行就慢着点喝。”

张志国说：“我看就两盅吧。我记着，保证给忠地哥满上。大哥，还是咱弟兄两个喝，来，我敬你。”

潘忠良说：“没那个说法，你得先敬大姑，然后咱俩再一块喝。”

潘秀菊说：“自己孩子敬什么酒？”

张志国说：“听大哥的，我敬。娘，我也代表您孙子和他娘，一块敬了，我喝三盅。”

潘秀菊说：“你也别喝三盅了，替我喝了这点，就算敬了。”

张志国说：“替你喝行，这三盅我得喝了，要不俺大哥有意见了。”说着把潘秀菊的盅子端过来，倒满三盅，一气喝了下去。

潘忠良说：“不愧是在大城市当干部的，这才是敬酒的样子。我听说有些地方只要敬酒或碰杯，端起来就是三杯。”

潘忠地说：“一个地方一种习俗。不论定什么规矩，一是图个吉利，二是劝别人多喝点酒，都有理由。三是个吉祥数，什么桃园三结义了，三星高照了，济南人还说是大明湖的‘湖’字是三点水，所以一喝就是三杯。咱这里讲究好事成双，所以是两杯两杯地喝，也可以喝四杯、六杯、八杯，只要不喝单数就行。其实无所谓的事。”

张志国说：“就按咱家里的规矩，大哥，我敬你四盅。”

潘忠良说：“咱弟兄两个不用敬，要喝一起喝，你喝多少我喝多少。”

张志国说：“你怎么说怎么是。先喝为敬，我先喝这盅。”说着端起盅子喝了。

潘忠良也随着喝了。这样你一盅我一盅，很快喝了四盅。潘忠良说：“我得吸支烟再喝。”从口袋里掏出来半盒子大鸡牌的烟。

张志国说:“你看我马虎了，知道忠地哥不吸烟，把你给忘了。我有带来的几盒红塔山，我不会吸，人家都说是好烟。”

潘忠良说:“那可是名牌，在北京当官的才吸这个哩。快拿来，我尝尝。”

张志国拿出来两盒，说:“你先装起一盒来，再拆开这盒吸。”

潘忠良接过去，说:“不用装，走的时候我都拿着。”随后拆开抽出一支，点着猛吸了两口，说，“确实好吸。”

潘秀菊说:“有什么好吸的，闻着就呛人。”

潘忠良说:“你是没那个口福，你还不能喝酒哩。没听人家说啊，能喝酒不吸烟或是能吸烟不喝酒，只能算半个男人，能喝又能吸的那才是真正男人，既不能喝又不会吸的就不能算是男人了。”

张志国笑着说:“你净些歪理。快吸完你那支，咱接着喝。”

潘忠良说:“不能这样平喝了，这样喝下去你没事我可就醉了。要不咱划拳，谁输了谁喝。”

张志国说:“我可不会划拳。”

潘忠良说:“那就砸杠，简单。”

张志国说:“怎么个砸法？”

潘忠良说:“一人拿根筷子，往一块砸，筷子响的时候同时喊出个字，根据字定输赢。就记住四个字，虎、鸡、虫、杠。”

张志国说:“喊什么算赢？”

潘忠地说:“喊什么都有赢的可能，还要看对方喊什么。虎吃鸡，鸡吃虫，虫吃杠，杠打虎。如果两个人喊重了，或是相隔一个，那就不输不赢，继续喊。”

潘忠良说:“就这样，来吧。倒上四盅酒摆这里，谁输了谁喝一盅。”

两个人咋呼了一阵子，潘忠良喝了三盅，张志国喝了一盅。张志国说:“大哥是让着我了。”

潘忠良说:“你这是瞎猫碰着死老鼠。不来这个了，换换玩法，猜宝。”

张志国说：“我也不会猜。”

潘忠良说：“更简单。就咱两个猜，拿两个玉米粒，对了，这里有火柴，用火柴棒也行。开始谁做宝都可以，偷偷在手里放一根或两根，让对方猜，猜不对算输，喝酒，猜对了算赢，对方喝。往下是谁输了谁做宝。”

潘忠地说：“别那样了，我当个中间人，负责做宝，就猜有没有。第一次大哥先猜，往后谁喝了酒谁先猜。”

乱腾了一大会儿，两个人输赢差不多，中间潘忠良还让潘忠地陪了一盅子，不知不觉喝下去大半瓶了。这时外面突然有一家放起了炮仗，紧接着，不少户都放了起来。张志国看看表，说：“还差十来分钟不到十二点，怎么这么早就放炮仗了？”

潘忠良说：“正是这时候放，辞旧迎新，送走旧的一年，迎来新的一年。你放挂炮仗去，咱不能再喝了。”

潘秀菊说：“我这就给恁下扁食。”

潘忠良说：“你少下点，我在家里吃一碗了，又吃这么些菜，肚子里没空了。”

张志国说：“吃着扁食一样喝酒。我去放炮仗，回来继续喝，咱弟兄三个得把这瓶酒干出来。”

潘忠良也是显酒了，没再推辞。不过，不再像刚才那个喝法了，两次、三次才喝一盅。一直喝到快凌晨一点了，潘忠地说休息去吧。潘忠良站起来身子有些不稳当，潘忠地扶着他，一直把他送到家。王桂兰还一个人在厨屋打盹儿，听到动静出来，说：“是不是喝醉了？”

潘忠良说：“哪里喝醉了？没事儿！”

王桂兰说：“舌头都不打弯了，还说没醉。”

潘忠地说：“不要紧，扶屋里让他睡觉去。”

王桂兰说：“你也赶紧回去吧，可不早了。”

潘忠地看着两个人进了屋才走了。

# 从简

过了年没几天，潘忠良家闹起纠纷来了。

事儿还是从二宝两口子引起的。自从刘雪梅和二宝一块去了北京，李明菊就有些气不顺。她多次找嫂子黄玉凤叨咕，说："他两口子享清闲去了，在那里风不着雨不着的，挣钱还多。挣了钱又不分给咱花，咱还得在家里种着他们三口人的地。同样是一家人，叫咱两个受这样的累，忒不公平了。"开始黄玉凤只是听着，既不顺着她拉，也不反驳。次数多了，黄玉凤就说："大宝和他哥哥不是也在外面挣钱吗？一家人过日子什么累不累的，咱别攀比他们。"李明菊听了这话，再也不跟她说了，但是，这件事一直窝在心里。后来二宝、刘雪梅又不回来过年了，家里八九口子人的饭菜全是她妯娌两个忙活，黄玉凤没当回事，李明菊却整天拉着个脸，没点高兴意思。潘忠良、王桂兰都看出来了，因为觉得是过节的时候，就没搭她的腔。

大宝回来这些天，李明菊也没给他说起这事。等到初三，两个人带着杏儿去杏儿姥姥家走亲戚，回来的路上，李明菊突然说："你和大哥十几走啊？"

大宝说："再和其他几个人商量商量，原来说的十六或十九走。"

李明菊说："到时候我也和恁一块去。"

大宝说："你去干什么？"

李明菊说："去了孬好找个活干，也比在家里这样强。"

大宝说："你去了找什么活干？再说，你走了地怎么种？虽说咱爹回来了，他和娘年纪都大了，还能干多少重体力活？三家的地合起来十多亩，嫂子一个人可忙活不过来。"

李明菊说："不行把咱那几亩地让给别人种。村里规定，每亩地一年还给几百块钱转包费哩。已经有些户不种地了，有愿意种的，想着多承包点地。再不你跟大哥说说，叫他动员嫂子也一块去。"

和大宝一块打工的外地人，是有带着老婆的，也有个别在那里找对象结婚的，当然，女方也不是当地人，所以大都是在棚户区租间房子，虽然条件差些，可租赁费不是很高。女人去了找活也不是很难，有的人家雇保姆，还乐意要农村的中年妇女。有些厂子里打扫卫生等杂活，要人的标准也不高。就算是找个饭店打打下手，也不少挣钱。由于本村去的十来个人没一个带媳妇的，大宝也就从没产生过这想法。李明菊这一说，他还真动了心，想，现在一年回来一趟两趟的，回来一次住个一二十天，如果她去了，两口子就能整天在一起了，自己做饭吃熨帖，还省钱。就说："这事光给大哥说不中用，得和咱爹拉拉，他同意才行。"

李明菊说："那就回去叫着大哥大嫂，一起去给爹说一声。"

大宝说："晚上再说吧，大哥他们也去小林姥姥家走亲戚去了。"

三口人一辆自行车，大宝骑着，李明菊坐在后座上，杏儿坐在前边大梁上，大宝既掌着车把，两条胳膊还拦护着她。杏儿听着她娘也要去南方，说："恁都去呀，我也去。"

李明菊呵斥道："大人说话小孩子别插嘴。你上哪去？在家里好好上你的托儿所！"

杏儿不吭声了。

吃过晚饭，大宝一家三口去了套子家。走到一说这意思，黄玉凤就反对，说："明菊愿意去就去，反正我不去。舍家撇业地都出去打工，家里怎么办？"

套子说："是不能都去。走吧，跟咱爹咱娘说说，听听他们的意见。咱都走亲戚刚回来，也得过去坐坐。"

走到先说了几句亲戚们给老人捎好的话，大宝就开始说这事。没等他说完，王桂兰不干了，气冲冲地说："恁两口子想得倒好。那行，恁都走，也把孩子带着！"

大宝说："带着孩子可不行，在那里入托儿所可贵了，挣点钱不够孩子花的。"

套子说："花钱多少是一回事，户口不在那里，入托、上学都很难报名，得托人才行。咱又没什么特殊关系。"

王桂兰想，大概是他们商量好了，妯娌两个都想去，又说："恁是光想着自己轻快，都走了把三个孩子撂家里呀！小林秋天就上小学了，杏儿、云儿还得上托儿所，每天送两趟接两趟，我还得照应着他们吃饭、睡觉，想把我累死啊！还有那几块地呢？叫恁爹一个人种？"

大宝说："不愿意种地就算了，现在种庄稼也赚不了几个钱，让给别人，不用出力还能净收转包费。少留几亩也可以，恁不能太累了。其实恁只要照管好孩子，不种地也没事，有钱还怕买不着粮食？"

王桂兰说："地的事我不管，反正我不给恁看孩子。"

李明菊说："也不能这么说。能看云儿就不能看这两个了？一样的爷爷、奶奶，不能光偏向小的。"

王桂兰忽地站了起来，指着李明菊说："我就偏向了你怎么着？都说天下的老人向小儿，我不是向着小的，我是向着好的。你还管起婆婆来了？"

黄玉凤赶紧起来把王桂兰摁到座位上，说："你老人家别生气，这不是商量吗！你放心，我说过了，反正我哪里也不去，就在家里帮着你干活。"

套子说："是呀，明菊要想去就叫她去吧，玉凤不能去。"

潘忠良一直在吸烟，看着王桂兰气得那个样子，瞪着眼还想继续吵，就说："这事都先别说了，我得琢磨琢磨。虽然咱是分家过日子，实际上和没分差不多，想出去多挣点钱是好事，可家里的事也不能不顾了。恁都回去歇着去吧，我和恁娘再商量商量。"

大宝两口子叫着杏儿先走了。套子对黄玉凤说："恁娘两个也回去，我再坐一会儿。"

黄玉凤和小林也走了。大宝说："娘，你就不该生气，明菊年轻，说话不知深浅，别和她一般见识。"

潘忠良说："明菊说话不知深浅，恁娘那话说得也不知深浅。当老人的，跟孩子怎么能那个说法？"

王桂兰说："什么说法？她说我有偏向，叫套子说，我什么时候有偏向了？幸亏是她，要是大宝这么说，我就扇他的嘴巴子。"

套子说："都是话赶话赶的。你可没偏向哪一个，对俺都是一碗水端得平平的。"

潘忠良说："你刚才这后半句话算是说对了。儿子和媳妇就是不一样，对儿子说深说浅都不要紧，打两耳刮子也没事，对媳妇就得让着点。这是当着套子的面我说一句，咱这个家庭能维持到现在这样不容易。不论怎么讲咱是两家合一家的，咱两个对他们都是一视同仁，他们对咱也都不孬。你看套子两口子，还有桃花没出嫁的时候，多咱惹你生过气？明菊是觉着在咱跟前担事儿，才给你争执两句。"

王桂兰说："她要是和玉凤那样懂事就好了。"

套子说："一人一个脾气，手指头伸出来还不一样长呢。玉凤也不是做得都对，她是当嫂子的，应该注意些。在一块过日子，相互担待着点就没事了。依我看就让明菊去吧，我听着大宝也有这个意思。恁要是觉得带杏儿还有云儿太累，就让杏儿跟着玉凤，毕竟小林大了，平常不用管他了。"

王桂兰说："随她的便，她走了我还少生气哩。杏儿我也不是不能带，让她和云儿在一块，相互有个伴儿更好。”

潘忠良说：“这事我得跟忠地说一声。以后这些地还真是种不过来了，要转包还得让他给操心。套子你回去吧，恁娘没事了。”

王桂兰也说：“你走吧，我不生气了。”

套子走了后，潘忠良又劝说了一阵子，王桂兰真的没气了。

第二天上午，潘忠良去了潘忠地家，一看潘忠地不在，问石玉英他去哪里了？石玉英说向河来叫着他去办公室了。潘忠良也没停，接着去了村办公室。

党支部的几个人正说放电影的事儿。李向河昨天晚上去李向东家串门，李向东说他联系了电影队，初五、初六两晚上在刘集放，因为那是他厂子的驻地，也算个人对村里有所表示，问是不是随后到汶水滩来放两场。李向河当时没说行不行，答应支部商量后再给他个信儿。正说着潘忠良进来了，见他们像开会的样子，就说：“恁开着会呀？我过会儿再来。”

潘忠地说：“没大事，几句话就完。你先坐下，有什么事等等再说。”

张发树接着李向河的话说：“你这就给向东要电话，他花钱雇电影队，让全村人热闹，别说两场，一直放到正月十五也行。”

李长贵说：“你别看见锅台就想往炕上爬，夹着块肉就不放筷了？让人家拿钱放到十五，还不如说电影队住咱村里别走了，天天放给你看。”

张发树说：“你快点屎壳郎推车，给我滚蛋！我说句话你就挑刺儿，什么意思？你听明白了吗？我哪里说让人家真放这么多天来？只是打个比方，这么简单的话都理解不了。”

李淑苹说：“长贵你可别吱声了，又不是没说过，疯狗是谁沾边就咬谁。”

张发树瞪了李淑苹两眼，刚想还她两句，潘忠地说：“向河你告诉向东，咱同意，能行就初七、初八两晚上，到时候叫他回来，放映前咱得说一句，代表全村感谢感谢他。”

潘忠良听明白什么事了，说：“向东还真不赖哩，有钱了能为村里办点好事。”

李向河说：“嗨，放两场电影算什么？也就花个百来块钱。咱建立托儿所时他拿了五万，忠民他们三个拿了六万，友新还拿了一万哩。”

潘忠良有些吃惊，说：“哎哟，有这事啊？恁怎么不给我打声招呼？我给在北京的那伙子说说，多了不可能，凑个三万五万的不成问题。”

潘忠地说：“全村在外边打工的多了，要是人人都凑，那不就成摊派了？”

张发树说：“别听他的，这是事过去了才敢说这样的大话。他这种三锥子扎不出血来的，如果真让他出钱，早躲得远远的了。”

潘忠良说：“别自己是小人也以为别人不大气，我是你那号人呀？好了，别管出血不出血的，中午都上我家里喝酒去，北京二锅头，管够。”

张发树说：“这还像当大哥的个样子。”

潘忠地说：“你不是有事吗？快说说吧。”

潘忠良说：“先把这个事定下，中午都得去，包括淑苹，你去了好帮恁嫂子做饭。我再把志国叫去，都轻易凑不到一块，聚起来热闹热闹。”

潘忠地说：“那得让嫂子受累了，炒菜做饭的挺忙活。你还有什么事？”

潘忠良说：“刚过完年，菜都是现成的，用不着大忙活。”随后把大宝媳妇准备去打工，三家的地太多，得转包给别人几亩的想法说了说。

李向河说：“我听说又有几个男青年节后想一块出去，包括在试验田干活的那几个。看来妇女也有要走的了，家里剩不下几个年轻的了。”

李淑苹说：“是好事啊，就得发动年轻妇女多出去一些。”

张发树说：“好什么好！向河说了，你数数村里还能有几个青年？现在是实行火化了，要是在以前，死了人都难找抬棺材的了。”

他这话刚落地，李桂芝慌慌张张进来了，说：“恁快去看看，忠国大哥快不行了。”

潘忠地说：“怎么回事？”

李桂芝说：“俺还吃着饭的时候友新去喊俺爹，说他爹病了。俺爹去了后，叫友新回来拿药，让我去给他打上吊针。我去打上待了一会儿，俺爹把我叫到一边，说他这病不好办了，叫我来跟恁说一声。”

张发树说：“昨天我还在街上遇着他，什么病啊这么急？”

李桂芝说：“像是脑溢血。”

潘忠地对潘忠良说：“大哥你先回去，转包地的事好办，到时候再说。俺得抓紧去看看，帮友新拿拿主意。”

潘忠良说：“恁去吧，安排安排就到我家去。淑苹你别去了，跟着我做饭去。”

李淑苹说：“你先走，我回家说一声，随后就去。”

还没做完菜，潘忠地他们几个就都来了。潘忠良早就泡好了茶，和张志国两个人喝着。他们一进来，张志国赶紧起来给他们倒水。潘忠良问：“怎么样？病得还挺厉害？”

张发树说：“没听到他家里人哭呀？俺到的时候就不省人事了，友新还说去医院，庆龙叔明白，说恐怕走不到医院了。结果没多大会儿就咽气了。这人也真是，昨天还活蹦乱跳的，说不行就不行了。”

李长贵说：“大婶子说今天早晨他还在院子里拾掇了一阵子，吃饭拿起碗来盛饭了，突然就把碗掉到了地上，他也接着歪倒了，连拉带喊他也没再搭腔。”

都坐下喝水了，潘忠地对张发树说：“你今天少喝点酒，下午还得通知治丧委员会那几个人，帮友新商量商量丧事。”

张发树说：“要是按起这个人一辈子的行事来，死了也不管他。不过，不为死的为活的，友新这孩子真不孬，是得帮他好好操办操办。”

潘忠地说："注意个事儿，今后不论谁家的丧事，都不能大操大办，尽量从简。虽然都有些钱了，也别在这方面浪费。"

潘忠良说："忠地说得对，厚葬不如厚养。在世的时候好好孝敬，比死了发大丧强。"

这时王桂兰、李淑苹过来了，王桂兰说："菜行了，恁拉桌子准备喝酒吧。发树，你今天多喝点，别老是见面就说我不请你，这可是好酒好菜请你来了。"

张发树说："忠地刚说完不让我多喝，下午还得去友新家办丧事哩。"

王桂兰说："刚才淑苹说友新他爹得病了，这么快就死了？"

潘忠良说："快了好呀，得个急病少受罪，也少给活着的人添麻烦。下午你拿几张纸去给他烧烧，哭两声，得为大嫂的面子。"

王桂兰说："我才不去哭他哩，要去你去。"

张发树想起他两个相好的事了，并且知道王桂兰也不在乎这个事，就装作认真的样子说："这纸你得去烧，恁两个孬好还有点感情来。"

潘忠良说："闭上你那臭嘴！"

王桂兰说："发树你知道狗为什么挨棍子打不？就是因为它张嘴就想伤人！"

在座的只有张志国不清楚怎么回事，就问了一句："恁说的什么事呀？"

张发树说："年轻的时候他两个谈过恋爱，结果恁忠良大哥把恁桂兰嫂子抢来了。这还不让说了。"

张志国听出他是胡扯，可也没再追问。李淑苹怕王桂兰恼了，就想把话岔开，说："有人就是个丧门星，净说些晦气话。在办公室正好好说着事儿，非说村里没人抬棺材了，结果人就死了。"

张发树说："别抬举我。我要是说让谁死谁就死，天底下所有的坏人都不叫他长寿。"

李长贵说："有那本事你就不是人了！"

张发树说："不是人还是鬼呀？"

李长贵说："鬼也不是好鬼，也就是阎王殿里掌管生死簿那一级的。"

潘忠良说："别管是阎王还是小鬼了，发树你坐上手，忠地坐下手，其余两边坐，开始喝酒。"

李长贵说："今天这些人我的辈分最小，我负责倒酒。"

张志国说："按年龄除了淑苹妹妹，我最小，我倒。"

潘忠良说："不用恁两个，这是在我家里，倒酒是我的事。"

张发树说："羊群里跑出驴来，论年纪你是最大的，你可不能摸壶。志国也不行，远道回来的就是客，得叫长贵倒酒。"

潘忠良说："你什么时候才能学会说句人话呀？"

李长贵说："刚才不是说了？他本来就不是人。"说着拿起了酒瓶。

喝起酒来，李向河说："友新去年秋天刚盖起新房子来，要知道他爹这个样，就不用操那个心了，搬回老家住就行。"

潘忠地说："谁都没有先见之明，特别是人的寿命，说不清。哪能知道谁什么时候死啊？他爹年龄又不是很大，正常情况怎么也得再活十来年。"

李向河说："人就是个命。命里注定今天死，就不可能等到明天亡。"

潘忠良说："什么命不命的，的确是死得早点，他才比我大两岁。按理他没出过大力，怎么突然得这么个病呢？"

潘忠地说："不在出力大小，主要是个人不注意身体。听庆龙大叔说，他高血压好几年了，还不靠着吃药。生活习惯也不行，平时好吃肥肉，还天天喝两顿酒。这就是个富贵病，全是自己造成的。"

李长贵说："发树叔你也得注意了，今后少吃点肉少喝点酒，可别也得这种病，壮实实的就走了多可惜！"

张发树说："你得这种病我也得不了。大过年的想咒我死呀，没门儿！我是属猫的，有九条命，轻易死不了。"

李淑苹说："十二属相哪里有猫呀，你不是属狗的吗？"

潘忠良说：“他就是属狗的，和套子同属，比套子大两轮。”

潘忠地突然想起了放电影的事儿，说：“向河，你给向东要电话了？”

李向河说：“没要，他今天傍黑还回来，我过去给他说一声就行。”

潘忠地说：“没要正好。你告诉他，让电影队晚几天来，等友新家发过丧去再放。”

潘忠良说：“那是，不能人家办着丧事村里还放电影。好了，言归正传，继续喝酒，该怎么喝了？”

张志国站起来说：“轮着我敬酒了，我每人敬恁两杯。”

潘忠良说：“不能光敬，你得每人陪两杯。”

张发树说：“你这不是欺负人吗？那得叫志国喝多少？”

潘忠良说：“你是不知道，他的酒量可大了，比咱能喝。”

张志国笑了笑，说：“这是想报复我。每人陪两杯太多了，这样，我每人陪一杯，最后还是我喝得多。”

潘忠地说：“你不是明天回去吗？也少喝点。”

张志国说：“不打紧，晚上就不喝了。”

潘忠良说：“陪一杯也行，你开始吧。”

晚上，潘忠地要关大门睡觉了，张发树又跑来了。潘忠地问：“什么事啊？”

张发树说：“刚才治丧委员会的都到友新家里议了议，火化和送报丧帖的事安排好了，就是你说的从简那个事，意思我都给友新讲了，他坚决不干。依他的想法，要雇两班子吹鼓手，一班子八个人，发丧的头一天晚上就先来几个吹打吹打，还要大祭。候客也想丰盛点，都成‘四八席’，包括忙人、跪棚的，一个标准。还有孝布，尺寸要加倍。”

潘忠地说：“那得花多少钱？只听说旧社会有这么办的，这些年十里八村也没有搞这么大发的。”

张发树说:“他的想法有一定道理。觉得多年了爷俩脾气合不来,一个儿子还分开另过,不知道的都认为是他不孝顺。人死了,丧事办得体面些,改变一下外人的看法。反正他不缺钱,花就花两个呗。”

潘忠地说:“不是有钱没钱的事儿。他娘什么意见?”

张发树说:“他娘没主见,什么话也不说。”

潘忠地说:“那不行,不能依着他。真那样办了影响不好。”

张发树说:“那怎么办?刚才俺几个给他拉的不少,做不下工作来。问题是明天上午就得去联系吹鼓手,用多少得抓紧定下来。”

潘忠地说:“现在天太晚了,明天一早我过去给他谈谈。”

第二天早晨,潘忠地起床后就去了。一家人刚烧完清晨纸,友新媳妇任令花忙着做早饭。一进堂屋,友新娘就让友新赶紧泡茶,潘忠地说:“别泡了,我早晨也没有喝茶的习惯。恁娘俩都坐下,有个事咱再商量商量。”

潘友新一见潘忠地这么早过来,就猜着是为什么事了,有些红头涨脸的样子,坐下说:“是不是发树叔都给你汇报了?我昨天晚上又反复考虑了,就这么办吧。”

潘忠地说:“一个人想明白点道理确实不容易,有些事儿觉得考虑很全面了,其实没有,很可能钻了牛角尖,转不过那个弯来。你老是担心外人说你不孝顺,这方面自有公论,好话孬话人家都不会当着你的面讲。我最清楚,全村不管老少,有谁说过你的不是?没有。恁爹已经走了我不该再说这个话,人们评论起来,都说他做得不对,没你一点错。叫恁娘说说,你是不孝顺的那种人吗?”

友新娘说:“说起孝敬老人来,他两口子都没得说。就他爹那样的脾气,孩子们没跟他计较,经常往家拿钱不说,吃的喝的还不断送过来。”

潘忠地说:“再说,孝顺不孝顺也不在丧事办得大小上。如果平时对老人不好,死了花再多的钱发丧,人们照常指他的脊梁骨。另外,村里有以往别人家办丧事的路子,可以适当好一些,但不能太离谱了。要是按你说的那个弄法，从我记事还没有过那种情况，大伙会怎么看？肯定得说你是‘摆富’，有钱没地方花了。我知道，你不在乎那两个钱，可该花的花，钱再多也不能乱花。就说吹鼓手吧，一般死了人都是雇四个人的班子，个别也有雇六个、八个的，从没有雇两班子的。还有候客，就是八个菜，至多厚实点，多买点肉、鱼的。过分了不好，不仅自己浪费了钱，还会落闲话。”

潘友新低着头不言语。他娘说：“恁大叔说得对，听恁叔的。恁爹一辈子是个不枉花钱的人，你要是铺排大了，他在那边也不高兴。”

潘忠地又说：“婚丧嫁娶大操大办，是陈规陋习，前些年该改的都改了，咱可不能带头再兴起来。”

潘友新抬起头，说：“大叔，我听你的，你说怎么办就怎么办。”

潘忠地说：“这方面治丧委员会都明白，让他们说说需要怎么办，你同意就行了。”

正说着潘士金夹着一卷子纸来了，进门蹲在潘忠国尸体前，把纸点着。友新娘说：“你是当叔的，给他烧什么纸？”

潘士金说：“爷们一场，他倒比我先走了，我得送他一程。”

潘友新跪下给潘士金磕头。这时张发树也进来了，潘士金说：“给我磕不磕的，得给恁发树叔磕头。”

张发树说：“昨天大哥咽气的时候俺几个都在，友新给俺磕过了。”

都坐下后潘士金问：“发丧的事都商量好了？”

潘忠地说：“正商量着。”

张发树说：“得赶紧定下来，吃了饭我就安排人去雇吹鼓手，还得买孝布。菜倒是晚不了，明天、后天的买就行。”

潘友新说：“孝布按常规买吧。算算来的亲戚，需要多少买多少。吹鼓手就一班子，八个人。”

潘士金说：“要那么多吹鼓手干吗？六个就不少。”

张发树说：“我看六个可以，不上不下。多数人家的丧事都是雇四个，雇太多了才是花冤枉钱哩，没意思。”

潘忠地说：“友新，恁大老爷说了，就雇六个吧。”

潘友新说：“行，听大老爷的。”

任令花做完饭过来了，进来先给潘士金磕了个头。潘忠地说：“做好饭了？”

任令花说：“做好了。”

张发树说：“恁抓紧吃饭，过会儿就来人，今天上午还得去火化。”

潘忠地说：“那行，就这么定了，所有事都听恁发树叔的。还有一件事，发过丧去不能叫恁娘一个人在家里住了，跟着恁到那边过去也行，恁搬过来也可以。”

潘士金说：“那边刚盖起新房子来，不能再往这搬了。他婶子，上孩子那边去，孙子整天在你跟前多好！”

友新娘说：“要依着我早就过去了。我还能帮令花做做饭，他们成天忙活着喂兔子，还雇着好几个人，也够累的。小岗和友新小时候一样，可听话了。”

任令花说：“盖完房子就给老人家留出来一间，搬过床铺去就行。”

潘忠地说：“就这样吧，俺也回去吃饭了。”

潘友新说：“恁都在这里一块吃吧。”

张发树说：“不用，恁快点吃。”说着他三个一起走了。

# 协会挂牌

潘友新家的丧事办过去了，既不铺张，还非常圆满，街坊邻居都赞成，一家老少也满意。烧过五七纸，潘友新非要请支部的几个人吃顿饭，以表示感谢。开始潘忠地不同意，说别人家发完丧没有这么办的，谁家遇上事支部也是这样对待，没这个必要。潘友新连续跑了好几趟，说没有发送俺爹这件事我也该请请恁，这些年我发展养兔，村里对我支持这么大，叫恁到我家坐坐还不是应该的？能算什么大事？再说，也不光叫恁几个，我想，你如果同意，把忠良叔也叫上，他对俺的事一直很关心，我要单独请他他肯定不去。潘忠地不好推托了，就答应了他。

这天人一到齐，张发树就说：“忠良大哥，你不看看友新今天请的都是谁呀？也不想想自己的身份，你来凑合么？”

潘忠良说：“你白活这么些年，连点规矩都不懂。我还不知道请的是些什么人呀，恁都是村里的头头脑脑，就我是个白板。可是，请客不能没有陪客的，和友新俺是自家爷们，近门男爷们身体好的我年龄最大，叫我来陪陪恁是高看恁一眼。我来也不是为了你，是看他们几个的面子。要是只请你，根本用不着找人陪，我更不会来，孬好弄两个小菜，叫小岗陪你吃了就不错了。”

李淑苹说："你再能！别觉着自己多了不起，把你归成和小岗一伙了。大哥来陪你喝盅酒，你是沾的大家的光。"

张发树说："你怎么能随着他说呢？他是老糊涂了，嘴都不听使唤了，你脑子也有毛病了？"

李淑苹说："我脑子好好的，倒是你，发高烧把脑子烧坏了，整天说胡话！"

潘忠良说："发树你怎么为的人？这几年我不在家，还以为没人能和你抬杠了，回来这段时间发现，长贵、淑苹也和你拉不到一块去，时不时噎得你和蛤蟆似的，脖子都和头一样粗了。"

张发树说："你算说对了，有的人就是说话行事不正当，不知道长幼，张嘴就和我顶撞，我和那样的人多咱也尿不到一个壶里去。"

潘忠地说："别嘴上没有把门的，这是在友新家里，说话注意着点。"

张发树说："没事儿，这不是令花和她娘都在厨屋里嘛！"

潘忠地说："说点正事。淑苹，俊兴和你商量了吗？忠良大哥说转出部分地来，恁接过去种呗。"

李淑苹说："那天你跟他说了以后，他当天就和俺爹俺大爷商量了。这两年是转包了十来亩地，去年把秀菊姑那一亩多退还给她了，要是再包个三亩两亩还行，多了就怕种不好了。俊兴倒是觉得多种几亩也可以，反正忙的时候得雇人。"

潘忠良说："我那些地虽然是三家的，可都挨在一起，总共就三大块，接近十六亩。我得转出两块去，留下几亩种点粮食作物，够吃的就行了。你给俊兴说，南坡、西坡、西北坡，三块任他挑。再过几天就惊蛰了，得赶紧定下来，别误了拾掇地。"

李淑苹说："俊兴怎么着都行，俺大爷也好说，就是得给俺爹再好好拉拉。"

潘忠良说："不行我去找找恁爹，俺爷俩好说话。这是帮我的忙，我一说他保证能答应。”

李向河说：“你就不该再留地了，还种那几亩粮食干吗？孩子们都挣钱，这几年你口袋里也挣满了，有钱还愁买不着粮食？恁老两口只要看好几个孩子，就不用受那个累了。”

潘忠良说：“你这和大宝说一样话了，那可不行。庄稼人为什么说以土地为本？就是因为囤里有粮心里才踏实。万一遇上灾年，有钱到哪里买粮食去？钱再多也不能当饭吃。再说，我这身子骨多硬朗啊，干点庄稼活还行，要没活干就闲出病来了。”

潘忠地说：“这话有道理。前几年咱开始调整种植业结构的时候，魏书记就说过，扩种些高产值的作物是对的，但是要尊重群众的意愿，有的户还想种部分粮食作物，以保口粮，就得支持。有的地方号召什么‘无粮乡镇’，都那样办可不行。我们国家人口这么多，如果吃的出了问题，哪个国家也帮咱解决不了。所以我们坚持，扩大蔬菜面积也得保留部分耕地种粮食，起码能保证上缴国家的和群众的口粮。不是玉凤还在家吗？现在浇地有电机，耕耙、收麦雇拖拉机、收割机，地里施上除草剂，基本上也不用锄地了，爷两个管几亩地累不着。”

潘友新这一阵子只管给他们倒水，没有插话，听到这里，说：“我还想把俺那几亩地也转包出去，看来还得自己种着？”

张发树说：“你和他们不一样，完全可以转给别人。去年我还说过你，满坡没有你那几亩地种得再差的了。这倒不是说你懒，恁两口子黑白忙着喂兔子，还雇着好几个人帮忙，地里的活没时间干，恁爹还很少下地。这个样子种地肯定是赔本了，不如转包出去，双方都有好处。”

潘忠地说：“是啊，这种情况的还有几家。下一步我们得好好研究研究，排出一部分户来，让他们专门种地，尽量多承包一些，形成规模就能降低成本，也就有赚头了。那样有些不想种、种不好的户，都可以把地转出来。”

潘忠良说：“你刚才提到县里的魏书记，他得有七十了吧？老头身体怎么样？”

潘忠地说：“后年才七十，身体好着哩。年前年后我还没去看他，过这几天我得去一趟了。”

这时小岗进来了，说：“俺奶奶叫我跟恁说，做好菜了，恁喝酒吧。”

潘忠良说：“叫恁奶奶过来，没有外人，一块吃。”

小岗说：“俺娘说让俺奶奶过来，俺奶奶不来，她说恁吃着饭好拉呱。”

张发树说：“那你就在这里吧，给我们倒酒。”

小岗说：“我才不给恁倒酒哩，俺爹倒就行。俺娘早就说过，小孩不能上大桌子，在大桌子上够不着吃菜。”

张发树说：“好菜都得端到这里来，你可是捞不着吃了。”

小岗说：“俺奶奶有给我留下的。”说着跑回厨屋去了。

潘忠地进城去看魏书记，走到时只有老太太在家。老太太忙着泡茶，说：“前几天恁老师还念叨你，说你好几个月没来了。你先喝着茶，我这就去喊他。”

潘忠地说：“俺老师干什么去了？”

老太太说：“学太极拳去了，在党校那个院子里。体委有个退休的同志会打拳，他们退下来的一伙人跟着他学，可靠时了，从过了正月十五就开始了，每天上午都去待两三个小时。还叫着我去了两次，抬腿伸胳膊的我可学不会，费那个劲哩。”

潘忠地说：“党校离这里挺远的，我骑车子去吧，回来再喝水。”

潘忠地走到一看，三四十个退休老人，其中还有十来个女的，排成三行，正一招一式认真地练着。潘忠地在后面看了一会儿，有个老同志认识他，发现后和他说话，魏书记这才扭头看到他，就停下走过来，问：“你怎么到这里来了？”

潘忠地说：“我先到家里，俺师娘说你在这里学拳。她想来喊你，我没让她老人家来。”

魏书记说：“走，咱回去。”回头又对那伙人说，“恁继续练，我得先走一步了。”

走在路上，潘忠地说：“我看着您打得可好了。”

魏书记说：“好嘛！这才学了个二十四式，动作差远了，做不到位，也就是比画比画。套路也记不住，都在一块还能舞乍下来，单独一个人就打了上节忘下节的。老了退下来没点事干不行，有的还有小孩子看，有的孙子辈的都上学了，在家无所事事，都要求搞些活动。太极拳适合老年人，可有些人不喜欢，大点的单位建起了老年活动室，到那里下下棋、打打牌也挺好。今后农村也得考虑这个问题，都说七十岁老翁如顽童，人老了怕孤单，多数都喜欢凑热闹，得想法为他们提供聚在一起玩的条件。”

潘忠地说：“还真没想过这事哩。我们建起了托儿所，不到上学年龄的孩子都能入托了，今后是该考虑考虑老年人的事了。像士金叔、明尧叔他们那个年龄的，没事只好到坡里转悠转悠。”

说着来到了家门口，大门却上了锁，潘忠地说：“俺师娘这是出去了。”

魏书记说：“一定是买菜去了。不要紧，我有带的钥匙。”

进屋刚倒上水，老太太拿着个布兜回来了。魏书记说：“你不是去买菜来？”

老太太说：“买什么菜？肉、鱼，还有青菜，忠地都拿来了，还拿来那么多挂面。我是知道忠地酒量不大，专门去买了瓶葡萄酒。来就来呗，还带这么多东西。”

潘忠地说：“村头就有卖的，花不了几个钱。”

魏书记说：“你去做饭吧，我给士友要个电话，问问他要是有空，让他过来吃饭。忠地，恁两个最近见面了吗？”

潘忠地说：“见了。正月初三我带着孩子去他家看看老人，十六他又来俺家看俺娘了。”

魏书记说："不错。他到县里来工作后你们见面少了，两家老人都在，还得经常走动走动。"

王士友接到电话就赶紧来了，还专门买来两瓶景芝特酿。魏书记说："怎么还买酒呀，家里有，恁婶子又刚给忠地买来瓶葡萄酒，咱俩喝白的，让他喝红的。"

王士友说："我这是到食品公司那个商店买的，这种酒别的商店没有。"

魏书记看了看，说："这可是好酒，前几年我听说，省里接待重要客人都喝这个酒。"

潘忠地倒上茶递给王士友，王士友说："我在办公室喝过了，恁说话，我帮婶子炒菜去。"

潘忠地说："我刚才过去来，她老人家正在炸鱼，不让帮忙。"

魏书记说："都坐下喝水，咱人不多，做不了几个菜，她自己能行。到这个岁数小两三岁就挺看出来了，论身体状况，她比我强多了。"

喝起水来，魏书记问潘忠地："恁乡里那几个负责人干得怎么样？"

潘忠地说："挺好的。林书记、周乡长他们抓工作可认真了，县里有什么部署，都是立即开会传达贯彻。他们也经常到下边去检查指导工作，我们遇到困难找他们，也都能帮着解决。俺村里又有几家建了恒温库，还有新买汽车的，都是乡领导帮忙贷的款。"

王士友说："我听说今年又新出去打工的不少？"

潘忠地说："可能不少村都有一些，俺村里年后又新走了二十多个，其中还有七八个女的。"

魏书记说："那样是不是会受影响种地啊？"

潘忠地说："有的户肯定受影响，年轻的走了，家里光剩下老人孩子，坡里的活基本不能干了。"

魏书记说："这就成问题了。只图出去挣钱，家里的地撂了荒，长期下去怎么能行？"

潘忠地说："为这事俺支部里专门商量过，想动员一部分户，让他们集中精力种地。那些没人种地的家庭，把承包田转包给他们。现在机械化程度高了，农忙的时候再组织下协作，如果有两三个能下地的，管理几十亩地不成问题。仔细算算效益账，比出去打工差不了多少。"

王士友说："土地承包到户可是个大政策，中央要求长期不变，有的户自己种不好没事，村里要调给别人可能就有意见了。"

潘忠地说："不涉及政策。一是采取自愿的原则，二是承包权不变。说的是转包，接受的户要拿部分转包费给原承包户。前两年我们有个别这么弄的，当时定的转包费每亩一年三百元，这次商量想提高一点，也根据土地质量分分等级，一般的地块三百到三百五十元，个别地方可以定在四百元。虽然村里统一协调，他们双方协商同意才行，也得签个字据。"

魏书记说："这倒是个好办法。乡里什么态度？"

潘忠地说："我想拿出个具体方案来再去向林书记汇报，估计乡党委得支持。"

老太太端过菜来了，潘忠地又去帮着端来两盘子，王士友起酒瓶，问："忠地你喝红的？"

魏书记说："先喝半盅白酒尝尝，这个酒软和，品品还有个芝麻香味儿，喝多了也不上头。"

老太太说："他不能喝你就别强让，酒还是什么好东西！"

魏书记说："少喝点没事儿，你也坐下喝一盅。三十晚上咱喝的就是这种酒，大孩子买回来的，你喝了两盅子不是说没什么感觉吗？"

潘忠地说："我要喝半盅白的就不能再喝葡萄酒了。"

王士友说："随你的便。老书记也知道，你那酒量不中用。"

其实四个人也就喝了半斤多酒。吃完饭潘忠地想回去，王士友说："你轻易不来，跟着我，吃了晚饭再走。"

潘忠地说："算了吧，我回去还净事儿，你一个单身汉，吃饭还得上伙房，不去了。”

魏书记说：“士友怎么还一个人？不是说你家属、孩子的户口都转出来了？”

王士友说：“户口是办了，孩子在一中上学，住校。孩子他娘暂时不能来，我老母亲年纪大了，又不愿意跟着出来，让她一个人在家不放心。”

老太太问：“恁母亲七十几了？”

王士友说：“今年虚岁七十三。农村有个说法，‘七十三、八十四，阎王不叫自己去’，她老人家可在乎了，过了春节就老嘟囔，说怕是熬不过今年去了。”

魏书记说：“那不行，你得做做工作，不能让她有思想压力。要是老往这方面考虑，没病也思虑出病来了。”

王士友说：“怎么办呀，我说过几次，这是迷信，没点科学道理，不能相信这一套。她就是听不进去。”

魏书记说：“这种说法的确没道理。据说这是孔子、孟子去世时的年龄，后人崇拜圣人，就觉得不能超过他们了。你给老人说，他们生活在什么年代？咱现在生活、医疗条件好了，肯定要比他们长寿。还有个办法，今年你就给她说按周岁算的年龄，明年再给她说按虚岁，那不就避过这个岁数去了？”

王士友说：“我回去试试。”

潘忠地笑着说：“还是老师有办法。明年俺娘也虚岁七十三了，到时候我就这样给她说。”

村里把在家劳力多的排出来六七户，分别把他们叫到办公室做了做工作，都同意再接受部分承包地。蒋俊兴最积极，他说：“我还想秋后建恒温库来，这样就不建了，准备的钱先买部拖拉机，到时候自己耕地、运东西。我可以包七八十亩，百来亩也行，以种菜为主，好了一年也能赚十万二十万的。”

李淑苹说：“你别想得忒简单了，不论种什么，忙的时候可以雇人，平时能管得过来？”

蒋俊兴说：“地里有活就得雇人，不一定是整劳力，也可以雇外村的，定好工钱，不愁没人干。另外，有愿意合伙的也行，我负责种植、管理，不出转包费了，谁出工都记着，年底算账分红。”

张发树说：“你那样又等于成立起合作社来了。”

蒋俊兴说：“叫什么无所谓，我保证能比现在那些户种得好。”

潘忠地说：“这倒是个新思路。我到乡里汇报一下，如果领导同意，咱就马上办。”

到了乡里，潘忠地把情况详细说了说，林书记很高兴，觉得全乡不少村出现了土地撂荒的现象，汶水滩研究的这个办法，很值得推广。于是说：“你们抓紧动手，过几天我去看看，如果能行，就开个全乡的党支部书记会，都要推广你们这种做法，解决一些承包户种不好、不想种的问题。不过，如果是合伙种植，不一定叫什么合作社。我从《农村工作通讯》上看到篇文章，介绍有的地方成立专业协会，例如果树协会、大蒜协会、生姜协会，还有养蜂协会、养鸡协会等，从技术推广、良种引进、产品销售等方面统一协调服务，效果很好。你们可以探讨一下。”

潘忠地说：“那行，我们好好商量商量。”

林书记找出那本杂志，给了潘忠地。

回到村里，潘忠地在支部会上把林书记的意见讲了讲，都认为这个办法可行。潘忠地说：“那就先把蔬菜种植协会建立起来。淑苹，你去把俊兴叫来，一块给他说说，得让他挑这个头。”

蒋俊兴来到听了听这意思，说：“事是好事，搞起来对大伙服务更方便了。不过，让我挑头不行。说实话，我连个生产队干部都没当过，组织协调的事可干不了。老少爷们如果从心里不服咱，就不好办了。这个头让长友当，我还是当技术员，跟着他跑跑腿。”

张发树说：“要是把全村种菜的大户组织起来，少说也得六七十户，比原来两个生产队的人还多，你这个头就相当于大队长了，怎么不干呢？长友管好试验田就行了。”

李长贵说：“什么大队长，这是成立协会，应该叫会长。”

潘忠地想，蒋俊兴考虑事儿比较细，可能觉得自己是外姓人，又年轻，担心大伙家族观念太强，不拥护他当头，农村也的确存在这方面的问题，就说：“俊兴说的有一定道理。要不这样，试验田的人也不够用了，俊兴想多包点地，可以把试验田纳进来，具体怎么办再和长友商量。长友这几年种菜也有经验了，蔬菜种植协会就让他当会长，俊兴当副会长，兼着技术员，他两个肯定能把这事办好了。”

蒋俊兴说：“那行，只要有个人在前面领着，我干什么都可以。”

张发树说：“那就赶紧开个群众大会，发动发动，让大家自愿参加。”

潘忠地说：“先不用开大会，开个小组长会，让他们回去发动。咱两个和俊兴去给长友拉拉，先把事定下来，还得起草个章程，让大家通过，然后边筹备边发动报名。到协会成立的时候，再开个大会。”

大家都同意这么办。

他三个去了试验田，李长友正和潘忠民、潘忠明、展春生在办公室喝水，潘忠地把支部研究的意见说了说，李长友说：“好啊，原来在这里干活的过了年又走了好几个，我正犯愁哩，让俊兴把地包了，他愿意雇谁就雇谁。可是，要成立协会我不能当会长，这是个新鲜事，别弄砸了。”

张发树说：“别磨磨唧唧的，怕什么？不就是当个会长吗？有党支部给你撑腰，还能看着让你干砸了？”

潘忠地说：“新鲜事不假，乡里林书记也是从材料上看到外地有这么做的，那篇文章我带回来看了，下午拿来恁都看看，具体怎么办咱再仔细琢磨琢磨。不用担心，不是土地归大堆，只是组织起来为大伙搞搞服务，开始可以简单些，条件具备了再增加服务事项。试验田的地怎么办你和俊兴商量，只要保证交够村里的承包费就行。”

这时潘忠明突然说：“俺也成立个协会行不？”

张发树说：“别乱插杠子，你成立什么协会？”

潘忠明说：“现在有恒温库的涉及六七户了，买汽车和用拖拉机搞运输的有十多家了，我们要是能组织起来，有些业务就比现在好办多了。”

潘忠民说：“就成立个蔬菜储藏运销协会。”

展春生说：“现在有些事他们也都找俺，如果成立起协会来，不仅对外联系事更方便了，指导大伙也名正言顺了。就让忠民哥当会长。”

潘忠民说：“恁两个谁当会长都行，我不当。”

展春生说：“你不当就让忠明哥当。”

潘忠明说：“还是让忠民哥当合适。”

潘忠地说：“你们这个想法很好。那样咱就同时把两个协会都建起来，一块开会，一块挂牌子。抓紧准备，联系好参加的那些户，起草个章程，争取大后天成立。我给林书记要个电话，他说来看看，能行就请他来参加成立大会。至于谁当会长，恁三个商量着办。”

张发树说：“不用商量，这事是忠明提出来的，就叫忠明承这个头。”

潘忠明还想说什么，潘忠地接着说：“我看可以，反正今后的事还得恁三个商量着办。”

潘忠民、展春生也都说同意。潘忠明又推托一阵子，最后算是接受了。

张发树说：“要是弄两个牌子挂在哪里呀？”

李长友说：“挂在这里就行。把西边的仓库拾掇拾掇，里面也没多少东西，可以当个办公室。加上现在这个办公室，两家正好。”

潘忠民说：“蔬菜种植协会用这个现成的，俺用仓库。”

潘忠地说：“就这么办。到时候开会也在这里，安排人把院子整理一下，要像个会场的样子。”

农历二月的天气，暖融融的。田野已开始换装，逐步披上了绿色的外套。麦苗青青，随风泛起涟漪。野草争相钻出地面，有的露出淡绿的嫩芽，有的顶着褐色的花苞。那些杨柳，满树柔韧的枝条，绿中带黄，不停地飘荡。小燕子在人们头顶上飞来飞去，为大好春光平添了不少生趣。

这生机勃勃的光景，不能不令人心醉。

早饭过后，随着一阵锣鼓声，人们怀着喜悦的心情，陆续到试验田来了。

准备工作很顺利。支部召开了小组长会，多数人关心的是蔬菜种植协会，潘忠地一讲完，有几个小组长就首先报了名。回去一发动，全村参加的接近一百户。因为蔬菜储藏运销协会牵涉户数不多，潘忠地让潘忠民他们三个分头跑了跑，登门做做工作，接近二十户都表示参加。制定协会章程费了点事儿，都没弄过，有些怵头。潘忠地亲自帮他们研究，根据那篇文章提示的内容，提出重点把协会承担的义务写明白。李长友、潘忠明分别起草，反复讨论修改了两三遍才定下来。牌子是挂在屋门口，做得不是太大，可白磁漆的底子，红磁漆的仿宋体字，挂上也很醒目。昨天张发树提议，这是喜兴事，把锣鼓家什拿来敲打敲打，显得热闹，再去买两挂炮仗放放。展春生接着去刘集买炮仗，张发树嘱咐："写个单据，让向河给恁报销。村里出这个钱，算是向恁祝贺。"潘忠明说："十块八块的值当的吗？算了，您有这个心意就行了。明天一早俺把锣鼓捎来，找几个会敲的，吃了早饭就响响家什，引引人。"

李长友和几个人刚把开会用的桌子、凳子搬到院子里，参加会的人还没到齐，林书记和刘秘书就骑着车子到了。潘忠地、张发树把他两个迎到屋里，支部的其他几个人忙着给他们倒水。林书记说："会议怎么安排的？几项议程？"

潘忠地说："商量了个初步办法，汇报一下您看看行不。我主持会，开始简单说两句会议的内容，然后让长友和忠明分别发言，一是念念起草的章程，再就是表个态，说说如何为大伙搞好服务。随后问问大家对章程有什么意见，没意见就鼓掌通过。最后请您讲话，给我们提提要求。”

刘秘书说：“我看着你们把牌子都挂上了，这恐怕不太合适。开了会才算协会正式成立，应该会后再挂，或者把挂牌作为一项议程，放在最后。”

张发树说：“这是刚挂上的，好办，马上摘下来去，先放到屋里。到时候忠地一宣布挂牌，再拿出去。恁两位领导来了，就受受累，一人挂上一个。”

林书记笑了笑，说：“还是发树会说话，还受受累，挂个小牌子还累着了？那行，俺两个给恁挂牌，我就不再讲话了。”

潘忠地说：“不讲话可不行。您来参加会了，多少得讲几句，大家都盼着哩。”

林书记说：“恭敬不如从命，那就代表乡党委、乡政府说两句祝贺的话，也没多少讲头。”

潘忠地说：“这两份章程您还得看看。都没弄过，不合适的地方再修改，还来得及。”

林书记接过去看了看，说：“很好，挺全面，不用改了。”

李长贵在外面组织人，进来说：“差不多到齐了，再敲敲锣鼓，放了炮仗就开会吧？”

刘秘书说：“还有准备的炮仗？这不能放，等到挂牌的时候放比较好。”

张发树说：“先预备好，这里开始挂牌，那边就放。”

不到一个小时就散会了。留林书记他们吃饭，林书记坚持回去，临走时说：“忠地你要有个思想准备，党委研究一下，近期就开个各村的会，重点推广这件事。会上你得有个发言，要介绍详细一点。”

潘忠地说：“就这么个单项事，还用介绍啊？党委提提要求就行了。”

林书记说：“还是讲讲好，你一讲就更有说服力了。”

# 老年人活动室

那天傍晚，潘忠地从乡里参加会议回来，在南坡遇到了潘士金，两个人便说起话来。潘士金问了问前几天成立协会的事，潘忠地大体说了说过程，又把乡里会议的内容介绍了一下，随后想起组织老年人活动的事儿，想听听老书记的意见，就说：“前些时我去看魏书记，他提出，村里也应该关心关心老年人，组织他们搞些活动。咱已经办起了托儿所，老人的事是该考虑考虑了。”

潘士金以为是像管孩子们那样管老人，觉得行不通，就说：“办托儿所很应该，把小孩子看起来，能让不少家庭妇女腾出手来干点活。至于老年人，没必要统一管，也不好管。”

潘忠地说：“县里有些单位建起了老人活动室，没事的可以去玩。魏书记他们几十个退休干部是一起学太极拳，在党校那个操场上，我去看了看，都可认真了。听那意思，退下来的老同志随便参加，也不统一要求，愿意去的就去，有事的就不去。”

正说着李向东开着车过来了，看到他两个在路边站着，就停下车，下来和他们打招呼，并掏出烟递给潘士金一支。潘士金吸着烟，接着刚才的话说：“机关上退休的老干部越来越多，是得让他们有点事干，不然，整天蹲在家里多没意思，也不能天天去逛门市部呀！农村就不一样了，老了只要身体还好，可以忙忙家务，喂喂猪、喂喂鸡，再不出去割把草、拾筐粪也行，不能干了还可以到坡里瞧瞧庄稼，用不着集体操心。”

李向东说：“县里现在对离退休的老干部可重视了。前天我去县城，约几个熟人一块吃饭，其中有一个是组织部的副部长，听他说，县委决定建老干部活动中心，老干部局也要升格成正科级单位，准备让他当局长，上任就先靠上抓活动中心的建设。已经给他正式谈话了，据说因为地区和有些县早就建起来了，咱县里也得抓紧办。”

潘忠地说：“尊老爱幼是咱中华民族的传统美德，应该这么办。所以我觉得，村里也得把老人们的事重视起来。也就是搞个活动场地，再买点娱乐用品，像扑克牌、象棋什么的，有些想玩的就可以凑在一块玩玩了。”

潘士金说：“这么说也可以办，找几间房子就行。”

潘忠地说：“我考虑就是房子的问题不好解决。户家没有完全空出来的，村办公室院里西屋那是两间，太窄巴。除非新盖，祠堂东边还有块地方，盖上四间屋，外边的场地也宽绰。”

李向东说：“那位置好呀，处在村中心，作为老年人活动室，东边算是在上，西边挨着的就是托儿所，小孩子在下，老的小的集中在一块儿，热闹。”

潘士金说：“那地方靠着祠堂，户家是没人愿意在那里盖房子。集体盖能行，不过得注意，不要盖得比祠堂正房高了。”

潘忠地说：“高不了，那边地基就比祠堂院子低接近一米。”

潘士金突然想起一件事，说：“不盖新的也有处房子。昨天我去卫生室，听恁庆龙大叔说，他爷们想进城开诊所去。他们一走，卫生室的房子就闲起来了，那是当年村里盖的三间屋，不算小。”

潘忠地说：“有这事？那可不行，他爷三个走了村里怎么办？有个头疼脑热的得去刘集医院，忒不方便了。”

李向东说："他们要有这个打算就留不住。其他人都能出去打工，还能不让他们走？"

潘忠地没再说什么，可把这事放在了心里。吃完晚饭，他就去了卫生室。李庆龙也是刚进门开着灯，潘忠地坐下就开门见山地问："大叔，我听说你和宝典他们要去县城开个诊所？"

李庆龙说："这个事倒是有。不过，是宝典和桂芝去，我不能去。年纪大了不说，我走了咱这卫生室就得停，老少爷们有个小病小灾的怎么办？另外，都走了剩恁婶子一个人在家也不行。"

潘忠地一听这话放心了，说："那样可以，他们年轻，宝典又有治疗皮肤病的绝招，到城里扬名快，肯定比现在的病号多。这是宝典的主意？他这想法挺好，得支持。"

李庆龙说："开始也不是他的想法。年前桂芝的个同学来看病，那闺女得了多年的牛皮癣了，去过的大医院不少，一直治不好，也是抱着试试的态度来的，宝典给她治疗了几个月，基本好了。前段时间又来拿药，问能不能好彻底，别再犯了？宝典说，只要坚持再用两个月的药，好好巩固巩固，今后注意尽量不吃刺激性大的食物，一般就不会犯了。他们拉得很投机，是桂芝的同学提出来的，说要是到县城开个门诊就好了，这么高明的医术，能发挥更大的作用，在村卫生室还是知道的人太少。他们商量了一阵子，他两个就答应了，我也没反对。"

潘忠地说："去了就得办正规的，要办理好执照，还得租房子，也不是件容易事。"

李庆龙说："桂芝这个同学就在县卫生局工作，她说帮着他们办执照、赁房子。前天恁士金叔过来，问我他两个怎么不在？我说进城看房子去了，准备在那里开个诊所。"

潘忠地说："怪不得士金叔知道这事。房子找好了？在什么位置？"

李庆龙说："他们回来给我说，看的那房子还不错，三间屋，在东关，靠路口。就是当时房主不在家，说是过两天再去，和人家定定租金的事。另外，执照也没办好。我想办个差不多的时候再告诉你，反正现在政策允许，出不了什么问题。”

潘忠地说：“叫他们去吧，年轻人就该到外面闯闯。离家也不是多远，有事还可以来回跑着点。有些事情都必须在正式开业前办利索，不仅卫生部门要批准，还得到工商部门办手续，也得和当地派出所打打招呼，以后万一遇到什么事，人家好给帮着解决。有桂芝这个同学帮忙省不少事，她情况熟，人都认识，办起来就方便多了。”

李庆龙说：“看看再说吧，能行就去，不行就算了。”

党支部开会，研究为组织老人活动建房子的事。正式商量前潘忠地说：“宝典和桂芝要进城开诊所，正在办手续。下一步卫生室又成庆龙叔一个人了。”张发树一听就急了，说：“不能让他们去。这几年卫生室收入高，一年向村里交一万多块钱，主要是宝典看皮肤病挣的。要是只有庆龙叔自己，别说交钱了，弄不好村里得给他钱。宝典当年来落户，咱是照顾他，现在混好了，名声大了，外边来找他看病的多了，也不能为了个人挣钱就忘恩负义，说走扑拉扑拉腚就走。”

李向河说：“你这说法不对，怎么是忘恩负义？人家自己有本事，眼下不是那时候的政策了，不到咱村里来照常可以到大地方去。当初来了就是咱的个普通社员，现在也是个一般群众，别人能出去挣钱，他为什么不能？别说是他，就是庆龙叔想走咱也没权力阻拦。”

李长贵说：“是没理由不让他去。说起来他和桂芝姑走了也就是影响点村里的收入，对群众影响不大。平时找他看病的，基本都是外来的病号，本村的一般病人还是叫庆龙大老爷看。桂芝姑也就是拿拿药打打针，这方面庆龙大老爷都能行。真有严重的病人，还是得去医院。”

潘忠地说：“原来定的让他们交那些钱，是延续的大包干以前的数。按道理，不应该再交这么多了，也就是集体那三间屋的租赁费，多挣的钱都应该归他们个人。如果他两个走了，这事得另说。”

张发树说：“琢磨起来是这么个理儿。那几家建恒温库的，还有孙凤蕊那个厂子，也只是每年交村里土地使用费，卫生室也应该只收个房屋使用费。下一步要是庆龙叔一个人干，挣不了几个钱，也就是为大伙应应急，别再让他交了，不行就给他发工资，得想法拴住他，不能让他也走了。”

潘忠地说：“这事以后再研究吧。”然后把为什么要组织老年人活动，怎么开展活动，以及想利用祠堂东边那块空地方，建四间房子的想法全面说了说，让大伙讨论讨论有什么意见。

张发树说：“这个事恐怕不好弄，就算是建了房子，能不能搞起活动来？咱跟城里不一样，那些老头老太太的谁去啊？这和托儿所招收孩子也不是一回事。”

李淑苹说：“你别说，有了地方就会有人去。现在有些人就经常凑在一起打牌、下棋的，整上午整下午地玩。”

李长贵说：“这是个好事。俺爹就经常和那几个老头在一块瞎扯，凑起来就是大半天。”

潘忠地说：“年纪大了都愿意凑热闹，只要搞起来，再发动一下，想去的少不了。再说，也是自愿参加，不能勉强。”

张发树说：“向河，钱怎么样？买四间房子的物料够不够？”

李向河说：“钱没问题，咱还存着十来万哩，盖托儿所那三间屋没用着。”

李长贵说：“要不咱再让他们凑点？”

潘忠地说：“不能老是让大伙出钱，就是盖几间房子，三四万块钱足够，咱不是没那个能力。”

张发树说：“托儿所有秀菊姑负责，这里建起来也得找个人具体组织才行。别看都是些老家伙，也有不对脾气的，说不定哪一瞬儿就瞪眼，得有个专人管管他们。整天还得开门锁门的，咱可没那个工夫。”

潘忠地说：“是得有个人，不光是管理，还得为他们服服务。”

李淑苹说：“叫士金叔或明尧叔，他们身体好，也有权威，说话都能听。”

潘忠地说：“他两个都不太合适，在村里当了那么多年的主要负责人，不能让他们再管这种事。”

张发树说：“要不叫光恩大老爷。”

潘忠地说：“他年纪太大了，行动都不方便了。”

李向河说：“有个人合适。春才哥到退休年龄了，这学期又来了个公办老师，他已经不教学了，让他干这个事能行。”

张发树说：“前几年他就转成公办教师了，现在是按月拿着退休金，还误不了帮家里干活，他能操这个闲心？”

李向河说：“估计问题不大。虽然是公办教师退休，他这才转正几年？又没到外村去干过，还算是咱村里的人。这个差事又累不着，也就是尽点义务，给他说说也许能接受。”

潘忠地说：“这个人只要愿意干还真行，他办事有热情，原来村里搞的些活动就没少参与。把他叫来谈谈。”

李长贵去把展春才叫来了。在路上他就问找他什么事？李长贵简单说了说。来到以后，潘忠地先把意思讲了讲，张发树接着说：“怎么样？咱丑话说在前头，别觉着自己是公办老师了，就拿糖，不想为村里做点工作了。这可是党支部看得起你，不能摆架子呵。”

展春才说：“你这是说的哪里话？我又不是三两岁的小孩子，还能不知道好歹啊！什么公办民办的，要不是党支部关心，群众拥护，我能在全县第一批就转成公办了？大伙对我的好处，我是一辈子忘不了。所以说，不论安排我什么事，我只能愉快地接受，没有讨价还价的份儿。但是，这是个新鲜事，我心里可是一点数没有，不知道能不能挑得起这副担子。”

潘忠地说："的确是个新事，上头机关有建老年活动室的，县里正准备建老干部活动中心，还没听说村一级有搞这事的。这也是我到县里去，魏书记提议的，刚才我们商量，觉得该办。真要搞起来，必须有个人靠在那里具体负责，考虑半天，都认为你比较合适，这才把你叫来，听听你的想法。大伙相信你，一定能干好了。"

展春才说："只要支部定了我就干，反正学校里也没我的事了。县里是建老干部活动中心，咱盖起房子来叫个什么名堂？"

张发树说："好说，西边是托儿所，这边就叫托老所。"

几个人都笑了。李长贵说："托老所，还养老院哩！这只是个供老年人活动的场所，咱不能称老干部，可以叫老年人活动中心。"

潘忠地说："叫中心口气太大了，咱就几间屋，参加的人也不是很多，就叫老年人活动室吧。"

都赞成这个名称。展春才说："那行，到时候也写个牌子，挂在门口。"

潘忠地又说："秀菊姑和那几个幼儿教师，咱每月都发工资，今后也得适当给你些补助。"

张发树说："按秀菊姑的标准就行。"

展春才说："用不着。我和她们不一样，有退休金，不能再要村里的了。"

潘忠地说："可以少点，是这么个意思。具体给你多少，以后支部再商量。"

展春才没再说什么。

下午接着研究筹备建房子的事。一开始张发树就对展春才说："这个差事你应下了，首先是建房子，你可得全面负起责来。"

展春才说："那才胡闹哩！对盖屋我可是擀面杖吹火，一窍不通，俺家里翻盖那几间堂屋的时候，全是俺爹操心，什么事都没用我管。您叫我跑跑腿、干点活可以，具体怎么盖还得支部有个人管。另外，劳力集合起来我也支配不开。”

潘忠地说：“大事集体商量，发树哥得具体抓，向河没有别的事也靠上。”

展春才说：“我说不能撂给我吧！我家里也没什么事，就靠在那里，有活儿安排我就是。”

就这样，几个月过后，汶水滩老年人活动室正式开张了。四大间房子，里面摆了六张方桌，能坐二十多人的高凳子，还备了十几个马扎子。李向河和展春才跑了一趟县城，找到文化体育用品商店，买了象棋、军棋、跳棋各两副和十副扑克牌。售货员问他们还要不要围棋？李向河说不要了，村里老少没有会这个的。展春才回来找了几块木板，根据人们平时在田间地头休息时下的土棋，像“四州”“六州”“憋死牛”等，画了些棋盘，又砸了两盒子小石子、碎瓦片作棋子。开了个小组长会一发动，第一天就来了二十多口子。有的说，搞起这么个地方来好，人多有玩头。也有的说，来的时候顺便送孩子，托儿所放学再接孩子走，两不误。几天后人更多了，来了有下棋的，有打扑克的，有在桌子上玩的，有打地摊的，也有站在旁边观战的，还有说话聊天的，每天都是满屋人。

潘士金、展明尧也经常来。这天潘士金对展春才说：“天热了，来玩的人又多，最好给大伙准备点水喝。”

展春才说：“好办，我看着托儿所那边有闲着的炉子，先借一个来，找个水壶，每天我烧几壶开水。谁好喝水，可以自己带个杯子来。”

潘士金说：“那样太麻烦了，不如给忠地说一声，让他们在院子西边搭个小棚子，垒个锅灶，办公室那边有水桶、舀子、大碗，再到卫生室拿点金银花、甘草来，每天烧上半锅，有渴的自己去喝就行了。”

展春才说：“我这就去找他们，说说你这个意思，他们一定得抓紧办。”

两天后就搭起了棚子支上了锅，一应用具也没从办公室那边拿，全是新买的。李向河还安排了辆拖拉机，专门去煤矿买来了一吨煤炭。

潘秀菊看到这情况，过来看了看。展春才正撅着屁股生火，灶口冒出黑烟，里边却不见明火。潘秀菊问:“你这是干什么？”

展春才直起身咳嗽了一阵子，抹了把泪，说:“熬锅金银花甘草水，让玩的这些人喝。你看我这本事，连锅都不会烧。”

潘秀菊让他站一边去，蹲下把火烧旺了。然后说:“你大概在家里也是个懒蛋，没帮着侄媳妇烧过锅。算了吧，一个大老爷们，干这种活屈你的才了，我叫托儿所那几个闺女轮着来帮你烧。不过得多烧点，每天提过一桶去，让那些孩子们喝。”

展春才说:“那敢情好！谢谢大姑了。担凉水是我的，往托儿所送开水也是我的，只要她们过来烧烧锅就行。”

正说着，听到那边屋里吵起来了。他两个过去一看，展明尧瞪着两眼，还伸胳膊挽袖子的，另外几个人也咋呼，却嘻嘻哈哈的没当回事。展春才问:“这是怎么了？”

展明尧说:“有这样下棋的吗？几个人合伙对着我，那我也不怕，悔一步两步的棋也不要紧，我照常能赢恁。可是，这边悔棋，那边还偷我的棋子，那还怎么个下法？”说完就要往外走。

展春才拉住他，说:“这就是大叔你的不对了。这么些人和你下棋，每盘都是你赢，还什么来头？别管他们采取什么孬法，你就得假装看不见，让他们赢一盘，反正都知道是你高姿态让了。如果他们老是输，谁还愿意和你下？不能你一个人下吧？来，咱爷俩下一盘，试试我能赢你不。”回头又对潘秀菊说，“大姑，你受受累，帮我烧开那锅水去，我和大叔下盘棋。”

“就你那臭棋篓子，让你个‘车’你也赢不了。”展明尧说着摆棋子。

潘秀菊说:“不就是玩吗？还这么当真！”说着出去了。

展明尧没理她。

展春才说:“让一边的‘车、马、炮’吧，那样我保证能赢。”

展明尧说:“还让你‘老将’哩，那还用再下啊！”

原来展明尧一直喜欢下象棋，有时候在家里也和他儿子下，并且棋艺较高，如果一对一，村里还没人能赢他。自从搞起了活动室，他几乎天天来得比较早，那个摆着象棋棋盘的桌子，成他固定的座位了，来到就坐那里，先摆好棋子等着，看到会下的就喊过来。有时到饭时了，展春才催他走，他也得坚持着下完那盘才算完事。今天是三四个人围了过来，走起棋来咋咋呼呼，既动嘴又动手。第一盘还是他赢了，第二盘他输了，到了第三盘，中间有人又偷偷拿掉他一个“马”，他这才急了。

展春才这棋实在不行，刚走了几步就有人看出他的失误了，于是给他指点，他说:“观棋不语，听恁的我赢了也不算数。”没人再吱声了。结果没多大会儿，他就输了。

展明尧说:“怎么样？这是让你一个‘车’，要是不让子儿，不超过十步棋就能赢了你。”

展春才说:“那好，别让子儿了。不过，也别论输赢了，你教教我，每步棋都得讲讲为什么这样走。”

展明尧说:“想跟着我学可以，可是得用心。下棋和打仗一样，不能只顾眼前的得失，要考虑全面、长远，学会多看几步棋。还要知己知彼，分析对方可能怎么走法，自己打算如何应对。”

展春才说:“还这么多道道？要那样我这个徒弟白搭，一时半会儿学不成手。”

展明尧说:“只要肯动脑子，多下几次就找着门道了。”

两个人正摆着棋子，李向道忽然慌慌张张进来了，进门就问:“村干部没有在这里的呀？”

展春才说:“他们没来，可能在办公室里。”

李向道把展春才叫到门外边，说:“我去过办公室了，那里没人。要不你跟着我走一趟，翠萍在家里又砸又摔的，去劝劝她，别让她闹了。”

展春才说:“恁两口子吵架了?我一个当大伯哥的,去了恐怕不好说话。”

这时潘秀菊烧开水出来了,问怎么回事?李向道说:“大姑在这里呀!翠萍跟我闹了两天了,你能不能去说说她?她可是最听你的了。”

潘秀菊说:“肯定又是你的不对。走,我去看看怎么回事。”

走了不远,潘秀菊说:“是不是你个熊东西又拈花摘草了?”

李向道说:“可没有。我还能不接受教训呀!现在在厂里,那些女孩子和我说话我都不理她们。”

潘秀菊说:“那是因为什么?不能平白无故就和你闹啊?”

李向道说:“就因为我买了辆摩托车。你也知道,在那个厂子干活的,不少人都买了,我寻思这几年积攒了两个钱,原来骑的自行车也时间太长了,老出毛病,干脆换辆摩托车,来回方便。大孩子骑的自行车是新的,要不让他骑摩托车我骑他的自行车也行。”

潘秀菊说:“你没事前和她商量商量?”

李向道说:“说不是一次两次了,她就是不同意。”

潘秀菊笑了,说:“我就知道是你惹的事!她不让买你就能独主意买啊?也不想想,这又不是什么小物件,能藏掖起来了?”

说着到了大门口。文翠萍正一个人在院子里生闷气,看到潘秀菊来了,赶紧把她让到屋里,拿抹布擦擦椅子,让她坐下。李向道忙着泡上茶,文翠萍刷茶碗。潘秀菊说:“翠萍你别忙活了,坐下咱说说话儿。是不是向道又惹你生气了?”

文翠萍坐到一旁杌子上,一股压不住的火气冲了上来,说:“是我不懂事,惹他生气了!咱就是个妇道人家,又不能挣钱,也不会理家,还净操闲心。他多了不起呀,月月拿工资,自己挣的钱爱怎么花就怎么花,别说买摩托车,就是有本事买小轿车咱也不该管。”

李向道倒上水端给潘秀菊，也坐下了，说：“还买小轿车哩，买个摩托车你都不答应。”

文翠萍说：“不答应你不是也买来了！你挣的钱你当家，问俺干吗？”

潘秀菊说：“向道啊，一家人过日子也得有个规矩，有管外的，也有管内的。从老辈里就说，‘男人是搂钱的筢子，女人是装钱的匣子’，男的在外面不论挣多少钱，都要拿家来交给女的，保管好，不能乱花。当然，有的女人不行，不是匣子是簸箕，再多的钱也都让她扑闪没了，也不想想男人吃多少苦受多少累，见钱就乱花，那是不会过日子。翠萍可是个好当家的，别管你在家不在家，拉扯着几个孩子省吃俭用，这多让你放心啊，知足吧！虽然向东叫你去看厂子，我听说工钱给得也不算少，可发了钱不能你存着，得给翠萍，干什么需要用钱，用多少，得两个人商量着来，不能一个人随意花。”

李向道说：“大姑你是不知道，俺爷俩每次领了钱都是留点零花的，其余全部存银行，接着把存折拿回来给她。”

文翠萍说：“给我不给我还不是一样？存折就放在里间屋抽屉里，抽屉又不上锁，孩子们也知道。这回你取出来好几千块，还不是偷偷拿着存折走的？”

李向道忽地站起来，说：“我怎么是偷偷拿的？给你说过多少次了？不吐口那是你的事。”

潘秀菊说：“你咋呼什么？快坐那里，有话好好说。买摩托车不是花小钱，翠萍不同意一定是有不同意的理由，你也不能商量不成就强梁，那还算是一家人呀！”

李向道说：“我这也不是枉花钱，买摩托车的也不只我一个了。再说，新摩托车不好买，有些人跑多少趟城里还买不到，我这是跟向东说了一句，他托关系给联系的，联系好了我能不赶紧买了来？又不是没有现成的钱，取了这些存折上还有接近两万哩。”

文翠萍说：“大姑你听听，他这还占着理了！不错，这几年是存了点钱，但是，下一步花钱的事多了。两个男孩子都快到结婚年龄了，虽然不用盖新房子，可这两处房子都需要翻盖。你看眼下这风俗，娶个媳妇得花多少钱啊？闺女也马上要上小学了，这都是花钱的地方。我也不是睁眼瞎，看见不少小青年是都骑上摩托车了，可吃饭穿衣亮家当，过日子没法攀比。离厂子就十来里路，有个自行车骑着就行了，真要是坏了买辆新的也可以，就花个一二百块钱。买摩托车可了不得，他大半年的工资攒不了这些！其实孩子们也不同意他买。”

潘秀菊说：“向道你听清楚，好好琢磨琢磨，翠萍这话多在理呀！过日子就得往长远考虑，到了急需用钱的时候，手头没有还是你作难。别以为她不依着你是找别扭，这全是为你好。”

两个人原来说这事，都很简单，李向道说要买辆摩托车，文翠萍说买那个干吗？不是有车子骑着吗？后来李向道说向东给联系好了，文翠萍说联系好了也不能买，过两年再说。李向道也是认了死理儿，觉得你越是不让买我偏要买。至于为什么现在不能买，文翠萍也从来没详细说过理由。刚才文翠萍一番话，加上潘秀菊这么一说，李向道意识到确实有道理，不该心血来潮花这么多钱。于是挠了几下头皮，说：“谁考虑这么长远来？要是早这样说，让我买我也不买。算了，我明天就找人卖了它。”

潘秀菊说：“也别接着卖了，刚买来，正在兴头上，骑个一年半年地再卖。”

李向道说：“那样可不行，现在卖能按原价，如果骑上几个月，起码得少卖好几百块钱。”

潘秀菊说：“这样也好，卖了赶紧再把钱存起来。翠萍别再生气了，只要把话说透，向道还是通情达理的。向道，你那个车子要是不能骑了，先推我那辆来，平时我也骑不着。”

李向道说：“不用，就是后胎不大行了，前几天刚补了。再坏了就换条新的，也就花十来块钱。”

文翠萍听他这么一说，也没气了，说：“摩托车就这么好卖呀？”

李向道说：“放心吧，我知道想买的有好几个哩，下午骑到厂子里就卖了。”

潘秀菊说：“好了，恁两口子该干什么就干什么吧，我得回托儿所了。”

# 小剧团

但凡人喜欢上某件事儿，就轻易丢不下了。展春才拉板胡就是这样，当年他跟着李庆昌学起这玩意儿，简直着了迷，抽空就拉一阵子。起初拉不成个调调，他爹坚决不让他在家里拉，说这是什么动静？“哧啦哧啦”和锯木头似的，听见就心烦。并且警告，如果再在家里拉，就把他的板胡砸了当柴烧。那时候他当着民办教师，就把板胡拿到了学校，晚上备完课，不管早晚，得拉上半个小时再回家，甚至课间休息那点空儿，他也拉几下。功夫不负有心人，也就一年多的时间，他就能登台随着乐队伴奏了。后来村里有几次唱戏，李庆昌直接让他领弦，不少人都夸他快超过老师了。这已经好几年没再演戏了，可他也没撂下，在学校里仍然偶尔拉几段，有时还边拉边唱，摇头晃脑来几句。现在不教学了，他把板胡和别的属于自己的东西一块拾掇回了家，由于担心惹老人烦，几次手痒从墙上摘下来看看，也没再拉过。搞起活动室来，整天忙忙活活的，也没想起这事儿。这天，突然有人问他：“春才，久了没听到你的板胡响了，怎么样？还能拉两下子不？”

展春才说：“长时间不摸肯定手生了。不过，也忘不干净。”

另一个说：“把板胡拿来，拉出戏，俺也跟着吼两嗓子。”

原来有几个人当年登过台，是正儿八经唱过戏的，所以说起了这个话题。展春才说："好啊，明天我就拿来，咱在院子里试试，也不影响他们在屋里玩。"

第二天他就把板胡拿了来，从屋里搬出来个凳子，坐在门外拉起来。人们陆续到了，有的进了屋，有的站在旁边听他拉，有几个人围到他跟前，随着曲调，这个哼两句，那个吼两声，咋呼了一阵子。有个说："真是不服老不行，不中用了，唱完上句就想不起下句的词来了。算了吧，别在这里丢人了。"

也有的说："还唱词哩，嗓子都不听使唤了，吆喝出来就跑调。这是没有外人，要叫别人听了，得说这几个老家伙神经病！"

展春才说："主要是丢的时间太长了，熟练熟练还能行。再说，这又不是上台演出，也就是吼两声热闹热闹。"

另一个说："这是多少年没唱了？都说是'拳不离手，曲不离口'，乍吆喝肯定找不着调。别管腔调准不准，喊两嗓子心里就觉得痛快！"

展春才说："有这个感觉就是好事。恁点出比较熟悉的，从头开始，我用嘴代替锣鼓家什，道白随意接，拉起弦来就开唱，要是忘了唱词就都想想，一起凑凑，看还能不能顺下一整出戏来。"

有个说："根本不可能，就咱这四五个人，唱哪出角色也不全。"

展春才说："不要紧，就是溜溜嗓子，别按原来的角色，随便串换，谁想起来谁唱。"

有人提议："那就《墙头记》，或者是《小姑贤》，那两出戏咱唱得最多，人物也少。"

展春才说："好，《墙头记》，那里边主要是男角的戏。"

屋里照常是下棋的下棋，打扑克的打扑克，院子里几个人咿咿呀呀唱起来了。

张发树听到动静赶了过来，展春才停下，说："你怎么来了？有事吗？"

张发树说："哪里有什么事啊，我准备到坡里转转，听到这边吱吱哟哟的，我寻思，不过年不过节的，怎么杀起猪、宰起狗来了？就过来瞧瞧。原来是这几个老不要脸的，恁也不到远处听听，这哪里是唱戏呀，简直和那大叫驴叫唤差不多！”

这些人没有一个不和张发树胡闹的，有个立即接过话头：“发树，你是想当狗崽子还是想当驴驹子？任你选一样，也学着叫唤两声。”

另一个说：“他当年又不是没唱过，就凭他那嗓子，咋呼起来鬼哭狼嚎的，那才叫人恶心哩。”

张发树说：“真人不露相，我只要一张嘴，恁一个个都得跑一边喝大茶去。”

展春才说：“可别瞧见骆驼不吹牛了，就登过一次台，还是临时替别人，扮了个《小姑贤》中的恶婆婆，总共不过两句道白。”

张发树说：“你小子还说哩，当时要不是你和秀菊姑骗我，我能干那丢人的事儿？”

几个人闹腾了一阵子，张发树说：“说正经的。春才，咱就是大包干那年唱了次戏，凑合了两出小戏，后来再没捣鼓过。这么多年没唱了，你琢磨琢磨，能不能排几出，过年的时候咱再搭台唱两场？”

展春才皱了皱眉头，说：“恐怕难了。原来唱过的倒是大部分人在家里，可都年龄太大了，时间又隔得这么久，大都不能唱了。要是孝寅大老爷健在就好了，他不仅掌鼓板，会的戏也多。”

张发树说：“那还用你说呀。可是，死了王屠夫咱也不能吃带毛猪，你这领过弦的应该能记住几出戏了。再把那些唱过的叫到一块，大伙凑凑不就行了？”

有人说：“这个办法可以，人多了都想想，你一句我一句就凑齐全了。要不是发树来捣乱，刚才那出小戏咱都快唱下来了。”

展春才说：“就算是凑起几台戏来也白搭。恁又不是不明白，我领弦可以，别的家什也能找几个会的，可没有掌鼓板的不行，那是总指挥。”

有人说："庆昌老爷子不仅板胡拉得好，鼓板也能掌。你不记得了？当时让你领弦，那是孝寅大老爷病了，就是他掌的鼓板。"

展春才说："他都七十多了，拄着拐杖一步也挪不了两拃，还能上台干这个？"

张发树说："只要还能活动就行，不一定让他老人家登台了，把他请来，找两个愿意学的，让他教教。"

展春才说："这个活儿可不是好学的，当年我就试过，左手打板右手敲鼓，忙这边顾不了那边，两只手老是混，一时半会儿可学不会。"

张发树说："是不太好学。天下无难事，就看用心不用心，只要认了门儿，坚持多练练，准能学成手。你没听孝寅大老爷说过，他当初才学的时候，那才叫人迷哩，在坡里干活休息的时候，一个人也坐到一边琢磨着练，别看手里没家什，左手想着拉风箱的动作，右手就想着捣蒜，慢慢的两手就能分开家各顾各了。"

展春才说："那行，下午我就把他请了来。但是，让谁学得你考虑人。还有，下一步真弄起来，也不能光俺这伙人瞎忙，你必须没事过来帮着张罗张罗。"

张发树说："没问题，反正支部里也没多少事，有空我就来。恁继续嚎吧，别把托儿所的孩子们吓着就行，我得走了。"

张发树去找潘忠地，说了说这意思，潘忠地说："好事啊！只要能行，让他们成立起个剧团来，好好排几出戏。这几年没有唱戏的了，县剧团都解散了。别看有些户买了电视机，在农村还是喜欢听大戏，特别是年龄大点的。这种事没几个热心人不行，春才最适合了。"

张发树说："他倒是积极性很高，有几个唱过的也愿意弄。但是，他可能担心不好组织人，想让我帮帮他们。"

潘忠地说："这方面你也是行家，原来咱不论是搞剧团还是成立宣传队，都是你挑头负责。还有秀菊姑，咱几个都参与过，让她也参加，不能全是男爷们，得动员几个女的当演员。”

张发树说：“不只女的，光这起子老家伙也不行，还得物色几个年轻的。刚才我就考虑，学掌鼓板忠实就挺合适，他爷爷是干这个的，他爹不热这事，我观察他从小就喜欢，当年排练的时候经常跟着他爷爷，老头子在那里敲打，他就站在一旁比画，就是当时年龄太小，没正经学。听说老爷子死了后，用过的那套家什忠实都保存着哩。”

潘忠地说：“行啊，他也一直没出去打工，他家建了两个温室大棚，不知道能不能抽出时间。你找他谈谈，他要学还真费不了大事，怎么说也算有点基础。其他人可能不太好找了。”

张发树说：“在家的年轻人是不多了，还都有事忙活，不过，男女选七八个人问题不大。组织起来以后，也别耽误他们白天干活，可以晚上练。另外，锣鼓家什有现成的，服装道具得花钱置办点。不能和那年那样，穿着随身的衣裳就唱起来了，都说没那个味儿，所以费力搭了台子就唱了一晚上。”

潘忠地说：“你找他们做做工作，先凑起人来再说。如果能行，该花点钱就花，村里拿个千儿八百的值当。”

张发树更有劲头了，回头接着去找到潘忠实，让他下午带着家什去老年活动室，跟着李庆昌学学掌鼓板，并且说成立起剧团来就让他挑大梁了。潘忠实刚听头几句很高兴，后来听到让他挑大梁，就怵头了，说：“可不行。俺爷爷在的时候我敲打过几回，根本不上路。爷爷说先别学了，等长大了再学。以后村里也就不唱戏了，哪里学来？再说，掌鼓板光会敲打不行，得懂戏文，整出戏都得装在心里，我可没那本事。你看俺种的这些菜，光俺爹他们也忙不过来。”

张发树说：“没有生来就会的，什么事儿都靠学。庆昌叔会的戏也不少，先让他教教，还有春才，也能会几出。下午过去也就凑个头，往后咱就安排晚上排练，不影响白天干活。”

潘忠实勉强答应了。

到了下午，展春才还真把李庆昌叫来了。老头子一听说要唱戏，还让他传授传授肚子里的东西，便来了精神，摸起拐杖就跟着展春才走。展春才想架着他，他摆摆手，说不用。潘忠实也把家什拿来了，张发树叫他支好小鼓，搬过凳子，让李庆昌来几下。李庆昌坐下，把拐杖放到一边，像模像样地敲打起来。开头一阵子还行，没过大会儿，手就不听使唤了。张发树说：“大叔你歇歇，叫忠实试试，看看是那个样不，你指导一下。”展春才把李庆昌扶起来，让他坐到旁边座位上。

潘忠实说：“我是不行，原来试过几次，敲不好。”

张发树说：“按刚才庆昌大叔那样子，敲敲看看。”

潘忠实坐下敲了起来，架势很好，两手也比较协调，就是速度太慢了。敲打了一会儿，展春才说：“没想到，忠实还真是那个样哩！”

张发树说：“门里出身，不会也懂三分，看来能行。”

潘忠实说：“行什么！还是手不听使唤，跟不上趟。”

李庆昌说：“有恁爷爷那个样儿，不错，只要多熟练熟练，能上台。不过，掌鼓板不能光敲打，得记住整出戏的情节、戏文，其他伴奏的和演员，都得看你的。”

潘忠实说：“我可是一出戏也不会。”

展春才说：“没事儿，都记不齐全了，得现凑。要不让大叔先说出戏怎么样？这么多年不唱了，都快忘光了，说一出咱跟着回忆回忆。”

张发树说：“肯定能行，大叔会得多，脑子也好使。”

李庆昌心里恣悠悠的，说：“说哪出？”

张发树说：“就说《墙头记》，简单点，我听着上午他们吆喝的也是这出。”

李庆昌略微一思考，开起讲来。先说了说剧中人物，然后从第一场说起，谁先出场，怎么走过场，接着是唱词，道白，虽然讲得很仔细，但老是重复，也有些颠三倒四。几个人认真听着，都不搭话，展春才突然说："大叔，这个地方不对。"李庆昌瞪了他一眼，没理他的茬，继续按自己的思路讲。过了一会儿，展春才又说："大叔，这里更不对了。"李庆昌用拐棍使劲敲了几下地，大声说："是我不对还是你不对？你会那点是跟着谁学的？我别说了，让给你说。"

大凡人到了七八十岁，脑子就不那么清晰了，并且变得固执起来，别人看着他犯糊涂了，他自己还觉得心中很明白。要是给他纠错，他不仅听不进去，还会认为是对他不尊重。李庆昌毕竟往八十奔的人了，能到现在这样已属不易。张发树看出他生气了，赶紧说："是春才记错了，大叔您接着说。"

展春才明白了张发树的意思，也说："大叔，我想起来了，还是您说得对。再往下说吧。"

李庆昌说："还怎么说？让你一打岔，我都忘了下边是怎么回事了。要说得从头另来。"

张发树说："那今天就到这里吧，以后抽空再说。大叔，叫春才送回你去，回家歇歇。"

李庆昌说："是得回去喝壶茶了，有点口干了。不用送，我自己走就行。"说着起身走了。

展春才说："大叔您走慢一点。"

李庆昌没回话。等他走远了，张发树说："以后别再叫他来了，这么出小戏，叫我也说个差不多，你看他絮絮叨叨的，明显错了还不认账，倒朝你发起脾气来了。"

展春才说："人老了就这样，有时脑子转不过弯来，说我两句没事。起初我学板胡是他教的，那时候可有耐心了，怎么使用弓子，怎么掌握指法，真是手把手地教。本来是想让他教教鼓板，看来手也不利索了。说戏更不行，前边是唱词记得不准，说着说着内容都串场了。不叫他来了，有忠实掌鼓板没问题，下午我拿个本子来，先凑几出戏，记下内容，再慢慢排。”

张发树说：“忠地同意成立起剧团来，下一步村里再拿钱买部分戏装。恁几个老家伙别打退堂鼓，这可是叫恁再露露脸。”

展春才说：“昨天就表态了，都参加。还有几个唱过的，我再找他们拉拉，看看能凑多少人。”

张发树说：“不能光老的，得有年轻的接班才行。我去给秀菊姑商量商量，再物色几个男女青年，带带他们。”

都说太好了，那样才真正像个剧团的样子。

乡党委班子作了调整，党委书记林成旺调到县农委当主任去了，县委派来个新书记，叫许升广，原任县委宣传部副部长。刘西贵提拔为副书记。许升广到任第二天，召开了个大会，乡里各部门、单位负责人和村党支部书记参加，副书记田耕茂主持，周乡长宣布县委决定，然后是新书记讲话。讲话开始说是表个态，实际上也讲了一阵子他个人的一些工作思路。会后人们议论：别看新书记年轻，有水平，你看人家也没用稿子，一讲就是个多小时，头头是道的。

开过大会隔了一天，许书记让刘西贵领着，来到汶水滩。来以前刘西贵要了电话，说到了后先看看，然后和党支部的全体同志见见面，让潘忠地全面汇报一下村里的工作。接到通知后，潘忠地让支部的其他人在办公室等着，叫着张发树去试验田那边迎接他们。

许书记、刘书记来到后，潘忠地把张发树介绍给许书记，张发树上去给许书记握手，然后又和刘书记握了握，说：“刘秘书你也是老长时间没来了。”刚松开手又说，“你看我这嘴，叫习惯了，一时改不过口来，不该叫秘书了，也得称呼刘书记。”

刘书记说：“称呼什么都一样，还是按老叫法好，显得近乎，有人喊我书记我还听着不顺耳哩。”

潘忠地说：“许书记，咱是先到办公室喝点水，还是先看看？”

许书记说："不急着喝水，又不渴，先看吧。"

于是潘忠地喊过展春生来，让他打开了个恒温库。因为里面温度太低，进去待了一小会儿就出来了，展春生在门口说了说情况。随后潘忠地、张发树分别推着他两个的车子，在南坡转了转，看了几个大棚和地里的庄稼。刘书记说先看这些吧，以后许书记会经常来。于是就回村了。

李向河他们已经烧好了开水，看到他们一进大门，就赶紧泡茶。进屋后潘忠地把支部的其他三个人分别作了介绍，许书记一一和他们握了握手。坐下后刘书记说："许书记刚来咱乡三四天，前天开的大会，昨天党委又研究了一天的工作，今天就到你们村来了。"

许书记说："我知道汶水滩是老典型了。不少当年的典型都没能坚持下来，改革开放以后工作就跟不上步伐了。你们汶水滩可不是，老典型继续焕发青春，这几年在产业结构调整方面抓得很有成效，林书记给我介绍过，在县里也早有耳闻，所以第一家先到你们这里来，好好向你们学习学习。刚才在坡里看了看，的确不错，下一步党委必须在全乡推广你们的经验。"

刘书记说："让忠地同志汇报汇报村里的情况吧？"

许书记说："那好，简单说说就行了。"

潘忠地就把村里的基本情况、当前工作和下步打算，都说了说。许书记把一些数字还记到了笔记本上，并不断插话。最后说："你们干的比我想象的还要好，发展思路清晰，方向对头。农村再也不能光依靠种粮食作物了，那样群众富不起来，就得种、养、加全面发展，既要搞好种植、养殖，还要把储藏、加工、运销搞上去，这样农产品的附加值就高了。另外，还应该发动群众，多上些工业项目。现在只有个纸箱厂，听你们介绍规模也不是很大，那不行，现有企业要扩大规模，还要尽量多上几个。给你们透露个信息，前天大会上我都没讲，县里选了六个乡，准备改成镇，已经报上去了。就是上级不给全批，刘集也问题不大，因为县里的报告是按顺序排的，咱排在了第二位。这不仅仅是改改名字，镇和乡的最大区别，就是二、三产业的比重要增大，必须进一步加强小城镇建设，并逐步扩大镇驻地的规模。这是个大方向，你们应该先行一步。”

潘忠地说：“我们的工作差距不小，一定按书记的要求，好好商量商量，认真落实。”

这时，一阵锣鼓声传了进来，许书记问：“怎么还有敲锣打鼓的呀，干什么的？”

张发树说：“俺成立了个小剧团，在老年活动室那边，有空他们排练排练。”

许书记说：“这说明你们文化活动也搞得不错，去看看。”

张发树说：“因为年轻的白天都得干活，晚上才正式排节目，这可能就是几个老头敲打敲打，没什么看头。”

许书记说：“刚才忠地同志不是说托儿所和老年活动室紧挨着吗？过去一块看看。老刘，推着车子，咱不再回来了，从那里直接回去。”

潘忠地说：“许书记第一次来，吃了饭再走吧。”

刘书记说：“来以前许书记就说好了，下午还有安排的事，得赶回去。”

许书记说：“是啊，我刚来刘集工作，需要尽快了解下情况，得多走走。下午想到几个部门座谈座谈，办公室已经给他们打招呼了。吃饭有的是机会，下次再来的时候吧。”

看来是留不下了，李向河、李长贵先出去推起车子。临出门潘忠地悄悄给张发树说了一句：“我和他们先去托儿所，你直接到活动室给春才打个招呼，让大伙正常活动，该干什么还是干什么。再就是别有提前走的，用不大会儿就能过去。”

进了祠堂，有一伙孩子正在院子里做游戏，另一伙在屋里学唱歌。潘秀菊迎过来，潘忠地作了介绍。那边英子大声说：“小朋友们，向伯伯、叔叔问好！”外边的所有孩子齐声咋呼：“伯伯、叔叔好！”许书记回了一句：“小朋友们好！你们继续做游戏吧。”潘秀菊让他们到东屋喝水，潘忠地说：“在办公室刚喝了，领导就过来看看。”潘秀菊领他们到各屋去，刚进唱歌的那屋，孩子们在老师的带领下，也齐声问好。到了办公室也没坐下，许书记说：“不错，设施挺齐全，玩具也不少，教学也很规范，县托儿所我去看过，比起他们来也不差。”潘秀菊说：“我们这才办起来几个月，没经验，还得慢慢提高。”

许书记问刘书记：“其他村还有办的吗？”

刘书记说：“还没有。乡里有个托儿所，前年办起来的，规模比这里大一些。”

潘忠地说：“咱再到活动室那边看看？”

许书记又和潘秀菊握了握手，出了门。

按照张发树的交代，展春才拉着板胡，几个老头拿着家什，既敲打又唱几句。看到他们过来，就停下了。潘忠地说：“展春才是小学教师，今年刚退休，让他在这里具体负责。”

许书记握着展春才的手，说：“好啊，退了休还能发挥余热，为村里做些工作，这种精神应该提倡。有多少人来参加活动？”

展春才说：“靠着来的有四十来个，绝大多数都在屋里。这几个是剧团的成员，也不是正式排练，吆喝几句玩玩。”

许书记往屋里走，几个人随着进去了，满屋人不论干什么的，都站了起来。许书记赶紧说：“请大家坐下，继续玩。”

展明尧说：“这是新来的书记吧？忠地你得给大伙介绍介绍。”

潘忠地说：“这位是许书记，来咱乡里工作才两三天，今天就到咱汶水滩来了。刘书记多数人都认识，原来的党委秘书，现在是乡党委副书记了。”

展明尧带头鼓起了掌。随后潘忠地又把潘士金、展明尧介绍给许书记，许书记说：“恁两位是为党工作多年的老同志了，虽然退下来了，还得支持他们年轻人的工作。”

潘士金说：“长江后浪推前浪，他们比我们那时候干得出色。”

许书记说：“好了，别耽误恁玩了。”说着到了门外，问展春才：“你们剧团多少人？排了些什么节目？”

展春才说：“总共二十来个人，这才成立不到一个月，一出戏还没排完。”

许书记又问：“排的现代戏还是古装戏？”

展春才说：“古装戏，再早俺村里唱过，还有几个老人能行。就是行头‘文化大革命’期间都烧了，支部准备下一步买一点。”

许书记说：“那些东西要买新的可得花不少钱。县剧团解散以后，所有服装道具都没处理，全部存在文化局仓库里了。忠地同志，你们去找找黄局长，我回去给他要个电话，恁选一部分来，必要的话少给他们点钱，他们不要更好。”

张发树说：“那忒好了，下午俺就去。”

潘忠地说：“下午不能去，让许书记给咱联系好，能行就明天一早去。”

傍晚刘书记要来电话，说许书记已经和黄局长说好了，叫你们明天上午去，不用带钱，黄局长答应送给你们，许书记的意思您多去个人，拣需要的多挑点来。第二天吃过早饭，潘忠地和张发树、展春才一块去了。

到了文化局，黄局长很热情，先让他们到办公室喝水，问了问剧团的情况。潘忠地简单介绍了一下，然后说：“我们来算是求援，给局长添麻烦了。”

黄局长说：“不麻烦，支持农村发展文化事业，是我们分内的事。那些东西存着也是浪费，你们正好需要，利用起来是好事。老许在宣传部的时候就分管文化工作，我们是老伙计了，他开口了，我必须照办。”随后让办公室主任去拿仓库钥匙，亲自领他们去了。

进了仓库，那些服装、鞋帽有挂在架子上的，有放在箱子里的，刀、枪、马鞭等道具都在一边堆着，办公室主任把箱子也打开了。张发树说：“哎哟，这么多，要是都能给俺就好了。”

黄局长说：“原来县剧团七十多人，能登台的也有近六十人，排过几十出大戏，行头还能少了？恁刚成立起个小剧团，可用不了这么多，拣样挑一部分就行了。”

张发树、展春才开始挑，潘忠地和黄局长在一旁说话。挑出来不少了，潘忠地说：“差不多就可以，别太多了，咱得能驮得了。”

黄局长说：“不要紧，只要用得着的就选出来，恁带不清的先放一边，过几天我去的时候用吉普车给恁捎着。”

潘忠地说：“局长，俺多少的也得交点钱吧？”

黄局长说：“要算钱可不是小数，你看从箱子里拿出来的那两身蟒袍，当年买的时候一件就是好几千，现在更贵了，估计得上万。算了，你们是全县第一个成立村级剧团的，今后也作为我们抓的个点，支援你们了。”

潘忠地说：“局长以后可得经常去，指导我们的工作。”

黄局长说：“一定去。只要你们搞得好，我们会好好总结推广恁的经验。”

张发树、展春才忙活了一阵子，拾掇了一大堆，展春才说：“不少了，像髯口、头饰什么的还真不好带，别弄坏了。”

张发树说：“你没听局长刚才说，他去的时候给咱捎着。”随手又拿过来两双靴子。

潘忠地说：“好了，就这些吧。咱不用车子驮了，也别麻烦局长了，回去看看他们谁的汽车在家，让春才领着他们，下午来拉回去。”

黄局长让他们回办公室喝水，潘忠地说：“这已经耽误您半上午的时间了，我们得走了。”

三个人高高兴兴地回村了。

一下子添置这么多东西，比村里原来烧毁的那些得多几倍，剧团的一帮人劲头更足了。在文化局的扶持下，两年后剧团形成了规模，还请了原来在县剧团干过的几个人参与，正经排了十几出大戏。大伙推举潘忠实担任了团长，展春才继续帮着他。不仅在本村演出，外村也有来请他们的。后来就明确规定，到外地演出收费，本乡镇一场五百元，另外管演员两顿饭。到外乡镇，包括外县，除了管饭，每场八百元。这样一来，平时各自在家干活，每到秋后，一直到开春，几乎不间断地去外面演出，挣的钱大伙平分，也是一笔不小的收入。

# 辞职

许书记来了没多久，刘集乡就改为刘集镇了。这一年多时间里，许书记的主要精力，就是抓上工业项目，其他工作基本上不管不问。他心里计划，先抓一阵子经济工作，回过头来再抓小城镇建设，最多三年，必须大见成效，那时候就能因“政绩突出”到县委或县政府任职了。为了让一部分单位带头，全镇排出了十几个基础较好的重点村，他亲自督促，除了经常去检查，还每两个月召开一次调度会，党支部书记必须参加，会上人人要汇报这项工作的进展情况，简单说就是又上了什么新厂子。这十几个村，就包括汶水滩和刘家庙。

今天是第三次开调度会了。潘忠地来到镇政府大门口，看到刘安鲁从南边过来了，就停住没进去。刘安鲁紧蹬两下，到潘忠地跟前下了车子，两个人拉了一会儿。刘安鲁说：“怎么样老同学，觉得这支部书记还能干吗？”

潘忠地知道他对许书记这么抓工作有意见，就说：“有什么不能干的，慢慢来呗。”

刘安鲁拿出烟，点着猛吸了两口，说：“我是不想干了。告诉你吧，昨天晚上我写好了辞职报告，今天带来了，准备来到就交上，不参加这个会了。”

潘忠地有些吃惊，觉得不能这么办，就说："那可不行，咱都是干了多年了，又不到换届，半路上撂挑子可不好。今天是开调度会，更不能借这种时候提出辞职，那样影响太大了。真有这想法，可以抽机会找领导个别谈谈。"

刘安鲁把剩了半截的烟头扔在地上，用脚使劲蹍了蹍，说："怎么个谈法？你看许书记那做派，动不动就熊人。你也看出来了，我成了挨批的重点了，上两次会上都点了我的名。前天他到俺村去，当着全体支部成员的面，又把我批了个满头疙瘩。一般说两句咱也能接受，可说我是'成心和镇党委唱对台戏'，叫你说我是那样的人吗？这些年哪项工作咱不是紧跟？经历过的党委书记也好几任了，哪里有他这样的？自从来了，别的事不抓，就知道整天吆喝建厂子。不错，原来俺村是有几个小厂子，再早就有砖瓦厂，是上头让停了。后来有一户上了个木器厂，还有几户上了绳经厂，都是因为效益不好，坚持了没两年，这能是我的责任？谁也不能强迫人家干赔钱的买卖呀！"

潘忠地说："现在上项目都是个人投资，是得谨慎，考察不准不能轻易上。他这个指导思想也可能是对的，就是对工作要求过急，好批评人，但这只是个工作方法问题，咱得迁就着点。你那个报告可不能交，以后再说。走，参加会去，那边又有人来了。"

两个人一起去了会议室。刘安鲁挨着潘忠地坐下，没掏那辞职报告。

会议一开始，许书记就问潘忠地："忠地同志，我说的那个项目你们去考察了吗？"

潘忠地说："去了。你说了隔一天我就叫着友新去的，倒了两次车才到。"

许书记说："怎么样？你们能上吗？"

潘忠地说："那是个棉纺厂，规模的确不小，现在还是以纺棉纱为主。去年他们上了台纺兔毛的设备，是进口的，很贵。关键是至今还不能算是完全成功，得掺上一多半的棉花才能纺成纱，质量还不过关。回来路上我动员友新，让他也定台设备试试，他坚决不同意。再让别人上更不行了。”

原来十几天前许书记去汶水滩，潘忠地领他看了几户养长毛兔的，当潘友新介绍全村每年能卖多少兔毛时，许书记说从材料上看到，南乡有个村，多年来村办企业一直搞得很好，去年又引进了纺兔毛的设备，你们可以去考察一下，虽然不是一个地区，也不是很远，不到二百里路，如果能行你们也上几台。潘友新说喂兔子还行，办厂子咱可不在行。许书记说你们现在是卖原料，如果加工成兔毛纱再卖，效益就更可观了。潘忠地说我们抓紧去看看，回来再定。于是问清了地址，约着潘友新去了一趟。看了后他就觉得不能上，也没动员潘友新，刚才那样汇报，是怕挨批评，说了句谎话。

许书记一听潘忠地说的这情况，不好再说了，就问：“你们还有别的项目准备上吗？”

潘忠地说：“正发动群众。我们还给在外地打工的每人发了一封信，让他们也帮着村里联系项目，目前还没有回信的。”

许书记说：“这个办法很好。招商引资，关键是引进项目，就得多条路子并举。其他同志逐个说说。”

屋里静了下来，没一个主动发言的。过了一会儿，周镇长说：“怎么闷缸了？和上两次会一样，都得发言，有什么情况都可以讲。”

有个支部书记说：“俺这几个月没少费劲，也没能上新项目。可是，有个问题比较严重，就是土地撂荒的户越来越多了，我打听一下，这种现象也不光俺一个村，这事应该引起党委重视。”

周镇长说：“这个问题出现不是一天两天了，林书记没走的时候咱就召开过专门会议，推广汶水滩的做法，可以选一部分种田大户，把那些种不好的地转包过来。”

那人说：“现在种田大户也不好找了。”

许书记问：“恁村里总共多少户人家？不想种地的有几户？”

那人回答:“全村二百二十六户，全家外出撂下土地不种的有十几户了，还有些户想少种一部分。”

许书记说:“就是嘛！撂荒户占的比例很小，有什么值得大惊小怪的？这件事也从另一个角度说明了问题，现在是市场经济，那只无形的手在引导着经济的发展。人们为什么不愿意种地了？说明种地效益低，不如出去当工人、经商收入高。我们再换一个角度考虑，假如拿出十来亩地建个工厂，每年的利润，加上工人工资，怎么着也得十几万甚至几十万吧？种什么样的作物能有这么高的收益？所以党委下决心抓二、三产业的发展，如果我们上的企业多了，不仅能大大增加收入，还能留住我们当地的人，甚至吸引外地的也争着来打工，那将是一种什么局面？”

刘安鲁还憋着一肚子气，听着许书记的话越说越没道理了，心里话，还能因为工厂效益高就都建成厂子？农村要是都不种地了，恁这些吃国库粮的也得喝西北风！跟着这样的领导怎么干？于是忽地站起来，从口袋里掏出辞职报告，递到许书记跟前，说:“许书记，这是我的辞职报告。我这人水平太低，思想跟不上党委的部署，不能再干党支部书记了。”说完转身要走。

许书记立时愣了。满屋人也都傻了眼。田书记大声说:“安鲁别胡来！你这是什么态度？快把那张纸收起来。”

周镇长接着说:“简直是瞎胡闹，快坐下，继续开会。”

刘安鲁没坐，也没走。许书记气得脸暴青筋，说:“这可是你主动提出不干的，好啊，会后党委就研究。你要不想参加会，现在可以离开！”

刘安鲁二话没说，转身走了。周镇长给田书记使了个眼色，田书记起来拿过那个辞职报告，撵了出去。

许书记稍微沉静了一瞬，说:“接着开会。下面有新上项目的就说说，没有就别说了。”

结果只有两个同志发言，一个说有两户合伙，新建了个石灰窑，另一个说有一户准备搞生猪屠宰，工商部门的手续已经办好了，马上就开始。其他人再也没吱声的了。许书记说："以后的调度会就这么个开法，有新上项目的就汇报，工作没有进展的就听听别人是怎么搞的，什么时候搞上去了再发言。希望下次会议，能多几个发言的，少几个只带着耳朵来听的。"讲到这里话锋一转，说起了刘安鲁的问题，"前几天我去了趟刘家庙，据我了解，那个村的工副业还是有一定基础的。但是，近年来不行了，原有的几个项目都下了马，再也没有新上的。什么原因？不能埋怨群众落后，关键是领导人态度有问题，把党委的工作部署当成了耳旁风。作为一个单位的主要负责人，不认真抓工作就成了挡头。你还辞职，不辞职还不想让你继续干哩，不能占着茅坑不拉屎！今天我把话撂在这里，包括我这职务，都不是老辈里传下的祖业，干与不干也就是一张纸的事儿，组织上让你干，发个公布令，你就在位上，不让你干了，再发个免职令，你该干么干么去！不是写了辞职报告吗？那好，党委答复你，免了你的职。当然，不能一免了之，我们还要研究给予必要的处分，因为这种态度是向党组织示威，我们绝不能允许！今天我就讲这些，散会！"

他也没问问镇里其他领导同志还有没有事情，就宣布散会了。村里的那些人呼啦啦都走了。

潘忠地出来没有走，他看到田书记出去没再回来，想，一定是把刘安鲁留下做思想工作了。就推着车子，去了田书记办公室。一进门田书记就说："散会了？你来了正好，恁两个是老同学，也都是老同志了，你说说，干得好好的怎么能辞职呢？"

潘忠地坐下说："安鲁你这个做法是不对。会前我就说你不能交辞职报告，工作上有什么事想不开，可以找田书记或周镇长的谈谈，听听领导的意见，不能自己说不干就不干了。这不是对哪个人，而是对党委的态度问题。"他本来想说许书记讲还要给你处分，话到嘴边又咽回去了。

田书记说："你听听，我刚才反复讲的也是这个意思。要认识到你这么做是错误的，特别是在会上突然提出来，影响多不好呀！咱一块去找许书记，得把你的话收回来。”

刘安鲁说：“说出去的话如同泼出去的水，不可能再收回来。我是真心不想当这个书记了。他不是说党委开会研究吗？不论恁怎么决定，反正我不干了，还能开除我的党籍？”

田书记说：“是不能因为这点事开除你的党籍。但是，你承认自己是党员，就得记住一条最起码的纪律，那就是要服从组织的安排。党委如果不同意你辞职，你不仅要继续干，还得保证干好。咱俩年龄差不多，都是五十多的人了，不能干大半辈子了弄这么个结局。”

潘忠地说：“跟着田书记去吧，不就是检讨两句嘛，说说自己的态度不对就行了。”

田书记说：“要不让忠地同志和咱一块去？”

潘忠地说：“我就别去了。”

田书记一考虑，说：“那就算了，你去了也不好说。”随后站起来，把刘安鲁的辞职报告撕巴撕巴，扔到了废纸篓里，又说，“走吧，你也不用多说，只要承认下错误，我们就好替你说话了。”

刘安鲁别别扭扭地跟着去了。

潘忠地骑上车子回村了。

会议散了后，镇里的几个领导没有离开。许书记对刘书记说：“老刘，你让他们下通知，下午开党委会，研究刘安鲁的问题。”

周镇长说：“其实刘安鲁以往的工作还是可以的。担任支部书记也十多年了，算是兢兢业业，没出过什么纰漏，在村里口碑也不错。今天不知道怎么了，突然来这么一下子，刚才我让田书记出去，是好好给他谈谈。这件事是得对他提出严肃批评，不能让他就这么辞职。”

刘书记也说：“是呀，这个人包括担任大队会计期间，群众威信挺高。他们那村原来各项工作都一般，好的时候在全公社也就是属中等，自从他担任书记后，有很大起色，后来排名一直是上游了。最好还是做做工作，继续让他干。”

许书记说：“对个别人不能姑息迁就，如果让这种风气蔓延，党委还有什么权威？我们必须认真对待。”

周镇长说：“下午研究再说吧，也看看老田和他谈得怎么样。”

正说着田书记和刘安鲁进来了，田书记坐下，刘安鲁没坐，站在那里说：“今天我这个态度不对，我检讨。不过，那是我向党委表达的真实想法，请党委考虑。组织怎么决定怎么是，我绝对服从。”说完转身走了。

许书记说：“恁看看，就这样的态度，还怎么让他干？好了，党委会上再讨论。”

下午的会议上，三个副书记（包括周镇长）不同意让刘安鲁辞职，可许书记不仅坚持免他的职，还提出必须给他个党内处分。还有三个党委委员，开始都不发言，许书记让他们要人人表态，其中一个明确表示同意副书记们的意见，另外两个虽然赞成许书记的态度，可也是吞吞吐吐。许书记固执己见，仍然强调他个人的想法，反反复复地讲，大有别人不服从他的意见，他就会一直讲下去，永不散会的意思。周镇长一看这情况，就退一步说：“许书记讲得也有道理。我看这样吧，毕竟刘安鲁是个人提出辞职的，我们就答应他这个要求。但是，对基层干部我们既要使用，也得爱护，别再给他什么处分了，免了职就算了。虽然免职不算是处分，可实际意义上比给个‘党内警告’还显得严重。刘家庙暂时也没有合适人选，村主任是副书记兼着，就让他主持全面工作，观察一段时间再说。”

许书记觉得这样自己也有了台阶下，就说：“怎么样？对周镇长这个意见大家同意吗？”

都说同意。

最后就这么决定了。虽然一年以后刘安鲁又恢复了职务，可那是许书记调走以后的事了。

潘忠地在回村路上，一直在想：今天刘安鲁的做法是不对，可许书记那个说法也有些过分了。不是经常讲看人不能只看一时一事，要看他的全部历史和全部工作吗？这些年刘安鲁是实心实意抓工作的，并且是有成绩的，怎么能因为这么一件事还要给他处分呢？谁都不能保证一辈子不犯错，偶尔犯了错误组织上应该教育帮助，给他改正的机会，不应该一棍子打死。现在的村干部不如以前好干了，原来做工作，只要按上级指示，让群众怎么干就都怎么干，即便是强迫命令瞎指挥也极少有公开反对的。现在是一家一户都有了自主权，再按老办法行不通了，什么事都必须尊重群众的意愿，绝不是党支部定了就行了。不仅工作难做，前些年有的村连干部工资都发不了，所以有些人想撂挑子。这几年实行了村干部工资乡镇统筹，才好些了。可是，农村上个企业没那么容易，要求这么急怎么能行呢？不能硬压，得分析各方面的条件，适合上什么，不适合上什么。还把种地和上厂子相比较算账，那就太牵强了。中国人口这么多，吃饭问题是大事，应该尽量保护耕地。更不应该对土地撂荒不当回事，这个问题在面上是越来越严重，有人提议重视一下，怎么能说成是大惊小怪呢！

一想到土地，更引起他的思虑了。在老百姓心目中，最尊贵可亲的东西是什么？不是金钱、物资，而是脚下的黄土地。因为土地是最有情有义的，可以说它无私地养育着天下所有的活物。一年四季，风霜雨雪，寒暑交替，都没影响它让播种下的一粒粒小小的种子发芽、生长、开花、结籽，这是对人类多大的贡献啊！没有土地，何以生存？想到这里他坚定了一条：一定善待每一寸土地，下一步不论上什么项目，也要尽可能少占用耕地。在汶水滩，绝不允许出现一块撂荒地。

回到家里，他脑子里还思考着这方面的事情。饭后去了办公室，因为支部的人都知道，他到镇上开会回来，要接着传达会议精神，所以都早早地到了。潘忠地坐下就说：“都仔细想想，全村凡是个人不种的承包田，还有没转包出去的吗？”

李向河说：“没有，我这里都有数。大部分都是前年那次统一转包的，去年又有两户提出来，不到十亩地，全都让淑苹家种了。凡是签的协议书，村里都存一份，作为见证。”

张发树说：“怎么，许书记不咋呼上项目的事了？”

潘忠地说：“项目还得上，但是，耕地也得保护。不能因为建厂子就随意多占用良田，更不能因为去挣钱，把地荒了。咱是农民，到什么时候也得珍惜土地。”他没有说清楚这是上午会议的精神还是他个人的想法。

张发树说：“镇党委要这么抓法就对了。咱祖祖辈辈是靠土地养活的，不爱惜土地还行啊？以前逃荒要饭，当长工打短工，那是因为没有土地。后来有地了，还吃不饱肚子，那是因为大呼隆没把地种好。现在政策变了，机械化程度也高了，还不断推广新技术，没理由不把地种好。可是，我看许书记那劲头就是一门心思抓项目，今天会上汇报又有多少村上新项目了？”

潘忠地说：“不是很多，有上石灰窑的，有上生猪宰杀的。咱得好好琢磨琢磨，看看还能上什么。”

张发树说：“杀猪宰羊也算项目？可别再和前几年说的那样，‘上级压下级，一级压一级，级级加码马到成功；下层哄上层，一层哄一层，层层加水水到渠成’，那就没真事了。”

李向河说：“你说的那是流传的副对联，还有横批哩，叫‘上下都好’。”

潘忠地说：“当年是瞎胡闹，现在可不能再那么办。搞加工也好，搞制造也好，不论规模大点小点，必须是真实的项目。”

李长贵说：“要这么说我倒有个想法。老窑场那边现在纸箱厂占了不到三分之二的地，还闲着六七亩，如果建个养猪场或养鸡场，完全可以。”

李淑苹说：“你说的那是养殖，算什么项目？”

潘忠地说：“别管算不算项目，这个想法对头，不能让那块地老是闲置着。”

李向河说:“养猪、养鸡防疫都是个大问题,有的地方搞过,一得传染病就赔进去了。不如平整平整,建几个大棚,这方面咱可是有经验了。再不就养兔子,友新在行。”

正说着李向东开车进来了。进屋后先掏出盒子烟,拆开分了几支,坐下说:“我有件事想给您汇报汇报。”

张发树说:“什么汇报啊?俺都是小老百姓,你是大老板,有话就说,有屁就放,别和见了当官的似的。”

李向东说:“别人无所谓,你在我心目中多咱都是个拿黑红棍、戴辣椒帽子的‘官’,我可不敢造次。朝你放个屁也行,专门臭烘臭烘你。”

李淑苹说:“哎哟,你说的那是个什么官?”

李长贵笑着说:“没听过大戏呀?戏台上那样装扮的,都是些欺负老百姓的衙役、狗腿子。”

李淑苹说:“那就早该打倒了。”

张发树说:“光打倒呀,还得再踏上一只脚哩。你就随着他们朝我使坏吧!”

潘忠地对李向东说:“什么事呀?你说说。这不正在商量上项目的事,你可是这方面的行家,也帮我们出出点子。”

都没想到,李向东不仅没为村里上项目出点子,而是现有的纸箱厂要不干了。不只村里这个,刘集那个厂子也准备下马。他说从长远看,这两个厂子产品技术含量都太低,再怎么发展也赚不了多少钱。经过考察论证,准备上个家用电器厂,开始先生产空调,以后再逐步增加别的产品。张发树一听高兴了,说:“好啊,别在刘集上了,就在咱村里建,这可是好项目大项目,全镇谁也比不上。”

李向东说:“那不行。我得聘请一些外地的专家、技术员,条件差了人家可不来。别说咱村里,镇上也没有吸引力。县里不是建立开发区了吗?我找了找县里领导，他们都很支持，并且有不少优惠条件。”

潘忠地说：“你这两个厂子怎么办？”

李向东说：“好办，如果有人接手，就整体处理掉。要是没人接，就把设备卖了。占的地好说，刘集那边和咱村情况差不多，一直没办下征地手续来，这几年算是租用的，每年向刘集村交租赁费，退还给人家就是了。”

潘忠地说：“镇里领导同意吗？”

李向东说：“当然不会很乐意。开始许书记以为我在刘集建新厂子，当即就答应了，还说是另给我划块地方，用多少地都行。因为原来这厂子离村子太近，镇驻地准备扩大规模，要把周围一些村集中过去，那片地规划建住宅小区。后来我说要到县里开发区去建，他听了坚决反对，说是提什么条件镇里都给解决，无论如何得在刘集建。”

潘忠地说：“那怎么办？这些年乡镇给了你很大帮助，也不能说走就走啊！”

李向东说：“就是这个事呀，我又不好意思当面老坚持。没办法，只能找县里领导。县里态度也很坚决，非得让我去开发区，他们说负责做镇里的工作。”

张发树说：“官大一级压死人，县领导说话许书记肯定得听。可是，咱村里这个厂子停了怎么行？让凤蕊继续在家里管着，还得办下去。”

李向东说：“她也得去，我一个人忙不过来，下一步我想把家搬到县城去。这个厂子最好有人接着干，虽然挣钱不多，养着二十多个人，每年还能有几万块钱的纯利润，停了是挺可惜。”

李向河说：“要是有人接，得给你多少钱？”

李向东说：“如果外村人买，算算原来的投资，得按八折。要是卖给咱村的人，那就可以少算点，光按设备钱就行，厂房就不算了。”

潘忠地说：“这样吧，我们商量商量再给你个话。”

李向东走了。李长贵说：“孙凤蕊这娘们真有心机，这件事从来没透露过。前几天我还说，天气逐渐冷了，按往年的做法应该提前多进部分原料了。她说不慌，什么时候急需了再进。我还以为她是算经济账，怕占用资金哩，原来是早有预谋，打算卖厂子了。”

李淑苹说：“不是说恁两个关系挺好吗？看来不真，还是人家两口子近，没把你当成自己人。”

李长贵说：“别胡说八道！咱就是个打工的，受人家支使。平时干活的出点毛病，她看出来也不当面说，都是让我去解决，得罪人的事都叫咱干了。”

潘忠地说：“那些事别说了，商量一下厂子怎么弄？”

张发树说：“这么个小厂子外村人肯定没人来买，那几台机器拆了也卖不几个钱，他一定是想让咱村的人接过来。”

李向河说：“听他那话音是这个意思。不过，设备用了这么几年了，按八折是太贵了。”

张发树说：“这只是他说，谈买卖就得漫天要价，就地还钱，不能要多少就是多少。关键是得有人买才行。”

李长贵说：“设备是没问题，都保养得很好，说有个六七成新也行。具体花多少钱买的咱没数，估摸着加上后来添置的，得四十万左右了，就算是按五折，差不多也得二十万。谁能一次性拿出这么多钱来了？厂房没花多少钱，算不算的没大意思。”

潘忠地说：“眼下镇里正抓上项目，就是不抓咱也不能让它停产。现在几十个人在那里干活，全是咱村的，每个人一年的工资就是好几千，这笔收入不算小。长贵，你一直在那里，业务也熟悉了，接过来怎么样？”

李长贵说：“我可没那么多钱，要是三万两万的还能凑起来了。再说，真要是接过来就整天不能离开了，别的事还怎么干？”

潘忠地说：“钱的问题好解决，找咱村有钱的借借，再不找找镇里领导，贷点款。工作的事还和现在这样，大事你还得参与。不过，得物色个好帮手，厂里日常工作能帮你管起来。”

李长贵说：“这个人可不好物色，有点本事的都打工去了。”

张发树说：“叫长林回来，他出去打工还不到两年，在外边舍家撇业的也挣不了多少钱。肥水不流外人田，上阵还是亲兄弟，要是恁兄弟两个干，赚了钱也好分，虽然分家过了，还算是一家人。”

李向河说：“我看长林能行，这孩子办事牢靠，也肯动脑子。”

潘忠地说：“长贵你和他联系一下，看他愿意回来不。”

李长贵琢磨了一阵子，说：“行，估计问题不大，他能听我的。”

张发树说：“这事对外先别声张，包括李向东，不能让他知道是谁买。咱就说村里先接过来，再找人承包，那样好和他两口子讲讲价。”

潘忠地说：“谁和他谈呀？多少钱咱心里也得提前有个数。”

张发树说：“你别出面了，包在我和向河俺俩身上。长贵，你说多少钱合适？只要不超过二十万能行不？”

李长贵说：“差不多。恁两个看着和他讲去，定多少算多少。”

李淑苹一直还想着窑场那块荒地，觉得承包费不高，可以建大棚种菜，听着厂子的事商量完了，就说：“我回去给俊兴说说，让他在窑场那块荒地上建几个大棚。”

潘忠地说：“这事先别让他干，我想抽空给他拉拉，外村有不少撂荒地，能不能叫他牵个头，去承包几百亩。那样既相当于增加了咱的耕地，也给外村解决了困难。”

张发树说：“到外村种地可不是小事，能行啊？”

李向河说：“咱现在也没有剩余劳力呀？”

潘忠地说：“试试吧，劳力可以雇他们当村的。”

# 上访

北风细雨驱走了暑气，天气渐渐凉爽起来。本来这是晚上休息的最好时节，可潘忠地躺在床上，翻过来调过去，老是不能入睡。石玉英说是不是觉得冷呀？我给你拿床厚被子盖上。潘忠地说不冷，睡你的吧。石玉英知道他这是又想事儿了，多咱出现这种情况，都是工作上遇到了什么难处，劝也不中用，就没再管他。

潘忠地的确遇上了难以定夺的事情。近来一段时间，工作还算顺利。李长贵正式接手了纸箱厂，一天也没停工。厂子价钱不算高，张发树叫着李向河，找李向东两口子软缠硬磨，最后定了十八万。李长贵在村里筹集了六万，又到银行贷了十二万,一次给了李向东。李长林听他哥哥说要买那个厂子，让他回来帮着管管生产，也很高兴，没过几天就回来了。蒋俊兴开始不愿意到外村去承包土地，经潘忠地仔细分析形势，并且说先试试，不合适就退出，便动了心，跟着潘忠地跑了邻近几个村。为了慎重，最后选了一个村，包了二百多亩，承包期暂定一年，已经把合同签了。这天下午，潘忠地正准备和张发树商量，物色个合适人选，利用窑场那块空地，上个预制水泥檩条的项目。因为群众盖房和蔬菜大棚里支架子都可以用，产品销路错不了。来到办公室还没说这事，许书记来了，又给出了个大难题。

许书记经过刘安鲁辞职这件事，也进行了反思。认真总结一下，抓上工业项目这么长时间，没少费力，但收效甚微。觉得不能再干这种出力多见好慢的事了，必须调转架子。要想快一点出政绩，那就得抓小城镇建设。他围着刘集村转了几圈，考虑了个规划，首先是修几条路，再就是把附近的几个村搬迁过来，搞两片住宅小区，全部建五层的楼房，这样集中一万多人口，除了县城，在全县应该是最大的中心镇了。按他的思路，要搬周围七个村，最远的是汶水滩。初步估算一下，这么弄起来，大概要占刘集村三分之一的耕地。可算大账，那些村腾出来的土地，远远超过这个数。这可是个大动作，提交党委会讨论，意见分歧比较大，但是，他仍然坚持个人的想法。有人提议别把汶水滩划进来了，离这里接近十里路，搬过来不方便。他说汶水滩领导班子强，群众也富裕，必须让他们带这个头。只要他们同意了，其他村的工作就好做了。今天他就是专门为这事来的。

当时潘忠地、张发树和李向河在办公室，潘忠地还以为他又是来检查上项目的事，就先把李长贵接管厂子的情况汇报了汇报。刚想再说说上水泥预制件的想法，许书记就直接谈起了扩大镇驻地的设想。先讲了一阵子小城镇建设的意义，然后说到往那集中村庄的事，最后才说："这是个机遇，可以一次性彻底改变村民的居住条件，再也不住平房了，全都搬到楼上去。所以我考虑，把恁汶水滩纳进来，希望你们不要错过这次机会。"

张发树说："都去住楼，有人口多的，有人口少的，有些户还有老人，怎么住呀？盖楼那得花多少钱啊？"

许书记说："准备多设计几种户型，面积有大有小，按人口多少分不同的房。有老人的可以照顾，让他们住底层。群众用不了很多钱。镇里先垫支部分资金，统一建楼，搬迁的时候再按各自的面积交钱。现有村庄占地不少，你们收回来再承包出去，收入的钱可以补贴给群众。"

李向河说："十来里路，回来种地可是个事了。"

许书记说："现在家家户户基本上都有自行车或摩托车，将来还会有买汽车的，几公里路算什么？发达国家的那些农场主，还不都是开着汽车去种地？”

潘忠地摸清了许书记的脾气，如果当面顶撞他，只有挨批评的份儿，于是说：“我们好好商量商量，也征求一下群众的意见。”

许书记说：“不要过早地征求群众意见，支部先统一下思想。很多工作都是这样，没有落后的群众，只有落后的领导。只要领导班子认识一致了，再做群众的工作就没问题了。给你们一天的时间，你们好好合计合计，后天到镇里找我汇报。”说完就走了。

送走许书记，张发树说：“不用合计，我觉得这事不行。都去住楼房，怎么养猪喂鸡？不可能给建猪栏鸡窝吧！”

李向河说：“还有做饭呢？咱和城里人不一样，人家都烧煤气、液化气了，咱还是烧柴草，那么多柴草往哪里堆放？”

潘忠地说：“我觉得这事也不可行，起码现时没那个条件。明天咱开个小组长会，听听大伙有什么想法，咱得琢磨几条充足的理由，后天好去汇报。”

睡觉后潘忠地仍在考虑：许书记那种性格，轻易听不进不同意见，如果坚持不搬，他一定不答应，个人也可能落个刘安鲁的下场。被免职也无所谓，可是，换了别人当书记照样顶不住。要是同意，群众的工作肯定不好做。关键是这个决策有问题，这么多村庄怎么能一下子都集中到一块去？难道当领导的不了解农村的现实状况？今后老百姓的生产、生活能方便吗？听他下午那意思，镇党委已经决定了，看来再找其他领导人也不好说。要不到县里去反映一下？可书记、县长都是近几年新来的，接触很少，其他现任领导也没一个是很熟的，再说，那样就成告镇党委的状了，别人会什么看法？再不去找找魏书记。一想也不行，他已经退休这么多年了，并且不参与县委、县政府的事，不能让他老人家作难。思来想去，理不出个头绪。算了，不考虑了，明天听听小组长们怎么说，再商量对策。

第二天的小组长会上，大伙齐声反对，你一言我一语，讲了不少理由。本来潘忠地想叫着张发树一块去向许书记汇报，后来考虑，怕他去了说话不计后果，弄得不好收场。散会后支部的人都没走，他说："这件事先不议了，估计那几个村也不会很顺利，明天我去汇报，想办法先拖一拖，看看别的村的情况咱再商量。"

张发树说："你可不能应承呵！"

潘忠地说："我有数。"他心里是有了主意，就是去了既不说同意，也不明确反对，只说个原则话，表示回来继续做大家的工作，许书记也不能怎么着。

见了许书记，潘忠地说同志们都认为这是个好事，但是，认识上还有一定距离，还得进一步统一大伙的思想。许书记对他这个态度当然不满意，说："那就抓紧做工作，不能老拖着。年前我们定下规划，过了年就动工盖楼。你的思想必须坚定，不能依着他们。"

潘忠地只是答应着，很快就回来了。

镇里成立了两个临时工作班子，一个班子负责做相关村的思想工作，由副书记田耕茂牵头。许书记担心把这八个村的支部书记集合起来开会，如果都公开表态反对，就不好办了，所以提出不开会了，要一个村一个村地跑。另一个班子负责搞规划，由副书记刘西贵牵头。包括道路和住宅小区，春节前全部划出施工线来。这两方面许书记都亲自过问。镇里的其他各项工作，由周镇长全面抓起来。

田书记带着两个同志到汶水滩来了两趟。上一次来开了个党支部成员会，大家七嘴八舌，说得不少，可没有一句同意的话。田书记没表明具体态度，其他两个同志也没吭声。潘忠地看出来了，田书记对这事也不赞成。今天是第二次来了，当时只有李向河在办公室，田书记说："你去喊喊忠地和发树同志。"李向河以为还开支部会，就问："还叫其他人吗？"田书记说："不用了，我们就和他两个座谈座谈。”李向河赶紧泡上茶，就去喊人了。

潘忠地、张发树来到后，先说了几句别的工作，还没扯上正题，电话铃响了。张发树起来接，问：“谁呀？”那头说：“我是许升广，田书记去了吗？让他接电话。”张发树把电话递给田书记，说：“许书记要的，让你接。”

田书记接完电话，说：“我得回去了。”

潘忠地问：“什么事啊这么急？恁这刚来到。”

田书记说：“刘集的村民到县里上访去了，让我去领人。”

张发树说：“他们上访怎么还让你去呀？”

田书记说：“一定是去的人不少，在那里闹腾，县里做不下工作来，叫镇里去人领回来。我分管这一块，不去可不行。”

田书记他们走了后，张发树说：“刘集的人去上访，什么事啊？”

潘忠地说：“管那个干什么，和咱又没关系。”

张发树说：“刘集还是郑成邦的书记，恁两个是老熟人了，你给他要个电话，问问是不是因为搬迁？”

潘忠地说：“咱又不是镇领导，别多管闲事了。”话是这么说，可心里想，不用问，一定是这事引起的。

隔了两天，吃完晚饭潘忠地没出去，突然郑成邦来了。是潘忠良领他来的，进门潘忠良说：“我刚出来想串个门，遇上了郑书记，都认识，他说找你，我估计这时候在家里，就直接家来了。”

潘忠地说：“赶紧坐下，我泡茶。”

郑成邦和老太太、石玉英分别打了招呼才坐下。石玉英叫着点点去了西屋，老太太也到里间屋去了。

潘忠良想走，郑成邦说：“一块喝杯水呗。我也没什么大事，老长时间没和潘书记见面了，就是来说说话儿。”

潘忠地也留他，他就没走，帮着倒茶。

喝起水来，郑成邦说：“我听说镇里排了七个搬迁的村，其中有汶水滩，恁同意了吗？”

潘忠地说：“搬迁个村子可没那么简单，别说群众了，支部成员都通不过。前天恁村里有人到县里上访，是不是因为这件事？”

郑成邦说：“就是。你想想，一千五六百户一家伙搬到俺那里去，即便是盖楼，得占多少地呀？老百姓没地种了，靠什么养活？许书记说下一步要大力发展镇办企业，到时候优先安排俺村的劳力，那不是墙上画烧饼糊弄人的事吗？这几天已经开始划线，要先拓宽道路，得拆几百间民房，群众能没意见？我打听了一下，镇里多数领导都不赞成这么搞，是许书记硬要坚持。他是一把手，只能找县委、县政府讨个说法了。”

潘忠地问：“去了多少人？你带领着去的？”

郑成邦说：“人不多，去了不到一百口子，全是些老头老太太。这种事咱可不能出头，不光我没去，支部里一个也没去，找了两个老生产队长，让他们组织组织。”

潘忠地说：“结果怎么样？镇里的态度有改变吗？”

郑成邦说：“还改变哩，比原来更坚决了。那天是田书记去了做工作，动员他们回来的。下午许书记和田书记到俺村开了个党支部成员会，田书记倒没说什么，许书记把我们熊了一顿，最后说到哪里上访也没用，党委定了的事情就不能变，不仅要坚持，还必须加快进度，谁再挑头闹事就处理谁。”

潘忠地说：“看来这事不好办了。”

郑成邦说：“我考虑不能就这么完了。这两天我跑了几个村，没一个乐意搬的。我想大后天再去些人上访，最好咱八个村一块，都尽量多发动群众，人少了引不起县领导的重视。那几个村都同意这么办。我今天来就是给你说说，到那天你们是不是也去部分人？”

潘忠良说：“好啊！这事不少人知道了，拉起来没有赞成的。忠地，您别伸头，我叫着人去，算是群众自发的。”

潘忠地说：“可不行。田书记也已经来过两趟了，他和许书记都没让我们做群众的工作，大伙还不知情，怎么能说是自发地去上访？”

郑成邦说：“要想彻底阻止这事，只有让县里领导发话了。他们看到相关的村都反对，肯定让镇党委改变决定。虽然你们没给群众讲，可纸里包不住火，这样的大事早传开了，忠良大哥刚才就说不少人已经知道了。老百姓自愿去上访，即便出点事责任也落不到咱头上。”

潘忠地说：“我倒不是怕担责任。看田书记那意思，俺这个村搬不搬还没最后定下来，别这么一凑热闹，促使许书记的想法更坚定了。”

郑成邦一听潘忠地这话，是找理由推托，觉得再说也没用了，就说：“要那样恁就别去了。但是，如果县里来人调查，恁可得坚持不搬。”

潘忠地说：“那当然，谁来我们也实事求是地讲。”

郑成邦起身要走，他两个把他送到了大门外。潘忠地对潘忠良说：“你再坐一会儿吧，这壶茶还没大喝。”

潘忠良随他回到屋里，说：“我觉得老郑那话有道理，要不我给发树说说，咱少去几个人？”

潘忠地说：“你可别胡掺和了。那么多人去上访，不用问谁都明白，没有干部组织发动，群众能会主动去？有事找领导反映可以，不应该采取这种做法。”

潘忠良没再说这事，喝了几杯水走了。

经郑成邦这么一串通，这天去上访的人真不少，除了汶水滩和另外一个村没答应去，那六个村组织了足有一千多口子，绝大部分是老人，只有少数是年轻点的。有骑自行车的，有骑摩托车的，老人们大都是坐的拖拉机，还有坐汽车的。事前约定好的，先在县城北关集合一下，然后一齐去了县政府。县委、县政府一个大院，包括大多数部门，集中在一个楼上办公。这么多人一下子涌了进来，呜呜呀呀挤占了大半个院子，尽管警卫和信访局工作人员极力劝阻，还是有些人进了大楼，吵得各办公室都没法工作了。县里还从没有过一起来这么多人上访，县委办公室、县政府办公室的几个主任和信访局的全体同志都出来做工作，那也不管用，人们情绪激烈，喊着要见县委书记、县长。几个主要领导都去了会议室，商量怎么办。县委书记想出面给大伙谈谈，县长说：“这么多人乱糟糟的，谁出面也不好讲。还是抓紧通知刘集的书记、镇长和分工书记，让他们来先稳住群众的情绪，然后再商量怎么解决。”县委书记同意这么做，办公室的同志赶紧去给刘集镇党委要电话。

镇里的三个领导很快就到了，一看这么多人，也十分惊讶。许书记寻觅一遍，没发现有村干部，就直接上了三楼去见书记、县长。周镇长、田书记楼里楼外地劝说大家，要求他们在院子里集合起来，选出几个代表说说情况，等候县领导的答复。不少人认识镇里的领导，看到三个主要领导都来了，周镇长、田书记又来来回回地跑，吆喝得口干舌燥的，情绪逐渐稳定下来，进了楼的一些人也陆续回到了院子。田书记转着问了问，了解到总共涉及六个村，就把周镇长叫到一边说了说。周镇长说：“不对，汶水滩也有来的，我看到原来第三生产队那个队长了，刚才还在那边咋呼，是不是叫潘忠良？”

田书记说：“就是他。我问他了，他们村就他自己，他也不是专门来的，是进城有别的事，遇上了来看看。”

这时许书记出来了，站在楼门口台阶上大声讲：“同志们来不就是反映搬迁的事吗？县里领导们知道了，指示我们回去重新召开党委会研究，拿出新的意见来再向县委汇报，县委怎么定我们就怎么办。”

有个人突然咋呼：“县委让搬我们也不搬！”接着很多人附和，人群中又嚷嚷起来。

周镇长说：“大家静一静，听许书记把话讲完。”

下面安静了，许书记接着说；“大家的心情我们理解，但是，得给我们留出研究的时间。希望同志们都回去，三天后一定给大家答复，如果你们还有什么意见，可以到镇党委去反映，我们再商量。”

周镇长说:“都听到了吧？问题还得我们镇里解决。许书记表态了，镇党委一定尊重大家的意见，尽快给大家一个满意的答复。都回去吧，这都快到吃午饭的时候了。”

田书记也说:“行了，都走吧，再有什么事找我们几个。不要动不动就到这里来，影响多不好呀，吵得县里的领导们都没法办公了。”

本来多数人都是随和着来的，听镇领导把话说到这个程度，觉得只能这样了，再闹下去也不会有更好的结果。各村几个领头的凑一块商量了一下，随后吆喝着大伙都走了。

许书记叫着周镇长和田书记去了会议室，说是听听县里领导的意见再回去。县里几个领导从窗子看到外面的人走了，还都仍然生着气，也没让他们喝水。县委书记说:“你们怎么搞的？前几天就有来上访的，今天一下子又来这么多人，这可是创了奇迹了！怎么做的群众工作？”

田书记说:“这事主要责任在我。我分管这一块，工作做得不细。”

县长说:“我们今天不追究谁的责任。但是，你们要引起高度重视，下不为例，再也不允许出现这种情况。”

县委书记说:“刚才给老许讲了，你们镇驻地的建设规划弄得太仓促了，怎么能一次搬迁那么多村呢？镇、村有那个实力吗？群众接受得了吗？做任何工作都要考虑周全，就算是方向对头，也得看条件成熟不成熟，不能急于求成，更不能为出政绩而做群众不愿做的事情。回去好好研究研究，这么多群众都反对，不能强办。”

县长说:“刘集的街道拓宽也要稳妥，需要搞多宽合适？还能和县城比呀？特别是涉及拆迁群众的房屋，一定要事先做好工作，集体必须给予补助，不能让老百姓吃亏。我看这项工作你们回去先停下来，党委拿出新的意见来，交群众讨论，思想一致了再动工。”

许书记说:“我们接受领导的批评。回去后一定按照领导讲的，党委认真研究。调整计划后，先来汇报，然后再实施。”

县长说："这类工作汇报不汇报都可以，关键是要过细地做基层干部和群众的思想工作。只有统一了思想，工作才好开展。不然，还会出问题。"

周镇长说："请领导放心，我们保证不能再出现群体上访事件。"

县委书记说："好了，回去吧，别让那些人走到半路再返回来了。"

回到镇里，周镇长说："下午咱就开党委会吧，让几个副镇长都列席一下，一块讨论讨论。"

许书记还窝着一肚子火，说："不慌，晚上咱再开会，先通知那几个村，让支部书记、村委会主任下午都来，把上访的问题解决了再说。别看去的没有干部，肯定是他们发动的。如果没人幕后指挥，不可能那么整齐，一次就去那么多人。"

田书记说："是通知那八个村，还是谁有上访的叫谁来？"

许书记问："没都去吗？"

田书记说："有一个村没去。另外，汶水滩只去了一个老队长，也不是专门去的，据他说是个人进城办事碰上了，就随着去看看。"

许书记说："没去上访的就别来了。汶水滩得来，有一个去的也是去了。"

下午的会议上，许书记一开头就狠狠地批评了一阵子，什么没组织观念了，专门给党委制造麻烦了，等等，并且说："为什么不给党委打个招呼，就发动那么多人到县里闹腾去？恁不怕丢人我们还得要脸面哩！谁串联的？别躲在后面充好人，有胆量做，就得有胆量承认。"边说边两眼瞪着郑成邦。

他的话音一停，郑成邦就说："用不着串联发动，涉及个人利益，就都自发地去了。"

许书记说："鬼才相信！没人串联恁这七个村能行动那么一致？这是少数人呀？肯定是有组织有预谋的。都说说，是谁鼓动的？"

张发树说："俺村里没有去的。"

许书记说："睁着眼说瞎话，有个老队长就是恁村的，你不知道？"

张发树争辩："我和忠地是临来的时候才知道的。他不是去上访，我们刚出村遇到他了，他说是进城买东西，看到很多人去了县政府大院，就过去看看热闹。还把那阵势给俺说了一番。"

张发树之所以这么说，是他心里有底了。他和潘忠地的确是在村头遇上的潘忠良。见他骑着车子回来，潘忠地问他干什么去了？他说今天那几个村都去县里上访，就专门去看了看，并且绘声绘色把情况讲述了一通。潘忠地说都才回来呀？潘忠良说那些人早回来了，我是又转了转给孩子们买几件衣裳。潘忠地说别管谁问你，你就说是去买东西遇上的，千万别说跟着去上访来。潘忠良说这个我明白，在那里田书记就问我了，我就是这么说的。潘忠地说你赶紧回家吃饭去吧，都过饭时这么长时间了。路上张发树问潘忠良怎么知道的？潘忠地就把郑成邦来的事说了说，并嘱咐他，到了会上千万不能把这事讲出来，弄不好老郑要挨处分。

许书记听张发树说的和田书记口径一致，就说："看热闹也不对，就算是帮帮人场也和正式上访没什么两样。全县进城办事的人多了，其他人有这么办的吗？偏偏恁村里的人跑去助威，还是原来当过干部的，这说明你们平时的教育工作有问题。"

潘忠地挨着张发树，就拽了拽他，不让他吱声了。

其余的人也都不说话了。

过了一会儿，周镇长说："你们要认识到这个问题的严重性。不论是组织发动的，还是群众自发去的，都推托不了责任。那么多人，还大车小辆的，谁敢说不知情？就是没发动，发现后也应该加以制止。有意见要逐级反映，先到镇里来，上千人一下子跑到县委、县政府去，影响多坏呀！再大的问题县里也不可能直接解决，还得镇党委拿办法，这个原则不懂吗？好好总结教训，虚心接受批评，再也不准类似的事件发生。当然，小城镇建设这项工作我们考虑不周，群众工作做得不细。从这个角度讲，造成群众集体上访，镇党委也有责任。我们都得正确对待这事，不能不吸取教训。根据县里领导的意见，村庄搬迁，包括刘集的道路拓宽，原来的设想都不为准，工作先停下来。具体下一步怎么办，党委再慎重研究，拿出新的规划后，会征求你们的意见。”

与会的人们听了周镇长讲的，特别是后面这几句话，都心里舒了一口气。

田书记接着说：“以前会上我们多次强调，稳定是大事。任何时候，做任何事情，都不能激化矛盾，出现矛盾要化解在基层，避免引起群众上访，尤其是不能形成群体上访。今天发生的事情，就是不追究责任，你们回去也要反思一下，接受教训，并且做好群众的思想工作，把大伙的情绪平息下来。”

许书记说：“不是一般的反思，各村都要就这件事写出检查，两天内交镇党委。另外，在这里都先表表态，能不能把群众工作做好。”

郑成邦第一个发言，说：“我们保证再也不出现上访的，不管人数多少，只要再有到县里闹事的，请党委处理我。”

其他几个支部书记一个个都表了态。会议到此就结束了。

十几个人一起出了大门，有个说：“成邦，你看这事弄的，挨了顿熊，还让写检查。”

郑成邦说：“咳，写个检查算什么，有这个结果就是最大的胜利。”

另一个说：“这检查怎么写呀？”

又一个说：“那还不好写？说两句没做好群众工作，引起了上访，给镇领导惹了麻烦，承担承担责任就行了。只要说得深刻点，领导保证满意。再说，交了来还不知道有人看没人看哩。”

议论了几句，就各自分道走了。

没走多远，张发树说：“许书记那话真没道理，就一个人去掺和了掺和，也成咱的责任了。咱还写检查呀？”

潘忠地说："写呗。看来这次上访真成好事了，再也不用担心搬迁了。"

张发树说："哪里说不让咱搬来？"

潘忠地说："你没听出周镇长讲的那意思？县里让停下来，镇党委得重新拿意见。我琢磨，就是继续搞搬迁，规模也不能这么大，最多搬三两个村。还有刘集的街道，也不会扩这么宽了。"

张发树说："有道理。这么多村都去上访，县里的领导肯定得当成个大事，让镇里改变原来的计划。只要变，哪怕少搬一个村，也是咱。这样说忠良大哥还有功劳哩，回去表扬表扬他。"

潘忠地说："可别多事了，回去什么都不要讲。包括今天会议的情况，咱两个知道就行了。"

张发树答应着，停了停又说："我怎么听着你这两天说话有点哑嗓子呀？没叫庆龙叔开点药吃？"

潘忠地说："好几天了，不疼不痒的，就是说话有点感觉。找庆龙叔了，他说可能是上火，拿了一包胖大海、青果，泡水喝，我觉得也不管事。"

张发树说："那就到镇医院看看。"

潘忠地说："用不着，又不是什么大毛病，过几天就好了。"

说着拉着到家了。

再过十几天就到春节了。村庄搬迁的事已经过去了一个多月，再也没了动静。张发树去赶集遇上一位副镇长，打听了一下，回来就找潘忠地，说还是你分析得准，党委可能定的只搬迁紧挨着刘集的那一个村了，其余的村都以后再说，刘集的街道暂时也不拓宽了。潘忠地说那好啊，其实不用问，咱听党委的通知就行。

这一段不忙，潘忠地想去看魏书记，年前去了年后就不再去了。也是因为嗓子老是不好，顺便到县医院看看病。

风和日丽，空气清新。虽然前几天下了一场小雪，只有田地里还星星点点泛着白色，道路上已融化得干干净净，并不泥泞，湿乎乎的不起尘土，比平时还好走。天气好，又到了准备过年的时候，进了腊月城关天天是集，上了公路，进城的人络绎不绝。有去卖东西的，多数是去置办年货的。小学都放假了，有些人自行车、摩托车后边还驮着孩子。

潘忠地骑着自行车，慢悠悠走着，不少人从后面赶上来，认识的和他打声招呼，也接着超到了前面去。他心里琢磨着事儿。最近李庆龙催促他几次，说你嗓子哑的时间不短了，必须到上面医院检查检查。他问还能有什么大问题吗？李庆龙说不一定有大毛病，可查清楚了便于对症用药。他想，听庆龙叔那意思，是不是怀疑有别的病？不会是不治之症吧？就是嗓子有些嘶哑，治不好有什么大不了的？下午少拿点药，吃几天好不好的也不管它了。不能过年了还再吃药，老人们长说，年三十或初一吃药会一年不吉利。尽管知道这说法没点道理，如果不听会惹老母亲不高兴。

到了魏书记家，一进门老太太就说："哎哟，天冷呵呵的，跑来干吗！快坐下暖和暖和。"

潘忠地说："马上就到年了，来看看您两位老人家。今天天气好，没起风，不冷，骑起车子来还想冒汗哩。"

老太太说："恁妈身体好吧？"

潘忠地说："可好了。家里本来用不着她干活，还是闲不住，整天忙忙活活的。"

老太太说："恁这多好呀，一家老少在一起。你看俺这样，恁弟弟在省城，恁妹妹在市里，工作倒是都不孬，就是离俺两个太远了。"

潘忠地说："他们不是经常回来吗？"

老太太说："每年都回来几趟。工作忙，回来一趟也不容易，大人孩子的。依我当时的想法，就不叫他们去这么远，起码跟前留一个，一早一晚的我们也好有人照应。"

潘忠地说："过两年您二老可以到他们那里住去。"

老太太说："他们这就叫去。我觉着还是不如俺两个这样方便，不愿意去。"

魏书记正泡茶，说："你就是老思想，孩子能到哪里发展就得让他们去。这还算远呀，有事一个电话就回来了。有些人家的孩子都去国外了，三年两年见不上一面，那怎么办？"

老太太不吱声了。潘忠地说："现在联系方便，交通也便利，和在跟前差不多。"

老太太拾掇了些菜，到厨房做饭去了。潘忠地用开水烫烫茶碗，停了一会儿倒上，先端给魏书记一碗，两个人喝着水说起话来。魏书记说：“恁镇里到底是怎么回事？前些日子来那么多人上访，整个县城都沸沸扬扬议论这事。”

潘忠地就把党委想扩大镇驻地，要搬迁村庄的情况说了说，并且说，涉及的村群众都不满意，开始是刘集村的上访，没解决问题，后来那些村也都来了。

魏书记说：“抓小城镇建设是对的。从发展趋势看，进城的农民越来越多，不能老是进城不离乡，将来也要逐步让部分农民往城镇集中。不过，这是项长期工作，得条件成熟，慢慢来，太急了不行。就现实农村的经济状况，一下子搬那么多村，群众想不通可以理解。不能说党委的思路不好，但好事没有办好。升广同志怎么样？他学校毕业后一直在机关工作，缺乏基层工作经验。”

潘忠地说：“许书记倒是有工作魄力。正像你说的，就是对农村的情况不太熟悉，做事又有些急躁，虽然是出于好心，可下面的干部群众往往接受不了。”

魏书记说：“前两天组织部部长来看我，说县委想调整一下刘集的党委班子，把老许调出来，在现有班子成员中选个书记。因为我是老刘集了，征求我的意见，看让谁干好。我离开这么多年了，近期去得又很少，心中没数，当时说不出具体想法。他让我考虑考虑，想好了再告诉他。你觉得让谁干合适？”

潘忠地说：“要是许书记走了，让周镇长接书记就行。”

魏书记说：“论能力水平老周没问题，就是年龄偏大了。按道理应该在县里给他找个位子，干两年就退下来了，也好在县城安个家。”

潘忠地说：“再往下排就是田书记了，他干也可以。”

魏书记说：“老田也是在乡镇工作多年了，光是担任副书记就五六年了。听说他和老许不是很协调，是什么问题？”

潘忠地说：“田书记工作很认真，办事也很稳妥。据我观察，平常他和周镇长观点比较一致，和许书记有时有些分歧，都是工作上的事。像这次村庄搬迁，他好像不完全赞成许书记的意见，可当着我们的面从没有表露出来过，还是按党委的决定做我们的工作。当然，他们内部是个什么情况我说不清，不会有什么大事。”

魏书记说：“这么说他还是讲组织原则维护大局的，这就不错。那好，我就推荐推荐他，至于定谁还得县委集体研究。这件事回去不要对外讲，估计得春节后办了。”

潘忠地说：“我知道，这种事可不能乱说。”

吃完饭潘忠地就说：“我早点走吧，还得到县医院去看看嗓子。”

魏书记说：“先等一等，医院的院长我熟，我这就给他要个电话，让他安排个人给你好好看看。”

潘忠地说：“不用了，又不是什么大病，挂个号随便找个医生就行了。”

魏书记已经摸起电话，要到孙院长，一说这情况，孙院长说让他到办公室来找我，老领导交代的事我一定办好。

潘忠地到了医院，直接去了院长办公室。孙院长问问病情，说：“就嗓子不好呀，咱去耳鼻喉科，让李主任给你瞧瞧。他是老主任了，经验丰富。”

也没用挂号，正巧李主任跟前没病人，孙院长领潘忠地过去，说：“这是汶水滩的潘书记，魏书记介绍过来的，嗓子有些嘶哑，你给他检查一下。”

李主任让潘忠地坐到他面前，问了问情况，仔细看了看嗓子，朝孙院长说：“嗓子没什么大碍，可哑的时间太长了，最好去搞个钡餐透视。要不让内科的大夫看看？”

孙院长说：“先别去内科了，你干脆写个透视的单子，如果需要再找别人。”

潘忠地不好说什么，跟着孙院长去了放射科。很快就完了，还拍了片子。孙院长叫着他回了办公室，说："你喝杯水等一会儿，让他们冲洗出片子来看看结果，不然你明天还得再跑一趟。"

孙院长倒上水，问："你这段时间吃东西有感觉吗？"

潘忠地说："没什么感觉，和往常一样。"

孙院长又问："你家族里上几代有得过癌症的吗？"

潘忠地警觉了，说："我爷爷、奶奶，还有我父亲，都是因为别的病去世的，我母亲还健在，往上数老爷爷的情况就不知道了。我得的是不好的病？"

孙院长说："刚才从影像上还看不太清楚，得等片子出来才好说。"随后问潘忠地目前村里的情况，潘忠地简单说了说。孙院长又说，"'文化大革命'期间我去过恁村里两趟，那时候我还是医务科科长。第一次是卫生系统组织去参观，第二次是随县机关去帮恁收麦子。当时恁村里群众整天搞活动，连生产都顾不上了。"

孙院长东拉西扯，就是不想让潘忠地再问他的病。因为拍片子时医生就基本确定，是食道癌，并且已经六公分了。拉了一阵子，孙院长说："我去看看，估计差不多了。"

没大会儿孙院长就拿着片子回来了。因为片子还不干，也没装袋子，医生也没写诊断书。他让潘忠地看片子，潘忠地说看不明白，他就指画着说："你也懂些医疗知识，我就给你明说了吧，怀疑是食道癌。今天别再找其他医生看了，我建议你赶紧到地区医院确诊一下。不要有压力，是的话也属于早期，定下来抓紧手术，问题不大。"随后找了张报纸，把片子卷起来，递给潘忠地，又说，"别折了，去的时候带着。"

潘忠地接过片子，差点没拿住，沉了一会儿，说："我还没交钱哩，怎么去交？"

孙院长说："不用交了，又没拿药。魏书记亲自要了电话，这点事我会处理好。"

潘忠地说："谢谢院长了。我走吧。"

孙院长说："那行，有什么事直接来找我。"

潘忠地觉得虽然只拍个片子花钱不多，可和院长不熟，人家领着去检查，还不让付钱，真有些不好意思，就一再表示感谢。他当然不清楚，这钱院长是不会出的，放射科也不会不记账，因为科里要按收入计算奖金。院长有的是办法，他可以把这笔账记到魏书记名下。不论在职的还是退下来的县级领导，来看病拿药都是记账，末了公费报销。

潘忠地出了大门才骑上车子，心里一下子沉甸甸的。其实刚才孙院长拿回片子一说，他就像突然挨了一闷棍，两眼一阵发黑，当时狠狠咬了咬牙，才镇静下来。上了大路，感到浑身酸软，两条腿不听使唤，简直蹬不动车子了，只好下来推着。走了一会儿，想，这怎么行呢？三十来里路，这个走法天黑也到不了家。于是强打精神，又骑了上去。就这样脑子昏昏沉沉，吃力地蹬着，到家时日头已落山了。他进家先去了西屋，把片子藏到抽屉里，才去堂屋，给母亲说："俺老师、师娘都问你好。"

老太太说："他两个都好吧？你去医院了吗？"

潘忠地说："都挺好的。我下午去的医院，医生说没大事，就是上火。"

石玉英在厨屋刚做完饭，这时进来了，问："拿的中药还是西药？要是中药我得先泡上。"

潘忠地说："什么药也没拿。医生说不用吃药，过一段时间就好了。"

听了他这话，老太太和石玉英也就放心了，没再当回事。

夜里躺到床上，潘忠地辗转反侧，没有丝毫睡意，心里一会儿似空中的雪花，凉凉的，飘忽不定；一会儿又像那烟雾，乱乱纷纷，混沌一团。后来总算冷静下来，想，得了这没法治的病，看来离死亡不远了。老百姓都说，这种病"紧七慢八"，意思是如果感觉吃东西有了障碍，发展快的七个月就不行了，慢的也只能活八个月。这不就等于判"死刑"了吗！大医院医疗条件是好些，医生的医术也高，可也没听说有几个彻底治好的。到地区医院治疗，也只能是开刀，好了也许能多活一段时间。可是，手术后要住个把月的院，马上就过年了，那样会惹得一家人这个年过不安生。治病治不了命，到了这地步，多活几天少活几天还有什么意思？不行，得暂时保密，过完年再说。

第二天他勉强和没事人一样，吃了早饭就去了办公室。其他人还没来，他翻了翻昨天的报纸，但心烦意乱，翻了两遍也没看清一条具体内容。突然电话铃响了，一接是魏书记。潘忠地以为他是不放心，问问查病的情况，就说：“昨天看完病就不早了，医生说没大事，我就直接回来了。”

魏书记说：“昨天晚上孙院长来给我说了说，你什么时候到地区医院查查？”

潘忠地一听没法瞒了，说：“到年跟前了，我想过了年再去。”

魏书记说：“不行，得抓紧去确诊一下。如果是那种病更不能拖，必须及早治疗。这样吧，我要个车，你在家里等着，今天我就和你去，地区医院我也有熟人。”

潘忠地知道不好推托了，说：“家里人还不知道，我到村东公路边上等你吧。”

魏书记说：“那好，来了车我马上走。”

潘忠地走到大门口，遇上李向河，便给他说到镇上有事，让他给张发树说一声。回到家里说魏书记约他去镇里，大概得下午回来。然后多带了点钱，悄悄拿上片子就走了。

潘忠地出村步行二里多路，就到了县城通地区的公路，等了不到半小时，魏书记就来了。上了车，魏书记一路劝导他，开始说县医院误诊的情况不少，查得不一定准，还是上级医院的医生临床经验丰富。后来又说孙院长介绍，就是确诊为食道癌，也属于早期，手术治疗成功率很高。还列举了县机关两三个得癌症的病人，说是手术后都很好，其中一个已经四五年了，现在还身体挺棒。总之一个意思，就是让他消除顾虑，不要有思想负担。潘忠地说："老师你放心，我没事。要说心里没点压力是假的，特别昨天下午刚听说的时候，简直是五雷轰顶，一时不知道如何是好了。后来也想明白了，得这种病的不光咱，既然得了，就要正确面对，好好治疗。就算治不好也无所谓，我这也是奔六十的人了，在农村这个年龄段死的不算少数。昨天晚上我就想，即便需要手术，也等到年后再住院，马上过年了，别让家里人着急，特别是我母亲。"

魏书记说："去了查查再定，真要是这种病手术越早越好。"

出乎两个人的预料，检查的结果是不能手术了。

起身前魏书记给内科尚主任要了电话，到了地区医院他们先去了内科主任办公室，尚主任问了问病情，就领他们去找肿瘤科边主任。边主任刚做完手术回到办公室，尚主任介绍了几句，边主任先是要过片子看了看。魏书记说："还用再拍片吗？"边主任说："不用了，这个片子很清晰。"然后让潘忠地躺到旁边的小床上，从脖子到腹部，全面检查了一番。完了叫着内科主任，到另一间屋商量了一会儿，回来说："可以确定为癌症，食道接近六公分。如果只是这一块，完全可以手术。但是，淋巴部位也有了，再做手术效果不好，只能采取保守疗法。"

魏书记说："具体怎么治疗？需要住院吗？"

尚主任说："马上到春节了，不一定住院，可以拿着药回去用。"

潘忠地说："那就吃药试试呗。"

边主任说："我给你开上一个月的药，有几种是内服的，还有一种针药，让卫生室的同志按说明书打就行。用完这些药以后再来，到时候我给你复查一下。"

魏书记说："我听说中药效果挺好，同时用上中药行吗？"

边主任说："可以，我也开个中药方子。"

从肿瘤科出来，尚主任让他们到他办公室喝水，潘忠地说："您先去，我去拿药。”

魏书记说：“带的钱够吗？”

潘忠地说：“够，我专门多带的。”

潘忠地只拿了西药，没拿中药。他是想，还是等春节后再吃中药，如果卫生室拿不全，可以到镇医院去拿。回到尚主任办公室，魏书记问他怎么没拿中药？他说村卫生室有中药，回去拿就行。尚主任拿杯子给他倒水，他说别倒了，我不渴。又对魏书记说咱走吧。尚主任留他们吃饭，魏书记说有车，回去也快，不麻烦你了。

车开出医院大门，魏书记对司机说：“去岱庙南门，从那里往南不远，路东有个小饭店，我在那里吃过，挺干净，咱去简单吃点再走。”因为还有司机，潘忠地没说什么。

进了饭店，魏书记喊过服务员，点了四个菜：蘑菇炖鸡，炸黄花鱼，芹菜炒肉丝，五花肉炖白菜。服务员问要什么酒？魏书记说来瓶泰山特曲，先给我们泡壶茶。

刚喝了两碗茶，服务员就把菜和酒送上来了。司机要了两个盅子，起开酒瓶倒上，先给了魏书记一盅，另一盅给了潘忠地。潘忠地让给了司机，司机说我不喝，还得开车。魏书记说不喝就算了，去要几个烧饼来，你先吃，俺两个喝，最多也就喝三两，剩下的你带着，回去晚上自己喝。潘忠地说我也不喝了。魏书记说还能让我一个人喝呀，你少喝点，陪陪我。潘忠地只好端起盅子，站起来敬魏书记。

一顿饭魏书记一直在讲关于泰山的故事，再也没提潘忠地病的事。潘忠地理解他的心意，也装作很轻松的样子。快吃完的时候潘忠地去结账，魏书记坚决不干，掏出一百块钱，让司机去结了。

回来时潘忠地还是没让魏书记进村，在公路边下了车，拿着药回家了。石玉英见他提着一包东西，问：“拿的什么？”

潘忠地说：“我又到镇医院找人看了看，医生说还是吃点药打打针，消消炎好得快。”说着进了西屋，把药放到了抽屉里。晚上吃药时，石玉英突然进来，随手拿起药瓶看了看。瓶子上、盒子上都有说明，潘忠地觉得不能瞒她了，就把病情如实告诉了她，并一再嘱咐，千万不要给别人讲，特别是不能让老人知道。

石玉英感到塌天一般，强忍着泪水没有淌下来，心里话，老天不开眼，这病就算是换在我身上，也不该让他得呀！随后又默默地祷告，期盼万方神灵，保佑丈夫好起来。可她明白，这种病治好的可能性不大。一夜也没睡踏实，偷偷流了不少泪。到了白天，心里仍像堵了块抹布，老是闷得慌，可还得照常干活，尤其在老人面前，不能表现出来。实在是太憋闷了，下午她去找潘秀菊，把事情全说了。潘秀菊听了也是一惊，过了老大一会儿，才说：“走，咱去给恁婆婆透个话。”

石玉英说：“他不让给老人家说。”

潘秀菊说：“不行，得让她心里有个数。”

老太太听了脸上显得很平和，说：“这两天我就看出来了，一定是得了不好治的病。他那个脾气恁也知道，不用劝他，也别对别人讲，他自己愿意怎么办就怎么办。凡事依着他，让他心里痛快些就行。人啊，就是个命！”

老太太是明白人，虽然心里不好受，为了不增加儿子的压力，尽量装得和平常一样。

潘秀菊老长时间心里像压了块石头，觉着比自己得了这病还难受。没办法，这种事替不了，只能经常找潘忠地拉拉呱，有时拉着拉着就不知不觉流出了泪水，反而要潘忠地开导她了。直到后来看着潘忠地一天天好了起来，才算没事了。

第二天早饭后，潘忠地拿着一盒针药和中药药方，去了卫生室，当时没有别人，就把两天前看病和医生开药的情况给李庆龙详细讲了讲。李庆龙看了看针药的说明书，又看看药方，说：“先打上针吧，中药咱不全，缺三样，我马上去进，下午再拿，晚上开始吃。”

潘忠地说：“先不拿中药了，我想过了年再吃。”

李庆龙想了想，说：“这个办法也行。我看着这个方子很普通，是不是另找个老中医看看？”

潘忠地说：“找谁呀？要不你琢磨琢磨，到时候按你的方子吃。”

李庆龙说：“我可不行。有个人可以，就是宝典他父亲。老头儿来过一趟，我也到他家去过，俺两个没少拉了行医的事。别看他没在大医院工作过，看病可有一套。他家里从祖辈就行医，已经好几辈子了，不仅治疗皮肤病有绝招，还有些治疗疑难杂症的祖传秘方。可以让宝典请他来，或者我领着你去，用他的药也许能彻底治好了。”

潘忠地说：“别指望好了，如果能多活几年就不错。反正病急乱投医，那就请他给看看。也不用你去，年后叫宝典回来一趟，让他领着我去。”

李庆龙说：“那也别太晚了，宝典和桂芝都得家来过年，初三四就去。从地区医院拿来的药先用着，人家有经验，肯定效果错不了。”

潘忠地说：“还有拿来的三种西药，昨天晚上我就开始吃了。”

李庆龙说：“这针每天得打两次，是我到你家里去还是你过来打？”

潘忠地以为他娘还不知道病情，就说：“你别跑了，我过来。俺娘现在还不知道，你去了她又得问这问那的。我想还是先不给她老人家说，能瞒多长时间算多长时间。”

李庆龙说：“也好，她知道了肯定格外挂心，别把她老人家再折磨病了。”

就这样，潘忠地每天三次吃药，两次打针，和支部的人就说是治疗哑嗓子。

过了两天，潘忠地去了镇里，正好几个主要领导都在党委办公室，就把病情说了说，并且提出：“我现在这样子不能再继续工作了，请党委研究一下，另明确个党支部书记。”

几个人听着都感到突然和惋惜。许书记说："真是天有不测风云，人有旦夕祸福，正好好的怎么就得这种病呢？别担心，现在医疗条件这么好，不行再到省城医院看看，能治好了。书记你还得干着，小车不倒就得推，以治病为主，工作能干多少算多少。"

潘忠地说："那样恐怕不好，我整天吃药打针的，长了会影响工作。"

周镇长说："年前还有这几天了，村里有些事先让发树他们干着，人选的事年后再议。"

田书记说："你就安心治病，工作的事交代给支部的其他几个人。至于让谁接替书记，你也得考虑个意见，谁合适你心里比我们有数。看病还有什么困难吗？有困难就说，我们帮你解决。"

潘忠地说："没困难。我想再找个中医看看，光是吃药花不了多少钱。"

周镇长说："有些老中医治病有一套，可以试试。要有信心，说不定在你身上创造个奇迹。"

潘忠地说："谢谢领导的吉言。恁放心，我一定积极治疗。恁还忙，我回去吧。"

几个人把他送走回到办公室，许书记说："不应该答应他换书记，如果他最后倒在工作岗位上，就是个好典型。"

田书记说："他这想法也是为工作考虑。"

周镇长说："咱不能为了抓个典型就耽误他治病。都知道，这可是绝症，得了就没法办，还是让他撂下工作，专心养病，争取多活几年。"

许书记说："行了，这事以后再说，继续商量刚才咱议的事。"

潘忠地回去后，下午开了个支部会，就年前年后的几项工作说了说，然后说："我这嗓子老是不好，医生不仅让吃药打针，还嘱咐要注意休息，这样有些事情就得恁几个多受累了。"

张发树说："不就是嗓子有点哑吗？你要是开始就重视，到上边医院看看，早就好了。庆龙叔那本事还是不行，真有了病不能光指望他。放心，你好好歇着，有什么事发发话，俺几个干。”

潘忠地用了十几天的药，逐渐感到浑身无力，吃饭也不行了，整天不觉饿，什么饭菜也不想咽。又怕老母亲看出来了，每到饭时都是强打精神，勉强多吃些。腊月二十九下午去打针时，把这情况给李庆龙说了，李庆龙说：“这些药副作用都太大，明天就年三十了，先停几天，过了年就去找宝典他爹，听听他的意见再说。”

正月初二晚上，李庆龙到了潘忠地家，说：“明天你和宝典去吧，桂芝也得回去住两天，恁一块去。”

老太太问：“干么去呀？”

李庆龙说：“忠地这嗓子哑的时间太长了，你看这样说话多费劲呀。宝典他爹看这种病有经验，叫他跟着宝典去一趟，吃几服中药就好了。”

这事石玉英已经听潘忠地说过，就说：“那就明天去呗，人家是老医生，经验多。”

老太太说：“去吧，别管是什么病，都得想法治。”

潘忠地年前就预备好了两瓶酒、两斤茶叶，第二天带上，随于宝典两口子去了。走到后一家人又是让座又是泡茶，于宝典先给他爹说了说情况，他爹说：“先喝水歇歇，等会儿我给你瞧瞧。”

潘忠地看这老先生斑斑白发，慈眉善目，虽然面庞有点清瘦，可起坐身子骨很硬朗。他心里急着想看完抓紧回去，边喝水边把在地区医院看的情况说了说。老先生从条几上拿过一个小布包垫子，说：“你往跟前坐坐，我给你把把脉。”

老先生号着脉又问问他哑嗓子的时间，吃饭的感觉，以往的身体状况，然后说：“你这病虽然已经转移了，还不算很晚，治疗可能慢一点，但只要坚持用药，会好起来的。”说完开了个药方，递给于宝典，说，“你到乡医院去拿药，先拿十五服。去了找中药房恁李叔，你认识，他要不上班就到他家里找他，就住在医院东边的那排平房里，一说他就会去给你拿。别人拿不行，我不放心。”

于宝典说我这就去。潘忠地说也一块去，从那里就不回来了。老先生说：“不用你去，你也不能急着走。宝典不是说过一次了，恁对他那么关心照顾，我有心想请请你还没机会哩，今天来了，怎么着也得吃了饭再走。”

于宝典说：“就是，下午咱两个一块回去。”

潘忠地一看这情况，也不好坚持走了，就掏出钱给于宝典，于宝典说：“我有带的钱。”

老先生说：“这药不贵，也就几块钱一服。”

潘忠地抽出二百元，塞进了于宝典口袋里。

于宝典去了。潘忠地问：“拿中药还讲究什么人吗？”

老先生说：“不是讲究人，而是讲究药的质量。因为有些药是需要加工的，有的要炒，有的要炙，等等。同样是炒也有区别，有的是轻炒，有的甚至要炒成炭。炙也是，有的要加黄酒，有的要加蜂蜜。加工不加工，加工的成色如何，药效就大不一样了。另外，一服中药一般都是多味，关键是搭配。像我给你开的这药，没什么特别的，多数是常用药，但是，每味药的数量就大有学问了。如果拿药时不仔细，多一钱少一钱都会影响药效。现在有些药剂师不那么认真，随意给凑合起来就完了。我让宝典去找的这个老李还不错，我信得过他。”

潘忠地听着一个劲地点头，又问：“都说这种病不好治，我这病能治好吗？”

老先生说：“什么病都有治好的，也有治不好的。对你我同样不能打保票。刚才我说了，你今天来看还不算很晚，靠着用药，多吃一段时间，不能说就治不好了。”

潘忠地心里敞亮了许多，说：“我一定听您的。得吃多长时间的药？”

老先生说：“不让你走我不是只为留你吃顿饭，还想多交代你几句。回去吃完这十五服药，你再来一趟，我根据情况再调调方子，到那时就可以一次拿一个月的药。要打长谱，怎么也得吃一年到一年半，往后我再给你配成药丸，那样就不用熬药了。另外，生活上要注意调理，情绪要稳定，不要老是思虑病的事。首先不能悲观，要有战胜病的信心。平时既要坚持经常活动，干些轻快点的活，也不要太累了。最好把书记辞了，我知道，在村里当个负责人要操不少心，为了治病，不能再干了。就是家庭遇上什么大事，也要把握好自己，心情不能有太大的波动。吃饭要正常，不是说必须吃很好的，但要注意适当增加营养。按时吃药是一方面，增强自身的抵抗力更重要。你说用了一段时间的西药就不想吃饭了，那不行，我建议你那些药都别再用了。恁村里有养蜜蜂的吗？”

潘忠地说：“没有。可每到春天，南方就来一些放蜂的，因为俺村北河滩上野花野草的不少，还有大片槐树，有的户还种油菜。”

老先生说：“那就行。我告诉你个办法，再来了放蜂的，你买些蜂蜜、蜂王浆，放起来长年用，坚持每天都喝一点，用温开水冲着喝。蜂王浆不好保存，温度一高它就变质。现在城里人有冰箱，存放到冰箱里最好。没冰箱怎么办？有个法子，买了就接着把它搀到蜂蜜里，大体十斤蜂蜜搀一斤蜂王浆，搅匀和，放一年也坏不了。蜂王浆一定要新鲜的，养蜂人都懂。我这几年就是天天喝，这还有秋天存下的，走的时候让宝典给你拿着点，先用着，开春以后你自己买就行了。”

潘忠地认真听着，一条条都牢牢记在了心里。

潘忠地回到家里，心情和前些天大不一样了，觉得有了希望。当天晚上做了一个梦，梦中儿子从大学回来，还带来个女同学，说是两个人已经定了，毕业后就结婚。那女孩眉清目秀，文静娴雅，一家人见了那个高兴啊！老太太笑得合不拢嘴，把姑娘拉到跟前，说：“没想到我还能看见孙子媳妇哩！”潘忠地不好搭话，在一旁偷偷地笑，笑着笑着就笑出了声，醒了。回放一下梦中的情景，想：都说做梦是反的，梦中有喜事预示着丧事要来临，难道我这病真的治不好了？转念一想，这种说法没什么科学道理，这大概就是常说的“日有所思，夜有所梦”。因为前段时间老是胡思乱想，曾经考虑过，必须千方百计延长几年的寿命，怎么也得等把老母亲送走，友锋上完大学、娶了媳妇再死啊！今天听了老先生一席话，有了盼头，高兴了，所以做了这么个美好的梦。别管梦不梦的了，丢掉包袱，按老先生说的办，再也不去想什么时候死的问题了。

从此，遵照老先生的嘱咐，按时服药，调理生活，果真慢慢有了成效。吃什么东西都香了，身体也有劲了，嗓子的嘶哑程度也轻了不少。他每天都到坡里转一圈，最多的是去北河滩，到树林里走走，帮着哑巴修修树，看看那些正在返青的草儿。

出去正月，潘忠地正想去趟镇里，向领导说说彻底辞去职务的事儿，田书记来了。县委已正式公布，许书记调县里另作安排，由田书记接任镇党委书记。田书记来主要是看看潘忠地，他听说潘忠地去北河滩了，没让别人领，自己骑着车子找了去。见了面问问病情，潘忠地说咱回办公室喝水吧。于是推着田书记的车子，回村去了。两个人边走边谈，潘忠地说：“田书记，我实在是不能再当这书记了，另选个人也算是党委照顾我。至于让谁干，我考虑半天也拿不准。按常规应该叫发树哥干，可他已经过六十了，再说，他的特点你也清楚，不论人品还是干事都没说的，就是有时候想问题简单些。长贵年轻些，也有能力，可让他接了那个小工厂，毕竟影响些精力。所以我觉得，向河还比较合适。”田书记说：“县委已做出部署，下半年村委会、党支部都要换届，暂时就不要动了。今天我可以给他们明确讲讲，你就休息养病，先让发树同志主持工作。”

回到办公室开了个支部会，田书记先把潘忠地的病说了说，然后讲道，为了让忠地静下心好好养病，不能再参与工作的事了，发树主持支部的全面工作。几个人都很愕然，但是，都知道得了这种病很忌讳，也不好再说什么，只有张发树说："忠地病了，就得治病要紧，好好歇着。可叫我主持工作不行，向河、长贵他们都比我能力强，他两个当中明确一个。"

田书记说："这只是暂时的，等秋后换届时让谁当书记，党委还得听听党员和广大群众的意见，到时候再定。但是，恁几个要同心协力，做好工作，千万不能误事。忠地，你还有什么想法，给大家讲讲。"

潘忠地说："田书记，工作方面你放心，他几个肯定能一如既往，绝对误不了事。我个人还有件事，提出来大伙议议，看看行不。我想在河滩那边划出几分地，盖几间房子，平常我就住在那里，清静，有利于治病。需要占多少地，下一步从我承包田里调出来。"

张发树说："只要对治病有好处，怎么办都行。下午咱就去看看，你定好地方，明天就动手，几间房子还不好盖呀！"

李向河说："不用调地，河滩上全是村集体的地，其他户建房子咱也没调整过承包田。"

李长贵说："得赶紧找木匠合计下木料，在那边林子里先杀部分树，干了才能用。"

李淑苹说："俺盖房子时还有剩的两根木头，让俊兴扛去。"

潘忠地说："不用这么急，我还没跟老人和忠民商量，过几天再说。也不用杀树，需用什么木料，叫忠民到集上买就行。"

田书记一看这情况很高兴，说："这事恁商量着办吧，我得回去了，下午党委还有个会。"

就这样，两个月后，挨着河堤盖了三间新房，还圈了个小院子。不远处有个机井屋，张发树安排电工从那里把电引了过来，屋内安了两个灯泡，在门口上方屋檐下也安了一个。潘忠民又找人在院子里打了眼压水井，安了个小压力泵。吃住用具一切准备停当，潘忠地就搬了来。开始石玉英还想和他一块来住，他坚决没同意，说你得在家里照管老人，我会常回来，你抽空过去看看也行。

春暖花开了，来了两伙放蜂的。潘忠地按老先生说的，买了一些蜂蜜和蜂王浆，每天早晨、晚上都喝点。他和养蜂人交上了朋友，跟着人家潜心学习养蜂知识。秋季花少了，那些人要回南方去，他提出买人家两箱蜜蜂，自己学着喂养，人家不仅愉快地答应了，还教给他如何让蜜蜂安全越冬。从那往后，不仅有了固定的活儿干，产的蜂蜜、蜂王浆除了自己用，还拿回家去一部分，让老母亲也长年喝。

# 尾声

笔者也在地区农校上过学，比潘忠地高三级。也就是说，我们是没见过面的同学。我比他幸运，没赶上学校下马，毕业后分到了地区农业局。后来又到大学读了两年的干部专修科，并先后到农委、地委研究室工作，最后在正处级位子上退休。由于多年从事文字工作，退了后还想写点东西，就开始学着写小说。写了几个短篇，竟在地区和省里的文学刊物上发表了，这更激发了我的写作热情。因为是生在农村，长在农村，又长期接触农村工作，我写的内容大都是反映农村生活的。为了掌握更多的素材，我打算找些做过农村工作的老同志，请他们谈谈往年那些事儿。

魏鹏程老师也当过我三年的班主任，开始我是班长，后来又担任团支部书记，和魏老师的关系是很密切的。他退休后我还专门去看过他几次。到他家里，拉了几句家常话，我就说出了自己的想法。魏老师说："退了写点东西是好事，与己有利，对社会也是个贡献。不过，我别给你谈什么了，给你介绍个人，他离开学校一直在农村，有些出来工作的机会都错过了。他的经历就有很多故事，你好好了解了解他，说不定能写个长篇。"随后就把潘忠地的情况详细介绍了一下。

我说："他不是几年前就得了癌症，现在还能找他座谈啊？"

魏老师说："没事，基本上好了。这也算是个奇迹，前几天还骑着车子来看我。我给他村里要个电话，你下午就可以去。对了，他弟弟给他买了个手机，给我留下了号码，我直接给他要。"说着找出个小本子，查出号码，要到了潘忠地，说了说我的意思。潘忠地说村里有好几个人买小车了，下午找个人来接我。我在一旁听到后说，告诉他不用了，我坐公共汽车或打个出租车直接过去。

当天下午我就去了。我还是先去了村办公室，这时李向河已担任了党支部书记，相互自我介绍后，我说明来意，他接着领我去见潘忠地。一见面很是出乎我的预料，这哪像个病人呀！只见他面色红润，腰板挺直，手脚利索，走路生风，简直比我还健壮。没用我开口他就握着我的手说："魏老师刚才又给我要电话，都说了，你是我的老学兄，又是地区部门的领导，欢迎你来玩玩。我烧好开水了，咱先泡茶喝。"

李向河说："我回去准备准备，晚上一块回村里吃饭。"

潘忠地说："就在这里吃，外边有青菜，上午我还叫恁嫂子买来几斤肉。你也别走了，吃了饭领着客人到办公室住下。"

刚才我就发现了，院子外边有块小菜地，韭菜、黄瓜、豆角……五六个品种，长势旺盛。我看到屋里家具一应俱全，摆放整齐。靠西墙是张床，挺宽绰，就说："就住在这里吧，我看你这床不窄，咱两个能睡得下。这样我也能和你多说说话。"

潘忠地说："也行，就是挤点。"

李向河说："恁两个挤在一起可不得劲儿。这样吧，我去找人抬张床来，铺盖也有现成的，反正这屋里有地方放。"

潘忠地说："那太好了，你抓紧去吧。"

我一气就住了七八天。和潘忠地一块吃住，黑白交谈，从他回村开始，一直到得病后的治疗，谈得很详细，我简直听迷了。我还到他家里看看他的老母亲和他对象，又找退下来的部分原大队、生产队干部谈了些情况，访问

了村里的一些老人。回来后又用了几个月的时间，搜集相关的资料，就动笔了。

这几年我又去过多次，每次都住几天。平时和潘忠地也经常电话联系，既谈创作的情况，也谈些日常琐事。

转眼六个年头了，这部长篇终于完成了初稿。我知道潘忠地一直身体很好，准备带着书稿再去找他，让他作为第一读者，先看一遍，提提意见，然后再认真打磨。

2013 年 8 月 12 日—2014 年 10 月 8 日完成初稿

2014 年 11 月第一次修改

2014 年 12 月第二次修改

2015 年 5 月第三次修改

# 后记

承蒙各位朋友的关心与支持，《汶水滩》即将付梓。此时的我既高兴又忐忑。高兴的是，多年的心血总算没有白费，当初的梦想终于变成现实。忐忑的是，凭自己这把刷子，完成这么个长篇，质量肯定有待商榷。可是我转念一想，丑媳妇怎能怕见公婆？至于作品的好孬，就让读者去评说吧。

从政四十多年，出于对文学的喜爱，经常利用业余时间写点东西。尽管我正式出版了几本散文集和短篇小说集，出现写长篇的想法还是在退休以后。

写什么呢？一次朋友小聚，聊起这个话题。其中一位说，以往就发现，你的农民情结很重，对农村情况又那么熟悉，你还是应该写农村题材。我笑着点了点头，此话正合我意。我生在农村、长在农村，离开学校后又回村当了九个年头的社员，后来脱产进入机关，又长期从事农业和农村工作。其间，我离职在农业大学学习了两年，接着又在职进修了三年。更重要的是，我结交的农民朋友简直数不胜数。在家务农时，那些手把手教我农活的人，都可谓是我的师父。那些在我（包括我的家庭）遇到困难伸出援手之人，都让我铭记于心。那些有意无意教我如何做事做人的长者，他们的品德与见识，深深打动了我，从他们身上学到的东西，也让我终身受益。到了机关，不论是驻村包队，还是平时接触到农村的人，我总能和他们有共同语言。改革开放以后，我还结交了一些敢闯敢试的农村人，并将他们视为知己。动笔前，我曾找他们详谈，听取他们创业过程中的酸甜苦辣，有的还把个人发展过程中的相关资料翻出来，让我带回来仔细查看，极大充实了我的写作内容。这些农民身份的或老或新的朋友，一个个在我脑海里浮现。他们的生活变化、悲欢遭际、个性特点，甚至红白喜事、人情交往、音容笑貌，都装在我的心里。不写他们，我还能写什么？！

动笔写了几万字的时候，我突然觉得力不从心，心生放弃的念想。这时，农村的那些坎坷，尤其是困难时期的那些真实故事，在我心里反复涌动着，好像在逼迫我把它们记录下来，留给后人。静心而思，枉论“使命感”三个字，这部作品起码是由“我要写”变成“要我写”了。真正进入状态以后，心中尘封了多年的事件乃至细节，像炒锅里的豆子争先恐后蹦了出来。

虽然掌握的素材不算少，但是，我深知自己文学功底差，起点低，特别是驾驭长篇布局结构及语言文字的能力不足，写起来必须小心谨慎，下笨功夫。这部作品设计时间跨度较大，想纵观一个鲁中地区村庄从二十世纪六十年代到二十世纪末期的发展变化，反映出那个时代社会的变迁。这就要求，发生在小社会的小故事，必须与当时的史实相符。为了解决这个问题，我到档案馆查阅了大量资料，包括当年的《人民日报》《大众日报》和中央及地方发布的相关文件。通过阅读、抄记，我找到了历史与故事的契合点。如此一来，尽管有些故事情节纯属虚构，但读者看了会认为很真实。

写完第一部，我把稿子给了在上海工作的一位朋友，请他提提意见。他看后略加编辑便发到了网上。一天，我突然接到在联合国工作的一个老乡的电话。他和我是同村，比我小几岁，自毕业后我们从未联系过。开始他叫了声大哥，接着说出了自己的乳名，彼此之间的陌生感瞬间荡然无存。他说因为看到了我的小说，激动地一气读完，当年的那些事情让他思乡愈甚，并从老家人那边打听到了我的电话号码。还有一次，一位已经退休的老同事见了我，说有一天回家发现老伴独自坐在沙发上掉泪，问她怎么了？她说你看看这小说，写得太感动人了，里面的故事几乎都是咱在老家经历过的。我过去一瞧，原来她正在读“鲁中晨刊”连载的《汶水滩》。这书出版时一定送我一套。我说一定。实在可惜，这位老同事已因病去世一年有余。

这类交流给我以鼓舞，坚定了我写下去的信心。还有些人对作品提出了文字上、情节上的修改意见，我也大都采纳了。譬如主人公潘忠地的结局，初稿我是以他因绝症去世收笔的。有位朋友说，你不能让潘忠地就这么死了，我们有个传统观念，好人必须要有好报。我听后觉得有道理，于是改写成了现在的样子。

农业、农村、农民的状况如何，对我们国家来讲举足轻重。回顾一下当年的经验、教训，会使我们对当前的好日子倍加珍惜，满怀希望奔向更加美好的未来。我不敢妄言这部作品能有多大意义，但是，我尽心尽力，借助一些小人物的命运，反映农村的生活沧桑，力求真实地展现鲁中乡村的时代色彩和风土民情。

感谢生我养我的故乡。

感谢滋养我身心的山山水水。

感谢丰富多彩的生活。

感谢关心、帮助过我的所有的人。

衷心感谢青岛出版集团的领导，尤其是编辑同志。没有他们的关爱和精心雕琢，这部作品难以和更多的读者见面。

虽经多次修改，因水平所限，书中不足之处在所难免，恳请读者朋友们不吝指正。

杜焕常

2019 年元旦

图书在版编目（CIP）数据

汶水滩 / 杜焕常著. —青岛：青岛出版社, 2019.8
ISBN 978-7-5552-8357-7

Ⅰ. ①汶… Ⅱ. ①杜… Ⅲ. ①长篇小说－中国－当代
Ⅳ. ①I247.5

中国版本图书馆CIP数据核字（2019）第116138号

书　　名　汶水滩（全三卷）
著　　者　杜焕常
书名题字　顾亚龙
插　　图　刁玉峰
出版发行　青岛出版社（青岛市海尔路182号，266061）
本社网址　http: //www.qdpub.com
邮购电话　13335059110　0532-68068026
策　　划　高继民
责任编辑　刘　坤
装帧设计　戊戌同文
印　　刷　青岛国彩印刷股份有限公司
出版日期　2019年8月第1版　2019年8月第1次印刷
开　　本　16开
印　　张　107.75
字　　数　1200千
书　　号　ISBN 978-7-5552-8357-7
定　　价　198.00元

编校印装质量、盗版监督服务电话　4006532017　0532-68068638